中國古典文學基本叢書

盧照鄰集校注

上册

李雲逸 校注

中華書局

圖書在版編目(CIP)數據

盧照鄰集校注/李雲逸校注. —2 版. —北京:中華書局,2024.2
(中國古典文學基本叢書)
ISBN 978-7-101-16514-2

Ⅰ. 盧… Ⅱ. 李… Ⅲ. 中國文學-古典文學-作品綜合集-唐代 Ⅳ. I214.22

中國國家版本館 CIP 數據核字(2024)第 015136 號

初版責編：馬　蓉
本版責編：田苑菲
責任印製：陳麗娜

中國古典文學基本叢書

盧照鄰集校注

(全二册)

李雲逸 校注

*

中 華 書 局 出 版 發 行

(北京市豐臺區太平橋西里 38 號　100073)

http://www.zhbc.com.cn

E-mail:zhbc@zhbc.com.cn

大廠回族自治縣彩虹印刷有限公司印刷

*

850×1168 毫米 1/32 · 21½印張 · 4 插頁 · 440 千字

2000 年 1 月第 1 版　2024 年 2 月第 2 版

2024 年 2 月第 5 次印刷

印數:5901-8900 册　定價:88.00 元

ISBN 978-7-101-16514-2

總目

凡例

一、關於盧照鄰文集，《朝野僉載》卷六云：「著《幽憂子》以釋憤焉，文集二十卷。」《舊唐書》本傳云：「文集二十卷。」《新唐書·藝文志》云：「《盧照鄰集》二十卷。又《幽憂子》三卷。」知北宋中期，照鄰文集尚保存完好，顧不知三卷本之《幽憂子》所收爲何耳。《崇文總目》卷五別集類著録有《盧照鄰集》十卷，《幽憂子》三卷。蓋當時於二十卷本之外，另有一種十卷本行世，非佚存其半也。至南宋時，十卷本興而二十卷本廢矣，故《郡齋讀書志》、《直齋書録解題》皆作十卷。至元、明時，二十卷本、十卷本及三卷本之《幽憂子》概已無存。明張遜業輯《唐十二家詩》，内收《盧照鄰集》二卷；楊一統輯《唐十二名家詩》，收《盧照鄰集》一卷；許自昌輯《前唐十二家詩》，收《盧照鄰集》二卷：以上皆有詩無文。至張燮輯《初唐四子集》，明崇禎十三年刊本，中收《幽憂子集》七卷，實爲今日所見最早之詩文合集本。商務印書館《四部叢刊》初編《幽憂子集》即據此本影印。張燮之後，復有項家達輯《初唐四傑集·盧昇之集》七卷（清乾隆四十一年星渚項氏刊本）、《四庫全書》著録之《盧昇之集》七卷，並與張燮本同。此次整理，即以《四部叢刊》本《幽憂子集》爲底本，而以《唐文粹》、《文苑英華》、《樂府詩集》、《全唐文》、《全唐詩》等總集校勘，是正文字，搜録異文，輯補逸佚。《全唐詩》卷四一有《七日登樂遊故墓》一首，僧皎然《詩式》有「城狐尾獨束，山鬼面參覃」斷句一聯，《全唐文》卷一六七有《鄭太子碑銘》一首，均爲《四部叢刊》本《幽憂子集》所無，乃一併輯入，作爲補遺，附於本集之後。至于《文苑英華》卷七五五之《三國論》，其文列於王勃《平臺秘略論十首》之後，題下未署作者姓名，而中華書局版《文苑英華》第五册總目則署爲盧照鄰作，未知所據；雖然，此文《王子安集》有之，《全唐文》卷一八二亦作王勃文，以是不入補遺。

二、盧照鄰存世詩文，僅小部分可以確定寫作時間，是以是集編目，一仍《四部叢刊》影印張燮輯《幽憂子集》之舊。爲彌補不編年之不足，注者對可確定或大致可確定作年之詩文，率於各首詩文之第一條注釋中注明其作於某年或某一時期；所持理由則一般不在注釋中詳述，讀者可以參看本書附録二拙著《盧照鄰年譜》。

三、照鄰詩文遇有他本異文，則擇善而從，凡有改字，則除明顯的版刻錯字以外，概出校記。凡底本不誤而他本誤者，或底本不誤而他本異文雖亦可通而並無重要價值者，概不出校。底本某字與他本異文兩可，必要時作出按斷。正文之後，校、注分列，不相雜厠。

四、本集正文以及附録史傳、遺事、年譜、諸家評論一律以新式標點斷句。詩文之篇幅較長者，均按文意分段。注釋條目之設，原則上以一逗或一句爲單位。注文旨在究明出處，詮釋詞義，説明有關的人事、地理、典章制度。或有用典之處，雖注出典故而句意依舊難明者；或語似淺顯，意實深曲，未易索解者，則亦略釋大意。有襲用前人成句或略加點化者，概指明其脱化所自。至於常見詞語，則一般不注。

五、照鄰詩文有個別詞句，或因文字脱訛，或由用意深僻，或以注者學力不逮，難以索解，則明謂「不詳」，付之闕如，以待來賢，未敢主觀武斷，强作解人。

六、本集原附有王勃等人同時唱和之作，此應予保留，今仍附於照鄰詩後，唯排印時較照鄰詩文低兩格，以示區別，並一概不注。

目録

盧照鄰集校注卷一

賦

五言古詩

盧照鄰集校注卷二

七言古詩

盧照鄰集校注卷三

五言排律

五言絶句

盧照鄰集校注卷四

盧照鄰集校注卷五

盧照鄰集校注卷六

序

對問

盧照鄰集校注卷七

書

讚

碑

補遺

附録

盧照鄰集校注卷一

賦

秋霖賦〔一〕

覽萬物兮，竊獨悲此秋霖。風横天而瑟瑟〔二〕，雲覆海而沉沉。居人對之憂不解，行客見之思已深。若乃千井埋煙〔三〕，百廛涵潦〔四〕，青苔被壁，緑萍生道。於時巷無人跡①，林無鳥聲，野陰霾而因晦②〔五〕，山幽曖而不明〔六〕。長塗未半，茫茫漫漫，莫不埋輪據鞍，銜悽茹歎〔七〕。

校記

①「人跡」《文苑英華》（以下簡稱《英華》）卷一四、《全唐文》卷一六六並作「馬跡」。②「因」《英華》、《全唐文》作「自」。

注釋

〔一〕《説文》：「霖，凡雨三日已往爲霖。」《新唐書·五行志》一云：「顯慶元年八月，霖雨，更九旬乃止。」賦或當作於是時。按宋玉《九辯》曰：「皇天淫溢而秋霖兮，后土何時而得乾？」魏曹丕、曹植、應瑒，晉陸雲皆有《愁霖賦》。

〔二〕瑟瑟：風聲。劉楨《贈從弟三首》之二：「瑟瑟谷中風。」

〔三〕井：《説文》曰：「八家爲一井，象構韓形。」段玉裁《注》：「《穀梁傳》曰：『古者公田爲居，井竈葱韭盡取焉。』《風俗通》曰：『古者二十畝爲一井，因爲市交易，故稱市井。』皆謂八家共一井也。」

〔四〕廛：《説文》曰：「二畝半也，一家之凥。」段玉裁《注》云：「《詩·伐檀》毛《傳》曰：『一夫之居曰廛。』……廛，民居之區域也，里居也。」　潦：路上流水或溝中積水。《詩·大雅·洞酌》曰：「洞酌彼行潦。」

〔五〕霾：《説文》曰：「風而雨土爲霾。」

〔六〕幽曖：幽深而昏暗。謝朓《七夕賦》：「緫像恍惚，仿佛幽曖。」

〔七〕江淹《恨賦》：「亦復含酸茹歎，銷落湮沉。」

借如尼父去魯，圍陳畏匡，將饑不爨〔一〕，欲濟無梁；問長沮與桀溺〔二〕，逢漢陰與楚狂〔三〕；長櫛風而沐雨〔四〕，永棲棲以遑遑〔五〕。

注釋

〔一〕「借如」以下三句：尼父去魯：《禮記·檀弓上》曰：「魯哀公誄孔丘曰：『……嗚呼哀哉，尼父！』」鄭玄《注》：「尼父，因其字以爲之謚。」父，同「甫」，丈夫之美稱。《史記·孔子世家》曰：「已而去魯，斥乎齊，逐乎宋、衛，困於陳、蔡之閒。」　圍陳畏匡：《史記·孔子世家》曰：「孔子遷于蔡三歲，吴伐陳。楚救陳，軍于城父。聞孔子在陳、蔡之閒，楚使人聘孔子。孔子將往拜禮，陳、蔡大夫謀曰：『孔子賢者，所刺譏皆中諸侯之疾。今者久留陳、蔡之閒，諸大夫所設行皆非仲尼之意。今楚，大國也，來聘孔子。孔子用於楚，則陳、蔡用事大夫危矣。』於是乃相與發徒圍孔子於野。不得行，絶糧。」《論語·先進》曰：「子畏於匡。」《史記·孔子世家》曰：「將適陳，過匡，顔刻爲僕，以其策指之曰：『昔吾入此，由彼缺也。』匡人聞之，以爲魯之陽虎。陽虎嘗暴匡人，匡人於是遂止孔子，孔子狀類陽虎，拘焉五日。……孔子使從者爲甯武子臣於衛，然後得去。」　將饑不爨：《莊子·讓王》曰：「孔子窮於陳、蔡之閒，七日不火食，藜羹不糝，顔色甚憊。」

〔二〕《論語·微子》曰：「長沮、桀溺耦而耕。孔子過之，使子路問津焉。」

〔三〕《莊子·天地》曰：「子貢南遊於楚，反於晉，過漢陰，見一丈人方將爲圃畦。」又，《人間世》曰：「孔子適楚，楚狂接輿遊其門曰：『鳳兮鳳兮，何如德之衰也！來世不可待，往世不可追也。……』」

〔四〕《莊子·天下》曰：「（禹）沐甚雨，櫛疾風。」

〔五〕《論語·憲問》曰：「丘何爲是栖栖者與？」邢昺《疏》：「栖栖，猶皇皇也。」《漢書·叙傳上·

答賓戲》：「聖哲之治，栖栖皇皇。」顏師古《注》：「不安之意。」皇，通「遑」。

及夫屈平既放〔一〕，登高一望〔二〕，湛湛江水，悠悠千里〔三〕；泣故國之長楸〔四〕，見玄雲之四起〔五〕。嗟乎！子卿北海，伏波南川，金河別鴈，銅柱辭鳶〔六〕；關山夭骨，霜露凋年①；眺窮陰兮斷地〔七〕，看積水兮連天。

校記

①「露」原作「木」，據《英華》、《全唐文》改。

注釋

〔一〕《楚辭·漁父》：「屈原既放，遊于江潭。」

〔二〕屈原《九章·哀郢》曰：「登大墳以遠望兮，聊以舒吾憂心。」

〔三〕「湛湛」二句：屈原《招魂》曰：「湛湛江水兮上有楓，目極千里兮傷春心。」

〔四〕屈原《九章·哀郢》曰：「望長楸而太息兮，涕淫淫其若霰。」

〔五〕玄雲：烏雲。蔡邕《霖賦》：「瞻玄雲之晻晻。」

〔六〕「子卿」以下四句：子卿北海：蘇武字子卿，杜陵人。天漢中以中郎將使匈奴，爲單于所留，威逼使降，武堅貞不屈。單于乃徙武北海上無人處，使牧羝。武留匈奴凡十九歲，昭帝始元六年春歸，拜典屬國。事詳《漢書·李廣蘇建傳》。伏波南川：馬援字文淵，扶風茂陵人。建武十六年，交阯女子徵側、徵貳反，攻没其郡。於是璽書拜援伏波將軍，率樓船將軍段志等南擊交阯，破之，封援爲新息侯。事見《後漢書·馬援傳》。金河：縣名。《隋書·地理志》曰：「榆林郡金河，開皇三年置，曰陽壽，十八年，改陽壽曰金河。」又爲湖沼名，即金河泊；又水名，即金川。按：並在今内蒙古自治區托克托縣境。見《通典》卷一七九《州郡》九《單于府》。銅柱辭鳶：《後漢書·馬援傳》「嶠南悉平」李賢《注》引《廣州記》云：「援到交趾，立銅柱，爲漢之極界也。」《馬援傳》又云：「援追徵側等至禁谿，數敗之，賊遂散走。明年正月，斬徵側、徵貳，……援乃擊牛釃酒，勞饗軍士。從容謂官屬曰：『吾從弟少游常哀吾慷慨多大志，曰：士生一世，但取衣食裁足，乘下澤車，御款段馬，爲郡掾史，守墳墓，鄉里稱善人，斯可矣。致求盈餘，但自苦耳。當吾在浪泊、西里間，虜未滅時，下潦上霧，毒氣重蒸，仰視飛鳶跕跕墯水中，卧念少游平生時語，何可得也！』」

〔七〕窮陰：猶窮冬、窮秋。鮑明遠《舞鶴賦》：「於是窮陰殺節，急景凋年。」李善《注》云：「《禮記》曰：季冬之月，日窮于次。《神農本草經》曰：秋冬爲陰。」

別有東國儒生，西都才客，屋滿鉛槧〔一〕，家虛儋石①〔二〕；茅楝淋淋，蓬門寂寂，蕪碧草於園徑，聚緑塵於庖甓〔三〕；玉爲粒兮桂爲薪〔四〕，堂有琴兮室無人；抗高情以出俗，馳精義以入神〔五〕；論有能鳴之鴈〔六〕，書成已泣之麟〔七〕；覩皇天之淫溢〔八〕，孰不隅坐而含嚬〔九〕。

校記

①「儋」《英華》作「甔」，通「儋」。

注釋

〔一〕鉛槧：鉛粉筆和木板，皆古人記録文字之具。《西京雜記》卷三云：「揚子雲好事，常懷鉛提槧，從諸計吏，訪殊方絶域四方之語。」

〔二〕《漢書·揚雄傳》曰：「家無儋石之儲。」顔師古《注》引應劭曰：「齊人名甖爲儋石，受米二斛。」

〔三〕范冉字史雲，陳留外黄人。好違時絶俗，爲激詭之行。桓帝時，除萊蕪長，遭母憂，不到官。後辟太尉府，議者欲以爲侍御史，因遁身不仕。遭黨人禁錮，所止單陋，有時糧粒盡，窮苦自若。閭里歌之曰：「甑中生塵范史雲。」見《後漢書·獨行列傳》。句用此典。甓，塼，陶者所製。庖甓，厨房中的陶塼，此用來指代燒飯的陶甑。

〔四〕《戰國策·楚策三》曰：蘇秦之楚，三日乃得見乎王。談卒，辭而行。楚王曰：「寡人聞先生，若聞古人。今先生乃不遠千里而臨寡人，曾不肯留，願聞其説。」對曰：「楚國之食貴於玉，薪貴於桂，謁者難得見如鬼，王難得見如天帝。今令臣食玉炊桂，因鬼見帝。」

〔五〕《易·繫辭下》：「精義入神，以致用也。」

〔六〕《莊子·山木》曰："夫子出於山，舍於故人之家。故人喜，命豎子殺鴈而烹之。豎子請曰：『其一能鳴，其一不能鳴。請奚殺？』主人曰：『殺不能鳴者。』"

〔七〕《春秋公羊傳·哀公十四年》曰："十有四年春，西狩獲麟。……麟者，仁獸也。有王者則至，無王者則不至。有以告者。……孔子曰：『孰爲來哉！孰爲來哉！』反袂拭面，涕沾袍。"傳説孔子修《春秋》，絶筆於"西狩獲麟"之一句（見《左傳·哀公十四年》杜預《注》），故曰"書成"。

〔八〕宋玉《九辯》曰："皇天淫溢而秋霖兮，后土何時而得乾？"淫溢，久雨連日也。

〔九〕隅坐：坐于一隅也。《禮記·檀弓上》："童子隅坐而執燭。" 含嚬：猶含愁。嚬，通"顰"，皺眉也。

已矣哉！若夫繡轂銀鞍，金杯玉盤；坐卧珠璧，左右羅紈；流酒爲海，積肉爲巒〔一〕；視襄陵與昏墊①〔二〕，曾不輟乎此歡，豈知乎堯舜之臞瘠②〔三〕，而孔墨之艱難〔四〕。

校記

①"視襄陵與昏墊"原作"視襄陵而與昏墊"，據《全唐文》删"而"字。 ②"舜"原作"禹"，據《英華》、《全唐文》改。

注釋

〔一〕"流酒"二句：皇甫謐《帝王世紀》云："（桀）以人架車，肉山脯林，以酒爲池，使可運舟。"

〔二〕《書·皋陶謨》曰：「洪水滔天，浩浩懷山襄陵，下民昏墊。」襄陵，大水漫上丘陵。昏墊，没陷也。

〔三〕《淮南子·脩務訓》云：「蓋聞傳書曰：神農憔悴，堯瘦臞，舜黴黑，禹胼胝。由此觀之，則聖人之憂勞百姓甚矣。」

〔四〕《淮南子·脩務訓》曰：「孔子無黔突，墨子無煖席。」高誘《注》云：「黔，言其突竈不至於黑，坐席不至於温，歷行諸國，汲汲於行道也。」

馴鳶賦〔一〕

孕天然之靈質〔二〕，稟大塊之奇工〔三〕。嘴距足以自衛〔四〕，毛羽足以淩風。懷九圍之遠志〔五〕，託萬里之長空。陰雲低而含紫，陽景升而帶紅〔六〕。經過巫峽之下，惆悵彭門之東〔七〕。

注釋

〔一〕《全唐文》卷一七七有王勃同題之作。其文曰：「海上兮雲中，青城兮絳宫，……終銜石矢，坐觸金籠；聲酸夕露，影怨秋風。」又曰：「悲授餌之徒懸，痛聞弦之自落。」按：王勃嘗爲沛王府修撰，以戲爲檄英王鷄文被斥出府，失職不平，遂於總章二年五月赴蜀旅游，翌年九月九日，在梓州偕盧照鄰、邵大震同登玄武山賦詩（見本書附録《盧照鄰年譜》）。今觀盧、王同題之賦，多用蜀中地名，如青城、彭門、巫峽等，又並有遭遇挫辱之語，殆即咸亨元年二人相遇蜀中之作乎？　鳶，鷙鳥名，俗稱鷂鷹。

〔二〕王粲《槐樹賦》曰：「惟中堂之奇樹，稟天然之淑資。」靈質，靈秀、美好之資質。

〔三〕大塊：大自然。《莊子·大宗師》曰：「夫大塊載我以形，勞我以生。」

〔四〕距：鷄爪。《左傳·昭公二十五年》曰：「季、郈之鷄鬭，季氏介其鷄，郈氏爲之金距。」此處指鳶爪。

〔五〕九圍：九州。《詩·商頌·長發》：「帝命式于九圍。」

〔六〕陽景：太陽。曹植《情詩》：「微陰翳陽景，清風飄我衣。」

〔七〕彭門：山名，在四川彭縣西北。《後漢書·郡國志》五蜀郡「湔氐道」南朝梁劉昭《注》引《蜀王本紀》曰：「縣前有兩石對如闕，號曰彭門。」

既而摧頽短翮，寥落長想〔一〕。忌蒙莊之見欺〔二〕，哀武溪之莫往〔三〕。進謝扶摇之力〔四〕，退慙歸昌之響〔五〕。腐食多懼，層巢無像〔六〕。屈猛性以自馴，抱愁容而就養。

注釋

〔一〕寥落：寂寞。陶淵明《和胡西曹示顧賊曹》詩：「悠悠待秋稼，寥落將賒遲。」　長想：遠思。傅毅《舞賦》：「游心無垠，遠思長想。」

〔二〕《莊子·秋水》曰：「惠子相梁，莊子往見之。或謂惠子曰：『莊子來，欲代子相。』於是惠子恐，搜於國中三日三夜。莊子往見之，曰：『南方有鳥，其名爲鵷鶵，子知之乎？夫鵷鶵，發於南海而飛於北海，非梧桐不止，非練實不食，非醴泉不飲。於是鴟得腐鼠，鵷鶵過之，仰而視之曰：「嚇！」今子欲以子之梁國而「嚇」我邪？』」莊子文中之鴟，即鳶也。此故事有輕蔑鴟鳥之意，故曰「見欺」。莊周嘗爲蒙之漆園吏，故稱「蒙莊」。

〔三〕武溪：水名，在湖南瀘溪縣。發源于縣西之武山，東流入沅江。見《水經注·沅水》。

〔四〕謂不如大鵬之乘扶摇之力而上。《莊子·逍遥遊》曰：「鵬之徙於南冥也，……摶扶摇而上者九萬里。」謝，遜謝，不如。扶摇，旋風。

〔五〕歸昌：鳳鳴聲。劉向《説苑·辨物》曰：「夫鳳，……飛鳴曰上翔，集鳴曰歸昌。」

〔六〕層巢：營於高處之巢。　無像：紊亂，不成樣子。《左傳·襄公九年》曰：「國亂無象，不可知也。」象，通「像」。

於是傍眺德門〔一〕，言栖仁路〔二〕，不踐高梁之屋，翔止吾人之樹。聽鳴鶏於月曉，侶羣鵲於星暮①。狎蘭砌之高低，翫荆扉之新故。循廣庭之一息〔三〕，歷長簷而逕度。

校記

①「侶」《英華》卷一三九注「一作遶」。

注釋

〔一〕德門：有德之家也。《南史·謝晦傳》曰：「謝氏自晉以降，雅道相傳，……可謂德門者矣。」

〔二〕仁路：仁愛之路。王勃《龍懷寺碑》：「靈樞密運，闢仁路而長鳴。」

〔三〕一息：一呼一吸謂之一息。喻時間甚短。王褒《聖主得賢臣頌》曰：「周流八極，萬里壹息。」

若乃風去雨還，河移月落，徘徊亂於雙燕，鳴舞均乎獨鶴。乍嘯聚於霞莊〔一〕，時追飛於雲閣。荷大德之純粹〔二〕，將輕姿之陋薄〔三〕。思一報之無階，欣百齡之有託〔四〕。

注釋

〔一〕霞莊：雲霞中之大道。莊，《爾雅·釋宫》曰：「六達謂之莊。」王勃《七夕賦》：「結遥情于漢陌，飛永睇于霞莊。」

〔二〕大德：大恩。《詩·小雅·谷風》：「忘我大德，思我小怨。」

〔三〕將：扶助，扶持。《詩·周南·樛木》曰：「樂只君子，福履將之。」

〔四〕百齡：百年。此處猶「平生」。

窮魚賦并序〔一〕

余曾有横事被拘，爲群小所使，將致之深議，友人救護得免。竊感趙壹《窮鳥》之事〔二〕，遂作《窮魚賦》，常思報德，故冠之篇首云。

注釋

〔一〕總章二年（六六九）秋因事下獄，未幾出獄後作。《馴鳶賦》所謂「羽翮摧頹」、「層巢無像」，殆即本篇序中之「有横事被拘，爲群小所使，將致之深議」也，「荷大德」而「思一報」，即「友人救護得免……常思報德」也。

〔二〕趙壹，字元叔，漢陽西縣人。體貌魁梧，而恃才倨傲。屢抵罪，幾至死，友人救得免。壹乃貽書謝恩，且爲《窮鳥賦》一篇。其文曰：「有一窮鳥，戢翼原野。罼網加上，機穽在下。」又曰：「幸賴大賢，我矜我憐，昔濟我南，今振我西。鳥也雖頑，猶識密恩。」見《後漢書·文苑列傳·趙壹傳》。

有一巨鱗，東海波臣〔一〕，洗靜月浦①〔二〕，涵丹錦津〔三〕，吹紅蓮而得性〔四〕，戲碧浪以全身。宕而失水〔五〕，屆於陽瀕〔六〕。

校記

①「靜」，《全唐文》卷一六六作「淨」。

注釋

〔一〕《莊子·外物》曰：「我，東海之波臣也。」

〔二〕梁元帝《玄圃牛渚磯碑》：「桂影浮池，仍爲月浦。」

〔三〕錦津：錦江之津渡。錦江，又名流江、汶江，俗名府河，在成都城南。

〔四〕得性：順適其性也。《詩·小雅·魚藻》「魚在在藻」毛《傳》：「魚以依蒲藻爲得其性。」

〔五〕《莊子·庚桑楚》曰：「吞舟之魚，碭而失水，則螻蟻能苦之。」碭通「蕩」、「宕」，流蕩也。

〔六〕陽瀕：江河北岸之水濱。山之南、水之北曰陽。張衡《南都賦》：「方軌齊軫，祓于陽瀕。」

漁者觀焉，乃具竿索，集朋黨，鳧趨雀躍，風馳電往，競下任公之犗①〔一〕，争陳豫且之網〔二〕，螻蟻見而甘心，獱獺聞而抵掌〔三〕。於是長舌利嘴，曳綸垂鈎②〔四〕，拖鬐挫鬣〔五〕，撫背扼喉〔六〕。動摇不可，騰躍無繇，有懷纖潤，寧望洪流〔七〕。

校記

①「犗」原作「釣」，據《全唐文》、《英華》卷一三九並《莊子·外物》改。　②「垂」原作「爭」，據《英華》、《全唐文》改。

注釋

〔一〕《莊子·外物》云：「任公子爲大鈎、巨緇，五十犗以爲餌，蹲乎會稽，投竿東海，旦旦而釣，期年不得魚。」

〔二〕豫且：即余且，漁者。《莊子·外物》：「神龜能見夢於元君，而不能避余且之網。」

〔三〕獱獺：獸名，似狐，青色，居水中，食魚。《漢書・揚雄傳》「蹈獱獺」顔師古《注》：「獱，小獺也。」抵掌：擊掌。《戰國策・秦策一》：「（蘇秦）見説趙王於華屋之下，抵掌而談。」

〔四〕綸：釣絲。

〔五〕鬐：魚脊鰭。鬣：魚頷旁小鬐。又，凡水族之鬚與鬐亦稱鬣。

〔六〕《史記・劉敬叔孫通傳》：「夫與人鬭，不搤其亢，拊其背，未能全其勝也。」《集解》引張晏曰：「亢，喉嚨也。」

〔七〕「有懷」二句：《莊子・外物》曰：「周昨來，有中道而呼者，周顧視車轍，中有鮒魚焉。周問之曰：『鮒魚來，子何爲者耶？』對曰：『我，東海之波臣也。君豈有斗升之水活我哉！』周曰：『諾。我且南游吴越之王，激西江之水而迎子，可乎？』鮒魚忿然作色曰：『吾失我常與，我無所處。我得斗升之水然活耳。君乃言此，曾不如早索我于枯魚之肆。』」此二句用其意。

大鵬過而哀之〔一〕，曰：「昔予爲鯤也，與爾游乎①。自余羽化之後〔二〕，子其遺孤。」俄撫翼而下，負之而趨，南浮七澤〔三〕，東汎五湖〔四〕。是魚也已相忘於江海〔五〕，而漁者猶悵望於泥塗。

校記

①「爾」《英華》、《全唐文》作「是」。

注釋

〔一〕大鵬：鳥名，出《莊子·逍遥遊》：「北冥有魚，其名爲鯤。鯤之大，不知其幾千里也。化而爲鳥，其名爲鵬。鵬之背，不知其幾千里也；怒而飛，其翼若垂天之雲。」

〔二〕羽化：世稱成仙曰羽化，謂其飛昇乘雲若生羽翼也。此處則指鯤生羽翼化而爲鵬也。

〔三〕七澤：指古時楚地諸湖沼，其中最著者爲雲夢澤。《史記·司馬相如傳》曰：「臣聞楚有七澤，嘗見其一，未睹其餘也。臣之所見，蓋特其小小者耳，名曰雲夢。」

〔四〕五湖：《周禮·夏官·職方氏》：「東南曰揚州，……其川三江，其浸五湖。」五湖所指，其説不一，大致有三：或以太湖爲五湖，《職方氏》鄭玄《注》賈公彦《疏》、《國語·越語下》「戰於五湖」韋昭《注》等主之；或以太湖及附近四湖（長蕩湖、射湖、滆湖、貴湖）爲五湖，《水經注·沔水》、《後漢書·馮衍傳》李賢《注》引虞翻説主之；或謂五湖非一湖，並不在一地，如《史記·河渠書》及《三王世家》司馬貞《索隱》以具區、洮滆、彭蠡、青草、洞庭爲五湖。

〔五〕《莊子·大宗師》曰：「泉涸，魚相與處於陸，相呴以濕，相濡以沫，不如相忘於江湖。」

雙槿樹賦 并序　同崔少監作〔一〕

日昨於著作局〔二〕，見諸著作競寫《雙槿樹賦》。蓬萊山上〔三〕，即對神仙；芸香閣前〔四〕，仍觀秘寶〔五〕。金懸秦市〔六〕，楊子見而無言〔七〕；紙貴洛城〔八〕，陸生聞而罷笑〔九〕。故知柔條朽榦，吹噓變其死生〔一〇〕；落葉凋花，剪拂成其光價〔一一〕。方且傳石渠之故事〔一二〕，得槿樹之新名，足以脂粉仙臺，丹青秘府者也〔一三〕。若布衣藜杖〔一四〕，巖棲藿食〔一五〕，居周室而非史〔一六〕，處漢代而無田，學涉蕪淺，文多瞽陋①〔一七〕，宜其屏竄〔一八〕，用其靜默。蓋窮而思達，人之情也；卑而應高，物之理也。故疾雷作而蟄虫飛〔一九〕，浮雲興而石爲潤〔二〇〕，不可廢也。雖云聖朝多士〔二一〕，而公實居之〔二二〕，草澤有人，亦國家之美事。故復奬刷駑鄙〔二三〕，作《雙槿樹賦》。詞義猥薄〔二四〕，退增慙靦〔二五〕。賦曰：

校記

①「陋」原作「漏」，據《英華》卷一四三、《全唐文》卷一六六改。

注釋

〔一〕咸亨四年（六七三）夏作於長安。槿，木名，落葉灌木，夏秋開紅、白或紫色花，朝開暮斂。見《本草綱目》卷三六《木·木槿》。　崔少監：即祕書少監崔行功。《舊唐書·文苑傳》：「崔行功，恒州井陘人。……少好學，中書侍郎唐儉愛其才，以女妻之。儉前後征討，所有文表，皆行功之文。」高宗朝，歷吏部郎中、通事舍人、司文郎中，遷蘭臺侍郎。「咸亨中，官名復舊，改爲祕書少監。上元元年，卒官。有集六十卷。」祕書少監，祕書省副長官，二員，從四品上，爲長官（祕書監）之貳。見《新唐書·百官志》。

〔二〕著作局：祕書省所轄官署名，設著作郎二人，從五品上；著作佐郎二人，從六品上。著作郎掌撰碑誌、祝文、祭文，與佐郎分判局事。見《新唐書·百官志》。

〔三〕蓬萊山：傳説爲道家仙山之一，此處喻指祕書省。《後漢書·竇章傳》：「是時學者稱東觀爲老氏臧室，道家蓬萊山。」李賢《注》：「蓬萊，海中神山，爲仙府，幽經祕録並皆在焉。」

〔四〕芸香閣：或稱芸臺、芸閣，皆指古代藏書之所或掌管圖書的官署，即祕書省。芸香，草本植物，花葉有强烈氣味，入藥，也用以避蠹驅蟲。故藏書臺稱芸臺。

〔五〕祕寶：指宫禁中所藏珍異罕見之書籍圖籙。《後漢書·班固傳》：「啟恭館之金縢，御東序之祕寶。」李賢《注》：「祕寶謂《河圖》之屬。」

〔六〕《史記·吕不韋列傳》曰：「吕不韋乃使其客人人著所聞，集論以爲八覽、六論、十二紀，二十餘萬言。以爲備天地萬物古今之事，號曰《吕氏春秋》。布咸陽市門，懸千金其上，延諸侯游士賓客能增損一字者予千金。」

〔七〕楊子：戰國時魏人，名朱，字子居，又稱陽子或陽生，後於墨翟，前於孟軻。其説重在愛己，不以物累，不拔一毛以利天下，與墨子「兼愛」相反，同爲當時儒家斥爲異端。著述不傳，其説散見於《孟子》、《莊子》、《荀子》、《韓非子》、《淮南子》諸書中。按：楊朱不及見《吕氏春秋》，此言假設之辭耳。

〔八〕左思精思十年，作《三都賦》成，而時人未之重。思自以其作不謝班張，恐以人廢言，安定皇甫謐有高譽，思造而示之，謐稱善，爲之作序。張載乃爲注《魏都賦》，劉逵注《吴》、《蜀》而序之，衛權又爲思賦作《略解》，自是之後，盛重於時。司空張華見而嘆曰：「班張之流也。使讀之者盡而有餘，久而更新。」於是豪貴之家競相傳寫，洛陽爲之紙貴。事見《晉書・左思傳》。

〔九〕陸生，西晉詩人陸機。初，機自江表入洛，欲爲《三都賦》，聞左思作之，撫掌而笑，與弟雲書曰：「此間有傖父，欲作《三都賦》，須其成，當以覆酒甕耳。」及思賦出，機絶歎服，以爲不能加也，遂輟筆焉。事見《晉書・左思傳》。

〔一〇〕「故知」二句：《後漢書・鄭太傳》曰：「孔公緒清談高論，嘘枯吹生，並無軍旅之才，執鋭之幹。」李賢《注》：「枯者嘘之使生，生者吹之使枯，言談論有所抑揚也。」

〔一一〕剪拂：洗滌拂拭。劉孝標《廣絶交論》：「至於顧盼增其倍價，翦拂使其長鳴。」　光價：聲名、身價。《魏書・李神儁傳》：「汲引後生，爲其光價。」

〔一二〕石渠：閣名，漢宫中藏書之處，在未央宫殿北。見《漢書・施讎傳》、《三輔黄圖》卷六。此處借指唐之祕書省。

〔一三〕「足以」二句：脂粉：胭脂、鉛粉，婦女畫妝用品，此處用作動詞，有「光飾」、「使增色」之意。仙臺：祕書省又名蘭臺，漢人復擬之於道家蓬萊山，故曰仙臺。　丹青：此處用法與「脂粉」同。　祕府：亦指祕書省。

〔一四〕藜：草名，又名萊，俗名紅心灰藋。初生可食，莖老可作杖。見《本草綱目》卷二七《菜》二《藜》。

〔一五〕巖棲：巢居穴處。嵇康《與山巨源絶交書》曰：「故堯舜之君世，許由之巖棲，……其揆一也。」後因以爲隱居不仕之代稱。藿食：粗食。也用以指草野之人。劉向《説苑·善説》：「肉食者已慮之矣，藿食者尚何與焉？」

〔一六〕《史記·老子韓非傳》曰：「老子者，……姓李氏，名耳，字聃，周守藏室之史也。」按即守藏書室之史也，昇之用此，意謂自己非祕書省之官員。

〔一七〕瞽陋：瞽，目盲，自謙文辭乖繆，有如瞽者無見之妄言；陋，粗劣，醜陋。

〔一八〕屏竄：隱退。屏，隱藏。《論衡·程材》曰：「材能之士，隨世驅馳；節操之人，守隘屏竄。」

〔一九〕《禮記·月令》：「仲春之月，……日夜分，雷乃發聲，始電，蟄蟲咸動。」

〔二〇〕《淮南子·説林訓》：「山雲蒸，柱礎潤。」舃，通「磶」，柱下石也。

〔二一〕多士：《詩·大雅·文王》：「濟濟多士，文王以寧。」

〔二二〕公：第二人稱的敬稱，此處稱崔行功。

〔二三〕奬：字原從犬，嗾犬厲之也，引申爲勸勉、勉勵。　刷：清除，用刷除垢。　芻：刈草，後因用爲向人陳述意見的謙詞，如芻蕘（草野之人）、芻言、芻議（草野之人的言論）等。　鄙：鄙陋淺薄。　全句大意謂，草野之人，不揣鄙陋，躬自奮勉。

〔二四〕猥薄：雜濫淺薄。

〔二五〕靦：慚愧貌。

方丈蓬萊〔一〕，邈矣悠哉！芸扃石室①〔二〕，圖天揆日〔三〕。若乃羲和掌日〔四〕，太史觀星〔五〕，銅渾玉策〔六〕，寶笥金銘〔七〕。地則圖書之府，人則神仙之靈，中有芳蕣〔八〕，鬱鬱亭亭〔九〕。

校記

①「扃」《英華》作「居」。

注釋

〔一〕《史記·秦始皇紀》：「齊人徐市等上書，言海中有三神山，名曰蓬萊、方丈、瀛洲，仙人居之。」此處指唐祕書省。

〔二〕芸扃：即芸閣，已見前。石室：藏圖書檔案之室。《史記·太史公自序》曰：「紬史記石室金匱之書。」此亦指唐之祕書省。

〔三〕圖天：造作天文星象圖。揆日：測度太陽所行度數與所在位置。《詩·鄘風·定之方中》：「揆之以日，作于楚室。」案《新唐書·百官志》云：司天臺隸祕書省，武德四年改太史監曰太史局，龍朔二年改曰祕書閣局，武后光宅元年改曰渾天監，俄改曰渾儀監……乾元元年，曰司天臺。「監一人，正三品；少監二人，正四品上；……監掌察天文，稽曆數。凡日月星辰、風雲氣色之異，率其屬而占」。此句及下文「掌日」、「觀星」、「銅渾玉策」等並祕書省所轄司天臺所職。

〔四〕羲和：羲氏、和氏，唐虞時掌管天地四時的官。《書·堯典》：「乃命羲和，欽若昊天，曆象日月星辰，敬授人時。」孔《傳》：「羲氏和氏，世掌天地四時之官。」此處指唐代司天臺之官員。

〔五〕太史：官名，三代爲史官及曆官之長。秦稱太史令，漢屬太常，掌天文曆法，秩六百石，兼修史之任。魏晉時，修史撰文歸著作郎，太史專常天文曆法。隋置太史監，唐初改太史局，乾元元年改曰司天臺。見《通典》卷二六。此處亦指司天臺之官員。

〔六〕銅渾：銅質的渾天儀，觀測天體位置之儀器。《後漢書·張衡傳》：「遂乃研覈陰陽，妙盡琁機之正，作渾天儀。」李賢《注》引《漢名臣奏》曰，蔡邕曰：「言天體者有三家：一曰周髀，二曰宣夜，三曰渾天。……唯渾天者，近得其情，今史官所用候臺銅儀，則其法也。」玉策，指祕籍，猶言玉牒。應劭《風俗通·封泰山禪梁父》：「俗説岱宗上有金篋玉策，能知人壽修短。」左太冲《魏都賦》：「闕玉策於金縢，案圖籙於石室。」李善《注》：「玉策，玉牒也。」

〔七〕寶笥：謂貴重之箱篋。許敬宗《麥秋歌》：「却冰紈于寶笥，屏珍簟于披香。」金銘：鐫刻於金銀器上之銘文。

〔八〕蕣：灌木名，即木槿。

〔九〕鬱鬱：茂盛貌。《古詩》：「鬱鬱園中柳。」亭亭：聳立貌。張衡《西京賦》曰：「狀亭亭以岧岧。」

觀其兩砌分植①〔一〕，雙階並耀，葉鏤五衢〔二〕，榮回四照②〔三〕。紛廣庭之靃靡〔四〕，隱重廊之窈窕〔五〕。青陸至而鶯啼〔六〕，朱陽升而花笑〔七〕。紫蔕紅蕤〔八〕，玉蕊蒼枝。露華的皪〔九〕，風色徘徊。采粲照灼〔一〇〕，婀娜隈綏〔一一〕。迫而視之，鳴環動珮歌扇開；遠而望之，連珠合璧星漢迴〔一二〕。狀仙人之羽蓋〔一三〕，疑佚女之瑶臺〔一四〕。

校記

①「觀其兩砌分植」「觀」上原有「徒」字，據《英華》、《全唐文》删。　②「回」《全唐文》作「分」。

注釋

〔一〕砌：台階。班固《西都賦》：「於是玄墀釦砌，玉階彤庭。」

〔二〕五衢：《山海經·中山經》曰：「又東五十里，曰少室之山，百草木成囷。其上有木焉，其名曰帝休，葉狀如楊，其枝五衢。」郭璞《注》：「言樹枝交錯，相重五出，有象衢路也。」

〔三〕四照：光炎照耀四方。《山海經·南山經》：「其首曰招摇之山，……有木焉，……其華四照。」

〔四〕靃靡：草木弱貌。淮南小山《招隱士》：「薠草靃靡。」

〔五〕窈窕：深邃貌。潘岳《哀永逝文》：「棺冥冥兮埏窈窕。」

〔六〕青陸：即青道，立春春分，月從東青道，因用作春天的代稱。顔延年《三月三日曲水詩序》：「日躔胃維，月軌青陸。」李善《注》曰：「《河圖帝覽嬉》曰：立春春分，月從東青道。」

〔七〕朱陽：萬物發生之氣。《三國志·蜀書·郤正傳》：「朱陽否於素秋，玄陰抑於孟春。」

〔八〕傅玄《舜華賦》曰：「紅葩紫蒂，翠葉素莖。」昇之「紫蒂」二句本此。　紅蕤：猶紅花。蕤，草木花下垂貌。王筠《摘安石榴贈劉孝威》詩：「緑葉厠紅蕤。」

〔九〕的皪：光亮、鮮明貌。又作「的歷」、「的瓅」。司馬相如《上林賦》云：「明月珠子，的皪江靡。」

〔一〇〕采粲：光彩鮮明。傅咸《舜華賦》：「朝陽照灼以舒暉，逸藻采粲而光明。」　照灼：照耀。晉無名氏《讀曲歌》：「千葉紅芙蓉，照灼渌水邊。」

〔一一〕婀娜：柔美貌。曹植《洛神賦》：「華容婀娜，令我忘餐。」　隈綏：同「葳蕤」，鮮麗貌。張衡《南都賦》：「望翠華兮葳蕤，建太常兮裶裶。」

〔一二〕連珠：喻槿花開放，既美且繁。《漢書·律曆志》：「日月如合璧，五星如連珠。」

〔一三〕羽蓋：以翠羽爲飾的車蓋。司馬相如《子虛賦》：「下摩蘭蕙，上拂羽蓋。」

〔一四〕屈原《離騷》：「望瑶臺之偃蹇兮，見有娀之佚女。」王逸《注》：「有娀，國名也。佚，美也，謂帝嚳之妃、契母簡狄也。」又曰：「《吕氏春秋》曰：有娀氏有美女，爲之高臺而飲食之。」

寂寞攸利〔一〕，棲閑此地；委命卷舒〔二〕，隨時榮悴〔三〕。外無嬰夭之禍〔四〕，内有逍遥之致〔五〕。朝朝暮暮落復開，歲歲年年紅以翠①。若夫遊蜂戲蝶封其萼，輕煙弱霧絡其條②，去不謂之損，來不謂之饒〔六〕。故能出君子之殊俗〔七〕，入詩人之舊謡〔八〕，齊顯昧於兩曜〔九〕，效生死於一朝〔一〇〕。同喪我之非我〔一一〕，固雖凋而不凋。

校記

①「紅以翠」原作「紅似翠」，據《全唐文》改。　②「絡」《英華》作「結」。

注釋

〔一〕攸：是。《詩·小雅·斯干》云：「風雨攸除，鳥鼠攸去，君子攸芋。」

〔二〕委命：聽任命運支配。班固《答賓戲》：「委命共己，味道之腴。」　卷舒：屈曲與舒散。《淮南子·本經訓》：「嬴縮卷舒，淪於不測。」

〔三〕榮悴：榮枯。潘岳《秋興賦》：「雖末士之榮悴兮，伊人情之美惡。」

〔四〕嬰夭：遭遇禍患而夭折。嬰，通「攖」，觸犯，遭遇。

〔五〕逍遥：安閒自得貌。《詩·鄭風·清人》：「二矛重喬，河上乎逍遥。」

〔六〕饒：富厚，豐足，多。《史記·陳丞相世家》：「平既娶張氏女，齎用益饒。」

〔七〕《藝文類聚》卷八九《木部·木槿》引《外國圖》曰：「君子之國，多木槿之華。人民食之。去琅耶三萬里。」殊俗，異方的風俗，多用以指遠方或異邦。《吕氏春秋·諭大》：「禹欲帝而不成，既足以正殊俗矣。」

〔八〕《詩·鄭風·有女同車》：「有女同車，顔如蕣華。」蕣即木槿，故云。

〔九〕顯昧：明暗。　兩曜：即日月。《初學記》卷一《天部》：「日月謂之兩曜。」

〔一〇〕《説文》曰：「舜，木槿也，朝華暮落。」潘尼《朝菌賦序》曰：「朝菌者，蓋朝華而暮落，世謂之木槿。」效，獻也。

〔一二〕喪我：《莊子・齊物論》曰：「南郭子綦隱机而坐，仰天而噓，荅焉似喪其耦。顔成子游立侍乎前，曰：『何居乎？形固可使如槁木，而心固可使如死灰乎？今之隱机者，非昔之隱机者也。』子綦曰：『偃，不亦善乎，而問之也！今者吾喪我，汝知之乎？』」郭象《注》：「吾喪我，我自忘矣；我自忘矣，天下有何物足識哉！故都忘外内，然後超然自得。」 非我：吾喪我，我自忘矣，我既自忘矣，則「物」、「我」冥合爲一，無所謂「我」，無所謂「物」矣，故曰「非我」。

則有亭伯儒門〔一〕，令思詩友〔二〕，翰苑曠其吞夢①〔三〕，文鋒高而照斗〔四〕；詠蕪滋之朝夕〔五〕，悲積薪之先後〔六〕；縟繡起于緹紡〔七〕，煙霞生於灌莽〔八〕。豈與巖幽弱篠②〔九〕，澗底枯松〔一〇〕，徒冒霜而停雪〔一一〕，空集鳳而吟龍〔一二〕；詎得奉仙闈之廣價〔一三〕，連筆匠之爲容〔一四〕。

校記

①「曠」原作「擴」，據《英華》、《全唐文》改。 ②「篠」原作「蓧」，據《英華》、《全唐文》改。

注釋

〔一〕亭伯：崔駰，字亭伯，涿郡人。年十三，能通《詩》、《易》、《春秋》，博學有偉才，善屬文。少游太學，與班固、傅毅齊名。仕爲車騎將軍竇憲掾，以數諫忤憲，出爲長岑長，遂不之官而歸，永元中，卒于家。有詩、賦、銘、頌等著述二十一篇。駰子瑗，瑗子寔，寔從兄烈，烈子鈞並業儒有文才，爲冀州名士。見《後漢書·崔駰傳》。又據《新唐書·宰相世系表二下》，參觀《舊唐書·崔行功傳》，可知崔行功屬博陵安平崔氏大房，爲崔駰的後裔，故曰「亭伯儒門」。

〔二〕令思：華譚，字令思，廣陵人。博學多通，有口辯。太康中，舉秀才，對策第一，除郎中。歷郟令、廬江内史。建興初爲鎮東軍諮祭酒。太興初，轉祕書監。見《晉書·華譚傳》。以華譚曾任祕書監，故用來喻指崔行功。

〔三〕翰苑：猶文苑，文學的園地。　吞夢：包括雲夢澤。

〔四〕文鋒：文辭雄辯有力，似刀劍之有鋒刃，故曰「文鋒」。　斗：指北斗星。

〔五〕詠蕪滋之朝夕：此語較生澀費解。按：叢生之草曰「蕪」，潤澤曰「滋」。木槿亦叢生，其花朝開暮落，故以「朝夕」隱指之。全句蓋謂崔行功爲賦，詠木槿花葉之潤澤鮮麗。

〔六〕《漢書·汲黯傳》云：「始黯列九卿矣，而公孫弘、張湯爲小吏。及弘、湯稍貴，與黯同位，黯又非毁弘、湯。已而弘至丞相封侯，湯御史大夫，黯時丞史皆與同列，或尊用過之。黯褊心，不能無少望，見上，言曰：『陛下用群臣如積薪耳，後來者居上。』」案：崔行功《雙槿樹賦》已佚。由此句觀之，崔原作蓋借詠槿樹，歎仕途之淹滯也。

〔七〕縟繡：花紋繁密、五采備具的絲織品。桓寬《鹽鐵論》：「今富者縟繡羅紈，中者素綈錦縑。」緹紡：橘紅色的紡綢。緹，橘紅色。《説文》：「緹，帛丹黄色也。」紡，即紡綢。《儀禮·聘禮》:「迎大夫賄,用束紡。」

〔八〕灌莽:草木叢生之地。鮑照《蕪城賦》:「灌莽杳而無際。」

〔九〕巖幽:山谷幽深之處。　篠:小竹,可作箭。《書·禹貢》:「篠簜既敷。」

〔一〇〕左思《詠史詩》:「鬱鬱澗底松,離離山上苗。以彼徑寸莖,蔭此百尺條。」

〔一一〕左思《吴都賦》:「其竹則篔簹林箊……緑葉翠莖,冒霜停雪。」

〔一二〕集鳳:《初學記》卷二八《果木部》引王子年《拾遺記》曰:「蓬萊有浮筠之簳,葉青莖紫,子如大珠,有青鸞集其上。」又,賀循《賦得夾池脩竹》詩曰:「來風韻晚逕,集鳳動春枝。」　吟龍:《後漢書·方術列傳·費長房傳》有竹杖化爲龍的故事。所以以竹製爲簫笛而奏之,可稱之爲「龍吟」。劉孝先《竹》詩:「竹生空野外,梢雲聳百尋。……誰能製長笛,當爲吐龍吟。」

〔一三〕仙闈:猶仙宫,此指祕書省。闈,古代宫中小門。《周禮·地官·保氏》:「使其屬守王闈。」　廣價:使增加聲價。

〔一四〕筆匠:文章家,著作家。　爲容:修飾打扮。《詩·衛風·伯兮》:「豈無膏沐,誰適爲容?」

已矣哉!東方生聞而嘆曰〔一〕:故年花落不留人,今年花發非故春。倏兮夕隕,忽兮朝新。侏儒何功兮短飽?曼倩何負兮長貧〔二〕?聊寄詞於庭樹,倘有感於平津〔三〕。

注釋

〔一〕東方生:即東方朔,平原厭次人,字曼倩。善詼諧滑稽。武帝初,朔上書高自稱譽,帝偉之,令待詔公車。久之，以口諧辭給、逢占射覆得愛幸，除爲常侍郎。帝欲爲上林苑，朔進諫，乃拜朔爲太中大夫給事中。復爲中郎。朔雖詼笑，然時觀察顔色，直言切諫。嘗上書陳農戰强國之計，並自訟獨不得大官，欲求試用，然終不見用。事蹟見《漢書·東方朔傳》。

〔二〕「侏儒」二句：《漢書·東方朔傳》曰：東方朔上書「高自稱譽，上偉之，令待詔公車，奉禄薄，未得省見。久之，朔紿騶朱儒，曰：『上以若曹無益於縣官，耕田力作固不及人，臨衆處官不能治民，從軍擊虜不任兵事，無益於國用，徒索衣食，今欲盡殺若曹。』朱儒大恐，啼泣。朔教曰：『上即過，叩頭請罪。』居有頃，聞上過，朱儒皆號泣頓首。……上知朔多端，召問朔：『何恐朱儒爲？』對曰：『臣朔生亦言，死亦言。朱儒長三尺餘，奉一囊粟，錢二百四十。臣朔長九尺餘，亦奉一囊粟，錢二百四十。朱儒飽欲死，臣朔饑欲死。臣言可用，幸異其禮；不可用，罷之，無令但索長安米。』」

〔三〕平津：漢武帝時，公孫弘爲丞相，封爲平津侯。見《漢書·公孫弘傳》。此處借指當朝權貴。

病梨樹賦并序〔一〕

癸酉之歲，余卧病於長安光德坊之官舍〔二〕。父老云是鄱陽公主之邑司〔三〕，昔公主未嫁而卒，故其邑廢。時有處士孫君思邈居之〔四〕。君道洽今古〔五〕，學有數術〔六〕，高談正一〔七〕，則古之蒙莊子〔八〕；深入不二〔九〕，則今之維摩詰〔一〇〕。及其推步甲子〔一一〕，度量乾坤，飛鍊石之奇〔一二〕，洗胃腸之妙〔一三〕，則其甘公、洛下閎、安期先生、扁鵲之儔也〔一四〕。自云開皇辛丑歲生①，今年九十二矣。詢之鄉里，咸云數百歲人矣，共語周、齊間事，歷歷眼見，以此參之，不啻百歲人也。然猶視聽不衰，神形甚茂，可謂聰明博達不死者矣〔一五〕。余年垂强仕〔一六〕，則有幽憂之疾〔一七〕，椿菌之性②〔一八〕，何其遼哉！

校記

①「辛丑」原作「辛酉」，據《全唐文》卷一六六改。　②「菌」原作「困」，據《英華》卷一四三、《全唐文》改。

注釋

〔一〕高宗咸亨四年癸酉（六七三）秋七月作於長安。

〔二〕唐長安街坊名。在城内西偏，西爲西市，南爲延康坊，東爲通義坊，北爲延壽坊。見徐松《唐兩京城坊考》。

〔三〕鄱陽公主：據《新唐書·諸帝公主傳》及其他唐代史乘，高宗三女，内無鄱陽公主之稱。當是幼年夭亡，故史官不載。　邑司：官署名。《大唐六典》卷二九《諸王府·公主邑司》：「公主邑司，令一人，從七品下；丞一人，從八品下；録事一人，從九品下。公主邑司官，各掌主家財貨出入、田園徵封之事，其制度皆隸宗正焉。」

〔四〕孫思邈：京兆華原人。通百家説，善言老莊。獨孤信異之曰：「聖童也，顧器大難爲用爾！」

及長，居太白山。隋文帝輔政，以國子博士召，不拜。顯慶中，復召見，拜諫議大夫，固辭。上元元年稱疾還山。永淳初卒，年百餘歲。孫思邈於陰陽推步醫藥無不善。嘗自注《老子》、《莊子》，撰《千金方》，行於世。《舊唐書·方伎傳》、《新唐書·隱逸傳》有傳。

〔五〕洽，周遍，廣博。道洽今古，謂術業博通今古。僞《古文尚書·畢命》：「道洽政治，澤潤生民。」

〔六〕數術：陰陽、占卜之術。《漢書·藝文志序》「太史令尹咸校數術」顔師古《注》：「占卜之書。」馬季長《長笛賦序》「融既博覽典雅，精核數術」李善《注》：「《漢書》曰：術數者，皆羲和卜史之職。韋昭曰：歷數占術也。」

〔七〕正一：道教術語。道教認爲「一」爲世界萬物之本，永恒不變。《南齊書·顧歡傳·夷夏論》：「佛號正真，道稱正一，一歸無死，真會無生。在名則反，在實則合。」又曰：吴興孟景翼爲道士，造《正一論》。

〔八〕蒙莊子：已見《馴鳶賦》注〔二〕。

〔九〕不二：佛教術語。一實之理，如如平等，而無彼此之别，謂之不二。菩薩悟入一實平等之理，謂之不二法門。《維摩經·入不二法門品》曰：「肇曰：離真皆名二，故以不二爲言。」

〔一〇〕維摩詰：釋迦牟尼同時人，也作維摩羅詰。義譯爲無垢稱，或作浄名。曾向佛弟子舍利弗、彌勒、文殊師利等講説大乘教義。《維摩經·方便品》曰：「爾時毘耶離大城中有長者名維摩詰，已曾供養無量諸佛。」

〔一一〕推步：推算天文曆法之學。《後漢書·馮緄傳》：「緄弟允，……善推步之術。」李賢《注》：「推步，謂究日月五星之度、昏旦節氣之差。」　甲子：甲爲天干首位，子爲地支首位，用干支依次相配，如甲子、乙丑，可得六十數，古代用以紀年月日，編製曆法，故此處即用來指代曆法。《吕氏春秋·勿躬》：「大橈作甲子。」

〔一二〕鍊石：道教謂鍊製丹砂或石髓，服食之，可以白日飛升成仙。《列仙傳》：「八珍促壽，五石延生。卭疏得之，鍊髓餌精。」庾闡《遊仙詩》：「功疏鍊石髓，赤松漱水玉。」庾信《道士步虚詞》：「鵠巢堪鍊石，蜂房得煑金。」

〔一三〕《史記·扁鵲倉公傳》：「臣聞上古之時，醫有俞跗，……湔浣腸胃，漱滌五藏，練精易行。」《後漢書·華佗傳》：「華佗字元化，沛國譙人也，一名旉。……精於方藥，……若在腸胃，則斷截湔洗，除去疾穢，既而縫合，傅以神膏，四五日創愈，一月之閒皆平復。」

〔一四〕甘公：人名。戰國時天文學家。《史記·天官書》：「昔之傳天數者：高辛之前，重、黎；於唐、虞，羲、和；……在齊，甘公。」《集解》：徐廣曰：「或曰甘公名德也，本是魯人。」《正義》：「《七録》云楚人，戰國時作《天文星占》八卷。」　洛下閎：西漢天文曆算家。武帝時，嘗參與製定《太初曆》。《漢書·律曆志》：「乃選治曆鄧平……及與民間治曆者，凡二十餘人，方士唐都、巴郡落下閎與焉。」又《公孫弘傳贊》：「曆數則唐都、洛下閎。」　安期先生：即安期生，道教所謂仙人之一。《列仙傳》：「安期生，琅耶阜鄉人。賣藥海邊。時人皆言千歲公。秦始皇請見，與語三日三夜，賜金璧數萬，出於阜鄉亭皆置去。留書，以赤玉舃一量爲報曰：『復千歲，來求我於蓬萊山下。』」扁鵲：戰國時名醫，勃海郡鄚人，姓秦，名越人，家於盧，又號盧醫。少時爲人舍長，遇長桑君，傳其術，盡知五藏癥結。名聞天下。秦太醫令李醯自知技不如，使人刺殺之。事跡見《史記·扁鵲傳》。

〔一五〕博達：學識廣博，明達事理。《漢書·陳湯傳》：「少好書，博達善屬文。」

〔一六〕《禮記·曲禮上》：「人生十年曰幼，學；二十曰弱，冠；三十曰壯，有室；四十曰强，而仕。」垂，將近，將及。《後漢書·何進傳》：「今董卓垂至，諸君何不早各就國？」

〔一七〕《莊子·讓王》：「堯以天下讓許由，許由不受。又讓於子州支父，子州支父曰：『以我爲天子，猶之可也。雖然，我適有幽憂之病，方且治之，未暇治天下也。』」成玄英《疏》：「幽，深也。憂，勞也。言我滯竟幽深，固心憂勞。」《經典釋文》引王穆夜説：「謂其病深固也。」

〔一八〕椿菌：椿，大椿，木名。菌，即朝菌。《莊子·逍遥遊》曰：「小知不及大知，小年不及大年。奚以知其然也？朝菌不知晦朔，蟪蛄不知春秋，此小年也。……上古有大椿者，以八千歲爲春，八千歲爲秋，此大年也。」郭慶藩《集釋》引王引之曰：「案《淮南·道應篇》引此，『朝菌』作『朝秀』。高《注》曰：『朝秀，朝生暮死之蟲也，生水上，狀似蠶蛾，一名孳母。』」此處以生命短暫之「朝菌」自比，而以極壽之「大椿」比擬孫思邈。

于時天子避暑甘泉〔一〕，邈亦徵詣行在〔二〕，余獨病卧兹邑①，閴寂無人〔三〕，伏枕十旬，閉門三月。庭無衆木，唯有病梨樹一株②，圍纔數握〔四〕，高僅盈丈。花實憔悴，似不任乎歲寒；枝葉零丁，絶有意乎朝暮。嗟乎！同託根於膏壤〔五〕，俱禀氣於太和〔六〕，而脩短不均，榮枯殊貫〔七〕。豈賦命之理〔八〕，得之自然，將資生之化〔九〕，有所偏及。樹猶如此，人何以堪〔一〇〕？有感於懷，賦之云耳。

校記

①「病卧」《全唐文》作「卧病」，《英華》無「病」字。②「唯有病梨樹一株」《英華》、《全唐文》作「唯有病梨一樹」。

注釋

〔一〕《舊唐書·高宗紀》：咸亨四年「夏四月丙子，幸九成宫。……（冬十月）庚子，還京師。乙巳，至自九成宫。」甘泉：秦漢宫名，在今陜西淳化縣西北甘泉山上。《三輔黄圖》卷二：「甘泉宫，一曰雲陽宫。……《關輔記》曰：『林光宫，一曰甘泉宫，秦所造，在今池陽縣西，故甘泉山，宫以山爲名。宫周匝十餘里。漢武帝建元中增廣之。』」此處代指唐之九成宫。

〔二〕行在：《史記·衛青傳》：「遂因建詣行在所」，《集解》：蔡邕曰：「天子自謂所居曰『行在所』，言今雖在京師，行所至耳。巡狩天下，所奏事處皆爲宫。」

〔三〕閴寂：寂静。何遜《行經孫氏陵》詩：「閴寂今如此，望望沾人衣。」

〔四〕圍：計度圓周的量詞。《莊子·人間世》：「見櫟社樹，其大蔽數千牛，絜之百圍。」《釋文》引李（頤）云：「徑尺爲圍。」此處指樹幹的圓周。握，一把之量或大小長短，均曰握。《禮記·王制》：「祭……宗廟之牛，角握。」《注》：「握謂長不出膚。」《疏》：「四指曰扶，扶則膚也。」《穀梁傳》昭公八年：「流旁握。」《注》：「握，四寸也。」

〔五〕膏壤：肥沃的土地。《史記·貨殖列傳》：「關中自汧、雍以東至河、華，膏壤沃野千里。」

〔六〕稟氣：承受天地之元氣而生也。《宋書·謝靈運傳》：「稟氣懷靈，理或無異。」太和：陰陽會合冲和之氣，一作大和。《漢書·敍傳·答賓戲》：「沐浴玄德，稟印太和。」

〔七〕殊貫：條理不同。貫，條理。杜預《春秋左氏傳序》：「經之條貫，必出於傳。」

〔八〕賦命：天賦之運命。王粲《傷夭賦》：「惟皇天之賦命，實浩蕩而不均。」

〔九〕資生：賴以生長。《易·坤》：「至哉坤元，萬物資生。」化，造化，自然界生成萬物的功能。《素問·五常政大論》：「化不可代，時不可違。」

〔一〇〕「樹猶」二句：《世説新語·言語》：「桓公北征經金城，見前爲琅邪時種柳，皆已十圍，慨然曰：『木猶如此，人何以堪！』攀枝執條，泫然流淚。」

天象平運〔一〕，方祇廣植〔二〕。挺芳桂於月輪〔三〕，横扶桑於日域〔四〕。建木聳靈丘之上〔五〕，蟠桃生巨海之側〔六〕，細葉枝連①，洪柯條直〔七〕。齊天地之一指〔八〕，任烏兔之棲息〔九〕。或垂陰萬畝〔一〇〕，或結子千年〔一一〕。何偏施之雨露，何獨厚之風煙。

校記

①「細葉枝連」《英華》作「細枝葉連」。

注釋

〔一〕天象：天空的景象。《易・繫辭上》：「天垂象，見吉凶，聖人則之。」僞《古文尚書・胤征》：「昏迷于天象，以干先王之誅。」平運：《論衡・説日篇》：「天平正與地無異。然而日出上日入下者，隨天轉運，視天若覆盆之狀，故視日上下然，似若出入地中矣。」《莊子・天運》：「天其運乎？地其處乎？」

〔二〕方祇：即「方祇」，方地。宋玉《大言賦》：「方地爲車，圓天爲蓋。」《初學記》卷五引楊泉《物理論》云：「地者，其卦曰坤，其德曰母，其神曰祇。」按：祇、祇形近，二字古籍中往往混用。顔延年《宋文皇帝元皇后哀策文》：「圓精初鑠，方祇始凝。」李善《注》：「《吕氏春秋》曰：天道圓，地道方。」廣植：（方地）位置於圓天之下，廣濶無垠。植，安放，通「置」。《書・金縢》：「植璧秉珪。」《疏》：「鄭云：植，古置字。」

〔三〕《初學記》卷一《天部》引虞喜《安天論》：「俗傳月中仙人桂樹，今視其初生，見仙人之足，漸已成形，桂樹後生。」

〔四〕扶桑：神木名。《山海經・海外東經》：「下有湯谷。湯谷上有扶桑，十日所浴，在黑齒北。居水中，有大木，九日居下枝，一日居上枝。」又，《楚辭·離騷》：「飲余馬於咸池兮，總余轡於扶桑。」又名若木，或又傳在西極。　日域：日初出之處也。《漢書·揚雄傳·長楊賦》：「西厭月蝴，東震日域。」

〔五〕建木：與靈丘，俱見《山海經·海内經》：「有九丘，以水絡之：名曰陶唐之丘、有叔得之丘、孟盈之丘、昆吾之丘、黑白之丘、赤望之丘、參衛之丘、武夫之丘、神民之丘。有木，青葉紫莖，玄華黄實，名曰建木，百仞無枝。」

〔六〕蟠桃：果名。《初學記》卷二八《果木部》：「《山海經》曰：東海有山名度索。山有大桃實，握盤三千里，曰蟠桃。」（嚴陸校宋本異文）

〔七〕粗大的莖。柯，草木的枝莖。

〔八〕《莊子·齊物論》：「以指喻指之非指，不若以非指喻指之非指也；以馬喻馬之非馬，不若以非馬喻馬之非馬也。天地一指也，萬物一馬也。」陳鼓應《莊子今注今譯》曰：「以馬喻馬之非馬，不若以非馬喻馬之非馬。」在這兩句中，「馬」的同一符號形式出現六次，但在不同的文字系胳中，意指不同；即其中有四個「馬」字是指白馬而略去了「白」字。其句義當是：「以白馬解説白馬不是馬，不如以非白馬來解説白馬不是馬。」同樣的，「以指喻指之非指，不若以非指喻指之非指」，可解釋爲：以大拇指來解説大拇指不是手指，不如以非大拇指來解説大拇指不是手指。如果用符號來代替，就顯得清楚些，其意爲：從A的觀點來解説A不是B，不如從B的觀點來解説A不是B。……天地一指也,萬物一馬也:「一指」、「一馬」是用以代表天地萬物同質的共通概念。意指從相同的觀點來看,天地萬物都有它們的共同性。《德充符》上説:「自其同者視之,萬物皆一也。」就是這個意思。

〔九〕烏兔:古代神話謂日中有烏,月中有兔。《楚辭・天問》:「夜光何德,死則又育?厥利維何,而顧兔在腹?」《淮南子・精神訓》:「日中有踆烏。」高誘《注》:「踆猶蹲也,謂三足烏。」棲息:日中之烏登于扶桑,月中之兔息于桂下,故云。

〔一〇〕《太平御覽》卷九五二《木部》引《孫綽子》曰:海上人與山客辨其物。海人曰:「魚額若華山之頂,一吸萬頃之波。」山客曰:「鄧林有木,圍三萬尋,直上千里,旁蔭數國。」

〔一一〕《太平廣記》卷三引《漢武内傳》:「王母自設天厨,……又命侍女更索桃果。須臾,以玉盤盛仙桃七顆,大如鴨卵,形圓青色,以呈王母。母以四顆與帝,三顆自食。……帝食輒收其核。王母問帝,帝曰:『欲種之。』母曰:『此桃三千年一生實。中夏地薄,種之不生。』」

慜茲珍木,離離幽獨〔一〕。飛茂實于河陽〔二〕,傳芳名於金谷〔三〕。紫潤稱其殊旨〔四〕,玄光表其仙族〔五〕。爾生何爲,零丁若斯!無輪桷之可用〔六〕,無棟梁之可施。進無違於斤斧〔七〕,退無競於班倕〔八〕。無庭槐之生意〔九〕,有巖桐之死枝〔一〇〕。爾其高纔數仞〔一一〕,圍僅盈尺;脩榦罕雙,枯條每隻;葉病多紫,花凋少白。夕烏怨其巢危,秋蟬悲其翳窄〔一二〕。怯衝飈之摇落①〔一三〕，忌炎景之臨迫〔一四〕。既而地歇蒸霧，天收耀靈〔一五〕，西秦明月，東井流星〔一六〕；憔悴孤影，徘徊直形，狀金莖之的的〔一七〕，疑石柱之亭亭〔一八〕。

校記

①「衝」原作「衡」，據《英華》、《全唐文》改。「飈」原作「颷」，據《全唐文》改。

注釋

〔一〕離離：歷歷分明。《尚書大傳·略説》：「《書》之論事也，昭昭如日月之代明，離離如參星之錯行。」幽獨：獨處於深僻昏暗之地。《九章·涉江》：「哀吾生之無樂兮，幽獨處乎山中。」

〔二〕《晉書·潘岳傳》：「岳才名冠世，爲衆所疾，遂栖遲十年。出爲河陽令。」又曰：「既仕宦不達，乃作《閑居賦》曰：『……爰定我居，築室穿池，……竹木蓊藹，靈果參差。張公大谷之梨，梁侯烏椑之柿，……靡不畢植。』」沈約《西地梨詩》：「列茂河陽苑，蓄紫濫觴隈。」

〔三〕金谷：地名，也稱金谷澗。在河南洛陽市西北。晉太康中，石崇築園於此，世稱金谷園。《世説新語·品藻》劉孝標《注》引石崇《金谷詩叙》曰：「余以元康六年，從太僕卿出爲使，……有别廬在河南縣界金谷澗中，或高或下，有清泉茂林，衆果竹柏、藥草之屬，莫不畢備。」劉孝綽《詠梨花應令詩》：「玉壘稱津潤，金谷訪芳菲。」

〔四〕紫潤：指金谷澗。紫，修飾之詞。《尹喜内傳》：「老子西遊，省太真王母，共食紫梨。」（《初學記》卷二八）《洞冥記》：「塗山之背，梨大如升，色紫。」（《藝文類聚》卷八六）謝朓有《謝隋王賜紫梨啓》（同上）。紫梨生於紫澗，故云「稱」（符合）其「殊旨」（特殊的意願）。

〔五〕玄光：《藝文類聚》卷八六引《漢武内傳》曰：「太上之藥，果有玄光梨。」仙族：生於仙界之族類。

〔六〕桷：方形的椽子。《詩·魯頌·閟宫》：「松桷有舄，路寢孔碩。」《説文》：「桷，榱也。……椽方曰桷。」

〔七〕違：避開。《易·乾》：「樂則行之，憂則違之。」

〔八〕班倕：指公輸班、倕。皆古代巧匠。《後漢書·崔駰傳·慰志賦》：「應規矩之淑質兮，過班倕而裁之。」李賢《注》：「公輸班，魯之巧人也。倕，舜時爲共工之官。皆巧人也。」又，《孟子·離婁上》「公輸子之巧」趙歧《注》云：「公輸子，魯班，魯之巧人也。或以爲魯昭公之子。」一説魯班與公輸氏爲二人，皆有巧藝，見《漢書·叙傳·答賓戲》顔師古《注》。或云倕爲堯時巧工，見《吕氏春秋·離謂》高誘《注》；或謂黄帝時巧人，見《玉篇》、《廣韻》。

〔九〕《世説新語·黜免》：「桓玄敗後，殷仲文還爲大司馬咨議，意似二三，非復往日。大司馬府聽前，有一老槐，甚扶疎。殷因月朔，與衆在聽，視槐良久，歎曰：『槐樹婆娑，無復生意！』」

〔一〇〕枚乘《七發》：「龍門之桐，高百尺而無枝。中鬱結之輪菌，根扶疏以分離。上有千仞之峯，下臨百丈之谿。湍流遡波，又澹淡之。其根半死半生。」

〔一一〕仞：長度單位。仞的長度説法不一。或以爲七尺，或云八尺。

〔一二〕翳：《説文》：「華蓋也，从羽，殹聲。」段玉裁《注》：「張衡賦曰：『羽蓋葳蕤』……薛綜云：『羽蓋，以翠羽覆車蓋也。』按以羽故其字从羽。翳之言蔽也，引伸爲凡蔽之稱，在上在旁皆曰翳。」

〔一三〕衝飇，疾風也。張協《七命》：「衝飇發而迴日，飛礫起而麗天。」　搖落：草木凋謝，零落。《楚辭・九辯》：「悲哉秋之爲氣也，蕭瑟兮草木搖落而變衰。」

〔一四〕炎景：炎陽，烈日。郭璞《江賦》：「滈汗六州之域，經營炎景之外。」

〔一五〕耀靈：即曜靈，太陽。《楚辭・天問》：「角宿未旦，曜靈安藏？」張平子《思玄賦》作「耀靈」。

〔一六〕東井：星名，即井宿，當秦之分野。《淮南子・天文訓》：「星部地名：角、亢，鄭。氐、房、心，宋。……東井、輿鬼，秦。」

〔一七〕金莖：銅柱，用以擎承露盤，漢武帝時作。班孟堅《西都賦》：「抗仙掌以承露，擢雙立之金莖。」李善《注》：「金莖，銅柱也。」　的的：明顯，昭著。《淮南子・説林訓》「的的者獲，提提者射。」高誘《注》：「的的，明也，爲衆所見，故獲。」

〔一八〕石柱：在長安。《初學記》卷八《州郡部》引《三輔舊事》：「石柱以南屬京兆，北屬扶風。」

若夫西海夸父之林〔一〕，南海蚩尤之樹①〔二〕，莫不摩霄拂日，藏雲吐霧。別有橋邊朽柱，天上靈槎②〔三〕，年年歲歲，無葉無花，榮辱兩齊〔四〕，吉凶同軌〔五〕，寧守雌以外喪〔六〕，不修襐而内否③〔七〕。亦猶縱酒高賢〔八〕，佯狂君子〔九〕，爲其腦合，置其憂喜〔一〇〕。生非我生，物謂之生〔一一〕；死非我死，谷神不死〔一二〕。混彭殤于一觀〔一三〕，庶筌蹄於兹理〔一四〕。

校記

①「蚩」原作「蚩」，據《全唐文》改。　②「橋邊」《英華》注「一作星橋」。　③「襮」原作「襮」，據《全唐文》改。

注釋

〔一〕夸父：神話人物名，炎帝之裔。《山海經·海外北經》：「夸父與日逐走，入日。渴欲得飲，飲于河渭；河渭不足，北飲大澤。未至，道渴而死。弃其杖，化爲鄧林。」

〔二〕蚩尤，神話人物名，炎帝之裔。蚩尤之樹，楓木也。《山海經·大荒南經》：「大荒之中，有山名曰融天，海水南入焉。……有宋山者，有赤蛇，名曰育蛇。有木生山上，名曰楓木。楓木，蚩尤所棄其桎梏，是爲楓木。」郭璞《注》：「蚩尤爲黄帝所得，械而殺之，已摘棄其械，化而爲樹也。」

〔三〕《博物志》：「舊説天河與海通。近世有人居海濱者，年年八月有浮槎去來，不失期。人有奇志，立飛閣於槎上，多齎糧，乘槎而去。千餘日中，猶觀日月星辰，自後茫茫忽忽，亦不覺晝夜。去十餘日，奄至一處，有城郭狀，屋室甚嚴。遥望宫中，多織婦。見一丈夫牽牛渚飲之。牽牛人驚問曰：『何由至此？』此人具説來意，并問：『此是何處？』答曰：『君還，至蜀郡訪嚴君平則知之。』……後至蜀，問君平，曰：『某年月日，有客星犯牽牛宿。』計年月，正是此人到天河時也。」

〔四〕《藝文類聚》卷五七《雜文部》引王粲《七釋》：「均同死生，混齊榮辱。」

〔五〕《漢書·賈誼傳》：「憂喜聚門，吉凶同域。」

〔六〕《老子》：「知其雄，守其雌，爲天下谿。」王弼《注》：「雄，先之屬；雌，後之屬也。知爲天下之先也，必後也。是以聖人後其身而身先也。谿不求物，而物自歸之。」外喪：以外因而凋喪。

〔七〕修襮：外修恭敬也。襮，外表。《漢書·叙傳·幽通賦》：「單治裹而外凋兮，張修襮而内逼。」顔師古《注》引應劭曰：「單，單豹也，静居其所，以理五内，處深山，爲虎所食。張，張毅也，外修恭敬，斯徒馬圉皆與亢禮，不勝其勞，内熱而死。」昇之「寧守雌而外喪，不修襮而内否」二句本此。内否：因内心的、精神方面的原因使自己受到折磨、傷害。否，惡，壞，不順。

〔八〕縱酒高賢：指三國魏末竹林七賢阮籍、嵇康、山濤、向秀、阮咸、王戎、劉伶之屬。其人皆嗜酒，「常集于竹林之下，肆意酣暢」。（《世説新語·任誕》）

〔九〕佯狂：裝瘋。《史記·宋微子世家》：「紂爲淫泆，箕子諫，不聽。……乃被髮詳狂而爲奴。」詳，通「佯」。

〔一〇〕「爲其」二句：和宇宙萬物合爲一體，憂傷喜悦一概置之不問。語本《莊子·齊物論》：「旁日月，挾宇宙，爲其脗合，置其滑涽，以隸相尊。」郭象《注》：「以有所賤，故尊卑生焉，而滑涽紛亂，莫之能正，各自是于一方矣。故爲脗然自合之道，莫若置之勿言，委之自爾也。」成玄英《疏》：「脗，無分别之貌也。置，任也。滑，亂也。涽，闇也。隸，皂僕之類也，蓋賤稱也。夫物情顛倒，妄執尊卑。今聖人欲祛此惑，（無）〔爲〕脗然合同之道，莫若滑亂昏雜，隨而任之，以隸相尊，一于貴賤。」

〔二〕莊子哲學以爲死生不過是氣的聚散，《莊子》書中曾多次論及這一問題。如《至樂》篇云：「莊子妻死，惠子弔之，莊子則方箕踞鼓盆而歌。惠子曰：『與人居，長子、老、身死，不哭，亦足矣，又鼓盆而歌，不亦甚乎！』莊子曰：『不然。是其始死也，我獨何能无概然！察其始而本无生，非徒无生也而本无形，非徒无形也而本无氣。雜乎芒芴之間，變而有氣，氣變而有形，形變而有生，今又變而之死，是相與爲春秋冬夏四時行也。人且偃然寢於巨室，而我噭噭然隨而哭之，自以爲不通乎命，故止也。』」又曰：「支離叔與滑介叔觀於冥伯之丘，……俄而柳生其左肘，其意蹶蹶然惡之。支離叔曰：『子惡之乎？』滑介叔曰：『亡，予何惡！生者，假借也；假之而生生者，塵垢也。死生爲晝夜。且吾與子觀化而化及我，我又何惡焉！』」又，《知北遊》曰：「舜問乎丞曰：『道可得而有乎？』曰：『汝身非汝有也，汝何得有夫道？』舜曰：『吾身非吾有也，孰有之哉？』曰：『是天地之委形也；生非汝有，是天地之委和也；性命非汝有，是天地之委順也；子孫非汝有，是天地之委蜕也。故行不知所往，處不知所持，食不知所味。天地之强陽氣也，又胡可得而有邪？』」

〔三〕谷中空虚之處。虚懷深藏之意。《老子》：「谷神不死，是謂玄牝。」王弼《注》：「谷神，中央無谷也，無形無影，無逆無違，處卑不動，守静不衰，谷以之成，而不見其形。」庾信《道士步虚詞》：「要妙思玄牝，虚無養谷神。」一説爲腹中的元神。漢河上公《注》：「谷，養也。人能養神則不死也。神，謂五藏之神也。」或謂神指神妙莫測之謂，谷神「即指生養天地萬物之神，也就是『道』」。

〔三〕彭，彭祖，古代傳説中之長壽者。《莊子·逍遥遊》「而彭祖乃今以久特聞」郭慶藩《集釋》引《釋文》：「《世本》云：姓籛，名鏗，在商爲守藏史，在周爲柱下史，年八百歲。」殤，殤子，人生在於襁褓而亡，謂之殤子。莊子哲學由相對主義出發，認爲大小長短是比較而言的，不是絶對的。每一個東西都比它小的東西大，也都比它大的東西小，所以每一個東西都是大的，也都是小的。所以夭折的嬰兒和長壽的彭祖可以等量齊觀。《莊子·齊物論》：「天下莫大於秋豪之末，而大山爲小；莫壽於殤子，而彭祖爲夭。」昇之「混彭殤于一觀」之語本此。

〔四〕筌蹄：筌，捕魚具。蹄，兔網。《莊子·外物》：「筌者所以在魚，得魚而忘筌；蹄者所以在兔，得兔而忘蹄；言者所以在意，得意而忘言。」

五言古詩

詠史四首

季生昔未達〔一〕，身辱功不成。髡鉗爲臺隸，灌園變姓名〔二〕。幸逢滕將軍，兼遇曹丘生〔三〕。漢祖廣招納，一朝拜公卿〔四〕。百金孰云重？一諾良匪輕。廷議斬樊噲，羣公寂無聲〔五〕。處身孤且直〔六〕，遭時坦而平。丈夫當如此，唯唯何足榮！

注釋

〔一〕季生：《史記·季布傳》：「季布者，楚人也。爲氣任俠，有名于楚。項籍使將兵，數窘漢王。及項羽滅，高祖購求布千金，敢有舍匿，罪及三族。」

〔二〕「髡鉗」二句：同書云：季布匿濮陽周氏。周氏以漢購求季布甚急，「迺髡鉗季布，衣褐衣，……之魯朱家所賣之。朱家心知是季布，迺買而置之田。」髡，古剔髮之刑。鉗，古刑名，以鐵束頸。臺、隸，奴僕。《左傳·昭公七年》：「士臣皂，皂臣輿，輿臣隸，隸臣僚，僚臣僕，僕臣臺。」

〔三〕「幸逢」二句：《史記·季布傳》載，朱家既買季布而置之田，迺乘軺車之洛陽，見汝陰侯滕公，因謂滕公曰：「臣各爲其主用，季布爲項籍用，職耳。項氏臣可盡誅邪？今上始得天下，獨以己之私怨求一人，何示天下之不廣也！且以季布之賢而漢求之急如此，此不北走胡即南走越耳。夫忌壯士以資敵國，此伍子胥所以鞭荆平王之墓也。君何不從容爲上言邪？」滕公許之，乘閒言于高祖，高祖乃赦季布，拜爲郎中。　同書又曰：楚人曹丘生，辯士，數招權顧金錢，與竇長君善。季布聞之，寄書諫竇長君勿與通。曹丘生歸，固請竇長君書以謁季布。布發書，大怒以待之。至，即揖布曰：「楚人諺曰『得黄金百，不如得季布一諾』，足下何以得此聲於梁楚閒哉？且僕楚人，足下亦楚人，僕游揚足下之名於天下，顧不重邪？何足下距僕之深也！」季布迺大悦，引入爲上客。季布名所以益聞者，曹丘揚之也。

〔四〕《季布傳》云：高祖拜季布爲郎中。孝惠時，爲中郎將。後爲河東守。孝文時，人有言其賢者。孝文召，欲以爲御史大夫。復有言其勇，使酒難近。因見罷，復守河東。然則季布未嘗位至公卿也。兹言「一朝拜公卿」者，蓋因文帝嘗欲以爲御史大夫故也。御史大夫，爲三公之一。

〔五〕「廷議」二句：《季布傳》曰：「孝惠時，爲中郎將。單于嘗爲書嫚吕后，不遜，吕后大怒，召諸將議之。上將軍樊噲曰：『臣願得十萬衆，横行匈奴中。』諸將皆阿吕后意，曰『然』。季布曰：『樊噲可斬也！夫高帝將兵四十餘萬衆，困於平城，今噲奈何以十萬衆横行匈奴中，面欺！且秦以事於胡，陳勝等起。于今創痍未瘳，噲又面諛，欲摇動天下。』是時殿上皆恐，太后罷朝，遂不復議擊匈奴事。」

〔六〕孤且直：獨立而正直。鮑照《擬行路難》：「自古聖賢盡貧賤，何況我輩孤且直！」

大漢昔云季，小人道遂振〔一〕。玉帛委奄尹①，斧鑕嬰縉紳〔二〕。邈哉郭先生〔三〕，卷舒得其真〔四〕。雍容謝朝廷〔五〕，談笑獎人倫〔六〕。在晦不絶俗，處亂不爲親〔七〕。諸侯不得友，天子不得臣〔八〕。冲情甄負甑〔九〕，重價折角巾〔一〇〕。悠悠天下士，相送洛橋津〔一一〕。誰知仙舟上，寂寂無四鄰。

校記

①「奄」 《唐詩紀事》卷七、《唐文粹》卷一八並作「閹」。《全唐詩》卷四一作「奄」，注「一作閹」。

注釋

〔一〕「大漢」二句：謂東漢季世，宦官專權，勢力昌熾。季，末也。《左傳·昭公三年》：「叔向曰：『齊其何如？』晏子曰：『此季世也。吾弗知，齊其爲陳氏矣。』」季世，即末世，衰世。《易·否》：「小人道長，君子道銷。」

〔二〕「玉帛」二句：《後漢書》云：「桓靈之間，主荒政繆，國命委于閹寺。」（《黨錮列傳》）「中官近習，竊持國柄，手握王爵，口含天憲。」（《朱穆傳》）「府署第館，棊列于都鄙，子弟支附，過半于州國。南金和寶冰紈霧縠之積，盈牣珍藏；嬙媛侍兒歌童舞女之玩，充備綺室。……敗國蠹政之事，不可殫書。……雖忠良懷憤，時或奮發，而言出禍從，旋見孥戮，因復大考鉤黨，轉相誣染。凡稱善士，莫不罹被災毒」。（《宦者列傳》）縉紳之流，屢遭屠戮，史稱「黨錮之禍」。僅靈帝建寧二年「冬十月，中常侍侯覽諷有司」奏治黨人（《靈帝紀》），即有「故司空虞放、太僕杜密、長樂少府李膺、司隸校尉朱寓、潁川太守巴肅、沛相荀翌、河内太守魏朗、山陽太守翟超、任城相劉儒、太尉掾范滂等百餘人，皆死獄中」。（《黨錮列傳》） 奄尹，統領宦官的官。此處泛指宦官。《禮記·月令》：「仲冬之月，……命奄尹，申宮令，審門閭，謹房室，必重閉。」鄭玄《注》：「奄尹，主領奄豎之官也。於周則爲内宰，掌治王之内政、宮令，幾出入及開閉之屬。」

斧鑕：鐵鍖，古刑具，置人於鍖上以斧砍之。《韓非子・初見秦》：「白刃在前，斧鑕在後。」嬰，加也。《漢書・賈誼傳》：「嬰以廉恥，故人矜節行。」縉紳：縉，插。紳，大帶。插笏於帶間。古時仕宦者垂紳縉笏，因稱士大夫爲縉紳。《莊子・天下》：「鄒魯之士，搢紳先生，多能明之。」縉，通「搢」。

〔三〕邈哉：贊歎之詞。言其高情遠韻，卓爾不羣也。　郭先生：指郭太，字林宗，東漢名士，太原界休人。少孤貧，就成皋屈伯彦學，三年業畢，博通墳籍。乃游於洛陽。河南尹李膺大奇之，遂相友善，於是名震京師。司徒黄瓊辟，太常趙典舉有道。或勸其仕進，對曰：「吾夜觀乾象，晝察人事，天之所廢，不可支也。」遂并不應，閉門教授，弟子以千數。處主荒政謬之時，黨禍迭起，而林宗獨免于難。事見《後漢書・郭太傳》。

〔四〕卷舒：屈曲與舒散。已見《雙槿樹賦》注。此處爲偏義複詞，單取「卷」之義。《論語・衛靈公》：「君子哉蘧伯玉！邦有道，則仕；邦無道，則可卷而懷之。」是收斂、隱藏曰「卷」也。　得其真：順適、保持其自然之天性。左太冲《招隱詩》：「峭蒨青葱間，竹柏得其真。」李善《注》引孫卿子曰：「桃李蒨粲於一時，時至而後殺；至於松柏，經隆冬而不彫，蒙霜雪而不變，可謂得其真矣。」

〔五〕雍容：謂容儀温文。《史記・司馬相如傳》：「相如之臨邛，從車騎，雍容閒雅甚都。」　謝，告辭，拒絶。

〔六〕郭林宗性明知人，好奬訓士類。其奬拔士人，皆如所鑒。如左原、茅容、孟敏、庾乘、宋果、賈淑等數十人，有識拔于芻牧、郵置、屠酤、卒伍之中者，或改惡遷善，或鋭意向學，慕義成名，並有可觀。事見《後漢書·郭太傳》。

〔七〕「在晦」二句：謂郭林宗隱居不仕，然而並不違棄世俗之人。；身處亂世，而能不爲擅政之奄豎所親用。在晦，謂隱遁不仕。仕宦之謂顯，在野之謂晦。傅咸《螢火賦》：「進不競於天光兮，退在晦而能明。」不絶俗：《後漢書·郭太傳》：「或問汝南范滂曰：『郭林宗何如人？』滂曰：『隱不違親，貞不絶俗，天子不得臣，諸侯不得友，吾不知其它。』」「貞不絶俗」，李賢《注》曰：「柳下惠之類。」案：《孟子·萬章下》曰：「柳下惠……遺佚而不怨，阨窮而不憫。與鄉人處，由由然不忍去也。『爾爲爾，我爲我，雖袒裼裸裎於我側，爾焉能浼我哉？』」是之謂「不絶俗」也。

〔八〕「諸侯」二句：范滂贊郭林宗語，出自《莊子·讓王》：「曾子居衛，緼袍無表，顔色腫噲，手足胼胝。……曳縱而歌《商頌》，聲滿天地，若出金石。天子不得臣，諸侯不得友。」又，《禮記·儒行》：「儒有上不臣天子，下不事諸侯。」

〔九〕冲情：冲，空虚，引伸爲淡泊、謙和。冲情，謂情懷澹遠也。王勃《九成宫東臺山池賦》：「驟冲情於月道，飛峻賞於煙墟。」甄負甑：《後漢書·郭太傳》：「孟敏字叔達，鉅鹿楊氏人也。客居太原。荷甑墮地，不顧而去。林宗見而問其意。對曰：『甑以破矣，視之何益？』林宗以此異之，因勸令遊學。十年知名，三公俱辟，並不屈云。」甄，鑒别，選拔。《三國志・吴書・張昭傳》附張承：「承爲人壯毅忠讜，能甄識人物。」

〔一〇〕《後漢書・郭太傳》：郭林宗「身長八尺，容貌魁偉，褒衣博帶，周遊郡國。嘗於陳梁閒行遇雨，巾一角墊，時人乃故折巾一角，以爲『林宗巾』。其見慕皆如此」。

〔一一〕「悠悠」二句：《後漢書・郭太傳》：郭林宗遊於洛陽，「後歸鄉里，衣冠諸儒送至河上，車數千兩。林宗唯與李膺同舟而濟，衆賓望之，以爲神仙焉。」悠悠：周流貌。《史記・孔子世家》：「桀溺曰：『悠悠者天下皆是也，而誰以易之？』」《論語・微子》本作「滔滔」。引申爲衆人、常人，平庸、庸俗。此處即「庸常」之意。《宋書・劉穆之傳》：「悠悠之言，皆云太尉與我不平，何以至此？」《晉書・王導傳》：「悠悠之談，宜絶智者之口。」

公業負奇志，交結盡才雄〔一〕。良田四百頃，所食常不充。一爲侍御史，慷慨説何公〔二〕。何公何爲敗，吾謀適不同〔三〕。仲穎恣殘忍，廢興良在躬〔四〕。死人如亂麻〔五〕，天子如轉蓬〔六〕。干戈及黄屋〔七〕，荆棘生紫宫〔八〕。鄭生運其謀，將以清國戎〔九〕。時來命不遂，脱身歸山東〔一〇〕。凜凜千載下〔一一〕，穆然懷清風〔一二〕。

注釋

〔一〕「公業」二句：《後漢書・鄭太傳》：「鄭太字公業，河南開封人，司農衆之曾孫也。少有才略。

靈帝末，知天下將亂，陰交結豪傑。家富於財，有田四百頃，而食常不足，名聞山東。」

〔二〕「一爲」二句：同書云：「及大將軍何進輔政，徵用名士，以公業爲尚書侍郎，遷侍御史。進將誅閹官，欲召并州牧董卓爲助。公業謂進曰：『董卓彊忍寡義，志欲無猒。若借之朝政，授以大事，將恣凶慾，必危朝廷。明公以親德之重，據阿衡之權，秉意獨斷，誅除有罪，誠不宜假卓以爲資援也。且事留變生，殷鑒不遠。』……進不能用，乃弃官去。」

〔三〕「何公」二句：同書《何進傳》、《董卓傳》載，何進不用鄭公業之言，終以疑留不斷，爲宦官所乘，事敗見殺。董卓遂因奉召入洛誅討宦官之名，擅權亂政，恣行廢立，誅除異己，縱兵淫掠，遂致方夏崩沸，漢室大壞。　吾謀適不同：語本《左傳·文公十三年》：「繞朝贈之以策，曰：『子無謂秦無人，吾謀適不用也。』」適，恰好。

〔四〕「仲潁」二句：《後漢書·董卓傳》載：董卓字仲潁，隴西臨洮人。性粗猛有謀。少嘗遊羌中，盡與豪帥相結。卓膂力過人，雙帶兩鞬，左右馳射，爲羌胡所畏。桓帝末，以六郡良家子爲羽林郎，屢有戰功。靈帝時拜前將軍、并州牧，駐兵河東。帝崩，大將軍何進謀誅宦官，私呼卓將兵入朝。卓未至而何進敗，虎賁中郎將袁術乃燒南宮，欲討宦官，而中常侍段珪等劫少帝及陳留王夜走小平津。卓引兵急進，聞少帝在北芒，因往奉迎。帝見卓將兵卒至，恐怖涕泣。卓與言，不能辭對；與陳留王語，遂及禍亂之事。卓以王爲賢，且爲董太后所養，卓自以與太后同族，有廢立意。因大會百僚，迫脅太后，廢少帝爲弘農王，立陳留王，是爲獻帝。又弑何太后，自爲相國，入朝不趨，劍履上殿。廢興，即指董卓廢立皇帝、恣意妄行之事。在躬：在於一身。謂朝廷大政決于董卓一己之意。

〔五〕《後漢書·董卓傳》：「是時，洛中貴戚室第相望，金帛財産，家家殷積。卓縱放兵士，突其廬舍，淫略婦女，剽虜資物，……又姦亂公主，妻略宫人，虐刑濫罰，睚眦必死，羣僚内外莫能自固。卓嘗遣軍至陽城，時人會於社下，悉令就斬之，駕其車重，載其婦女，以頭繫車轅，歌呼而還。」又曰：初平元年，韓馥、袁紹之徒十餘人，各興義兵，同盟討卓。卓聞東方兵起，懼，乃鴆殺弘農王，遷獻帝於西都。「於是盡徙洛陽人數百萬口於長安，步騎驅蹙，更相蹈藉，飢餓寇掠，積屍盈路。卓自屯留畢圭苑中，悉燒宫廟官府居家，二百里内無復孑遺」。及司徒王允與吕布及士孫瑞合謀誅殺董卓，卓部屬李傕、郭汜、樊稠等攻陷長安，縱兵虜掠，死者萬餘人。既而諸將復各相疑異，理兵相攻，百官士卒死者不可勝數。「長安中盜賊不禁，白日虜掠」。穀價一斛五十萬，「人相食啖，白骨委積，臭穢滿路」。「自傕、汜相攻，天子東歸後，長安城空四十餘日，强者四散，羸者相食，二三年閒，關中無復人跡」。

〔六〕蓬，菊科多年生草本植物，莖高尺餘，葉似柳，緣邊似鋸齒，秋日開花。《埤雅》：「蓬，末大于本，遇風輒拔而旋。」漢末世亂，獻帝輾轉播遷，數年之閒，略無安處，故以蓬蒿遇風飄轉空中喻之。《後漢書·獻帝紀》載：初平元年二月丁亥，遷都長安。三月乙巳，車駕入長安。興平二年三月丙寅，李傕脅帝幸其營。夏四月丁酉，李傕移帝幸北塢。秋七月甲子，車駕東歸。八月甲辰，幸新豐。冬十月壬寅，露次華陰。十一月壬申，露次曹陽。十二月乙亥，幸安邑。建安元年六月乙未，幸聞喜。七月甲子，始還洛陽。八月庚申，遷都許。己巳，幸曹操營。曹植《雜詩七首》其二：「轉蓬離本根，飄颻隨長風。」

〔七〕句謂兵爭犯及天子也。《後漢書·獻帝紀》：興平二年夏四月「丁酉，郭汜攻李傕，矢及御前」。李賢《注》引《山陽公載記》曰：「時弓弩並發，矢下如雨，及御所止高樓殿前帷簾也。」黄屋，帝王車蓋，以黄繒爲裏，曰黄屋。《史記·陸賈傳》：「往使尉他，令尉他去黄屋稱制，令比諸侯，皆如意旨。」

〔八〕句謂東漢都城洛陽殘破，宮殿廢毁也。紫宮，帝王宮禁。《漢書·揚雄傳·甘泉賦》：「閌閬閬其寥廓兮，似紫宮之崢嶸。」《後漢書·霍諝傳》「呼嗟紫宮之門」李賢《注》：「天有紫微宮，是上帝之所居也，王者立宮，象而爲之。」《漢書·伍被傳》：「今臣亦將見宮中生荆棘，露霑衣也。」

〔九〕「鄭生」二句：《後漢書·鄭太傳》云：「(何)進尋見害，卓果作亂。公業等與侍中伍瓊、卓長史何顒共説卓，以袁紹爲勃海太守，以發山東之謀。及義兵起，卓乃會公卿議，大發卒討之，羣僚莫敢忤旨。公業恐其衆多益横，凶彊難制，獨曰：『夫政在德，不在衆也。』卓不悦，……公業懼，乃詭詞更對」，盛陳董卓威德及山東不足加大兵之故。「卓乃悦，以公業爲將軍，使統諸軍討擊關東。或説卓曰：『鄭公業智略過人，而結謀外寇，今資之士馬，就其黨與，竊爲明公懼之。』卓乃收還其兵，留拜議郎。」清國戎：清除亂賊，靖息兵戎。

〔一〇〕《後漢書·鄭太傳》云：「卓既遷都長安，天下飢亂，士大夫多不得其命。而公業家有餘資，日引賓客高會倡樂，所贍救者甚衆。乃與何顒、荀攸共謀殺卓。事泄，顒等被執，公業脱身自武關走，東歸袁術。術上以爲楊州刺史。未至官，道卒，年四十一。」

〔一一〕此處猶凜然，端莊恭肅，令人敬畏貌。

〔一二〕猶默然。東方曼倩《非有先生論》：「於是吴王穆然，俛而深惟。」李善《注》：「穆猶默，静思貌也。」

昔有平陵男，姓朱名阿游〔一〕。直髮上衝冠，壯氣横三秋〔二〕。願得斬馬劍①，先斷佞臣頭〔三〕。天子玉檻折，將軍丹血流〔四〕。捐生不肯拜〔五〕，視死其若休。歸來教鄉里〔六〕，童蒙遠相求〔七〕。弟子數百人，散在十二州〔八〕。三公不敢吏〔九〕，五鹿何能酬。名與日月懸〔一〇〕，義與天壤儔〔一一〕。何必疲執戟②〔一二〕，區區在封侯〔一三〕。偉哉曠達士，知命固不憂〔一四〕。

校記

①「得」，《唐詩紀事》卷七、《全唐詩》卷四注「一作請」。②「疲」原作「披」，據《唐詩紀事》、《全唐詩》、《唐文粹》卷一八改。

注釋

〔一〕「昔有」二句：《漢書·朱雲傳》：「朱雲字游，魯人也，徙平陵。少時通輕俠，借客報仇。長八尺餘，容貌甚壯，以勇力聞。年四十，乃變節從博士白子友受《易》，又事前將軍蕭望之受《論語》，皆能傳其業。好倜儻大節，當世以是高之。」　平陵，漢昭帝所置縣，屬右扶風。見《漢書·地理志》。在今陝西咸陽市西北。

〔二〕「直髮」二句：朱雲爲人壯勇而鯁直。少府五鹿充宗貴幸，爲《梁丘易》。元帝好梁丘氏說，欲考其異同，令充宗與諸《易》家論。充宗乘貴辯口，諸儒莫能與抗，皆稱疾不敢會。有薦雲者，召入，攝齋登堂，抗首而請，音動左右。既論難，連拄五鹿君，故諸儒爲之語曰：「五鹿嶽嶽，朱雲折其角。」由是爲博士。遷杜陵令，又爲槐里令。時中書令石顯用事，與充宗爲黨，百僚畏之。唯御史中丞陳咸年少抗節，不附顯等，而與雲相結。雲數上疏，言丞相韋玄成容身保位，亡能往來。事見《漢書·朱雲傳》。　髮衝冠：典出《史記·廉頗藺相如傳》：「相如因持璧却立倚柱，怒髮上衝冠。」　壯氣横秋：徐敬業《古意訓到長史溉登琅邪城詩》：「少年負壯氣，耿介立衝冠。」孔德璋《北山移文》：「風情張日，霜氣横秋。」

〔三〕「願得」二句：《漢書·朱雲傳》：「至成帝時，丞相故安昌侯張禹以帝師位特進，甚尊重。雲上書求見，公卿在前。雲曰：『今朝廷大臣上不能匡主，下亡以益民，皆尸位素餐，孔子所謂「鄙夫不可事君」，「苟患失之，亡所不至」者也。臣願賜尚方斬馬劍，斷佞臣一人以厲其餘。』上問：『誰也？』對曰：『安昌侯張禹。』上大怒，曰：『小臣居下訕上，廷辱師傅，罪死不赦。』」顔師古《注》：「尚方，少府之屬官也，作供御器物，故有斬馬劍，劍利可以斬馬也。」佞臣，奸巧諂諛、辯給取媚之臣。

〔四〕「天子」二句：《漢書·朱雲傳》：「御史將雲下，雲攀殿檻，檻折。雲呼曰：『臣得下從龍逄、比干遊於地下，足矣！未知聖朝何如耳？』御史遂將雲去。於是左將軍辛慶忌免冠解印綬，叩頭殿下曰：『此臣素著狂直於世。使其言是，不可誅；其言非，固當容之。臣敢以死爭。』慶忌叩頭流血。上意解，然後得已。及後當治檻，上曰：『勿易！因而輯之，以旌直臣。』」

〔五〕句謂朱雲以直言觸怒成帝時，寧可捐棄性命也不肯改易前言、拜伏認罪。

〔六〕《漢書·朱雲傳》：「雲自是之後不復仕，常居鄠田，時出乘牛車從諸生，所過皆敬事焉。……其教授，擇諸生，然後爲弟子。九江嚴望及望兄子元，字仲，能傳雲學，皆爲博士。望至泰山太守。」

〔七〕童蒙：幼稚、知識未開的兒童。童蒙相求：典出《易·蒙》：「匪我求童蒙，童蒙求我。」

〔八〕「弟子」二句：《漢書·朱雲傳》不載朱雲弟子員數及分布之所。「數百人」、「十二州」或爲昇之想像之辭，抑或别有所據，未詳。

〔九〕謂三公不敢以朱雲爲掾屬。《漢書·朱雲傳》：「薛宣爲丞相，雲往見之。宣備賓主禮，因留雲宿，從容謂雲曰：『在田野亡事，且留我東閣，可以觀四方奇士。』雲曰：『小生乃欲相吏邪？』

宣不敢復言。」

〔一〇〕《史記·屈原傳》：「推此志也，雖與日月争光可也。」昇之造句本此。

〔一一〕句謂朱雲之「義」將與天地并存。張協《詠史詩》：「清風激萬代，名與天壤俱。」儔，同輩，伴侣。

〔一二〕執戟：秦漢時的宫廷侍衛官，因值勤時手持戟而名。《史記·淮陰侯傳》：「臣事項王，官不過郎中，位不過執戟。」　疲執戟：謂處執戟之任，長久從事侍衛宫廷之事，勞倦不堪。

〔一三〕區區：辛苦也。唐人語辭。張相《詩詞曲語辭滙釋》卷五嘗論之，然所引皆李、杜以後例，據昇之之詩，知此種用法非自盛唐始也。

〔一四〕句本《易·繫辭上》：「樂天知命，故不憂。」

結客少年場行〔一〕

長安重遊俠〔二〕，洛陽富財雄①。玉劍浮雲騎〔三〕，金鞭明月弓。鬬鷄過渭北，走馬向關東。孫賓遥見待〔四〕，郭解暗相通〔五〕。不受千金爵〔六〕，誰論萬里功〔七〕。

校記

①「財」原作「才」，據《全唐詩》卷四一改。

注釋

〔一〕樂府舊題，屬雜曲歌辭。郭茂倩《樂府詩集》卷六六引《樂府解題》曰：「《結客少年場行》，言輕生重義，慷慨以立功名也。」

〔三〕《漢書·地理志》：「漢興，立都長安，徙齊諸田，楚昭、屈、景及諸功臣家于長陵。後世世徙吏二千石、高訾富人及豪桀并兼之家于諸陵。……是故五方雜厝，風俗不純。其世家則好禮文，富人則商賈爲利，豪桀則游俠通姦。」張衡《西京賦》：「都邑遊俠，張趙之倫。齊志無忌，擬跡田文。輕死重氣，結黨連羣。實蕃有徒，其從如雲。」

〔三〕浮雲：馬名。《西京雜記》卷二：「文帝自代還，有良馬九匹，一名浮雲。」

〔四〕孫賓：漢代人，善卜。《搜神記》：「漢武帝庶服微行，叩孫賓門。」

〔五〕郭解：河内軹人，字翁伯，漢武帝時大俠。《史記·游俠列傳》有傳。

〔六〕暗用魯仲連之事。《史記·魯仲連列傳》：魯仲連既卻秦軍，解邯鄲之圍，「於是平原君欲封魯連，魯連辭讓者三，終不肯受。平原君乃置酒，酒酣起前，以千金爲魯連壽。魯連笑曰：『所貴于天下之士者，爲人排患釋難解紛亂而無取也。即有取者，是商賈之事也，而連不忍爲也。』遂辭平原君而去，終身不復見」。

〔七〕萬里功：立功于萬里以外之邊陲也。

將軍下天上〔一〕，虜騎入雲中〔二〕。烽火夜似月，兵氣曉成虹〔三〕。横行徇知己〔四〕，負羽遠從戎〔五〕。龍旌昏朔霧〔六〕，鳥陣捲胡風〔七〕。追奔翰海咽〔八〕，戰罷陰山空〔九〕。歸來謝天子〔一〇〕：「何如馬上翁〔一一〕？」

注釋

〔一〕《漢書·周勃傳》附周亞夫傳：「孝景帝三年，吴楚反。亞夫以中尉爲太尉，東擊吴楚。……至霸上，趙涉遮説亞夫曰：『……吴王素富，懷輯死士久矣。此知將軍且行，必置間人於殽黽阸陿之間。且兵事上神密，將軍何不從此右去，走藍田，出武關，抵雒陽，間不過差一二日，直入武庫，擊鳴鼓。諸侯聞之，以爲將軍從天而下也。』太尉如其計。至雒陽，使吏搜殽黽間，果得吴伏兵。」庾信《同盧記室從軍詩》：「地中鳴鼓角，天上下將軍。」

〔二〕雲中：《漢書·地理志》：「雲中郡，秦置，莽曰受降，屬并州。」今内蒙古自治區呼和浩特市、托克托縣及土默特左、右旗皆屬之。

〔三〕兵氣：戰争氣氛。江總《驄馬驅》：「長城兵氣寒，飲馬詎爲難。」

〔四〕徇：通「殉」，爲達到某種目的而獻身。司馬遷《報任安書》：「士爲知己者死。」

〔五〕負羽：身背弓箭。揚雄《羽獵賦》：「賁育之倫，蒙盾負羽。」

〔六〕龍旌：旌旗之繪有龍文者。旌：《説文》：「析羽注旄首也，所以精進士卒也。」

〔七〕鳥陣：戰陣之以鳥名名之者。《左傳·昭公二十一年》：「鄭翩願爲鸛，其御願爲鵞。」杜預《注》：「鸛、鵞皆陣名。」

〔八〕瀚海：北海，在蒙古高原東北，一説指今内蒙古之呼倫湖、貝爾湖。《史記·匈奴列傳》：「漢驃騎將軍之出代二千餘里，……封於狼居胥山，禪姑衍，臨瀚海而還。」《集解》引如淳：「瀚海，北海名。」後亦用來泛指我國北方及西北少數民族地區。如虞世基《出塞》：「瀚海波瀾静，王庭氛霧晞。」此處即用後一義。

〔九〕陰山：即今内蒙古自治區南境之陰山山脈，東北與大興安嶺連接。

〔一〇〕謝：辭别。

〔一一〕馬上翁：似指東漢伏波將軍馬援。援早年亦游俠一類人物。《後漢書·馬援傳》：「（建武）二十四年，武威將軍劉尚擊武陵五溪蠻夷，深入，軍没，援因復請行。時年六十二，帝愍其老，未許之。援自請曰：『臣尚能被甲上馬。』帝令試之。援據鞍顧眄，以示可用。帝笑曰：『矍鑠哉是翁也！』」

贈李榮道士①〔一〕

錦節銜天使〔二〕，瓊仙駕羽君〔三〕。投金翠山曲〔四〕，奠璧清江濆〔五〕。圓洞開丹鼎〔六〕，方壇聚絳雲〔七〕。寶䙰幽難識②〔八〕，空歌迥易分。風摇十洲影〔九〕，日亂九江文〔一〇〕。敷誠歸上帝〔一一〕，應詔佐明君。獨有南冠客〔一二〕，耿耿泣離羣〔一三〕。遥看八會所〔一四〕，真氣曉氤氳〔一五〕。

校記

①「贈李榮道士」《英華》卷二二七題下注「有序不録」。　②「寶」原注「一作資」。

注釋

〔一〕總章二年（六六九）秋後在蜀中因横事下獄時作。李榮：高宗時道士。《全唐詩》卷八六九載其《詠興善寺佛殿災》詩一首。題下注云：「京城流俗，僧道常争二教優劣，遞相非斥。總章中，興善寺爲火災所焚，尊像蕩盡。東明觀道士李榮因詠此。榮，巴西人也。」駱賓王有《代女道士王靈妃贈道士李榮》詩。李榮其時在成都，似奉皇帝使命爲祠禱之事。

〔二〕錦節：以錦爲飾之符節。銜：領受。天使：天帝的使者。《左傳·宣公三年》：「夢天使與己蘭。」也可指皇帝的使者。此處即用後一義，指李榮，奉皇帝之使命入蜀爲祠禱之事，故下文有「投金」、「奠璧」之語。

〔三〕瓊仙：即仙女許飛瓊，爲西王母侍女，見《漢武内傳》。羽君：猶羽客、羽人，道士也。全句謂仙女許飛瓊爲李榮駕車。

〔四〕投金：與下句之「奠璧」，皆道家祠禱山川諸神之儀式。

〔五〕濆：水邊。沿河的高地。《詩·大雅·常武》：「鋪敦淮濆。」

〔六〕丹鼎：道士鍊丹的器具。

〔七〕方壇：平地上用土築的高臺，道士祠祀祈禱的祭場。絳雲：赤雲。庾信《道士步虚詞》：「北闕臨玄水，南宫生絳雲。」

〔八〕賚貺：指天神所賜的福祉。貺：賜與，加惠。《詩。小雅·彤弓》：「我有嘉賓，中心貺之。」毛

《傳》：「晛，賜也。」

〔九〕十洲：指祖洲、瀛洲、玄洲、炎洲、長洲、元洲、流洲、生洲、鳳麟洲、聚窟洲。傳説都在八方大海中，爲神仙居住的地方。見《十洲記》。

〔一〇〕九江：長江水系的九條河，歷來之解釋紛歧。宋人蔡沈以流入洞庭湖的沅、漸、元、辰、叙、酉、澧、資、湘等九條水稱九江，見其所著《書經集傳》。《書·禹貢》：「荆及衡陽惟荆州：江、漢朝宗于海，九江孔殷。」　文：水之波紋。

〔一一〕敷誠：陳述忠誠。　上帝：天帝。《書·舜典》：「肆類于上帝。」

〔一二〕南冠：楚冠。《左傳·成公九年》：「晉侯觀于軍府，見鍾儀，問之曰：『南冠而縶者誰也？』有司對曰：『鄭人所獻楚囚也。』」後因以「南冠」指囚徒。

〔一三〕耿耿：煩躁不安貌。《詩·邶風·柏舟》：「耿耿不寐，如有隱憂。」

〔一四〕八會：道家語。道家之精義，最高之奥旨。《漢武内傳》：「上元夫人語帝曰：『阿母今以瓊笈妙韞，發紫臺之文，賜汝八會之書，五嶽真形，可謂至珍且貴，上帝之玄觀矣。』」

〔一五〕真氣：猶仙氣。　氤氲：也作「絪緼」、「烟煴」，雲烟彌漫貌。陸雲《贈鄭曼季詩四首》：「玄澤墜潤，靈爽烟煴。」

早度分水嶺〔一〕

丁年遊蜀道〔二〕，斑鬢向長安①〔三〕。徒費周王粟〔四〕，空彈漢吏冠〔五〕。馬蹄穿欲盡，貂裘敝轉寒②〔六〕。層冰横九折〔七〕，積石凌七盤〔八〕。重谿既下漱〔九〕，峻峰亦上干。隴頭聞戍鼓，嶺外咽飛湍〔一〇〕。瑟瑟松風急〔一一〕，蒼蒼山月圓。傳語後來者，斯路誠獨難。

校記

①「斑鬢」《英華》卷二八九作「萬里」，《全唐詩》卷四一注「一作萬里」。②「敝」「敝」下原有注「一作故」，《全唐詩》有注同。《英華》作「故」。

注釋

〔一〕分水嶺：《元和郡縣圖志》卷三九：秦州清水縣。小隴山，一名隴坻，又名分水嶺。隴坂九迴，不知高幾里，每山東人西役，升此瞻望，莫不悲思。隴上有水，東西分流，因號驛爲分水驛，行人歌曰：「隴頭流水，鳴聲幽咽，遥望秦川，肝腸斷絶。」東去大震關五十里。上多鸚鵡。詩作於總章元年（六六八）冬，時在益州新都尉任上，奉命暫赴長安。

〔二〕丁年：指作者首次入蜀之年，意含雙關。按：高宗顯慶二年（六五七），昇之嘗奉鄧王元裕之命入蜀公幹，即此句所追叙之事也。《新唐書・食貨志》：「唐制……凡民始生爲黄，四歲爲小，十六爲中，二十一爲丁。」昇之本年二十三歲，爲成丁，故云「丁年」；又，顯慶二年干支爲丁巳，適可以「丁年」稱之。參看本書附録《盧照鄰年譜》。

〔三〕潘岳《秋興賦》：「斑鬢髟以承弁兮，素髮颯以垂領。」潘岳作此賦時，自稱「春秋三十有二，始見二毛」。昇之作此詩時三十四歲，與潘岳之年相若，故有此語。

〔四〕謂功業無成，徒食朝廷俸禄也。周王粟：即周粟，亦即天子之粟、朝廷之粟。《史記·伯夷列傳》有伯夷、叔齊「義不食周粟」之語，此處反其意而用之。

〔五〕謂徒然入仕也。《漢書·王吉傳》云：「吉與貢禹爲友，世稱『王陽在位，貢公彈冠』，言其取舍同也。」顔師古《注》：「彈冠者，且入仕也。」按：王吉字子陽，省稱「王陽」。

〔六〕貂裘敝：《戰國策·秦策一》：「（蘇秦）説秦王書十上而説不行。黑貂之裘弊，黄金百斤盡，資用乏絶，去秦而歸。」

〔七〕九折：形容山路紆曲。

〔八〕凌：跨越，此處爲高出、聳立之意。　七盤：形容山路紆曲。

〔九〕重谿：高高低低的、重疊的溪流。谿，同溪。　漱：冲刷，冲激。

〔一〇〕咽：聲塞。指山石阻塞、水流不暢而産生的聲響。　飛湍：激流。

〔一一〕瑟瑟：風聲。

三月曲水宴得樽字〔一〕

風煙彭澤里〔二〕，山水仲長園〔三〕。繇來棄銅墨〔四〕，本自重琴樽〔五〕。高情邈不嗣〔六〕，雅道今復存〔七〕。

注釋

〔一〕此詩之後，附有王勃《和詩得煙字》，《全唐詩》卷五六題作《三月曲水宴得煙字》。考盧照鄰、王勃二人生平，其相聚唱和，以咸亨元、二年間在蜀中之可能性爲最大，然確切時間、地點不易考定，姑繫於咸亨元年三月，蜀中。曲水：古代風俗於夏曆三月上旬巳日，在水濱宴樂，以祓除不祥，稱爲曲水。晉宋以來，遂以三月三日爲曲水宴集之節。見顏延年《三月三日曲水詩序》李善《注》。

〔二〕彭澤：指陶淵明，陶淵明嘗爲彭澤縣令，「歲終，會郡遣督郵至縣，吏請曰：『應束帶見之。』淵明歎曰：『我豈能爲五斗米折腰向鄉里小兒！』即日解綬去職，賦《歸去來》」。（蕭統《陶淵明傳》）此處喻指舉行曲水宴會的主人，則可見主人是一位辭官歸隱的縣令。王勃和詩云「彭澤官初去，河陽賦始傳」，亦可證。

〔三〕仲長：即仲長統，字公理，山陽高平人。少好學，博涉書記，贍於文辭，性倜儻，敢直言。每州郡命召，輒稱疾不就。常以爲凡遊帝王者，欲以立身揚名耳，而名不常存，人生易滅，優遊偃仰，可以自娱，遂卜居清曠，以樂其志。舉爲尚書郎，後參丞相曹操軍事。著有《昌言》。事見《後漢書·仲長統傳》。

〔四〕銅墨：銅印黑綬，縣令所佩。《漢書·百官公卿表》：「縣令、長，皆秦官，掌治其縣。萬户以上爲令，秩千石至六百石。……秩比六百石以上，皆銅印黑綬。」繇，同「由」。

〔五〕琴樽：琴與酒。陶淵明「性嗜酒」，又好琴，雖「不解音律，而蓄無絃琴一張，每酒適，輒撫弄以寄其意」。（蕭統《陶淵明傳》）。故此處以「重琴樽」爲隱居名士之風度。

〔六〕高情：高尚的情懷。邈不嗣：時間久遠，無人繼承。謝靈運《述祖德詩》：「達人貴自我，高情屬天雲。」

〔七〕雅道：猶雅事、雅風。江總《莊周畫頌》：「丹青可久，雅道斯存。」

有美光時彦〔一〕，養德坐山樊〔二〕。門開芳杜逕〔三〕，室距桃花源〔四〕。公子黄金勒〔五〕，仙人紫氣軒〔六〕。長懷去城市〔七〕，高詠狎蘭蓀〔八〕。連沙飛白鷺，孤嶼嘯玄猿〔九〕。日影巖前落，雲花江上翻〔一〇〕。興闌車馬散〔一一〕，林塘夕鳥喧。

注釋

〔一〕有美：即美。有，形容詞詞頭，無實義。《詩·鄭風·野有蔓草》：「有美一人，清揚婉兮。」時彦：當代的賢俊、名流。《晉書·庾冰傳》：「廣引時彦，詢于政道。」

〔二〕養德：涵養德性。《後漢書·蘇竟傳》：「聞君前權時屈節，北面延牙，乃後覺悟，棲遲養德。」山樊：山傍、山邊。樊：傍，邊。《莊子·則陽》：「夏則休乎山樊。」

〔三〕芳杜：即杜若，香草，一名杜蘅、杜蓮、山薑。葉廣披作針形，味辛香。見《政和證類本草》七《杜若》。

〔四〕距：通「詎」，豈，難道。　桃花源：古代傳説中一個没有君主、没有剥削和壓迫、没有戰争的和平安樂的農業社會，見陶淵明《桃花源記》。

〔五〕勒：馬絡頭，有嚼子的叫勒，没有的叫羈。何遜《擬輕薄篇》：「柘彈隋珠丸，白馬黄金勒。」

〔六〕仙人：指道士，與上句的「公子」，都是「曲水宴」中的人物。　紫氣：《關令内傳》云：「關令尹喜，周之大夫也。……少好學墳素，善於天文秘緯，仰看俯察，莫不洞徹，雖鬼神無以匿其狀。老子感焉。未至九十日，關令登樓四望，見東極有紫氣西邁。喜曰：『……九十日之外，法應有聖人經過京邑。』至期，乃齋戒。其日果見老子。」（《藝文類聚》卷七八）　軒：車也。《尚書大傳·帝告》「未命爲士者不得乘朱軒。」《注》：「軒，車通稱也。」

〔七〕長懷：情懷高遠。

〔八〕狎：親近。　蘭蓀：蘭草與荃，皆香草。

〔九〕嶼：小島。　玄猿：黑猿。司馬相如《長門賦》：「玄猨嘯而長吟。」猨，同「猿」。

〔一〇〕雲花：蔓草名。《本草》：絡石，一名雲花。

〔一一〕興闌：興盡。闌：晚，殘，盡。《史記·高祖本紀》：「酒闌，吕公因目固留高祖。」

王勃和詩得煙字附

彭澤官初去，河陽賦始傳。田園歸舊國，詩酒間長筵。列室窺丹洞，分樓瞰紫煙。縈回亘津渡，出没控郊鄽。鳳琴調上客，龍轡儼羣仙。松石偏宜古，藤蘿不記年。重簷交密樹，複磴擁危泉。抗石晞南嶺，乘沙渺北川。傅巖來築處，磻磎入釣前。日斜真趣遠，幽思夢涼蟬。

奉使益州至長安發鍾陽驛〔一〕

躋險方未夷〔二〕，乘春聊騁望〔三〕。落花赴丹谷，奔流下青嶂〔四〕。葳蕤曉樹滋〔五〕，滉瀁春江漲〔六〕。平川看釣侶〔七〕，狹逕聞樵唱〔八〕。蝶戲緑苔前①，鶯歌白雲上。耳目多異賞，風煙有奇狀。峻阻將長城〔九〕，高標吞巨防②〔一〇〕。聯翩事羈靮〔一一〕，辛苦勞疲恙〔一二〕。夕濟幾潺湲〔一三〕，晨登每惆悵。誰念復芻狗〔一四〕，山河獨偏喪〔一五〕。

校記

①「蝶」《英華》卷二九六作「魚」。②「防」原作「舫」，據《全唐詩》卷四一注「一作防」改。

注釋

〔一〕顯慶三年（六五八）暮春作。昇之于去年奉鄧王元裕之命使益州，使命既畢，自蜀中出發至長安。本年正月二十八日，壽州刺史、鄧王元裕移封爲襄州刺史。鄧王元裕於歲初朝正，蓋此時猶在長安、未赴襄州之職也。益州：唐州名，屬劍南道，即隋之蜀郡，州治成都（即今四川成都），顯慶中領成都、雒、九隴、郫、雙流、新津、晉原、青城、綿竹、德陽、新繁、唐隆、導江、什邡、温江、蜀等十餘縣，見《舊唐書·地理志》。　鍾陽驛：唐驛站名，即鍾陽鎮，在今四川省綿陽市。《讀史方輿紀要》四川成都府綿州：鍾陽鎮，在州東北。按：唐時其地屬綿州巴西縣。

〔二〕夷：平坦，平易。《老子》：「大道甚夷，而民好徑。」

〔三〕騁望：縱目遠望。屈原《九歌·湘夫人》：「白蘋兮騁望，與佳期兮夕張。」

〔四〕嶂：似屏障的山峰。沈約《鍾山詩應西陽王教》：「鬱律構丹巘，崚嶒起青嶂。」

〔五〕葳蕤：草木紛披貌。東方朔《七諫·初放》：「上葳蕤而防露兮，下泠泠而來風。」　滋：潤澤。王融《三月三日曲水詩序》：「草露之滋方渥。」

〔六〕滉瀁：水深廣貌。《三國志·吴書·薛綜傳》：「加又洪流滉瀁，有成山之難，海行無常，風波難免。」　春江：指涪江水，流經綿州巴西縣西。

〔七〕川：河流。《書·禹貢》：「奠高山大川。」

〔八〕逕：同「徑」，小路。　樵唱：樵夫唱的歌曲。

〔九〕峻阻：高峻險阻。劉歆《甘泉賦》：「高巒峻阻。」　將長城：費解。疑「將」爲「埒」之形訛。埒，等同也。埒長城：謂重山綿亘險峻有同于長城也。

〔一〇〕高標：木杪曰標，故凡高聳的物體如峰、塔等皆稱爲高標。左思《蜀都賦》：「陽烏迴翼乎高標。」防，堤也，巨防，言連山高峙有如大隄。《吕氏春秋·慎山》：「巨防容螻而漂邑殺人。」是詞之所本。吞：吞没。此處是「掩蓋」、「遠遠高出」之意。

〔一一〕聯翩：鳥飛貌。形容連續不斷，前後相接。陸機《文賦》：「浮藻聯翩，若翰鳥纓繳而墜曾雲之峻。」事羈靮：騎馬趕路。羈靮：馬絡頭與馬韁。《禮記·檀弓下》：「如皆守社稷，則孰執羈靮而從？」

〔一二〕恙：疾病。

〔一三〕幾：幾許，多少。潺湲：水流貌。

〔一四〕芻狗：草扎狗。《老子》：「天地不仁，以萬物爲芻狗；聖人不仁，以百姓爲芻狗。」河上公《注》：「天地生萬物，人最爲貴，天地視之如芻草狗畜；……聖人視百姓如芻草狗畜。」一説古代結草爲狗，是爲芻狗，供祭祀之用，祭後棄去。見《莊子·天運》「夫芻狗之未陳也」，《釋文》引李頤説。芻狗，昇之自喻。

〔一五〕偏喪：喪夫寡居。《詩·小雅·鴻雁》：「爰及矜人，哀此鰥寡。」毛《傳》：「無妻曰鰥，偏喪曰寡。」男子喪妻亦可曰「寡」，曰「偏喪」，如《左傳·襄公二十七年》「齊崔杼生成及彊而寡」句，杜預《注》曰：「偏喪曰寡。」陶淵明《怨詩楚調示龐主簿鄧治中》曰：「始室喪其偏。」此處即昇之自謂妻室喪亡也。

和王奭秋夜有所思〔一〕

寂寂南軒夜〔二〕，悠然懷所知〔三〕。長河落鴈苑〔四〕，明月下鯨池〔五〕。鳳臺有清曲〔六〕，此曲何人吹？丹脣間玉齒，妙響入雲涯〔七〕。窮巷秋風葉，空庭寒露枝。勞歌欲有和〔八〕，星鬢已將垂〔九〕。

注釋

〔一〕王爽，其人不詳。《新唐書·孝友傳》載「事親居喪著孝行者」有「永泰王爽」，未知是否。據詩中「鳳臺有清曲」之句，用秦穆公築鳳臺以館蕭史之典，王爽身份似應爲駙馬都尉之流。然查高祖、太宗、高宗時駙馬中並無其人，則其妻殆爲郡主、縣主也未可知。詩中用「鴈苑」、「鯨池」字樣，當作於長安。又云「星鬢」、「將垂」，身居「窮巷」，蓋咸亨四年辭官閑居以後所作也。

〔二〕南軒：猶南窗。左太沖《魏都賦》「周軒中天，丹墀臨猋」。李善《注》：「軒，長廊之有窗者。」

〔三〕悠然：閒適貌。陶淵明《飲酒詩》之五：「採菊東籬下，悠然見南山。」

〔四〕鴈苑：苑囿，古代養禽獸的園林。中有鴈鶩之類，故可稱爲鴈苑。

〔五〕鯨池：指昆明池。《三輔黄圖》卷四：「漢昆明池，武帝元狩三年穿，在長安西南，周回四十里。……《三輔故事》又曰：『池中有豫章台及石鯨，刻石爲鯨魚，長三丈，每至雷雨，常鳴吼，鬣尾皆動。』」

〔六〕鳳臺：即鳳女臺。《水經注》卷一八《渭水》：「（雍）又有鳳臺、鳳女祠。秦穆公時有蕭史者，善吹簫，能致白鵠、孔雀。穆公女弄玉好之，公爲作鳳臺以居之。」王爽蓋與郡主、縣主結婚者，故以鳳臺喻指其府邸。清曲：指王爽《秋夜有所思》詩。

〔七〕雲涯：雲際。

〔八〕勞歌：本謂勞作之歌。《公羊傳·宣公十五年》何休《注》：「飢者歌其食，勞者歌其事。」至唐世又以稱送别之歌、别離之歌。此處即用後一義。駱賓王《送吴七游蜀》詩：「勞歌徒欲奏，贈别競無言。」

〔九〕星鬢：花白的鬢髮。謝朓《詠風》詩：「時拂孤鸞鏡，星鬢視參差。」

望宅中樹有所思

我家有庭樹，秋葉正離離〔一〕。上舞雙棲鳥，中秀合歡枝〔二〕。勞思復勞望〔三〕，相見不相知。何當共攀折〔四〕，歌笑北堂垂①〔五〕？

校記

①「北」原作「此」，據《全唐詩》卷四一注「一作北」改。

注釋

〔一〕離離：分披繁茂貌。《詩·王風·黍離》：「彼黍離離，彼稷之苗。」

〔二〕秀：茂盛，蕃秀。合歡：植物名。葉似槐，至晚則合。故也叫合昏，俗稱夜合花、馬纓花、榕花。夏季開花，花淡紅色。見崔豹《古今注》下卷《草木》。古代常以合歡贈人，説可以消怨合好。又以「合歡」暗示男女好合，愛情美滿。

〔三〕勞思：勞其心思也。《墨子·非儒下》：「勞思不可以補民，累壽不能盡其學。」

〔四〕何當：猶何日也。古詩：「何當大刀頭，破鏡飛上天。」

〔五〕古代居室在房的北邊的叫北堂，爲婦女盥洗的地方。《儀禮·士昏禮》：「婦洗在北堂。」《注》：「北堂，房中半以北。」　垂：旁邊。王粲《詠史》詩：「妻子當門泣，兄弟哭路垂。」

宿晉安亭①〔一〕

聞有弦歌地〔二〕，穿鑿本多奇。遊人試一覽，臨翫果忘疲。窗横暮捲葉②，簷卧古生枝。舊石開紅蘚〔三〕，新荷覆緑池。孤猿稍斷絶〔四〕，宿鳥復參差③〔五〕。汎灔月華曉〔六〕，徘徊星鬢垂〔七〕。今日删書客〔八〕，悽遑君詎知④〔九〕？

校記

①「宿晉安亭」原作「宿晉安寺」，據《英華》卷三一五、《全唐詩》卷四一改。　②「捲」字下原注「一作落」，《全唐詩》注同。　③「宿」字下原注「一作百」，《全唐詩》注同。　④「遑」原作「惶」，據《英華》卷三一五改。

注釋

〔一〕《元和郡縣圖志》闕卷逸文卷一：山南道閬州，本隆州，先天元年改爲閬州。屬縣有晉安。《舊唐書·地理志》：閬州，隋巴西郡。武德元年，改爲隆州。先天元年改爲閬州。屬縣晉安，漢閬中縣地。武德改爲晉安。按：其地在今四川南部縣西北。咸亨元年夏、秋間遊閬州時作。亭：亭之義有二，一爲涼亭，指一種有頂無牆的建築物；一爲行人停留食宿的處所，如驛亭、客亭。詩題中的「亭」爲後一義。

〔二〕弦歌地：指晉安縣令的客亭。典出《論語·陽貨》：「子之武城，聞弦歌之聲。夫子莞爾而笑，曰：『割鷄焉用牛刀？』」因子游任武城宰，以弦歌爲教民之具，後來詩文中因以弦歌爲出任縣令的典故。

〔三〕蘚：苔蘚。

〔四〕稍：漸漸。《史記·項羽本紀》：「項王乃疑范增與漢有私，稍奪之權。」

〔五〕參差：不齊貌。形容宿鳥鳴聲雜亂。

〔六〕汎灔：浮光貌。謝靈運《怨曉月賦》：「浮雲褰兮收泛灔，明舒照兮殊皎潔。」泛灔，同「汎灔」。

〔七〕星鬢：見《和王奭〈秋夜有所思〉》注〔九〕。

〔八〕刪書客：指孔子。孔穎達《尚書正義》於僞孔《尚書序》注云：「鄭（玄）作書論，依《尚書緯》云：孔子求《書》，得黄帝玄孫帝魁之書，迄於秦穆公，凡三千二百四十篇。斷遠取近，定可以爲世法者百二十篇；以百二篇爲《尚書》，十八篇爲《中候》。」此處以孔子自喻。

〔九〕悽遑：奔波、不能安貌。　君：應指晉安縣令。觀首句「弦歌地」三字可知。詩當爲寄贈晉安縣令、有所干請而作。　詎：豈也。

于時春也慨然有江湖之思寄此贈柳九隴①〔一〕

提琴一萬里，負書三十年〔二〕。晨攀偃蹇樹〔三〕，暮宿清泠泉。翔禽鳴我側，旅獸過我前。無人且無事，獨酌還獨眠。

校記

①《英華》卷二四九、《全唐詩》卷四一無「此」字。

注釋

〔一〕咸亨元年春晚作於蜀中。時，所任新都尉秩滿，遂辭官閑居。　柳九隴：益州九隴縣令柳太易，河東人也。見王勃《春思賦》。咸亨二年春尚在九隴。王勃《彭州九隴縣龍懷寺碑》（按：彭州，垂拱二年始分益州四縣而置，王勃在世時未有彭州，此當爲後人追改所致，應仍舊作「益州」）則曰「縣令柳公，諱明獻，字太初，河東人也」。又，王勃《益州夫子廟碑》有「（成都）縣令柳公諱明，字太易，河東人也」之語。按：「明」與「明獻」，「太易」與「太初」，取義相近，當爲同一人而有別名別字者。《全唐詩》卷七七八無世次爵里可考作者中，有柳明獻《游昌化精舍》詩一首，即此人無疑。所以知者，因昌化山在益州導江縣，盧照鄰亦有同題絶句一首之故也。

〔二〕盧照鄰約生於唐太宗貞觀九年（六三五），約於貞觀二十年（六四六）離開幽州南下揚州江都就大學者曹憲學《蒼》、《雅》及經史，至咸亨元年（六七〇）爲二十五年，此云「三十年」者，約舉整數也。

〔三〕偃蹇：高貌。屈原《離騷》：「望瑶臺之偃蹇兮，見有娀之佚女。」

遥聞彭澤宰〔一〕，高弄武城弦〔二〕。形骸寄文墨，意氣託神仙。我有壺中要〔三〕，題爲物外篇〔四〕。將以貽好道〔五〕，道遠莫致旃〔六〕。相思勞日夜，相望阻風煙。坐惜春華晚，徒令客思懸。

注釋

〔一〕彭澤：見《三月曲水宴得樽字》注〔二〕。此處借指柳太易。

〔二〕武城弦：見《宿晉安亭》注〔二〕。

〔三〕壺中要：學道成仙的精要。《後漢書·方術列傳》：「費長房者，汝南人也。曾爲市掾。市中有老翁賣藥，懸一壺於肆頭，及市罷，輒跳入壺中。市人莫之見，唯長房於樓上覩之……長房旦日復詣翁，翁乃與俱入壺中。唯見玉堂嚴麗，旨酒甘肴盈衍其中，共飲畢而出。」

〔四〕物外篇：指神仙道術一類著作。道家主張脱棄塵俗、超然物外。《晉書·單道開傳》：「後至南海，入羅浮山，獨處茅茨，蕭然物外。」

〔五〕貽：贈。　好道：愛好神仙道化之人。

〔六〕旃：之，之焉。《詩·唐風·采苓》：「舍旃舍旃。」鄭《箋》：「旃之言焉也。舍之焉，舍之焉。」

《古詩十九首》：「將以遺所思」「路遠莫致之」是以上二句所本。

水去東南地，氣凝西北天〔一〕。關山悲蜀道，花鳥憶秦川。天子何時問？公卿本亦憐①。自哀還自樂，歸藪復歸田〔二〕。海屋銀爲棟②〔三〕，雲車電作鞭〔四〕。倘遇鸞將鶴，誰論貂與蟬〔五〕。萊洲頻度淺〔六〕，桃實幾成圓〔七〕。寄言飛鳧舄〔八〕，歲晏共聯翩③〔九〕。

校記

①「亦」《全唐詩》卷四一注「一作不」。②「棟」《英華》卷二四九作「柱」。③「共」《全唐詩》作「同」，注「一作共」。

注釋

〔一〕「水去」二句：《淮南子·天文訓》：「天地之襲精爲陰陽，陰陽之專精爲四時，四時之散精爲萬物。積陽之熱氣生火，火氣之精者爲日；積陰之寒氣爲水，水氣之精者爲月；日月之淫爲精者爲星辰。……昔者共工與顓頊争爲帝，怒而觸不周之山，天柱折，地維絶。天傾西北，故日月星辰移焉；地不滿東南，故水潦塵埃歸焉。」

〔二〕藪：水淺草茂的澤地。《詩·鄭風·大叔于田》：「叔在藪，火烈具舉。」此處泛指鄉野。

〔三〕海屋：海中仙山上諸仙所居的宮殿。《漢書。郊祀志》：「自威、宣、燕昭使人入海求蓬萊、方丈、瀛洲。此三神山者，其傳在勃海中，去人不遠。蓋嘗有至者，諸僊人及不死之藥皆在焉。

其物禽獸盡白，而黄金銀爲宫闕。」

〔四〕雲車：以雲爲車，傳説爲神仙所乘。曹子建《洛神賦》：「六龍儼其齊首，載雲車之容裔。」李善《注》：「《博物志》：漢武帝好道，西王母七月七日漏七刻王母乘紫雲車來。」電作鞭：《淮南子·原道訓》：「電以爲鞭策。」

〔五〕「倘遇」二句：鸞、鳳凰一類的神鳥。鸞與鶴，傳爲仙人所乘。湯惠休《楚明妃曲》：「驂駕鸞鶴，往來仙靈。」貂與蟬，皆古代王公顯官冠上之飾物，始於漢代武官。《後漢書·輿服志》：「武冠，一曰武弁大冠，諸武官冠之。侍中、中常侍加黄金璫，附蟬爲文，貂尾爲飾，謂之『趙惠文』冠。」後世因以「貂蟬」借代達官顯貴。二句意謂倘能成仙，不用爵禄也。

〔六〕萊洲：即蓬萊、方丈、瀛洲，見注〔三〕。頻度淺：指海水幾度變爲陸地。《太平廣記》卷六〇麻姑條引《神仙傳》云：「麻姑自説云：『接侍以來，已見東海三爲桑田。向到蓬萊，水又淺于往者會時略半也，豈將復還爲陵陸乎？』」

〔七〕《漢武内傳》載，西王母降臨漢武帝之宫，自設天廚以饗武帝，「以玉盤盛仙桃七顆，大如鴨卵，形圓青色，……母以四顆與帝，三顆自食。……帝食輒收其核。王母問帝，帝曰：『欲種之。』母曰：『此桃三千年一生實。中夏地薄，種之不生。』帝乃止」。

〔八〕飛舄：《太平廣記》卷六王喬條引《仙傳拾遺》曰：「王喬，河東人也。漢顯宗時爲葉令，有神術。每月朔望，常詣京師。帝怪其來數，而不見車騎。密令太史伺望之。言臨至，必有雙舄從東南飛來。於是候鳧至，舉羅張之，但得一舄焉，乃四年時所賜尚書官屬履也。」此言願柳九隴成仙，效王喬之飛舄也。

〔九〕歲晏：歲晚，一年將盡時。　聯翩：鳥飛貌。此處指羽化飛升。

至望喜矚目言懷貽劍外知己〔一〕

聖圖夷九折〔二〕，神化掩三分〔三〕。緘愁赴蜀道〔四〕，題拙奉虞薰〔五〕。隱轔度深谷〔六〕，遥裊上高雲〔七〕。碧流遞縈注〔八〕，青山互糾紛〔九〕。澗松咽風緒〔一〇〕，巖花濯露文〔一一〕。思北常依馭〔一二〕，圖南每喪群①〔一三〕。無繇召宣室〔一四〕，何以答吾君？

校記

①「圖南每喪羣」　此句下有注「世本無以上四句」。《全唐詩》卷四一亦注「一本無澗松四句」。

注釋

〔一〕總章二年（六六九）夏作。望喜，唐代驛名，在利州益昌縣（今四川省廣元市西南）。見嚴耕望《唐史研究叢稿·唐代金牛成都道驛程述》。　劍外：劍門關以南，指蜀地。

〔二〕聖圖：聖明的謀畫。　夷：平坦，平易。《老子》：「大道甚夷，而民好徑。」　九折：指蜀道。蜀道有九折坂，在雅州榮經縣西八十里。王陽爲益州刺史，經此歎息，謝病去官。後王尊爲益州刺史，至此叱馭而過。見《元和郡縣圖志》卷三二。詩文中因以「九折」爲蜀道之代稱。全句言李唐天子聖明，謀略宏遠，遂能統一海内，使險阻的蜀道化爲坦途。

〔三〕神化：神妙的教化。《易·繫辭下》：「神而化之，使民宜之。」三分：東漢末年，曹操、孫權、劉備三分天下，像鼎三足並立對峙，史稱三國時期。其時益州爲蜀漢的勢力範圍。　全句言大唐神妙的禮樂教化，浹於宇内，三分鼎立的局面不復存在。

〔四〕緘愁：含愁。緘，束，封閉。《墨子·節葬下》：「穀木之棺，葛以緘之。」江總《七夕詩》：「横波翻瀉淚，束素反緘愁。」

〔五〕題拙：被人用「拙」字品評。題：評量，品題。潘岳《閑居賦序》云：「岳嘗讀《汲黯傳》，至『司馬安四至九卿』，而良史書之，題以『巧宦』之目，未嘗不慨然廢書而歎。……僕少竊鄉曲之譽，……自弱冠涉乎知命之年，八徙官而一進階，再免，一除名，一不拜職，遷者三而已矣。雖通塞有遇，抑亦拙者之効也。昔通人和長輿之論余也，固謂『拙於用多』。稱多則吾豈敢，言拙信而有徵。」　奉：接受，承受。　虞薰：《史記·樂書》：「昔者舜作五弦之琴，以歌《南風》。」裴駰《集解》引王肅曰：「《南風》，育養民之詩也。其辭曰：『南風之薰兮，可以解吾民之慍兮。』」虞薰，即虞舜的南風，比喻休明的政治。

〔六〕隱轔：即隱嶙，突起貌。潘岳《西征賦》：「覔陛殿之餘基，裁岥岮以隱嶙。」

〔七〕遥裊：同「窈裊」，柔弱也。《古文苑·王延壽·王孫賦》：「緣百仞之高木，攀窈裊之長枝。」

〔八〕遞：交替，順次更迭。《荀子·天論》：「列星隨旋，日月遞炤。」　縈注：回旋流入。

〔九〕糾紛：重疊交結。司馬相如《子虚賦》：「交錯糾紛，上干青雲。」

〔一〇〕咽：見《早度分水嶺》注〔一〇〕。　風緒：風的端緒。

〔一一〕露文：露珠在陽光下閃耀的光彩。　文：文彩。江淹《别賦》：「露下地而騰文。」

〔一二〕思北：《古詩十九首》：「胡馬依北風，越鳥巢南枝。」　依馭：依靠、親附駕車的人。　馭：駕車的人。《莊子·盜跖》：「顔回爲馭，子貢爲右。」此處比喻能够選賢任能的執政大臣。

〔一三〕圖南：即南行。《莊子·逍遥遊》：「北冥有魚，其名爲鯤。鯤之大，不知其幾千里也。化而爲鳥，其名爲鵬。……是鳥也，海運則將徙於南冥。……風之積也不厚，則其負大翼也無力。故九萬里，則風斯在下矣，而後乃今培風；背負青天而莫之夭閼者，而後乃今將圖南。」

〔一四〕無繇：無由，無從。　召宣室：《史記·屈原賈生列傳》：賈誼既爲長沙王太傅，「後歲餘，賈生徵見。孝文帝方受釐，坐宣室，上因感鬼神事，而問鬼神之本。賈生因具道所以然之狀。至夜半，文帝前席。既罷，曰：『吾久不見賈生，自以爲過之，今不及也。』」宣室：漢宫室名，在未央殿北。

赤谷安禪師塔〔一〕

獨坐巖之曲，悠然無俗氛①。酌酒呈丹桂〔二〕，思詩贈白雲。烟霞朝晚聚②，猿鳥歲時聞③。水華競秋色④〔三〕，山翠含夕曛〔四〕。高談十二部〔五〕，細覈五千文〔六〕。如如數冥昧〔七〕，生生理氤氳⑤〔八〕。古人有糟粕，輪扁情未分〔九〕。且當事芝朮〔一〇〕，從吾所好云〔一一〕。

校記

①「氛」《英華》卷二三三、《全唐詩》卷四一作「紛」。②「晚」《英華》注「一作暝」。③「歲」《英華》注「集作四」。《全唐詩》注「一作四」。④「競」《英華》作「鏡」。《全唐詩》注「一作鏡」。⑤「氤」《英華》作「氛」。《全唐詩》亦作「氛」，注「一作氤」。

注釋

〔一〕赤谷，地名，不詳所在。安禪師：僧人，法名安，餘並不詳。禪師，僧侶之尊稱。《聖善住意天子所問經》：「何等比丘得言禪師？文殊師利答言：此禪師者，於一切法，一行思量，所謂不生，若如是知，得言禪師。」

〔二〕丹桂：即桂酒，用桂花浸製的酒。

〔三〕競：争逐。

〔四〕夕曛：黄昏的陽光。謝靈運《晚出西射堂詩》：「曉霜楓葉丹，夕曛嵐氣陰。」

〔五〕十二部：即十二部經。佛家語。一切經分爲十二種類之名。計有：一、修多羅，此譯契經；二、祇夜，此譯應頌或重頌；三、伽陀，此譯孤起頌；四、尼陀那，此譯因緣；五、伊帝目多伽，此譯本事；六、闍多伽，此譯本生；七、阿浮達磨，此譯未曾有；八、阿波陀那，此譯譬喻；九、優婆提舍，此譯論議；十、優陀那，此譯自説；十一、毘佛略，此譯方廣；十二、和伽羅，此譯授記。

〔六〕覈：核驗。張衡《西京賦》：「何以覈諸？」　五千文：指老子《道德經》。

〔七〕如如：佛家語。謂一切諸法之理體也，與真如同。《智度論》：「如如法性實際。」《大乘義章》三：「言如如者，是正智所契之理，諸法體同，故名爲如。彼此皆如，故曰如如。如非虚妄，故經中亦名真如。」　冥昧：幽暗。《易緯乾鑿度》：「物之生於冥昧。」

〔八〕生生：孳息不絶，進進不已。《書·盤庚》：「汝萬民乃不生生，暨予一人猷同心。」《易·繫辭》：「生生之謂易。」氤氲：雲烟彌漫貌。又，盛貌。參《贈李榮道士》注〔一五〕。

〔九〕「古人」二句：《莊子·天道》：「桓公讀書於堂上，輪扁斲輪於堂下，釋椎鑿而上，問桓公曰：『敢問，公之所讀者何言邪？』公曰：『聖人之言也。』曰：『聖人在乎？』公曰：『已死矣。』曰：『然則君之所讀者，古人之糟魄已夫！』桓公曰：『寡人讀書，輪人安得議乎！有説則可，無説則死。』輪扁曰：『臣也以臣之事觀之。斲輪，徐則甘而不固，疾則苦而不入。不徐不疾，得之於手而應於心，口不能言，有數存焉於其間。臣不能以喻臣之子，臣之子亦不能受之於臣，是以行年七十而老斲輪。古之人與其不可傳也死矣，然則君之所讀者，古人之糟魄已夫！』」二句謂古人造設之諸説，頗有糟粕，我今尚未能如輪扁，明明分别其精粗。

〔一〇〕事芝朮：從事於服食求仙。芝：菌類植物的一種，古人以爲瑞草。道教徒謂服食之可以成仙。《抱朴子》云：「芝有石芝、木芝、草芝、肉菌芝，各有百許種，如水精，得而末之，以無心草汁和之，須臾成水，服一升得千歲。」（《藝文類聚》卷九八《祥瑞部》上）　朮：草名，又名山薑、山連。道教徒謂服食之可以成仙。《吴氏本草》曰：「朮一名山連，一名山芥，一名天蘇，一名山薑。」《異術》曰：「朮草者，山之精也，結陰陽之精氣，服之令人長生絶穀，致神仙。」（並見《藝文類聚》卷八一《藥香草部》上）

〔一二〕《論語·述而》：「子曰：『富而可求也，雖執鞭之士，吾亦爲之。如不可求，從吾所好。』」

贈益府裴録事〔一〕

忽忽歲云暮〔二〕，相望限風烟。長歌欲對酒，危坐遂停弦〔三〕。停弦變霜露，對酒懷朋故。朝看桂蟾晚〔四〕，夜聞鴻雁度。鴻度何時還？桂晚不同攀〔五〕。浮雲映丹壑，明月滿青山。青山雲路深，丹壑丹華臨。耿耿離憂積〔六〕，空令星鬢侵①〔七〕。

校記

①「鬢」《英華》卷二四九、《全唐詩》卷四一有注「一作髮」。

注釋

〔一〕益府：《舊唐書·地理志》：劍南道。成都府：隋蜀郡。武德元年，改爲益州，置總管府。三年，罷總管，置西南道行臺。九年，罷行臺，置都督府。龍朔二年，升爲大都督府。　裴録事：録事參軍裴某，名字里貫不詳。《新唐書·百官志》：「大都督府……録事參軍事一人，正七品上。」咸亨元年秋晚作。

〔二〕云：句中語助詞，無義。《左傳·僖公十五年》：「歲云秋矣。」

〔三〕停弦：罷琴。

〔四〕桂蟾：桂樹與蟾蜍。相傳月中有桂樹及蟾蜍，故以「桂蟾」爲月的代稱。

〔五〕淮南小山《招隱士》：「攀桂枝兮聊淹留。」

〔六〕耿耿：見《贈李榮道士》注〔三〕。

〔七〕星鬢：見《和王奭秋夜有所思》注〔九〕。

贈益府羣官〔一〕

一鳥自北燕，飛來向西蜀。單棲劍門上〔二〕，獨舞岷山足①〔三〕。昂藏多古貌〔四〕，哀怨有新曲。

校記

①「岷」原作「崑」，據字下原注「一作岷」並《英華》卷二四九、《全唐詩》卷四一改。

注釋

〔一〕咸亨元年歲暮作。

〔二〕劍門：山名。《元和郡縣圖志》卷三三：劍南道劍州劍門縣，梁山，在縣西南二十四里，即劍門山也。

〔三〕岷山，在四川松潘縣北，綿延川、甘兩省邊境。爲長江黄河分水嶺，岷江、嘉陵江發源地。《書·禹貢》：「岷山導江。」

〔四〕昂藏：氣概高朗不凡。陸機《晉西平將軍孝侯周處碑》：「昂藏寮寀之上。」

羣鳳從之遊，問之何所欲。答言寒鄉子，飄飖萬餘里。不息惡木枝①，不飲盜泉水〔一〕；常思稻粱遇，願棲梧桐樹〔二〕。智者不我邀，愚夫余不顧。所以成獨立②，耿耿歲云暮。

校記

①「息」原作「識」，據《英華》、《全唐詩》改。　②「立」《英華》作「坐」。

注釋

〔一〕「不息」二句：典出陸機《猛虎行》，已見校記所引。盜泉，水名。《水經注·洙水》：「洙水西南流，盜泉水注之。」《尸子》：「孔子至于勝母，暮矣而不宿；過于盜泉，渴矣而不飲，惡其名也。」

〔二〕《莊子·秋水》：「南方有鳥，其名爲鵷雛，子知之乎？夫鵷雛，發於南海而飛於北海，非梧桐不止，非練實不食，非醴泉不飲。」鵷雛，鸞鳳之屬。

日夕苦風霜，思歸赴洛陽。羽翮毛衣短〔一〕，關山道路長。明月流客思，白雲迷故鄉。誰能借風便，一舉凌蒼蒼？

注釋

〔一〕翮：羽莖。也代指鳥翼。《荀子·王制》：「南海則有羽翮、齒、革、曾青、丹干焉。」毛衣短：時昇之辭官，在蜀盤桓一歲，倦遊思歸，蓋苦於資費匱乏，故有此語邪？

盧照鄰集校注卷二

七言古詩

失羣鴈并序〔一〕

温縣明府以《鴈》詩垂示〔二〕，余以爲古之郎官，出宰百里〔三〕，今之墨綬〔四〕，入應千官〔五〕，事止鴈行〔六〕，未宜傷歎；至如羸卧空巖者〔七〕，乃可爲失羣慟耳！聊因伏枕多暇，以斯文應之。

注釋

〔一〕調露元年，盧照鄰卧疾于東都龍門山佛寺。温縣，地近洛陽，故其縣令能與昇之唱和。詩當作於調露元、二年間。

〔二〕温縣：洛州屬縣。《舊唐書·地理志》：河南府，隋河南郡。武德四年，置洛州總管府。其年十一月，罷總管府，置陝東道大行臺。九年，罷行臺，置洛州都督府，領洛、懷、鄭、汝等四州。貞觀十八年，廢都督府。顯慶二年，置東都。以懷州之河陽、濟源、温、王屋來屬。按：其地在今河南温縣境。　明府：唐人稱縣令爲明府。

〔三〕「古之郎官」二句：《會稽典録》曰：「鄭弘拜尚書郎。舊典：科滿補縣長，令史爲丞尉。弘奏以爲臺職位尊而賞薄，人無樂者。諸（《御覽》二一二作「請」）使郎補縣令，令史爲長。上從其議，自此爲始。」（《藝文類聚》卷四八《職官部》四）　百里：古時一縣轄地約百里，因以百里爲縣之代稱。《抱朴子·百里》：「煩劇所鍾，其唯百里，衆役於是乎出，誅求之所叢赴。」

〔四〕墨綬：指縣令。見《三月曲水宴得樽字》注〔四〕。

〔五〕應：適合，相應。《世説新語·雅量》：「射誤中柂工，應絃而倒。」　千官：朝中衆多的官員。

〔六〕鴈行：群鴈飛行之行列。《禮記·王制》：「父之齒隨行，兄之齒鴈行，朋友不相踰。」言兄弟出行，弟在兄後，後因爲兄弟之稱。此處「事止鴈行」，意謂入爲朝官之與出爲縣令，略無等差，僅伯仲間耳。

〔七〕羸：瘦弱，疲病。《荀子·正論》：「王公則病不足於上，庶人則凍餧羸瘠於下。」

三秋北地雪皚皚，萬里南翔渡海來。欲隨石燕沈湘水〔一〕，試逐銅烏繞帝臺〔二〕。帝臺銀闕距金塘〔三〕，中間鵷鷺已成行〔四〕。先過上苑傳書信〔五〕，暫下中洲戲稻粱。

注釋

〔一〕石燕：《初學記》卷二《天部》下引《湘州記》曰：「零陵山有石燕，遇風雨即飛，止還爲石。」湘水：水名，即今湖南的湘江。

〔二〕銅烏：《三輔黄圖》卷五引郭延生《述征記》曰：「長安宫南有靈臺，高十五仞，上有渾儀，張衡所制。又有相風銅烏，遇風乃動。」 帝臺：帝王的靈臺。次句的「帝臺」泛指皇帝的宫禁。

〔三〕銀闕：見《于時春也慨然有江湖之思寄贈柳九隴》注〔三〕。 此處指帝王的宫闕。 距：去，距離。此處有「對」（相對，拉開距離）的意思。 金塘：即池沼。金，藻飾之詞。虞世南《侍宴歸雁堂詩》：「歌堂面渌水，舞館接金塘。」

〔四〕鵷鷺：皆鳥名。鵷，傳説爲鳳一類的鳥。鷺，水鳥名，俗稱鷺鷥，羽潔白，脚高頸長而喙强，棲息水邊。二鳥群飛有序，因以喻朝官班行。《北齊書·文苑傳序》：「於是辭人才子，波駭雲屬，振鵷鷺之羽儀，縱雕龍之符采。」

〔五〕《漢書·蘇建傳》附《蘇武傳》曰：「昭帝即位。數年，匈奴與漢和親。漢求武等，匈奴詭言武死。後漢使復至匈奴，常惠請其守者與俱，得夜見漢使，具自陳道。教使者謂單于，言天子射上林中，得雁，足有係帛書，言武等在某澤中。使者大喜，如惠語以讓單于。單于視左右而驚，謝漢使曰：『武等實在。』」大鴈傳書之典出此。 上苑：即漢之上林苑。《漢書·揚雄傳·羽獵賦序》：「武帝廣開上林，南至宜春、鼎胡、御宿、昆吾，旁南山而西，至長楊、五柞，北繞黄山，瀕渭而東，周袤數百里。」

虞人負繳來相及〔一〕，齊客虚弓忽見傷〔二〕。毛翎顦顇飛無力①〔三〕，羽翮摧頹君不識。唯有莊周解愛鳴〔四〕，復道郊歌重奇色〔五〕。惆悵驚思悲未已，徘徊自憐中罔極〔六〕。

校記

①「顦顇」原作「頻頓」，據原注「一作顦顇」並《全唐詩》卷四一注、《英華》卷三二八改。

注釋

〔一〕虞人：古代掌管山澤苑囿、田獵的官。《孟子·滕文公下》：「昔齊景公田，招虞人以旌，不至，將殺之。」趙岐《注》：「虞人，守苑囿之吏也。」　繳：射鳥時繫在箭上的生絲繩。《孟子·告子上》：「思援弓繳而射之。」焦循《正義》：「繳爲生絲縷之名，可用以繫弓弋鳥。」

〔二〕《戰國策·楚策四》：「更羸與魏王處京臺之下，仰見飛鳥。更羸謂魏王曰：『臣爲王引弓虚發而下鳥。』……有間，雁從東方來，更羸以虚發而下之。魏王曰：『然則射可至此乎？』更羸曰：『此孽也。』王曰：『先生何以知之？』對曰：『其飛徐而鳴悲。飛徐者，故瘡痛也；鳴悲者，久失羣也，故瘡未息，而驚心未去也。聞弦音，引而高飛，故瘡隕也。』」更羸，人姓名，不知何國人。昇之云「齊客」，未知所據。

〔三〕顦顇：枯槁也。同「憔悴」。

〔四〕見《秋霖賦》注〔六〕。

〔五〕郊歌：古代帝王於郊外祭祀天地時所唱的歌曲。此處指《朱鴈之歌》。《漢書·武帝紀》：太始二年二月，「行幸東海，獲赤鴈，作《朱鴈之歌》」。按：據《漢書·禮樂志》載，《郊祀歌》十九章，中無《朱鴈之歌》。是當時雖作此歌，然並未用之於郊祀也。昇之誤記。　奇色：指赤鴈之色。

〔六〕罔極：無窮盡。《詩·小雅·蓼莪》：「欲報之德，昊天罔極。」

傳聞有鳥集朝陽〔一〕，詎勝仙鳧邇帝鄉〔二〕。雲間海上應鳴舞，遠得鵾弦猶獨撫〔三〕。金龜全寫中牟印〔四〕，玉鵠當變萊蕪釜〔五〕。願君弄影鳳皇池〔六〕，時憶籠中摧折羽〔七〕。

注釋

〔一〕有鳥集朝陽：喻百官之在朝也。温縣令自以卑栖一邑，蓋有羨之之意流露于《鴈》詩中，昇之答詩於此句以下慰解之。朝陽：山的東面。《詩·大雅·卷阿》：「鳳凰鳴矣，于彼高岡。梧桐生矣，于彼朝陽。」是此句所本。《爾雅·釋山》：「山西曰夕陽，山東曰朝陽。」

〔二〕詎：豈，難道。　仙鳧：《後漢書·方術列傳》：「王喬者，河東人也。顯宗世，爲葉令。喬有神術，每月朔望，常自縣詣臺朝。帝怪其來數，而不見車騎，密令太史伺望之。言其臨至，輒有雙鳧從東南飛來。於是候鳧至，舉羅張之，但得一隻舄焉。乃詔尚方詠視，則四年中所賜尚書官屬履也。」　邇帝鄉：有二重含義。一、東漢光武帝劉秀爲南陽人，南陽遂爲帝王發祥地，稱爲帝鄉。王喬所宰之葉縣，係南陽郡屬縣，故云「邇帝鄉」。《後漢書·劉隆傳》：「南陽帝鄉，多近親。」是其證。温縣地近東都，類之。二、帝鄉，神話中天帝所居處，猶仙鄉。王喬，仙人，固應近帝鄉也。《莊子·天地》：「千歲厭世，去而上僊，乘彼白雲，至於帝鄉。」是其義。

〔三〕鵾絃：琴曲名。劉孝綽《烏夜啼》：「鵾絃且輟弄，鶴操暫停徽。」

〔四〕金龜：漢制，丞相、三公、列侯、將軍之印制，皆金印、龜紐。簡稱金龜。見《漢舊儀·補遺》上。曹植《王仲宣誄》：「金龜紫綬，以彰勳則。」　寫：鎔鑄。《國語·越語》下：「王命金工以良金寫范蠡之狀而朝禮之。」　中牟：地名。此處用作魯恭的代稱，因魯恭曾任中牟令，政績卓異，爲東漢著名的循吏。《後漢書·魯恭傳》言恭治中牟，至于「蟲不犯境」，「化及禽獸」，使「豎子有仁心」。後遂再爲司徒，子弟貴盛。　全句大意謂魯恭後來位至三公，佩金印龜紐，全仗他做中牟縣令時的卓異政績，作爲發跡顯名的憑藉。　言外見縣令亦可以大有作爲。

〔五〕玉鵠：即緣鵠飾玉，指因緣時會而得升仕階也。屈原《天問》：「緣鵠飾玉，后帝是饗。」王逸《注》：「后帝謂殷湯。　言伊尹始仕，因緣烹鵠鳥之羹，修玉鼎以事湯，湯賢之，遂以爲相。」　萊蕪釜：見《秋霖賦》「聚緑塵於庖甓」注。　全句大意謂因緣時會，當可改變目前困窘的處境。

〔六〕祝願温縣令能進入朝廷，掌握樞要。　鳳皇池：指中書省。魏晉南北朝設中書省於禁中，掌管機要，接近皇帝，權重在尚書上。《晉書·荀勖傳》載，荀勖由中書監守尚書令，「甚罔罔悵恨。或有賀之者，勖曰：『奪我鳳皇池，諸君賀我邪！』」詩文中遂稱中書省爲鳳皇池。

〔七〕左思《詠史詩》其八：「習習籠中鳥，舉翮觸四隅。」

行路難〔一〕

君不見，長安城北渭橋邊〔二〕，枯木横槎卧古田〔三〕。昔日含紅復含紫，常時留霧亦留煙。春景春風花似雪〔四〕，香車玉轝恒闐咽①〔五〕。若個遊人不競攀②〔六〕，若箇娼家不來折。娼家寶袜蛟龍帔〔七〕，公子銀鞍千萬騎。黄鶯一一向花嬌③〔八〕，青鳥雙雙將子戲④〔九〕。千尺長條百尺枝，月桂星榆相蔽虧⑤〔一〇〕。珊瑚葉上鴛鴦鳥〔一一〕，鳳凰巢裏雛鵷兒〔一二〕。巢傾枝折鳳歸去⑥，條枯葉落任風吹⑦。一朝憔悴無人問⑧，萬古摧殘君詎知〔一三〕！

校記

①「轝」《樂府詩集》卷七〇、《全唐詩》卷二五、卷四一作「輿」。按：轝，通「輿」。②「人」原注「一作童」。③「黄鶯一一向花嬌」《樂府詩集》、《全唐詩》卷二五作「黄鶯一向花嬌春」，後者注「集作一一向花嬌」。④「青鳥雙雙」《樂府詩集》、《全唐詩》卷二五作「兩兩三三」，後者注「集作青鳥雙雙」。⑤「月桂星榆」《樂府詩集》、《全唐詩》卷二五作「丹桂青榆」，《全唐詩》卷四一作「月桂星榆」。⑥「巢傾枝折鳳歸去」《全唐詩》卷四一句下注「一作巢傾折，鳳歸去」。「鳳歸」，《英華》作「飛鳳」，注「一作鳳歸」。⑦「任」《樂府詩集》作「狂」。⑧「憔悴」《樂府詩集》、《全唐詩》並作「零落」。《英華》作「顦顇」，注「一作零落」。

注釋

〔一〕行路難，樂府古題，屬雜曲歌辭。《樂府詩集》卷七〇引《樂府解題》曰：「《行路難》，備言世路艱難及離别悲傷之意，多以君不見爲首。」昇之是篇喟歎世事流移變易，盛衰貴賤無定，歲月匆匆，青春難駐。縱覽古今，感慨遥深，非閱歷既久、艱辛備嘗者不能爲。詩末云「寄言坐客神仙署」，與《雙槿樹賦》稱祕書省「地則圖書之府，人則神仙之靈」、「蓬萊山上，即對神仙」相合，蓋亦作於咸亨四年（六七三）前後。

〔二〕渭橋：漢唐時長安附近渭水上的橋。有三：中渭橋、西渭橋、東渭橋。中渭橋，在今西安市北。此謂「長安城北渭橋邊」，當指中渭橋。《史記·文帝紀》「（宋）昌至渭橋，丞相以下皆迎」司馬貞《索隱》引《三輔故事》：「咸陽宫在渭北，興樂宫在渭南，秦昭王通兩宫之間，作渭橋，長三百八十步。」

〔三〕槎：斜砍木也。古也作「茬」。《漢書·貨殖傳》：「然猶山不茬蘖，澤不伐夭。」顔師古《注》：「茬，古槎也字。槎，邪斫木也。」

〔四〕景：日光。

〔五〕香車玉轝：精美華貴的車子。盧思道《美女篇》：「時摇五明扇，聊駐七香車。」李嶠《奉和幸三會寺應制》：「歲在開金寺，時來降玉輿。」　闐咽：充滿。即「闐噎」。左思《吴都賦》：「冠蓋雲蔭，閭閻闐噎。」

〔六〕若個：誰，哪個。

〔七〕寶袜：腰綵也。《駢雅·釋服飾》：「寶袜，腰綵也。」徐賢妃《賦得北方有佳人》詩：「纖腰宜寶袜，紅衫豔織成。」　蛟龍帔：繡有蛟龍圖案的披肩。帔：披肩。《釋名·釋衣服》：「帔，披也；披之肩背，不及下也。」

〔八〕嬌：謂黄鶯嬌啼也。

〔九〕青鳥：傳説中的仙鳥，爲西王母的使者。《山海經·大荒西經》謂其「赤首黑目」，《漢武故事》謂其「如鸞」。此處泛指一般的鳥類。　將：携，領。《左傳·桓公九年》：「楚子使道朔將巴客以聘於楚。」

〔一〇〕月桂：月中的桂樹。江總《七夕詩》：「漢曲天榆冷，河邊月桂秋。」　星榆：名稱爲「白榆」的星。《隴西行》：「天上何所有？歷歷種白榆。」　蔽虧：遮蔽。

〔一一〕珊瑚葉：珊瑚，熱帶海中腔腸動物，骨骼相連，形如樹枝，故又名珊瑚樹。《史記·司馬相如傳·上林賦》「玫瑰碧琳，珊瑚叢生」。張守節《正義》引郭璞云：「珊瑚生水底石邊，大者樹高三尺餘，枝格交錯，無有葉。」此云珊瑚葉者，因「樹」而聯想及之也，以狀其葉之珍貴奇異。

〔一二〕鵷：傳説爲鳳一類的鳥。

〔一三〕詎：豈，難道。

人生貴賤無終始，倏忽須臾難久恃〔一〕。誰家能駐西山日〔二〕？誰家能堰東流水〔三〕？漢家陵樹滿秦川〔四〕，行來行去盡哀憐。自昔公卿二千石〔五〕，咸擬榮華一萬年〔六〕。不見朱脣將白貌①〔七〕，唯聞青棘與黄泉〔八〕。金貂有時須换酒②〔九〕，玉麈恒摇莫計錢③〔一〇〕。

校記

①「白」原注「一作玉」。《英華》作「玉」，注「一作白」。②「須换」《全唐詩》卷四一作「换美」，注「一作便换」。《英華》作「换美」，注「一作須换」。③「恒」《英華》、《樂府詩集》、《全唐詩》卷二五作「但」。《全唐詩》卷四一亦作「但」，注「一作恒」。

注釋

〔一〕倏忽、須臾：皆頃刻也。

〔二〕駐：止住，停留。《世説新語·尤悔》：「温公初受劉司空使勸進。母崔氏固駐之，嶠絶裾而去。」

〔三〕堰：擋水的低壩。此處用作動詞，是築堰以阻擋流水的意思。

〔四〕漢家陵：指西漢諸帝陵，悉在唐京兆府境内。如文帝霸陵、宣帝杜陵在唐萬年縣；高帝長陵、惠帝安陵、景帝陽陵、昭帝平陵、元帝渭陵、成帝延陵、哀帝義陵、平帝康陵並在唐咸陽縣，武帝茂陵在唐興平縣。

〔五〕二千石：漢代内自九卿郎將，外至郡守尉的俸禄等級，都是二千石。分爲中二千石、二千石、比二千石三等，月得禄米分别是百八十斛、百二十斛、百斛。後因稱郎將、郡守和知府爲二千石。《史記·文帝紀》："臣謹請（與）……宗室、大臣、列侯、吏二千石議。"

〔六〕咸擬：都打算，都計劃。

〔七〕將：與，共。庾信《春賦》："眉將柳而争緑，面共桃而競紅。"

〔八〕青棘：緑色的荆棘。　黄泉：地下深處。此處指葬身之地。

〔九〕《晉書·阮籍傳》附阮孚：孚，字遥集，避亂渡江，元帝以爲安東參軍。蓬髮飲酒，不以王務嬰心。轉丞相從事中郎，終日酣飲，恒爲有司所按，帝每優容之。遷黄門侍郎、散騎常侍。嘗以金貂换酒，復爲所司彈劾。　金貂：古代近臣的冠飾，金璫、貂尾。詳見《于時春也慨然有江湖之思》"誰論貂與蟬"句注。

〔一〇〕玉麈：玉柄拂麈，用麈尾製作。《世説新語·容止》："王夷甫容貌整麗，妙於談玄，恒捉白玉柄麈尾，與手都無分别。"

寄言坐客神仙署〔一一〕，一生一死交情處〔一二〕。蒼龍闕下君不來①〔一三〕，白鶴山頭我應去②〔一四〕。雲間海上邈難期〔一五〕，赤心會合在何時〔一六〕？但願堯年一百萬〔一七〕，長作巢由也不辭③〔一八〕。

校記

①"來"原作"留"，據《樂府詩集》、《全唐詩》卷二五、卷四一改。　②"頭"　《樂府詩集》、《全唐

詩》卷二二五、卷四二作「前」。《英華》作「頭」，注「一作前」。　③「作」《全唐詩》卷二二五注「一作與」。

注釋

〔一〕神仙署：指祕書省。見《雙槿樹賦·序》「蓬萊山上」注。「神仙署」之「坐客」，疑指祕書少監崔行功。昇之與崔行功友善，有《雙槿樹賦》與之唱和。

〔二〕《史記·汲鄭列傳》：「一死一生，乃知交情。」

〔三〕蒼龍闕：即青龍闕。《長安志》引《關中記》曰：「未央宫東有青龍闕。」本漢代建築，蕭何所造。此處借指唐代宫禁。　不來，謂留戀仕途，不欲歸「來」。

〔四〕《列仙傳》曰：「王子喬者，周靈王太子也。好吹笙作鳳凰鳴，遊伊洛之間。道士浮丘公接以上嵩山，三十餘年。後求之於山。見桓良曰：『告我家，七月七日待我於緱氏山頭。』果乘白鶴，駐山嶺，望之不到，舉手謝時人，數日而去。後立祠於緱氏及嵩山。」（《太平廣記》卷四引）

〔五〕雲間海上：謂仙人行踪不定。

〔六〕赤心：真誠的心。

〔七〕堯年一百萬：沈約《樂未央》：「億舜日，萬堯年。」堯年：堯帝在位、政治休明的年代。

〔八〕巢由：巢父、許由，相傳爲帝堯時的高士，堯以天下讓與巢父，不受；又讓許由，亦不受。其事見《莊子·逍遥遊》《外物》《讓王》及皇甫謐《高士傳》。

長安古意[一]

長安大道連狹斜[二]，青牛白馬七香車[三]；玉輦縱横過主第[四]，金鞭絡繹向侯家。龍銜寶蓋承朝日[五]，鳳吐流蘇帶晚霞[六]。百丈遊絲争繞樹[七]，一群嬌鳥共啼花。啼花戲蝶千門側，碧樹銀臺萬種色[八]。複道交窗作合歡[九]，雙闕連甍垂鳳翼[一〇]。梁家畫閣天中起[一一]，漢帝金莖雲外直[一二]。樓前相望不相知，陌上相逢詎相識[一三]？借問吹簫向紫煙[一四]，曾經學舞度芳年。得成比目何辭死[一五]，願作鴛鴦不羨仙。比目鴛鴦真可羨，雙去雙來君不見？生憎帳額繡孤鸞[一六]，好取門簾帖雙燕①。雙燕雙飛繞畫梁，羅幃翠被鬱金香[一七]。片片行雲著蟬鬢[一八]，纖纖初月上鴉黄[一九]。鴉黄粉白車中出，含嬌含態情非一。妖童寶馬鐵連錢[二〇]，娼婦盤龍金屈膝[二一]。

校記

①「門簾」《英華》卷二〇五作「開簾」。

注釋

〔一〕古意：六朝以來詩中習見的標題，通常用來表示詩是擬古之作。

〔二〕狹斜：小巷。古樂府《長安有狹斜行》：「長安有狹斜，狹斜不容車。」也作「狹邪」。

〔三〕七香車：用多種香木製成的車子。梁簡文帝《烏棲曲》：「青牛丹轂七香車。」

〔四〕玉輦：本爲人君所乘車輿的專稱。此處泛指貴人所乘的車。　主第：公主的府第。

〔五〕龍銜寶蓋：車蓋的支柱雕成龍形，龍口似銜着車蓋。寶蓋：即華蓋，車上所豎的傘狀車蓬。

〔六〕鳳吐流蘇：車蓋上雕成的立鳳嘴端懸掛着流蘇。流蘇：一種裝飾品，以彩色羽毛或繒繡結成球，綴以絲縷，使之下垂，是謂流蘇。

〔七〕遊絲：春天蟲類所吐在空中飄揚的絲。

〔八〕銀臺：建築華美的臺。郭璞《遊仙詩》：「神仙排雲出，但見金銀臺。」

〔九〕複道：即閣道，在空際連接樓閣的通道。以不止一層，故曰複道。　交窗：即花格子窗。　作合歡：窗櫺的圖案作成合歡的形狀。合歡，植物名。見《望宅中樹有所思》注〔二〕。

〔一〇〕闕：宮門前的望樓。　甍：屋脊。　垂鳳翼：謂雙闕兩相對峙，有如鳳凰之兩翼。

〔一一〕東漢順帝時外戚梁冀在洛陽大起第舍，連房洞户，臺閣周通，柱壁雕鏤，殫極土木。此處借指長安的豪貴之家。　畫閣：五彩雕飾的樓閣。　天中：半天空，狀樓閣之高。

〔一二〕金莖：即建章宫内銅柱，漢武帝所立，高二十丈，上有仙人掌、承露盤。班固《西都賦》：「抗仙掌以承露，擢雙立之金莖。」李善《注》：「金莖，銅柱也。」

〔一三〕謂士女如雲，不易辨識。　詎：豈。

〔一四〕傳説春秋時代，蕭史善吹簫作鳳鳴。秦穆公以女弄玉妻之，爲作鳳臺以居。一夕吹簫引鳳，弄玉乘鳳，蕭史乘龍，昇天而去。秦人作鳳女祠於雍宫内。見《列仙傳》上。　向紫煙：即指飛升成仙。此處以仙女弄玉借指長安的女子。

〔一五〕比目：魚名，即鰈。舊謂此魚一目，須兩兩相並始能游行。《爾雅·釋地》：「東方有比目魚焉，不比不行，其名謂之鰈。」詩文中常用以比喻形影不離的好友或愛侣。

〔一六〕生憎：唐人口語，偏憎，最厭惡。　帳額：帳檐。　鸞：舊傳鳳一類的神鳥。

〔一七〕意謂羅幃翠被熏以名貴的鬱金香。翠被：用翡翠鳥羽織成的被。　鬱金香：香草名。《唐會要》卷一〇〇《雜録》：「貞觀二十一年，……伽毘國獻鬱金香，葉似麥門冬，九月花開，狀如芙蓉，其色紫碧，香聞數十步。華而不實，欲種取其根。」

〔一八〕行雲：狀鬢髮蓬鬆，有如流動的雲彩。　蟬鬢：一種髮式，即將兩鬢之髮梳成蟬翼狀。《古今注》：「魏文帝宫人莫瓊樹始製蟬鬢，縹緲如蟬。」

〔一九〕六朝及唐代女子額上塗鴉黄色，以爲美觀。初月：即額黄塗作月牙形。　鴉黄：嫩黄色。梁簡文帝《美女篇》：「約黄能效月，裁金巧作星。」

〔二〇〕妖童：指貴家的歌童或少年男僕，作爲主人出游時的隨從。容貌嬌美，服飾華麗，故曰「妖童」。　鐵連錢：青色有圓錢斑紋的馬。

〔二一〕娼婦：指歌妓舞女，亦爲貴家的隨從，即上文之「鴉黄粉白車中出」者。　盤龍金屈膝：車門上的有盤龍彫紋的金屬闔頁。屈膝：又作「屈戌」，用于屏風、門、窗等物的一種金屬零件，以二金屬片相鈎連，可以轉折，今名闔頁。

御史府中烏夜啼〔一〕，廷尉門前雀欲棲〔二〕。隱隱朱城臨玉道〔三〕，遥遥翠幰没金堤〔四〕。挾彈飛鷹杜陵北〔五〕，探丸借客渭橋西〔六〕。俱邀俠客芙蓉劍〔七〕，共宿娼家桃李蹊〔八〕。娼家日暮紫羅裙，清歌一囀口氛氲〔九〕。北堂夜夜人如月〔一〇〕，南陌朝朝騎似雲。南陌北堂連北里〔一一〕，五劇三條控三市〔一二〕。弱柳青槐拂地垂，佳氣紅塵暗天起。漢代金吾千騎來〔一三〕，翡翠屠蘇鸚鵡杯〔一四〕。羅襦寶帶爲君解〔一五〕，燕歌趙舞爲君開〔一六〕。

注釋

〔一〕《漢書·朱博傳》：「（御史）府中列柏樹，常有野烏數千棲宿其上，晨去暮來，號曰『朝夕烏』。」御史：官名，掌糾察彈劾之事。所居官署，漢代爲御史府，東漢及唐爲御史臺。

〔二〕《史記·汲鄭列傳》：「始翟公爲廷尉，賓客闐門；及廢，門外可設雀羅。」廷尉：掌執法的官。

〔三〕朱城：宫城。

〔四〕幰：車帷。

〔五〕挾彈飛鷹：指打獵。杜陵：地名，在長安東南，秦時爲杜縣，漢宣帝葬於此，改稱杜陵。

〔六〕探丸借客：指游俠殺人報仇。《漢書·尹賞傳》云：「長安中姦猾浸多，閭里少年群輩殺吏，受賕報仇，相與探丸爲彈，得赤丸者斫武吏，得黑丸者斫文吏，白者主治喪。」借客：「借客報仇」

之省文。《漢書·朱雲傳》:「(朱雲)少時通輕俠,借客報仇。」借客報仇,即代人報仇。渭橋:已見《行路難》注〔二〕。

〔七〕芙蓉劍:即古純鉤劍。《吴越春秋》曰:「越王允常聘區冶子作名劍五枚,一曰純鉤,……秦客薛燭善相劍,王取純鉤示之。薛燭矍然望之曰:『沉沉如芙蓉始生於湖,觀其文,如列星之行;觀其光,如水之溢塘。』」(《藝文類聚》卷六〇《軍器部》)

〔八〕桃李蹊:指娼女所居之處。蹊:路徑。《史記·李將軍列傳》:「桃李不言,下自成蹊。」此處系借用,一則以桃李喻美色,一則暗示娼家居處尋花問柳者之衆多。

〔九〕囀:宛轉歌唱。　氛氲:盛貌。此處指妓女歌唱時散發出來的口脂香氣濃鬱。謝惠連《雪賦》:「其爲狀也,散漫交錯,氛氲蕭索。」

〔一〇〕人如月:狀娼女貌美。

〔一一〕北里:即平康里,在長安城北門。唐代爲妓女聚居之處。唐孫棨著有《北里志》,記當時妓女的生活情況。

〔一二〕意謂長安城内街道縱横,市面繁榮。　劇:交錯的道路曰劇。《爾雅·釋宫》「劇旁」郭璞《注》:「今南陽冠軍樂鄉,數道交錯,俗呼之爲五劇鄉。」　三條:三面相通的道路。班固《西都賦》:「披三條之廣路。」　三市:泛指長安城内的商業區。左思《魏都賦》:「廓三市而開廛。」

〔一三〕金吾：即執金吾，本名中尉，漢武帝時改稱執金吾，負責統率禁軍、巡防京師。此處泛指禁軍的軍官。

〔一四〕翡翠：形容酒的顔色是翠緑的。屠蘇：酒名。也作「酴酥」、「屠酥」。古代風俗於農曆正月初一日飲屠蘇酒，見宗懔《荆楚歲時記》。鸚鵡杯：用形狀略似鸚鵡的一種海螺加工製成的酒杯。

〔一五〕《史記·滑稽列傳》：「日暮酒闌，合尊促坐，男女同席，履舄交錯。杯盤狼藉，堂上燭滅。……羅襦襟解，微聞薌澤。」此句化用其意。

〔一六〕燕歌趙舞：古燕、趙地區以歌舞著名，古詩且有「燕趙多佳人」之語，故云。此處用以泛指美妙的歌舞。

別有豪華稱將相，轉日回天不相讓〔一〕。意氣由來排灌夫〔二〕，專權判不容蕭相〔三〕。專權意氣本豪雄，青虯紫燕坐春風①〔四〕。自言歌舞長千載，自謂驕奢凌五公〔五〕。節物風光不相待〔六〕，桑田碧海須臾改〔七〕。昔時金階白玉堂，即今唯見青松在②。

校記

①「春」原有注「一作生」。《全唐詩》卷四一同。《英華》作「生」。②「即今」原作「即金」，今據《英華》、《全唐詩》改。

注釋

〔一〕轉日回天：極言權力之大，「天」、「日」皆可按其意志旋轉。猶《後漢書·宦者傳論》所謂「舉動迴山海，呼吸變霜露」也。古代有時以「天」「日」比君主，「回天轉日」即可解釋爲操縱、左右皇帝。

〔二〕灌夫：字仲孺，潁陰人。景帝時以軍功爲郎中將，歷代相、燕相。後坐法免。夫爲人剛直，喜任俠，重然諾，與魏其侯竇嬰相交結。在丞相田蚡與竇嬰的争權鬥争中，同情並支持竇嬰，因而觸怒田蚡，被田蚡族誅。事見《史記·魏其武安侯列傳》。

〔三〕判：同拚。　蕭相：指蕭何，漢高祖時爲丞相。蕭何爲相，以小心謹慎著名。全句意謂朝廷中内部矛盾劇烈，縱然小心謹慎、功勳名望卓著如蕭相國其人，亦不見容於專權者。

〔四〕青虯：屈原《九章·涉江》：「駕青虯兮驂白螭。」本爲傳説中一種無角的龍。此處借指駿馬。紫燕：駿馬名。相傳漢文帝從代北來，有駿馬九，號九逸，其一名紫燕騮。見《西京雜記》卷二。

〔五〕五公：張湯、杜周、蕭望之、馮奉世、史丹，五人並爲漢代著名的權貴。見班孟堅《西都賦》「冠蓋如雲，七相五公」李善《注》。

〔六〕節物：應時節的景物。陸機《擬古詩·擬明月何皎皎》：「踟蹰感節物，我行永已久。」

〔七〕見《于時春也慨然有江湖之思》「萊洲頻度淺」注。

寂寂寥寥揚子居〔一〕，年年歲歲一牀書〔二〕。獨有南山桂花發〔三〕，飛來飛去襲人裾〔四〕。

注釋

〔一〕揚子：指漢代揚雄，蜀郡成都人。少而好學，博覽無所不見，默而好深湛之思，清静無爲，少嗜欲，不汲汲於富貴，不戚戚於貧賤。成、哀時，揚雄仕於長安，不得意，閉門著《太玄》、《法言》。此處作者用以自况。

〔二〕庾信《寒園即目》：「隱士一牀書。」

〔三〕南山：即終南山，在長安城南五十里。

〔四〕裾：衣前襟。

明月引〔一〕

洞庭波起兮鴻鴈翔〔二〕，風瑟瑟兮野蒼蒼〔三〕。浮雲捲靄〔四〕，明月流光〔五〕。荆南兮趙北〔六〕，碣石兮瀟湘〔七〕。澄清規於萬里〔八〕，照離思於千行〔九〕。横桂枝於西第，繞菱花於北堂〔一〇〕。高樓思婦，飛蓋君王〔一一〕。文姬絶域〔一二〕，侍子他鄉〔一三〕。見胡鞍之似練〔一四〕，知漢劍之如霜〔一五〕。試登高而騁目①〔一六〕，莫不變而迴腸〔一七〕。

校記

①「騁」原有注「一作極」。《全唐詩》卷二三作「極」，注「集作騁」。《樂府詩集》卷六〇作「極」。

注釋

〔一〕樂府新題,《樂府詩集》編之入《琴曲歌辭》。引:樂曲體裁之一。《樂府詩集》卷五七引梁元帝《纂要》曰:「古琴……自伏羲制作之後,有巴、師文、師襄、成連、伯牙、方子春、鍾子期,皆善鼓琴。而其曲有暢,有操,有引,有弄。」胡震亨《唐音癸籤》卷一《體凡》曰:「新題者,古樂府所無,唐人新製爲樂府題者也。其題或名歌,亦或名行,或兼名歌行。又有曰引者,曰曲者,曰謡者,曰辭者,曰篇者。……凡此多屬之樂府,然非必盡譜之于樂。」

〔二〕屈原《九歌・湘夫人》:「嫋嫋兮秋風,洞庭波兮木葉下。」

〔三〕瑟瑟:風聲。

〔四〕謂浮雲收斂,天空晴朗。靄:雲氣。陶淵明《時運》詩:「山滌餘靄,宇曖微霄。」

〔五〕流光:月光照射有如水之流瀉,故云。曹植《七哀詩》:「明月照高樓,流光正徘徊。」

〔六〕荆:古時楚國的别稱,都郢,在今湖北江陵。趙:戰國七雄之一,都邯鄲,在今河北邯鄲。

〔七〕碣石:古山名。在河北昌黎西北。瀟湘:水名,在今湖南。

〔八〕清規:即月。月圓如規而明,故稱。

〔九〕離思:離别之情。潘岳《金谷集作詩》:「何以叙離思?携手遊郊畿。」千行:指淚。

〔一〇〕桂枝:此處指月光,因傳説月中有桂樹。菱花:指菱花鏡。古銅鏡中,六角形的或鏡背刻有菱花的,曰菱花鏡。《西京雜記》:「飛燕始加大號倢伃,奏上三十六物,有七尺菱花鏡一奩。」

北堂：見《望宅中樹有所思》注〔五〕。

〔二〕高樓思婦：曹植《七哀詩》：「明月照高樓，流光正徘徊。上有愁思婦，悲歎有餘哀。」句本此。飛蓋君王：指曹植。曹植嘗封爲平原侯、臨淄侯、鄄城王、雍丘王、陳王。植《公讌詩》曰：「清夜遊西園，飛蓋相追隨。明月澄清影，列宿正參差。」飛蓋：驅車疾馳。蓋，車蓋。

〔三〕文姬：即蔡文姬，名琰，蔡邕之女。博學有才辯，又妙於音律。適河東衛氏，夫亡無子，歸寧于家。興平中，天下喪亂，文姬爲胡騎所獲，没於南匈奴左賢王，在胡中十二年。曹操遣使者以金璧贖之歸漢。事見《後漢書·列女傳》。絶域：極遠的地域。《管子·七法》：「不遠道里，故能威絶域之民。」

〔三〕侍子：古代諸侯或屬國的王遣子入侍皇帝，稱侍子。《後漢書·光武帝紀》：「鄯善王、車師王等十六國皆遣子入侍奉獻，願請都護，帝以中國初定，未遑外事，乃還其侍子，厚加賞賜。」

〔四〕此句上承「文姬絶域」。練：白色的熟絹。

〔五〕本句上承「侍子他鄉」。侍子遠在異國爲質，有時遇上兩國交惡，或本國政變易主，中國皇室力不能討，爲籠絡新君，往往殺掉前主所遣的質子，所以侍子的生命安全没有保障，總是憂慮自己會被殺掉。「知漢劍之如霜」寫的正是侍子的這種心情。

〔六〕騁目：極目四望。沈約《郊居賦》：「臨巽維而騁目，即堆冢而流眄。」

〔七〕迴腸：比喻愁思輾轉不解。司馬遷《報任安書》：「是以腸一日而九回。」迴，通回。

懷仙引〔一〕

若有人兮山之曲〔二〕，駕青虬兮乘白鹿〔三〕，往從之遊願心足。披澗户〔四〕，訪巖軒〔五〕。石瀨潺湲横石徑〔六〕，松蘿冪䍥掩松門〔七〕。下空濛而無鳥〔八〕，上巉巗而有猨〔九〕。懷飛閣〔一〇〕，度飛梁〔一一〕。休余馬於幽谷，掛余冠於夕陽〔一二〕。曲復曲兮煙莊邃，行復行兮天路長〔一三〕。

注釋

〔一〕此亦新題樂府。《樂府詩集》未收。引：已見《明月引》注〔一〕。

〔二〕屈原《九歌·山鬼》：「若有人兮山之阿，被薜荔兮帶女羅。」首二句本此。曲：指山之曲折處。

〔三〕駕青虬：屈原《九章·涉江》：「駕青虬兮驂白螭。」虬：一種無角的龍。乘白鹿：曹植《飛龍篇》：「忽逢二童，顔色鮮好。乘彼白鹿，手翳芝草。」

〔四〕澗户：以山澗爲門户。孔稚珪《北山移文》：「澗户摧絶無與歸，石徑荒涼徒延佇。」

〔五〕巖軒：崖下的小室。軒：長廊或小室。左太冲《魏都賦》「周軒中天」李善《注》：「軒，長廊之有窗也。」又《南齊書·劉善明傳》：「陛下凝暉自天，……故能高嘯閒軒，鯨鯢自翦。」

〔六〕石瀨：石上急流。瀨：湍急之水。水激石間曰瀨。屈原《九歌·湘君》「石瀨兮淺淺」王逸《注》：「瀨，湍也。」

〔七〕松蘿：即女蘿，地衣類蔓生植物，一作「女羅」。　羃䍥：同「羃歷」，分布覆蓋貌。左太冲《吴都賦》：「草則藿蒳豆蔻，……夤緣山嶽之岊，羃歷江海之流。」李善《注》：「羃歷，分布覆被貌。」松門：石徑兩旁有長松林立，女蘿纏絡，其下洞然如門户，故稱。謝靈運《入彭蠡湖口詩》：「攀崖照石鏡，牽葉入松門。」

〔八〕空濛：混蒙迷茫之狀，多形容烟嵐、雨霧。謝朓《觀朝雨》詩：「空濛如薄霧，散漫似輕埃。」

〔九〕巉巗：山險峻貌。宋玉《高唐賦》：「登巉巖而下望兮，臨大阺之稸水。」

〔一〇〕飛閣：架空建築的閣道，俗稱天橋。班固《西都賦》：「輦路經營，脩途飛閣，自未央而連桂宫。」

〔一一〕飛梁：凌空架設的橋。揚雄《甘泉賦》：「歷倒景而絶飛梁兮，浮蔑蠓而撇天。」

〔一二〕屈原《九章·涉江》：「步余馬兮山皋，邸余車兮方林。」「休余馬」二句由此脱化。

〔一三〕江淹《别賦》：「怨復怨兮遠山曲，去復去兮長河湄。」是「曲復曲兮」二句脱化所自。　煙莊：雲霧中的道路。莊：四通八達的道路。　天路：高入雲端的道路。張衡《西京賦》：「美往昔之松喬，要羨門乎天路。」

修途杳其未半〔一〕，飛雨忽以茫茫。山坱軋〔二〕，磴連褰①〔三〕。攀石壁而無據，泝泥谿而不前〔四〕。向無情之白日②，竊有恨於皇天。

校記

①「磴」《英華》卷二三五作「嶝」，注「一作澄」。《全唐詩》卷四一注「一作嶝」。②「向」《英華》作「何」。

注釋

〔一〕杳：昏暗，深遠。

〔二〕坱軋：同「坱圠」，高低不平。左太沖《吴都賦》：「爾乃地勢坱圠，卉木跃蔓。」劉淵林《注》：「坱圠，莽沕也，高下不平貌也。」

〔三〕連蹇：即「連蹇」，艱難也。《易·蹇》：「往蹇來連。」王弼《注》：「往來皆難，故曰往蹇來連。」後謂遭遇坎坷曰連蹇。揚雄《解嘲》：「孟軻雖連蹇，猶爲万乘師。」

〔四〕泝：逆流而上。

迴行遵故道，通川遍流潦〔一〕。迴首望群峰，白雲正溶溶①〔二〕。珠爲闕兮玉爲樓〔三〕，青雲蓋兮紫霜裘〔四〕。天長地久時相憶，千齡萬代一來遊〔五〕。

校記

①「雲」字下原有注「一作雪」。

注釋

〔一〕通川：溪流。司馬相如《上林賦》：「醴泉湧于清室，通川過於中庭。」流潦：雨後的大水。

〔二〕溶溶：雲盛貌。

〔三〕珠闕：宫門前珠飾的望樓。王融《法樂辭》：「丹棨藻玉墀，翠羽文珠闕。」玉樓：仙人所居。東方朔《十洲記》：「（崑崙）其一角有積金爲天墉城，面方千里，城上安金臺五所，玉樓十二所。」

〔四〕青雲蓋：以青雲爲車蓋。紫霜裘：以紫霜爲裘。

〔五〕齡：年歲。

五言律詩

劉　生〔一〕

劉生氣不平，抱劒欲專征①〔二〕。報恩爲豪俠，死難在横行〔三〕。翠羽裝劒鞘〔四〕，黄金鏤馬纓②〔五〕。但令一顧重〔六〕，不惜百身輕〔七〕。

校記

①「劍」原注「一作刀」。《全唐詩》卷四二作「刀」。 ②「鏤」原注「一作飾」。《英華》卷一九六、《樂府詩集》卷二四、《全唐詩》卷一八、卷四二並作「飾」，卷四二注「一作鏤」。 「纓」《英華》作「鈴」。《全唐詩》卷四二作「鈴」，注「一作纓」。

注釋

〔一〕樂府舊題，屬横吹曲。《樂府詩集》卷二四引《樂府解題》曰：「劉生不知何代人，齊梁已來爲《劉生》辭者，皆稱其任俠豪放，周遊五陵三秦之地。或云抱劍專征，爲符節官，所未詳也。」又引《古今樂録》云：「梁鼓角横吹曲，有《東平劉生歌》，疑即此《劉生》也。」

〔二〕專征：古代諸侯或將帥經特許得自行出兵征伐。《竹書紀年》上帝辛三年：「王錫命西伯得專征伐。」

〔三〕豪俠：强横任俠。《漢書·趙廣漢傳》：「（杜）建素豪俠，賓客爲姦利。」 横行：縱横馳騁。謂所向無阻。《史記·季布傳》：「上將軍樊噲曰：『臣願得十萬衆，横行匈奴中。』」

〔四〕翠羽：翡翠鳥的羽毛。

〔五〕纓：套馬的革帶，駕車用。《左傳·桓公二年》：「鞶、厲、游、纓，昭其數也。」杜預《注》：「纓，在馬膺前如索帬。」

〔六〕一顧：《戰國策·燕策二》：「人有賣駿馬者，比三旦立市，人莫之知。往見伯樂曰：『臣有駿馬，欲賣之，比三旦立於市，人莫與言，願子還而視之，去而顧之，臣請獻一朝之賈。』伯樂乃還而視之，去而顧之，一旦而馬賈十倍。」後因用「一顧」比喻受人賞識、推薦、贊揚。　重：謂知己之恩深義重。

〔七〕謂不吝惜生命，以捐軀爲輕。即視死如歸。百身：《詩·秦風·黄鳥》的作者，因爲秦穆公死後，秦人以大批活人爲之殉葬，中有子車氏之三子奄息、仲行、鍼虎，皆秦之良也，故作《黄鳥》以哀之，中有「彼蒼者天，殲我良人！如可贖兮，人百其身」之語。「百身」一詞出此，意爲一個人能頂得上一百個常人的傑出人材。

隴頭水〔一〕

隴阪高無極〔二〕，征人一望鄉①。關河别去水〔三〕，沙塞斷歸腸〔四〕。馬繫千年樹，旌懸九月霜②〔五〕。從來共嗚咽③〔六〕，皆是爲勤王〔七〕。

校記

①「一望」《英華》一九八作「望故」，注「一作一望」。《全唐詩》卷四二注「一作望故」。②「旌」《英華》作「旗」。③「共」《英華》作「苦」，注「一作共」。

注釋

〔一〕樂府古題，屬横吹曲。《樂府詩集》卷二一引《樂府解題》曰：「漢横吹曲，二十八解，李延年造。

魏、晉已來,唯傳十曲:一曰《黄鵠》,二曰《隴頭》,……」《隴頭》,一曰《隴頭水》。

〔二〕隴阪:又名隴坻。《元和郡縣圖志》卷三九言在秦州清水縣,又名分水嶺。見《早度分水嶺》注〔一〕。

〔三〕去水:逝水。征人西去而水東流,故云「别去水」。

〔四〕沙塞:塞外沙漠地區。丘遲《與陳伯之書》:「唯北狄野心,掘强沙塞之間。」

〔五〕旌:已見《結客少年場行》注〔六〕。

〔六〕嗚咽:古樂府《隴頭歌辭》:「隴頭流水,鳴聲幽咽,遥望秦川,心肝斷絶。」

〔七〕勤王:爲王事盡力,特指出兵救援王朝叫勤王。此處指從軍戍邊。

巫山高〔一〕

巫山望不極,望望下朝氛①〔二〕。莫辨啼猿樹,徒看神女雲〔三〕。驚濤亂水脈〔四〕,驟雨暗峰文②〔五〕。霑裳即此地③〔六〕,况復遠思君。

校記

①「氛」《全唐詩》卷一七作「雰」,注「集作氛」;卷四二注「一作雰」。《樂府詩集》卷一七作「雰」。

②「峰」《英華》卷二〇一作「岑」,注「一作峰」。③「裳」《全唐詩》卷四二此字下注「一作衣」。

注釋

〔一〕樂府古題，屬鼓吹曲。《樂府詩集》卷一六引《樂府解題》曰：「古詞言，江淮水深，無梁可度，臨水遠望，思歸而已。」

〔二〕望不極：望不見山顛。范雲《巫山高》：「巫山高不極，白日隱光輝。」朝氛：早晨的雲氣。

〔三〕神女雲：宋玉《高唐賦》：「昔者楚襄王與宋玉遊於雲夢之臺，望高唐之觀，其上獨有雲氣，崪兮直上，忽兮改容。……王問玉曰：『此何氣也？』玉對曰：『所謂朝雲者也。』王曰：『何謂朝雲？』玉曰：『昔者先王嘗遊高唐，怠而晝寢，夢見一婦人曰：「妾，巫山之女也，爲高唐之客。聞君遊高唐，願荐枕席。」王因幸之。去而辭曰：「妾在巫山之陽，高丘之阻。旦爲朝雲，暮爲行雨。朝朝暮暮，陽臺之下。」旦朝視之，如言。故爲立廟，號曰「朝雲」。』」

〔四〕水脈：地下的伏流，形狀如人體脈絡，故名。也稱泉脈。《博物志》卷二：「流沙千餘里，中無水，時時有伏流處，人莫能知。皆乘駱駝，駱駝知水脈，過其處輒停，不肯行，以足蹋地，人於蹋處，掘之輒得水。」

〔五〕峰文：山峰之上岩石的紋理。

〔六〕霑裳：《水經注·江水》：「每至晴初霜旦，林寒澗肅，常有高猿長嘯，屬引淒異，空谷傳響，哀轉久絕。故漁者歌曰：『巴東三峽巫峽長，猿鳴三聲淚沾裳。』」

芳樹〔一〕

芳樹本多奇，年華復在斯。結翠成新幄〔二〕，開紅滿故枝①。風歸花歷亂②〔三〕，日度影參差。容色朝朝落，思君君不知。

校記

①「故」《樂府詩集》卷一七作「舊」。《英華》卷二〇八、《全唐詩》卷四二作「故」，注「一作舊」。

②「花」《全唐詩》注「一作聲」。

注釋

〔一〕樂府古題，屬鼓吹曲。《樂府詩集》卷一六引《樂府解題》曰：「古詞中有云：『妬人之子愁殺人，君有他心，樂不可禁。』若齊王融『相思早春日』，謝朓『早玩華池陰』，但言時暮、衆芳歇絶而已。」

〔二〕幄：蓬帳。《周禮·天官·幕人》「掌帷、幕、幄、帟、綬之事」。鄭玄《注》：「帷幕皆以布爲之，四合象宫室，曰幄。」

〔三〕歷亂：爛漫。梁簡文帝《採桑》詩：「細萍重疊長，新花歷亂開。」

雨雪曲〔一〕

虜騎三秋入，關雲萬里平。雪似胡沙暗，冰如漢月明。高闕銀爲闕，長城玉作城〔二〕。節旄零落盡〔三〕，天子不知名。

注釋

〔一〕樂府古題，屬横吹曲。《樂府詩集》卷二四云：《采薇》詩曰：「昔我往矣，楊柳依依。今我來思，雨雪霏霏。」《穆天子傳》曰：「天子遊于黄室之曲，筮獵苹澤，天子乃休。日中大寒，北風雨雪，有凍人，天子作詩三章以哀之，曰：『我徂黄竹』是也。」

〔二〕「高闕」二句：描狀雪景，言高闕變成銀闕，長城已成玉城。闕：皇宫門前兩邊的望樓。

〔三〕《漢書·蘇建傳》附蘇武：「（武）杖漢節牧羊，卧起操持，節旄盡落。」此處係借用，言邊將征戍累年，久在沙塞，以致節旄盡脱落也。節旄：此處指旌節。唐制，節度使（高宗時爲行軍大總管、都護）專制軍事，給雙旌雙節，旌以專賞，節以專殺。旌是用旄牛尾和彩色鳥羽作竿飾的旗。節指符節，以竹爲之，柄長八尺，上綴牦牛尾以爲飾，使者所執以示信。

王昭君①〔一〕

合殿恩中絶〔二〕，交河使漸稀〔三〕。肝腸隨玉輦②〔四〕，形影向金微③〔五〕。漢地草應緑④，胡庭沙正飛〔六〕。願逐三秋雁，年年一度歸。

校記

①「王昭君」原作「昭君怨」，據《樂府詩集》卷二九、《全唐詩》卷一九改。②「隨」《樂府詩集》、《全唐詩》作「辭」。《英華》卷二〇四作「隨」，注「一作辭」。③「微」《搜玉小集》、《唐文粹》卷一二作「徽」。《全唐詩》卷四二注「一作徽」。④「地」原有注「一作宫」。《搜玉小集》、《英華》、《全唐詩》卷一九、《樂府詩集》皆作「宫」。

注釋

〔一〕《樂府詩集》卷二九《相和歌辭·吟歎曲》引《古今樂録》曰：「張永《元嘉技録》有吟歎曲：一曰《大雅吟》，二曰《王明君》，……」同書又引《西京雜記》曰：「元帝後宫既多，不得常見，乃使畫工圖其形，案圖召幸。宫人皆賂畫工，多者十萬，少者亦不減五萬。昭君自恃容貌，獨不肯與。工人乃醜圖之，遂不得見。後匈奴入朝，求美人爲閼氏，帝按圖以昭君行。及去召見，貌爲後宫第一，善應對，舉止閒雅。帝悔之，而名籍已定，方重信於外國，故不復更人，乃窮按其事。」《漢書·匈奴傳》：竟寧元年，「(呼韓邪)單于復入朝，……單于自言願壻漢氏以自親。元帝以後宫良家子王牆字昭君賜單于。」

〔二〕合殿：滿殿。合：全，滿。庾肩吾《賦得横吹曲長安道》：「合殿生光彩，離宫起烟霧。」

〔三〕交河：地名。漢車師前王國治。唐置交河郡交河縣。故城在今新疆吐魯番縣西。《漢書·西域傳》：「車師前國，王治交河城。」

〔四〕玉輦：帝王乘坐的車子。潘岳《藉田賦》：「天子乃御玉輦，蔭華蓋。」

〔五〕金微：山名，即金山，秦漢時稱金微山，今名阿爾泰山。《後漢書·和帝紀》：「大將軍竇憲遣左校尉耿夔出居延塞，圍北單于于金微山。」

〔六〕胡庭：胡地。匈奴謂單于所在地曰「庭」。《漢書·匈奴傳》：「歲正月，諸長小會單于庭，祠。」

折楊柳〔一〕

倡樓啟曙扉，楊柳正依依①〔二〕。鶯啼知歲隔②〔三〕，條變識春歸〔四〕。露葉凝秋黛③〔五〕，風花亂舞衣④。攀折將安寄⑤〔六〕，軍中音信稀⑥。

校記

①「楊」　《英華》卷二〇八、《樂府詩集》卷二二作「園」。《全唐詩》卷一八作「園」，注「集作楊」；卷四二注「一作園」。　②「鶯啼」　《英華》作「鶯鳴」，「鶯」下注「一作鳥」。《樂府詩集》、《全唐詩》卷一八作「鳥鳴」。　③「凝秋黛」　《英華》作「凝愁黛」，注「一作疑啼臉」。《樂府詩集》作「疑啼臉」。《全唐詩》卷一八作「疑啼臉」，注「集作愁黛」；卷四二作「凝愁黛」，注「一作啼臉」。

④「亂」原有注「一作落」。《英華》作「落」，注「一作亂」。　⑤「將安」　《英華》有注「一作聊

將」。《樂府詩集》、《全唐詩》卷一八、卷四二即作「聊將」，卷四二注「一作將安」。⑥「音」《英華》有注云「一作書」，《樂府詩集》作「書」。《全唐詩》卷四二同《英華》，卷一八作「書」，注「集作音」。

注釋

〔一〕樂府古題，屬横吹曲。《樂府詩集》卷二一引《樂府解題》曰：「漢横吹曲，二十八解，李延年造。魏、晉已來，唯傳十曲：一曰《黄鵠》，二曰《隴頭》，……七曰《折楊柳》……」同書卷二二又引《宋書・五行志》曰：「晉太康末，京洛爲折楊柳之歌，其曲有兵革苦辛之辭。」

〔二〕《詩・小雅・采薇》：「昔我往矣，楊柳依依。」依依，盛貌。一説輕柔貌。

〔三〕歲隔：隔年，又是一年。

〔四〕條變：柳樹枝條變緑。庾信《詠春近餘雪應詔詩》：「絲條變柳色，香氣動蘭心。」

〔五〕凝秋黛：謂帶露之柳葉，疑是樓上女子之愁眉也。黛：古時女子用以畫眉之顔料，因以稱美眉。蕭綸《代舊姬有怨》詩：「怨黛舒還斂，啼粧拭更垂。」

〔六〕安寄：寄向何處。

梅花落〔一〕

梅院花初發①〔二〕，天山雪未開〔三〕。雪處疑花滿，花邊似雪迴〔四〕。因風入舞袖，雜粉向粧臺〔五〕。匈奴幾萬里，春至不知來。

校記

①「院」原有注「一作嶺」，《英華》卷二〇八有注同。《樂府詩集》卷二四、《全唐詩》卷一八、卷四一並作「嶺」。

注釋

〔一〕樂府古題，屬横吹曲。《樂府詩集》卷二四云：「《梅花落》，本笛中曲也。」

〔二〕梅院：指唐虔州虔化縣（今江西寧都縣）東北之梅嶺山。《史記·東越列傳》：「令諸校屯豫章梅嶺待命。」張守節《正義》引《括地志》云：「梅嶺在虔化縣東北百二十八里。」按：五嶺之一的大庾嶺被稱爲梅嶺，在張九齡築路植梅之後，時較晚。

〔三〕天山：唐時稱伊州、西州以北一帶山脈爲天山，也稱白山、折羅漫山。伊州，今新疆哈密市；西州，今新疆吐魯番市東南達克阿奴斯城。見《元和郡縣圖志》卷四〇《伊州》。

〔四〕迴：迴旋、飄舞。

〔五〕南朝宋武帝女壽陽公主卧含章殿簷下，梅花落於額上，成五出之花，拂之不去。自後遂有所謂梅花粧。見《太平御覽》卷九七〇所引《宋書》。

關山月〔一〕

塞垣通碣石①〔二〕，虜障抵祁連②〔三〕。相思在萬里，明月正孤懸③。影移金岫北〔四〕，光斷玉門前〔五〕。寄信閨中婦④，時看鴻鴈天⑤。

校記

①「塞」原作「寒」，據《英華》卷一九八、《樂府詩集》卷二三、《全唐詩》卷一八、卷四一改。　②「障」《全唐詩》卷四一注「一作陣」。「祁」原作「祈」，茲據以上諸書改。　③「正孤」《英華》作「不長」，注「一作正孤」。　④「信」《樂府詩集》、《全唐詩》卷一八並作「書」，後者有注「集作言」。《英華》、《全唐詩》卷四一作「言」。《英華》有注「一作書」。「閨中」《樂府詩集》、《全唐詩》卷一八並作「謝中」。《英華》「閨」下注「一作謝」。　⑤「時」原有注「一作愁」。《英華》作「愁」，注「一作時」。

注釋

〔一〕樂府舊題，屬横吹曲。《樂府詩集》卷二三引《樂府解題》曰：「《關山月》，傷離别也。古《木蘭詩》曰：『萬里赴戎機，關山度若飛。朔氣傳金柝，寒光照鐵衣。』」

〔二〕塞垣：邊境地帶。庾信《五張寺碑銘》：「昔爲畿服，今成塞垣。」　碣石：已見《明月引》注〔七〕。

〔三〕障：邊境險要處戍守的堡寨。《史記·秦始皇紀》：「築亭障以逐戎人。」　祁連：山名。又名白山、雪山。古祁連山有南北之分。南祁連在新疆南部，自葱嶺而東，包括古昆侖山、阿爾金山以及今之祁連山（在甘肅省南部），即《漢書·西域傳》之南山。北祁連即今新疆之天山，横貫新疆中部，自葱嶺分支，蜿蜒而東，隨地易名，綿延數千里，即《漢書·西域傳》之北山。見《史記·匈奴列傳》「攻祁連山」《索隱》引《西河舊事》。

〔四〕金岫：即金山、金微山，見《王昭君》注〔五〕。岫：峰巒。

〔五〕玉門：關名，在今甘肅敦煌縣西北。陽關在其東南，古爲通西域要道。出玉門關者爲北道，出陽關者爲南道。見《元和郡縣圖志》卷四〇《肅州》。

上之回〔一〕

回中道路險〔二〕，蕭關烽堠多〔三〕。五營屯北地①〔四〕，萬乘出西河〔五〕。單于拜玉璽〔六〕，天子按雕戈〔七〕。振旅汾川曲〔八〕，秋風橫大歌〔九〕。

校記

①「北」原有注「一作右」。《全唐詩》卷四一有注同。《英華》卷二一〇作「右」，注「一作北」。

注釋

〔一〕樂府古題，屬鼓吹曲鐃歌十八曲之一。《樂府詩集》卷一六引吴兢《樂府解題》曰：「漢武通回中道，後數出遊幸焉。」又引沈建《廣題》曰：「漢曲皆美當時之事。」

〔二〕回中：地名，漢回中宫在焉。《史記·秦始皇紀》「出鷄頭山過回中」張守節《正義》引《括地志》：「回中宫在岐州雍縣西四十里。」按：在今陝西隴縣西北。

〔三〕蕭關：關塞名。在今寧夏固原市東南。古時爲邊防要地。見《元和郡縣圖志》卷三《關内道·原州》。烽堠：即烽火臺，古代邊防用烽燧報警的土堡哨所。徐悱《古意酬到長史溉登琅邪城》詩：「甘泉警烽候，上谷拒樓蘭。」候，通「堠」。

〔四〕五營：漢代禁軍軍官五校尉的合稱。《後漢書·順帝紀》「調五營弩師」李賢《注》：「五校也，謂長水、步兵、射聲、胡騎、車騎等五校尉也。」北地：郡名，秦置，漢仍之，地域和郡治屢有變遷，其轄境在今甘肅東南部和寧縣南部一帶。見《讀史方輿紀要》卷二《北地郡》。

〔五〕萬乘：帝王的别稱。周制：天子地方千里，出兵車萬乘。故以「萬乘」稱天子。《孟子·梁惠王上》：「萬乘之國，弑其君者，必千乘之家。」趙岐《注》：「萬乘，謂天子也。」西河：郡名。漢武帝元朔四年置，治富昌（在今内蒙古准格爾旗東南），轄縣三十六，其地包括内蒙古伊金霍洛旗、准格爾旗，陝西府谷、神木、佳縣、清澗、宜川，山西河曲、興縣、臨縣、離石、石樓等一帶地方。見《漢書·地理志》，參《中國歷史地圖集》第二册二〇—二一圖。《漢書·武帝紀》：「元封元年冬十月，詔曰：『南越、東甌咸伏其辜，西蠻北夷頗未輯睦，朕將巡邊垂，擇兵振旅，躬秉武節，置十二部將軍，親帥師焉。』行自雲陽，北歷上郡、西河、五原，出長城，北登單于臺，至朔方，臨北河。勒兵十八萬騎，旌旗徑千餘里，威震匈奴。遣使者告單于曰：『南越王頭已縣於漢北闕矣。單于能戰，天子自將待邊；不能，亟來臣服。何但亡匿幕北寒苦之地爲！』匈奴讋焉。」

〔六〕意謂匈奴臣服于漢，拜受漢朝天子的詔諭。玉璽：皇帝的玉印。此處指鈐有皇帝玉印的詔諭。

〔七〕雕戈：刻有花紋之戈。《國語·晉語三》：「晉惠公令韓簡挑戰，穆公衡雕戈出見使者曰：『寡人將身見。』」

〔八〕振旅：整頓部隊。僞《書·大禹謨》：「班師振旅。」《傳》：「兵入曰振旅，言整衆。」汾川：即汾水，在今山西。曲：河流曲折之處。

〔九〕秋風：指漢武帝《秋風辭》，載於《文選》。其序曰：「上行幸河東，祠后土。顧視帝京欣然。中流與羣臣飲燕，上歡甚，乃自作《秋風辭》。」《辭》中有「秋風起兮白雲飛」、「泛樓船兮濟汾河」之句。

紫騮馬〔一〕

騮馬照金鞍〔二〕，轉戰入皋蘭〔三〕。塞門風稍急〔四〕，長城水正寒〔五〕。雪暗鳴珂重〔六〕，山長噴玉難①〔七〕。不辭横絶漠〔八〕，流血幾時乾〔九〕？

校記

①「長」原作「頭」，據《英華》卷二〇九、《樂府詩集》卷二四、《全唐詩》卷一八改。

注釋

〔一〕樂府古題，屬横吹曲。《樂府詩集》卷二四引《古今樂録》曰：「《紫騮馬》古辭云：『十五從軍征，八十始得歸。道逢鄉里人，家中有阿誰？』又梁曲曰：『獨柯不成樹，獨樹不成林。念郎錦裲襠，恒長不忘心。』蓋從軍久戍，懷歸而作也。」

〔二〕騮：良馬名。黑鬣黑尾的紅馬。《禮記・月令》：「駕赤駵。」駵，同騮。

〔三〕皋蘭：山名。一名石門山，在甘肅省蘭州市南。《漢書・霍去病傳》：「率戎士，隃烏盭，討遬濮，過焉支山，千有餘里，合短兵鏖皋蘭下，殺折蘭王。」

〔四〕塞門：邊關。顔延之《赭白馬賦》：「簡偉塞門，獻狀絳闕。」稍：逐漸。

〔五〕陳琳《飲馬長城窟行》：「飲馬長城窟，水寒傷馬骨。」是該句所本。

〔六〕鳴珂：馬馳走時，馬籠頭上的裝飾品珂，發出響聲。珂：螺屬，生海中。《爾雅翼・釋魚・貝》：「（貝）大者爲珂，黄黑色，其骨白，可以飾馬。」又名馬珂螺。張華《輕薄篇》：「文軒樹羽蓋，乘馬鳴玉珂。」

〔七〕噴玉：《穆天子傳》卷五《黄澤謡》：「黄之池，其馬歕沙，皇人威儀；黄之澤，其馬歕玉，皇人受穀。」

〔八〕横：横行，縱横馳騁。　絶漠：極遠的沙漠地帶。解作渡越沙漠亦通。《史記・匈奴傳》：「大將軍出定襄，驃騎將軍出代，咸約絶幕擊匈奴。」幕，通「漠」。

〔九〕流血：《漢書·武帝紀》：「貳師將軍（李）廣利斬大宛王首，獲汗血馬來。作《西極天馬之歌》。」顔師古《注》：「應劭曰：大宛舊有天馬種，蹋石汗血。汗從前肩髆出，如血。號一日千里。」

戰城南〔一〕

將軍出紫塞〔二〕，冒頓在烏貪〔三〕。笳喧鴈門北〔四〕，陣翼龍城南〔五〕。琱弓夜宛轉〔六〕，鐵騎曉驂驔①〔七〕。應須駐白日〔八〕，爲待戰方酣〔九〕。

校記

①「驂驔」《英華》卷一九六、《樂府詩集》卷一六、《全唐詩》卷一七皆作「參潭」。同「驂驔」。

注釋

〔一〕樂府古題，屬《鼓吹曲·漢鐃歌十八曲》之一。

〔二〕紫塞：北方邊塞。崔豹《古今注》卷上：「秦築長城，土色皆紫，漢塞亦然，故稱紫塞焉。」鮑照《蕪城賦》：「南馳蒼梧漲海，北走紫塞鴈門。」

〔三〕冒頓：匈奴單于名。爲太子時，從其父頭曼出獵，以鳴鏑射殺之，遂自立。東斥東胡，西破月氏。嘗南下圍高祖於白登。又嘗遺書吕后，語甚悖慢。尋獻馬和親。冒頓在位時，匈奴最爲强盛，控弦之士三十餘萬。漢文帝前元六年卒。見《史記·匈奴列傳》。　烏貪：國名。《漢書·西域傳》：「烏貪訾離國，王治于婁谷，去長安萬三百三十里。户四十一，口二百三十一，……東與單桓、南與且彌、西與烏孫接。」按：其地在今新疆瑪納斯縣以東。

〔四〕笳：古管樂器名。漢時流行於西域一帶少數民族間，初捲蘆葉吹之，與樂器相和，後以竹爲之。　鴈門：山名。即句注山。在山西代縣西北。山上有關曰雁門關，自古爲戍守重地。見《讀史方輿紀要》卷三九《太原府》。

〔五〕陣：戰陣，作戰時部隊的戰鬭隊形。《國語·晉語六》：「楚半陣，公使擊之。」　翼：覆蔽。《詩·大雅·生民》：「誕寘之寒冰，鳥覆翼之。」　龍城：漢時匈奴地名。匈奴於歲五月在此大會各部酋長祭其祖先、天地、鬼神。又稱龍庭。見《史記·匈奴列傳》。地在今蒙古國鄂爾渾河境。一説在今内蒙錫林郭勒盟境。

〔六〕琱弓：刻鏤文彩之弓。《荀子·大略》：「天子彫弓。」彫，通「琱」。

〔七〕鐵騎：披甲之馬。也指騎兵。《後漢書·公孫瓚傳》：「且厲五千鐵騎於北隰之中，起火爲應，吾當自内出，奮揚威武，決命於斯。」　驂驔：同「參譚」、「邌邅」。相隨不斷、絡繹不絶貌。嵇叔夜《琴賦》：「或參譚繁促，複疊攢仄。」李善《注》：「參譚，相隨貌。」又同書左太冲《吴都賦》：「鷹瞵鶚視，邌邅翋𦐂，若離若合者，相與騰躍乎莽罠之野。」劉淵林《注》：「邌邅翋𦐂，相隨驅逐衆多貌。」

〔八〕應須：應當。須：猶應也。見張相《詩詞曲語辭彙釋》卷一。　駐白日：《淮南子·覽冥訓》：「魯陽公與韓構難，戰酣，日暮，援戈而撝之，日爲之反三舍。」

〔九〕戰方酣：戰鬬正劇烈。

十五夜觀燈〔一〕

錦里開芳宴〔二〕，蘭缸豔早年〔三〕。縟綵遥分地，繁光遠綴天。接漢疑星落〔四〕，依樓似月懸。别有千金笑〔五〕，來映九枝前〔六〕。

注釋

〔一〕寫於成都，不詳作年。姑繫之於高宗顯慶三年（六五八）正月十五日。時駙馬都尉喬師望爲益州長史，盧照鄰於去年奉鄧王元裕之命入蜀，至今年正月猶在成都。　十五夜觀燈：唐時民俗。《初學記》卷四引《史記·樂書》曰：「漢家祀太一，以昏時祠到明。」注文曰：「今人正月望日夜游觀燈，是其遺事。」

〔二〕錦里：指成都。《華陽國志·蜀志》：「州奪郡文學爲州學，郡更於夷里橋南岸道東邊起文學，有女墻，其道西城，故錦官也。錦江織錦濯其中則鮮明，他江則不好，故命曰錦里也。」因以爲成都之代稱。　芳宴：宴會之美稱。謝朓《侍宴華光殿曲水奉勑爲皇太子作詩》：「嘉樂具矣，芳宴在斯。」

〔三〕蘭缸：用蘭膏點的燈。王融《詠幔》：「但願置尊酒，蘭釭當夜明。」釭，通「缸」。　豔：光彩貌。張協《七命》：「浮彩豔發。」此處用作動詞，是光彩照耀的意思。　早年：一年開頭的日子。

〔四〕漢：河漢，銀河。

〔五〕千金笑：指美人之笑。崔駰《七依》：「迴顧百萬，一笑千金。」

〔六〕九枝：燈名。一幹九枝的花燈。沈約《傷美人賦》：「拂螭雲之高帳，陳九枝之華燭。」

入秦川界〔一〕

隴阪長無極〔二〕，蒼山望不窮。石逕縈疑斷，回流映似空。花開綠野霧，鶯囀紫巖風。春芳勿遽盡〔三〕，留賞故人同〔四〕。

注釋

〔一〕高宗顯慶三年（六五八）春晚自蜀中返長安時作。　秦川：關中平原。

〔二〕隴阪：已見《早度分水嶺》注〔一〕。

〔三〕遽：匆忙、急速。《韓非子·外儲説左上》：「景公遽起。」

〔四〕留着以便與故人同賞。

文翁講堂〔一〕

錦里淹中館〔二〕，岷山稷下亭〔三〕。空梁無燕雀〔四〕，古壁有丹青〔五〕。槐落猶疑市〔六〕，苔深不辨銘。良哉二千石，江漢表遺靈〔七〕！

注釋

〔一〕高宗顯慶二年秋作於成都。　文翁：廬江舒人。少好學，通《春秋》。景帝末，爲蜀郡守，仁愛好教化。見蜀地僻陋有蠻夷風，文翁欲誘進之，乃選郡縣小吏開敏有材者十餘人，遣詣京師，受業博士，數歲學成歸，皆以爲右職。又於成都市中起官學，招屬縣子弟入學，爲除徭役，成績優者以補郡縣吏。蜀地吏民由是大化。文翁終於蜀，吏民爲立祠堂，歲時祭祀不絶。武帝時，令天下郡國立學校官，自文翁爲之始。事見《漢書·循吏傳》。　講堂：講經之堂。《後漢書·明帝紀》：「親御講堂，命皇太子諸王説經。」此處指文翁所立官學中講經之堂。《漢書·循吏傳·文翁傳》「至今巴蜀好文雅，文翁之化也」顔師古《注》：「文翁學堂于今猶在益州城内。」《元和郡縣圖志》卷三一《劍南道上》：成都府。成都縣：「南外城中有文翁學堂，一名周公禮殿。《華陽國志》云：『文翁立學，精舍講堂作石室，一曰玉室。』」

〔二〕意謂成都之文翁學堂，猶如孔子故里淹中的學館。　錦里：已見《十五夜觀燈》注〔二〕。　淹中：地名。春秋魯國里名。《漢書·藝文志》「《禮古經》者，出於魯淹中及孔氏」顔師古《注》引蘇林曰：「淹中，里名也」。

〔三〕岷山：山名。在四川松潘縣北，綿延川、甘兩省邊境。此處代指蜀地。　稷下：古地名。在戰國齊都城臨淄稷門。《史記·田敬仲完世家》：「（齊）宣王喜文學游説之士，自如騶衍、淳于髡、田駢、接予、慎到、環淵之徒七十六人，皆賜列第，爲上大夫，不治而議論。是以齊稷下學士復盛，且數百千人。」裴駰《集解》引劉向《别録》曰：「齊有稷門，城門也。談説之士期會於稷下也。」又司馬貞《索隱》引虞喜曰：「齊有稷山，立館其下以待游士。」是又一説。亭：行人停留食宿的處所，如驛亭、客亭。句謂文翁學堂好比是蜀中的稷下學宫。

〔四〕隋薛道衡《昔昔鹽》有「空梁落燕泥」之句，是昇之此句所本。

〔五〕《元和郡縣圖志》卷三一：「李膺記（按：指《益州記》）云：『後漢中平中，火延學觀，廂廊一時蕩盡，唯此堂（按：指文翁講堂）火焰不及。搆制雖古，而巧異特奇，壁上悉圖古之聖賢，梁上則刻文宣及七十弟子。』齊永明中，劉瑱更圖焉。……代王（按：指北周宇文達）更以丹青增飾古畫，仍加豆盧辨、蘇綽之像。」

〔六〕槐市：漢代太學諸生交易土特産、書籍、樂器的市場。《藝文類聚》卷三八《禮部上·學校》引《黄圖》曰：「禮：小學在公宫之南，太學在東，就陽位也。去城七里。東爲常滿倉，倉之北爲槐市。列槐樹數百行，爲隧，無墻屋。諸生朔望會此市，各持其郡（《太平御覽》卷五三四作「郡」，是）所出貨物，及經、傳、書、記，笙、磬樂器，相與買賣，雍雍揖讓，論義槐下。」（按：今本《三輔黄圖》無此文）

〔七〕「良哉」二句：意謂文翁是一個好太守，他的威靈將永存，猶如江、漢長流不息。良哉：《書·益稷》：「元首明哉！股肱良哉！庶事康哉！」二千石：見《行路難》「自昔公卿二千石」注。　江漢：大江（岷江）與西漢水（嘉陵江）。　表：標誌。　遺靈：身後的威靈。夏侯湛《東方朔畫贊》：「昔在有德，罔不遺靈。」

相如琴臺〔一〕

聞有雍容地〔二〕，千年無四隣。園院風煙古，池臺松檟春〔三〕。雲疑作賦客，月似聽琴人①〔四〕。寂寂啼鶯處②，空傷遊子神。

校記

①「月似」《全唐詩》卷四二注「一作花影」。　②「鶯」《英華》卷三一三作「烏」。《全唐詩》作「鶯」，注「一作烏」。

注釋

〔一〕顯慶三年（六五八）春作。　相如琴臺：在成都。《太平寰宇記》引《益部耆舊傳》：相如宅在州西笮橋北百許步，有琴臺在焉。

〔二〕雍容地：司馬相如所嘗居住、生活之地。《史記·司馬相如傳》：司馬相如，蜀郡成都人，字長卿。以訾爲郎，事孝景帝，爲武騎常侍，非其好也。因病免，從梁孝王遊。梁孝王卒，相如歸，而家貧。相如游臨邛，富人卓王孫具酒宴召臨邛令王吉及司馬相如。時卓王孫有女文君新寡，好音，故相如以琴心挑之。相如之臨邛，從車騎，雍容閒雅甚都，及飲卓氏，弄琴，文君心悦而好之，乃夜亡奔相如，相如乃與馳歸成都。　雍容：謂容儀温文。

〔三〕松檟：松與檟，材木可以製棺。因以松檟爲墓地之代稱。任昉《爲范始興作求立大宰碑表》：「人之云亡，忽移歲序，鴟鴞東徙，松檟成行。」

〔四〕聽琴人：指卓文君。

石鏡寺〔一〕

古墓芙蓉塔〔二〕，神銘松柏煙①。鸞沈仙鏡底〔三〕，花没梵輪前〔四〕。鉢衣千古佛②〔五〕，寶月兩重懸③〔六〕。隱隱香臺夜〔七〕，鐘聲徹九天。

校記

①「神銘」《全唐詩》卷四二注「一作明神」。　②「鉢衣」《英華》卷二三三、《全唐詩》並作「鉢衣」。　③「懸」《英華》、《全唐詩》並作「圓」。

注釋

〔一〕顯慶二、三年成都作。石鏡寺：在成都城北武擔山。《華陽國志》：武都有一丈夫，化爲女子，美而豔，蓋山精也。蜀王納爲妃，無幾物故。蜀王遣五丁之武都，擔土作冢，蓋地數畝，高七丈，上有石鏡表其門，今成都北角武擔是也。《太平寰宇記》：冢上有一石，厚五寸，徑五石，瑩徹，號曰石鏡。羅泌《路史》：開明妃墓，今武擔山也，有二石闕。武陵王蕭紀掘之，得玉石棺，棺中美女，顔色如生，體如冰，掩之而寺其上，鏡周三丈五尺。按：據此，則寺初建於梁代。

〔二〕謂古墓之旁有寺塔。　芙蓉：荷花。所以狀塔之亭亭而立。

〔三〕謂蜀王妃死葬石鏡之下。范泰《鸞鳥詩序》：「昔罽賓王結罝峻郊之山，獲一鸞鳥，王甚愛之，欲其鳴而不致也。乃飾以金樊，饗以珍羞，對之愈戚，三年不鳴。其夫人曰：『嘗聞鳥見其類而後鳴，何不懸鏡以映之？』王從其意。鸞覩形悲鳴，哀響中霄，一奮而絶。」後因稱鏡曰鸞鏡。此處用是典，以鸞鳥比喻蜀王妃。

〔四〕花：喻蜀王妃。　梵輪：佛教語。「法輪」亦即佛法的别稱。佛教謂佛之説法，能摧破衆生惡業，猶如輪王之輪寶，能輾轉推平山岳巖石。又佛説法不停滯于一處，展轉傳人，猶如車輪，故稱法輪。《智度論》卷二五：「問曰：『佛或時名法輪，或時名梵輪，有何等異？』答曰：『説梵輪、法輪無異。』」

〔五〕意謂佛法衣鉢相傳，千古不絶。　鉢衣：即衣鉢。佛教僧尼的袈裟和食器。中國禪宗初祖至五祖師徒間傳授道法，常付衣鉢爲信證，稱爲衣鉢相傳。《舊唐書·神秀傳》：「昔後魏末，有僧達摩者，……得禪宗妙法，云自釋迦相傳，有衣鉢爲記，世相付授。」

〔六〕寶月：本是珠子，即明月珠。此處用來指月亮。吴均《碎珠賦》：「寶月生焉，越浦隋川。摽魏之美，擅楚之賢。」　兩重：指天空的月與如月的石鏡，宛似有兩個月亮，故云。

〔七〕香臺：焚香禮佛的高臺。

辛法司宅觀妓①〔一〕

南國佳人至，北堂羅薦開〔二〕。長裾隨鳳管〔三〕，促柱送鸞杯〔四〕。雲光身後落，雪態掌中迴〔五〕。到愁金谷晚〔六〕，不怪玉山頹〔七〕。

校記

①「法司」《英華》卷二一三作「司法」。《全唐詩》卷三七作「司法」，卷四二作「法司」，注「一作司法」。

注釋

〔一〕《英華》卷二一三、《全唐詩》卷三七並作王績詩。《全唐詩》卷四二又作盧照鄰詩。《四部叢刊·續編》影印明鈔本《東皋子集》收有此詩。究屬誰作，疑不能明，姑仍之。雍州牧、洛州牧、各都督府、各州屬員中皆有司法參軍事（或稱法曹參軍事），掌「鞫獄麗法、督盜賊、知贓賄没入」，一般爲七、八品階。見《新唐書·百官志》。辛法司，名字里貫不詳。

〔二〕羅薦：綾羅製成的墊席，供鋪地用。

〔三〕鳳管：指笙。《列仙傳》云，周宣王太子晉好吹笙作鳳鳴，因以鳳管爲笙之代稱。鮑照《登廬山》詩之二：「傾聽鳳管賓，緬望釣龍子。」

〔四〕促柱：旋動琴柱，使琴弦更緊，音調提高。柱：彈撥樂器上用來張弦並調節音高、可以旋動的零件。左思《蜀都賦》：「巴姬彈弦，漢女擊節；起西音於促柱，歌江上之飆厲。」鸞杯：飾有鸞鳳花紋的酒杯。

〔五〕掌中迴：言其體態輕盈，有如趙飛燕，似可舞於掌上。《飛燕外傳》：「成帝獲飛燕，身輕欲不勝風，恐其飄翥，帝爲造水晶盤，令宫人掌之而歌舞。」又：《南史・羊侃傳》：「儛人張浄琬腰圍一尺六寸，時人咸推能掌上舞。」

〔六〕到：通「倒」，反而。金谷：已見《病梨樹賦》「傳芳名於金谷」注。

〔七〕玉山頹：形容人大醉貌。《世説新語・容止》：「嵇叔夜之爲人也，巖巖若孤松之獨立；其醉也，傀俄若玉山之將崩。」

春晚山莊率題二首〔一〕

其一

顧步三春晚〔二〕，田園四望通。遊絲横惹樹〔三〕，戲蝶亂依叢。竹懶偏宜水，花狂不待風。唯餘詩酒意，當了一生中。

注釋

〔一〕咸亨三年（六七二）洛陽作。時棄官自蜀歸隱田園。山莊，具體地址不詳，要之當距東都不遠。

以其時昇之寓家洛陽也。　率題：率意而題，不甚經意。

〔二〕顧步：徒步閒游，且走且看。陸機《日出東南隅行》：「俯仰紛阿那，顧步咸可歡。」

〔三〕遊絲：已見《長安古意》注〔七〕。

其　二

田家無四隣，獨坐一園春。鶯啼非選樹，魚戲不驚綸〔一〕。山水彈琴盡〔二〕，風花酌酒頻。年華已可樂，高興復留人〔三〕。

注釋

〔一〕綸：釣絲。

〔二〕意謂由山水中領略到的意趣，盡用琴聲寫之。

〔三〕高興：濃厚的興致。殷仲文《南州桓公九井作》詩：「獨有清秋日，能使高興盡。」

江中望月〔一〕

江水向涔陽〔二〕，澄澄寫月光。鏡圓珠溜徹〔三〕，弦滿箭波長〔四〕。沈鈎摇兔影〔五〕，浮桂動丹芳〔六〕。延照相思夕〔七〕，千里共霑裳〔八〕。

注釋

〔一〕詩云：「江水向涔陽」，涔陽，見于《九歌·湘君》，王逸注以爲「江碕名也，近附郢」。洪興祖注以爲洲渚名，「今澧州有涔陽浦」。要之，在今荆州、洞庭洞一帶。此云「江水向涔陽」，可明其在長江上游無疑。殆亦蜀中之作乎？

〔二〕涔陽：屈原《九歌·湘君》：「望涔陽兮極浦，横大江兮揚靈。」

〔三〕珠溜：水珠破裂而成的小水流。溜：小股水流。吴均《採蓮曲》：「葉卷珠難溜，花舒紅易傾。」澈：透明。

〔四〕意謂江上的水波猶如弓弦拉滿時射出的箭一樣，長流不斷。駱賓王《上李少常伯啟》：「伏以君侯疏乾激派，龍門開竹箭之波。」

〔五〕沈鈎：形容倒映在江水中的缺月。梁簡文帝《水月》詩：「溶溶如漬璧，的的似沈鈎。」摇兔影：相傳月中有兔，故云。屈原《天問》：「夜光何德，死則又育？厥利維何，而顧兔在腹？」

〔六〕浮桂：相傳月中有桂樹，故云。虞喜《安天論》：「俗傳月中仙人桂樹，今視其初生，見仙人之足，漸已成形，桂樹後生。」

〔七〕延照：長照。劉向《九歎》：「指日月使延照兮，撫招摇以質正。」

〔八〕謝莊《月賦》：「美人邁兮音塵闕，隔千里兮共明月。」是昇之此句所本。

元日述懷①〔一〕

筮仕無中秩〔二〕，歸耕有外臣〔三〕。人歌小歲酒〔四〕，花舞大唐春。草色迷三徑②〔五〕，風光動四隣。願得長如此，年年物候新〔六〕。

校記

①「元日述懷」《英華》卷一五二載此詩，題作《明月引》。《全唐詩》卷四二作「元日述懷」，注「一作明月引」。 ②「迷」《唐詩紀事》卷七作「薰」。

注釋

〔一〕咸亨三年正月初一洛陽作。

〔二〕意謂自己入官以來，没有做過朝中的官。筮仕：古人將出仕，先占吉凶，謂之筮仕。後遂稱入官爲筮仕。《左傳·閔公元年》：「初，畢萬筮仕於晉。」中秩：朝中官員的品階。秩：官吏的職位或品級。《左傳·文公六年》：「教之防利，委之常秩。」杜預《注》：「常秩，官司之常職。」

〔三〕外臣：方外之臣，指隱居不仕的人。《南齊書·明僧紹傳》：「卿兄高尚其事，亦堯之外臣。」

〔四〕小歲酒：小歲之日向尊長敬獻的酒。小歲：臘日的第二天。《太平御覽》卷三三引崔寔《四民月令》：「臘明日謂小歲，進酒尊長，修刺賀君師。」明人謝肇淛《五雜俎·天》：「臘之次日爲小歲，今俗以冬至夜爲小歲。然盧照鄰《元日》詩云：『人歌小歲酒，花舞大唐春。』則元日亦可謂之小歲矣。」

〔五〕三徑：西漢末，王莽專權，兖州刺史蔣詡告病辭官，隱居鄉里，於院中闢三徑，唯羊仲、求仲從之游。事見漢趙岐《三輔決録·逃名》。後常以三徑指家園。陶淵明《歸去來兮辭》：「三徑就荒，松菊猶存。」

〔六〕物候：庶物應節候而至，如鴻雁來、玄鳥歸之類。梁簡文帝《晚春賦》：「嗟時序之迴斡，歎物候之推移。」

益州城西張超亭觀妓〔一〕

落日明歌席，行雲逐舞人。江前飛暮雨〔二〕，梁上下輕塵〔三〕。冶服看疑畫〔四〕，妝樓望似春①。高車勿遽返〔五〕，長袖欲相親〔六〕。

校記

①「樓」《英華》卷二一三作「臺」。

注釋

〔一〕益州：已見《奉使益州至長安發鍾陽驛》注〔一〕。　張超亭：亭名，在成都城西，餘不詳。顯慶二、三年首次入蜀時作。按：此詩，《全唐詩》卷三七作王績詩，題下注云「一作盧照鄰詩，一作王勣詩」；卷四二作盧照鄰詩，無注。《英華》作王勣詩。然王績、王勣實爲一人，生平未嘗入蜀，此詩應判爲盧照鄰作。

〔二〕句暗用巫山神女「旦爲行雲，暮爲行雨」之典，狀舞妓舞姿之輕盈美好。

〔三〕陸機《擬東城一何高》詩：「一唱萬夫呼，再歎梁塵飛。」李善《注》引《七略》曰：「漢興，魯人虞公善雅歌，發聲盡動梁上塵。」

〔四〕治服：豔麗的服裝。

〔五〕遽：匆忙，急速。

〔六〕長袖：古者舞衣衣袖長，《韓非子·五蠹》有「長袖善舞」之語，此處遂用爲舞女的代稱。

還京贈別〔一〕

風月清江夜，山水白雲朝。萬里同爲客，三秋契不凋〔二〕。戲鳧分斷岸，歸騎別高標〔三〕。一去仙橋道〔四〕，還望錦城遥〔五〕。

注釋

〔一〕咸亨二年（六七一）秋成都作。

〔二〕意謂彼此之友誼有如松柏長青，秋至而不凋落。契：投合。曹植《玄暢賦》：「上同契於稷、离，降合頴於伊、望。」

〔三〕高標：已見《奉使益州至長安發鍾陽驛》注〔一〇〕。此處指蜀中的高山，如岷山、大劍山等。

〔四〕仙橋：即昇仙橋。在成都城北。《元和郡縣圖志》卷三一《劍南道上》：成都府成都縣：「昇仙橋，在縣北九里。相如初入長安題其門：『不乘高車駟馬，不過汝下。』」

〔五〕錦城：成都的別稱。見《十五夜觀燈》注〔二〕。

至陳倉曉晴望京邑〔一〕

拂曙驅飛傳〔二〕，初晴帶曉涼。霧斂長安樹，雲歸仙帝鄉〔三〕。澗流漂素沫，巖景靄朱光〔四〕。今朝好風色，延瞰極天莊〔五〕。

注釋

〔一〕咸亨二年秋末冬初作。時自蜀北歸。陳倉：縣名，屬岐州。在今陝西寶鷄市境。京邑：大邑，指長安。張衡《東京賦》：「京邑翼翼，四方所視。」李善《注》：「京，大也。大邑，謂洛陽也。」

〔二〕拂曙：拂曉。庾信《對燭賦》：「蓮帳寒檠窗拂曙。」飛傳：飛馳的驛馬。傳：驛站或驛站的車馬。《左傳·成公五年》：「晉侯以傳召伯宗。」

〔三〕仙帝鄉：謂帝都也。古者與帝王、皇宮有關的事物常常冠以「仙」字。如皇帝的儀仗稱「仙仗」，翰林院稱「仙掖」，皇帝的使臣稱「仙使」，宮門稱「仙門」等等。

〔四〕意謂山崖的陰影遮蔽了陽光。景：通「影」。靄：雲氣。此處用如動詞，是如雲氣般掩覆的意思。朱光：日光。張載《七哀詩》之二：「朱光馳北陸，浮景忽西沉。」

〔五〕延瞰：登高遠望。瞰：遠望，俯視。極：窮盡。天莊：天路，天空。

晚渡滹沱敬贈魏大〔一〕

津谷朝行遠〔二〕，冰川夕望曛〔三〕。霞明深淺浪，風卷去來雲。澄波泛月影，激浪聚沙文〔四〕。誰忍仙舟上，攜手獨思君〔五〕。

注釋

〔一〕疑爲永徽二、三年自幽州南下赴長安時作。滹沱：水名。發源於今山西繁峙縣東，穿割太行山，唐時流經今河北平山、正定、晉州、安平、河間、任丘、霸州，至天津，會漳水入海。魏大：名字爵里不詳。

〔二〕津谷：河谷中的渡口。津：渡口。

〔三〕冰川：結有薄冰的河流。曛：黄昏時，落日。

〔四〕沙文：沙上的紋痕。

〔五〕「誰忍」二句：意謂欲與魏大携手共濟，如當年李膺、郭泰之同舟而不可得，故不勝相思孤獨之感。仙舟：已見于《詠史四首》之二注〔二〕。

和吴侍御被使燕然〔一〕

春歸龍塞北〔二〕，騎指鴈門垂〔三〕。胡笳折楊柳〔四〕，漢使採燕支〔五〕。戍城聊一望〔六〕，花雪幾參差〔七〕。關山有新曲〔八〕，應向笛中吹。

注釋

〔一〕吴侍御：名字里貫不詳。其被使燕然之事由亦無可考。侍御：官名，唐人稱殿中侍御史或監察御史曰侍御。見趙璘《因話録》卷五《徵部》。「殿中侍御史九人，從七品下。掌殿庭供奉之儀，京畿諸州兵皆隸焉。……監察御史十五人，正八品下。掌分察百寮，巡按州縣，獄訟、軍戎、祭祀、營作、太府出納皆莅焉；知朝堂左右廂及百司綱目」，並屬御史臺掾屬。（見《新唐書·百官志》）燕然：指燕然都護府。《元和郡縣圖志》卷四《關内道》四：「天德軍。本安北都護，貞觀二十一年，於今西受降城東北四十里置燕然都護，……龍朔三年，移於磧北回紇本部，仍改名瀚海都護。總章二年，又改名安北都護，尋移於甘州東北一千一十八里隋故大同城鎮。」據此，則貞觀二十一年至龍朔三年，燕然都護府治所在西受降城（今内蒙古烏拉特中旗西南），龍朔三年至總章二年，瀚海都護府治所在磧北回紇本部（今蒙古國哈爾和林附近），總章二年以後，安北都護府治所在隋故大同城鎮（今内蒙額濟納旗東南）。題曰「燕然」，或爲龍朔三年以前所作歟？

〔二〕龍塞：龍城沙塞的節縮，泛指我國西部、西北部邊陲地區。江淹《爲蕭驃騎謝甲丈入殿表》：「瞰城龍塞，言伏鬼方。」

〔三〕雁門：已見《戰城南》注〔四〕。　垂：通「陲」，邊境。

〔四〕笳：見《戰城南》注〔四〕。　折楊柳：樂府橫吹曲名，見《折楊柳》注〔一〕。

〔五〕燕支：草名。西域産，葉似薊，花似蒲公。可作染紅顔料，以之染粉潤面，稱燕支粉。見崔豹《古今注·草木》。也作「胭脂」。又爲山名，在匈奴境内（今甘肅永昌縣西），産燕支草，故名。《太平寰宇記》卷一五二引《西河舊事》曰：「焉支山，東西百餘里，南北二十里。……其水草美茂，宜畜牧，與祁連山同。匈奴失祁連、焉支二山，歌曰：『失我祁連山，使我六畜不蕃息；失我焉支山，使我婦女無顔色。』」因此，「漢使採燕支」，正寫出中國之强大，北疆胡人不能爲患。

〔六〕戍城：有軍隊戍守之邊城。

〔七〕花雪：即雪。以雪片六出，形似花瓣，故云。　幾：幾許，多少。　參差：紛亂不齊貌。《詩·周南·關雎》：「參差荇菜，左右流之。」

〔八〕意謂吴侍御遠使塞外，又將有新作産生，並被譜成新曲。又，樂府歌曲有《關山月》，爲橫吹曲。此句兼顧以上兩層意思。

七夕泛舟二首〔一〕

其一

河葭肅徂暑①〔二〕，江樹起初涼。水疑通織室〔三〕，舟似泛仙潢〔四〕。連橈渡急響〔五〕，鳴棹下浮光〔六〕。日晚菱歌唱，風烟滿夕陽。

校記

①「河」《唐詩紀事》卷七、《全唐詩》卷四二作「汀」，後者注「一作河」。

注釋

〔一〕咸亨元年（六七〇）七月七日綿州（今四川綿陽市東北）作。盧照鄰有《七日綿州泛舟詩序》係同日所作。時王勃在蜀，極有可能爲同游者之一。（按：王勃於總章二年五月入蜀，咸亨二年六月尚在始州梓潼；勃又有《秋日於綿州群官席别薛昇華序》，是爲明證。）

〔二〕意謂汀洲上的蘆葦使盛暑變得較爲清涼。葭：蘆葦。肅：猶冷清。嵇康《贈秀才從軍五首》之五：「閑夜肅清，朗月照軒。」此處用作動詞。徂暑：《詩·小雅·四月》：「四月維夏，六月徂暑。」鄭玄《箋》：「徂，猶始也。四月立夏矣，至六月乃始盛暑。」後稱盛暑爲徂暑。

〔三〕周密《癸辛雜識》前集引《荆楚歲時記》：漢武帝令張騫使大夏，尋河源，乘槎經月而至一處，見城郭如州府，室内有一女織，又見一丈夫牽牛飲河。騫問曰：「此是何處？」答曰：「可問嚴君平。」織女取搘機石與騫俱還。後至蜀問君平，君平曰：「某年某月客星犯牛、女。」搘機石爲東方朔所識。按：《博物志》乘槎上天河故事類此，已見《病梨樹賦》「天上靈槎」句注。

〔四〕意謂泛舟江中，猶如泛于銀河中一般。仙潢：即次首所謂「天潢」。本爲星名。《史記·天官書》：「王良……旁有八星，絶漢，曰天潢。」以「潢」字有「積水池」之義，自庾信《周大將軍義興公蕭公墓誌銘》有「派别天潢，支分若木」之語以來，遂衍生出「天河」、「天池」之義。

〔五〕橈：船槳。

〔六〕棹：划船撥水的工具。狀如槳，短的叫楫、檝，長的叫棹，也作「櫂」。浮光：指浮動着夕陽餘光的水波。

其　二

鳳杼秋期至①〔一〕，凫舟野望開〔二〕。微吟翠塘側〔三〕，延想白雲隈〔四〕。石似支機罷，槎疑犯宿來〔五〕。天潢殊漫漫〔六〕，日暮獨悠哉〔七〕！

校記

①「鳳」原作「風」，據《唐詩紀事》、《全唐詩》改。

注釋

〔一〕鳳杼：雕刻有鳳鳥花紋的織布梭子。因爲神話傳説中，天上的織女終日忙於織作，因而用「鳳杼」指代織女。《詩·小雅·大東》：「跂彼織女，終日七襄。雖則七襄，不成報章。」《古詩十九首·迢迢牽牛星》：「迢迢牽牛星，皎皎河漢女。纖纖擢素手，札札弄機杼。」　秋期：神話傳説中織女渡河與牽牛會合的日子，即夏曆七月七日。吴均《續齊諧記》：「桂陽城武丁有仙道，謂其弟曰：『七月七日，織女當渡河，諸仙悉還宫。』弟問曰：『織女何事渡河？』答曰：『織女暫詣牽牛。』世人至今云織女嫁牽牛也。」（《藝文類聚》卷四《歲時》中）

〔二〕鷁舟：雕刻成鷁形的船。張景陽《七命》：「乘鷁舟兮爲水嬉，臨芳洲兮拔靈芝。」李善《注》：「《穆天子傳》曰：天子乘鷁舟。郭璞曰：舟爲鷁形制。今吴之青雀舫，此其遺象也。」

〔三〕翠塘：花木葱蘢的池塘。

〔四〕延想：遐想。　隈：隅，角落，曲深之處。《管子·形勢》：「大山之隈，奚有於深。」

〔五〕「石似」二句：已見前首注〔三〕及《病梨樹賦》「天上靈槎」句注。

〔六〕天潢：見前首注〔四〕。此處借喻泛舟其上的江河（綿州城西有涪江，當即指此）。　殊：很，甚。

〔七〕悠哉：悠閒自得。

送梓州高參軍還京〔一〕

京洛風塵遠〔二〕，褒斜煙霧深①〔三〕。北遊君似智〔四〕，南飛我異禽。别路琴聲斷，秋山猿鳥吟。一乖青巖酌，空佇白雲心〔五〕。

校記

①「霧」《全唐詩》卷四一作「露」，注「一作霧」。

注釋

〔一〕咸亨元年（六七〇）秋晚梓州作。梓州：州名，屬益州大都督府管轄，咸亨中領郪、射洪、鹽亭、飛烏、玄武、永泰、通泉等七縣。州治郪縣，在今四川三台縣。高參軍：名字里貫不詳。參軍，州刺史屬員。唐代州掾有録事、司功、司倉、司户等參軍多人。見《新唐書·百官志》。

〔二〕陸機《爲顧彦先贈婦二首》之一：「京洛多風塵，素衣化爲緇。」昇之句本此。京洛：此處指唐東西二都。

〔三〕褒斜：古通道名。也稱褒斜道、褒斜谷。在陝西省西南。爲沿褒水（南流入漢水）、斜水（北流入渭）所形成的河谷。南口稱褒谷，在今勉縣褒城鎮北十里；北口稱斜谷，在今眉縣西南三十里。總長四百七十里。通道山勢險峻，歷代鑿山架木，於中絶壁修成棧道，舊時爲川陝交通要道。《史記·貨殖列傳》：「巴蜀亦沃野，……然四塞，棧道千里，無所不通，唯褒斜綰轂其口。」

〔四〕《莊子·知北遊》:「知北遊於玄水之上。」知:假托的人名。通「智」。

〔五〕「一乖」二句:大意謂一旦與高參軍別離,則當自己獨酌青山之中時,就只好徒然地等待着他了。乖:違,背離。白雲心:形容隱居山中者心情的悠閒自得、瀟脱淡泊。

大劍送别劉右史〔一〕

金碧禺山遠〔二〕,關梁蜀道難〔三〕。相逢屬晚歲〔四〕,相送動征鞍。地咽綿川冷①〔五〕,雲凝劍閣寒〔六〕。倘遇忠孝所〔七〕,爲道憶長安。

校記

①「地咽綿川冷」《英華》卷二六七作「地險綿川咽」。

注釋

〔一〕大劍:山名。《舊唐書·地理志》:劍州劍門縣:「縣界大劍山,即梁山也。其北三十里所,有小劍山。大劍山有劍閣道,三十里至劍(按:一作險,是)處,張載刻銘之所。劍山東西二百三十一里。」按:在今四川劍閣縣北。劉右史:名字不詳。右史:官名。本爲起居舍人,屬門下省,與起居郎共掌録天子起居法度。龍朔二年二月七日改起居郎爲左史,起居舍人爲右史。咸亨元年十二月詔復其舊。見《舊唐書·職官志》及《新唐書·百官志》。詩當作於總章元年冬。時盧照鄰因公務暫赴長安,劉右史入蜀,二人相逢於劍閣。

〔二〕金碧：神名，即金馬碧鷄。《漢書·郊祀志下》：「或言益州有金馬碧鷄之神，可醮祭而致，於是遣諫大夫王褒使持節而求之。」顔師古《注》引如淳曰：「金形似馬，碧形似鷄。」《漢書·地理志》：「越巂郡，武帝元鼎六年開。莽曰集巂。屬益州。……縣十五：青蛉。……有禺同山，有金馬、碧鷄。」按：其地在今雲南楚雄彝族自治州大姚縣以北。禺山：即禺同山。

〔三〕關梁：關隘與橋梁。

〔四〕晚歲：遲熟的莊稼。曹植《贈徐幹》：「良田無晚歲，膏澤多豐年。」此處引申爲年華老大之時。

〔五〕綿川：即綿水，源出四川綿竹市北，南流至廣漢入雒水。

〔六〕劍閣：棧道名。在今四川劍閣縣東北大劍山、小劍山之間，相傳爲諸葛亮所修築，爲川陝間主要通道，軍事戍守要地。《水經注·漾水》：「又東南逕小劍戍北，西去大劍三十里，連山絶險，飛閣通衢，故謂之劍閣也。」《元和郡縣圖志》卷三三：劍州普安縣。「大劍鎮，在縣東四十八里。……其山峭壁千丈，下瞰絶澗，飛閣以通行旅。……劍閣道，自利州益昌縣西南十里，至大劍鎮合今驛道。秦惠王使張儀、司馬錯從石牛道伐蜀，即此也。後諸葛亮相蜀，又鑿石駕空爲飛梁閣道，以通行路」。

〔七〕忠孝所：指當時尚屬益州的綿竹。以境内有綿竹故城，魏征西將軍鄧艾伐蜀，諸葛瞻（亮之子）、瞻子尚臨難取義，父子同日戰死于此。晉人干寶曰：「瞻雖智不足以扶危，勇不足以拒敵，而能外不負國，内不改父之志，忠孝存焉。」（見《三國志·蜀書·諸葛亮傳》及裴松之《注》）。《元和郡縣圖志》卷三一：漢州綿竹縣。綿竹故城，在縣東五十里。諸葛瞻於此戰敗。

盧照鄰集校注卷三

五言排律

同臨津紀明府孤鴈〔一〕

三秋違北地①〔二〕，萬里向南翔。河洲花稍白②〔三〕，關塞葉初黄。避繳風霜勁〔四〕，懷書道路長〔五〕。水流疑箭動，月照似弓傷。横天無有陣〔六〕，度海不成行。會刷能鳴羽〔七〕，還赴上林鄉〔八〕。

校記

①「地」《英華》卷三二八作「雁」，注「一作地」。《全唐詩》卷四一注「一作雁」。②「洲」原作「州」，據《英華》、《全唐詩》改。

注釋

〔一〕當爲總章二年「以横事下獄」以後在蜀中所作。臨津：始州(先天二年改爲劍州)屬縣，在今四川蒼溪縣以西。紀明府：名字里貫不詳，時爲臨津縣令。

〔二〕違：離開。

〔三〕稍：逐漸。

〔四〕繳：已見《失羣鴈》注〔一〕。

〔五〕懷書：已見《失羣鴈》注〔五〕。

〔六〕陣：指雁陣。雁飛行時排成整齊的隊形，稱爲雁陣。

〔七〕刷羽：梳理羽毛。庾信《鴛鴦賦》：「浮波弄影，刷羽乘風。」能鳴：已見《失羣鴈》注〔五〕。

〔八〕上林：已見《失羣鴈》注〔五〕。

西使兼送孟學士南遊〔一〕

地道巴陵北〔二〕，天山弱水東〔三〕。相看萬餘里，共倚一征蓬〔四〕。零雨悲王粲〔五〕，清樽別孔融〔六〕。徘徊聞夜鶴〔七〕，悵望待秋鴻〔八〕。骨肉胡秦外，風塵關塞中。唯餘劒鋒在，耿耿氣成虹〔九〕。

注釋

〔一〕姑繫於顯慶四年（六五九）長安作。西使：據詩，應爲出使伊州、西州一帶地方。然此事不見於盧照鄰其他作品，疑初有此命，後復追改，卒未成行也。孟學士，當即孟利貞，華州華陰人，時爲太子司議郎，兼崇賢館直學士。見《舊唐書・文苑傳・孟利貞傳》。

〔二〕地道：關於地的道理、法則。《管子・霸言》：「立政出令用人道，施爵禄用地道，舉大事用天道。」此處叙孟學士南遊所至，只是「地方」的意思。　巴陵：唐岳州轄縣名，在今湖南岳陽市。

〔三〕天山：已見《梅花落》注〔三〕。　弱水：水名，即今甘肅的張掖河。《書・禹貢》：「導弱水至於合黎，餘波入於流沙。」

〔四〕倚：依傍，接近。　征蓬：飄轉的蓬草。蓬：菊科多年生草木植物名，末大于本，秋枯根拔，風捲而飛，故又名飛蓬。吴均《閨怨詩》：「胡笳屢悽斷，征蓬未肯還。」

〔五〕王粲《贈蔡子篤詩》云：「翼翼飛鸞，載飛載東。我友云徂，言戾舊邦。……風流雲散，一別如雨。……中心孔悼，涕泪漣洏。」

〔六〕《後漢書・孔融傳》曰：「(孔融)性寬容少忌，好士，喜誘益後進。及退閑職，賓客日盈其門。常嘆曰：『坐上客恒滿，尊中酒不空，吾無憂矣。』」句用此典，把孟利貞比作孔融，是贊美他的文采風流、好客喜士，惋惜別後不復能與之共飲。

〔七〕樂府琴曲有《別鶴操》，其古辭曰：「將乖比翼兮隔天端，山川悠遠兮路漫漫，攬衣不寐兮食忘餐。」本句暗用此典。

〔八〕秋鴻：比喻孟利貞。以秋鴻南飛有類於孟之南遊也。

〔九〕「唯餘」二句：雷次宗《豫章記》：「吴未亡，恒有紫氣見牛斗之間。張華聞雷孔章妙達緯象，乃要宿，問天文。孔章曰：『惟牛斗之間有異氣，是寶物也，精在豫章豐城。』張華遂以孔章爲豐城令。至縣，掘深二丈，得玉匣，長八尺，開之，得二劍，其夕斗牛氣不復見。」（《藝文類聚》卷六〇《軍器部》引）耿耿：明貌。謝朓《暫使下都夜發新林至京邑贈西府同僚》：「秋河曙耿耿，寒渚夜蒼蒼。」

送鄭司倉入蜀〔一〕

離人丹水北〔二〕，遊客錦城東〔三〕。别意還無已①，離憂自不窮。隴雲朝結陣〔四〕，江月夜臨空。關塞疲征馬，霜氛落早鴻〔五〕。潘年三十外〔六〕，蜀道五千中〔七〕。送君秋水曲〔八〕，酌酒對秋風②。

校記

①「别意還」《英華》卷二六七作「客恨良」。《全唐詩》卷四二注「一作客恨良」。　②「秋」《全唐詩》作「清」。

注釋

〔一〕鄭司倉：其人不詳。司倉：官名，唐西都、東都及各都督府、各州掾屬有倉曹司倉參軍事，掌租調、公廨、庖廚、倉庫、市肆。見《新唐書·百官志》。

〔二〕丹水：河名。發源於陝西商州冢領山，東入河南省境，經内鄉、淅川二縣，東注均水。見《漢書·地理志》上《弘農郡》。

〔三〕錦城：即成都。已見《十五夜觀燈》注〔二〕。

〔四〕隴：指隴山，又名隴坻、隴坂。見《早度分水嶺》注〔一〕。　雲陣：雲屯聚如戰陣。《史記·天官書》：「陣雲如立垣。」

〔五〕霜氛：即霜。氛：霜露。《釋名·釋天》：「氛，粉也。潤氣著草木，因寒凍凝，色白若粉之形也。」梁邵陵王蕭綸《詠新月詩》：「霜氛含月彩，靄靄下南樓。」

〔六〕潘年：潘岳《秋興賦序》曰：「晉十有四年，余春秋三十有二，始見二毛。以太尉掾兼虎賁中郎將，寓直于散騎之省。」因稱三十來歲爲「潘年」。

〔七〕五千：指入蜀里程。據《元和郡縣圖志》卷三一《劍南道》上：「成都府……東北至上都二千一十里。東北至東都二千八百七十里。」詩人云送別之地在「丹水北」，具體地點雖不易確定，要之在唐東西二京之間。此云「五千」，應指往返路程總和而言。

〔八〕曲：此指江河曲折之處。

綿州官池贈別同賦灣字〔一〕

輶軒遵上國〔二〕，仙珮下靈關①〔三〕。樽酒方無地，聯綣喜暫攀〔四〕。離言欲贈策〔五〕，高辯正連環〔六〕。野徑浮雲斷②，荒池春草斑。殘花落古樹，度鳥入澄灣。欲敍他鄉別，幽谷有綿蠻〔七〕。

校記

①「珮」原注「一作氣」。《英華》卷二六七作「氣」。「靈」《英華》、《全唐詩》卷四二注「一作雲」。②「浮」《英華》作「遊」，注「一作浮」。

注釋

〔一〕顯慶三年暮春自蜀北上長安，途經綿州作。綿州：益州大都督府所轄州名，在今四川綿陽市境。時領巴西、涪城、昌隆、魏城、萬安、神泉、鹽泉、龍安、顯武九縣。見《舊唐書·地理志》。

〔二〕輶軒：輕車，使臣所乘之車。漢揚雄《方言》一書全稱爲《輶軒使者絶代語釋别國方言》。遵：沿着。此處是往、赴的意思。上國：春秋時稱中原諸侯國爲上國，是與吴楚諸國相對而言。《左傳·昭公二年》：「（吴子）使延州來季子聘于上國。」孔穎達《疏》引服虔：「上國，中國也。蓋以吴辟在東南，地勢卑下，中國在其上流，故謂中國爲上國也。」秦漢以後，帝王建都皆在中原，後世因稱京師、首都爲上國。此處即指首都。

〔三〕未詳。

〔四〕聯綣：同「連卷」、「連蜷」，屈曲貌。屈原《九歌·東皇太一》：「靈連蜷兮既留，爛昭昭兮未央。」此狀舞姿夭矯也。劉安《招隱士》：「桂樹叢生兮山之幽，偃蹇連卷兮枝相繚。」此狀樹木盤屈之貌。盧昇之此處用以形容官池中幽徑紆曲之貌。

〔五〕離言：離别時的贈言。贈策：春秋時，晉人士會因事奔秦，爲秦人所用，晉人患之。乃使魏壽餘僞以魏叛而入秦，伺機暗示士會歸晉。秦率軍將取魏，魏壽餘自請與晉人之在秦而有威望者先期入魏，以告諭魏之有司準備應合秦軍。秦康公不知是計，使士會。士會將行，秦大夫繞朝贈之以策，曰：「子無謂秦無人，吾謀適不用也。」暗示其非不知情，諫而不爲秦伯所用也。事見《左傳·文公十三年》。策，有二義。一爲策書、簡策，服虔主之。一爲馬檛，即鞭策之策，杜預主之。

〔六〕《淮南子·俶真訓》：「智終天地，明照日月，辯解連環，澤潤玉石。」連環，謂連結成串而不可解之玉環。辯解連環，原意是形容善辯者的口才卓異具有無隱不發、無微不至的力量，能够將極複雜深奥的事理闡釋清楚，猶如能解開連結成串的玉環一般。昇之在使用此典時，略有變化，謂才高學富的朋友雄辯的議論滔滔不絶，道理圓融，無懈可擊，猶如成串的玉連環一般。

〔七〕綿蠻：鳥鳴聲。《詩·小雅·緜蠻》：「緜蠻黄鳥，止于丘阿。」

還赴蜀中貽示京邑遊好〔一〕

籞宿花初滿〔二〕，章臺柳向飛①〔三〕。如何正此日，還望昔多違②〔四〕。悵别風期阻〔五〕，將乖雲會稀〔六〕。斂衽辭丹闕〔七〕，懸旗陟翠微③〔八〕。野禽喧戍鼓〔九〕，春草變征衣〔一〇〕。回顧長安道，關山起夕霏〔一一〕。

校記

①「向」原注「一作尚」。《全唐詩》卷四二注同。　②望　《英華》卷二八六注「集作喜」。《全唐詩》注「一作喜」。　③「旗」　《全唐詩》作「旗」，注「一作津」。

注釋

〔一〕總章二年（六六九）春作。京邑：首都長安。

〔二〕籞宿：漢代宫苑名，也作「禦宿」、「御宿」，在今陝西西安市南三十七里之御宿川。見《漢書·元后傳》「夏遊禦宿、鄠、杜之間」顔師古《注》。此處借指唐代宫苑。

〔三〕章臺：宫名，戰國秦所建，在今陝西西安市漢長安故城西南隅。《史記·廉頗藺相如列傳》記秦王坐章臺見相如即此。臺下有街名章臺街，漢京兆尹張敞罷朝會走馬過章臺街即此。見宋程大昌《演繁露·章臺》。　向飛：將飛。

〔四〕還望：猶旋望，回首望。　昔：疑當爲「惜」。　多違：不順心，失意。王勃《送盧主簿》：「開襟方未已，分袂忽多違。」

〔五〕風期：品格，風度。宇文逌《庾信集序》：「余與子山，風期款密。」

〔六〕乖：背離。《論衡·薄葬》：「今墨家非儒，儒家非墨，各有所持，故乖不合。」此處指分别。雲會：如雲一般地會合。賈誼《過秦論》：「天下雲會響應。」

〔七〕斂衽：提起衣襟夾于帶間，表示敬意。《戰國策·楚策一》：「一國之衆，見君莫不斂衽而拜。」

袵，俗作「衽」。丹闕：赤色的宮門。指朝廷、宫禁及其所在的首都。

〔八〕懸旗：喻心神不定。鮑照《紹古辭》之二：「離心壯爲劇，飛念如懸旗。」陟：登高。翠微：輕淡青葱的山色。左太沖《蜀都賦》「鬱葐蒀以翠微」李善《注》：「翠微，山氣之輕縹也。」也指青山。庾信《和宇文内史春日遊山詩》：「遊客值春暉，金鞍上翠微。」此處即指青山。

〔九〕戍鼓：邊防駐軍的鼓聲。劉孝綽《夕逗繁昌浦》詩：「隔山聞戍鼓，傍浦喧棹謳。」

〔一〇〕變征衣：猶亂征衣。草色與征人之衣色相混。昇之時任新都尉，散階亦不過八、九品，服色青，故云。

〔一一〕夕霏：傍晚的雲霞。謝靈運《石壁精舍還湖中作》詩：「林壑斂暝色，雲霞收夕霏。」

初夏日幽莊①〔一〕

聞有高蹤客〔二〕，耿介坐幽莊〔三〕。林壑人事少，風烟鳥路長〔四〕。瀑水含秋氣，垂藤引夏涼。苗深全覆隴〔五〕，荷上半侵塘。釣渚青鳧没，村田白鷺翔。知君振奇藻〔六〕，還嗣海隅芳〔七〕。

校記

①「初」　《英華》卷三一九作「和」。《全唐詩》卷四二「初」下注「一作和」。

注釋

〔一〕幽莊：幽静的莊園。
〔二〕高蹤客：隱居不仕的人。高蹤，高卓的行迹。揚雄《河東賦》：「躡三皇之高蹤。」
〔三〕耿介：正直，守志不趨時。宋玉《九辯》：「獨耿介而不隨兮，願慕先聖之遺教。」
〔四〕鳥路：鳥飛行之路綫，即天空。謝朓《夜發新林至京邑贈西府同僚》詩：「風雲有鳥路，江漢限無梁。」
〔五〕隴：丘壟，田埂。通「壟」。《史記・項羽本紀・贊》：「然羽非有尺寸，乘埶起隴畝之中。」
〔六〕振奇藻：謂寫出了美麗的詩篇（指《夏日幽莊》詩）。振，開放。《文心雕龍・情采》：「木體實而花萼振。」
〔七〕大意謂，所以寫了這首詩來賡和您的大作。嗣：接續，賡和。　海隅：海角，沿海地區。《列仙傳》謂仙人安期生，琅耶阜鄉人，嘗賣藥海邊。故此處暗用是典，比這位隱士於安期生。

山莊休沐①〔一〕

蘭署乘閒日〔二〕，蓬扉狎遁棲〔三〕。龍柯疏玉井〔四〕，鳳葉下金堤〔五〕。川光摇水箭〔六〕，山氣上雲梯〔七〕。亭幽聞唳鶴〔八〕，窗曉聽鳴雞。玉軫臨風奏〔九〕，瓊漿映月携〔一〇〕。田家自有樂，誰肯謝青谿〔一一〕？

校記

①「山莊休沐」《英華》卷三一九、《全唐詩》卷四二題下皆注「一作和夏日山莊」。

注釋

〔一〕昇之有《春晚山莊率題二首》，爲由蜀中棄官歸隱田園時作，余謂山莊當距東都不遠。此詩首聯云「蘭署乘閒」即可來「狎遁棲」，益證此説不謬。亦當爲咸亨三年作，時在秋季。休沐：官吏休息沐浴。指例假。唐十日一休沐，稱爲旬休。見《唐會要》卷八二《休假》。按：昇之此時已歸隱田園。題云「山莊休沐」，是謂任職朝廷之二三朋好休沐日來我山莊度假也。

〔二〕蘭署：唐官署名，即祕書省。又稱蘭臺、蘭省。《新唐書·百官志》：「祕書省……監掌經籍圖書之事，……龍朔二年，改祕書省曰蘭臺。」

〔三〕蓬扉：編蓬爲門，謂窮人的住屋。狎：親近。

〔四〕龍柯：樹木枝柯盤屈如虬龍，故曰龍柯。　玉井：即井。玉，藻飾之詞。

〔五〕鳳葉：即樹葉。鳳，與下「金堤」之「金」，並爲藻飾之詞。

〔六〕水箭：水波如箭，故云。參見《江中望月》「弦滿箭波長」句注。

〔七〕謂雲氣瀰漫山坡，猶如登山之梯。雲梯：以雲爲梯。謝靈運《登石門最高頂》詩：「惜無同懷客，共登青雲梯。」

〔八〕唳：鶴鳴。

〔九〕玉軫：指琴瑟之類。軫，琴瑟等腹下轉動弦的木柱。《魏書·樂志》：「中弦須施軫如琴，以軫調聲。」

〔一〇〕瓊漿：喻美酒。宋玉《招魂》：「華酌既陳，有瓊漿些。」

〔一一〕謝：辭别。

山林休日田家〔一〕

歸休乘暇日〔二〕，饁稼返秋場〔三〕。徑草疏王篲〔四〕，巖枝落帝桑〔五〕。耕田虞訟寢〔六〕，鑿井漢機忘〔七〕。戎葵朝委露〔八〕，齊棗夜含霜①〔九〕。南澗泉初洌〔一〇〕，東籬菊正芳〔一一〕。還思北窗下，高卧偃羲皇〔一二〕。

校記

①「齊棗」《全唐詩》卷四二注「一作薺草」。《英華》卷三一九作「薺草」。

注釋

〔一〕咸亨三年秋作。

〔二〕歸休：離去，止息。《莊子·逍遥遊》：「歸休乎君，余無所用天下爲。」此處特指離開宦途，歸隱田園。

〔三〕饁稼：給收割穀物者送食。饁，給在田野耕作的人送食。《詩·豳風·七月》：「同我婦子，饁彼南畝。」稼，禾之秀實在野曰稼。《詩·豳風·七月》：「九月築場圃，十月納禾稼。」朱熹《集傳》：「禾者，穀連藁秸之總名，禾之秀實而在野曰稼。」　返秋場：把成熟的穀物收斂並運回到打曬的場地上。

〔四〕意謂徑草由於常掃而變得稀疏。　王篲：即掃帚。戰國時，燕昭王禮賢下士。騶衍如燕，昭王親自爲他「擁篲先驅」。所以稱篲（掃帚）爲「王篲」。昭王擁篲事見《史記·孟子荀卿列傳》。

〔五〕帝桑：即帝女之桑。《山海經·中山經》：「又東五十五里，曰宣山。……其上有桑焉，大五十尺，其枝四衢，其葉大尺餘，赤理黄華青柎，名曰帝女之桑。」此處借指桑樹。

〔六〕《史記·五帝本紀》：「舜耕歷山，歷山之人皆讓畔。」張守節《正義》：「《韓非子》：歷山之農相侵略。舜往耕，朞年，耕者讓畔。」虞：即帝舜，姚姓，有虞氏，名重華，故又稱爲虞舜。訟寢：謂關于田界的訴訟案件平息。

〔七〕《莊子·天地》：「子貢南遊於楚，反於晉，過漢陰，見一丈人方將爲圃畦，鑿隧而入井，抱甕而出灌，滑滑然用力甚多而見功寡。子貢曰：『有械於此，一日浸百畦，用力甚寡而見功多，夫子不欲乎？』爲圃者仰而視之曰：『奈何？』曰：『鑿木爲機，後重前輕，挈水若抽，數如泆湯，其名爲槔。』爲圃者忿然作色而笑曰：『吾聞之吾師，有機械者必有機事，有機事者必有機心。機心存於胸中，則純白不備；純白不備，則神生不定；神生不定者，道之所不載也。吾非不知，羞而不爲也。』」此句用是典，謂自己鑿井灌園，一如漢陰丈人那樣忘掉「機心」（心機智巧），保持真樸的天性。

〔八〕戎葵：《爾雅·釋草》：「菺，戎葵。」郭璞《注》：「今蜀葵也。」蜀葵，又名吴葵，一丈紅。花似木槿，有紅紫白等色。

〔九〕齊棗：《初學記》卷二八《果木部》引《廣志》曰：「穀城紫棗，長二寸。」按：穀城山，在今山東東阿，春秋時屬齊，故云。

〔一〇〕冽：寒冷。

〔一一〕東籬菊：陶淵明《飲酒》詩其五：「採菊東籬下，悠然見南山。」「東籬菊」本此。

〔一二〕「還思」以下二句：陶淵明《與子儼等疏》：「（吾）常言五六月中，北窗下卧，遇涼風暫至，自謂是羲皇上人。」偃：仰倒，仰卧。羲皇：伏羲氏，傳説爲三皇之一（依《世本》、《白虎通》、《帝王世紀》等説）。

宴梓州南亭得池字①〔一〕

二條開勝跡〔二〕，大隱叶沖規〔三〕。亭閣分危岫〔四〕，樓臺遶曲池。長薄秋烟起〔五〕，飛梁古蔓垂。水鳥翻荷葉，山蟲咬桂枝②。遊人惜將晚，公子愛忘疲。願得迴三舍〔六〕，琴樽長若斯。

校記

①「亭」《英華》卷二一四作「齋」。《全唐詩》卷四二注「一作齋」。②「咬」原注「一作交」。《全唐詩》注同。

注釋

〔一〕咸亨元年秋作。梓州，已見《送梓州高參軍還京》注〔一〕。

〔二〕二條：指道路。梁元帝《臨秋賦》：「遵二條之廣路，背九仞之高城。」

〔三〕大意謂與宴諸官賞玩山水勝跡，符合於古人所謂「大隱隱朝市」的風範。大隱：王康琚《反招隱詩》：「小隱隱陵藪，大隱隱朝市。伯夷竄首陽，老聃伏柱史。」「大隱」出此，指身居朝市而心懷淡遠，一如過着隱士生活的人。叶：和，合。「協」的古文。沖規：淡泊寧静的風範。

〔四〕危岫：高峰。岫，峰巒。

〔五〕薄：草木叢生也。屈原《九章·涉江》：「露申辛夷，死林薄兮。」王逸《注》：「叢木爲林，草木交錯曰薄。」

〔六〕迴三舍：見《戰城南》注〔八〕。舍，日行黄道所次宿。黄道附近有二十八宿，一宿爲一舍。見郭景純《遊仙詩》李善《注》引《淮南子》許慎《注》。

山行寄劉李二參軍〔一〕

萬里烟塵客，三春桃李時。事去紛無限，愁來不自持〔二〕。狂歌欲嘆鳳①〔三〕，失路反占龜〔四〕。草礙人行緩，花繁鳥度遲。彼美參卿事〔五〕，留連求友詩〔六〕。安知倦遊子，兩鬢漸如絲。

校記

①「嘆」《全唐詩》卷四二注「一作道」。《英華》卷二四九作「道」，下注「一作嘆」。

注釋

〔一〕亦咸亨初蜀中所作。劉李二參軍：名字里貫不詳。參軍，見《送梓州高參軍還京》注〔一〕。

〔二〕自持：自禁，自我控制。

〔三〕嘆鳳：以孔子自比，自傷不遇於時，道不能行。《論語·子罕》：「子曰：『鳳鳥不至，河不出圖，吾已矣夫！』」

〔四〕失路：比喻人不得志。揚雄《解嘲》：「當塗者入青雲，失路者委溝渠。」占龜：用燒灼龜甲所見的坼裂的紋理占卜吉凶。

〔五〕彼美：那個美人。贊美之辭。《詩·邶風·簡兮》：「云誰之思，西方美人。彼美人兮，西方之人兮。」　參卿事：孫楚，字子荆，太原中都人。才藻卓絶，爽邁不群。嘗參石苞驃騎軍事。楚既負其材氣，頗侮易於苞，初至，長揖曰：「天子命我參卿軍事。」事見《晉書·孫楚傳》。劉李二人官任參軍，故用此典，擬之於孫楚。

〔六〕求友詩：《詩·小雅·伐木》：「伐木丁丁，鳥鳴嚶嚶。……嚶其鳴矣，求其友聲。相彼鳥矣，猶求友聲」；矧伊人矣，不求友生！」「求友詩」指此。按：此句意較模糊。可理解爲：一、自己在劉李二參軍供職的州城一帶，與他們留連山水，彼此都寫下了歌唱友誼的詩篇，互相酬答；二、劉李二參軍熱情好客，又富於才藻，同好之游，使我「留連」，因此在「山行」途中，我寫下了這首「求友詩」以寄贈；三、劉李二參軍富於才藻，又篤於友誼，他們的爲人，本身就好像一首美麗的「求友詩」，使我「留連」。以上三種理解，均可通。

首春貽京邑文士〔一〕

寂寂罷將迎〔二〕，門無車馬聲。横琴答山水，披卷閲公卿〔三〕。忽聞歲云晏〔四〕，倚杖出簾櫳〔五〕。寒辭楊柳陌，春滿鳳皇城〔六〕。梅花扶院吐〔七〕，蘭葉繞階生。覽鏡改容色，藏書留姓名〔八〕。時來不假問，生死任交情〔九〕。

注釋

〔一〕總章二年（六六九）正月長安作。首春：農曆正月，猶孟春。見梁元帝《纂要》。京邑：見《還赴蜀中貽示京邑遊好》注〔一〕。

〔二〕將迎：送往迎來。《莊子·知北遊》：「無有所將，無有所迎。」

〔三〕謂打開卷帙，披閲公卿大臣近年來的章奏書啟（從中了解朝廷政治時事及人際關係）。昇之初由蜀中入京，故須如此。

〔四〕歲晏：歲晚，一年將盡。謝莊《月賦》：「月既没兮露欲晞，歲方晏兮無與歸。」

〔五〕楹：廳堂的前柱。

〔六〕鳳皇城：相傳秦穆公之女弄玉與其壻蕭史吹簫作鳳鳴，鳳皇降于秦之都城。後世因稱京都爲丹鳳城、鳳皇城。此處指唐都長安。

〔七〕扶：本支持、攙扶之義，此處引申爲依傍。

〔八〕謂撰寫著作，「藏之名山，傳之其人」，以求姓名能留傳於後世。此正由「覽鏡」而興感也。

〔九〕「時來」二句：《史記·汲鄭列傳》有「一死一生，乃知交情。一貧一富，乃知交態。一貴一賤，交情乃見」的話。二句用其意，似謂：無須借問他人，吾知諸君方逢時得地；但祈諸君不忘古人論交之言，使吾儕之友誼生死不渝。

贈許左丞從駕萬年宮〔一〕

聞道上之回〔二〕，詔蹕下蓬萊〔三〕。中樞移北斗〔四〕，左轄去南臺〔五〕。黄山聞鳳笛①〔六〕，清蹕侍龍媒〔七〕。曳日朱旗捲〔八〕，參雲金障開〔九〕。朝驂五城柳〔一〇〕，夕宴柏梁杯〔一一〕。漢畤光如月〔一二〕，秦祠聽似雷〔一三〕。寂寂芸香閣②〔一四〕，離思獨悠哉〔一五〕。

校記

①「笛」《英華》卷三一一作「吹」。《全唐詩》卷四二作「笛」，注「一作吹」。　②「閣」《英華》

作「署」。

注釋

〔一〕咸亨四年（六七三）十月作。許左丞：尚書左丞許圉師，安州安陸人。父紹，以破蕭銑功封譙國公。圉師擢進士第，累遷給事中、黄門侍郎。龍朔中，爲左相。俄以事左遷虔州刺史，轉相州刺史。上元中，再遷户部尚書。儀鳳四年卒。兩《唐書》有傳。據《舊唐書·高宗紀》有上元二年八月庚子「左丞許圉師爲户部尚書」之語，知此前一、二年，許圉師在尚書左丞任。嚴耕望《唐僕尚丞郎表》卷七《輯考》二上：「許圉師，咸亨四年、最遲上元元年，在尚書左丞任。」今按：據《舊唐書·高宗紀》：上元元年，高宗未嘗幸九成宮（即萬年宫）。以盧照鄰此詩證之，知許圉師任尚書左丞之時間，至遲在咸亨四年無疑。從駕萬年宫：謂扈從高宗至九成宫。《舊唐書·高宗紀》：咸亨四年「夏四月丙子，幸九成宫」，冬十月「庚子，還京師。乙巳，至自九成宫」。萬年宫，即九成宫，永徽二年改爲萬年宫，乾封二年恢復舊名。宫在陝西麟遊縣西。本隋仁壽宫，唐太宗貞觀五年重修，爲避暑之所。

〔二〕上之回：本樂府歌曲名，見《上之回》注〔一〕。此處以漢武帝遊幸回中宫比喻唐高宗之西幸九成宫。

〔三〕謂天子自九成宫還都。蹕：古代帝王出行時，禁止行人以清道。《周禮·天官·閽人》：「大祭祀、喪紀之事，設門燎，蹕宫門廟門。」鄭玄《注》：「蹕，止行者。」蓬萊：傳説爲東海中三神山之一，仙人所居。此處喻指九成宫。

〔四〕謂皇帝車駕移動。中樞：中央。北斗：北斗七星，即今大熊星座七顆較亮的星。《史記·天官書》云：「斗爲帝車，運于中央。」所以此處用來指皇帝的車駕。

〔五〕謂許左丞離開朝省（扈駕西遊）。左轄：指尚書左丞。《大唐六典》卷一：「左右丞，掌管轄省事，糺舉憲章。」以故，左丞曰左轄。《周書·韋瑱傳》：「轉行臺左丞，……南郢州刺史，復入爲行臺左丞。瑱明察有幹局，再居左轄，時論榮之。」南臺：猶南省。唐尚書省在大明宫以南，因稱爲南省。此處以協韻故，改省爲臺。

〔六〕黄山：山名，在陝西興平市北。也名黄麓山。張衡《西京賦》「繞黄山而款牛首」，即指此。

鳳笛：雕刻有鳳鳥紋的笛。此處指皇帝儀仗中的笛聲。

〔七〕清蹕：舊時天子出行，清除道路，辟止行人曰清蹕。王褒《從駕北郊》詩：「衡街響清蹕，偵候起相風。」龍媒：《漢書·禮樂志·天馬歌》：「天馬徠，龍之媒。」言天馬乃神龍之類，天馬來爲致龍之徵，因謂駿馬曰龍媒。此處喻指許左丞。

〔八〕曳日：摇曳於日光之中。

〔九〕金障：即步障，用以遮避風塵或障蔽内外的屏幕。金，所以狀其精美。謝朓《郊祀曲》：「鏘鏘玉鑾動，溶溶金障旋。」

〔一〇〕驂：駕車時位於兩旁的馬曰驂。乘車時居於車右曰驂乘，即陪乘。此處爲後一義。《左傳·

文公十八年》：「（齊懿公）納閻職之妻，而使職驂乘。」　五城：傳説爲仙人所居之城。《漢書・郊祀志》「方士有言黄帝時爲五城十二樓」應劭《注》：「昆侖玄圃、五城十二樓，仙人之所常居。」此處喻指九成宫。

〔一一〕《三輔黄圖》卷五《臺榭》：「柏梁臺，武帝元鼎二年春起此臺，在長安城中北闕内。《三輔舊事》云：『以香柏爲梁也。帝嘗置酒其上，詔群臣和詩，能七言詩者乃得上。』太初中臺災。」柏梁：此處借指唐代宫室。

〔一二〕畤：古代祭天地五帝之處。《説文》：「天地、五帝所基址祭地。」秦有四畤：密畤、上畤、下畤、畦畤，漢有一畤：北畤。見《史記・封禪書》及《漢書・郊祀志》。其中的上畤、下畤、北畤並在雍，唐時屬岐州，地近麟遊，故詩人涉及之。　光如月：元鼎五年十一月辛巳朔旦冬至，昧爽，漢武帝立泰畤于甘泉，親郊拜泰一，其祠列火滿壇，壇旁亨炊具。有司云「祠上有光」。公卿言「皇帝始郊見泰一雲陽，……是夜有美光，及晝，黄氣上屬天」。事見《漢書・郊祀志》上。

〔一三〕《漢書・郊祀志》上云：「作鄜畤後九年，（秦）文公獲若石云，于陳倉北阪城祠之。其神或歲不至，或歲數數。來也常以夜，光輝若流星，……集於祠城，若雄雉，其聲殷殷云，野鷄夜鳴。以一牢祠之，名曰陳寶。」顔師古《注》引臣瓚曰：「陳倉縣有寶夫人祠，或一歲二歲與葉君合。葉君神來時，天爲之殷殷雷鳴，雉爲之雊也。」

〔一四〕芸香閣：即芸閣，謂祕書省也。漢蘭臺爲宫中藏書之所，又以芸香可辟書蠹，故稱祕書省曰芸臺，亦曰芸閣。按：昇之時賦閒在京，與崔行功（祕書少監）以下之諸文士以詩文唱酬，時而出入于祕書省。此詩或即省署中所作，非即供職于祕書省也。

〔一五〕離思：别後思念之情。　悠哉：憂思。《詩·周南·關雎》：「悠哉悠哉，輾轉反側。」

晚渡渭橋寄示京邑遊好〔一〕

我行背城闕，驅馬獨悠悠〔二〕。寥落百年事〔三〕，徘徊萬里憂。途遥日向夕〔四〕，時晚鬢將秋。滔滔俯東逝，耿耿泣西浮〔五〕。長虹掩釣浦〔六〕，落鴈下星洲〔七〕。草變黄山曲〔八〕，花飛清渭流。迸水驚愁鷺〔九〕，騰沙起狎鷗〔一〇〕。一赴清泥道〔一一〕，空思玄灞遊〔一二〕。

注釋

〔一〕總章二年（六六九）春晚作。　渭橋：見《行路難》注〔二〕。　京邑：屢見前注。

〔二〕悠悠：深思，憂思。《詩·邶風·終風》：「莫往莫來，悠悠我思。」

〔三〕寥落：即牢落、遼落，荒廢、空虚也。司馬長卿《上林賦》：「於是乎玄猿素雌，蜼玃飛蠝。……牢落陸離，爛漫遠遷。」李善《注》：「牢落，猶遼落也。」又陶淵明《和胡西曹示顧賊曹》詩：「悠悠待秋稼，寥落將賒遲。」　百年事：指功業、抱負等。

〔四〕向：將也。

〔五〕耿耿：見《贈益府裴録事》注〔六〕。　泣西浮：猶言淚向西灑。因人向西行，故云。

〔六〕釣浦：水濱釣魚之處。浦，水濱。

〔七〕星洲：如星一般散布的小島。洲，水中的陸地。

〔八〕黄山：見《贈許左丞從駕萬年宫》注〔六〕。

〔九〕迸水：奔湧之水。劉孝綽《答何紀室》詩：「晨征凌迸水，暮宿犯頽風。」

〔一〇〕狎鷗：相親相近的鷗。鷗，水鳥名。

〔一一〕清泥道：指入蜀的道路。《元和郡縣圖志》卷二二《山南道》二：興州長舉縣：「青泥嶺，在縣西北五十三里接溪山東，即今通路也。懸崖萬仞，山多雲雨，行者屢逢泥淖，故號青泥嶺。」按：其地在今甘肅徽縣南。

〔一二〕玄灞：即灞水，源出藍田縣藍田谷，東北流經今西安市東，又北流入渭。玄，黑色。水深，色似玄，故曰玄灞。

羈卧山中〔一〕

卧壑迷時代〔二〕，行歌任死生。紅顔意氣盡〔三〕，白璧故交輕〔四〕。澗户無人跡〔五〕，山窗聽鳥聲〔六〕。春色緣巖上①，寒光入溜平〔七〕。雪盡松帷暗〔八〕，雲開石路明。

校記

①「色」　《英華》卷一六〇作「蘚」。

注釋

〔一〕上元二年（六七五）前後學道太白山時作。羈：寄居。《左傳・昭公七年》：「君之羈臣，苟得容以逃死，何位之敢擇？」山：指太白山。在陜西眉縣東南五十里。

〔二〕卧壑：棲閑於山中。壑，山谷。迷時代：不知（其實是不關心）人間的朝代年紀。

〔三〕意氣：意志與氣概。《史記・李將軍列傳》：「會日暮，吏士皆無人色，而廣意氣自如。」

〔四〕白璧故交：故友中之富貴者。古以白璧爲重寶，唯富貴者擁有之。《史記・虞卿傳》：「虞卿者，游説之士也。……説趙成王，一見，賜黄金百鎰，白璧一雙；再見爲趙上卿。」

〔五〕澗户：已見《懷仙引》注〔四〕。

〔六〕山窗：山居者之窗。

〔七〕溜：已見《江中望月》注〔三〕。

〔八〕松帷：松林圍繞屏蔽似帷，故云。

夜伴饑鼯宿〔一〕，朝隨馴雉行〔二〕。度谿猶憶處，尋洞不知名。紫書常日閲①〔三〕，丹藥幾年成？扣鐘鳴天鼓②〔四〕，燒香貺地精〔五〕。倘遇浮丘鶴〔六〕，飄飖凌太清〔七〕。

校記

①「日」《英華》作「自」，注「集作日」。　②「扣」《英華》作「撞」，《全唐詩》卷四二作「扣」，注

「一作撞」。

注釋

〔一〕鼯：鼠名。俗稱飛鼠，别名夷由。形似蝙蝠，前後肢間有飛膜，能滑翔。見《爾雅·釋鳥》及郭璞《注》。

〔二〕馴雉：順服安處、見人不驚之雉。《後漢書·魯恭傳》載，恭爲中牟令，教化大行。雉安止人之傍，童兒不捕之。或問童兒，答言「雉方將雛」。「馴雉」出此。詩中用之，有美化政教的意思。

〔三〕紫書：道教典籍。舊題班固《漢武帝内傳》：「地真素訣，長生紫書。」

〔四〕道教修鍊之法，有「打天鐘」、「鳴天鼓」之目。《雲笈七籤》：《九真高上寶書神明經》曰：扣齒之法，左相扣名曰打天鐘，右相扣名曰槌天磬，中央上下相扣名曰鳴天鼓。

〔五〕猒：即猒當，指用迷信的方法，壓服抵制將來可能出現的災禍。《漢書·高帝紀》：「秦始皇帝嘗言，東南有天子氣，於是東游以猒當之。」　地精：土地的精靈。

〔六〕浮丘：即浮丘公，傳説爲黄帝時仙人。郭景純《遊仙詩》：「左挹浮丘袖，右拍洪崖肩。」李善《注》：「《列仙傳》曰：浮丘公接王子喬以上嵩高山。」

〔七〕太清：天空。劉向《九歎·遠游》：「載赤霄而凌太清。」

酬張少府東之〔一〕

昔余與夫子〔二〕，相遇漢川陰〔三〕。珠浦龍猶卧〔四〕，檀谿馬正沈〔五〕。價重瑶山曲〔六〕，詞驚丹鳳林〔七〕。十年睽賞慰〔八〕，萬里隔招尋。毫翰風期阻〔九〕，荆衡雲路深〔一〇〕。

注釋

〔一〕乾封二年（六六七）在益州新都尉任上作。時遊青城，張柬之任青城縣尉，相遇，昇之以此詩酬答之。張柬之：字孟將，襄州襄陽人。進士擢第，累補青城尉（兩《唐書》本傳並言「青城丞」，非是，據昇之此詩，應作「尉」），歷監察御史、鳳閣舍人、荆州長史。長安中拜相。及誅張易之兄弟，柬之首謀其事，以功進封漢陽郡王。尋爲武三思所構，貶授新州司馬而卒，年八十餘。少府：唐人稱縣尉爲少府。

〔二〕昔：往昔，約當顯慶三年（六五八）或略晚時，盧昇之隨襄州刺史、鄧王元裕在襄州，初識張柬之于襄陽。夫子：古代男子的尊稱。《左傳·文公元年》：「孤實貪以禍夫子，夫子何罪？」

〔三〕漢川陰：漢水以南。水以南爲陰。此處指襄州治所襄陽縣，城在漢水之南。

〔四〕謂張柬之其時才秀人微，鮮爲人知，猶如龍卧水濱。珠浦：猶水濱。《晉書·華譚傳》：「是以明珠文貝，生於江鬱之濱。」水濱生珠，故曰珠浦。龍猶卧：《三國志·蜀書·諸葛亮傳》：「徐庶見先主，先主器之，謂先主曰：『諸葛孔明者，卧龍也，將軍豈願見之乎？』」裴松之《注》引《漢晉春秋》曰：「亮家于南陽之鄧縣，在襄陽城西二十里，號曰隆中。」又引《襄陽記》曰：「劉備訪世事於司馬德操。德操曰：『儒生俗士，豈識時務？識時務者在乎俊傑。此間自有伏龍、鳳雛。』備問爲誰，曰：『諸葛孔明、龐士元也。』」張柬之，襄陽人也，故即以襄陽先賢取譬。

〔五〕檀谿馬：喻張柬之，其喻意與上句同。《三國志·蜀書·先主傳》：曹公既破紹，自南擊先主。先主遣使與劉表相聞，「表自郊迎，以上賓禮待之，益其兵，使屯新野。荆州豪傑歸先主者日益多，表疑其心，陰禦之」。裴松之《注》引《世語》曰：「備屯樊城，劉表禮焉，憚其爲人，不甚信用。曾請備宴會，蒯越、蔡瑁欲因會取備，備覺之，僞如廁潛遁出。所乘馬名的盧，騎的盧走，墮襄陽城西檀溪水中，溺不得出。備急曰：『的盧：今日厄矣，可努力！』的盧乃一踊三丈，遂得過，乘桴渡河，中流而追者至。」

〔六〕大意謂張柬之有如瑶山的鳳皇一樣珍貴。瑶山：《山海經·大荒西經》：「西北海之外，赤水之西，……有榣山。其上有人，號曰太子長琴。……有五采鳥三名：一曰皇鳥，一曰鸞鳥，一曰鳳鳥。」《初學記》卷一〇《儲宫部》引文作「瑶山」；又，高宗顯慶中太子弘命許敬宗、孟利貞等編大型類書五百卷，曰《摇山玉彩》，亦取義於《山海經》此節，則又作「摇山」。

〔七〕丹鳳林：喻文才薈萃之所。

〔八〕謂别離已經十年。按：昇之顯慶三年（六五八）初識張柬之於襄陽，至今年（乾封二年，六六七）於青城重逢，時隔十年。睽：分離，隔開。通「暌」。何遜《贈諸遊舊》詩：「新知雖已樂，舊愛盡睽違。」　賞慰：褒揚慰勉也。江總《夏日還山庭》詩：「停樽無賞慰，狎鳥自經過。」

〔九〕毫翰：毛筆，此處借指詩文。　風期：已見《還赴蜀中貽示京邑遊好》注〔五〕。

〔一〇〕荆衡：荆山與衡山。荆山在湖北南漳縣西，相傳爲卞和得璞之處。衡山，在湖南衡山縣西北。荆衡泛指今湖北、湖南一帶，蓋爲往昔十年中張柬之所在之地。雲路：山路有雲曰雲路。沈約《遊沈道士館》詩：「都令人徑絶，唯使雲路通。」

鵬飛俱望昔〔一〕，蠖屈共悲今〔二〕。誰謂青衣道〔三〕，還歎白頭吟〔四〕。地接神仙硐，江連雲雨岑〔五〕。飛泉如散玉〔六〕，落日似懸金。重以瑶華贈〔七〕，空懷舞詠心〔八〕。

注釋

〔一〕鵬飛：大鵬展翅飛翔，喻人奮發有爲。《莊子·逍遥遊》：「北冥有魚，其名爲鯤。鯤之大不知其幾千里也。化而爲鳥，其名爲鵬。……怒而飛，其翼若垂天之雲。」

〔二〕蠖屈：尺蠖屈曲身體，喻人不得志，不能伸展其抱負、才能。《易·繫辭下》：「尺蠖之屈，以求信也。」尺蠖，尺蠖蛾的幼蟲。

〔三〕青衣道：指蜀中的道路。蜀中有青衣水，又名平羌水、洪雅江。源出四川寶興縣北，流經雅安、洪雅、夾江，至樂山市會大渡河入江。《元和郡縣圖志》卷三二《劍南道》中：雅州、嚴道縣，「平羌水，經縣東二里」。……眉州、洪雅縣，「青衣水，一名平羌水，經縣南一里」。

〔四〕白頭吟：樂府楚調曲名。《西京雜記》卷三云：「司馬相如將聘茂陵人女爲妾，卓文君作《白頭吟》以自絶，相如乃止。」此處僅借用其字面，與《白頭吟》之本事無干。

〔五〕神仙磵：指青城山。《元和郡縣圖志》卷三一：「青城縣，……青城山，在縣西北三十二里。《仙經》云此是第五洞天，上有流泉懸澍，一日三時灑落，謂之潮泉。」又，《太平御覽》卷四四引《玉匱經》云：「黄帝封（青城山）爲五岳丈人……爲第五大洞寶仙九室之天，對郡之西北，在岷山之南，群峰掩映，互相聯接，靈仙所宅，祥異則多。」江：指大江。《元和郡縣圖志》卷三一：「青城縣，……大江，經縣北，去縣二里。」按：即今之岷江。雲雨岑：指巫山。雲雨，用宋玉《高唐賦》巫山神女之事。岑，小而高的山。見《爾雅·釋山》。

〔六〕已見注〔五〕所引《元和郡縣圖志》。

〔七〕意謂張再次以詩贈我。重：蓋先已有贈，故云。瑶華：《九歌·大司命》：「折疏麻兮瑶華，將以遺兮離居。」王逸《注》：「瑶華，玉華也。」此以喻張束之所贈詩之珍貴。

〔八〕舞詠心：向往自由自在、逍遥物外之生活的心。《論語·先進》：「莫春者，春服既成，冠者五六人，童子六七人，浴乎沂，風乎舞雩，詠而歸。」

過東山谷口〔一〕

不知名利險，辛苦滯皇州〔二〕。始覺飛塵倦，歸來事緑疇〔三〕。桃源迷處所〔四〕，桂樹可淹留〔五〕。

注釋

〔一〕玩「倦」「飛塵」而「歸」「緑疇」之語，似爲咸亨二年自蜀中歸洛陽以後所作。東山，當距洛陽不遠，觀「成鶴」「化鳩」之典皆與中岳有關，或即嵩山之支脈與？

〔二〕皇州：指帝都。鮑照《代結客少年場行》：「昇高臨四關，表裏望皇州。」按：昇之於永徽初西行入長安，交遊王公，後入鄧王元裕府爲典簽，雖從鄧王在壽州、襄州多年，然鄧王以皇叔之貴，或朝正，或入覲，在京之日固亦不少（《金石萃編》卷五載：永徽五年，時已五月十五日，壽州刺史鄧王元裕尚隨駕在麟遊万年宫，可證。）。後雖尉于新都，然亦嘗奉使至京。故概乎言之，曰「滯皇州」。

〔三〕歸來：指從仕途中歸隱林下。

〔四〕迷處所：不知所在。

〔五〕淮南小山《招隱士》：「桂樹叢生兮山之幽，……攀援桂枝兮聊淹留。」

跡異人間俗，禽同海上鷗〔一〕。古苔依井被〔二〕，新乳傍崖流〔三〕。野老堪成鶴〔四〕，山神或化鳩〔五〕。泉鳴碧澗底，花落紫巖幽。日暮餐龜殼〔六〕，天寒御鹿裘〔七〕。不辨秦將漢〔八〕，寧知春與秋〔九〕？多謝青谿客①，去去赤松遊〔一〇〕。

校記

①「谿」《英華》卷一六〇作「浦」。

注釋

〔一〕海上鷗：《列子·黄帝篇》：「海上之人有好漚鳥者，每旦之海上，從漚鳥游，漚鳥之至者百住而不止。其父曰：『吾聞漚鳥皆從汝游，汝取來，吾玩之。』明日之海上，漚鳥舞而不下也。」漚，通「鷗」。

〔二〕被：覆蓋。

〔三〕乳：指石鐘乳。庾信《奉和趙王隱士》：「洞風吹户裏，石乳滴窗前。」

〔四〕《初學記》卷三〇《鳥部》引王韶之《神境記》曰：「滎陽郡南百餘里，有蘭岩。常有雙鶴，素羽皦然，日夕偶影翔集。傳云：昔夫婦俱隱此，年數百數，化成此鶴。」

〔五〕《藝文類聚》卷九二《鳥部》引《搜神記》曰：「沛國戴文諶，居陽城山，有神降焉，其妻疑是妖魅。神已知之，便去，遂視作一五色鳥，白鳩數十隻後，有雲覆之，遂不見。」

〔六〕《太平廣記》卷四七二引《抱朴子》云：「千歲靈龜，五色具焉。其雄，額上兩骨起，似角，以未朱浴之，乃剔取其甲，火炙，擣服。方寸七日三。盡一具，壽千歲。」

〔七〕《晉書·隱逸傳》：「瞿硎先生者，不得姓名，亦不知何許人也。太和末，常居宣城郡界文脊山中，山有瞿硎，因以爲名焉。大司馬桓温嘗往造之。既至，見先生被鹿裘，坐於石室，神無忤色，温及僚佐數十人皆莫測之。……竟卒于山中。」

〔八〕陶淵明《桃花源記》云：「村中聞有此人，咸來問訊。自云先世避秦時亂，率妻子邑人來此絶境，不復出焉，遂與外人間隔。問今是何世，乃不知有漢，無論魏、晉。」此句用其意。

〔九〕陶淵明《桃花源詩》云：「草榮識節和，木衰知風厲。雖無紀曆誌，四時自成歲。」言桃花源中人自知春與秋。昇之反用其意。

〔一〇〕「多謝」二句謂鄭重告辭山中的隱士，吾將去而作赤松子之遊矣。謝：告辭。赤松：即赤松子，原名皇初平。道教傳説爲神仙。見《神仙傳》。

送幽州陳參軍赴任寄呈鄉曲父老①〔一〕

薊北三千里〔二〕，關西二十年〔三〕。馮唐猶在漢〔四〕，樂毅不歸燕〔五〕。人同黄鶴遠，鄉共白雲連。郭隗池臺處〔六〕，昭王樽酒前〔七〕。故人當已老，舊壑幾成田？

校記

①「父」《英華》卷二六七作「故」，注「集作父」。《全唐詩》卷四二作「父」，注「一作故」。

注釋

〔一〕咸亨三、四年秋天作。幽州：隋爲涿郡，武德元年改爲幽州總管府，七年改爲大都督府，九年改爲都督府。領薊、良鄉、潞、范陽、固安、雍奴、安次、昌平、歸義、漁陽等縣。（以咸亨三、四年的現狀爲准)治薊縣。　陳參軍：名字里貫不詳，時爲幽州都督府掾。參軍，已見《送梓州高參軍還京》注〔一〕。　鄉曲：鄉里。

〔二〕薊北：薊縣以北。薊縣，本戰國燕都，秦滅燕，置縣，魏晉及唐因之，故治在今北京城西南大興。薊北，此處泛指幽州地區。　三千里：《舊唐書·地理志》：「幽州大都督府。……在京師東北二千五百二十里。」三千里是約舉整數。

〔三〕關西：函谷關以西。此處指唐都長安。　二十年：盧照鄰約於高宗永徽三年(六五二)西入長安，至咸亨三、四年(六七二、六七三)爲二十年。

〔四〕馮唐者，其大父趙人。父徙代。唐以孝著，爲中郎署長，事文帝。魏尚爲雲中守，匈奴畏之，不近雲中之塞；坐上功首虜差六級，被下之吏，削爵。馮唐面陳魏尚之功，爲之申辯。文帝即日令馮唐持節赦之，復以爲雲中守。拜唐爲車騎都尉。景帝時爲楚相，免。武帝立，求賢良，舉馮唐。唐時年九十餘，不能復爲郎矣。事見《史記·馮唐傳》。

〔五〕樂毅，中山人，樂羊之後。賢而好兵。自魏使燕，昭王以爲亞卿。後拜上將軍，率趙、楚、韓、魏、燕五國兵伐齊，下齊七十餘城。以功封昌國，號昌國君。會昭王死，惠王立，素不快于毅。田單乃縱反間於王，王乃使騎劫代將而召毅。毅畏誅，乃降趙。趙封毅於觀津，號曰望諸君。惠王因騎劫敗，悔失毅，使人請毅而以書謝之。於是燕以其子閒襲昌國封，毅往來復通燕，燕、趙以爲客卿。後卒於趙。事見《史記·樂毅傳》。按：此句樂毅與上句馮唐皆北人之去國者，故用以自比。

〔六〕燕昭王收破燕後即位，卑身厚幣，以招賢者，欲將以報讎。故往見郭隗先生曰：「寡人將誰朝而可？」對曰：「臣聞古之君人，有以千金求千里馬者，三年不能得。涓人自請求之。三月得千里馬，馬已死，買其首五百金，反以報君。君大怒曰：『所求者生馬，安事死馬而捐五百金？』涓人對曰：『死馬且買之五百金，况生馬乎？天下必以王爲能市馬，馬今至矣。』於是不期年而千里馬至者三。今王誠欲致士，先從隗始；隗且見事，况賢於隗者乎？豈遠千里哉？」於是昭王爲隗築宫而師之。樂毅、鄒衍、劇辛聞風而至，士爭湊燕。事見《戰國策・燕策一》。按：《史記・燕召公世家》但言「昭王爲隗改築宫而師事之」，未言築「臺」。築「臺」之説，始見於孔融《論盛孝章書》：「昭王築臺以尊郭隗。」鮑明遠《放歌行》：「豈伊白璧賜，將起黄金臺。」李善《注》：「王隱《晉書》曰：段匹磾討石勒，進屯故安縣故燕太子丹金臺上。《上谷郡圖經》曰：黄金臺，易水東南十八里，燕昭王置千金於臺上，以延天下之士。二説既異，故具引之。」

〔七〕昭王：燕昭王，戰國時燕國國君，周赧王四年（前三一一）至周赧王三十六年（前二七九）在位。昭王在位時，鋭意求賢，專任樂毅，報怨雪恥，齊城之不下者，獨聊、莒、即墨而已。燕於是乎極盛。

紅顔如昨日，衰鬢似秋天。西蜀橋應毁〔一〕，東周石尚全〔二〕。灞池水猶緑〔三〕，榆關月早圓〔四〕。塞雲初上鴈，庭樹欲銷蟬〔五〕。送君之舊國〔六〕，揮淚獨潸然〔七〕。

注釋

〔一〕西蜀橋：指成都昇仙橋，見《還京贈别》注〔四〕。

〔二〕東周石：未詳。《藝文類聚》卷六引《博物志》曰：「桃林，在弘農湖城縣休牛之山。有石焉，曰帝臺之棊也，五色而文，狀如鶉卵。」弘農地屬東周。疑即指此。

〔三〕灞池：池名，在長安。謝朓《休沐重還道中詩》：「灞池不可别，伊川難重逢。」李善《注》引潘岳《關中記》曰：「霸陵，文帝陵也。上有池，有四出道以寫水。」

〔四〕榆關：即今山海關。長城的終點。也作「渝關」。《隋書·高祖記》：「開皇三年，城渝關。」按：此上三句所言皆昇之曾經歷之地，榆關似亦不應例外。昇之何時嘗至榆關，已無可稽考。然所可知者，昇之自永徽三年前後入長安後，直到臨終，迄未一至河北，則其登榆關，唯早年（永徽三年以前）爲可能也。

〔五〕銷：銷歇。

〔六〕舊國：故鄉。《莊子·則陽》：「舊國舊都，望之暢然。」《朝野僉載》卷六：「盧照鄰，范陽人。」《舊唐書·地理志二》：「范陽：漢涿郡之涿縣也，郡所治。曹魏文帝改爲范陽郡。晉爲范陽國，後魏爲范陽郡，隋爲涿縣。武德七年，改爲范陽縣。」可知晉魏以來成爲北方士族的范陽盧氏，籍貫即今之涿州。

〔七〕潸然：涕淚流貌。

哭金部韋郎中〔一〕

金曹初授拜〔二〕，玉地始含香〔三〕。翻同五日尹〔四〕，遽見一星亡〔五〕。賀客猶扶路〔六〕，哀人遂上堂〔七〕。歌筵長寂寂，哭位自蒼蒼①〔八〕。歲時賓徑斷，朝暮雀羅張〔九〕。書留魏主閣②〔一〇〕，魂掩漢家牀。徒令永平帝，千載罷撞郎〔一一〕。

校記

①「自」，《英華》卷三〇二作「日」，注「集作自」。《全唐詩》卷四二作「自」，注「一作日」。　②「閣」，《全唐詩》作「闕」。

注釋

〔一〕《新唐書·百官志》：尚書省户部，「金部郎中、員外郎，各一人，掌天下庫藏出納、權衡度量之數，兩京市、互市、和市、宫市交易之事，百官、軍鎮、蕃客之賜，及給宫人、王妃、官奴婢衣服」。韋郎中：名字不詳。

〔二〕金曹：即金部。分職治事的官署或部門曰曹。

〔三〕玉地：猶玉陛、玉墀，指帝王殿階。含香：漢三省故事，郎官日含鷄舌香，欲其奏事對答，氣味芬芳。應劭《漢官儀》上：「尚書郎含鷄舌香，伏其下，奏事。」

〔四〕張敞爲京兆尹九歲，坐與楊惲厚善，惲坐大逆誅，公卿奏敞不宜處位，奏寢未下。敞使賊捕掾絮舜有所案驗。舜以敞劾奏當免，不肯爲敞竟事，私歸其家。人或諫舜，舜曰：「吾爲是公盡力多矣，今五日京兆耳，安能復案事？」事見《漢書·張敞傳》。

〔五〕一星亡：指韋郎中之死。古人以爲郎官上應列宿，故云。《後漢書·明帝紀》：「館陶公主爲子求郎，不許，而賜錢千萬。謂群臣曰：『郎官上應列宿，出宰百里，有非其人，則民受其殃，是以難之。』」

〔六〕扶路：沿路，在路。陶淵明《桃花源記》：「便扶向路，處處誌之。」

〔七〕哀人：心懷悽愴之人。張載《七哀詩》：「哀人易感傷，觸物增悲心。」此處指悼祭者。

〔八〕哭位：内外親屬哭悼死者之位。《新唐書·禮樂志》：「諸臣之喪。……其内外哭位如始死之儀。」　蒼蒼：指婦人女子喪服之色。《新唐書·禮樂志》：「諸臣之喪。……氣絶，寢於地。男子白布衣，被髪徒跣；婦人女子青縑衣，去首飾。」

〔九〕雀羅張：《史記·汲鄭列傳》：「下邽翟公有言，始翟公爲廷尉，賓客闐門；及廢，門外可設雀羅。」

〔一〇〕《三國志·魏書·王粲傳》附徐幹等人傳：「(阮)瑀以十七年卒。幹、琳、瑒、楨二十二年卒。文帝書與元城令吴質曰：『昔年疾疫，親故多離其災，徐、陳、應、劉，一時俱逝。』」「書留」二句用此。徐、陳諸人並在曹丕稱帝前逝世，故云「魂掩漢家牀」。

〔二〕永平帝：指漢明帝。永平，明帝年號。撞郎：《後漢書·鍾離意傳》：「帝性褊察，好以耳目隱發爲聰明，故公卿大臣數被詆毁，近臣尚書以下至見提拽。嘗以事怒郎藥崧，以杖撞之。崧走入牀下，帝怒甚，疾言曰：『郎出！郎出！』崧曰：『天子穆穆，諸侯煌煌。未聞人君自起撞郎。』帝赦之。」

哭明堂裴主簿①〔一〕

締歡三十載〔二〕，通家數百年〔三〕。潘楊稱代穆〔四〕，秦晉忝姻連〔五〕。風雲洛陽道，花月茂陵田。相悲共相樂②，交騎復交筵③〔六〕。

校記

①「主」字原無，據《英華》卷三〇二、《全唐詩》卷四二增。　②「共」《全唐詩》注「一作復」。

③「復」《全唐詩》注「一作共」。

注釋

〔一〕明堂：唐京兆府屬縣名。《舊唐書·高宗紀》：總章元年「二月戊寅，幸九成宮。己卯，分長安、萬年置乾封、明堂二縣，分理於京城之中」。同書《地理志》：京兆府萬年縣，「乾封元年，分置明堂縣，治永樂坊。長安三年廢，復併萬年」。《新唐書·地理志》：京兆府萬年縣，「總章元年析置明堂縣，長安二年省」。諸説互有異同。當以《舊唐書·高祖紀》爲準，以其本之實録，年月日詳明故也。據此則詩當作於總章元年二月以後，而以總章二年之可能性爲大，蓋是年春，昇之因公務在京師也。裴主簿：名字不詳。主簿，縣令的掾屬。

〔二〕締歡：結歡，交好。

〔三〕通家：累世相友善者，謂之通家。《後漢書·孔融傳》：「十歲，造李膺門曰：『我是李君之通家子弟。』」

〔四〕潘岳《楊仲武誄》：「潘楊之穆，有自來矣。」按：潘岳妻楊氏，爲楊綏（仲武）之姑，屬於世親聯姻。後遂稱姻親關係爲潘楊。代穆：世代和好。穆，通「睦」。

〔五〕春秋時，秦晉二國世爲婚姻，後遂稱兩姓聯姻爲秦晉之好。《世説新語·言語》「衛洗馬初欲渡江」劉峻《注》引《衛玠别傳》：「（衛玠）娶樂廣女。裴叔道曰：『妻父有冰清之姿，壻有玉璧潤之望，所謂秦晉之匹也。』」

〔六〕交騎：騎馬並肩而行。交筵：同席連坐而飲。

始謂調金鼎〔一〕，如何掩玉泉〔二〕？黄公酒壚處〔三〕，青眼竹林前〔四〕。故琴無復雪〔五〕，新樹但生烟。遽痛蘭襟斷〔六〕，徒令寶劍懸〔七〕。客散同秋葉，人亡似夜川。送君一長慟，松臺路幾千〔八〕？

注釋

〔一〕調金鼎：僞《古文尚書·説命下》：「若作和羹，爾惟鹽梅。」鹽、梅皆調味品。意謂商王武丁立傅説作相，欲其治理國家，如調鼎中之味，使之協調。後因以調鼎爲宰相職責之喻稱。

〔二〕玉泉：即泉，地下水，借指地下冥間。

〔三〕《世説新語·傷逝》：「王濬冲爲尚書令，著公服，乘軺車，經黄公酒壚下過，顧謂後車客：『吾昔與嵇叔夜、阮嗣公，共酣飲於此壚；竹林之遊，亦預其末。自嵇生夭、阮公亡以來，便爲時所羈紲。今日視此雖近，邈若山河。』」

〔四〕《世説新語·任誕》：「陳留阮籍、譙國嵇康、河内山濤三人，年皆相比，康年少亞之，預此契者，沛國劉伶、陳留阮咸、河内向秀、琅邪王戎。七人常集于竹林之下，肆意酣暢，故世謂『竹林七賢』。」《晉書·阮籍傳》：「籍又能爲青白眼。見禮俗之士，以白眼對之。及嵇喜來弔，籍作白眼，喜不懌而退。喜弟康聞之，乃齎酒携琴造焉。籍大悦，乃見青眼。」

〔五〕琴曲有《陽春白雪》。

〔六〕蘭襟：衣襟，蘭所以美其香潔。班婕妤《擣素賦》：「侈長袖於妍袂，綴半月於蘭襟。」此處用來喻指良友。

〔七〕季札之初使，北過徐君。徐君好季札劍，口弗敢言。季札心知之，爲使上國，未獻。還至徐，徐君已死，於是乃解其寶劍，繫之徐君冢樹而去。事見《史記·吴太伯世家》。

〔八〕松臺：植有松樌的夜臺，即墳墓。陸機《挽歌三首》其一：「按轡遵長薄，送子長夜臺。」路幾千：謂幽明隔絶，相去不知路凡幾千。

同崔録事哭鄭員外〔一〕

文學秋天遠〔二〕，郎官星位尊〔三〕。伊人表時彦〔四〕，飛譽滿司存〔五〕。楚席光文雅〔六〕，瑶山侍討論〔七〕。鳳詞凌漢閣〔八〕，龜辯罩周園〔九〕。已陪東嶽駕〔一〇〕，將逝北溟鯤〔一一〕。

注釋

〔一〕崔録事、鄭員外：並不詳。録事，即録事參軍，京兆、河南兩府及各都督府、各州並有之，爲掾屬。員外，即員外郎，尚書省官屬。按：高宗於乾封元年封禪泰山，詩有「已陪東嶽駕」之句，知爲本年以後之作。疑亦總章二年所爲。

〔二〕句謂鄭員外的文學才華有如秋天一般高朗濶遠。按：據下文「楚席」、「瑶山」一聯，鄭員外當係由太子文學而歷員外郎者。《新唐書·百官志》：東宫官，「文學三人，正六品下。分知經籍，侍奉文章」。

〔三〕郎官上應列宿，故云。《史記·天官書》：「後聚一十五星，蔚然，曰郎位。」

〔四〕時彦：時之後彦。

〔五〕司存：職掌。此處猶有司，指朝廷的顯貴。沈約《恩倖論》：「階闥之任，各有司存。」

〔六〕楚席：楚元王敬禮儒生的筵席。《漢書·楚元王傳》：穆生、白生、申公善爲《詩》，仕楚爲中大夫，「元王敬禮申公等，穆生不耆酒，元王每置酒，常爲穆生設醴」。光：輝映。

〔七〕謂侍奉太子討論經典精義。瑶山：已見《酬張少府東之》詩注〔六〕。此處借指東宫。

〔八〕謂詞藻文采凌駕於揚雄之上。鳳詞：《西京雜記》云：「揚雄著《太玄經》，夢吐白鳳。」漢閣：揚雄嘗校書天禄閣上，見《漢書·揚雄傳》。

〔九〕謂能言善辯超過莊周。龜辯：《莊子·秋水》云：「莊子釣於濮水，楚王使大夫二人往先焉，曰：『願以境内累矣。』莊子持竿不顧，曰：『吾聞楚有神龜，死已三千歲矣，王巾笥而藏之廟堂之上。此龜者，寧其死爲留骨而貴乎？寧其生而曳尾於塗中乎？』二大夫曰：『寧生而曳尾塗中。』莊子曰：『往矣！吾將曳尾于塗中。』」罩：籠蓋。周園：指莊周。莊周嘗爲蒙之漆園吏，晚周（戰國）時人，故以「周園」稱之。

〔一〇〕謂鄭員外嘗榮耀地扈從高宗東幸泰山，瞻仰封禪大典。

〔一一〕謂可以預測鄭員外在仕途上將會升遷變化，日益通顯。《莊子·逍遥遊》：「北冥有魚，其名爲鯤。鯤之大，不知其幾千里也。化而爲鳥，其名爲鵬。鵬之背，不知其幾千里也。……是鳥也，海運則將徙於南冥。」

如何萬化盡〔一〕，空歎九飛魂〔二〕。白馬西京驛〔三〕，青松北海門〔四〕。夜臺無曉箭〔五〕，朝奠有虚尊〔六〕。一代儒風没，千年隴霧昏〔七〕。梁山送夫子〔八〕，湘水吊王孫〔九〕。僕本多悲淚〔一〇〕，沾裳不待猿〔一一〕。聞君絶弦曲〔一二〕，吞恨更無言〔一三〕！

注釋

〔一〕《莊子·大宗師》：「若人之形者，萬化而未始有極也，其爲樂可勝計也。」此反其意而用之，言千變萬化，而終歸於有盡。

〔二〕九飛魂：《楚辭·哀郢》：「魂一夕而九逝。」原意爲魂馳神往於故國。此處但爲魂離軀體、溘然長逝之意。

〔三〕謂鄭員外樂賢好客，作爲太子官屬，頗有西漢鄭當時之遺風。《漢書·鄭當時傳》：「孝景時，爲太子舍人。每五日洗沐，常置驛馬長安諸郊，請謝賓客，夜以繼日，至明旦，常恐不徧。當時好黄老言，其慕長者，如恐不稱。」

〔四〕謂鄭員外碩學通儒、經明行修，有如東漢北海人鄭玄。《後漢書·鄭玄傳》云：「鄭玄字康成，北海高密人也。……國相孔融深敬於玄，屣履造門。告高密縣爲玄特立一鄉，曰：『……今鄭君鄉宜曰「鄭公鄉」。昔東海于公僅有一節，猶或戒鄉人侈其門閭，矧乃鄭公之德，而無駟牡之路！可廣開門衢，令容高車，號爲「通德門」。』」

〔五〕謂泉下無朝暮。夜臺：見《哭明堂裴主簿》注〔八〕。箭：計時的漏箭。

〔六〕朝奠：晨朝的祭奠。虚尊：祭奠死者的酒，人死已不能享用，故曰「虚尊」。尊，同樽。

〔七〕隴：通「壟」，墳墓。

〔八〕梁山：山名，在今陝西境内者有二：一在韓城市境，接合陽縣界。此爲《禹貢》梁山；一在乾縣西北，《孟子·梁惠王下》「（太王）去邠，踰梁山」，即此。鄭之葬地未知何在。唯據考古發現，唐人墓葬在乾縣、醴泉者獨多，似應指乾縣梁山。

〔九〕賈誼嘗至湘水憑弔屈原，見《史記·屈原賈生傳》。此處以特稱（湘水）代泛稱（一切江河），舉南以概北，言山水皆爲之哀悼矣。與賈誼事無涉，衹取其字面而已。「梁山」句爲實寫，此句乃虛寫耳。王孫：貴族之子孫。

〔一〇〕江淹《恨賦》：「於是僕本恨人，心驚不已。」

〔一一〕《水經注·江水》：「漁者歌曰：『巴東三峽巫峽長，猿鳴三聲淚沾裳。』」

〔一二〕君：指崔録事。　絶弦曲：爲知音之死亡而彈奏的最後一支樂曲。此處指崔録事所寫的《哭鄭員外》詩。《吕氏春秋·本味》：「伯牙鼓琴，鍾子期聽之。方鼓琴而志在太山，鍾子期曰：『善哉乎鼓琴！巍巍乎若太山。』少選之間，而志在流水，鍾子期又曰：『善哉乎鼓琴！湯湯乎若流水。』鍾子期死，伯牙破琴絶弦，終身不復鼓琴，以爲世無足復爲鼓琴者。」

〔一三〕吞恨：含恨，忍痛。

五言絶句

登玉清〔一〕

絶頂横臨日，孤峰半倚天。徘徊拜真老〔二〕，萬里見風烟。

注釋

〔一〕玉清：道書有玉清、上清、太清三境，皆天帝所居。陶弘景《水仙賦》：「迎九玄於金闕，謁三素於玉清。」題曰「登」，疑爲山名，然亦不詳所在。

〔二〕真老：即真人，道教所謂仙人。

曲池荷

浮香繞曲岸，園影覆華池〔一〕。常恐秋風早，飄零君不知。

注釋

〔一〕園影：園林中的身影。　華池：傳説爲崑崙山上的仙池。王充《論衡·談天》：「《禹本紀》言河出崑崙……其上有玉泉、華池。」孫綽《遊天台山賦》：「肆覲天宗，爰集通仙。挹以玄玉之膏，漱以華池之泉。」此處借指荷花於焉生長之池。

浴浪鳥

獨舞依盤石〔一〕，羣飛動輕浪。奮迅碧沙前〔二〕，長懷白雲上。

注釋

〔一〕盤：通「磐」，大石。

〔二〕奮迅：精神振奮，行動迅疾。揚雄《劇秦美新》：「會漢祖龍騰豐沛，奮迅宛葉。」

臨堦竹〔一〕

封霜連錦砌〔二〕，防露拂瑶堦〔三〕。聊將儀鳳質〔四〕，暫與俗人諧〔五〕。

注釋

〔一〕堦：《集韵》：同階。

〔二〕砌：台階。班固《西都賦》：「於是玄墀釦砌，玉階彤庭。」

〔三〕瑶堦：玉階。

〔四〕儀鳳質：指竹。竹可以致鳳皇，因爲據傳説鳳皇以竹實爲食。《韓詩外傳》曰：「黄帝時，鳳凰栖帝梧桐，食帝竹實。」（《藝文類聚》卷八九《木部》引）儀鳳，即鳳凰。《書·益稷》曰：「簫韶九成，鳳凰來儀。」孔安國《傳》：「雄曰鳳，雌曰凰，靈鳥也。儀，有容儀。」故曰「儀鳳」。

〔五〕諧：和諧、協洽。此處有「混同」之義。

含風蟬

高情臨爽月〔一〕，急響送秋風。獨有危冠意，還將衰鬢同〔二〕。

注釋

〔一〕高情：高尚淡遠的情懷。謝靈運《述祖德詩》：「達人貴自我，高情屬天雲。」爽月：猶爽節，涼爽的季節，指秋季。

〔二〕《後漢書·輿服志》：「武冠，……諸武官冠之。侍中、中常侍加黄金璫，附蟬爲文，貂尾爲飾，謂之『趙惠文冠』。」梁劉昭《注》：「應劭《漢官(儀)》曰：說者以金取堅剛，百鍊不耗；蟬居高飲潔，口在腋下；貂内勁捍而外溫潤。」危冠意：謂所以飾危冠之取義。將：與、同。衰鬢：自指。

葭川獨泛〔一〕

倚棹春江上，横舟石岸前。山暝行人斷〔二〕，迢迢獨泛仙。

注釋

〔一〕葭川：不詳所在。疑即葭萌水。《水經注·漾水》：白水出西傾山，東南流經葭萌縣，亦謂之葭萌水。按：即今之白水江。葭萌，唐代屬利州，在今四川廣元市東南。倘是，則詩當作於蜀中。

〔二〕暝：昏暗。

送二兄入蜀〔一〕

關山客子路，花柳帝王城〔二〕。此中一分手，相顧憐無聲。

注釋

〔一〕二兄：未詳。昇之同産兄弟四人，年長於昇之者僅一人。然唐人稱排行，是將同曾祖的兄弟計入序列的，故不爲扞格。

〔二〕謂長安正當春日。

宿玄武二首〔一〕

方池開曉色，圓月下秋陰。已乘千里興〔二〕，還撫一弦琴〔三〕。

注釋

〔一〕咸亨元年（六七〇）秋九月作。玄武：梓州所轄縣。

〔二〕《世説新語·任誕》：「王子猷居山陰，夜大雪，眠覺，開室，命酌酒。四望皎然，因起彷徨，詠左思《招隱詩》。忽憶戴安道，時戴在剡，即便夜乘小船就之。經宿方至，造門不前而返。人問其故，王曰：『吾本乘興而行，興盡而返，何必見戴？』」

〔三〕《晉書·孫登傳》：「登好讀《易》，撫一弦琴，見者皆樂親之。」

庭摇北風柳，院繞南溟禽〔一〕。累宿恩方重〔二〕，窮秋嘆不深〔三〕。

注釋

〔一〕南溟：南海。南溟禽，指將徙於南海之禽。《莊子·逍遥遊》：「海運則將徙於南冥也。」冥：通「溟」。

〔二〕累宿：累夕留宿。

〔三〕窮秋：深秋九月。鮑照《白紵曲》「窮秋九月荷葉黄」。

九隴津集〔一〕

落落樹陰紫〔二〕，澄澄水華碧〔三〕。復有翻飛禽，徘徊疑曳舄〔四〕。

注釋

〔一〕咸亨元年春晚作。九隴：益州所轄縣（垂拱二年後始屬彭州）。津：渡口。集：宴集。

〔二〕落落：軒昂不凡貌。杜篤《首陽山賦》：「長松落落，卉木蒙蒙。」

〔三〕澄澄：水清澈貌。

〔四〕「復有」二句：用王喬飛舄之事，已見《于時春也慨然有江湖之思》注〔八〕。此二句致意於地主、九隴縣令柳太易，言外謂柳有仙風道骨也。

遊昌化山精舍〔一〕

寶地乘峰出〔二〕，香臺接漢高〔三〕。稍覺真途近〔四〕，方知人事勞。

注釋

〔一〕咸亨元年作。《元和郡縣圖志》卷三一：彭州導江縣（按：當時屬益州），「昌化山，在縣北九里」。精舍：僧舍。《晉書·孝武帝紀》：「帝初奉佛法，立精舍於殿内，引諸沙門以居之。」

〔二〕寶地：佛地。《廣弘明集》卷二七上蕭子良《浄住子出家順善門頌》：「將安寶地，誰留化城。」

〔三〕香臺：焚香禮佛之臺。漢：銀河。

〔四〕稍：逐漸。

七言絶句

登封大酺歌四首〔一〕

明君封禪日重光〔二〕，天子垂衣曆數長〔三〕。九州四海常無事〔四〕，萬歲千秋樂未央〔五〕。

注釋

〔一〕乾封元年（六六六）春作。《舊唐書·高宗紀》：「麟德三年春正月戊辰朔，車駕至泰山頓。……己巳，帝升山行封禪之禮。庚午，禪於社首。……壬申，御朝覲壇受朝賀。改麟德三年爲乾封元年。……乾封元年正月五日已前，大赦天下，賜酺七日。」登封：登山封禪。《史記·封禪書》：「遂登封太山，至於梁父，而後禪肅然。」大酺：古代封建帝王爲表示歡慶特許民門舉行的大會飲。《史記·秦始皇紀》：「二十五年五月，天下大酺。」《正義》：「天下歡樂大飲酒也。」

〔二〕封禪：帝王祭天地的典禮。在泰山上築土爲壇祭天，報天之功，稱「封」；在泰山下梁父山上闢場祭地，報地之功，曰「禪」。《禮記·保傅》：「封泰山而禪梁甫。」日重光：樂府瑟調曲名。相傳漢明帝爲太子，樂人爲作歌詩四章：一曰《日重光》。……古以日比皇帝，對太子言，故曰重光。見崔豹《古今注》。

〔三〕垂衣：《易·繫辭下》：「黄帝堯舜垂衣裳而天下治。」孔穎達《正義》：「垂衣裳者，以前皮衣，其制短小；今衣絲麻布帛，所作衣裳，其制長大，故云垂衣裳也。」　曆數：天道。也指朝代更替的次序。僞《古文尚書·大禹謨》：「天之歷數在汝躬，汝終陟元后。」孔《疏》：「歷數謂天歷運之數，帝王易姓而興，故言歷數謂天道。」歷，同曆。

〔四〕四海：指天下。古人以爲中國四周皆有海，故稱中國曰「海内」，外國曰「海外」。四海，猶四海之内，意同天下。僞《古文尚書·大禹謨》：「文命敷於四海。」

〔五〕未央：未盡。《詩·小雅·庭燎》：「夜如何其？夜未央。」

日觀仙雲隨鳳輦〔一〕，天門瑞雪照龍衣〔二〕。繁弦綺席方終夜〔三〕，妙舞清歌歡未歸。

注釋

〔一〕日觀：泰山觀日出處峰名。《水經注·汶水》引應劭《漢官儀》：「泰山東南山頂名曰日觀。日觀者，鷄一鳴時，見日始欲出，長三丈許，故以名焉。」　仙雲：仙界之雲。　鳳輦：天子之車駕也。《事物紀原·輿駕·羽衛部·鳳輦》引《通典》曰：唐輦有七，一曰大鳳輦，前世無文，疑唐所造也，今止曰鳳輦。

〔二〕天門：泰山有中天門、南天門。《初學記》卷五《地理部·泰山》引《漢官儀》及《泰山記》云：

「盤道屈曲而上，凡五十餘盤，經小天門、大天門。仰視天門，如從穴中視天窗矣。」又引《漢官儀》曰：「泰山東上七十里至天門。」龍衣：天子所服龍袞。《禮記·禮器》：「天子龍袞。」

〔三〕繁弦：細碎的樂聲。蔡邕《琴賦》：「曲引興兮繁弦撫。」綺席：華麗的筵席。《初學記》卷二五《器物部》引《漢舊儀》：「祭天，紫壇紺席，六采綺席。」

翠鳳逶迤登介丘〔一〕，仙鶴徘徊天上遊。借問乾封何所樂〔二〕，人皆壽命得千秋。

注釋

〔一〕翠鳳：天子所乘車爲鳳凰之形而以翠羽飾之也。《漢書·揚雄傳》「撫翠鳳之駕」，顏師古《注》：「天子所乘車，爲鳳形而飾以翠羽也。」逶迤：曲折貌。《漢書·禮樂志·郊祀歌》：「票然逝，旗逶蛇。」登介丘：即登大丘，登泰山。《漢書·司馬相如傳》：「蓋周躍魚隕杭，休之以燎。微夫斯之爲符也，以登介丘，不亦恧乎！」顏師古《注》引服虔曰：「介，大也。丘，山也。言周以白魚爲瑞，登太山封禪，不亦慙乎？」

〔二〕乾封：唐高宗年號。麟德三年正月初二、初三，高宗封泰山、禪梁甫，初五日改元乾封。見《登封大酺歌》第一首注〔一〕所引《高宗紀》。

千年聖主應昌期〔一〕，萬國淳風王化基〔二〕。請比上古無爲代〔三〕，何如今日太平時？

注釋

〔一〕昌期：昌盛興隆的時期。

〔二〕萬國：天下諸國。　淳風：敦厚樸實的風俗。陶淵明《扇上畫贊》：「三五道邈，淳風日盡。」　王化基：君王的德化之基。《詩·周南·關雎·序》：「《周南》、《召南》正始之道，王化之基。」

〔三〕無爲：化治于無形曰無爲。《論語·衛靈公》：「無爲而治者，其舜也歟？」

九月九日登玄武山旅眺〔一〕

九月九日眺山川，歸心歸望積風煙〔二〕。他鄉共酌金花酒〔三〕，萬里同悲鴻鴈天。

注釋

〔一〕咸亨元年九月九日作，時在梓州玄武縣，與王勃、邵大震等同遊。　九月九日：古代至是日有相與登山、飲菊花酒、茱萸插頭以辟除惡氣之俗。《續齊諧記》以爲始自東漢費長房，未知是否，然至遲東晉時已有此俗。

〔二〕歸望：思歸之願望。

〔三〕金花酒：菊花酒。菊花色黄，故曰金花。

王勃蜀中九日登玄武山旅眺附

九月九日望鄉臺，他席他鄉送客杯。人今已厭南中苦，鴻鴈那從北地來？

邵大震九月九日登玄武山旅眺附

九月九日望遥空，秋水秋天生夕風。寒鴈一向南飛遠，遊人幾度菊花叢？

中和樂九章

歌登封第一〔一〕

炎圖喪寶〔二〕，黄曆開璿〔三〕。祖武類帝〔四〕，宗文配天〔五〕。玉鑾垂日〔六〕，翠華陵烟〔七〕。東雲干吕〔八〕，南風入絃〔九〕。山稱萬歲〔一〇〕，河慶千年〔一一〕。金繩永結〔一二〕，璧麗長懸〔一三〕。

注釋

〔一〕《中和樂九章》爲昇之模擬歷代雅樂之歌辭所作的郊廟歌辭。取名「中和」者，以「中和」爲儒家之理想境界。《禮記・中庸》：「喜怒哀樂之未發謂之中，發而皆中節謂之和，……致中和，天地位焉，萬物育焉。」《荀子・王制》曰：「中和者，聽之繩也。」取名「中和」之又一因，爲貞觀二年，祖孝孫修定雅樂，取《禮記》云「大樂與天地同和」，故制十二和之樂（見兩《唐書・樂志》）。其名稱有「豫和」、「太和」、「肅和」、「雍和」等。宋孝武帝使謝莊造郊祀歌辭，凡九章，是《中和樂》凡九章之所本。按：唐之郊廟歌辭率爲朝廷重臣所爲，昇之才秀人微，朝廷必無使造作之命，是自爲之而獻諸有司者也。九章之首爲「歌登封」；第三爲「歌東軍」，似爲總章元年九月，李勣攻拔高麗平壤而發；第九有「心思荃兮路阻長」之語，作時當在總章元年九月以後，寫於以新都尉奉使長安時最爲可能。「君臣已定兮君永無疆，顔子更生兮徒皇皇」與《對蜀父老問》之口吻一致；又，《對蜀父老問》云：「今將授子以中和之樂，申子以封禪之篇」，説明總章二年五月昇之自長安歸蜀時已有「九章」之作，尤爲顯證。登封：已見《登封大酺歌四首》其一注〔二〕。

〔二〕指隋朝滅亡。炎圖：指隋朝。隋以火德王，故曰炎圖。圖，指圖籙，圖讖，河圖符命一類宣揚王者受命徵驗之書。《北史・隋本紀》：開皇元年「六月癸未，詔以初受命，赤雀降祥，推五德相生，爲火色」。喪寶：政權失墜。寶，指寶位，帝位。《晉書・宣帝紀》：「天未啟時，寶位猶阻。」

〔三〕指唐朝興起。黄曆：指李唐，唐以土德王，色尚黄，故云。《唐語林》卷五：「唐承隋代火運，故爲土德，衣服尚黄。」 開璿：謂大唐開始興用自己的曆法。璿，即璿璣玉衡，渾儀的前身，制定正朔、曆法所以作爲依據者，即用來代曆法。

〔四〕祖武及下句之宗文，並見《禮記·祭法》：「周人禘嚳而郊稷，祖文王而宗武王。」鄭玄《注》：「禘、郊、祖、宗，謂祭祀以配食也。此禘謂祭昊天於圜丘也，祭上帝於南郊曰郊，祭五帝五神於明堂曰祖、宗，祖、宗通言爾。」孔穎達《疏》：「祖顓頊而宗堯者，謂祭五天帝五人帝及五人神於明堂，以顓頊及堯配之。」由此可知，祖武宗文者，是祭五天帝五人帝及五人神於明堂，而以文王、武王配之也。王巾《頭陀寺碑文》：「祖武宗文之德，昭升嚴配。」 類帝：祭祀天帝。類，通「禷」。

〔五〕祖武、宗文，皆就周人而言，在唐高宗之時，當爲祖高祖而宗太宗也。《舊唐書·高宗紀》：「麟德三年春正月戊辰朔……是日親祀昊天上帝於封祀壇，以高祖、太宗配饗。」

〔六〕玉鑾：皇帝車駕上的鑾鈴。《離騷》：「鳴玉鸞之啾啾。」玉鸞，即玉鑾。

〔七〕翠華：用翠羽飾於旗竿頂上的旗，爲皇帝儀仗。《漢書·司馬相如傳·上林賦》：「建翠華之旗。」 陵烟：凌駕於雲烟之上。

〔八〕東雲：東岳之雲。 干吕：干犯律吕。吕，古代音樂術語。十二律中之陰律曰吕，爲大吕、夾鐘、中吕、林鐘、南吕、應鐘。《初學記》卷一《天部》引東方朔《十洲記》曰：「天漢三年，月氏國獻神香，使者曰：『國有常占：東風入律，百旬不休，青雲干吕，連月不散，意中國將有妙道君，故搜奇異而貢神香。』」

〔九〕《初學記》卷一《天部》引《帝王世紀》曰：「舜彈五絃琴，歌《南風詩》曰：南風之薰兮，可以解吾民之愠兮。」

〔一〇〕《史記·封禪書》：「三月，遂東幸緱氏。禮登中岳太室，從官在山下，聞若有言呼萬歲云。問上，上不言，問下，下不言，於是以三百户封太室奉祠，命曰『崇高邑』。」

〔一一〕舊題王嘉《拾遺記》卷一：「又有丹丘，千年一燒，黄河千年一清，至聖之君，以爲大瑞。」

〔一二〕古封禪儀，以金爲繩，而編玉簡，謂之策。藏策於玉匱中，纏以金繩五周，其外又爲石磩以容玉匱，纏金繩五周如其内，復用石檢十枚以檢石磩，見《舊唐書·禮儀志三》。

〔一三〕璧麗：日月如合璧而附麗於天。日月圓而有光，皆可稱璧。《陳書·高祖紀·上梁帝禪位策》：「璧日斯既，寔表更姓之符。」梁簡文帝《南郊頌序》：「乘熛祇之盛曜，即璧月之遐照。」《易·離》：「日月麗乎天。」

歌明堂第二〔一〕

穆穆聖皇〔二〕，雍雍明堂〔三〕。左平右墄〔四〕，上圓下方〔五〕。調均風雨，制度陰陽〔六〕。四窗八達，五室九房〔七〕。南通夏火，西瞰秋霜〔八〕。天子臨御，萬玉鏘鏘〔九〕。

注釋

〔一〕明堂：古代帝王宣明政教之所。凡朝會、祭祀、慶賞、選士、養老、教學等大典，均在此舉行之。其後宫室漸備，另在近郊東南建明堂，以存古制。關於古代明堂之説，歷代禮家聚訟紛紜，漢高誘、晉紀瞻皆以明堂、清廟、太廟、太學、辟雍爲一事，似可信。

〔二〕穆穆：端莊盛美貌。《詩·大雅·文王》：「穆穆文王。」

〔三〕雍雍：和諧貌。《禮記·少儀》：「鸞和之美，肅肅雍雍。」

〔四〕班孟堅《西都賦》：「於是左墄右平，重軒三階。」李善《注》引摯虞《決疑要注》曰：「凡太極乃有有陛，堂則有階無陛也，左墄右平，平者，以文塼相亞次也，墄者，爲陛級也。」蓋右乘車上，故使之平；左以人上，故爲之階。

〔五〕《禮記·明堂位》孔《疏》：「講學大夫淳于登説云：明堂在國之陽……上圓下方，八窗四闥。」

〔六〕明堂古時爲布政之宫，王之禮樂征伐于焉以決，故云。

〔七〕《禮記·明堂位》孔《疏》引淳于登之説，原作「上圓下方，八窗四闥」，闥，夾室，寢室左右的小屋，字本作「達」。《禮記·内則》：「天子之閣，左達五，右達五。」然「八窗四闥」之「闥」乃「門」之意，斯則不與「達」相通。昇之似誤用之。　五室九房：《禮記·明堂位》孔《疏》：「古《周禮》、《孝經》説：明堂，文王之廟……東西九筵，南北七筵，五室，凡室二筵，蓋之以茅。」又云：「今戴禮説《盛德記》曰：明堂者，自古有之，凡九室，室四户八牖，……以茅蓋屋，上圓下方。」

〔八〕《禮記·月令》：「孟夏之月，日在畢，昏翼中。……是月也，以立夏。先立夏三日，太史謁之天子曰：『某日立夏，盛德在火。』……立夏之日，天子親帥三公、九卿、大夫，以迎夏於南郊。」又曰：「孟秋之月，日在翼，昏建星中。……是月也，以立秋。先立秋三日，太史謁之天子曰：『某日立秋，盛德在金。』……立秋之日，天子親帥三公、九卿、諸侯、大夫，以迎秋于西郊。」

〔九〕萬玉：萬國諸侯卿大夫所佩之玉。鏘鏘：玉珮之聲。

歌東軍第三〔一〕

遐哉廟略〔二〕，赫矣台臣①〔三〕。横戈碣石〔四〕，倚劍浮津〔五〕。風丘拂籜②〔六〕，日域清塵〔七〕。島夷復祀③〔八〕，龍伯來賓〔九〕。休兵寓縣〔一〇〕，獻馘天闉〔一一〕。旆海凱入〔一二〕，耀輝震震〔一三〕。

校記

①「矣」原作「以」，據《全唐詩》卷四一改。　②「丘」原作「兵」，據《全唐詩》改。　③「島」原作「鳧」，據《全唐詩》改。

注釋

〔一〕東軍：指李唐朝廷東伐高麗百濟的軍隊。高宗即位以來，顯慶四年十一月命蘇定方、劉伯英等討伐百濟，五年八月庚辰，蘇定方等討平百濟，面縛其王扶餘義慈。龍朔元年夏五月，命契苾何力、蘇定方、任雅相等帥師伐高麗；二年三月，蘇定方破高麗于葦島，又進攻平壤城，不克而還。乾封元年冬十月，命李勣伐高麗；總章元年九月，勣破高麗，拔平壤城，擒其王高藏及其大臣男建等以歸；境内盡降，以其地爲安東都護府，分置四十二州。以上並見《舊唐書·高宗紀》。

〔二〕廟略：朝廷的謀略。陸機《晉平西將軍孝侯周處碑》：「式揚廟略，克清天步。」

〔三〕赫矣，顯赫盛大。陸機《漢高祖功臣頌》：「赫矣高祖，肇載天禄。」 台臣：台階之臣。台階，即三台星。《後漢書·郎顗傳》：「三公上應台階，下同元首。」後因以台階指三公之位。此處指司空、英國公李勣。

〔四〕碣石：已見《明月引》注〔七〕。

〔五〕浮津：浮海而渡的港口、渡口。

〔六〕風丘，有風的山丘。 拂籜：吹拂着竹子。籜，竹皮，筍殼，此處借代竹子。

〔七〕日域：日出處，此處借指東方的高麗國。《漢書·揚雄傳·長楊賦》：「西厭月窟，東震日域。」顔師古《注》：「日域，日初出之處也。」 清塵：塵埃不起，喻安定治平。

〔八〕島夷，海島的居民，古代本指我國東部近海一帶，如膠東、渤海灣、江蘇等地的居民。《書·禹貢》：「島夷卉服。」此處用以借指高麗國。 復祀：謂伐有罪之國，誅無道之君，而復立其後，使不絶其宗廟之祭祀。

〔九〕龍伯：國名。《列子·湯問》：「龍伯之國有大人，舉足不盈數步而暨五山之所，一釣而連六鼇，合負而趣，歸其國，……於是岱輿、員嶠二山流於北極，沈於大海，仙聖之播遷者巨億計。」來賓：《禮記·月令》：季秋之月「鴻雁來賓」。注：言其客止未去也。鴻雁比喻賓客，意謂仲秋初來，至季秋猶未去。後因稱遠方之人來歸附爲「來賓」。班固《東都賦》：「自孝武之所不征，孝宣之所未臣，莫不陸讋水慄，奔走而來賓。」

〔一〇〕寓縣：猶天下。《史記·秦始皇本紀》：「大矣哉！宇縣之中，順承聖意。」《集解》：「宇，宇宙；縣，赤縣。」

〔一一〕獻馘：古時作戰殺敵，割取敵人左耳以獻，計功論賞。《詩·魯頌·泮水》：「矯矯虎臣，在泮獻馘。」《傳》：「馘，所格者之左耳。」　天闈：猶宮門。古者皇帝代表天，故宮門可稱天門。闈，城曲重門，此處泛指城門。天闈本謂宮門，此處則指宗廟之門。《新唐書·禮樂志六》：「其凱旋，則陳俘馘於廟南門之外，軍實陳于其後。」

〔一二〕旆海：旌旆揚于海上。旆，《正字通》：俗「旆」字。古代旐末形如燕尾的垂旒。《爾雅·釋天》：「繼旐曰旆。」又爲旗幟的通稱。《詩·商頌·長發》：「武王載旆，有虔秉鉞。」此處所用爲後一義。　凱入：奏凱而歸。

〔一三〕震震：威嚴貌，威武貌。左思《魏都賦》：「相兼二八，將猛四七，赫赫震震，開務有謚。」

歌南郊第四〔一〕

虔郊上帝〔二〕，肅事圜丘〔三〕。龍駕四牡〔四〕，鸞旗九斿〔五〕。鐘歌晚引〔六〕，紫煬高浮〔七〕。日麗蒼璧〔八〕，雲飛外求①〔九〕。皇之慶矣〔一〇〕，萬壽千秋。

校記

①「外求」《全唐詩》卷四一作「鳴球」。

注釋

〔一〕南郊：封建帝王每年冬至日，在圜丘祭天，因地在都邑的南郊，故謂之南郊大祀。《新唐書·禮樂志二》：「冬至祀昊天上帝於圜丘，以高祖神堯皇帝配。」郊，周代冬至祭天稱郊。《禮記·中庸》：「郊社之禮，所以事上帝也。」

〔二〕虔：虔敬。上帝：天帝，天神。《書·盤庚》：「上帝將復我高祖之德。」

〔三〕肅：恭敬。圜丘：古時祭天的圓形高壇。《周禮·春官·大司樂》：「凡樂……冬日至，於地上之圜丘奏之。」《疏》：「土之高者曰丘……圜者，象天圜。」圜，通「圓」。

〔四〕龍：謂駿馬。《周禮·夏官·廋人》：「馬八尺以上爲龍。」牡：公馬。

〔五〕鸞旗：天子車上之旗。赤色，編以羽毛，上繡鸞鳥。《漢書·賈捐之傳》：「鸞旗在前，屬車在後。」九斿：斿，古代旌旗的下垂飾物。《禮記·樂記》：「龍旂九旒，天子之旌也。」旒，同

「斿」。

〔六〕鐘歌：指南郊大祀時所奏之音樂。《周禮·春官·大司樂》：「雷鼓雷鼗，孤竹之管，雲和之琴瑟，雲門之舞，冬日至于地上之圜丘奏之。」《新唐書·禮樂志十一》：「樂縣之制。宫縣四面，天子用之。若祭祀，則前祀二日，太樂令設縣於壇南内壝之外，北嚮。東方、西方，磬虡起北，鍾虡次之；南方、北方，磬虡起西，鐘虡次之。……樹雷鼓於北縣之内、道之左右，植建鼓於四隅。……設歌鐘、歌磬於壇上，南方北向。」晚引：猶言長奏、長鳴。

〔七〕紫煬：紫煙，祭天時燒柴所生之烟。古有燒柴祭天之儀。《書·舜典》：「東巡守至于岱宗，柴。」潘岳《閑居賦》：「天子有事于柴燎，以郊祖而展義。」煬，焚燒。

〔八〕日麗：紅日附麗于天。蒼璧：向昊天上帝所奠之緑色美玉。《周禮·春官·大宗伯》：「以蒼璧禮天，以黄琮禮地。」《新唐書·禮樂志二》：「冬至，祀昊天上帝以蒼璧。」

〔九〕外求：疑當作「鳴球」。《書·益稷》：「夔曰：『戛擊鳴球，搏拊琴瑟以詠。』」《傳》：「此舜廟堂之樂。」《疏》：「球，玉也。鳴球，謂擊球使鳴。」

〔一〇〕慶：吉祥，福祉。

歌中宫第五〔一〕

祥遊沙麓〔二〕，慶洽瑶衣〔三〕。黄雲晝聚〔四〕，白氣宵飛〔五〕。居中履正〔六〕，禀和體微〔七〕。

儀刑赤縣〔八〕，演教椒闈〔九〕。陶鈞萬國〔一〇〕，丹青四妃〔一一〕。河洲在詠〔一二〕，風化攸歸〔一三〕。

注釋

〔一〕中宫：皇后住處，因用爲皇后之代稱。見《周禮·天官·内宰》「以陰禮教六宫」《疏》所引《漢舊儀》。

〔二〕孝元皇后，王翁孺之孫女也。初，翁孺爲武帝時繡衣御史，「逐捕魏郡羣盜堅盧等黨與，及吏畏懦逗留當坐者」，皆縱不誅，全活萬餘人。翁孺以奉使不稱免，嘆曰：「吾聞活千人有封子孫，吾所活者萬餘人，後世其興乎！」翁孺既免，乃徙魏郡元城委粟里，爲三老。元城建公曰：「昔春秋沙麓崩，晉史卜之，曰：『……後六百四十五年，宜有聖女興』，其齊田乎！今王翁孺徙，正直其地，日月當之。元城郭東有五鹿之虚，即沙鹿地也。後八十年，當有貴女興天下。」本始三年，翁孺子禁生女政君，即元后也。事見《漢書·元后傳》。

〔三〕瑶衣：玉衣。《三國志·魏書·文昭甄皇后傳》裴《注》引《魏書》曰：「后以漢光和五年十二月丁酉生。每寢寐，家中仿佛見如有人持玉衣覆其上者，常共怪之。」

〔四〕《三國志·魏書·武宣卞皇后傳》裴《注》引《魏書》曰：「后以漢延熹三年十二月己巳生齊郡白亭，有黄氣滿室移日。父敬侯怪之，以問卜者王旦，旦曰：『此吉祥也。』」

〔五〕《北史·孝文文昭皇后傳》：「初，后幼曾夢在堂内立，而日光自窗中照之，灼灼而熱，后東西避之，光猶斜照不已。如是數夕，怪之，以白其父颺。颺以問遼東人閔宗。宗曰：『此奇徵也。……此女將被帝命，誕育人君之象也。』」

〔六〕謂居於中宫，踐履皇后之位，能盡母后之正道。《易・家人》：「六二，無攸遂，在中饋，貞吉。」王弼《注》：「居内處中，履得其位，以陰應陽，盡婦人之正。」

〔七〕禀和：禀性和順。　體微：察見事物的萌兆。

〔八〕儀刑：猶法式、楷模。《詩・大雅・文王》：「儀刑文王，萬邦作孚。」　赤縣：中國的别稱。《史記・孟子荀卿列傳》：「中國名曰赤縣神州。」

〔九〕演教：宣示、推廣教化。　椒闈：椒房，漢皇后所居的宫殿，以椒和泥塗壁，取温、香、多子之義。《漢書・車千秋傳》：「曩者，江充先治甘泉宫人，轉至未央、椒房。」顔《注》：「椒房，殿名，皇后所居也。」

〔一〇〕陶鈞：製陶器的轉輪，比喻對事物的控制、調節。《漢書・鄒陽傳》：「是以聖王制世御俗，獨化於陶鈞之上。」此處用爲動詞，猶言「化育」、「治理」。

〔一一〕丹青：丹砂和青雘，繪畫顔料，故又可指繪畫。《晉書・顧愷之傳》：「尤善丹青，圖寫特妙。」此處用作動詞，亦猶「陶冶」、「化育」之義。　四妃：唐代皇后之下的四位妃子。《舊唐書・后妃傳》：「唐因隋制，皇后之下，有貴妃、淑妃、德妃、賢妃各一人，爲夫人，正一品。」開元中，玄宗以皇后之下立四妃，法帝嚳也，而后妃四星，一爲正后；今既立正后，復有四妃，非典法也，遂改爲三妃。

〔二〕河洲：指《詩·周南·關雎》：「關關雎鳩，在河之洲。窈窕淑女，君子好逑。」《毛詩序》曰：「是以《關雎》樂得淑女以配君子，憂在進賢，不淫其色，哀窈窕，思賢才，而無傷善之心焉，是《關雎》之義也。」又曰：「《關雎》，后妃之德也。」孔《疏》云：「言后妃性行和諧，貞專化下，寤寐求賢，供奉職事，是后妃之德也。」

〔三〕攸歸：所歸。

歌儲宮第六〔一〕

波澄少海〔二〕，景麗前星〔三〕。高禖誕聖〔四〕，甲觀昇靈〔五〕。承規翠所〔六〕，問寢瑶庭〔七〕。宗儒側席〔八〕，問道横經〔九〕。山賓皎皎〔一〇〕，國胄青青〔一一〕。黄裳元吉〔一二〕，邦家以寧。

注釋

〔一〕儲宮：指太子。謝靈運《王子晉贊》：「儲宮非不貴，豈若登雲天。」

〔二〕少海：渤海，出《韓非子·外儲説左上》：「齊景公遊少海。」又《淮南子·地形訓》：「東方曰大渚，曰少海。」唐人用「少海」喻指皇太子。如唐太宗《帝範序》：「擢自維城之居，屬以少海之位。」駱賓王《自叙狀》：「沐少海之波瀾，照重光之麗景。」

〔三〕景：陽光，此處指星光。前星：《藝文類聚》卷十五《儲宮部》引《尚書·洪範·五行》《傳》曰：「心之大星，天皇也。其前星，太子也。後星，庶子也。」

〔四〕高禖：媒神。帝王祀以求子。《禮記·月令》仲春之月：「玄鳥至。至之日，以太牢祠於高禖，天子親往。」《注》：「高辛氏之出，玄鳥遺卵，娀簡吞之而生契。後王以爲媒官嘉祥而立其祠焉。變媒言禖，神之也。」誕聖：太子誕生。太子爲儲君，故亦可稱「聖」。

〔五〕《漢書·成帝紀》：「孝成皇帝，元帝太子也。母曰王皇后，元帝在太子宮生甲觀畫堂，爲世嫡皇孫。」顔《注》：「如淳曰：甲觀，觀名。畫堂，堂名。」

〔六〕承規：承奉君父的法度、典範、謀猷。按：規有「法度」、「典範」、「謀畫」等多重義項，此處解爲其中一項，似太落實。翠所：皇帝内庭，裝飾華美，有翠羽之飾，故云。

〔七〕問寢：《禮記·文王世子》：「文王之爲世子，朝於王季日三。鷄初鳴而衣服，至於寢門外，問内豎之御者曰：『今日安否何如？』内豎曰：『安。』文王乃喜。」瑶庭：猶玉殿，天子所居。

〔八〕宗儒：尊崇儒教。側席：不正坐。《陳書·周弘正傳》：「太建五年，勅侍東宫講《論語》、《孝經》。太子以弘正朝廷舊臣，德望素重，于是降情屈禮，側席講，益有師資之敬焉。」

〔九〕横經：聽講時横陳經書。任昉《厲吏人講學詩》：「旰食願横經，終朝思擁帚。」

〔一〇〕高祖欲廢太子，立趙王如意，大臣諫争，未得堅決。吕后憂懼，張良爲畫計曰：「顧上不能致者，商山四人。今能無愛金玉，使太子卑辭厚禮，迎此四人，則一助也。」於是四人至，侍太子入謙，年皆八十餘，眉鬢皓白，衣冠甚偉。上怪問之，四人各以名對。帝大驚曰：「吾求公數歲，公避逃我，今何從吾兒遊？」四人去，上目送之，指示戚夫人曰：「彼四人輔之，羽翼已成，難可動矣。」事見《史記・高祖紀》。

〔二〕國胄：王侯之子。義同國子。《晉書・慕容廆載記》：「其世子皝率國胄束脩受業焉。」《禮記・王制》：「王太子、王子、羣后之太子、卿大夫元士之嫡子，凡入學以齒。」青青：入國子學者之服色。

〔三〕《易・坤》：「六五、黄裳，元吉。」王弼《注》：「黄，中之色也；裳，下之飾也。」孔穎達《正義》：「坤爲臣道，五居君位，是臣之極貴者也。能以中和通於物理，居於臣職，故云黄裳。」

歌諸王第七

星陳帝子，嶽列天孫。義光帶礪〔一〕，象著乾坤〔二〕。我有明德，利建攸存〔三〕。苴以茅社〔四〕，錫以犧樽〔五〕。藩屏王室〔六〕，翼亮堯門〔七〕。八才兩獻〔八〕，夫何足論？

注釋

〔一〕謂封爵之誓，有帶礪山河之辭，其取義有光輝。帶礪：謂山如礪石，河如衣帶，喻年代無窮。《漢書・高惠高后文功臣表》：「封爵之誓曰：『使黄河如帶，泰山若厲，國以永存，爰及苗裔。』」

〔二〕謂取象於乾坤，甚爲昭著也。《易・繫辭下》：「黄帝堯舜垂衣裳而天下治，蓋取諸乾坤。」首二句封建諸王，使如「星陳」，如「嶽列」，即所謂取象於乾（天）坤（地）也。

〔三〕「我有」二句：《史記·漢興以來諸侯王年表》：「周封五等：公，侯，伯，子，男。然封伯禽、康叔於魯、衛，地各四百里，親親之義，褒有德也；太公於齊，兼五侯地，尊勤勞也。」《易·屯》：「屯，元亨，利貞。勿用有攸往，利建侯。」孔穎達《正義》：「屯難之世，世道初創，其物未寧，故宜利建侯以寧之。」

〔四〕《藝文類聚》卷四五《職官部》引蔡邕《獨斷》曰：「漢制：皇子封爲王，其實諸侯也。……天子太社，以五色土爲壇。皇子封爲王者，受天子太社之土，以所封之方色：東方受青，南方受赤，他如其方色，藉以白茅，歸國立社，故謂之茅土。」苴：包裹、襯墊。《禮記·内則》：「實棗於其腹中，編萑以苴之。」茅社：即茅土，用白茅包裹太社之土以授所封之諸侯。《宋書·劉穆之傳》：「所以勳高當世，而未沾茅社。」

〔五〕錫：與，賜給。犧尊：酒器名，牛形之酒樽也。《詩·魯頌·閟宫》：「白牡騂剛，犧尊將將。」

〔六〕《左傳·僖公二十四年》：「昔周公弔二叔之不咸，故封建親戚以蕃屏周。」

〔七〕《三國志·魏書·高堂隆傳》：「可選諸王，使君國典兵，往往棊跱，鎮撫皇畿，翼亮帝室。」翼亮：輔佐光大。堯門：帝堯之門，指天子。

〔八〕八才：《左傳·文公十八年》：「昔高陽氏有才子八人，蒼舒、隤敳、檮戭、大臨、尨降、庭堅、仲容、叔達，齊、聖、廣、淵、明、允、篤、誠，天下之民謂之八愷。高辛氏有才子八人，伯奮、仲堪、叔獻、季仲、伯虎、仲熊、叔豹、季貍，忠、肅、共、懿、宣、慈、惠、和，天下之民謂之八元。此十六族也，世濟其美，不隕其名。」兩獻：前代兩位宗儒禮賢、樂善好學的著名諸侯王，皆謚爲「獻」，一爲前漢之河間獻王德，一爲後漢之沛獻王輔，史並有傳。

歌公卿第八

蹇蹇三事〔一〕，師師百寮〔二〕。羣龍在職〔三〕，振鷺盈朝〔四〕。豐金輝首〔五〕，佩玉鳴腰。青蒲翼翼〔六〕，丹地翹翹〔七〕。歌雲佐漢〔八〕，捧日匡堯〔九〕。天工人代〔一〇〕，邈邈昭昭〔一一〕。

注釋

〔一〕蹇蹇：忠直貌，通「謇謇」。《易・蹇》：「王臣蹇蹇，匪躬之故。」《漢書・龔遂傳》：「遂爲人忠厚，剛毅有大節，内諫争於王，外責傅相，……蹇蹇亡已。」三事：古謂三公曰三事大夫。《詩・小雅・雨無正》：「三事大夫，莫肯夙夜。」孔《疏》：「三事大夫爲三公耳。」蔡邕《陳太丘碑》：「云欲特表，便可入踐常伯，超補三事。」

〔二〕《書・皋陶謨》：「百僚師師，百工惟時。」孔《傳》：「僚、工，皆官也。師師，相師法。百官皆是，言政無非。」

〔三〕羣龍：喻衆賢臣也。《易・乾》：「用九。見羣龍無首，吉。」《後漢書・郎顗傳》：「昔唐堯在上，羣龍爲用。」李賢《注》：「羣龍喻賢臣也。……舜既受禪，禹與稷、契、咎繇之屬並在朝。」

〔四〕振鷺：《詩·周頌》篇名。詩本以鷺之潔白，喻客之容貌修整。後因以振鷺喻操行純潔的賢人。揚雄《劇秦美新》：「振鷺之聲充庭，鴻鸞之黨漸階。」

〔五〕豐金：指冠冕上的金璫之類。　輝：光耀。

〔六〕青蒲：謂天子内庭，以青蒲爲席，用蔽地也。一説以青規地曰青蒲，皇后以外之人，不得至此也。《漢書·史丹傳》「頓首伏青蒲上」，顔《注》引孟康主前説，應劭主後説。　翼翼：恭慎貌。《詩·大雅·大明》：「維此文王，小心翼翼。」

〔七〕丹地：猶丹墀，天子所居。《漢官儀》：「以丹漆階上地曰丹墀。」　翹翹：高出貌，出羣貌。《詩·周南·漢廣》：「翹翹錯薪，言刈其楚。」

〔八〕歌雲：《史記·高祖紀》：「高祖還歸，過沛、留。置酒沛宫，……酒酣，高祖擊筑，自爲歌詩曰：『大風起兮雲飛揚，威加海内兮歸故鄉，安得猛士兮守四方！』令兒皆和習之。」

〔九〕捧日：舊以日喻帝王，故以捧日言翊戴也。《三國志·魏書·程昱傳》裴《注》引《魏書》曰，昱嘗夢上泰山，兩手捧日，私異之。　匡堯：言匡正天子也。

〔一〇〕《書·臯陶謨》：「無曠庶官，天工人其代之。」孔《傳》：「曠，空也。位非其人爲空官，言人代天理官，不可以天官私非其才。」孔《疏》：「天不自治，立君乃治之。君不獨治，爲臣以佐之。下典禮德刑，無非天意者。天意既然，人君當順天，是言人當代天治官。官則天之官，代天爲治，苟非其人，不堪此任。」

〔一一〕邈邈：久遠貌。　昭昭：光明貌。

總歌第九

明明天子兮聖德揚〔一〕，穆穆皇后兮陰化康〔二〕。登若木兮座明堂〔三〕，池濛汜兮家扶桑〔四〕。武化偃兮文化昌〔五〕，禮樂昭兮股肱良〔六〕。君臣已定兮君永無疆，顔子更生兮徒皇皇〔七〕。若有人兮天一方〔八〕，忠爲衣兮信爲裳，湌白玉兮飲瓊芳〔九〕，心思荃兮路阻長〔一〇〕。

注釋

〔一〕明明：明察貌。《詩·大雅·常武》：「赫赫明明，王命卿士。」

〔二〕穆穆：端莊盛美貌。《詩·大雅·文王》：「穆穆文王，於緝熙敬止。」　陰化：婦人之德化。《後漢書·皇后紀論》：「述宣陰化，修成内則。」

〔三〕若木：神話中謂長在日入處的一種樹木。《山海經·大荒北經》：「大荒之中，有衡石山、九陰山、洞野之山，上有赤樹，青葉赤華，名曰若木。」郭璞《注》：「生昆侖西，附西極，其華光赤下照地。」　明堂：已見《歌明堂》注〔一〕。

〔四〕濛汜：古稱太陽没入之處。張平子《西京賦》：「日月於是乎出入，象扶桑與濛汜。」　扶桑：已見《病梨樹賦》注〔四〕。按：此句與上句「登若木」並以日月比天子、皇后。

〔五〕武化：相對於「文化」（禮樂教化）而言，指師旅征伐之事。偃：停，止息。《莊子・徐無鬼》：「爲義偃兵，造兵之本也。」

〔六〕股肱：喻輔佐君主之大臣。《書・益稷》：「帝曰：臣作朕股肱耳目。」

〔七〕顏子：孔丘的得意門生顏回，字子淵，魯國人。孔子曾屢次稱贊他「賢」、「好學」、「不遷怒，不貳過」、「一簞食，一瓢飲，在陋巷，人不堪其憂，回也不改其樂」。其事迹見《論語》及《史記・仲尼弟子列傳》。皇皇：同「遑遑」，不安貌。

〔八〕《楚辭・九歌・山鬼》：「若有人兮山之阿。」昇之此句仿之。

〔九〕飡白玉：道教傳説椎玉爲屑，日日服食，可以延壽。《魏書・李先傳》附李預：「李預居長安，每羨古人餐玉之法，乃采訪藍田，躬往攻掘，得大小百餘，預乃椎七十枚爲屑，日服食之。」飲瓊芳：即飲瓊漿、飲玉漿。玉漿，相傳爲仙人的飲料。《宋書・樂志三》引魏武帝《氣出唱》：「仙人玉女，下來翱遊，驂駕六龍，飲玉漿。」舊題陶潛《搜神後記》記載，嵩高山北有大穴，深莫測，一人誤墜穴中，見草屋中有二人對奕，以一杯白飲賜墜者飲，覺氣力十倍。出歸洛下問張華，華曰：「此仙館大夫，所飲者玉漿也。」

〔一〇〕荃：香草名。《離騷》用以喻君，此處亦然。《楚辭・離騷》：「荃不察余之中情兮，反信讒而齎怒。」王逸《注》：「荃，香草也，以喻君也。人君被服芳香，故以香爲喻，惡數指斥尊者，故變言荃也。」

盧照鄰集校注卷四

騷

五　悲并序①〔一〕

自古爲文者，多以九七爲題目，乃有《九歌》、《九辨》、《九章》、《七發》、《七啟》〔二〕，其流不一。余以爲天有五星〔三〕，地有五嶽，人有五章②〔四〕，禮有五禮〔五〕，樂有五聲〔六〕，五者，亦在天地之數。今造《五悲》，以申萬物之情，傳之好事耳。

校記

①「五悲」　《全唐文》卷一六六、《英華》卷三五四「五悲」下有「文」字。　②「章」原注「一作常」。《全唐文》作「常」。《英華》作「章」，注「一作常」。

注釋

〔一〕約作於永淳元年（六八二）前後。

〔二〕《九歌》、《九章》，屈原作，《九辯》，宋玉作；並爲《楚辭》篇目。《七發》，枚乘作，《七啟》，曹植作;並見昭明太子《文選》。

〔三〕五星:金、木、水、火、土五大行星,也作五曜、五緯。《史記·天官書》:「天有五星,地有五行。」

〔四〕五章:五種彩色。《書·皋陶謨》:「天命有德,五服五章哉。」《左傳·昭公二十五年》:「爲九文、六采、五章,以奉五色。」杜預《注》:「青與赤謂之文,赤與白謂之章,白與黑謂之黼,黑與青謂之黻,五色備謂之繡。集此五章,以奉成五色之用。」

〔五〕五禮:古代以祭祀之事爲吉禮,冠婚之事爲嘉禮,賓客之事爲賓禮,軍旅之事爲軍禮,喪葬之事爲凶禮,合稱五禮。《周禮·春官·小宗伯》:「掌五禮之禁令。」又一説,指公、侯、伯、子、男五等之禮。又一説,指天子、諸侯、卿大夫、士、庶民五等之禮。見《書·皋陶謨》「自我五禮」《傳》及《疏》。

〔六〕五聲:古樂五聲音階的五個階名:宫、商、角、徵、羽。也稱五音。《書·益稷》:「予欲聞六律、五聲、八音。」

悲才難〔一〕

一悲曰:恭聞古之君子兮,將遠適乎百蠻〔二〕;何故違父母之中國①〔三〕,從禽獸於末班〔四〕?將矯詞兮不往〔五〕?將背俗兮不還?寧曲成而薄喪,不直敗以厚顏〔六〕?彼聖人兮猶若此，況不肖與中間〔七〕！

校記

①「中」 《英華》卷三五四、《全唐文》卷一六六作「宗」。

注釋

〔一〕《論語・泰伯》：「舜有臣五人而天下治。武王曰：『予有亂臣十人。』孔子曰：『才難，不其然乎？唐虞之際，於斯爲盛。有婦人焉，九人而已。』」按：孔子原意：才難，指人才不易得。昇之僅借其字面，實指人才難於處世。

〔二〕「恭聞」二句：《論語・子罕》：「子欲居九夷。或曰：『陋，如之何？』子曰：『君子居之，何陋之有？』」 九夷，散居於淮、泗之間的一種部族。西周時，周公旦嘗攻而服之。見《韓非子・説林上》。古代蠻夷通稱，並指四裔異族，故以「百蠻」指稱「九夷」。 百蠻：與華夏對稱的諸少數民族。班固《東都賦》：「内撫諸夏，外綏百蠻。」

〔三〕違：離開。 中國：春秋時中原各諸侯國。《韓非子・孤憤》：「夫越雖國富兵强，中國之主皆知無益於己也。」

〔四〕末班：位次最末的。

〔五〕指説矯情的話，實際上並不去。

〔六〕曲成：《易・繫辭下》：「曲成萬物而不遺。」王弼《注》：「曲成者，乘變以應物，不係一方者也，則物得宜矣。」薄喪：所失甚少。直敗：因貪圖走徑直的路反而失敗。

〔七〕不肖：不才，不正派。《商君書・畫策》：「不明主在上，所舉必不肖。」中間：除上智、下愚以外的一般人，即中人，或中庸。

古往今來，邈矣悠哉〔一〕！嵇生玉折〔二〕，顏子蘭摧〔三〕；人兮代兮俱盡，代兮人兮共哀①。至如左丘失明〔四〕，冉耕有疾〔五〕，兵法作而斷足〔六〕，《史記》脩而下室〔七〕。高明者鬼瞰其門〔八〕，正直者人怨其筆〔九〕，雖爲鏡於前代，終抱痛於今日。別有漢陽計掾〔一〇〕，邠國臺卿〔一一〕，抗希代之奇節〔一二〕，負超時之令名；坎壈九死，離披再生〔一三〕；伊才智之爲患，故賢哲之所嬰〔一四〕。若乃賈長沙之數奇〔一五〕，崔亭伯之不偶〔一六〕，思欲削魯史之高行，鉗楊墨之辯口〔一七〕。爲書爲禮，驅季俗於三古之前〔一八〕；垂譽垂聲，正頹綱於百王之後〔一九〕。天子聞之而欲用，羣公畏之而莫取。徒窘蠢於泥沙，竟龍鍾於塵垢〔二〇〕。

校記

①「人兮代兮俱盡，代兮人兮共哀」二句之下，《英華》注：「一作人代代兮俱盡，代人人兮共哀」。

注釋

〔一〕「古往」二句：潘岳《西征賦》：「古往今來，邈矣悠哉！」

〔二〕嵇康字叔夜，譙國銍人。早孤，有奇才。身長七尺八寸，美詞氣，有風儀，而土木形骸，不自藻飾，人以爲龍章鳳姿。學不師受，博覽無不該通，長好老莊。與魏宗室婚，拜中散大夫，爲司馬氏所忌，因事借端害之。死時年四十。見《晉書·嵇康傳》。　玉折：喻賢士之死。陸雲《紆思篇》：「貞朗志而玉折，厲勁心而蘭摧。」

〔三〕顏回，字子淵，魯人，孔丘最賞識的弟子之一，不幸早世，據説死時年方二十九歲。其事迹見《論語》及《史記·仲尼弟子列傳》。

〔四〕左丘，即左丘明，相傳曾任魯太史，爲《春秋》作傳，成《春秋左氏傳》；又嘗作《國語》。因目盲，後人稱爲盲左。司馬遷《報任安書》：「左丘失明，厥有《國語》。」

〔五〕冉耕，孔子學生，字伯牛。《論語·雍也》：「伯牛有疾，子問之，自牖執其手，曰：『亡之，命矣夫！斯人也而有斯疾也！斯人也而有斯疾也！』」《史記·仲尼弟子列傳》：「冉耕字伯牛。孔子以爲有德行。」

〔六〕司馬遷《報任安書》：「孫子臏脚，《兵法》脩列。」《史記·孫子吴起列傳》：「孫武既死，後百餘歲有孫臏。臏生阿、鄄之間，臏亦孫武之後世子孫也。孫臏嘗與龐涓俱學兵法。龐涓既事魏，得爲惠王將軍，而自以爲能不及孫臏，乃陰使召孫臏。臏至，龐涓恐其賢於己，疾之，則以法刑斷其兩足而黥之。」臏後乃之齊，威王以爲師。齊將田忌用孫臏之謀，再敗魏軍，釋趙、韓之圍，殺龐涓於馬陵，臏以此名顯天下，世傳其《兵法》。

〔七〕司馬遷於漢武帝太初元年始撰《史記》。天漢二年夏，騎都尉李陵將步兵五千人出居延北，擊匈奴，遇其主力，連戰十餘日，矢盡援絶，遂降匈奴。武帝聽朝不怡，以此事召問司馬遷。遷以爲李陵素有國士之風，身雖陷敗，觀其意，且欲得其當而報漢；陵雖因無可奈何降胡，然所摧敗已多，功亦足以暴於天下。武帝以遷爲沮貳師將軍李廣利，而爲李陵游説，遂下遷於獄，處以腐刑。事見司馬遷《報任安書》、《史記·太史公自序》、《漢書·司馬遷傳》。下室：下於蠶室。《報任安書》：「李陵既生降，隤其家聲，而僕又佴之蠶室，重爲天下觀笑。」蠶室：初受宫刑之人所居温密之室。

〔八〕《漢書·揚雄傳·解嘲》：「高明之家，鬼瞰其室。」高明：指富貴者。《書·洪範》：「無虐煢獨而畏高明。」《疏》：「高明，謂貴寵之人。」

〔九〕正直者：指正直的史臣。《左傳·襄公二十五年》：崔杼弒齊莊公，「大史書曰：『崔杼弒其君。』崔子殺之。其弟嗣書，而死者二人。其弟又書，乃舍之。」又同書《宣公二年》：趙穿攻靈公於桃園。宣子未出山而復。大史書曰：「趙盾弒其君。」以示於朝。宣子曰：「不然。」對曰：「子爲正卿，亡不越竟，反不討賊，非子而誰？」宣子曰：「嗚呼！『我之懷矣，自貽伊慼』，其我之謂矣。」孔子曰：「董狐，古之良史也，書法不隱。趙宣子，古之良大夫也，爲法受惡。惜也，越竟乃免。」

〔一〇〕漢陽計掾：《後漢書·文苑傳下·趙壹傳》：趙壹，字元叔，漢陽西縣人也。體貌魁梧，美鬚眉，望之甚偉。而恃才倨傲，屢抵罪，幾至死，友人救護得免。光和元年，舉郡上計到京師。司徒袁逢受計，見而異之，延置上坐，因問西方事，大悦，以爲朝臣莫有過之者。河南尹羊陟大從車騎造壹，與言談，至熏夕，極歡而去。陟、逢共稱荐之，名動京師，士大夫想望其風采。及西還，州郡争致禮命。十辟公府，並不就。終于家。

〔一二〕《後漢書·趙岐傳》：岐，字邠卿，京兆長陵人也。初名嘉，生於御史臺，因字臺卿。少明經，有才藝。仕州郡，以廉直疾惡見憚。永興二年，辟司空掾，又舉理劇，爲皮氏長。會中常侍左悺兄勝代劉佑理郡，岐恥疾宦官，即日西歸。京兆尹延篤復以爲功曹。先是，中常侍唐衡兄玹爲京兆虎牙都尉，郡人以玹進不由德，皆輕侮之，岐又數爲貶議，玹深毒恨。延熹元年，玹爲京兆尹，岐懼禍及，乃與從子戩逃避之。玹果收岐家屬宗親，陷以重法，盡殺之。岐遂逃難四方，江、淮、海、岱，靡所不歷。自匿姓名，賣餅北海市中。遇安丘孫嵩，藏岐複壁中數年。後諸唐死滅，因赦乃出。擢拜并州刺史。岐欲奏守邊之策，未及上，會坐黨事免。靈帝初，復遭黨錮十餘歲。中平元年，四方兵起，詔征岐拜議郎。大將軍何進舉爲敦煌太守，行至襄武，爲賊邊章等所執，欲脅以爲師，岐詭辭得免，展轉還長安。

〔一三〕希代：猶希世，世所希有的。傅玄《走狗賦》：「希代來貢，作珍皇家。」

〔一三〕坎壈：屢遭禍患，身困極也。宋玉《九辯》：「坎壈兮貧士。」王逸《注》：「數遭禍患，身困窮也。」　離披：散亂貌。宋玉《九辯》：「白露既下降百草兮，奄離披此梧楸。」此處引申爲「流離」之義。

〔一四〕嬰：觸犯，遭遇。謝惠連《懷秋》詩：「平生無志意，少小嬰憂患。」

〔一五〕《史記·屈原賈生列傳》：賈生名誼，雒陽人也。年十八，以能誦詩屬書聞於郡中。文帝召以爲博士，愛其能，超遷，一歲中至太中大夫。乃建議改正朔，易服色，法制度，定官名，興禮樂，更秦之法。於是天子議以爲賈生任公卿之位。絳、灌、東陽侯、馮敬之屬盡害之，短賈生曰「年少初學，專欲擅權，紛亂諸事」。於是天子後亦疏之，乃以賈生爲長沙王太傅。數歲，改梁懷王太傅。居數年，懷王墮馬而死。賈生自傷爲傅無狀，哭泣歲餘，亦死。時年三十三。數奇：運命不佳也，運蹇也。《史記·李將軍傳》：「李廣老，數奇，毋令當單于，恐不得所欲。」《索隱》：「孟康曰：奇，隻，不耦也。師古曰：言廣之命孤隻不耦合也。」

〔一六〕《後漢書·崔駰傳》：駰，字亭伯，涿郡安平人，年十三能通《詩》、《易》、《春秋》，博學有偉才，盡通古今訓詁百家之言，善屬文。少游太學，與班固、傅毅同時齊名。元和中，上《四巡頌》以稱漢德，肅宗見而嗟賞之，適欲官之，會帝崩。及竇太后臨朝，竇憲以貴戚執政柄，驕恣不法，駰爲掾，數諫之，憲不能容，稍疏之，因察駰高第，出爲長岑長。駰自以遠去，不得意，遂不之官而歸，卒于家。不偶：猶不遇。《論衡·命義》：「不偶之害，不能留也。」

〔一七〕「思欲」二句：《莊子·胠篋》：「削曾史之行，鉗楊墨之口。」是此二句之所本。據此，則「魯史」之「魯」當爲「曾」之形誤。曾史：指曾參、史魚。曾參，孔子弟子，事親至孝，其事迹散見

《論語》各篇及《史記·仲尼弟子列傳》。史魚，名鰌，字子魚，衛大夫。孔子嘗稱贊曰：「直哉史魚！邦有道，如矢；邦無道，如矢。」（見《論語·衛靈公》）史魚曾以「尸諫」衛靈公進用蘧伯玉，斥退彌子瑕，事見《韓詩外傳》卷七。楊墨：楊朱、墨翟，楊朱主爲我，墨翟主兼愛，是戰國時期和儒家對立的兩個重要學派。削：去除。鉗口：亦作「拑口」、「箝口」，閉口不言。《後漢書·單超傳》：「上下鉗口，莫有言者。」此二句大意謂，賈誼、崔駰，品行凌跨曾參、史魚，才辯超越楊朱、墨翟。

〔一八〕季俗：季世之俗。三古：《漢書·藝文志》：「《易》道深矣，人更三聖，世歷三古。」《注》：「孟康曰：『《易·繫辭》曰：易之興其於中古乎？然則伏羲爲上古，文王爲中古，孔子爲下古。』」

〔一九〕頹綱：衰敗散亂的禮法、綱紀。《晉書·范甯傳》：「振千載之頹綱。」百王：歷代帝王。《荀子·不苟》：「百王之道，後王是也。」

〔二〇〕窘蠢：困頓不安貌。窘，困迫。蠢，蟲蠕動貌。龍鍾：躑躅難行貌。蘇頲《早發方騫驛》詩：「龍鍾蹴澗泥。」

異乎！稽之古人則如彼，考之近代又如此。近有魏郡王君曰方①，華陰楊氏曰亨〔一〕，咸能博達奇偉，覃思研精〔二〕；徵孔門之禮樂②，吞鬼谷之縱横〔三〕；岳秀泉澄，如川如陵〔四〕；

高談則龍騰豹變〔五〕，下筆則煙飛霧凝。王則官終於郡吏，楊則官止於邑丞。何異夫操太阿以烹小鮮，飛夜光而彈伏翼〔六〕？灼金龜兮訪兆，邀玉騏兮騁力〔七〕；雖勞形而竭思，吾固知其不得〔八〕。

校記

①「君」《英華》、《全唐文》作「公」。　②「徵」《英華》、《全唐文》作「探」。

注釋

〔一〕「魏郡」三句：魏郡：唐之相州，漢、隋時爲魏郡，武德元年置相州。　王方：未詳。　華陰：唐華州所轄縣。　楊亨：未詳。

〔二〕「咸能」三句：博達：淹博、明達。《漢書·陳湯傳》：「陳湯字子公，少好書，博達善屬文。」覃思研精：深沉的思考、精微的研究。孔安國《尚書序》：「於是遂研精覃思，博考經籍。」

〔三〕「徵孔門」三句：徵：探求。《史記·貨殖列傳》：「故物賤之徵貴，貴之徵賤，各勸其業，樂其事。」《索隱》：「徵者，求也。謂此處物賤，求彼貴賣之。」　鬼谷：即鬼谷子。《史記·蘇秦列傳》《張儀列傳》稱其人爲蘇秦、張儀之師，籍貫姓氏不詳，因所居號稱鬼谷子或鬼谷先生，著有《鬼谷子》，《隋書·經籍志》有著録。

〔四〕《詩·鄘風·君子偕老》：「委委佗佗，如山如河。」《傳》：「委委者，行可委曲蹤迹也。佗佗者，德平易也。山無不容，河無不潤。」「如川如陵」句本此，形容其德平易，如山之無不容，如河之無不潤。

〔五〕言其談吐不凡，議論風發，有如龍騰飛之多恣，豹皮毛之多采。豹變：《易·革》：「君子豹變，其文蔚也。」《疏》：「亦潤色鴻業，如豹文之蔚縟，故曰君子豹變也。」此處僅用豹文蔚縟之意。

〔六〕「何異」二句：太阿：古寶劍名。相傳爲春秋時著名工匠干將所鑄。鮮：鳥獸等新殺曰鮮。《儀禮·士昏禮》：「臘必用鮮。」《莊子·讓王》：「今且有人於此以隋侯之珠，彈千仞之雀，世必笑之。是何也？則其所用者重而所要者輕也。」夜光：珠名。桓譚《新論》：「夜光之珠，潛輝鬱浦。」伏翼：垂翅不飛的鳥。

〔七〕「灼金龜」二句：兆：占卜時燒灼龜甲所見的裂紋，卜者據以判斷吉凶，是爲兆。《左傳·囊公八年》：「兆云詢多。」玉騏：即騏驥，良馬。玉，藻飾之詞。騁力：賽跑，比試足力。

〔八〕不得：謂王方、楊亨才高而位下，大器而小用，其所以然之理，苦思弗能得也。

余之昆兮曰杲之，余之季兮曰昂之〔一〕。杲也杲杲兮如三足之烏①，昂也昂昂焉如千里之駒〔二〕。杲之爲人也，風流儒雅，爲一代之和玉〔三〕；昂之爲人也，文章卓犖，爲四海之隨珠〔四〕。並蘭馨兮桂馥②，俱龍駒兮鳳雛〔五〕。生於戰國，則管樂之器〔六〕；長於闕里，則游夏之徒〔七〕。以方圓異用〔八〕，遭遇殊時，故才高而位下，咸默默以遲遲。青青子衿兮時向晚，黄黄我綬兮鬢如絲〔九〕。昆兮何責？坐乾封兮老矣〔一〇〕；季兮何負？横武陵而棄之〔一一〕。舉天下兮稱屈，何暗室之足欺〔一二〕！爲小人之所笑，爲通賢之所悲。童子尚知其不可，矧衡鏡與蓍龜〔一三〕。

校記

①「烏」原作「鳥」，據《全唐文》改。　②「馥」《英華》、《全唐文》並作「郁」。

注釋

〔一〕「余之昆」二句：昆：兄。《詩·王風·葛藟》：「終遠兄弟，謂他人昆。」季：指季弟，兄弟中排行最幼的。

〔二〕「杲也」二句：杲杲：光明貌。《詩·衛風·伯兮》：「其雨其雨，杲杲出日。」三足烏：太陽之代稱。古代神話云日中有三足烏。《淮南子·精神訓》：「日中有踆烏」高誘《注》：「踆，猶蹲也。謂三足烏。」又，《春秋元命苞》：「日中有三足烏。」屈原《卜居》：「寧昂昂若千里之駒乎？將泛泛若水中之鳧乎？」

〔三〕和玉：即和氏璧，春秋時楚人卞和所得寶玉。見《韓非子·和氏》及《淮南子·修務訓》。

〔四〕「文章」二句：卓犖：卓絶出衆。班固《典引》：「卓犖乎方州，洋溢乎要荒。」隨珠：傳説中的寶珠，即隨侯之珠。始見於《戰國策·楚策四》「寶珍隨珠不知佩兮」及李斯《諫逐客書》「有隨和之寶」。相傳隨侯以藥全濟負創之大蛇，後蛇於江中銜大珠以報之，因稱，故事見《淮南子·覽冥訓》高誘《注》。

〔五〕「並蘭馨」二句：馨：香。屈原《九歌·山鬼》：「被石蘭兮帶杜蘅，折芳馨兮遺所思。」馥：香。陸機《擬西北有高樓》詩：「芳氣隨風結，哀響馥若蘭。」駱賓王《上張司馬啟》：「常山王之玉潤金聲，博望侯之蘭薰桂馥。」《晉書·陸雲傳》：「六歲，吴尚書閔鴻見之曰：『此兒若非龍駒，定是鳳雛。』」

〔六〕管樂：管仲、樂毅。管仲，春秋時政治家，相齊桓公，稱仲父，富國强兵，尊王攘夷，九合諸侯，一匡天下。《史記》有傳。樂毅，已見《送幽州陳參軍赴任寄呈鄉曲父老》注〔五〕。

〔七〕「長於」二句：闕里：地名。相傳爲春秋時孔子授徒之所，在洙、泗之間，故魯城中。孔子時無闕里之名，其名始見於《漢書·梅福傳》梅福上成帝書「今仲尼之廟不出闕里」，至後漢始盛稱孔子故里爲闕里。游夏：孔子弟子言偃字子游，卜商字子夏。《論語·先進》：「文學：子游，子夏。」

〔八〕謂才性與時尚不合，不爲當世所重用，譬猶方與圓不能相合。屈原《離騷》：「何方圓之能周兮，夫孰異道而相安？」又，宋玉《九辯》：「圓鑿而方枘兮，吾固知其鉏鋙而難入。」

〔九〕「青青」二句：《詩·鄭風·子衿》：「青青子衿，悠悠我心。」毛《傳》：「青衿，青領也，學子之所服。」此蓋用其字面，指杲之、昂之之服色：唐代士大夫服色依其散官之階而定，八品、九品服青，杲之、昂之爲丞尉佐貳之官，散階亦當不過八、九品，故云。黄綬：指丞、尉一類佐貳之官，漢制皆佩銅印，綬用黄色。《漢書·百官公卿表》：「縣令、長……皆有丞、尉，秩四百石至二百石,是爲長吏。」又曰:「凡吏秩……比二百石以上,皆銅印黄綬。」按:「黄黄我綬」之「我」,理解爲照鄰自稱固可(因照鄰返初之前亦爲縣尉,黄綬)。然此處系爲其一兄一弟鳴屈,理解爲代言體,即徑用其兄弟的口吻而稱「我」亦可。

〔一〇〕乾封:唐京兆府屬縣名。《新唐書·地理志》:「萬年(縣),赤。……總章元年析置明堂縣,長安二年省。……長安,赤。總章元年析置乾封縣,長安二年省。」《舊書·高宗紀》同,而《舊書·地理志》云乾封元年置明堂、乾封二縣,蓋乾封三年二月丙寅改元總章,《地理志》將「三」訛爲「元」也。

〔一一〕武陵:唐之朗州,隋爲武陵郡,武德四年置,治所在武陵縣。

〔一二〕《梁書·簡文帝紀》題壁自序:「弗欺暗室,豈況三光。」

〔一三〕矧:況。《詩·小雅·伐木》:「相彼鳥矣,猶求友聲。矧伊人矣,不求友生。」　衡鏡:衡(測定物體重量的器具)可以量輕重,鏡可以照妍蚩,喻指辨别是非善惡的尺度。舊時吏部主管銓選,職掌擇賢任能,故詩文中往往以「衡鏡」褒揚或恭維吏部的官員,亦用作吏部的代稱。庾信《代人乞致仕表》:「出擁干旄,入參衡鏡。」　蓍龜:謂卜筮。蓍草和龜,並古時卜筮用具,筮用蓍草,卜用龜甲。《易·繫辭上》:「探賾索隱,鉤深致遠,……莫大乎蓍龜。」

故曰:至道之精,窅窅冥冥;至道之極,昏昏默默〔一〕。焚符破璽而人朴鄙,剖斗折衡而人不爭；捩工倕之指而天下始巧，膠離婁之目而天下始明①〔一二〕。然後除其矯黠之患，安其性命之精〔一三〕。太平之代，萬物肫肫〔一四〕，凡聖脗合〔一五〕，賢愚淆昏②〔一六〕；公卿不接友，長吏不迎尊〔一七〕。當成康勿用〔一八〕，何暇談其兵甲？典謨既作〔一九〕，焉得耀其書論？雖有晏嬰、子產，將頓伏於閭巷〔二〇〕；雖有冉求、季路〔二一〕，且耕牧於田園。彼尋常之才子，又焉可以勝言？命鸞鳳兮逐雀，驅龍騏兮捕鼠，使掌事者校其功兮，孰能與狸隼而齊舉③〔二二〕？金爲舟兮璹瑁楫〔二三〕，不可以涉丘陵些〔二四〕；珠爲衣兮翡翠裳，不可以混樵蒸些〔二五〕。何器用之乖剌兮，悼斯人之勤爹〔二六〕。倚長巖以爲枕兮，吸流光以高卧〔二七〕；見城市以虛盈④〔二八〕，若蚊虻之相過。當其時也，巢、繇滿野，不知稷、卨之尊⑤〔二九〕；周、召盈朝，莫救夷、齊之餓〔三〇〕。

校記

①「婁」《英華》作「朱」。②「淆」《英華》作「滑」。③「狸隼」《英華》作「隼狸」。④「虛盈」《英華》、《全唐文》作「盈虛」。⑤「卨」《英華》作「禹」。《全唐文》作「契」。

注釋

〔一〕「至道」以下四句：《莊子·在宥》：「廣成子南首而卧，黄帝順下風膝行而進，再拜稽首而問曰：『聞吾子達於至道，敢問，治身奈何可以長久？』廣成子蹶然而起，曰：『善哉問乎！來！吾語汝至道。至道之精，窈窈冥冥；至道之極，昏昏默默。……』」窈窈，同「窅窅」。窈窈冥冥，深遠暗昧。「窈」，微不可見，「冥」，深不可測。昏昏默默，沉静貌。

〔二〕「焚符」以下四句：《莊子·胠篋》：「故絶聖棄智，大盜乃止；擿玉毁珠，小盜不起；焚符破璽，而民朴鄙；掊斗折衡，而民不争；……膠離朱之目，而天下始人含其明矣；毁絶鉤繩而棄規矩，攦工倕之指，而天下始人有其巧矣。」

〔三〕「然後」二句：《莊子·在宥》：「人大喜邪？毗於陽；大怒邪？毗於陰。……使人喜怒失位，居處無常，思慮不自得，中道不成章，於是乎天下始喬詰卓鷙，而後有盜跖曾史之行。……自三代以下者，匈匈焉終以賞罰爲事，彼何暇安其性命之情哉！」喬詰：即矯黠、狡黠。于省吾《莊子新證》云：「『喬詰』，應讀作『狡黠』。『喬』、『狡』，乃雙聲疊韻字。『詰』、『黠』並諧吉聲，故相通借。」于説是。唯「喬」、「矯」並爲牙音，喬爲羣母字，矯爲見母字，古音相近，亦可通借；故昇之引用，徑作「矯黠」。昇之嘗從曹憲學《倉》、《雅》，其精於小學，于此可見。

〔四〕肫肫：懇摯貌。《禮記·中庸》：「肫肫其仁。」《注》：「肫肫，讀如『誨爾忳忳』之『忳忳』。忳，懇誠貌也。」

〔五〕脗合：兩脣相合，比喻事物兩相符合，混一，齊同。《莊子·齊物論》：「旁日月，挾宇宙，爲其脗合。」

〔六〕淆昏：混雜難分。

〔七〕「公卿」二句：揚雄《解嘲》：「當今縣令不請士，郡守不迎師，羣卿不揖客，將相不俛眉。」是二句所本。

〔八〕成康：周成王、周康王，相傳爲西周盛世。《史記·周本紀》：「故成康之際，天下安寧，刑錯四十餘年不用。」

〔九〕典謨：《書》有《堯典》、《舜典》、《皋陶謨》，並稱爲「典謨」。

〔一〇〕「雖有」二句：晏嬰：《史記·管晏列傳》云：「晏平仲嬰者，萊之夷維人也。事齊靈公、莊公、景公，以節儉力行重於齊。既相齊，食不重肉，妾不衣帛。其在朝，君語及之，即危言；語不及之，即危行。國有道，即順命；無道，即衡命。以此三世顯名於諸侯。」子產：《史記·循吏列傳》：「子產者，鄭之列大夫也。鄭昭君之時，以所愛徐摯爲相，國亂，上下不親，父子不和。大宮子期言之君，以子產爲相。爲相一年，豎子不戲狎，斑白不提挈，僮子不犂畔。二年，市不豫賈。三年，門不夜關，道不拾遺。四年，田器不歸。五年，士無尺籍，喪期不令而治。治鄭二十六年而死，丁壯號哭，老人兒啼，曰：『子產去我死乎！民將安歸！』」頓伏：困躓不起，藏匿不出。劉琨《上懷帝請糧表》：「輒以少擊衆，冒險而進，頓伏艱危，辛苦備嘗。」

〔一一〕冉求：孔子弟子，字子有。季路：孔子弟子，姓仲，名由，字子路，一字季路。此二人長於政事。《論語·先進》：「德行：顏淵、閔子騫、冉伯牛、仲弓。言語：宰我、子貢。政事：冉求、季路。文學：子游、子夏。」冉求、季路的事迹散見《論語》各篇及《史記·仲尼弟子列傳》。

〔一二〕「命鸞鳳」以下四句：《莊子·秋水》：「騏驥驊騮一日而馳千里，捕鼠不如狸狌，言殊技也。」又同書《逍遥遊》曰：「今夫斄牛，其大若垂天之雲；此能爲大矣，而不能執鼠。」是昇之造語所本。　龍：即馬，馬八尺爲龍。　狸：獸名，似狐而小，身肥而短。　隼：鳥名，凶猛善飛，即鶚。

〔一三〕瑇瑁：即玳瑁，形狀似龜的爬行動物，産於熱帶海中，甲殼可作裝飾品。王符《潛夫論・浮侈》：「犀象珠玉，虎魄瑇瑁。」

〔一四〕些：語氣詞，《楚辭・招魂》嘗用之。

〔一五〕樵蒸：樵，柴薪。蒸，細小的木柴。《詩・小雅・無羊》：「以薪以蒸。」鄭《箋》：「粗曰薪，細曰蒸。」引申爲打柴的人。

〔一六〕奓：侈也。張平子《西京賦》：「有憑虚公子者，心奓體忲。」李善《注》：「《聲類》曰：奓，侈字也，昌氏切。」

〔一七〕流光：月光。曹植《七哀詩》：「明月照高樓，流光正徘徊。」

〔一八〕城市晨午熙熙攘攘，各色人雲集，奔競於名利，是謂「盈」；昏夜則或離去，或寢息，暫歸沉静，是謂「虚」。《易・豐》：「天地盈虚，與時消息。」

〔一九〕「當其時」以下三句：巢、繇：巢父、許由，相傳並爲堯時高士，隱居山澤，不肯留心世務。事跡見皇甫謐《高士傳》。　稷、卨：傳説中輔佐虞舜的兩位大臣。稷即周族始祖帝嚳之子，名棄，其母姜原履巨人跡而生，舜時爲農官，號曰后稷。卨亦商族始祖帝嚳之子，其母簡狄吞玄鳥卵而生，佐禹治水有功，任爲司徒。其事迹分别見於《史記·周本紀》及《殷本紀》。

〔二〇〕「周召」二句：周、召：周公旦、召公奭，周成王時當國秉鈞的大臣。旦爲武王之弟，成王之叔父，奭與周同姓。成王時，周公攝政踐祚，召公爲三公。事見《史記·周本紀》及《燕召公世家》。夷、齊：伯夷、叔齊，孤竹君之二子。父欲立叔齊，及父卒，叔齊讓伯夷。伯夷曰：「父命也。」遂逃去。叔齊亦不肯立而逃之。國人立其中子。夷、齊聞西伯昌善養老，于是歸之。武王伐紂，夷、齊叩馬而諫，不聽。武王已平殷亂，天下宗周，而夷、齊恥之，義不食周粟，隱於首陽山，采薇而食之，遂餓死。事見《史記·伯夷列傳》。

若夫管仲不遇齊桓，則城陽之贅壻〔一〕；太公不遭姬伯，亦棘津之漁夫〔二〕。一仁一義，柴也來兮由也醢〔三〕；一忠一孝，微子去兮箕子奴①〔四〕。聖人百慮而一致，君子同歸而殊塗〔五〕。推既焚兮胥既溺〔六〕，桀亦放兮文亦拘〔七〕。笙簧六籍，則秦俗有坑儒之痛②〔八〕；黼藻百行，則漢家有黨錮之誅〔九〕。鄴都傾覆，飛禍纏於高鼻〔一〇〕；洛陽板蕩，横死坐其無鬚〔一一〕。喔咿嘌嘶，口含天憲〔一二〕，睚眦蔓芥③，屍僵路隅〔一三〕。變化與屈伸交逐，窮達與存亡並驅。因其所有而有之，則萬物無不有；就其所無而無之，則萬物無不無〔一四〕。有竅而生，寧惟混沌〔一五〕；無用而飽，何獨侏儒〔一六〕。是以蘧伯玉卷兮長卷，甯武子愚兮更愚〔一七〕。

校記

①「兮」原作「之」，據《英華》、《全唐文》改。　②「秦俗」《英華》、《全唐文》並作「秦谷」。

③「芥」原作「分」，據《全唐文》、《西京賦》改。

注釋

〔一〕「若夫」二句：管仲，已見本篇「管樂之器」注。管仲爲人贅壻事，不見於載籍，未詳所本。城陽：地名。《讀史方輿紀要》山東、青州府：莒州，春秋時莒子國，後滅於楚，戰國時屬齊，秦屬琅琊郡，漢初爲齊國地，文帝置城陽國，三國魏置城陽郡。

〔二〕「太公」二句：《史記・齊太公世家》：太公望吕尚者，東海上人。其先祖佐禹平水土有功，虞夏之際封於吕，姓姜氏。吕尚蓋嘗窮困，年老矣，以漁釣奸周西伯。西伯將出獵，卜之，曰「獲非龍非彲，非虎非羆，所獲霸王之輔」。於是周西伯獵，果遇太公於渭之陽，與語大悦，曰「吾太公望之久矣」，故號之曰「太公望」，載與俱歸，立爲師。又，《韓詩外傳》云：太公望少爲人壻，老而見去。屠牛朝歌，賃於棘津，釣於磻溪，文王舉而用之，封於齊。　棘津：地名，其所在説法不一。或謂廣川縣北有棘津城（在今河北棗强縣東北），或謂譙郡酇縣東北有棘津亭，爲吕尚所困處（在今河南永城市西）。見《水經注》所引徐廣、司馬彪、劉澄之諸説。

〔三〕「一仁」二句：初，衛靈公有寵姬曰南子。靈公太子蒯聵得過南子，懼誅出奔。靈公卒，衛立輒爲君。輒立十二年，其父蒯聵居外，不得入。子路爲衛大夫孔悝之邑宰。蒯聵乃迫其姊之子孔悝强與之盟，遂與其徒襲攻衛君。方孔悝被劫，子路在外，聞之而馳往。或勸阻之，子路曰：「食其食者不避其難。」子路入，造蒯聵，蒯聵與孔悝登臺。子路曰：「君焉用孔悝？雖殺之必或繼之。」蒯聵弗聽。於是子路欲燔臺。蒯聵懼，乃下石乞、盂黶敵子路，以戈擊斷子路之纓。子路曰：「君子死，冠不免。」結纓而死。孔子聞衛亂，曰：「柴也其來，由也死矣。」事見《左傳·哀公十五年》。柴：孔丘弟子，姓高名柴。由：孔丘弟子仲由，字子路。醢：古代一種酷烈的刑罰，即菹醢，把受刑者剁成肉醬。子路被醢，其事見《莊子·盜跖》：「子路……身菹於衛東門之上。」

〔四〕《論語·微子》：「微子去之，箕子爲之奴，比干諫而死。孔子曰：『殷有三仁焉。』」《史記·殷本紀》：「紂愈淫亂不止。微子數諫不聽，乃與大師、少師謀，遂去。比干……迺强諫紂。紂怒……剖比干，觀其心。箕子懼，乃詳狂爲奴。」

〔五〕「聖人」二句：《易·繫辭下》：子曰：「天下何思何慮？天下同歸而殊塗，一致而百慮。」

〔六〕《莊子·盜跖》：「介子推至忠也，自割其股以食文公。文公後背之，子推怒而去，抱木而燔死。」　胥既溺：胥，楚大夫伍奢之子子胥也，名員。魯昭二十年，奢誅于楚，員奔吴，吴與之申地，故又稱申胥。《左傳·哀公十一年》：「吴將伐齊，越子率其衆以朝焉，王及列士皆有饋賂。吴人皆喜，唯子胥懼，曰：『是豢吴也夫！』諫曰：『越在我，心腹之疾也，壤地同，而有欲於我。夫其柔服，求濟其欲也，不如早從事焉。得志於齊，猶獲石田也，無所用之。越不爲治，吴其泯矣。……』弗聽。使於齊，屬其子於鮑氏，爲王孫氏。反役，王聞之，使賜之屬鏤以死。將死，曰：『樹吾墓檟，檟可材也。吴其亡乎！』」《國語·吴語》曰：「（申胥）遂自殺」。將死，曰：「以懸吾目於東門，以見越之入，吴國之亡也。王慍曰：『孤不使大夫得有見也。』乃使取申胥之尸，盛以鴟鴺，而投之於江。」

〔七〕《史記·夏本紀》：「湯遂率兵以伐夏桀，桀走鳴條，遂放而死。」《史記·周本紀》「帝紂乃囚西伯於羑里。」

〔八〕「笙簧」二句：笙簧六籍：即六經，《詩》《書》、《禮》、《樂》、《易》、《春秋》。班固《東都賦》：「蓋六籍所不能談。」六籍中的《詩·小雅·鹿鳴》有「吹笙鼓簧，承筐是將」之語，故云「笙簧六籍」。笙，樂器名。簧，樂器中有彈性的薄片，用以振動發聲。坑儒：《史記·秦始皇本紀》：「於是使御史悉案問諸生，諸生傳相告引，乃自除犯禁者四百六十餘人，皆阬之咸陽，使天下知之，以懲後。」

〔九〕「黼藻」二句：黼藻：華美的花紋、圖案。引申爲修飾、修養。揚雄《法言》：「吾未見好黼藻其德，若黼藻其粢者。」百行：士的各種行爲。《詩·衛風·氓》：「士之耽兮，猶可説也。」鄭《箋》：「説，解也。士有百行，可以功過相除。」黨錮之誅：東漢桓帝時宦官專權，朝廷政治腐敗黑暗。士族大地主的代表人物李膺等人和太學生郭泰、賈彪等聯合，議論朝政，抨擊宦官。延熹九年，河内張成交通宦官，使弟子牢修上書誣告李膺等養太學遊士，交結諸郡生徒，共爲部黨，誹訕朝廷。李膺等二百多名「黨人」被捕。後雖釋放，但禁錮終身，不許做官，史稱第一次「黨錮之禍」。靈帝即位，外戚竇武用事，起用「黨人」，並與太傅陳蕃合謀誅宦官，事洩被殺，宦官侯覽、曹節遂以朝廷名義收捕李膺、杜密等士大夫百餘人下獄處死，又陸續誅死、流徙、囚禁「黨人」門生故吏六七百人，史稱第二次「黨錮之禍」。

〔一〇〕「鄴都」二句：《晉書·載記第七·石季龍下》載：晉穆帝永和五年，後趙主石虎死，諸子爭立，石遵殺石世，石鑒復殺石遵。鑒即位，以石閔爲大將軍，封武德王，李農爲大司馬，並録尚書事。石閔者，本姓冉，魏郡内黄人，父瞻，爲石虎養子。閔幼而果鋭，及長，身長八尺，善謀策，勇力絶人，胡夏宿將莫不畏憚。鑒疑忌之，使樂平王石苞、中書令李松、殿中將軍張才夜攻石閔、李農於琨華殿，不克，禁中擾亂。鑒懼，僞若不知者，夜斬松、才於西中華門，並殺石苞。龍驤將軍孫伏都、劉銖等帥羯士三千攻石閔、李農，不克，屯於鳳陽門。閔、農攻斬孫伏都等，自鳳陽至琨華，横屍相枕，流血成渠。閔宣令内外六夷，敢稱兵者斬之。鄴中大亂，胡人斬關踰城而出者，不可勝數。閔使人帥衆數千，守鑒於御龍觀，懸食以給之。下令城中曰：「與官同心者留，不同心者各任所之。」敕城門不復相禁。於是趙人百里内悉入城，胡羯去者填門。閔知胡之不爲己用也，班令内外趙人，斬一胡首送鳳陽門者，文官進位三等，武職悉拜牙門。一日之中，斬首數萬。閔躬率趙人誅諸胡羯，無貴賤男女少長皆斬之，死者二十餘萬。其屯據四方者，所在承閔書誅之。于時高鼻多鬚至有濫死者半。

〔二〕漢靈帝中平六年，大將軍何進謀誅宦官，以疑留不斷，事泄，反爲宦官所害。進所親用之司隸校尉袁紹「遂閉北宫門，勒兵捕宦者，無少長皆殺之。或有無鬚而誤死者，至自發露然後得免。死者二千餘人」。事見《後漢書·竇何列傳》。板、蕩：《詩·大雅》二篇篇名。《詩序》云：「《板》，凡伯刺厲王也。《蕩》，召穆公傷周室大壞也。厲王無道，天下板蕩，無綱紀文章，故作是詩。」《板》毛《傳》：「板板，反也。」鄭《箋》：「王爲政反先王與天之道。」《蕩》鄭《箋》：「蕩蕩，法度廢壞之貌。」故稱世亂爲「板蕩」。　横死：因意外之災禍而死。

〔三〕「喔咿」二句：喔咿：强笑也。　嘌嘶：屈原《卜居》作「栗斯」，《文選》屈平《卜居》：「寧超然高舉以保真乎？將哫訾慄斯，喔咿嚅唲，以事婦人乎？」王逸《注》：「哫訾慄斯，承顏色也。喔咿嚅唲，强笑噱也。」　口含天憲：即出言即是國法的意思。本形容東漢時宦官專權之語。《後漢書·宦者列傳》：「中興之初，宦官悉用閹人，……鄧后以女主臨政，……不得不委用刑人，寄之國命。手握王爵，口含天憲，非復掖庭永巷之職，閨牖房闥之任也。」

〔三〕「睚眦」二句：言略有睚眦之怨或梗塞不通的因由，便要致仇家於死地。睚眦：瞋目而怒也。　蠆芥：同「蔕介」，梗塞的東西。張平子《西京賦》：「都邑游俠，張趙之倫。……睚眦蠆芥，屍僵路隅。」薛綜《注》引張揖《子虚賦》《注》：「蔕介，刺鯁也。蠆與蔕同。」

〔四〕「因其」以下四句：《莊子·秋水》：「以功觀之，因其所有而有之，則萬物莫不有；因其所無而無之，則萬物莫不無。」

〔一五〕「有竅」二句：《莊子·應帝王》：「南海之帝爲儵，北海之帝爲忽，中央之帝爲渾沌。儵與忽相與遇於渾沌之地，渾沌待之甚善。儵與忽謀報渾沌之德，曰：『人皆有七竅以視聽食息，此獨無有，嘗試鑿之。』日鑿一竅，七日而渾沌死。」

〔一六〕「無用」二句：已見《雙槿樹賦》「侏儒何功兮短飽」句注。

〔一七〕「是以」二句：《論語·衛靈公》：「子曰：『……君子哉蘧伯玉！邦有道，則仕；邦無道，則可卷而懷之。』」《論語·公冶長》：「子曰：『甯武子，邦有道，則知；邦無道，則愚。其知可及也，其愚不可及也。』」

庭有樹兮樹有荊，園有鳥兮鳥有鴒。鴒其鳴矣，思諸兄矣〔一〕；荊其鶴矣，思諸季矣〔二〕。巖有芳桂，隰有棠棣。枝寵嵸兮相樛〔三〕，葉翩翻兮相翳〔四〕。天之生我，胡寧不惠〔五〕？何始吉兮初征，悲終凶於未濟〔六〕！

注釋

〔一〕「鴒其鳴」二句：《詩·小雅·常棣》：「脊令在原，兄弟急難。」脊令，今作鶺鴒。毛《傳》：「脊令，雝渠也，飛則鳴，行則搖，不能自舍耳。急難，言兄弟之相救於急難也。」諸兄：當包括同祖父乃至同曾祖的兄弟而言。下文「諸季」同此。

〔二〕「荊其鶴」二句：《續齊諧記》：「田廣、田真、田慶兄弟三人欲分財，其夜庭前三荊便枯，兄弟嘆之，却合，樹還榮茂。」

〔三〕巃嵸：聚集貌。淮南小山《招隱士》：「山氣巃嵸兮石嵯峨。」　樛：絞結，同「摎」。《儀禮·喪服》：「故殤之絰不樛垂。」

〔四〕翳：遮蔽。

〔五〕「天之」二句：《詩·小雅·小弁》：「天之生我，我辰安在？」胡寧：何爲，何乃。《詩·小雅·四月》：「先祖匪人，胡寧忍予。」　惠：仁愛，寬厚。《書·皋陶謨》：「安民則惠，黎民懷之。」

〔六〕未濟：《易·未濟》：「亨。小狐汔濟，濡其尾，无攸利。」孔《疏》：「未濟者，未能濟渡之名也。未濟之時，小才居位，不能建功立德，拔難濟險。若能執柔用中，委任賢哲，則未濟有可濟之理，所以得通，故曰『未濟，亨』。……汔者，將盡之名，小才不能濟難，事同小狐雖難渡水而無餘力，必須水汔方可涉川。未及登岸而濡其尾，濟不免濡，豈有所利，故曰『小狐汔濟，濡其尾，无攸利也』。」

悲窮通

二悲曰：淚流公子，傷心久之，歷萬古以抽恨，横八荒而選悲〔一〕。有幽巖之卧客，兀中林而坐思，形枯槁以崎嶬〔二〕，足聯踡以緇釐〔三〕。悄悄兮忽愴〔四〕，眇眇兮惆悵①〔五〕，迢遥兮獨蹇〔六〕，淹留兮空谷。天片片而雲愁，山幽幽而谷哭〔七〕。露垂泣於幽草，風含悲於拱木〔八〕。徒觀其頂集飛塵，尻埋積雪②〔九〕；骸骨半死，血氣中絶；四支萎墮〔一〇〕，五官歙缺〔一一〕。皮襞積而千皺〔一二〕，衣聯襤而百結〔一三〕。毛落鬢禿③，無叔子之明眉〔一四〕；唇亡齒寒，有張儀之羞舌〔一五〕。仰而視睛，瞖其若瞢〔一六〕；俯而動身，羸而欲折〔一七〕。神若存而若亡，心不生而不滅。其所居也不爨，其所狎也非人。古樹爲伴，朝霞作鄰。下陰森以多晦〔一八〕，傍恍惚兮無垠。松門草合〔一九〕，石路苔新。

校記

①「眇眇」原作「耿耿」，據《全唐文》卷一六六改。 ②「尻」原作「凥」，據《全唐文》改。 ③「鬢」《英華》卷三五四作「鬚」。

注釋

〔一〕八荒：八方荒遠之地。賈誼《過秦論》：「并吞八荒之心。」

〔二〕「兀中林」二句：兀：静止貌。陸機《文賦》：「兀若枯木，豁若涸流。」崎嶬：王文考《魯靈光殿賦》：「下弟蔚以璀錯，上崎嶬而重注。」李善《注》：「崎嶬，危險貌。」

〔三〕聯蜷：拳曲貌，又作「連卷」、「連蜷」，見《綿州官池贈別同賦灣字》注〔四〕。緇黳：黑色。黳，通黧，黄中帶黑。

〔四〕悄悄：憂愁貌。《詩·邶風·柏舟》：「憂心悄悄，愠于羣小。」

〔五〕眇眇：遠視貌。《九歌·湘夫人》：「目眇眇兮愁予。」

〔六〕獨蹇：孤獨而艱難。蹇，難也。《易·蹇》：「蹇，難也，險在前也。」

〔七〕幽幽：深遠貌。《詩·小雅·斯干》：「秩秩斯干，幽幽南山。」

〔八〕拱木：拱把之木，可用兩手圍抱的樹木。

〔九〕尻：臀部，脊骨末端。

〔一〇〕萎墮：萎縮不能舉也。

〔一一〕欹缺：歪邪不全。

〔一二〕襞積：本義爲衣裙上的褶子，此處指皮膚上的皺紋。司馬相如《子虚賦》：「襞積褰縐，紆徐委曲。」

〔一三〕聯褰：聯綴折疊貌。何遜《折花聯句》：「笑出春園裹，望花聯褰纈。」

〔一四〕《晉書·羊祜傳》：「羊祜字叔子，泰山南城人也。……及長，博學能屬文，身長七尺三寸，美鬚眉，善談論。」

〔一五〕《左傳·僖公五年》：「諺所謂『輔車相依，脣亡齒寒』者，其虞虢之謂也。」《史記·張儀列傳》：「張儀已學而游説諸侯。嘗從楚相飲，已而楚相亡璧，門下意張儀，曰：『儀貧無行，必此盗相君之璧。』共執張儀，掠笞數百，不服，醳之。其妻曰：『嘻！子毋讀書游説，安得此辱乎？』張儀謂其妻曰：『視吾舌尚在不？』其妻笑曰：『舌在也。』儀曰：『足矣。』」

〔一六〕翳：障也，蔽也。　瞢：《説文》：「目不明也。」

〔一七〕羸：瘦弱，疲病。《荀子・正論》：「王公則病不足於上，庶人則凍餒羸瘠於下。」

〔一八〕《九章・涉江》：「山峻高以蔽日兮，下幽晦以多雨。」句本此。

〔一九〕松門：已見《懷仙引》注〔七〕。

公子方撫其背而曳其裾曰〔一〕：子非有唐之文士與？燕地之高門與〔二〕？昔也子之少，則玉樹金枝〔三〕；及其長，則龍章鳳姿〔四〕。立身則淹中不足言其禮〔五〕，揮翰則江左莫敢論其詩〔六〕。每兢兢於暗室〔七〕，恒詡詡於明時〔八〕。常謂五府交辟，三臺共推〔九〕，朝紆會稽之綬，夕獻《長楊》之詞〔一〇〕。痛私門之禍速，惜公車之詔遲〔一一〕。豈期晦明乖序〔一二〕，寒燠愆度〔一三〕，鱗傷羽折，筋攣肉蠹〔一四〕。離披於丹澗之隅〔一五〕，觳觫於藪山之路〔一六〕。已焉哉〔一七〕！已焉哉！崑山玉石忽摧頹；事去矣，事去矣，古今聖賢悲何已！

注釋

〔一〕裾：衣服的前襟，也指後襟；又，衣袖亦可稱裾。

〔二〕盧照鄰，范陽涿人。范陽盧氏爲山東著姓，四海望族，門閥顯赫，故曰「燕地之高門」。《新唐書・宰相世系表》三上：「盧氏出自姜姓。齊文公子高，高孫傒爲齊正卿，謚曰敬仲，食采於盧，濟北盧縣是也，其後因以爲氏。田和篡齊，盧氏散居燕、齊之間。秦有博士敖，子孫家於涿水之上，遂爲范陽涿人。」又，同書《高儉傳》：「（太宗）又詔後魏隴西李寶，太原王瓊，滎陽鄭温，范陽盧子遷、盧渾、盧輔，清河崔宗伯、崔元孫，前燕博陵崔懿，晉趙郡李楷，凡七姓十家，不得自爲昏。……先是，後魏太和中，定四海望族，以竇等爲冠。其後矜尚門地，故《氏族志》一切降之。」

〔三〕玉樹：《世説新語·言語》：「謝太傅問諸子姪：『子弟亦何預人事，而正欲使其佳？』諸人莫有言者，車騎（謝玄）答曰：『譬如芝蘭玉樹，欲使其生於階庭耳。』」金枝：明彭大翼《山堂肆考》：「金枝玉葉，謂王孫公子也。」

〔四〕《晉書·嵇康傳》：「康有風儀，而土木形骸，不自藻飾，人以爲龍章鳳姿。」

〔五〕淹中：地名，已見《文翁講堂》注〔一〕。

〔六〕江左：即江表，長江以南，因東晉、劉宋皆建都江左，故用以稱代東晉、劉宋時代。晉、宋時，文學上出現了新氣象，産生了一批有才華的作家。《宋書·謝靈運傳論》：「降自元康，潘、陸特秀。遺風餘烈，事極江左。自建武暨於義熙，歷載將百。仲文始革孫、許之風，叔源大變太元之氣。爰逮宋氏，顔、謝騰聲。」

〔七〕《梁書·簡文帝紀》：「太宗見幽縶，題壁自序云：『弗欺暗室，豈況三光。』」兢兢：戒慎貌。

〔八〕詡詡：同「栩栩」，生動活潑貌。漢焦延壽《易林·睽》：「魴鱮詡詡，利來母憂。」

〔九〕「常謂」二句：五府：東漢稱太傅、太尉、司徒、司空、大將軍爲五府。　辟：徵召任用。《後漢書·張楷傳》：「五府連辟，舉賢良方正，不就。」　三臺：官名。漢因秦制，設置尚書爲中臺，御史爲憲臺，謁者爲外臺，合稱三臺。陳孔璋《爲袁紹檄豫州》：「坐領三臺，專制朝政。」「三臺」見李善《注》引應劭《漢官儀》。

〔一〇〕「朝紆」二句：漢武時，朱買臣嘗拜會稽太守，事見《漢書·朱買臣傳》。紆：繫，垂也。綬：指印綬。　長楊：揚雄曾向漢成帝獻《長楊賦》，事見《漢書·揚雄傳》。

〔一一〕「痛私門」二句：私門：個人及家庭，對國家而言。李斯《諫逐客書》：「彊公室，杜私門。」　公車：漢代官署名，衛尉的下屬機構，設公車令，掌管宫殿中司馬門的警衛工作。臣民上書和徵召，都由公車接待。《史記·東方朔傳》：「朔初入長安，至公車上書。」

〔一二〕晦明：陰晴。　乖序：違背節序。《南史·齊武帝紀》：「建元四年夏六月以水潦爲患，星緯乖序，剋日訊都下囚。」

〔一三〕寒燠：寒煖。　愆度：喪失常度。

〔一四〕𤸦：《集韵》：手足曲病也。　蠹：蛀虫。引申爲敗壞、壞死。

〔一五〕離披：本散亂貌。宋玉《九辯》：「白露既下降百草兮，奄離披此梧楸。」此處爲萎頓貌。

〔一六〕觳觫：恐懼貌。《孟子·梁惠王》：「王曰：『舍之，吾不忍其觳觫，若無罪而就死地。』」　藪：水淺草茂的澤地。《詩·鄭風·大叔于田》：「叔在藪，火烈具舉。」

〔一七〕已焉哉：無可奈何、只得做罷之辭，猶言「休矣夫」。《詩·邶風·北門》：「已焉哉！天實爲之，謂之何哉！」

天道如何〔一〕，自古相嗟。項羽帳中之飲〔二〕，荆卿易水之歌〔三〕，何壯夫之懦抑〔四〕，伊兒女之情多〔五〕。借如蘇武生還〔六〕，温序死節〔七〕，王陵之母伏劍，杞梁之妻泣血〔八〕，事蓋迫於功名，情有兼於貞烈。若關羽漢陰〔九〕，田横海島〔一〇〕，孤城已迫〔一一〕，疲兵尚老〔一二〕；離離碣石之鴻〔一三〕，冪冪江潭之草〔一四〕，廻首永訣，吞聲何道！及夫獻帝偷生〔一五〕，懷王客死〔一六〕，哀西都之城闕〔一七〕，憶南荆之朝市〔一八〕，鳳凰樓上隴山雲，鸚鵡洲前吴江水〔一九〕。一離一別兮，漢家宫掖似神仙；獨坐獨愁兮①，楚國容華競桃李〔二〇〕。别有士安多疾〔二一〕，顔奇不起〔二二〕，馬援困於壺頭〔二三〕，冉耕悲於牖裏〔二四〕。

校記

①「愁」《英華》作「悲」，注「一作怨」。

注釋

〔一〕天道：古人迷信，以爲天道是支配人類命運的天神意志。《左傳·昭公十八年》：「天道遠，人道邇，非所及也。」

〔二〕《史記·項羽本紀》：「項王軍壁垓下，兵少食盡，漢軍及諸侯兵圍之數重。夜聞漢軍四面皆楚歌，……項王則夜起，飲帳中，有美人名虞，常幸從；駿馬名騅，常騎之。於是項王乃悲歌忼慨，自爲詩曰：『力拔山兮氣蓋世，時不利兮騅不逝。騅不逝兮可奈何，虞兮虞兮奈若何！』歌數闋，美人和之。項王泣數行下，左右皆泣，莫能仰視。」

〔三〕《史記·刺客列傳》：荆軻將入秦，「太子及賓客知其事者，皆白衣冠以送之。至易水之上，既祖，取道，高漸離擊筑，荆軻和而歌，爲變徵之聲，士皆垂淚涕泣。又前而爲歌曰：『風蕭蕭兮易水寒，壯士一去兮不復還！』復爲羽聲忼慨，士皆瞋目，髮盡上指冠。」

〔四〕抑：按，捺。《老子》：「高者抑之，下者舉之。」引申爲壓抑、屈抑，不舒暢。

〔五〕伊：句首語氣詞。　兒女情多，鍾嶸《詩品》：「張華詩……雖名高曩代，而疏亮之士，尤恨其兒女情多，風雲氣少。」

〔六〕借如：猶譬如，例如。　蘇武生還：蘇武，漢武帝天漢元年出使匈奴，爲單于所留，在匈奴一十九歲，艱危備嘗，至昭帝始元六年得以生還。見《漢書·李廣蘇建傳》。

〔七〕温序字次房，太原祁人。建武六年，拜謁者，遷護羌校尉。序行部至襄武，爲隗囂別將苟宇所拘劫。宇謂序曰：「子若與我并威同力，天下可圖也。」序義不可，賊衆争欲殺之。宇止之曰：「此義士死節，可賜以劍。」序遂伏劍而死。事見《後漢書·獨行列傳·温序傳》。

〔八〕「王陵」二句：王陵之母伏劍：王陵，沛人也。始爲縣豪，高祖微時兄事陵。及高祖起沛，入咸陽，陵亦聚黨數千人，居南陽，不肯從沛公。及漢王之還擊項籍，陵乃以兵屬漢。項羽取陵母置軍中，陵使至，則東鄉坐陵母，欲以招陵。陵母既私送使者，泣曰：「願爲老妾語陵，善事漢王。漢王長者，毋以老妾故持二心。妾以死送使者。」遂伏劍而死。事見《漢書・王陵傳》。杞梁之妻泣血：《孟子・告子下》：「華周杞梁之妻善哭其夫而變國俗。」華周杞梁，齊大夫，齊襲莒，杞梁戰死。事見《左傳・襄公二十三年》。《説苑・善説篇》云：「昔華舟杞梁戰而死，其妻悲之，向城而哭，隅爲之崩，城爲之阤。」

〔九〕關羽討樊，留兵將備公安、南郡。吕蒙上疏曰：「羽討樊而多留備兵，必恐蒙圖其後故也。蒙常有病，乞分士衆還建業，以治疾爲名。羽聞之，必撤備兵，盡赴襄陽。大軍浮江，晝夜馳上，襲其空虚，則南郡可下，而羽可擒也。」孫權用其謀，羽果信之，稍撤兵以赴樊。吕蒙遂入據南郡，得羽及將士家屬，皆撫慰，故羽吏士無鬭心。羽攻樊城不下，引軍退還，而孫權已據江陵。羽自知孤窮，乃走麥城，西至漳鄉，衆皆委羽而降。權使朱然、潘璋斷其徑路，遂斬羽及子平于臨沮。事見《三國志・吴書・吕蒙傳》，參見同書《蜀書・關羽傳》。麥城，在今湖北當陽市東南，地在漢水以南，故曰「漢陰」。

〔一〇〕田横，秦末狄人，故齊王田氏族也。秦末，從兄田儋起兵反秦，重建齊國，自立爲齊王，未幾，爲章邯所殺，齊人復立儋子市爲齊王，田榮相之，田横爲將，平齊地。其後榮擊殺市而自立，旋復敗于項王，爲平原人所殺。楚漢之相距于滎陽也，田横乃復得收齊城邑，立榮子廣爲齊王，而横相之。韓信平齊，廣死，田横復自立爲齊王，旋爲漢將灌嬰所敗，乃亡走梁，歸彭越。後歲餘，漢滅項籍，漢王立爲皇帝，以彭越爲梁王。田横懼誅，而與其徒屬五百餘人入海，居島中。高祖聞之，乃使使赦田横罪而召之。横不得已，乃與其客二人乘傳詣洛陽。未至三十里，以羞于稱臣事漢，自剄。島中五百人聞田横死，亦皆自殺。事見《史記·田儋列傳》。

〔一二〕孤城：指麥城。　迫：危急。

〔一三〕老：士氣衰落。《左傳·宣公十二年》：「楚師驟勝而驕，其師老矣。」

〔一三〕離離：歷歷分明。《尚書大傳·略説》：「《書》之論事也，……離離若參星之錯行。」　碣石：已見《明月引》注〔七〕。

〔一四〕羃羃：濃密貌。

〔一五〕漢獻帝初平三年四月，王允、吕布共誅董卓。卓校尉李傕、郭汜將其衆攻據長安，逐吕布，尸王允于市，葬卓于郿。李傕爲車騎將軍、司隸校尉，郭汜爲後將軍，樊稠爲右將軍，並爲列侯，專擅朝政。興平二年，諸將争權，李傕殺樊稠，并其衆。既而傕、汜轉相疑，戰鬬長安中。汜謀迎天子幸其營，夜有亡告傕者。三月丙寅，傕使兄子暹將數千兵圍宫，以車三乘迎天子。於是羣臣步從乘輿以出，兵即入殿中，掠宫人、御物。帝至傕營，傕又徙御府金帛置其營，遂放火燒宫殿、官府、民居悉盡。帝使公卿詣汜請和，汜皆執之以爲質。夏四月丁酉，郭汜將兵夜攻傕門，矢及帝帘帷中。是日，李傕復移帝幸北塢，使校尉監塢門，内外隔絶，諸侍臣皆有飢色。帝求米五斛、牛骨五具以賜左右，傕曰：「朝餔上飯，何用米爲？」乃與腐牛骨，皆臭不可食。帝大怒，欲詰責之。侍中楊琦上封事諫帝忍之。事見《後漢書・獻帝紀》、《董卓傳》、《三國志・魏書・董卓傳》。

〔一六〕楚懷王三十年，秦昭王遺楚王書曰：「寡人與楚接境壤界，故爲婚姻，所從相親久矣。……寡人願與君王會武關，面相約，結盟而去，寡人之願也，敢以聞下執事。」楚懷王見秦王書，患之。欲往，恐見欺；無往，恐秦怒。昭睢諫王勿行，懷王子蘭勸王行，曰：「奈何絶秦歡！」於是往會秦昭王。昭王伏兵武關，楚王至，即閉關，與西至咸陽，要以割巫、黔中之郡。楚王不許，秦因留之。頃襄王二年，懷王亡逃歸，秦覺之，遮楚道，懷王恐，乃從間道走趙，趙畏秦不敢納，欲走魏，秦追至，遂復入秦。頃襄王三年，懷王竟卒于秦。

〔一七〕西都：指長安。

〔一八〕南荆：指楚國。

〔一九〕「鳳凰樓」三句：鳳凰樓：指皇宫内之樓閣。鮑照《代陳思王京洛篇》：「鳳樓十二重，四户八綺窗。」隴山：山名，六盤山南段之别稱。又名隴坂，在今陜西隴縣至甘肅平凉一帶。鸚鵡洲：洲名，在湖北武漢市西南江中。後漢末，黄祖爲江夏太守，祖長子射大會賓客，或獻鸚鵡，禰衡作賦，洲因以爲名。明季爲江水冲没。吴江：此處指大江。

〔二〇〕「一離」以下四句：宫掖：掖，掖廷，宫内的旁舍，是妃嬪居住的地方，因稱皇宫爲宫掖。《後漢書・竇憲傳》：「女弟立爲皇后，憲恃宫掖聲勢，遂以賤直請奪沁水公主園田，主畏逼不敢計。」

此處指後宮嬪妃。　曹植《雜詩》：「南國有佳人，容華若桃李。」

〔三一〕《晉書·皇甫謐傳》：「皇甫謐，字士安，安定朝那人。……博綜典籍百家之言。後得風痹疾，猶手不輟卷。沈静寡欲，有高尚之志。舉孝廉，相國辟，皆不行」。其後武帝頻下詔敦逼不已，謐上疏自陳曰：「小人無良，致灾速禍，久嬰篤疾，軀半不仁，右脚偏小，十有九載。又服寒食藥，違錯節度，辛苦荼毒，于今七年。隆冬裸袒食冰，當暑煩悶，加以咳逆，或若温瘧，或類傷寒，浮氣流腫，四肢酸重。」辭切言至，遂見聽許。

〔三二〕顔奇，未詳。疑是顔回之誤。

〔三三〕建武二十四年，武威將軍劉尚擊武陵五溪蠻夷，深入，軍没，馬援因復請行，時年已六十二矣。遂遣援率中郎將馬武、耿舒、劉匡、孫永等，將十二郡募士及弛刑四萬餘人征五溪。明年春，軍至臨鄉，遇賊攻縣，援迎擊，破之，斬獲二千餘人。初，軍次下雋，有兩道可入，從壺頭則路近而水嶮，從充則塗夷而運遠，帝初以爲疑，及軍至，耿舒欲從充道，援以爲棄日費糧，不如進壺頭。賊乘高守隘，水疾，船不得上。會暑甚，士卒多疫死，援亦中病，遂困，乃穿岸爲室，以避炎氣。賊每升險鼓譟，援輒曳足以觀之，左右哀其壯意，莫不爲之流涕。援竟卒於軍。事見《後漢書·馬援傳》。

〔三四〕《論語·雍也》：「伯牛有疾，子問之，自牖執其手，曰：『亡之，命矣夫！斯人也而有斯疾也！斯人也而有斯疾也！』」伯牛，孔子弟子冉耕之字。

平生書劍，宿昔琴樽〔一〕；研精殫於玉册〔二〕，博思浹於銅渾〔三〕。思欲爲龜爲鏡〔四〕，立德立言〔五〕，成天下之亹亹，定古今之諄諄〔六〕。一朝溘卧〔七〕，萬事寧論！君徒見丘中之饒朽骨，豈知陌上之有遊魂。假使百年兮上壽〔八〕，又何足以存存〔九〕！

注釋

〔一〕宿昔：向來，往日。《漢書·李廣蘇建傳》：「此陵宿昔之所不忘也。」

〔二〕研精：已見《五悲·悲才難》注〔二〕。殫：窮盡。玉册：玉製之簡册。《晉書·元帝紀》：「於時有玉册見於臨安。」按古代帝王以玉册用于祭告、封禪，也用於册命皇太子及后妃。

〔三〕《後漢書。張衡傳》：「衡善機巧，尤致思於天文、陰陽、歷算。……安帝雅聞衡善術學，公車特徵拜郎中，再遷爲太史令。遂乃研覈陰陽，妙盡璇機之正，作渾天儀。」渾天儀用精銅鑄成，故曰銅渾。浹：徹也，通也。《荀子·解蔽》：「其所以貫理焉雖億萬，已不足以浹萬物之變。」

〔四〕龜鏡：龜可卜吉凶，鏡能別美惡，故凡足以爲前知反省之助者，曰龜鏡。《北史·長孫道生傳》附長孫紹遠遺表：「此數事者，照爛典章，揚搉而言，足爲龜鏡。」

〔五〕《左傳·襄公二十四年》：「穆叔如晉，范宣子逆之，問焉，曰：『古人有言曰「死而不朽」，何謂也？』穆叔未對」。宣子曰：「昔匄之祖，自虞以上爲陶唐氏，在夏爲御龍氏，在商爲豕韋氏，在周爲唐杜氏，晉主夏盟爲范氏，其是之謂乎！穆叔曰：『以豹所聞，此之謂世禄，非不朽也。……豹聞之：「太上有立德，其次有立功，其次有立言。」雖久不廢，此之謂不朽。』」

〔六〕「成天下」二句：《易·繫辭上》：「探賾索隱，鈎深致遠，以定天下之吉凶，成天下之亹亹者，莫大乎蓍龜。」孔穎達《疏》：「《釋詁》云：亹亹，勉也。言天下萬事，悉動而好生者勉勉營爲。此蓍龜知其好惡得失，人則棄其得而取其好，背其失而求其得，是成天下之亹亹也。」定古今之諄諄：猶言定古今之是非。諄諄，教導不倦之貌。《詩·大雅·抑》：「誨爾諄諄，聽我藐藐。」《莊子·胠篋》：「故天下每每大亂，罪在於好知。……自三代以下者是已，舍夫種種之民而悦夫役役之佞，釋夫恬淡無爲而悦夫啍啍之意，啍啍已亂天下矣！」郭象《注》：「啍啍，以己誨人也。」

〔七〕溘卧：溘然而卧。溘，疾促，忽然。屈原《離騷》：「寧溘死而流亡兮，余不忍爲此態也。」

〔八〕《莊子·盗跖》：「人上壽百歲，中壽八十，下壽六十，除病瘦死喪憂患，其中開口而笑者，一月之中不過四五日而已矣。」

〔九〕《莊子·田子方》：「楚王與凡君坐，少焉，楚王左右曰凡亡者三。凡君曰：『凡之亡也，不足以喪吾存。夫「凡之亡不足以喪吾存」，則楚之存不足以存存。由是觀之，則凡未始亡而楚未始存也。』」存存，以存爲存。

悲昔遊

三悲曰：奇峰合沓半隱天〔一〕，緑蘿蒙籠水潺湲〔二〕。因嵌巖以爲室〔三〕，就芬芳以列筵。

川谷縈迴兮迷徑路〔四〕，山嶂重復兮無人煙。當谽谺之洞壑①〔五〕，臨決咽之奔泉〔六〕。中有幽憂之子〔七〕，長寂寞以思禪〔八〕。暮色躋躋②〔九〕，朝思綿綿③。形半生而半死，氣一絶而一連。

校記

①「谽谺」《英華》卷三五四作「䶔類」。　②「暮色躋躋」《英華》作「容色踳踳」。　③「朝思」《英華》作「形神」。

注釋

〔一〕合沓：重疊。謝朓《敬亭山》詩：「兹山亘百里，合沓與雲齊。」

〔二〕蘿：已見《懷仙引》注〔七〕。　蒙籠：草木茂盛貌。張衡《南都賦》：「上平衍而曠蕩，下蒙籠而崎嶇。」

〔三〕嵌巖：山之孔穴也。

〔四〕縈迴：紆曲貌。

〔五〕谽谺：山谷空濶貌。司馬相如《上林賦》：「谽呀豁閜。」又《哀二世賦》：「通谷䜭兮谽谺。」《漢書》所載作「谺谺」。

〔六〕決咽：決，奔突，冲決。咽，水流受阻不暢曰咽。

〔七〕幽憂子：盧照鄰自號。幽憂，見《病梨樹賦》注〔一七〕。

〔八〕思禪：猶參禪，佛家語，謂玄思冥想，追求真理。

〔九〕躇躇：小步，累足而行也。

自言少年遊宦，來從北燕，淮南芳桂之嶺〔一〕，峴北明珠之川〔二〕，東魯則過仲尼之故宅〔三〕，西蜀則耕武侯之薄田〔四〕。舊鄉舊國白雲邊，飛雪飛蓬暗遠天，暫辭薊北千萬里①，少别昭丘三十年〔五〕。昔時人物都應謝，聞道城隍今可憐②〔六〕。忽憶揚州揚子津〔七〕，遥思蜀道蜀橋人〔八〕。鴛鴦渚兮羅綺月〔九〕，茱萸灣兮楊柳春〔一〇〕。煙波淼淼帶平沙〔一一〕，閣棧連延狹復斜③〔一二〕。山頭交讓之木，浦口同心之花〔一三〕。嚴君平之卜肆，戴安道之貧家〔一四〕。月犯少微，弔吴中之隱士〔一五〕；星干織女，乘海上之仙槎〔一六〕。

校記

①「薊北」《英華》作「薊門」。②「今」原作「復」，據《英華》、《全唐文》改。③「閣棧」《英華》作「門棧」，注「一作閣道」。

注釋

〔一〕高宗永徽五年（始任時間當更早）至顯慶二年，鄧王元裕任壽州刺史，昇之其時已入鄧王府爲典籤，故隨鄧王在壽州任所。壽州，地當淮水之南。淮南小山《招隱士》有「桂樹叢生兮山之幽……攀援桂枝兮聊淹留」之句。題解云：《招隱士》者，淮南小山之所作也。淮南王（劉）安好古愛士，招致賓客，客有八公之徒，分造詞賦，以類相從，或稱大山，或稱小山，如詩之有大小雅焉。故稱「淮南芳桂之嶺」。

〔二〕峴北：峴山之北。峴山，在襄陽。明珠之川：指漢水，流過襄陽東北。《荀子·勸學》云「淵生珠而崖不枯」，故稱漢水曰「明珠之川」。高宗顯慶三年正月二十八日，鄧王元裕受詔移官襄州刺史，州治襄陽，故昇之得歷此地。

〔三〕仲尼宅在兗州曲阜縣。《史記·孔子世家》張守節《正義》引《括地志》云：「兗州曲阜縣魯城西南三里有闕里，中有孔子宅，宅中有廟。」據《舊唐書》鄧王元裕傳，元裕麟德二年秋七月薨，官終兗州都督。是元裕刺襄州以後，又嘗官於兗州。始任兗州之時間未詳，要當在麟德二年以前。

〔四〕此指入蜀任益州新都尉之事。武侯薄田：《三國志·蜀書·諸葛亮傳》：「建興元年，封亮武鄉侯，開府治事。」又云：「亮自表後主曰：『成都有桑八百株，薄田十五頃，子弟衣食，自有餘饒。……若臣死之日，不使内有餘帛，外有贏財，以負陛下。』」

〔五〕「暫辭」二句：薊北：已見《送幽州陳參軍赴任》注〔二〕。昭丘：指燕昭王墓，用以稱代幽薊之地。三十年：按，昇之約永徽三年（六五二）離開幽州涿縣故居入京，至永淳元年（六八二）前後，已整整三十年。

〔六〕隍：無水的城壕。《易·泰》：「城復于隍。」

〔七〕太宗貞觀二十年，盧照鄰十二歲，南下尋師，至揚州江都，就大學者曹憲學習《蒼》、《雅》及經史。故今憶及此地。揚子津：古津渡名。在江蘇江都縣南。見《嘉慶一統志·揚州府》。

〔八〕蜀橋：成都有七星橋、萬里橋、昇仙橋，見《華陽國志》。

〔九〕鴛鴦渚：地名，未詳所在。羅綺月：羅綺雲集之月，即陽春三月。唐人以三月三日爲上巳節，貴族官紳多携眷宴集於水濱，故云。羅綺：婦女所着，因用爲女子之代稱。

〔一〇〕茱萸灣：地名。《江南通志》：「茱萸灣，在江都縣東北二十里，吴王濞開茱萸灣，通海陵倉是也。」

〔一一〕淼淼：水盛大貌。帶：映帶。

〔一二〕閣棧：即棧道、閣道。《史記·高祖紀》：「輒燒絶棧道。」《索隱》：「棧道，閣道也。絶險之處，傍鑿山巖而施版梁爲閣。」

〔一三〕「山頭」二句：交讓木：楠木的别名。左太沖《蜀都賦》：「交讓所植，蹲鴟所伏。」劉淵林《注》：「兩樹對生，一樹枯則一樹生，如是歲更，終不俱生俱枯也。出岷山，在安都縣。」明王象晉《羣芳譜》卷七二《楠》：「柟生南方，故又作楠。其樹童童若幢蓋，枝葉森秀不相礙，若相避然，又名交讓木。」浦口：小河入江之處。庾信《詠畫屏風》詩之十三：「平沙臨浦口，高柳對樓前。」同心花：並蒂蓮之類，常作爲男女好合、夫婦情深之象徵。江總《秋日新寵美人應令》詩：「願並迎春比翼燕，常作照日同心花。」

〔一四〕「嚴君平」二句：《漢書·王貢兩龔鮑傳》：「蜀有嚴君平……卜筮於成都市，……裁日閲數人，得百錢足自養，則閉肆下帘而授《老子》。」《晉書·戴逵傳》：戴逵字安道，譙國人也。博學善屬文，能鼓琴，工書畫。性不樂當世，常以琴書自娱。後徙居會稽之剡縣，棲遲衡門，屢徵不就。觀此，則知昇之早年嘗游會稽也。

〔一五〕「月犯」二句：檀道鸞《續晉陽秋》曰：「謝敷字慶緒，會稽人，崇信釋氏。初入太平山中十餘年，以長齋供養爲業，招引同事，化納不倦。以母老還南山若邪中。内史郗愔表薦之，徵博士，不就。初，月犯少微星，一名處士星。古云：『以處士當之。』時戴逵居剡，既美才藝而交遊貴盛，先敷著名，時人憂之。俄而敷死，會稽人士以嘲吴人云：『吴中高士，便是求死不得。』」

〔一六〕「星于」二句：《博物志·雜説下》云：天河與海通。近世有人居海渚者，年年八月，有浮槎去來不失期。人有奇志，立飛閣於槎上，多齎糧，乘槎而去，十餘日中，猶觀星月日辰。自後芒芒忽忽，亦不覺晝夜，十餘日，奄至一處，有城郭狀，屋舍甚嚴。遥望宫中，多織婦。見一丈夫，牽牛渚次飲之。牽牛人乃驚問曰：「何由至此？」此人具説來意，并問：「此是何處？」答曰：「君還至蜀郡，訪嚴君平則知之。」竟不上岸。因還如期。後至蜀，問君平，則曰：「某年某月，有客星犯牽牛宿。」計年月，正是此人到天河時也。又，《荆楚歲時記》曰：漢武帝令張騫使大夏，尋河源，乘槎經月而至一處，見城郭如州府。室内有一女織，又見一丈夫牽牛飲河。騫問曰：「此是何處？」答曰：「可問嚴君平。」織女取搘機石與騫俱還。後至蜀問君平，君平曰：

「某年某月客星犯牛、女。」搘機石爲東方朔所識。按：《博物志》不謂犯織女之星，《歲時記》不謂乘海上之槎，此蓋兼用之。

長安綺城十二重〔一〕，金作鳳凰銅作龍〔二〕。蕩蕩千門如錦繡〔三〕，巖巖雙闕似芙蓉〔四〕。題字於扶風之柱〔五〕，繫馬於驪山之松〔六〕。灞池則金人列岸〔七〕，太華則玉女臨峰〔八〕。平明共戲東陵陌〔九〕，薄暮遥聞北闕鐘〔一〇〕。洛陽大道何紛紛，榮光休氣曉氛氲〔一一〕。交衢近接東西署〔一二〕，複道遥通南北軍〔一三〕。漢帝能拜嵩丘石〔一四〕，陳王巧賦洛川雲〔一五〕。河水河橋木蘭棟〔一六〕，金閨金谷石榴裙〔一七〕。曾入西城看歌舞，也出東郊送使君。

注釋

〔一〕綺城：建築華麗的城市。　十二重：極言樓閣之高。鮑照《代陳思王京洛篇》：「鳳樓十二重，四户八綺窗。」

〔二〕《水經注·渭水》：「建章宫北有太液池，南有璧門，三層高三十餘丈。中殿十二間，階陛咸以玉爲之。鑄銅鳳高五丈，飾以黄金，棲屋上。」《漢書·成帝紀》「上嘗急召，太子出龍樓門」《注》引張晏曰：「門樓上有銅龍，若白鶴、飛廉之爲名也。」

〔三〕蕩蕩：寬廣貌。《漢郊祀歌》：「天門開，詄蕩蕩。」　千門：指宫殿之門。班固《西都賦》：「張千門而立萬户，順陰陽以開闔。」

〔四〕巖巖：高峻貌。《詩·魯頌·閟宫》：「泰山巖巖，魯邦所詹。」　雙闕：《漢書·高帝紀》：「（七年）二月，至長安。蕭何治未央宫，立東闕、北闕……。」

〔五〕扶風：漢郡名。《漢書·地理志》：「右扶風，故秦内史，高帝元年屬雍國，……武帝建元六年分爲右内史，太初元年更名主爵都尉爲右扶風。」領縣二十一，轄境相當今陝西關中平原西部咸陽、興平、户縣、周至、眉縣、寶鷄、鳳翔、栒邑、汧陽等地。又爲縣名，武德三年析岐山置，以漳水名之，貞觀八年更名扶風。見《新唐書·地理志》。　柱：漢長安有石柱。《初學記》卷八《州郡部·關内道》引《三輔舊事》曰：「石柱以南屬京兆，北屬扶風。」

〔六〕驪山：山名，在京兆府新豐縣（垂拱中更名慶山，天寶中改爲昭應，今爲西安市臨潼區）境，有宫在山下，貞觀十八年置，咸亨二年始名温泉宫，天寶六載更名華清宫。見《新唐書·地理志》。

〔七〕《水經注·渭水》：「魏明帝景初元年，徙長安金狄，重不可致，因留霸城南。」《三國志·魏書·明帝紀》裴《注》引《魏略》曰：「是歲，徙長安諸鐘簴、駱駝、銅人、承露盤。盤折，銅人重不可致，留于霸城。」

〔八〕太華：即西岳華山。華山有三峰，西爲蓮花峰，南爲落雁峰，東曰朝陽峰，東峰之左脇中有一峰，狀甚秀異，如爲東峰所抱者，曰玉女峰，乃東峰之支峰也。見《華山記》。又，傳説太華山「上有明星玉女，持玉漿，得上服之，即成仙」。見《山海經·西山經》郭璞《注》。

〔九〕東陵：《史記·蕭相國世家》：「召平者，故秦東陵侯，秦破爲布衣，貧，種瓜于長安城東，瓜美，故世俗謂之東陵瓜。」此處泛指長安城東。

〔一〇〕北闕：漢未央宫有北闕，已見本篇注〔四〕。　此處指代唐朝皇宫。

〔一一〕榮光休氣：彩色的雲氣。古時迷信以爲吉祥的兆頭。《初學記》卷六《地部中》引《尚書·中候》：「榮光出河，休氣四塞。」　氛氲：盛貌。謝惠連《雪賦》：「其爲狀也，散漫交錯，氛氲蕭索。」

〔一二〕交衢：一縱一横的十字大街。《周禮·地官司徒·保氏》「乃教之六藝……四曰五馭」鄭司農《注》：「五馭：鳴和鸞，逐水曲，過君表，舞交衢，逐禽左。」　署：官署。見《廣韻》。

〔一三〕複道：已見卷二《長安古意》注〔九〕。　南北軍：西漢禁衛軍有南北之分。南軍守衛未央宫，由衛尉主管；北軍守衛長樂宫，由中壘校尉主管，非有事不由太尉等將軍統轄。《史記·吕太后本紀》：「七月中，高后病甚，迺令趙王吕禄爲上將軍，軍北軍；吕王産居南軍。」

〔一四〕漢武帝嘗禮拜中嶽嵩山。《漢書·郊祀志》：「三月，乃東幸緱氏，禮登中嶽太室。……乃令祠官加增太室祠，禁毋伐其山木，以山下户凡三百封崈高，爲之奉邑。」

〔一五〕陳王，即三國魏陳思王曹植，植有《洛神賦》，辭極巧麗。其序曰：「余從京師，言歸東藩，背伊闕，越轘轅。……容與乎陽林，流眄乎洛川。……覩一麗人，於巖之畔。乃援御者而告之曰：『爾有覿於彼者乎？彼何人斯，若此之豔也？』對曰：『臣聞河洛之神，名曰宓妃。然則君王所見，無乃是乎？其狀若何，臣願聞之。』余告之曰：其形也，翩若驚鴻，婉若遊龍。……髣髴兮若輕雲之蔽月，飄飄兮若流風之迴雪。」

〔一六〕河橋：建于黄河上的浮橋，在孟津（在今河南孟州）。檀道鸞《晋陽秋》：「杜預造河橋於富平津。所謂造舟爲梁也。」按：富平津，即孟津，又名盟津。栧：同「枻」，船槳。《九歌·湘君》：「桂櫂兮蘭枻。」

〔一七〕金閨：漢未央宫有金馬門，别稱曰金閨。《史記·滑稽列傳》：「（東方朔）時坐席中，酒酣，據地歌曰：『陸沈於俗，避世金馬門。……』金馬門者，宦者署門也，門傍有銅馬，故謂之曰『金馬門』。」謝朓《始出尚書省》詩：「既通金閨籍，復酌瓊筵醴。」金谷：已見卷一《病梨樹賦》注〔三〕。石榴裙：大紅裙。梁元帝《烏栖曲》：「芙蓉爲帶石榴裙。」

一朝憔悴無氣力，曝骸委骨龍門側〔一〕。當時相重若鴻鐘，今日相輕比蟬翼。代情兮共此，何余哀之能得！使我孤猿哀怨，獨鶴驚鳴；蘿月寡色，風泉罷聲〔二〕。嗟昊天之不弔〔三〕，悲后土之無情。松架森沉兮户内掩〔四〕，石樓摧折兮柱將傾〔五〕。竊不敢當雨露之恩惠，長痛恨於此生。

注釋

〔一〕《藝文類聚》卷九六《鱗介部·龍》引《辛氏三秦記》曰：「河津一名龍門，大魚集龍門下數千，不得上，上者爲龍，不上者點額曝腮（四字原脱，據他書補），故云『曝腮龍門』。」

〔二〕「使我」以下四句：孔稚珪《北山移文》曰：「使我高霞孤映，明月獨舉，青松落陰，白雲誰侶？」昇之四句由此脱化。

〔三〕《左傳·哀公十六年》：「夏四月己丑，孔丘卒。公誄之曰：『旻天不弔，不憖遺一老，俾屏余一人以在位。……』」杜預《注》：「仁覆閔下，故稱旻天。弔，至也。」今人楊伯峻先生云：「弔即金文叔字，善也。」可從。按：《左傳》原文作「旻天不弔」，此處作「昊天」，亦通。昊天，天也。昊，元氣博大貌。《書·堯典》：「乃命羲和，欽若昊天。」

〔四〕松架：指房屋，以松木結構而成，故云。森沉：陰暗貌。鮑照《銅山掘黄精》詩：「銅谿晝森沉，乳竇夜涓滴。」

〔五〕石樓：壘石而成之樓。《南史·陳本紀上》：「廣州言仙人見于羅浮山寺小石樓。」

悲今日

四悲曰：傾蓋若舊，白頭如新〔一〕，嘗謂談過其實〔二〕，辨而非真〔三〕。自高枕箕潁〔四〕，長揖交親〔五〕，以蕙蘭爲九族〔六〕，以風烟爲四隣。朝朝獨坐，唯見羣峰合沓〔七〕；年年孤卧，常對古樹輪囷〔八〕。相弔相哭，則有饑鼯啼夜〔九〕；相慶相賀，則有好鳥歌春。林麌麌兮多鹿〔一〇〕，山蒼蒼兮少人。時向南溪汲水①，或就東巖負薪。百年之中，皆爲白骨；千里之外，時見黄塵。平生連袂〔一一〕，宿昔銜杯〔一二〕，談風雲於城闕，弄花鳥於池臺②。皆是西園上客〔一三〕，東觀高才〔一四〕，超班匹賈，含鄒吐枚〔一五〕。一琴一書，校奇蹤於既往〔一六〕；一歌一詠，垂妙製於將來。絃將調而雪舞〔一七〕，筆屢走而雲迴。自謂蘭交永合〔一八〕，松契長并〔一九〕。通宵扼腕〔二〇〕，終日盱衡〔二一〕；罵蕭、朱爲賈豎〔二二〕，目張、陳爲老兵〔二三〕。悲蒼黄兮驟變〔二四〕，恨消長之相傾〔二五〕。貴而不驕，人皆共推晏平仲〔二六〕；死且不朽，吾每獨稱范巨卿〔二七〕。

校記

①「南溪」　《英華》卷三五四、《全唐文》卷一六六作「西溪」。　②「花鳥」　《英華》、《全唐文》作「花竹」。

注釋

〔一〕「傾蓋」二句：《漢書·鄒陽傳·獄中上梁孝王書》：「語曰『有白頭如新，傾蓋如故』。何則？知與不知也。」《注》引孟康曰：「初相識至白頭不相知。」又引文穎曰：「傾蓋，猶交蓋，駐車也。」

〔二〕《三國志·蜀書·馬良傳》：「先主臨薨謂亮曰：『馬謖言過其實，不可大用，君其察之！』」

〔三〕辨：通「辯」，有口才。《史記·淮南王傳》：「諸辨士爲方略者，妄作妖言，諂諛王。」

〔四〕箕潁：晉皇甫謐《高士傳·許由》：「由於是遁而耕於中嶽，潁水之陽，箕山之下。」後世遂謂隱者所居之地曰箕潁。按：盧照鄰作《五悲》時，可能已卧疾于登封縣境内之東龍門山，其地去許由山（又名崿嶺，相傳即許由隱居之箕山，在河南登封市東南）不遠。

〔五〕長揖：相見時，拱手自上而至極下以爲禮。《史記·酈生傳》：「酈生入，則長揖不拜。」此處是「長揖而别」的意思。　交親：互相親近。《荀子·不苟》：「交親而不比。」此處指相互親近的人。

〔六〕九族：始見於《書·堯典》「以親九族」。漢代儒家有二説。《今文尚書》家夏侯、歐陽説九族爲異姓親族，即父族四、母族三、妻族二。見《左傳·桓公六年》《注》、《疏》。班固《白虎通·宗族》從之。《古文尚書》家認爲是同姓親族，謂從自己算起，上至高祖，下至玄孫爲九族。馬融、鄭玄從之。見《尚書》馬融、鄭玄《注》，《詩·小雅·常棣》鄭玄《箋》等。

〔七〕已見《五悲·悲昔遊》注〔一〕。

〔八〕輪囷：屈曲貌。《史記·鄒陽傳·獄中上梁孝王書》：「蟠木根柢輪囷離詭，而爲萬乘器者。」

〔九〕鼯：鼠名。俗稱飛鼠，形似蝙蝠，因其前後肢間有飛膜，能在樹林中滑翔，古人誤以爲鳥類。見《爾雅·釋鳥》。

〔一〇〕麌麌：羣聚貌。《詩·小雅·吉日》：「獸之所同，麀鹿麌麌。」毛《傳》：「麌麌，衆多也。」

〔一一〕連袂：携手同行。潘岳《藉田賦》：「躡踵側肩，掎裳連襼。」《文選》李善《注》引郭璞《方言注》曰：「襼即袂字也。」

〔一二〕宿昔：向來，往日。《漢書·蘇建傳》附蘇武：「此陵宿昔之所不忘也。」

〔一三〕西園：園名，漢末曹操所建，在鄴都。魏文帝《芙蓉池作》詩：「乘輦夜行遊，逍遥步西園。」曹植《公讌》詩：「清夜遊西園，飛蓋相追隨。」按：西園上客，當指王粲、劉楨、應瑒等人。

〔一四〕東觀：宫名，在漢洛陽南宫。漢明帝時命班固等人在此修撰《漢紀》，章、和二帝以後爲聚藏圖書之處。後泛指宫中藏書和著書之處。《後漢書·竇章傳》：「是時學者稱東觀爲老氏臧室，道家蓬萊山。」

〔一五〕「超班」二句：班：指班固，東漢文章家、辭賦家。賈：指賈誼，西漢辭賦家、政論家。鄒：指鄒陽，西漢梁孝王賓客，策士，文章家。枚：指枚乘、枚皋父子，西漢辭賦家。

〔一六〕校：較量，計較。《論語·泰伯》「有若無，實若虚，犯而不校。」此處有「競賽」、「争勝」的意思。

〔一七〕琴曲有《陽春》、《白雪》，故云。

〔一八〕蘭交：志同道合的朋友。《易·繫辭上》：「同心之言，其臭如蘭。」

〔一九〕松契：長久的情誼，取松長生其葉長緑之義。

〔二〇〕扼腕：手握其腕，表示激動、振奮、憤怒或惋惜。《戰國策·燕策三》：「樊於期偏袒扼腕而進曰：『此臣日夜切齒拊心也。』」又，左思《蜀都賦》：「劇談戲論，扼腕抵掌。」

〔二一〕盱衡：舉眉揚目。左太冲《魏都賦》：「魏國先生……乃盱衡而誥曰」李善《注》引《漢書音義》曰：「眉上曰衡，謂舉眉揚目也。」又引《字林》曰：「盱，張目也。」

〔二二〕西漢時，蕭育與朱博爲友，著聞當世，長安語曰「蕭、朱結綬，王、貢彈冠」，言其相薦達也。育與博後有隙，不能終，故世以交爲難。事見《漢書·蕭望之傳》。賈，商賈。豎，對人的鄙稱，猶言

「小子」。《史記·蕭相國世家》：「今相國多受賈竪金而爲民請吾苑。」

〔三三〕張耳、陳餘，並戰國大梁人，爲魏名士。陳餘年少，父事張耳，兩人相與爲刎頸交。秦滅魏數歲，聞二人名，購求之，乃亡命之陳。陳涉反秦，略地至陳，二人謁之。後爲陳王涉將軍武臣左右校尉，北略趙地。武臣自立爲趙王，以陳餘爲大將軍、張耳爲右丞相。李良叛，殺武臣，張、陳復求得六國趙王之後名歇者立爲趙王。及秦將章邯、王離擊趙，張耳與趙王歇走入鉅鹿，爲王離所圍。陳餘北收常山兵數萬人，軍鉅鹿北。秦急攻鉅鹿，城中食盡兵少，張耳數使人召陳餘來援，餘自度兵少，不敵秦，不敢前。數月，張耳大怒，遂與陳餘反目。其後至於治兵相攻。事見《史記·張耳陳餘列傳》。

〔三四〕老兵，輕視武人之稱。《三國志·蜀書·費詩傳》：「先主爲漢中王，遣詩拜關羽爲前將軍。羽聞黄忠爲後將軍，羽怒曰：『大丈夫終不能與老兵同列！』」

〔三五〕蒼黄驟變：孔德璋《北山移文》：「豈期終始參差，蒼黄翻覆。」李善《注》引《淮南子》曰：「……墨子見練絲而泣之，爲其可以黄，可以黑。」

〔三六〕消長相傾：謂事物變化無恒，此消彼長，此長彼消。《後漢書·黨錮列傳贊》：「蘭蕕無並，消長相傾。」

「貴而不驕」二句：晏子爲齊相，出，其御之妻從門閒而窺其夫。其夫爲相御，擁大蓋，策駟馬，意氣揚揚，甚自得也。既而歸，其妻請去。夫問其故，妻曰：「晏子長不滿六尺，身相齊國，名顯諸侯，今者妾觀其出，志念深矣，常有以自下者。今子長八尺，乃爲人僕御，然子之意自以爲足，妾是以求去也。」其後夫自抑損。晏子怪而問之，御以實對。晏子薦以爲大夫。事見《史記·管晏列傳》。

〔二七〕「死且不朽」二句：范式字巨卿，山陽金鄉人也。少游太學，與汝南張劭爲友。劭字元伯。二人並告歸鄉里。式謂元伯，後二年某月日當過拜尊親。期方至，元伯白母請設饌候之。母疑其不信，劭堅請勿疑。至其日，巨卿果至。盡歡而别。後元伯病卒。式爲郡功曹，忽夢見元伯呼之，告以死日及葬期。式覺寤，乃告太守，請往奔喪。遂服朋友之服，馳往赴之。未及到，而喪已發引，既至壙，將窆，而柩不肯進，遂停柩移時，乃見有素車白馬號哭而來，即范巨卿也。既至，叩喪言曰：「行矣元伯！死生路異，永從此辭。」因執紼而引，柩於是乃前。式遂留止冢次，爲脩墳植樹，然後乃去。事見《後漢書·獨行列傳·范式傳》。死且不朽，語出《左傳·僖公三十三年》。

及其蹇産摧聯①〔一〕，支離括撮〔二〕，已濡首兮將死〔三〕，尚摇尾兮求活。莊西貸而魚窮〔四〕，姬東徂而狼跋〔五〕。今皆慶弔都斷〔六〕，存亡永濶②〔七〕，憑駟馬而不追〔八〕，寄雙魚而莫達〔九〕。向時之清談尚存〔一〇〕，今日之相知已没③。

校記

①「摧」《英華》作「推」。　②「存」原作「在」，據《英華》、《全唐文》改。　③「没」原作「末」，

據《英華》、《全唐文》改。

注釋

〔一〕蹇産：屈曲貌。《九章·哀郢》：「心絓結而不解兮，思蹇産而不釋。」 摧聯：或作「推聯」，並不詳。

〔二〕支離：形體不全，衰弱。《莊子·人間世》：「支離疏者，頤隱於臍，肩高於頂，會撮指天，五管在上，兩髀爲脇，挫鍼治繲，足以糊口；鼓筴播精，足以食十人。……夫支離其形者，猶足以養其身，終其天年，又況支離其德者乎。」 括撮：即上引《莊子·人間世》「會撮指天」之「會撮」。會撮，髮髻也。《經典釋文》引司馬彪云：「會撮，髻也。」會，《集韻》讀古括切，入聲，與「括」正同。

〔三〕濡首：《易·未濟》：「有孚於飲酒，无咎，濡其首，有孚失是。象曰：飲酒濡首，亦不知節也。」後用爲沉湎于酒之意。此處是沉溺、沉淪的意思。

〔四〕《莊子·外物》曰：莊周家貧，故往貸粟於監河侯。監河侯曰：「諾。我將得邑金，將貸子三百金，可乎？」莊周忿然作色曰：「周昨來，有中道而呼者。周顧視車轍中，有鮒魚焉。周問之曰：『鮒魚來！子何爲者邪？』對曰：『我，東海之波臣也。君豈有斗升之水而活我哉？』周曰：『諾。我且南遊吴越之土，激西江之水而迎子，可乎？』鮒魚忿然作色曰：『吾失我常與，我无所處。吾得斗升之水然活耳，君乃言此，曾不如早索我於枯魚之肆！』」

〔五〕姬，指周公旦，周武王弟。武王既崩，成王少，周公乃踐阼代成王攝政當國。管叔及其羣弟流言于國曰：「周公將不利於成王。」事見《史記·周本紀》及《魯周公世家》。遠則管叔及其羣弟流言，近則成王不知其心，以爲周公實欲篡奪己位，周公進退有難，有如「狼跋」。《詩·豳風·狼跋·序》云：「《狼跋》，美周公也。周公攝政，遠則四國流言，近則王不知，周大夫美其不失其聖也。」詩云：「狼跋其胡，載疐其尾。」毛《傳》：「興也。跋，躐；疐，跲也。老狼有胡，進則躐其胡，退則跲其尾。進退有難，然而不失其猛。」東徂：東征也。《詩·豳風·東山·序》：「《東山》，周公東征也。」毛《傳》：「成王既得金縢之書，親迎周公。周公歸攝政，三監及淮夷叛，周公乃東伐之，三年而後歸。」東徂，語本《東山》：「我徂東山，慆慆不歸。」

〔六〕慶弔：慶賀與弔慰。《史記·蘇秦傳》：「是何慶弔相隨之速也。」

〔七〕濶：乖隔也。《詩·邶風·擊鼓》：「于嗟濶兮，不我活兮！」

〔八〕《鄧析子·轉辭》：「一聲而非，駟馬勿追；一言而急，駟馬不及。」本謂話已出口，無法收回。此處謂昔日的交游情誼斷絶，無法挽回。

〔九〕漢樂府《飲馬長城窟行》：「客從遠方來，遺我雙鯉魚。呼兒烹鯉魚，中有尺素書。」故稱書信爲「魚書」或「雙魚」。

〔一〇〕清談：敬稱他人之言論。劉楨《贈五官中郎將》詩：「清談同日夕，情眄敍憂勤。」

則有河濱漂母〔一〕，隴上樵夫，盤餐帶粟，粥麵兼麩〔二〕，藜羹一簋〔三〕，濁酒一壺，夫負妻戴①〔四〕，男歡女娱。樊重巒之岩㟧〔五〕，歷飛澗之崎嶇，哀王孫而進饋〔六〕，問公子之所須。因謂余曰：可憐可憐②！聖人之過久矣，君子之罪多焉。詩書禮樂，適足衰人之神用〔七〕；宗族朋友，不足駐人之頹年〔八〕。削跡伐樹，孔席豯來不暖；摩頂至踵③，墨突何時有煙〔九〕。一朝至此，萬事徒然。自昔相逢，把臂談玄〔一〇〕，横雕龍於翠尾〔一一〕，飛縞鳳於瓊筵〔一二〕。各自雲騰羽化〔一三〕，谷變鶯遷〔一四〕，鳴香車於闕下〔一五〕，曳珠履於君前〔一六〕。豈憶荒山之幽絶〔一七〕，寧知枯骨之可憐。傳與千秋萬古④，寄言白日黄泉：雖有羣書萬卷，不及囊中一錢〔一八〕。

校記

①「戴」原作「帶」，據《英華》、《全唐文》改。　②「可憐可憐」　《英華》、《全唐文》作「哀哉可憐」。　③「踵」原作「足」，據《英華》、《全唐文》改。　④「與」　《英華》、《全唐文》作「語」。

注釋

〔一〕《史記·淮陰侯列傳》：「（韓）信釣於城下，諸母漂，有一母見信飢，飯信，竟漂數十日，信喜，謂漂母曰：『吾必有以重報母。』母怒曰：『大丈夫不能自食，吾哀王孫而進食，豈望報乎？』」漂母，在水邊漂洗衣物的老婦。

〔二〕䴬：小麥皮屑。

〔三〕藜羹：用嫩藜煑成的羹，指粗劣的食物。《莊子·讓王》：「孔子窮於陳蔡之間，七日不火食，藜羹不糝。」藜，草名，又名萊，俗名紅心灰藋，初生可食，古蒸以爲茹，莖老可作杖。見《本草綱目》卷二七《菜二·藜》。　簋：古代祭祀宴享時盛黍稷的器皿。《詩·秦風·權輿》：「於我乎，每食四簋。」《説文解字》：「簋，黍稷方器也。」

〔四〕《莊子·讓王》：「於是夫負妻戴，……終身不反也。」戴，用頭頂着東西。

〔五〕岜甹：山高貌。左思《吴都賦》：「雖有石林之岜崿，請攘臂而靡之。」甹，同「崿」。

〔六〕見「漂母」注。王孫，司馬貞《史記索隱》引劉德曰：「秦末多失國，言王孫、公子，尊之也。」饋，食，吃。《淮南子·氾論訓》：「當此之時，一饋而十起，一沐而三捉髮，以勞天下之民。」引伸爲食物。

〔七〕神用：神明之用，即精神之作用。任彦昇《王文憲集序》：「不可窮者，其惟神用者乎。」

〔八〕頽年：衰老之年。陸機《應嘉賦》：「悲來日苦短，恨頽年之促。」

〔九〕「削跡」以下四句：《莊子·天運》：「孔子西遊於衛。顔淵問師金曰：『以夫子之行爲奚如？』……師金曰：『夫芻狗之未陳也，盛以篋衍，巾以文繡，尸祝齊戒以將之。及其已陳也，行者踐其首脊，蘇者取而爨之而已』。……今而夫子，亦取先王已陳芻狗，聚弟子游居寢卧其下。故伐樹於宋，削迹於衛，窮於商周。」按：「削迹」、「伐樹」之事，詳見《史記·孔子世家》，此從略。《淮南子·脩務訓》：「孔子無黔突，墨子無煖席。」高誘《注》：「言其突竈不至於黑，坐席不至於温，歷行諸國，汲汲於行道也。」此言「孔席」，下文曰「墨突」，錯綜其辭也。《孟子·盡心上》：「墨子兼愛，摩頂放踵，利天下爲之。」趙岐《注》：「摩突其頂，下至於踵。」言從頭到脚皆磨傷。頂，頭頂，踵，脚後跟。按：放踵，李善《文選》注引作「致踵」，注云「致，至也」，與昇之所用恰合。

〔一〇〕把臂：猶言握臂，親密之意。《後漢書·吕布傳》：「布歸張楊，道經陳留，太守張邈相待甚厚。臨别，把臂言誓。」　談玄：談論玄理。《世説新語·容止》：「王夷甫容貌整麗，妙於談玄。」

〔一一〕雕龍：戰國齊人騶衍「言天事」，善閎辯。騶奭「采騶衍之術以紀文」。齊人因稱騶衍爲「談天衍」、騶奭爲「雕龍奭」。見《史記·孟子荀卿列傳》。《集解》引劉向《别録》曰：「騶奭脩衍之文，飾若雕鏤龍文，故曰雕龍。」後因用爲善於文辭之喻。

〔一二〕《西京雜記》卷二載，漢揚雄著《太玄經》，夢吐白鳳凰集《玄》之上。瓊筵，華貴的筵席。謝朓《始出尚書省》詩：「既通金閨籍，復酌瓊筵醴。」

〔一三〕雲騰：雲飛升也。此處喻人之地位升遷。　羽化：世稱成仙爲羽化，謂其飛昇變化，若生羽翼也。此以喻擢昇高位也。《晉書·許邁傳》：「父母既終，乃遣婦孫氏還家，遂攜其同志徧游名山焉。……自後莫測所終，好道者皆謂之羽化矣。」

〔一四〕《詩·小雅·伐木》曰：「伐木丁丁，鳥鳴嚶嚶。出自幽谷，遷于喬木。」《詩》初不謂「鶯」鳴。

然以下文有「嚶其鳴矣，求其友聲」之句，嚶、鶯同音，文人用典，遂有「鶯遷」之目。「谷變鶯遷」四字亦本乎此，喻人之飛黄騰達也。

〔一五〕香車：車之以香木製成者。魏武帝《與楊彪書》：「今贈足下畫輪四望通幰七香車二乘。」闕下：宫門之下，指首都。

〔一六〕珠履：履之以珍珠爲飾者。《史記·春申君列傳》：「春申君客三千餘人，其上客皆躡珠履以見趙使，趙使大慙。」

〔一七〕幽絶：幽静到極點。

〔一八〕「雖有」二句：語本《後漢書·文苑列傳·趙壹傳·刺世疾邪賦》：「文籍雖滿腹，不如一囊錢。」

悲人生

五悲曰：禮樂既作，仁義不僁〔一〕，死生有命，富貴在天〔二〕。一變一化，一虧一全。去其外物〔三〕，歸於内篇①〔四〕。儒與道兮，方計於前，其書萬卷〔五〕，其學千年〔六〕。鐘鼓玉帛，蹩躠踶躚〔七〕；金木水火，混合推遷〔八〕。六合之内〔九〕，慕其風兮如市；百代之後，隨其流兮若川。三界九地〔一〇〕，往返周旋；四生六道〔一一〕，出没牽聯。硠硠磕磕，蠢蠢翾翾〔一二〕，受苦受樂，可悲可憐。

校記

①「歸於内篇」 《英華》卷三五四注「一作歸於自然」。

注釋

〔一〕語本《左傳·昭公四年》：「《詩》曰：『禮義不愆，何恤於人言？』」杜預《注》：「逸詩也。」愆，同「僁」，罪過，過失，引伸爲違反。

〔二〕「死生」二句：《論語·顔淵》：「子夏曰：商聞之矣：『死生有命，富貴在天。』」

〔三〕外物：身外之物也，如爵禄名位之類。又，《莊子》有《外物》篇，屬《雜篇》。

〔四〕内篇：諸子書多有分爲内外篇者。大抵内篇爲作者要旨所在，外篇其緒餘也。《莊子》分内、外、雜三篇。唐成玄英《莊子序》曰：「所言《内篇》者，内以待外立名，……《内》則談於理本，《外》則語其事迹。事雖彰著，非理不通；理既幽微，非事莫顯；欲先明妙理，故前標《内篇》。《内篇》理深，故每於文外別立篇目。」其他如《晏子春秋》、《淮南子》等，亦分内外篇。此處所謂「内篇」，蓋借用爲人生奥義之意。

〔五〕《史記·太史公自序·論六家要旨》曰：「夫儒者以《六藝》爲法。《六藝》經傳以千萬數，累世不能通其學，當年不能究其禮，故曰『博而寡要，勞而少功』。」

〔六〕謂儒家與道家之學説傳世已有千年。

〔七〕「鐘鼓」二句：謂儒家講求禮樂，强調倫理。祭祀宴享，奏鐘鼓，薦玉帛，繁文縟禮，盡心致力於仁義忠孝。蹩躠，用心力貌。《莊子·馬蹄》：「蹩躠爲仁，踶跂爲義，而天下始疑矣。」成玄英《疏》：「蹩躠，用力之貌。」又，張衡《南都賦》：「翹遥遷延，躈躃蹁躚。」蹁，同「蹁」，見《類篇》。

〔八〕推遷：推移，變化。陶淵明《榮木》詩《序》：「日月推遷，已復九夏。」

〔九〕六合：天地四方曰六合。《莊子·齊物論》：「六合之外，聖人存而不論。」

〔一〇〕三界：佛教用語。佛教把生死流轉的人世間分爲三界，即欲界、色界、無色界。《大佛頂首楞嚴經》卷一：「弘範三界，應身無量。」　九地：根據地質、地形而分的九種土地。揚雄《太玄經·玄數》：「九地：一爲沙泥，二爲澤地，三爲沚崖，四爲下田，五爲中田，六爲上田，七爲下山，八爲中山，九爲上山。」

〔一一〕四生：佛教分世界衆生爲四大類：胎生、卵生、濕生、化生。胎生如人與畜；卵生如飛鳥與魚鱉；濕生如蟲、蝎與飛蛾等；化生謂無所依托，唯借業力而忽然出現者，如諸天與地獄等。《法苑珠林》卷八九「四生」「會名」：「故有四生。依殼而生曰卵，含藏而出曰胎，假潤而興曰濕，欻然而現曰化。」　六道：佛教用語。指天道、人道、阿修羅道、餓鬼道、畜生道、地獄道。《法華經一·序品》：「六道衆生，生死所趣。」

〔一二〕「硠硠」二句：硠硠磕磕：象聲詞，轉石相擊之聲也。司馬相如《子虛賦》曰：「礧石相擊，硠硠磕磕，若雷霆之聲。」　蠢蠢：動擾貌。《左傳·昭公二十四年》：「今王室實蠢蠢焉。」　翾翾：小飛貌。《韓詩外傳》卷九：「夫鳳凰之初起也翾翾，十步之雀喔咿而笑之。」

有超然之大聖，歷曠劫以爲期〔一〕。戒定慧解非因人〔二〕，慈悲喜捨非見思〔三〕。聞儒道之高論，乃撞鐘而應之，曰：止止善男子〔四〕，覿向時之華説〔五〕，乃天下之辨士〔六〕。請弄宜僚之丸，以合兩家之美〔七〕。

注釋

〔一〕曠劫：極言過去時之長久。曠，久遠；劫，梵語「劫波」之略。佛經言天地的形成到毀滅謂之一劫。《法苑珠林·劫量述意》：「夫劫者，蓋是紀時之名，猶年號耳。」謝靈運《山居賦》：「析曠劫之微言，説像法之遺旨。」

〔二〕戒定慧解：佛教用語。即一戒、二定、三慧、四解脱、五解脱知見。是謂之五分法身。戒定慧三者稱爲三學。《翻譯名義集》卷四曰：「防非止惡曰戒，身慮静缘曰定，破惡證真曰慧。」《三藏法數》卷九曰：「如來立教，其法有三：一曰戒律，二曰禪定，三曰智慧。然非戒無以生定，非定無以生慧，三法相資，不可缺。」戒定慧三者如上。解脱者自慧斷惑，解惑之繫縛，即涅槃之事。解脱知見者，認已解脱之智慧也。是前三者爲修因，後二者結果也。以此五種之法爲佛之身體，故云法身。

〔三〕慈悲喜捨：佛教用語。即四無量心，又名四等，四梵行，十二門禪中之四禪也。一慈無量心，能與樂之心也；二悲無量心，能拔苦之心也；三喜無量心，見人離苦得樂生慶悦之心也；四捨無量心，如上三心捨之而心不存着也，又怨親平等、捨怨捨親也。此四心普缘無量衆生，引無量之福，故名無量心。又平等利一切衆生，故名等心。此四心依四禪定而修之，修之則得生色界之梵天，故云四梵行。《智度論》卷二十曰：「四無量心者，慈悲喜捨。」非見思：謂修得四無量心，則心不復憂念，情無所存著，故曰非見思。

〔四〕止止：兩「止」字連用，無所取義。未詳其解。疑猶「休乎，休乎」，勸阻之辭也。善男子：佛家稱信仰佛教的男子。鳩摩羅什譯《金剛經·善現啟請分》：「合掌恭敬，而白佛言：『希有世尊，……善男子，善女人，發阿耨多羅三藐三菩提心。』」

〔五〕華説：巧麗閎辯之説。曹植《七啟》：「正流俗之華説，綜孔氏之舊章。」

〔六〕辨士：能言善辯的人。《史記·淮南王列傳》：「諸辨士爲方略者，妄作妖言，諂諛王。」

〔七〕「請弄」二句：《莊子·徐無鬼》曰：「市南宜僚弄丸而兩家之難解。」成玄英《疏》：「楚白公勝欲因作亂，將殺令尹子西。司馬子綦言熊宜勇士也，若得，敵五百人，遂遣使屈之。宜僚正上下弄丸而戲，不與使者言。使因以劍乘之，宜僚曾不驚懼，既不從命，亦不言他。白公不得宜僚，反事不成，故曰：『兩家之難解。』」

若夫正君臣，定名色〔一〕，威儀俎豆〔二〕，郊廟社稷〔三〕，適足誇耀時俗，奔競功名〔四〕，使六義相亂〔五〕，四海相爭。我者遺其無我，生者哀其無生①〔六〕。孰與乎身肉手足，濟生人之塗炭；國城府庫，恤貧者之經營〔七〕。捨其有愛以至於無愛〔八〕，捨其有行以至於無行。

校記

①「我者遺其無我，生者哀其無生」《英華》「無生」下注「二句一作『有者遺其無，死者哀其生』。」

注釋

〔一〕「若夫」二句：《禮記・哀公問》：「公曰：『敢問爲政如之何？』孔子對曰：『夫婦别，父子親，君臣嚴。三者正，則庶物從之矣。』」又，《禮記・冠義》：「凡人之所以爲人者，禮義也。禮義之始，在於正容體，齊顔色，順辭令。容體正，顔色齊，辭令順，而後禮義備，以正君臣，親父子，和長幼。」《論語・子路》：「子路曰：『衛君待子而爲政，子將奚先？』子曰：『必也正名乎！』」

〔二〕威儀：指禮儀細節。《禮記・中庸》：「禮儀三百，威儀三千。」俎豆：禮器。俎，置肉的几；豆，盛乾肉一類食物的器皿。並爲古代宴客、朝聘、祭祀所用。《論語・衛靈公》：「俎豆之事，則嘗聞之矣。」

〔三〕郊廟：祀天地與祭祖先也。《禮記・月令》：「季夏之月，命婦官染采以給郊廟祭祀之服，以爲旗章，以别貴賤等級之度。」社稷：土、穀之神。《周禮・春官・大宗伯》：「以血祭祭社稷五祀五嶽。」

〔四〕奔競：奔走而競爭名利。干寶《晉紀總論》：「悠悠風塵，皆奔競之士。」

〔五〕六義：《詩・大序》謂詩有六義：「一曰風，二曰賦，三曰比，四曰興，五曰雅，六曰頌。」

〔六〕「我者」二句：意謂執著於「我」者不知道「諸法無我」的道理；執著於「生」者不知道生是虚妄的道理，因而對死亡感到悲哀。按：原始佛教爲了論証人生是無常、無我的，提出了三個命題：「諸行無常」，「諸法無我」，「一切皆苦」。合稱爲「三法印」。所謂「我」，是主宰和實體的意思。佛教認爲人和人以外的其他一切事物一樣，都是各種因素的集合體，是遷流轉變的、相對的、暫時的，都没有獨立不變的實體或主宰者，所以説「人無我」、「法無我」。佛教大乘空宗認爲，萬物既然是因緣和合而生，即依靠其他原因、條件而生，不是從它自身中産中，這就説明它不是真實存在的。所以，生和滅也就是没有實有自性的，是不生、無生。既不執著於「生滅」見，則「生者」亦不必「哀其無生」矣。龍樹《中論・觀因緣品第一》曰：「不生亦不滅，不常亦不斷，不一亦不異，不來亦不出。」

〔七〕「孰與」以下四句：佛教教義認爲，現世之貴賤榮辱、苦樂禍福，皆爲前世之業力所定。今生之爲善與作惡，乃來世禍福之根由。欲解脱世間一切煩惱，唯有捨棄一切出家修行。因此，佛家經典極力鼓吹「布施」。如：葉波國太子須大拏出國庫之金銀珠寶於都城四門及集市，布施與孤老疾殘之窮民以及所有前來乞討者，以致國庫爲之空虚。見《太子須大拏經》。王子摩訶薩陀爲普渡衆生甚至捨身飼虎，見《菩薩本生鬘》。塗炭：爛泥和炭火，比喻災難困苦。僞《古文尚書・仲虺之誥》：「有夏昏德，民墜塗炭。」恤：憂念，顧惜。《詩・小雅・小弁》：「我躬不閲，遑恤我後。」

〔八〕無愛：佛家語。如來無餓鬼愛，故名真解脱。餓鬼愛者貪欲無厭如餓鬼也。《涅槃經·四相品》曰：「若得成阿耨多羅三藐三菩提也，無愛無疑。無愛無疑即真解脱。」

若夫呼吸吐納〔一〕，全身養精，反於太素〔二〕，飛騰上清〔三〕，與乾坤合其壽，與日月齊其明〔四〕，適足增長諸見，未能永證無生〔五〕。孰與夫離常離斷〔六〕，不始不終；恒在三昧〔七〕，常遊六通〔八〕；不生不住無所處，不去不滅無所窮〔九〕；放毫光而普照〔一〇〕，盡法界與虚空〔一一〕。苦者代其勞苦，蒙者導其愚蒙〔一二〕。施語行事〔一三〕，未嘗稱倦；根力覺道〔一四〕，不以爲功。

注釋

〔一〕呼吸吐納：道家養生之術，指出息入息，口吐濁氣，鼻引清氣，云可以去病。《莊子·刻意》：「吹响呼吸，吐故納新，熊經鳥申，爲壽而已矣。」

〔二〕太素：樸素。何晏《景福殿賦》：「絶流遁之繁禮，反民情於太素。」反，通返。

〔三〕上清：道家幻想的仙境，爲三清之一。《靈寶太乙經》：「四人天外曰三清境，玉清、太清、上清，亦名三天。」

〔四〕「與乾坤」二句：謂長生久視也。語本《易·乾·文言》：「夫大人者，與天地合其德，與日月合其明。」

〔五〕「適足」二句：諸見：即諸「惡見」，佛教指違背佛教義理的錯誤見解，凡五種：一、「薩迦耶見」，即「身見」、「我見」，指以爲「我」和「我所」都是真實存在的觀點；二、「邊執見」，即「邊見」，謂執着片面極端的見解。又有兩種，一是常見（有見），以爲「我」常住不變，二是斷見（無見），以爲「我」死後斷滅，可以不受果報；三、「邪見」，指否定因果報應的見解；四、「見取見」，執著上述三種錯誤見解以爲是正確的見解；五、「戒取見」，也稱「戒盜見」、「戒禁取」，指將錯誤的戒律法規當作爲可以引導達到涅槃的正確戒律。以上諸「惡見」，爲六種根本煩惱之一。無生：佛教用語。指涅槃之真理，無生滅，故云無生。因而觀無生之理以破生滅之煩惱也。《圓覺經》曰：「一切衆生於無生中妄見生滅，是故説名轉輪生死。」《最勝王經》卷一曰：「無生是實，生是虚妄。愚痴之人，漂溺生死。如來體實，無有虚妄，名爲涅槃。」

〔六〕常，即常見；斷即斷見。屬于違背佛教義理之錯誤見解，爲五惡見之第二。常見以爲「我」常住不滅，將靈魂和輪回視爲恒常實有；斷見以爲「我」死後斷滅，可以不受果報。《涅槃經》卷二七曰：「衆生起見凡有二種，一者常見，二者斷見，如是二見，不名中道，無常無斷乃名中道。」

〔七〕三昧：佛教術語，又作「三摩提」、「三摩帝」，意爲「定」、「正定」，即排除一切雜念，使心專注于一境而不散亂的精神狀態。《智度論》卷七：「善心一處不動，是名三昧。」

〔八〕六通：佛教指六種神通力：即神境通、天眼通、天耳通、他心通、宿住通、漏盡通，也稱六神通。

見《俱舍論》卷二七《分别智品》七之二。

〔九〕「不生」以下二句：佛教教義宣揚「諸行無常」、「諸法無我」，即世間一切現象皆變化無常，没有湛然常住、永恒不變的事物，没有單一獨立、自我存在、自我決定的永恒事物，提出八不緣起（即八不中道）説，否定生滅、常斷、一異、來去。龍樹《中論·觀因緣品第一》曰：「不生亦不滅，不常亦不斷，不一亦不異，不來亦不出（去）。」

〔一〇〕佛家傳説世尊眉間有白色毫毛，右旋宛轉，如日正中，放之則有光明，初生五尺，成道時一丈五尺，名曰白毫相，爲如來三十二相之一。《法華經句解》卷一《序品》：「爾時，佛放眉間白毫相光。」

〔一一〕法界：佛教指整個宇宙現象界。「界」是分界、種類之意。《壇經·般若品二》：「善知識，心量廣大，徧周法界。」

〔一二〕蒙：蒙昧、愚昧。

〔一三〕施語：流布於言語。

〔一四〕根力覺道：佛教術語，指五根與五力、七覺支與八正道。五根有二種：一、指眼根、耳根、鼻根、舌根、身根，生眼識、耳識、鼻識、舌識、身識者。二、指：一信根，信三寶四諦者；二精進根，又名勤根，勇猛修善法者；三念根，憶念正法者；四定根，使心止于一境而不散失者；五慧根，思惟真理者。此五法爲能生他一切善法之本，故名爲五根。《俱舍論》卷一：「五根者，所謂眼耳鼻舌身根。」此指眼等五根。同書卷三曰：「於清静法中，信等五根有增上用。」此指信等五根。五力：三十七道品之一。信、精進、勤念、定、慧之五根增長，有治五障之勢力者。一信力，信根增長，破諸邪信者；二精進力，精進根增長，能破身之懈怠者；三念力，念根增長，能破諸邪念者；四定力，定根增長，能破諸亂想者；五慧力，慧根增長，能破三界諸惑者。見《法界次第》中之下。《智度論》卷十九：「五根增長，不爲煩惱所壞，是名爲力。」七覺支：即七等覺支。一、擇法覺支，以智慧簡擇法之真僞；二、精進覺支，以勇猛之心離邪行行真法；三、喜覺支，心得善法即生歡喜；四、輕安覺支，斷除身心粗重，使身心輕利安適；五念覺支，常明記定慧而不忘，使之均等；六、定覺支，使心住于一境而不散亂；七、行捨覺支，捨諸妄謬，捨一切法，平心坦懷，更不追憶。八正道：即八種合乎正理的成佛途徑。一、正見，離開邪非，具有佛説的四諦知識；二、正思維，離開邪妄迷謬，作佛教的純真智慧的思索；三、正語，語言純正浄善，合乎佛法；四、正業，活動、行爲正當，合乎佛教要求，不殺生，不偷盗，不邪淫，不作一切惡行；五、正命，遠離一切不正當的職業，如詐現奇特、自説功德、星相占卜等等；六、正精進，謂正確的努力，止惡修善，向解脱精進；七、正念，即憶持正法，明記四諦；八、正定，即正確的禪定，即正身端坐，專心一志，身心寂静，注心一境。

所言未畢，儒道二客離席，再拜稽首而稱曰〔一〕：大聖哉！丘晚聞道，聃今已老〔二〕，徒知其一〔三〕，未究其術，何異夫戴盆望天〔四〕，倚杖逐日〔五〕，蒼蒼之氣未辨，昭昭之光已失〔六〕。嗚呼！優優羣品〔七〕，遑遑衆人〔八〕，雖鑿其竅〔九〕，未知其身：來從何道？去止何津〔一〇〕？一翻一覆兮如掌，一生一死兮若輪〔一一〕。不有大聖〔一四〕，誰爲其業〔一二〕？誰作其因〔一三〕？誰起大悲〔一五〕？請北面而趨伏，願終身而教之。

注釋

〔一〕稽首：行跪拜禮時，頭至地。《書·舜典》：「禹拜稽首，讓於稷契暨皋陶。」

〔二〕聃：即老子，姓李氏，名耳，字聃。見《史記·老子韓非列傳》。

〔三〕《詩·小雅·小旻》：「不敢暴虎，不敢馮河。人知其一，莫知其他。」

〔四〕《漢書·司馬遷傳·報任安書》：「僕以爲戴盆何以望天。」

〔五〕《山海經·海外北經》：「夸父與日逐走，入日。渴欲得飲，飲于河渭；河渭不足，北飲大澤。未至，道渴而死。棄其杖，化爲鄧林。」

〔六〕「蒼蒼」二句：分承「戴盆」二句。蒼蒼之氣，指天，昭昭之光，指日。戴盆不能望天，倚杖不能逐日，故云「蒼蒼之氣未辨，昭昭之光已失。」

〔七〕優優：和適，安和自得。《詩·商頌·長發》：「敷政優優，百禄是遒。」毛亨《傳》：「優優，和也。」　羣品：萬物。孔穎達《周易正義序》：「聖人有以仰觀俯察，象天地而育羣品，雲行雨施，效四時以生萬物。」此處指一切動物。

〔八〕遑遑：不安居貌。已見《秋霖賦》注〔五〕。

〔九〕《莊子·應帝王》：「南海之帝爲儵，北海之帝爲忽，中央之帝爲渾沌。儵與忽時相遇於渾沌之地，渾沌待之甚善。儵與忽謀報渾沌之德，曰：『人皆有竅以視聽食息，此獨無有，嘗試鑿之。』日鑿一竅，七日而渾沌死。」鑿其竅，謂「羣品」與「衆人」，皆有耳目鼻口以視聽食息。

〔一〇〕津：渡口。《論語·微子》：「使子路問津焉。」

〔一一〕業：佛教名詞。梵語「羯磨」。業即造作。佛教謂在六道中生死輪迴，皆由業所決定，業是衆生之苦的正因。業包括行動、語言、思想意識三個方面，分別稱身業、口業（或語業）、意業。業分善惡，其善性惡性，必感苦樂之果，故謂之業因。其在過去者，謂爲宿業，現在者謂爲現業。《俱舍光記》卷十三：「造作，名業。」

〔一二〕因：即原因，造果者也。《婆娑論》曰：「造是因義。」因者能生，果者所生。有因必有果，有果則必有因。佛教有因果報應之説，以爲善因得善果，惡因得惡果。《涅槃經·憍陳品》：「三世因果，循環不失。」

〔一三〕佛家認爲世界衆生莫不輾轉生死於六道之中，如車輪旋轉，稱爲輪迴，惟成佛之人始能免受輪迴之苦。《法華經·方便品》：「以諸欲因緣，墜墮三惡道，輪迴六趣中，備受諸苦毒。」

〔一四〕大聖：指釋迦牟尼。

〔一五〕大悲：佛教術語。救他人苦之心謂之悲，佛菩薩之悲心廣大，故曰大悲。《涅槃經》卷十一：

「三世諸世尊，大悲爲根本。切 ……若無大悲者是則不名佛。」《大智度論》卷二七：「大慈與一切衆生樂，大悲拔一切衆生苦。」

獄中學騷體〔一〕

夫何秋夜之無情兮，皎晶悠悠而太長〔二〕！圜户杳其幽邃兮〔三〕，愁人披此嚴霜。見河漢之西落，聞鴻雁之南翔。山有桂兮桂有芳，心思君兮君不將〔四〕。憂與憂兮相積，歡與歡兮兩忘〔五〕。風嫋嫋兮木紛紛〔六〕，凋落葉兮吹白雲。寸步千里兮不相聞〔七〕，思公子兮日將曛〔八〕。林已暮兮鳥羣飛，重門掩兮人徑稀。萬族皆有所托兮〔九〕，蹇獨淹留而不歸〔一〇〕。

注釋

〔一〕約作於總章二年（六六九）秋。時昇之在蜀，忽遇横事下獄。

〔二〕皎晶：光明朗徹。

〔三〕圜户：獄户以圓木爲扉，故稱圜户。圜，通「圓」。江淹《詣建平王上書》：「而下官抱痛圓門，含憤獄户。」杳：昏暗，深遠。屈原《九歌·山鬼》：「雲容容兮而在下，杳冥冥兮羌晝晦。」幽邃：深邃。王延壽《魯靈光殿賦》：「洞房叫窱而幽邃。」

〔四〕「山有桂」二句：劉向《説苑·善説篇·越人歌》：「山有木兮木有枝，心説君兮君不知。」是昇之此二句所本。

〔五〕「憂與憂」二句：謂憂愁總是紛繁的，而歡樂却是單一的。屈原《九章·涉江》：「心不怡之長久兮，憂與憂其相接。」兩忘，謂互不關涉，不并生。

〔六〕「風嫋嫋」二句：屈原《九歌·湘夫人》：「嫋嫋兮秋風，洞庭波兮木葉下。」是昇之此二句之所本。嫋嫋：微細貌。

〔七〕所思之人極近，而由于牢獄阻隔，似若有千里之遥，不能溝通信息。

〔八〕公子：指所思之人；卷一《窮魚賦·序》曰：「余曾有横事被拘，……友人救護得免。」或即此「友人」。　曛：黄昏。

〔九〕陶淵明《詠貧士》詩七首之一：「萬族皆有託，孤雲獨無依。」皆，諸本並作「各」，《初學記》作「皆」。萬族，即萬物。

〔一〇〕宋玉《九辯》：「時亹亹而過中兮，蹇淹留而無成。」蹇，語助詞，無實義。

中國古典文學基本叢書

盧照鄰集校注

下册

李雲逸 校注

中華書局

盧照鄰集校注卷五

騷

釋疾文并序〔一〕

余羸卧不起〔二〕，行已十年〔三〕，宛轉匡床〔四〕，婆娑小室〔五〕。未攀偃蹇桂，一臂連踡〔六〕；不學邯鄲步，兩足匍匐〔七〕。寸步千里，咫尺山河〔八〕。每至冬謝春歸，暑闌秋至〔九〕，雲壑改色，烟郊變容〔一〇〕，輒輿出户庭，悠然一望〔一一〕。覆幬雖廣〔一二〕，嗟不容乎此生；亭育雖繁〔一三〕，恩已絶乎斯代〔一四〕。賦命如此，幾何可憑〔一五〕？今爲《釋疾文》三篇，以貽諸好事〔一六〕。蓋作《易》者其有憂患乎〔一七〕？删《書》者其有栖遑乎〔一八〕？《國語》之作，非瞽叟之事乎①〔一九〕？《騷》文之興，非懷沙之痛乎〔二〇〕？吾非斯人之徒歟〔二一〕？安可默而無述？故作頌曰〔二二〕：

校記

①「叟」　《英華》卷三五五作「瞍」。

注釋

〔一〕永淳元年（六八二）前後作。時昇之在河南府陽翟縣（今河南禹州市）之具茨山中養疾。

〔二〕羸：瘦弱，疾病。已見卷二《失羣鴈·序》注〔七〕。

〔三〕行：將近，將要。《詩·魏風·十畝之間》：「行與子還兮。」昇之咸亨四年（六七三）秋作《病梨樹賦》，初次謂己有「幽憂之疾」，「病卧」「十旬」，至永淳元年（六八二）爲近十年。

〔四〕宛轉：猶言展轉。嚴忌《哀時命》：「愁脩夜而宛轉兮，氣涫鬻其若波。」匡床：方正安適的床。《商君書·畫策》：「是以王人處匡床之上，聽絲竹之聲而天下治。」

〔五〕婆娑：盤旋，停留。宋玉《神女賦》：「既姽嫿於幽靜兮，又婆娑乎人間。」

〔六〕「未攀」二句：淮南小山《招隱士》：「攀桂枝兮聊淹留。」此處反用之。偃蹇：夭矯貌。屈原《九歌·東皇太一》：「靈偃蹇兮姣服。」本以狀舞之迴翔，此用以形容桂樹之盤屈夭矯。連蹝：同「聯綣」，見卷三《綿州官池贈别同賦灣字》詩「聯綣」注。

〔七〕《莊子·秋水》：「且子獨不聞夫壽陵余子之學行于邯鄲歟？未得國能，又失其故行矣，直匍匐而歸耳。」此反用之。匍匐：爬行。

〔八〕謂由于兩足艱於行走，雖近在咫尺，却如隔山河。

〔九〕闌：晚，殘，盡。《史記·高祖本紀》：「酒闌，吕公因目固留高祖。」

〔一〇〕烟郊：雲霧瀰漫的郊野。

〔一一〕輿：抬，負荷。《戰國策·秦策三》：「百人輿瓢而趨，不如一人持而走疾。」悠然：閒適貌。陶淵明《飲酒》詩之五：「悠然見南山。」

〔一二〕覆幬：猶覆被。幬，亦覆也。《禮記·中庸》：「辟如天地之無不持載，無不覆幬。」

〔一三〕亭育：撫養，培育。《老子》：「長之育之，亭之毒之。」《梁書·武帝紀》：「思隨乾覆，布兹亭育。」

〔一四〕斯代：即斯世，此世。不言世，避太宗諱也。

〔一五〕「賦命」二句：賦命：天賦的命運。劉孝威《烏生八九子》：「羽成翮備各西東，丁年賦命有窮通。」幾何：若干，多少。《詩·小雅·巧言》「爲猶將多，爾居徒幾何？」

〔一六〕好事：即好事者，喜歡多事的人。《孟子·萬章上》：「好事者爲之也。」

〔一七〕《易·繫辭下》：「《易》之興也，其於中古乎？作《易》者其有憂患乎？」孔穎達《周易正義》卷首《第四論卦辭爻辭誰作》云，鄭衆、鄭玄主卦辭爻辭爲文王所作説，「故史遷云『文王囚而演《易》』，即是『作《易》者其有憂患乎』」；馬融、陸績等主文王作卦辭、周公作爻辭説，以爲「周公被流言之謗，亦得爲憂患也」。

〔一八〕删《書》者：指孔子。孔子删《書》之説，見《〈尚書〉僞孔〈傳〉序》：「先君孔子，生于周末，覩史籍之煩文，懼覽者之不一，遂乃……討論《墳》《典》，斷自唐虞以下，訖于周，芟夷煩亂，翦截浮辭，舉其宏綱，撮其機要，足以垂世立教，典、謨、訓、誥、誓、命之文凡百篇。」栖遑，已見卷一

《秋霖賦》注〔五〕。

〔一九〕「《國語》」二句：司馬遷《報任安書》曰：「左丘失明，厥有《國語》。」故云。瞽，目盲。叟，《英華》作「瞍」，没有眼珠而看不見東西，盲人曰瞍。《詩·大雅·靈臺》：「鼉鼓逢逢，矇瞍奏公。」

〔二〇〕「《騷》文」二句：《史記·屈原賈生列傳》：「屈平正道直行，竭忠盡智以事其君，讒人間之，可謂窮矣。信而見疑，忠而被謗，能無怨乎？屈平之作《離騷》，蓋自怨生也。」又曰：「乃作《懷沙》之賦。」司馬貞《索隱》云：「按：《楚詞·九章》曰：『懷沙礫以自沈』，此其義也。」

〔二一〕《論語·微子》：「吾非斯人之徒與而誰與？」此僅用其字面。

〔二二〕頌：古代文體之一，用於褒美德化，歌頌功業，一般爲四言，押韻，如揚雄《趙充國頌》、陸機《漢高祖功臣頌》等。觀昇之此文，實爲騷體。

粤　若

粤若稽古〔一〕，帝列仙兮〔二〕，遠矣大矣；臣太岳矣〔三〕，欽哉良哉〔四〕。有太公兮，卷舒龍豹，奄經營乎四履〔五〕；有先生兮，乘騎日月，期汗漫乎九垓〔六〕。尚書抗節兮，屬炎靈之道喪〔七〕；中郎含章兮，遇金行之綱頽〔八〕。彼聖賢之相續〔九〕，信古往而今來；人何代而不貴，代何人而不才？鬱律崛岉兮，似崑陵之玉石〔一〇〕；泮涣粲爛兮，象星漢之昭回〔一一〕。爾其爲廣也，碧海雲蒸而地合〔一二〕；爾其爲峻也，赤城霞起而天開〔一三〕。

注釋

〔一〕《書·堯典》：「曰若稽古帝堯。」孔《傳》：「若，順。稽，考也。能順考古道而行之者帝堯。」粵，通「曰」，助詞，用於句首，無實義。

〔二〕帝列仙：指上古諸帝，如黄帝、顓頊、帝嚳、堯、舜等，以皆仙去，故稱列仙。

〔三〕謂姜姓在堯之時有太岳，爲堯之臣。《左傳·隱公十三年》：「夫許，太岳之胤也。」杜預《注》：「太岳，神農之後，堯四岳也。」孔穎達《疏》：「《周語》稱共工伯鯀，二者皆黄、炎之後，言鯀爲黄帝之後，共工爲炎帝之後，炎帝則神農之别號。《周語》又稱，堯命禹治水，共之從孫四岳佐之，胙四岳國，命爲侯伯，賜姓曰姜氏，曰有吕。賈逵云：共，共工也，從孫，同姓末嗣之孫。四岳，官名，大岳也，主四岳之祭焉。姜，炎帝之姓，其後變易至於四岳，帝復賜之祖姓，以紹炎帝之後。以此知大岳是神農之後，堯四岳也，以其主岳之祀，尊之，故稱太岳，許國是其後也。」

〔四〕帝堯歎美益、稷、皋陶、四岳等賢臣之辭。《書·堯典》：「帝曰：『咨汝二十有二人，欽哉！惟時亮天功。』」又，《書·益稷》：「乃賡載歌曰：『元首明哉！股肱良哉！庶事康哉！』」欽，敬也，能各敬其職也。

〔五〕「有太公」以下三句：謂太公望爲周文王、武王佐命之臣，輔周滅商，建立功業，始封於齊，遂有齊國。太公，即太公望，姓姜氏，東海上人，其先祖嘗爲四岳，佐禹平水土有功，虞、夏之際封於呂，從其封姓，故曰呂尚。呂尚蓋嘗窮困，年老矣，以漁釣干周西伯。西伯將出獵，卜之，曰：「所獲非龍非彲，非虎非羆，所獲霸王之輔。」於是周西伯獵，果遇太公於渭之陽，與語大悦，載與俱歸，立爲師。周西伯昌之脱羑里歸，與呂尚謀修德以傾商政，周西伯政平，天下三分其二歸周者，太公之謀計居多。文王崩，武王即位，太公遂佐武王伐商紂，滅之，遷九鼎，修周政，與天下更始。於是武王封師尚父於齊營丘。姜姓遂有齊國。見《史記·齊太公世家》。卷舒龍豹，謂施展計謀韜略也。卷謂斂藏，舒謂展布，卷舒在此爲偏義複詞，單取「舒」之義。龍豹，指韜略計謀，《太公六韜》有文韜、武韜、龍韜、虎韜、豹韜、犬韜。《梁書·王僧孺傳·致盧江何炯書》：「限一吏於岑石，隔千里於泉亭。不得奉板中涓，預衣裳之會；提戈後勁，厠龍豹之謀。」奄，覆蓋，包括。《詩·周頌·執競》：「自彼成康，奄有四方。」四履，猶四境，四到。《左傳·僖公四年》：「昔召康公命我先君大公曰『五侯九伯，女實征之，以夾輔周室！』賜我先君履，東至于海，西至于河，南至于穆陵，北至于無棣。」杜預《注》：「履，所踐履之境。」

〔六〕「有先生」二句：先生：指盧敖，姜姓，齊公室之後，秦時爲博士。《新唐書·宰相世系表》曰：「盧氏出自姜姓。齊文公子高，高孫傒爲齊正卿，謚曰敬仲，食采於盧，濟北盧縣是也，其後因以爲氏。田和簒齊，盧氏散居燕、齊之間。秦有博士敖，子孫家於涿水之上，遂爲范陽涿人。」《淮南子·道應訓》：「盧敖遊於北海，經乎太陰，入乎玄闕，至于蒙轂之上。見一士焉，深目而玄鬢，淚注而鳶肩，豐上而殺下，軒軒然，方迎風而舞，顧見盧敖，慢然下其臂，遯逃乎碑。盧敖就而視之，方倦龜殼而食蛤梨。盧敖與之語曰：『唯敖爲背羣離黨，窮觀於六合之外者，非敖而已乎？敖幼而好遊，至長不渝，周行四極，惟北陰之未窺，今卒覩夫子於是，子殆可與敖爲友乎？』若士者䔰然而笑，曰：『子中州之民，寧肯而遠至此？此猶光乎日月而載列星，陰陽之所行，四時之所生，其比夫不名之地，猶窔奥也。若我南游乎岡㝗之野，北息乎沈墨之鄉，西窮窅冥之黨，東開鴻濛之先，此其下無地而上無天，……此其外猶有汰沃之氾，其餘一舉而千萬里，吾猶未能之在。今子游始於此，乃語窮觀，豈不亦遠哉！然子處矣！吾與汗漫期乎九垓之外，吾不可以久駐。』若士舉臂而竦身，遂入雲中。」高誘《注》：「盧敖，燕人，秦始皇召以爲博士，使求神仙，亡而不反也。」又曰：「汗漫，不可知之也。九垓，九天之外。」

〔七〕「尚書」二句：尚書，指盧植。植，盧敖裔孫，字子幹。涿郡涿人。少與鄭玄俱事馬融，能通古今學。性剛毅有大節，常懷濟世志。建寧中徵爲博士。熹平四年，拜九江太守，歷廬江太守、議郎、侍中，遷尚書。中平元年，黄巾起，植以北中郎將持節征之，連破張角，斬獲甚衆。靈帝崩，大將軍何進謀誅宦官，事敗，爲中官所殺。何進部曲將吴匡等急攻宫閣。中常侍段珪等劫太后、少帝及陳留王走北宫，盧植執戈於閣道窗下仰數段珪，太后乃得被釋。段珪劫帝奔小平津，公卿無得從者，唯盧植夜馳河上，追及乘輿。至董卓入洛陽，會百官於朝堂，擅議廢立，羣僚無敢言者，尚書盧植獨抗言不可。卓大怒，乃免其官。初平中卒于家。事見《後漢書·盧植傳》，參見同書《何進傳》、《董卓傳》。　抗節，堅持節操。《漢書·朱雲傳》：「時中書令石顯用事，……百僚畏之，唯御史中丞陳咸年少抗節，不附顯等。」　炎靈，指漢朝，漢爲火德，故稱。謝朓《和伏武昌登孫權故城》詩：「炎靈遺劍璽，當塗駭龍戰。」　屬，適值，恰好。《左傳·成公二年》：「下臣不幸，屬當戎行。」　道喪：綱紀失墜。陶淵明《飲酒》詩之三：「道喪向千載，人人惜其情。」

〔八〕「中郎」二句：中郎，指盧諶。諶字子諒，父志、祖父珽、伯祖欽，並仕晉爲顯官。諶好《老》、《莊》，善屬文。尚武帝女滎陽公主，未成禮而公主卒。舉秀才，辟太尉掾。洛陽陷没，諶北依劉琨。琨爲司空，以諶爲主簿，轉從事中郎。建興末，隨琨投段匹磾。匹磾自領幽州，取諶爲别駕。匹磾既害琨，尋亦敗亡。時南路阻絶，段末波在遼西，諶往投之。元帝之初，累徵諶爲散騎、中書侍郎，而爲末波所留，不得南渡。石季龍破遼西，復爲所得，石氏以爲中書侍郎、國子祭酒、侍中、中書監。永和六年，冉閔誅石氏，諶隨閔軍，于襄國遇害。諶名家子，才高行潔，爲時人所推。值中原喪亂，與崔悦、荀綽、裴憲、傅暢並淪陷非所，雖俱顯於石氏，然恒以爲辱。諶每謂諸子曰：「吾身没之後，但稱晉司空從事中郎爾。」事見《晉書·盧諶傳》。　含章，含美於内。《易·坤》：「含章可貞。」　金行，指晉朝。晉朝自稱以金德王，故云。《晉書·輿服志》：「晉氏金行。」　綱頹，綱紀崩壞。《晉書·范甯傳·崇儒論》：「振千載之積綱，落周孔之塵綱。」

〔九〕據《新唐書·宰相世系表三上》，范陽盧氏自盧植之後，盧毓（植子）爲魏司空、容城侯，毓子欽爲晉尚書僕射，斑爲晉侍中尚書，斑子志爲晉中書監、衛尉卿，志子諶爲晉侍中、中書監，其後歷北魏、北齊、北周、隋各朝，爲刺史、太守、將軍、常侍、侍郎、尚書等顯官者，無代無之，故云「聖賢相續」。

〔一〇〕「鬱律」二句：鬱律：郭景純《江賦》：「時鬱律其如烟。」李善《注》：「鬱律，烟上貌。」崛岉王文考《魯靈光殿賦》：「隆崛岉乎青雲。」劉良《注》：「隆崛岉，極高貌。」崑陵：崑崙山。

〔一一〕「泮涣」二句：泮涣：融解，分散。《藝文類聚》卷三引王廙《春可樂》：「樂孟月之初陽，冰泮涣以徹流。」粲爛：鮮明貌。宋玉《風賦》：「眴焕粲爛，離散轉移。」昭回：天河星辰燭照並運轉於天。《詩·大雅·雲漢》：「倬彼雲漢，昭回于天。」

〔一二〕地合：大地之接連（仲延）。

〔一三〕赤城霞起：赤城山高聳於天，有如雲霞騰起。赤城山，在今浙江天台縣北六里。孫興公《遊天台山賦》：「赤城霞起而建標，」李善《注》：「赤城，山名，石色皆赤，狀似雲霞。」

暨中朝之顛覆〔一〕，家不墜乎良箕〔二〕；紹金柯而玉秀〔三〕，穆蘭馨而菊滋〔四〕。彌九葉而逮余兮〔五〕，代增麗以光熙〔六〕；清風振乎終古〔七〕，妙譽薰乎當時〔八〕。皇考慶余以弄璋兮，肇錫予以嘉詞，名余以照鄰兮①，字余以昇之〔九〕。余幼服此殊惠兮，遂閱禮而聞詩〔一〇〕。於是裹糧尋師，褰裳訪古〔一一〕，探舊篆於南越〔一二〕，得遺書於東魯〔一三〕，意有缺而必刊〔一四〕，簡無文而咸補〔一五〕。入陳適衛，百舍不厭其栖遑〔一六〕；累繭重胝，千里不辭於勞苦〔一七〕。既而屠龍適就〔一八〕，刻鵠初成〔一九〕，下筆則煙飛雲動〔二〇〕，落紙則鸞迴鳳驚〔二一〕。通李膺而竊價〔二二〕，造張華而假成②〔二三〕。郭林宗聞而心服〔二四〕，王夷甫見而神傾〔二五〕。俯仰談笑，顧盼縱横〔二六〕。自謂明主以令僕相待，朝廷以黄散爲輕③〔二七〕。

校記

①「兮」字原無，據《全唐文》卷一六七補。　②「成」《全唐文》作「名」。　③「輕」原作「經」，據《英華》卷三五五、《全唐文》改。

注釋

〔一〕暨，至，到。《國語·周語》：「上求不暨，是其外利也。」韋昭《注》：「暨，至也。」　中朝顛覆，指西晉末年，中原喪亂，盧志將妻子北投并州刺史劉琨，至陽邑，爲劉粲所虜，與次子謐、詵等俱遇害于平陽。志長子諶先後依劉琨、段匹磾、段末波，輾轉流離且二十載，復爲石季龍所得，屬冉閔誅石氏，終于襄國遇害。事見《晉書·盧欽傳》附《盧志、盧諶傳》。中朝，中葉也。《南齊書·禮志上》：「是故中朝以來，太子冠則皇帝臨軒。」顛覆，翻跌，敗壞。《詩·邶風·谷風》：「昔育恐育鞫，及爾顛覆。」

〔二〕謂世守儒業，不曾失墜。《禮記·學記》：「良冶之子必學爲裘，良弓之子必學爲箕。」

〔三〕紹：繼也。《書·盤庚上》：「紹復先王之大業。」　金柯玉秀：貴族名門子孫之美稱。草木枝莖曰柯，草木之花曰秀。徐陵《在北齊與宗室書》：「其後金柯玉葉，霞振雲從。」

〔四〕穆：和也。《詩・大雅・烝民》：「吉甫作頌，穆如清風。」　馨：香。屈原《九歌・山鬼》：「折芳馨兮遺所思。」　滋：培植，增長。僞《古文尚書・泰誓》：「樹德務滋。」此處引伸爲茂盛之意。

〔五〕謂盧諶以下，及余身已滿九代。彌，遍，滿。司馬相如《上林賦》：「於是乎離宮别館，彌山跨谷。」逮，及也。按：據《新唐書・宰相世系表三上》所叙，盧諶五子：勗、凝、融、偃、徵。偃仕慕容氏，營丘太守。二子：邈、闡。邈，范陽太守。生玄，後魏中書侍郎、固安侯。二子：巡、度世。度世，青州刺史。四子：陽烏、敏、昶、尚之，號「四房盧氏」。陽烏，後魏祕書監，號大房。生道將、道亮、道虔、道舒。道亮生思演、思道。思道，隋武陽太守。生赤松，仕唐爲太子率更令，封范陽郡公。赤松生承慶，相高宗。盧諶而後，盧承慶爲第九世。然則，昇之蓋與盧承慶同輩份。

〔六〕謂各代皆有傑出者爲盧氏宗族增美增光。光熙，光明遠照。《三國志・魏書・高堂隆傳》：「德教光熙，九服慕義。」

〔七〕振：吹動。　終古：往昔，自古以來。屈原《九章・哀郢》：「去終古之所居兮，今逍遥而來東。」

〔八〕妙譽：美好的聲譽。孔稚珪《北山移文》：「馳妙譽於浙右。」

〔九〕「皇考」以下四句：屈原《離騷》：「皇覽揆余初度兮，肇錫余以嘉名。名余曰正則兮，字余曰靈均。」昇之四句仿此。皇考，對亡父之尊稱。《禮記·曲禮下》：「父曰皇考，母曰皇妣。」又，《離騷》：「朕皇考曰伯庸。」弄璋，《詩·小雅·斯干》云：「乃生男子，載寢之牀，載衣之裳，載弄之璋。」謂將圭璋（寶玉）置於男嬰身旁似作玩弄之狀，祝其成長後爲王侯執圭璧；後因稱生男曰弄璋。肇，始也。錫，賜也。嘉，善也。均見《離騷》王逸《注》。

〔一〇〕「余幼」二句：服：穿着。此處引伸爲蒙受。聞禮而聞詩：《論語·季氏》：陳亢問於伯魚曰：「子亦有異聞乎？」對曰：「未也。嘗獨立，鯉趨而過庭。曰：『學詩乎？』對曰：『未也。』『不學詩，無以言。』鯉退而學詩。他日，又獨立，鯉趨而過庭。曰：『學禮乎？』對曰：『未也。』『不學禮，無以立。』鯉退而學禮。聞斯二者。」昇之此二句獨標「詩、禮」，且曰以服父親之「殊惠」的緣故，從而學之，故知係暗用是典。

〔一一〕褰裳：用手提起裙子。《詩·鄭風·褰裳》：「子惠思我，褰裳涉溱。」

〔一二〕舊篆，猶舊籍，古之遺書。南越，即春秋越國之地，唐時爲越州，與下文「東魯」對舉，故稱「南越」。《吴越春秋》卷六《越王無余外傳》引《黄帝中經曆》，傳説夏禹登宛委山，得金簡玉字之書，皆瑑其文，即所謂「舊篆」。山中有一穴，深不見底，謂之禹穴。徐天佑《注》：「在會稽縣東南十五里，一名玉笥山。」以故，杜甫《秦州雜詩》有「藏書聞禹穴」之句。昇之此句正用是典。

〔一三〕東魯：春秋魯國之地，唐時爲兖州。

〔一四〕刊：改定。杜預《春秋左氏傳集解序》：「其教之所存，文之所害，則刊而正之，以示勸戒。」

〔一五〕簡：竹簡，古未有紙，以之爲書寫材料。

〔一六〕「入陳」二句：孔子周游春秋列國，嘗入陳適衛，事見《史記・孔子世家》。用以比喻自己的游學異鄉。　百舍，謂止宿百次，即長途跋涉之意。《莊子・天道》：「士成綺見老子而問曰：吾聞夫子聖人也，吾固不辭遠道而來願見，百舍重趼，而不敢息。」　栖遑，已見《秋霖賦》注〔五〕。

〔一七〕「累蠒」二句：累蠒重胝：脚上磨起的多層硬皮，俗稱「老繭」。《淮南子・脩務訓》：「（申包胥）曾繭重胝七日七夜，至於秦庭。」蠒，俗「繭」字。　胝，手足上的老繭。　千里不辭於勞苦：昇之十餘歲時嘗南下揚州江都，就學於大學者曹憲，故云。

〔一八〕屠龍：《莊子・列禦寇》：「朱泙漫學屠龍於支離益，殫千金之家，三年技成，而無所用其巧。」

適：纔。《漢書・賈誼傳》：「陛下之臣雖有悍如馮敬者，適啟其口，匕首已陷其匈矣。」

〔一九〕刻鵠：《後漢書・馬援傳・與姪書》：「龍伯高敦厚周慎，口無擇言，謙約節儉，廉公有威，吾愛之重之，願汝曹效之。杜季良豪俠好義，憂人之憂，樂人之樂，清濁無所失，父喪致客，數郡畢至，吾愛之重之，不願汝曹効也。効伯高不得，猶爲謹勑之士，所謂刻鵠不成尚類鶩者也。效季良不得，陷爲天下輕薄子，所謂畫虎不成反類狗者也。」

〔二〇〕庾信《趙國公集序》：「竊聞平陽擊石，山谷爲之調；大禹吹筠，風雲爲之動。」

〔二一〕《晉書・王羲之傳論》：「觀其點曳之工，裁成之妙，煙霏霧結，狀若斷而還連；鳳翥龍蟠，勢如斜而反直。」又，《唐會要》卷三五《書法》：「龍朔二年四月，上自爲書與遼東諸將……團師見而驚喜，私謂朝官曰：『團師見古迹多矣。……今見聖迹，兼絶二王，鳳翥鸞迴，實古今聖書。』」並以鸞鳳之飛翔喻書法之回旋多姿。昇之則用以比喻詩文之逸態横生。

〔二二〕孔融幼有異才。年十歲，隨父詣京師。時河南尹李膺以簡重自居，不妄接士賓客，勑外自非當世名人及與通家，皆不得白。融欲觀其人，故造膺門。語門者曰：「我是李君通家子弟。」門者言之。膺請融，問曰：「高明祖父嘗與僕有恩舊乎？」融曰：「然。先君孔子與君先人李老君同德比義，而相師友，則融與君累世通家。」衆坐莫不嘆息。太中大夫陳煒後至，坐中以告煒。煒曰：「夫人小而聰了，大未必奇。」融應聲曰：「觀君所言，將不早慧乎？」膺大笑曰：「高明必爲偉器。」事見《後漢書·孔融傳》。

〔二三〕《世説新語·文學》：「左太沖作《三都賦》初成，時人互有譏呰，思意不愜。後示張公（張華）。張曰：『此二京可三，然君文未重於世，宜以經高名之士。』思乃詢求於皇甫謐。謐見之嗟歎，遂爲作《叙》。於是先相非貳者，莫不斂衽讚述焉。」又，《晉書·文苑傳·左思傳》曰：「（左思造《三都賦》成）司空張華見而歎曰：『班張之流也。使讀之者盡而有餘，久而更新。』於是豪貴之家競相傳寫，洛陽爲之紙貴。」

〔二四〕郭泰，字林宗，太原界休人。東漢名士，善獎拔士人，皆如所鑒。見《後漢書·郭太傳》。

〔二五〕王衍，字夷甫。歷太子舍人、尚書郎、黄門侍郎，北軍中候、中領軍、尚書令。有盛才美貌，明悟若神，妙善玄言，雅好老莊，尚清談，聲名籍甚，傾動當世。累遷司空、司徒、太尉。見《晉書·王衍傳》。神傾，一心向往，欽佩。《漢書·司馬相如傳》：「一坐盡傾。」

〔二六〕顧盻：《全唐文》作「顧盼」。按：盻、眄、盼三字形近，古書中多互譌。還視曰顧，眼睛黑白分明曰盼，怒視曰盻，斜視曰眄。顧盻，謂談笑之際，左顧右盼，以狀言辭辯給、才思敏捷、從容酣暢之神。班固《答賓戲》：「虞卿以顧眄而捐相印。」縱橫：奔放恣肆，無檢束也。《後漢書·耿弇傳》：「諸將擅命於畿内，貴戚縱横於都内。」

〔二七〕「自謂」二句：令僕：尚書令與尚書左右僕射的合稱。尚書令，官名，秦置，爲少府屬官，掌管章奏文書。漢武帝時以宦官充之，成帝改用士人。魏晉後，職位漸高，至唐即成真宰相、尚書省最高長官。以唐太宗曾爲尚書令，後人不敢居此名，遂不復置，尚書省長官僅至左右僕射。見《通典》卷二二。《世説新語·賞譽》：「桓公（温）語嘉賓（郗超），阿源（殷浩）有德有言，向使作令僕，足以儀刑百揆，朝廷用違其才耳。」黄散：黄門侍郎與散騎常侍的合稱。二職同爲門下省官員，晉以後，共掌尚書奏事。《晉書·陳壽傳》：「杜預將之鎮，復薦之於帝，宜補黄散，由是授御史治書。」又，《資治通鑑》卷一二八宋大明二年引裴子野論：「自晉以來，其流稍改。草澤之士，猶顯清塗；降及季年，專限閥閲。自是三公之子，傲九棘之家；黄散之孫，蔑令長之室。」

及觀國之光，利用賓王〔一〕，謁龍旂於武帳〔二〕，揮鳳藻於文昌〔三〕。先朝好史①，予方學於孔、墨；今上好法，予晚受乎老、莊〔四〕。彼圓鑿而方枘，吾知齟齬而無當②〔五〕。是時也，天子按劍，方有事於八荒〔六〕：駕風輪而梁弱水〔七〕，飛日馭而苑扶桑〔八〕；戈船萬計兮連屬〔九〕，鐵騎千羣兮啟行〔一〇〕。文臣鼠竄，猛士鷹揚〔一一〕。故吾甘栖栖以赴蜀，分默默以從梁〔一二〕。其後雄圖甫畢，登封禮日〔一三〕，方欲訪高議於雲臺，考奇文於石室〔一四〕，銷兵車兮爲農器，休牛馬兮崇儒術〔一五〕。屢下蒲帛之書〔一六〕，值余有幽憂之疾〔一七〕。蓋有才無時，亦命也，有時無命，亦命也〔一八〕！

校記

①「史」原作「吏」，據《英華》、《全唐文》改。　②「無」　《英華》作「不」。

注釋

〔一〕「及觀國」二句：《易・觀》：「觀國之光，利用賓于王。」王弼《注》：「居觀之時，最近至尊，觀國之光者也。居近得位，明習國儀者也，故曰利用賓于王也。」孔穎達《疏》：「最近至尊，是觀國之光利用賓于王者。居在親近而得其位，明習國之禮儀，故曰利用賓于王庭也。」此謂來至帝都，得觀見國之盛德光輝。

〔二〕謁：晉見。　龍旂：《詩・周頌・載見》：「龍旂陽陽。」孔穎達《疏》：「龍旂者，旂上畫爲交龍。」又，《禮記・樂記》：「龍旂九旒，天子之旌也。」　武帳：置有兵器的帷帳，帝王所用。《史記・汲黯列傳》：「上嘗坐武帳中。」裴駰《集解》引孟康曰：「今御武帳，置兵闌五兵於帳中。」

〔三〕摛鳳藻：製作美麗的文辭。　文昌：宫殿名。《藝文類聚》卷八八《木部·槐》引曹植《槐賦》：「馮文昌之華殿，森列峙乎端門。」

〔四〕「先朝」以下四句：張平子《思玄賦》李善《注》引《漢武故事》曰：顏駟，不知何許人，漢文帝時爲郎。至武帝嘗輦過郎署，見駟尨眉皓髮，上問曰：「叟何時爲郎？何其老也？」答曰：「臣文帝時爲郎。文帝好文，而臣好武；至景帝好美，而臣貌醜；陛下即位好少，而臣已老，是以三世不遇，故老於郎署。」上感其言，擢拜會稽都尉。逸按：昇之當係受該故事啟發，因有此四句。要之，旨在説明自己積年不遇，不爲當塗所用；所謂孔、墨不合于「好史」，老、莊乖違于「好法」云云，無非攄悲寫憤之戲言，似當活看，不必認真。先朝，指太宗時。太宗頗重修史，有詔遣令狐德棻、岑文本撰《周史》，孔穎達、許敬宗撰《隋史》，姚思廉撰《梁史》、《陳史》，李百藥撰《齊史》，魏徵總其成，諸史遂于貞觀十年正月修成；貞觀二十年，復下詔修《晉書》。故曰「先朝好史」。今上，指高宗李治。

〔五〕「彼圜鑿」二句：語本宋玉《九辯》：「圜鑿而方枘兮，吾固知其鉏鋙而難入。」圜鑿即圓孔，方枘即方榫，圓孔納方榫，必不可入。喻事物互不相容。齟齬，齒參差不齊。揚雄《太玄經》卷三《親》：「其志齟齬。」

〔六〕八荒：八方荒遠之地。賈誼《過秦論》：「秦孝公……有席卷天下、包舉宇内、囊括四海之意，并吞八荒之心。」

〔七〕指唐帝國對西突厥的戰爭。據兩《唐書·高宗紀》載，顯慶二年正月，命右屯衛將軍蘇定方等，帥師以討沙鉢羅葉護阿史那賀魯，三年二月壬午，蘇定方攻破賀魯，甲寅，西域平，以其地置濛池、崑陵二都護府。復於龜茲國置安西都護府，以高昌故地爲西州。駕風輪，謂以風爲車而駕之。梁弱水，言在弱水上架橋。弱水，水名，異説甚多。《書·禹貢》「導弱水至于合黎，餘波入於流沙」，即今甘肅之張掖河。《山海經·大荒西經》：「西海之南，流沙之濱，有大山名曰崑崙之丘，……其下有弱水之淵環之。」《史記·大宛列傳》：「安息長老傳聞條支有弱水、西王母，而未嘗見。」《後漢書·西域傳·大秦國》：「或云其國西有弱水流沙，近西王母所居處，幾於日所入也。」諸所謂弱水，皆指西方絶遠之處。

〔八〕指唐帝國在東方對高麗、百濟的戰爭。據兩《唐書·高宗紀》載，永徽六年二月，營州都督程名振、左衛中郎將蘇定方伐高麗。顯慶三年六月，程名振攻高麗，敗之於赤烽鎮。四年三月，以左驍衛大將軍契苾何力往遼東經略。五年三月辛亥，以左武衛大將軍爲神丘道行軍大總管，率三將軍及新羅兵以伐百濟。八月庚辰，蘇定方等討平百濟，面縛其王，以其地分置熊津等五都督府。十二月壬午，以契苾何力爲浿江道行軍大總管，蘇定方爲遼東道行軍大總管，劉伯英爲平壤道行軍大總管，以伐高麗。龍朔元年四月庚辰，命任雅相爲浿江道行軍總管，契苾何力爲遼東道，蘇定方爲平壤道，蕭嗣業爲扶餘道，程名振爲鏤方道，龐孝泰爲沃沮道，率三十五軍以伐高麗。日馭，即以太陽爲車。日形如輪，周行不息，故云。盧思道《從駕經大慈照寺》詩：「日馭非難假，雲師本易憑。」苑扶桑，即以扶桑之地爲苑囿也。扶桑，古國名。《梁書・扶桑國傳》：「扶桑在大漢國東二萬餘里，地在中國之東，其土多扶桑木，故以爲名。」舊説以爲即日本。此處借指高麗、百濟等國。

〔九〕戈船：古戰船之一種。《越絶書》卷八《越絶外傳》：「勾踐伐吴，霸關東，……死士八千人，戈船三百艘。」《西京雜記》卷六：「戈船，上建戈矛，四角悉垂幡旄旍葆麾蓋。」一説船下安戈戟，以除蛟鼉水蟲之害。見《漢書・武帝紀》「歸義越侯嚴爲戈船將軍」顔師古《注》。

〔一〇〕啟行：起程，出發。《詩・小雅・六月》：「元戎十乘，以先啟行。」

〔一一〕鷹揚：鷹之奮揚，喻威武或大展雄才。《詩・大雅・大明》：「維師尚父，時維鷹揚。」

〔一二〕「故吾」二句：按：盧昇之赴蜀有三度，首次在顯慶二年（六五七）丁巳，奉鄧王元裕之命，出使益州，次年北歸；第二次在麟德二年（六六五）乙丑秋冬或乾封元年（六六六）丙寅春夏，時鄧王已薨，昇之赴蜀爲新都尉；第三次爲總章二年（六六九）己巳，因先一年冬因公出差至長安（時仍在新都尉任内），本年春晚自長安還赴蜀中。然三次中，唯首次赴蜀在「從梁」之時，又唯首次赴蜀在「登封禮日」之前，故此處「赴蜀」當指顯慶二年奉使之事。栖栖，猶遑遑，不安居貌。從梁，指入鄧王府爲典簽之事。梁，即梁孝王。《漢書・司馬相如傳》：「是時梁孝王來朝，從游説之士齊人鄒陽、淮陰枚乘、吴嚴忌夫子之徒，相如見而悦之，因病免，客游梁。」又，同書《枚乘傳》：「（枚）乘等去而之梁，從孝王游。」分，料想，甘願。《漢書·李廣蘇建傳》：「自分已死久矣。」

〔一三〕「其後」二句：雄圖，指唐帝國對西突厥、高麗、百濟等國的戰爭。　甫：開始，方，纔。《周禮·春官·小宗伯》：「卜葬兆，甫竁亦如之。」　登封：登山封禪。《史記·封禪書》：「遂登封太山，至於梁父，而後禪肅然。」《舊唐書·高宗紀》：「麟德三年春正月戊辰朔，車駕至泰山頓。是日親祀昊天上帝於封祀壇，以高祖、太宗配饗。己巳，帝升山行封禪之禮。」　禮日：祭日也。《漢書·武帝紀》：太始三年二月，「幸琅邪，禮日成山」。顔師古《注》引孟康曰：「禮日，拜日也。」又引如淳曰：「祭日於成山也。」

〔一四〕「欲訪」二句：雲臺：漢宫中臺名。《後漢書·陰興傳》：「後以興領侍中，受顧命於雲臺廣室。」李賢《注》：「洛陽南宫有雲臺廣德殿。」江淹《獄中上建平王書》：「次則結綬金馬之庭，高議雲臺之上。」　石室：國家收藏圖書檔案之室。《史記·太史公自序》：「紬石室金匱之書。」司馬貞《索隱》：「案：石室金匱，皆國家藏書之處。」

〔一五〕「銷兵車」二句：《韓詩外傳》卷九：顔淵曰：「願得明王聖主爲之相，使城郭不治，溝池不鑿，陰陽和調，家給人足，鑄庫兵以爲農器。」《史記·周本紀》：武王既克殷，乃「縱馬於華山之陽，放牛於桃林之虚；偃干戈，振兵釋旅：示天下不復用也」。

〔一六〕《漢書·武帝紀》：「遣使者安車蒲輪，束帛加璧，徵魯申公。」顔師古《注》：「以蒲裹輪，取其安也。」帛，絲織品，徵聘賢者時作爲禮物。

〔一七〕幽憂之疾：已見《病梨樹賦》注〔一七〕。

〔一八〕《論語·憲問》：「子曰：『道之將行也與？命也！道之將廢也與？命也！公伯寮其如命何？』」

時也命也〔一〕，自前代而痛諸！道之乖也，則賢人君子伏斧鑕而不暇；時之來也，則屠夫餓隸作王侯而有餘〔二〕。三人猖狂兮爲奴爲戮①〔三〕，八子狼狽兮爲醢爲葅〔四〕。長劍以撟，尚想華亭之鶴〔五〕；孤舟欲近，遥憶閶門之魚〔六〕。史遷下於蠶室〔七〕，鄧艾徵於檻車〔八〕。康既幽而媿孫登〔九〕，宣屢困而慙甯蘧〔一〇〕。故有閉門少事②，蹈滄海而辭組〔一一〕；開卷獨得，歸茂陵而著書〔一二〕。起清流之浩漫，長顧嗟乎靈胥〔一三〕。

校記

①「三人」《全唐文》作「三仁」。②「故有」《全唐文》作「固其」。

注釋

〔一〕李康《運命論》：「夫治亂，運也。窮達，命也。貴賤，時也。」

〔二〕「道之乖也」以下四句：揚雄《解嘲》：「故世亂則聖哲馳騖而不足，世治則庸夫高枕而有餘。」昇之四句由此脱化。道乖，謂政治昏暗、綱紀紊亂。斧鑕，鐵鍖，古刑具，置人於鍖上以斧斫之。《戰國策·秦策一》：「白刃在前，斧質在後。」質，通「鑕」。餓隸，飢餓之徒。《漢書·叙傳》：「信惟餓隸，布實黥徒。」

〔三〕三人：即三仁，指殷的微子、箕子、比干。《論語·微子》：「微子去之，箕子爲之奴，比干諫而死。孔子曰：『殷有三仁焉。』」《史記·殷本紀》：「紂愈淫亂不止。微子數諫不聽，乃與太師、少師謀，遂去。比干曰：『爲人臣者，不得不以死争。』迺强諫紂。紂怒曰：『吾聞聖人心有七竅。』剖比干，觀其心。箕子懼，乃詳狂爲奴，紂又囚之。」猖狂，本肆意妄行之意。《莊子·在宥》：「浮遊不知所求，猖狂不知所往。」此處與下文「狼狽」對舉，似臨時借用爲「猖獗」之意。猖獗，顛覆，失敗也。《三國志·蜀書·諸葛亮傳》：「（先主）因屏人曰：『漢室傾頹，姦臣竊命，主上蒙塵。孤不度德量力，欲信大義於天下。而智術淺短，遂用猖獗，至於今日。』」爲戮，被殺。

〔四〕指東漢黨錮之禍中，大批賢人志士因反對宦官專政而被殺之事。《後漢書·黨錮列傳》云：「逮桓、靈之間，主荒政繆，國命委於閹寺，士子羞于爲伍，故匹夫抗憤，處士横議，遂乃激揚名聲，互相題拂。……海内希風之流，遂共相標榜，指天下名士，爲之稱號。上曰『三君』，次曰『八俊』，次曰『八顧』，次曰『八及』，次曰『八廚』，猶古之『八元』、『八凱』也。竇武、劉淑、陳蕃爲『三君』。君者，言一世之所宗也。李膺、荀翌、杜密、王暢、劉佑、魏朗、趙典、朱寓爲『八俊』。俊者，言人之英也。郭林宗、宗慈、巴肅、夏馥、范滂、尹勳、蔡衍、羊陟爲『八顧』。顧者，言能以德行引人者也。張儉、岑晊、劉表、陳翔、孔昱、苑康、檀敷、翟超爲『八及』。及者，言其能導人追宗者也。度尚、張邈、王考、劉儒、胡母班、秦周、蕃嚮、王章爲『八廚』。廚者，言能以財救人者也。又張儉鄉人朱並，承望中常侍侯覽意旨，上書告儉與同鄉二十四人別相署號，共爲部黨，圖危社稷。……靈帝詔刊章捕儉等。大長秋曹節因此諷有司奏捕前黨故司空虞放、太僕杜密、長樂少府李膺、司隸校尉朱寓、潁川太守巴肅、沛相荀翌、河内太守魏朗、山陽太守翟超、任城相劉儒、太尉掾范滂等百餘人，皆死獄中。」菹醢，剁成肉醬，古代酷刑之一。屈原《離騷》：「后辛之菹醢兮，殷宗用而不長。」

〔五〕「長劍」二句：《晉書·陸機傳》：宦人孟玖譖機於成都王穎，穎使密收機。陸機臨刑歎曰：「華亭鶴唳，豈可復聞乎！」遂遇害於軍中。以，通「已」。撝，同「揮」。華亭，古地名，在今浙江嘉興市。見《世説新語·尤悔》「陸平原河橋敗」《注》引《八王故事》。

〔六〕《晉書·張翰傳》：張翰，吴郡吴人也。齊王冏辟爲大司馬東曹掾。翰因見秋風起，乃思吴中菰菜、蓴羹、鱸魚膾，曰：「人生貴得適志，何能羈宦數千里以要名爵乎！」遂命駕而歸。閶門：吴郡(今蘇州)城西門。

〔七〕指司馬遷被宫刑之事。《漢書·司馬遷傳·報任安書》：「李陵既生降，隤其家聲，而僕又茸以蠶室，重爲天下觀笑。悲夫！悲夫！」顏師古《注》：「蠶室，初腐刑所居温密之室也。謂推致蠶室之中也。」

〔八〕鄧艾字士載，義陽棘陽人。仕魏爲太尉掾，歷尚書郎、南安、城陽、汝南太守，累遷征西將軍，進封鄧侯，景元四年冬，率軍破蜀。既至成都，劉禪率太子諸王及羣臣六十餘人面縛輿櫬詣軍門，艾執節解縛焚櫬，受而宥之；輒依鄧禹故事，承制拜禪行驃騎將軍，太子奉車、諸王駙馬都尉，蜀羣司各隨高下拜爲王官，或領艾官屬。以師纂領益州刺史，隴西太守牽弘等領蜀中諸郡。文王（司馬懿）使監軍衛瓘喻艾：「事當須報，不宜輒行。」艾重言曰：「……若待國命，往復道遠，延引日月。《春秋》之義，大夫出疆，有可以安社稷、利國家，專之可也。」鍾會、胡烈、師纂等皆白艾所作悖逆，變釁以結。詔書檻車徵艾。艾父子既囚，鍾會至成都，先送艾，然後作亂。會已死，艾本營將士追出艾檻車，迎還。瓘遣田續等討艾，遇於綿竹西，斬之。子忠與艾俱死，餘子在洛陽者悉誅，徙艾妻子及孫於西域。事見《三國志·魏書·鄧艾傳》。檻車，囚禁犯人或裝載猛獸的有栅欄的車。

〔九〕嵇康字叔夜，譙國銍人。與魏宗室婚，拜中散大夫。康有奇才，遠邁不羣。東平呂安服康高致，每一相思，輒千里命駕，康友而善之。後安爲兄所枉訴，以事繫獄，辭相證引，遂復收康。康性慎言行，一旦縲紲，乃作《幽憤詩》，曰：「……欲寡其過，謗議沸騰，性不傷物，頻致怨憎。昔慚柳惠，今愧孫登。……」事見《晉書·嵇康傳》。孫登字公和，汲郡共人也。無家屬，於郡北山爲土窟居之，夏則編草爲裳，冬則被髮自覆。好讀《易》，撫一絃琴。嵇康從之游三年，問其所圖，終不答，康每歎息。將別，謂曰：「先生竟無言乎？」登乃曰：「子識火乎？火生而有光，而不用其光，果在於用光。人生而有才，而不用其才，而果在于用才。故用光在乎得薪，所以保其耀；用才在乎識真，所以全其年。今子才多識寡，難乎免於今之世矣！子無求乎？」康不能用，果遭非命。所以有「今愧孫登」之歎。事見《晉書・隱逸傳・孫登傳》。

〔一〇〕宣，即宣尼，孔子謚號。漢元始元年，朝廷追謚孔子爲褒成宣尼公，見《漢書・平帝紀》。孔子去魯，周游列國，曾多次遭遇到危險和困苦，而終不爲時君所用。《莊子・天運》説他曾有「伐樹於宋，削迹於衛，……圍於陳蔡之間，七日不火食」的遭遇（詳見《史記・孔子世家》），故曰「屢困」。甯，指甯武子，名俞，衛大夫，孔子曾稱贊之，曰：「甯武子，邦有道，則知；邦無道，則愚。其知可及也，其愚不可及也。」見《論語・公冶長》。蘧，指蘧伯玉，名瑗，衛大夫，孔子嘗稱贊之，曰：「君子哉蘧伯玉！邦有道，則仕；邦無道，則可卷而懷之。」見《論語・衛靈公》。

〔一一〕「故有」二句：魯仲連者，齊人也。好奇偉俶儻之畫策，而不肯仕宦任職，好持高節。游於趙。趙孝成王時，秦將白起破趙長平之軍前後四十餘萬，秦兵遂東圍邯鄲。魏安釐王使將軍晉鄙救趙，畏秦，止于蕩陰不進。魏王乃使客將軍新垣衍閒入邯鄲，因平原君説趙王使發使尊秦昭王爲帝以退秦兵。魯仲連聞之，乃求見新垣衍，謂之曰：「彼秦者，棄禮義而上首功之國也，權使其士，虜使其民。彼即肆然而爲帝，過而爲政於天下，則連有蹈東海而死耳，吾不忍爲之民也。」於是盛陳尊秦爲帝之害，新垣衍心悦誠服，不敢復言帝秦。秦將聞之，爲却軍五十里。適會魏公子無忌奪晉鄙軍以救趙，擊秦軍，秦軍遂引而去。「蹈滄海」之語出此。辭組，指魯仲連不受官爵之事。組，綬也，所以繫印者。魯仲連既助趙解邯鄲之圍，於是平原君欲封魯連，魯連辭讓者三，終不肯受。事並見《史記·魯仲連列傳》。

〔二二〕司馬相如既病免，家居茂陵。天子曰：「司馬相如病甚，可往從悉取其書；若不然，後失之矣。」使所忠往，而相如已死，家無書。問其妻，對曰：「長卿固未嘗有書也。時時著書，人又取去，即空居。……」事見《史記·司馬相如列傳》。茂陵，漢縣名，屬右扶風。今陝西興平縣地。

〔二三〕「起清流」二句：謂伍子胥忠直而被戮，其神靈長懷怨怒，因而驅水爲濤。見《論衡·書虚篇》：「傳書言：吴王夫差殺伍子胥，煑之於鑊，乃以鴟夷橐投之於江。子胥恚恨，驅水爲濤，以溺殺人。今時會稽、丹徒大江、錢唐浙江，皆立子胥之廟。蓋欲慰其恨心，止其猛濤也。」浩漫，水盛貌。顧嗟，當作「怨嗟」，音同而訛也。靈胥，伍子胥神也。左思《吴都賦》：「習御長風，狎翫靈胥。」

重曰〔一〕：積怨兮累息〔二〕，茹恨兮吞悲〔三〕。怨復怨兮，坎壈乎今之代〔四〕；愁莫愁兮，侘傺乎斯之時〔五〕。皇穹何親兮，誕而生之〔六〕？后土何私兮，鞠而育之〔七〕？何故邀余以好學〔八〕？何故假余以多辭〔九〕？何余慶之不終兮，當中路而廢之〔一〇〕？彼有初有鮮克兮〔一一〕，賢者其猶不欺；況陶鈞之匠物①，胡不貞而諒之〔一二〕？豈其始終爽德，蒼黄變色，無心意乎簪履，有悲哀乎楊、墨〔一三〕。已焉哉〔一四〕！天蓋高兮不可問，地蓋廣兮不容人〔一五〕。鐘鼓玉帛兮非吾事〔一六〕，池臺花鳥兮非我春。寂兮寞，歲歲年年長少樂；慌兮惚，朝朝暮暮生白髮。愴怳懭悢兮無所見②，宛轉聯蹝兮獨向隅〔一七〕，狀若重猘圓扉之受絏，又似乾池涸井之相濡〔一八〕。鸞鳳之翮已鎩兮，徒奮迅於籠檻〔一九〕；騏驥之足已蹇兮，空悵望於廷衢〔二〇〕。龍門之桐半死〔二一〕，鄧林之木全枯〔二二〕。苟含情而禀氣兮，孰能不傷心而疾首乎〔二三〕？

校記

①「況陶鈞之匠物」《英華》作「況鎔鈞之匠物」，鎔下注「一作陶」。《全唐文》作「況陶鈞之象物」。

②「悢」原作「恨」，據《全唐文》改。

注釋

〔一〕重曰：即又曰，意有未盡，重加申説之意。

〔二〕累息：長歎。劉向《九歎·離世》：「立江界而長吟兮，愁哀哀而累息。」

〔三〕茹恨：猶含恨、飲恨。

〔四〕坎壈：不平，喻遭遇不順利。宋玉《九辯》：「坎廩兮，貧士失職而志不平。」

〔五〕「愁莫愁」二句：莫愁：「莫愁於此」的省文。侘傺：失意而精神恍惚貌。屈原《離騷》：「忳鬱邑余侘傺兮，吾獨窮困乎此時也。」

〔六〕「皇穹」二句：皇穹：皇天，尊言天。揚雄《劇秦美新》：「登假皇穹，鋪衍下土。」誕：生，育。傅咸《舜華賦》：「應青春而敷蘗，逮朱夏而誕英。」《管子》：「如地如天，何私何親。」

〔七〕「后土」二句：后土：古時稱地神或土神爲后土。《國語·越語下》：「皇天后土。」私：偏愛。屈原《離騷》：「皇天無私阿兮，覽民德焉錯輔。」鞠：養育，撫養。《詩·小雅·蓼我》：「父兮生我，母兮鞠我。」

〔八〕邀：邀約。《莊子·寓言》：「老聃西遊於秦，邀於郊。」

〔九〕假：給予。《漢書·龔遂傳》：「遂乃開倉廩假貧民。」

〔一〇〕「何余」二句：慶：幸福。《易·履》：「元吉在上，大有慶也。」中路：中途，半道。宋玉《九辯》：「然中路而迷惑兮，自壓按而學誦。」

〔一一〕《詩·大雅·蕩》：「靡不有初，鮮克有終。」鄭玄《箋》：「民始皆庶幾於善道，後更化於惡俗。」鮮，少。克，能够。

〔一二〕「況陶鈞」二句：陶鈞匠物：謂造物者生育萬物。陶鈞，製陶器的轉輪。桓寬《鹽鐵論·遵道》：「辭若循環，轉若陶鈞。」後遂用來喻造物者。匠，培養創造。《淮南子·泰族訓》：「入學庠序，以修人倫，此皆人之所有於性，而聖人之所匠成也。」胡：何。貞：專一，守一。賈誼《新書》卷八《道術》：「言行抱一謂之貞。」諒：誠信。《論語·季氏》：「友直，友諒，友多聞。」

〔一三〕「豈其」以下四句：語本孔德璋《北山移文》：「豈期終始參差，蒼黄翻覆，淚翟子之悲，慟朱公之哭。」李善《注》：「終始參差，歧路也。蒼黄翻覆，素絲也。翟，墨翟也。朱，楊朱也。《淮南子》曰：楊子見歧路而哭之，爲其可以南、可以北。墨子見練絲而泣之，爲其可以黄、可以黑。高誘曰：閔其別與化也。」爽德：失德。《國語・周語上》：「昔昭王娶於房，曰房后，實有爽德。」簪履：簪，冠簪，履，單底的鞋，指官服，因而用來作爲做官的代稱。謝朓《忝役湘州與宣城吏民別》詩：「弱齡倦簪履，薄晚忝華奥。」

〔一四〕無可奈何、置而不論之辭。屈原《離騷》：「已矣哉，國無人莫我知兮！」

〔一五〕「天蓋高」二句：天蓋高、地蓋廣，語本《詩・小雅・正月》：「謂天蓋高，不敢不局；謂地蓋厚，不敢不蹐。」蓋，通「盍」，何也。朱熹《楚辭集注》屈原《天問》題解：「《天問》者，屈原之所作也。屈原放逐，彷徨山澤，見楚有先王之廟及公卿祠堂，圖畫天地山川神靈，琦瑋僪佹，及古賢聖怪物行事，因書其壁，呵而問之，以渫憤懣。」

〔一六〕鐘鼓玉帛：儒家强調禮樂，祭祀宴饗，須奏鐘鼓、薦玉帛，因而，此處用來指代儒術。

〔一七〕「愴怳」二句：愴怳懭悢：皆失意貌。宋玉《九辯》：「愴怳懭悢兮，去故而就新。」宛轉：已見《釋疾文・序》注〔四〕。聯蜷：見卷三《綿州官池贈別同賦灣字》詩「聯綣」注。向隅：面向角落。劉向《說苑・貴德》：「今有滿堂飲酒者，有一人獨索然向隅而泣，則一堂之人皆不樂矣。」後因稱孤獨失意爲向隅。

〔一八〕「狀若」二句：重狴：牢獄。《廣韻》：狴，本作陛，牢也。牢獄幽深，故曰重狴。圓扉：獄門。王融《三月三日曲水詩序》：「稀鳴桴於砥路，鞠茂草於圓扉。」紲：《玉篇》：繫也。

乾池涸井之相濡：謂有如失水之魚，（不能指望）靠乾池涸井使自己濕潤。句暗用《莊子·外物》「涸轍之鮒」的故事。濡：浸漬，濕潤。

〔一九〕「鸞鳳」二句：禰衡《鸚鵡賦》：「顧六翮之殘毁，雖奮迅其焉如。」是畀之二句脱化所自。翮，鳥羽之莖，指代鳥翼。鎩，傷殘。左思《蜀都賦》：「鳥鎩翮，獸廢足。」奮迅，精神振奮，行動迅速。揚雄《劇秦美新》：「會漢祖龍騰豐沛，奮迅宛葉。」檻，關牲畜野獸的栅欄。

〔二〇〕「騏驥」二句：蹇：《説文》：「跛也。」　廷衢：平坦四達之道路。廷，平也。《漢書·百官公卿表》「廷尉，秦官」顔師古《注》：「廷，平也。」衢，《爾雅·釋宫》：「四達謂之衢。」

〔二一〕枚乘《七發》：「龍門之桐，高百尺而無枝，……其根半死半生。」龍門，山名。在陝西韓城市與山西河津市間。

〔二二〕鄧林：見卷一《病梨樹賦》「西海夸父之林」注。

〔二三〕「苟含情」二句：苟：假若，如果。《論語·里仁》：「苟志於仁矣，無惡也。」　稟氣：承受天地自然之氣。《宋書·謝靈運傳》：「雖虞夏以前，遺文不覩，稟氣懷靈，理無或異。」　疾首：頭痛，喻怨恨之甚。《詩·小雅·小弁》：「心之憂矣，疢如疾首。」

歌曰：歲將晏兮歡不再〔一〕，時已晚兮憂來多。東郊絶此麒麟筆〔二〕，西山秘此鳳凰柯〔三〕。死去死去兮今如此，生兮生兮奈汝何！

注釋

〔一〕晏：晚。《論語·子路》：「冉子退朝，子曰：『何晏也？』」

〔二〕《左傳·哀公十四年》：「十四年春，西狩於大野。叔孫氏之車子鉏商獲麟。」杜預《注》：「麟者仁獸，聖王之嘉瑞也。時無明王，出而遇獲。仲尼傷周道之不興，感嘉瑞之無應，故因《魯春秋》而修中興之教，絶筆於獲麟之一句，所感而作，固所以爲終也。」東郊，陽翟在洛陽以東，故云。

〔三〕西山：指陽翟縣之具茨山。按：伯夷、叔齊隱於首陽山，及其餓且死，作歌曰：「登彼西山兮，采其薇矣。」是稱其所隱之首陽山爲「西山」，見《史記·伯夷列傳》。昇之因此亦稱自己隱居的具茨山爲「西山」。　秘：藏也，閉也。同「祕」。謝靈運《入彭蠡湖口》詩：「靈物郄珍怪，異人祕精魂。」　鳳凰柯：謂梧桐也，所以自喻。《詩·大雅·卷阿》：「鳳皇鳴矣，于彼高崗。梧桐生矣，于彼朝陽。」鄭玄《箋》：「鳳皇之性，非梧桐不棲，非竹實不食。」柯，草木枝莖。

悲夫

悲夫，事有不可得而已矣！是以古之聽天命者，飲淚含聲而就死〔一〕。推不言兮焚于介山〔二〕，妃不偶兮跂于嶷水①〔三〕。仰天而嘆，員憤骨於吴江〔四〕；下淚交頤，卿悲歌於燕市〔五〕。天無雷兮，聞蟻聚於床下〔六〕；家非牧兮，見牂生於奥裏〔七〕。支離疏之五官已敗〔八〕，哀駘它之六骸不美②〔九〕。求時夜兮求鴞炙〔一〇〕，何逼迫之如此？爲鼠肝兮爲蟲臂〔一一〕，何鍛鍊之如彼？

校記

①「妃」原作「地」，據《全唐文》卷一六七改。②「它」原作「駞」，據《全唐文》、《莊子·德充符》改。

注釋

〔一〕飲淚：淚流入口，形容極悲憤痛苦。班倢伃《擣素賦》：「懷百憂之盈抱，空千里兮飲淚。」

〔二〕推，指介之推，晉大夫，嘗從公子重耳出亡十九年。及還，文公賞諸從亡者，介之推不言禄，禄亦弗及。遂與其母隱於綿山。公求之不得，聞其入綿上山中，於是文公環綿上山中而封之，以爲介推田，號曰介山。事見《史記·晉世家》。《琴操》則謂介推既隱山中，文公求之不得，以爲焚其山宜出，而介推抱木而死，竟不出。後人寒食之俗，即由哀介推而起云。（見《初學記》卷四《歲時部下》所引）「不言禄，禄亦弗及」，事見《左傳·僖公二十四年》。以焚山而死事，又見劉向《新序·節士篇》。介山，在今山西介休市。

〔三〕妃，指舜之二妃娥皇、女英。不偶，命隻不偶合也，猶不幸。《漢書·李廣傳》：「大將軍陰受上指，以爲李廣數奇，毋令當單于，恐不得所欲。」顔師古《注》引孟康曰：「奇，隻不耦也。」顔曰：「言李廣命隻不耦合也。」耦，通「偶」。此指舜南巡，崩於蒼梧之野。跂，《廣韻》：與企同，望也。

嶷水，指九嶷山及蒼梧之淵。《山海經·海内經》：「南方蒼梧之丘，蒼梧之淵，其中有九嶷山，舜之所葬，在長沙零陵界中。」舊題任昉《述異記》云：舜南巡，葬于蒼梧之野。堯之二女娥皇、女英追之不及，相與慟哭，淚下沾竹，竹上文爲之斑斑然。

〔四〕「仰天」二句：伍子胥，楚人，名員。父奢、兄尚，皆被楚平王殺害。子胥奔吴，與孫武共佐吴王闔廬伐楚，五戰入郢，掘平王墓，鞭屍三百。後闔廬伐越，爲越所敗，傷指，病創而死。太子夫差既立，大敗越，越王勾踐使使齎厚幣遺吴太宰嚭以請和，吴王將許之，子胥諫，不聽，竟與越平。又興師北伐齊，子胥復數諫，吴王不納，益疏之。太宰嚭既與子胥有隙，因讒之於吴王，以爲子胥剛暴、怨望，將不利於吴。吴王乃使使賜子胥自盡。子胥仰天嘆曰：「嗟乎！讒臣嚭爲亂矣，王乃反誅我。……」乃告其舍人曰：「必樹吾墓上以梓，令可以爲器；而抉吾眼縣吴東門之上，以觀越寇之入滅吴也。」乃自剄死。吴王聞之大怒，乃取子胥尸盛以鴟夷革，浮之江中。事見《史記·伍子胥列傳》。

〔五〕「下淚」二句：荆軻者，衛人也。其先乃齊人，徙於衛，衛人謂之慶卿。而之燕，燕人謂之荆卿。荆軻既至燕，愛燕之狗屠及善擊筑者高漸離。荆軻嗜酒，日與狗屠及高漸離飲於燕市，酒酣以往，高漸離擊筑，荆軻和而歌於市中，相樂也，已而相泣，旁若無人者。詳見《史記·刺客列傳》。下淚交頤，兩行眼淚流下，在下頜相交滙。

〔六〕「天無雷」二句：《藝文類聚》卷二《天部·雨》引《東觀漢記》：「沛獻王輔，善《京氏易》。永平五年，少雨，上御雲臺卦，自以周易林占之。其繇曰：『蟻封穴户，大雨將至。』以問輔，輔曰：『《蹇》，艮下坎上，艮爲山，坎爲水，山出雲爲雨。蟻穴居，知雨將至，故以蟻爲興。』」蟻穴居，知雨將至，故云「天無雷」，而「蟻」已「聚于床下」矣。

〔七〕「家非牧」三句：《莊子·徐無鬼》：「吾未嘗爲牧而牂生於奥，未嘗好田而鶉生於宎。……凡有怪徵者，必有怪行，殆乎，非我與吾子之罪，幾天與之也！吾是以泣也。」成玄英《疏》：「牂，羊也。奥，西南隅未地，羊位也。」牂，同牂。

〔八〕支離疏：已見卷四《五悲·悲今日》「支離括撮」注。五官：已見《五悲·悲窮通》注〔一二〕。

〔九〕哀駘它：人名，其人貌奇醜，見《莊子·德充符》：「魯哀公問於仲尼曰：衛有惡人焉，曰哀駘它。……寡人召而觀之，果以惡駭天下。」《經典釋文》：「惡，貌醜也。」六骸：《莊子·德充符》「直寓六骸」，成玄英《疏》：「六骸，謂身首四肢也。」

〔一〇〕《莊子·齊物論》：「且女亦大早計，見卵而求時夜，見彈而求鴞炙。」《經典釋文》：「時夜，司夜，謂雞也。鴞，司馬云：小鳩，可炙。」成玄英《疏》：「鴞即鵬鳥，賈誼之所賦者也。大小如雌雞，而似斑鳩，青緑色，其肉甚美，堪作羹炙，出江南。然卵有生鷄之用，而卵時未能司晨，彈有得鴞之功，而彈時未堪爲炙。」炙，燒烤的肉。《禮記·曲禮上》：「膾炙處外。」

〔一一〕《莊子·大宗師》：「俄而子來有病，喘喘然將死，其妻子環而泣之。子犂往問之，曰：『叱！避！无怛化！』倚其户與之語曰：『偉哉造化！又將奚以汝爲，將奚以汝適？以汝爲鼠肝乎？

以汝爲蟲臂乎？』」成玄英《疏》：「倚户觀化，與之而語。歎彼大造，弘普無私，偶爾爲人，忽然返化。不知方外適往何道，變作何物。將汝五藏爲鼠之肝，或化四支爲蟲之臂。任化而往，所遇皆適也。」

鬱拂沕滑兮中瞀亂〔一〕，蟠薄煩寃兮長憒惋①〔二〕。出户庭兮遊息，千萬里兮無極。杳兮靄，川綿曠兮水如帶〔三〕。嵺兮籟，山嵔嵔兮雲似蓋〔四〕。萋兮緑，春草生兮長河曲，試一望兮心斷續〔五〕。晚兮晼〔六〕，夕鳥没兮平郊遠，試一望兮魂不返。蘼蕪葉兮紫蘭香〔七〕，欲往從之川無梁，日云暮兮涕沾裳〔八〕。松有蘿兮桂有枝〔九〕，有美一人兮君不知，氣欲絶而何爲。

校記

①「憒」《全唐文》作「恨」。

注釋

〔一〕鬱拂：疑當作「鬱怫」。鬱怫，憂心不舒展也。賈誼《旱雲賦》：「憭兮慄兮，以鬱怫兮。」沕滑：昏惑也。沕，塵濁，見《集韻》。滑，混濁，屈原《漁父》：「世人皆濁，何不淈其泥而揚其波。」淈，通「滑」。中瞀亂：心中昏亂。宋玉《九辯》：「忼慨絶兮不得，中瞀亂兮迷惑。」

〔二〕蟠薄：同「盤薄」，據持牢固貌。江淹《豫章頌》：「下貫金壤，上籠赤霄，盤薄廣結，捎瑟曾喬。」　煩寃：愁悶，枉屈。屈原《九章·抽思》：「煩寃瞀容，實沛徂兮。」　憤惋：悲憤惋惜。《吴越春秋》卷七《勾踐入臣外傳》：「去我國兮心摇，情憤惋兮誰識。」

〔三〕「杳兮」二句：杳靄：深遠貌。張衡《南都賦》：「杳藹蓊鬱於谷底，森蓴蓴而刺天。」　綿曠：漫長而空曠。

〔四〕「𡾰兮」二句：𡾰：《集韻》：山險也。又，山深空貌。　籟：管樂器。《説文》謂爲三孔龠。《史記·司馬相如傳·子虚賦》「吹鳴籟」《集解》引《漢書音義》：「籟，簫也。」又，從空穴中發出之聲曰籟，見《莊子·齊物論》。此處似即取山深空而發聲之義。　嵔㟪：同「嵬壘」，高低不平貌。左思《魏都賦》：「原隰畇畇，墳衍斥斥，或嵬壘而複陸，或黗朗而拓落。」　雲似蓋：《古詩十九首》：「西北有浮雲，亭亭如車蓋。」

〔五〕心斷續：即心斷。斷續，偏義複詞，只取「斷」之義。心斷，形容悲傷到極點。鮑照《代東門行》：「涕零心斷絶，將去復還訣。」

〔六〕晚畹：日將暮。宋玉《九辯》：「白日畹晚其將入兮。」畹晚，同「晚畹」。

〔七〕蘼蕪：香草名。亦名蘄茝，又名茳蘺，即芎藭苗。《古詩》：「上山采蘼蕪，下山逢故夫。」

〔八〕「欲往」二句：張衡《四愁詩》：「我所思兮在漢陽，欲往從之隴阪長，側身西望涕霑裳。」二句仿此。

〔九〕《説苑·善説篇·越人歌》：「山有木兮木有枝，心説君兮君不知。」昇之此句及下句仿此。　虉，女蘿，地衣類植物，常寄生松樹上，絲狀，蔓延下垂，故又名松蘿、菟絲。

孟夏兮恢台〔一〕，楊柳散兮芙蓉開。葉初成兮蠶宛轉〔二〕，花落盡兮燕徘徊。望夫君兮不來，形枯槁兮意摧頽〔三〕。天何爲兮愁苦，麥將秀兮多風〔四〕，梅將黄兮屢雨〔五〕。日色旰爛兮，流金而爍石〔六〕；地氣燠煜兮〔七〕，滿室而充户。神翳翳兮似灰，命綿綿兮若縷〔八〕。一伸一屈兮，比艱難乎尺蠖〔九〕；九生九死兮，同變化乎盤古〔一〇〕。萬物繁茂兮此時，余獨何爲兮腸邅廻而屢腐〔一一〕？圍棋廢兮，時不可乎再來〔一二〕；鳴琴停兮，人何時以重撫？

注釋

〔一〕恢台：廣大貌。宋玉《九辯》：「收恢台之孟夏兮，然欿傺而沈藏。」

〔二〕葉：指桑葉。宛轉：曲折。此指蠶之蠕動。

〔三〕摧頽：蹉跎，失意。焦延壽《易林·泰》：「老楊日衰，條多枯枝。爵級不進，日下摧隤。」隤，同「頽」。

〔四〕秀：穀類抽穗開花曰秀。《詩·大雅·生民》：「實發實秀。」

〔五〕《初學記》卷二《天部下·雨》引梁元帝《纂要》云：「梅熟而雨曰梅雨。」

〔六〕「日色」二句：旰爛：光盛貌。流金爍石：極言天氣酷熱，金石也被銷鎔。宋玉《招魂》：「十日代出，流金鑠石些。」

〔七〕「地氣」二句：燠煜：炎熱而光亮。燠，熱，暖。《詩·唐風·無衣》：「不如子之衣，安且燠兮！」煜，光耀。《説文》：「煜，熠也。」

〔八〕「神翳翳」二句：翳翳：深晦不明貌。陸機《文賦》：「理翳翳而愈伏，思乙乙其若抽。」綿綿：延續不絶。東方朔《非有先生傳》：「綿綿連連，殆哉世之不絶也。」縷：絲綫，麻綫。

〔九〕「一伸」二句：《易·繫辭下》：「尺蠖之屈，以求伸也。」尺蠖，尺蠖蛾的幼蟲，其行先屈後伸。

〔一〇〕「九死」二句：《藝文類聚》卷一《天部上》引徐整《三五曆紀》曰：「天地混沌如鷄子，盤古生其中。萬八千歲，天地開闢，陽清爲天，陰濁爲地，盤古在其中，一日九變。神於天，聖於地。天日高一丈，地日厚一丈，盤古日長一丈。」

〔一一〕邅迴：徘徊，周旋不進。《淮南子·原道訓》：「邅回川谷之間，而滔騰大荒之野。」此處是「盤屈」、「曲折」之意。回，同「迴」。腸腐，猶腸斷，謂極度悲傷也。

〔一二〕《漢書·蒯通傳》：「時乎時，不再來！」

秋風起兮野蒼蒼，蒹葭變兮露爲霜〔一〕。蟬悲翳兮聲斷〔二〕，鴈迷雲兮路長。摧折蕭條兮林寡色，顑頷芸黄兮草不芳〔三〕。停劍兮懷舊友〔四〕，天外兮思故鄉；願一見兮終不得，側身長望兮淚浪浪〔五〕。遥兮遠，山谷縈迴兮屢轉，狀若登薊門兮望胡苑〔六〕；斷兮連，井邑丘墟兮知幾年，又似登隴首兮見秦川〔七〕。木葉落兮長年悲，紅顔謝兮鬢如絲。王孫來兮何遲遲，思公子兮涕漣洏〔八〕。風嫋嫋兮雨凄凄，螢火飛兮烏夜啼。牽牛西北兮星已轉，織女縱横兮河欲低〔九〕。秋夜迢迢兮秋未極〔一〇〕，愁人耿耿兮愁不息〔一一〕。有所思兮在天漢，欲往從之兮無羽翼〔一二〕。鬱金槐兮木蘭舟，青莎裳兮白羽裘〔一三〕；戲緑波兮坐芳洲，歡不停兮人不留，悵容與兮徒離憂〔一四〕。

注釋

〔一〕「秋風」二句：《詩·秦風·蒹葭》：「蒹葭蒼蒼，白露爲霜。」二句本此。蒹，荻。葭，葦。

〔二〕悲翳：障蔽於枝葉之間而悲鳴。翳，障蔽。屈原《離騷》：「百神翳其備降兮，九嶷繽其並迎。」

〔三〕芸黄：花草枯黄貌。《詩·小雅·苕之華》：「苕之華，芸其黄矣。」　草不芳：語本屈原《離騷》：「恐鵜鴂之先鳴兮，使夫百草爲之不芳。」芳，草香。

〔四〕停劍：罷舞劍。

〔五〕語本張衡《四愁詩》：「側身東望涕霑翰。」浪浪，淚流貌。屈原《離騷》：「霑余襟之浪浪。」

〔六〕「山谷」二句：縈迴：旋繞轉折。《水經注》卷三六《若水》：「高山嵯峨，巖石磊落，傾側縈迴。」　薊門：古地名，又名薊丘，在唐幽州治所薊縣（今北京市）境。又爲關名，在居庸山中，即今居庸關。此處當指後者。　胡苑：即胡地，北方游牧民族生活的地區。以其多草木禽獸，故稱胡苑。

〔七〕《隴頭歌辭》：「隴頭流水，鳴聲幽咽。遥望秦川，心腸斷絶。」隴首，即隴坻，隴坂。見卷二《隴頭水》注〔三〕。

〔八〕漣洏：垂淚貌。王粲《贈蔡子篤》詩：「中心孔悼，涕淚漣洏。」

〔九〕「牽牛」二句：牽牛：星名，即河鼓。俗稱牛郎星。《爾雅·釋天》：「河鼓謂之牽牛。」織女：星名。在銀河西，與河東牽牛星相對。《史記·天官書》：「婺女，其北織女。織女，天女孫也。」河：指銀河。

〔一〇〕極：達到終點。

〔一一〕耿耿：前已屢見。

〔一二〕「有所思」二句：張衡《四愁詩》：「有所思兮在泰山，欲往從之梁甫艱。」昇之二句仿此。天漢，即銀河。《詩·小雅·大東》：「維天有漢，監亦有光。」毛亨《傳》：「漢，天河也。」

〔一三〕「鬱金」二句：鬱金：香草名，即鬱金香。《梁書·中天竺國傳》：「鬱金獨出罽賓國，華色正黄而細，與芙蓉華裏被蓮者相似。」一説爲樹名，見《一切經音義》卷十三。栧：船槳，同枻。司馬長卿《子虚賦》：「浮文鷁，揚旌栧。」《史記》作「揚桂枻」，《集解》引韋昭曰：「枻，檝也。」木蘭：木名。又名杜蘭、林蘭。狀如楠樹，質似柏而微疏，可造船。皮辛香似桂。葉大。晚春先葉開花。皮、花可入藥。見《本草綱目》卷三四《木·木蘭》。莎：草名。地下有紡綞形之細長塊根，稱香附子，入藥。見《政和證類本草》卷九《莎草》。

〔一四〕「歡不停」二句：歡：古時男女相愛，女稱男子爲歡。樂府《子夜歌》：「歡愁儂亦慘，郎笑儂更喜。」　容與：遲疑不定貌。同「猶豫」。屈原《九章·思美人》：「固朕形之不服兮，然容與而狐疑。」　離憂：即罹憂，遭憂。屈原《九歌·山鬼》：「風颯颯兮木蕭蕭，思公子兮徒離憂。」

玄冬慘兮陰氣凝〔一〕，沸泉結兮炎州氷〔二〕；郊野昏兮寒沙漲，河海暗兮繁雲興。嚴風急兮密雪下，墐户閉兮無留者〔三〕；盼城郭兮，瓊爲樹兮玉爲樓，瞻通路兮，駕素車兮乘白馬。時眇眇兮歲冥冥，晝杳杳兮夜丁丁〔四〕；庭有霜兮月華白，室有人兮燈影青①。披重裘兮魂悄悄，卧空床兮目熒熒〔五〕。御熛鑪兮長不暖，對巵酒兮憂恒滿〔六〕。悲繚繞兮從中來，愁纏綿兮何時斷〔七〕？

校記

①「室有人」　《全唐文》作「室無人」。

注釋

〔一〕玄冬：即冬天。《漢書·揚雄傳·羽獵賦》：「於是玄冬季月，天地隆烈」，顔師古《注》：「北方色黑，故曰玄冬。」

〔二〕沸泉：即噴泉。《南齊書·祥瑞志》：建元元年四月有司奏：「延陵令戴景度稱所領季子廟，舊有涌井二所，廟祝列云舊井北忽聞合石聲，即掘，深三尺，得沸泉。」　炎州：傳説爲南海中的洲名，上有風生獸、火光獸及火林山，出火浣布。見舊題東方朔《十洲記》。後也泛指嶺南之地。

〔三〕「嚴風」二句：嚴風：朔風。袁淑《效古詩》：「結車高闕下，極望見雲中。四面各千里，從横起嚴風。」墐户：用泥土塗塞門户孔隙。《詩·豳風·東山》：「穹窒熏鼠，塞向墐户。」

〔四〕「時眇眇」三句：眇眇：遼遠。屈原《九章·悲回風》：「登石巒以遠望兮，路眇眇之默默。」冥冥：高遠、深遠。揚雄《法言·問明》：「鴻飛冥冥，弋人何篡焉？」杳杳：深遠幽暗貌。屈原《九章·懷沙》：「眴兮杳杳，孔静幽默。」丁丁：象聲詞。《詩·小雅·伐木》：「伐木丁丁，鳥鳴嚶嚶。」丁丁，狀刀斧伐樹之聲也。此處狀漏聲。

〔五〕「披重裘」二句：悄悄：憂愁貌。《詩·邶風·柏舟》：「憂心悄悄，愠于羣小。」熒熒：微光閃爍貌。宋玉《高唐賦》：「玄木冬榮，煌煌熒熒。」

〔六〕「御熏罏」二句：御：使用。熏罏：用來熏香或取暖的爐子。梁簡文帝《擬沈隱侯夜夜曲》：「薰爐滅復香。」熏，同「燻」。爐，同「罏」。此處指取暖用的爐子。卮：酒器，容量四升。《史記·項羽本紀》：「沛公奉卮酒爲壽。」

〔七〕纏綿：糾纏。陶淵明《祭從弟敬遠文》：「余嘗學仕，纏綿人事。」

重曰：四時兮代謝，萬物兮遷化〔一〕。聽春鳥於春朝，聞秋蟲於秋夜。花覆地兮無待，河傾天兮不借〔二〕。無靈草兮駐朽質乎千年〔三〕，無雕戈兮迴踆烏乎三舍〔四〕。夏日長兮繩繩〔一五〕，炎風暑雨兮相蒸；草木扶疏兮如此，余獨蘭驛兮不自勝〔一六〕。玄月兮祁寒①〔一七〕，窮急景兮摧殘〔一八〕；霰雪雰雰兮長委積〔一九〕，人事寥寥兮悵漫漫。春秋冬夏兮四序〔二〇〕，寒暑榮悴兮萬端〔二一〕。春也萬物熙熙焉感其生而悼其死②，夏也百草榛榛焉見其盛而知其闌〔二二〕；秋也嚴霜降兮殷憂者爲之不樂，冬也陰氣積兮愁顏者爲之鮮歡③〔二三〕。聖人知性情之紛糾〔二四〕，故嘆之曰「余欲無言」〔二五〕。吾將焉往而適耳？箕有峰兮潁有瀾〔二六〕。

校記

①「祁」原作「祈」，據《英華》、《全唐文》改。　②「其」字原無，據《全唐文》補。　③「鮮」原作「解」，據《英華》、《全唐文》改。

注釋

〔一〕遷化：遷流變化。傅毅《舞賦》：「與志遷化，容不虛生。」

〔二〕「花覆」三句：無待：謂不等待（人們去觀賞）。　河傾天：銀河在天空傾斜，用星空的流轉説明時間的推移。陸機《擬明月皎夜光》詩：「招搖西北指，天漢東南傾。」　不借：謂（時光）不假借、不寬貸於人。

〔三〕靈草：仙草。班孟堅《西都賦》：「於是靈草冬榮，神木叢生。」李善《注》：「神木、靈草，謂不死藥也。」

〔四〕《淮南子・覽冥訓》：「魯陽公與韓搆難。戰酣，日暮，援戈而撝之，日爲之返三舍。」踆烏，傳説爲太陽中的烏鴉。《淮南子·精神訓》：「日中有踆烏。」高誘《注》：「踆，猶蹲也，謂三足烏。」因以爲日之代稱。三舍，二十八宿之一宿曰一舍，三舍，即三座星宿之位置。

〔五〕繩繩：衆多貌。《詩·周南·螽斯》：「螽斯羽，薨薨兮，宜爾子孫繩繩兮。」此處引伸爲漫長貌。

〔六〕「草木」二句：扶疏：繁茂分披貌。《韓非子·揚權》：「爲人君者，數披其木，毋使木枝扶疏。」蘭驒：萎軟貌。《藝文類聚》卷六四引束皙《近遊賦》：「乘箪輅之偃蹇，駕蘭單之疲牛。」蘭單，同「蘭驒」。不自勝：支撑不住自己的身體。

〔七〕玄月：本爲農曆九月的别名。《國語·越語下》：「至於玄月，王召范蠡而問焉。」韋昭《注》：「《爾雅》曰：九月爲玄。」然此處既曰「祁寒」，下文復言「霰雪雰雰」，則本句之「玄月」，當爲「玄冬季月」之省言，即冬季的最後一個月。祁寒：嚴寒。祁，盛，大。僞《古文尚書·君牙》：「冬祁寒，小民亦惟曰怨咨。」

〔八〕窮急景：冬末照射大地時間短促的陽光。窮，指季冬。《禮記·月令》：「季冬之月，日窮于次。」即視太陽運行到二十八宿的最後一個星次，故曰「窮」。景，日光。見《説文》。

〔九〕霰：雪珠，俗稱米雪。雰雰：霜雪紛降貌。《詩·小雅·信南山》：「上天同雲，雨雪雰雰。」

〔一〇〕序：節序，季節。何遜《寄江州褚諮議》詩：「自與君别離，四序紛迴薄。」

〔一一〕榮悴：興盛與衰敗，猶榮枯。潘岳《秋興賦》：「雖末士之榮悴兮，伊人情之美惡。」

〔三〕「春也」二句：熙熙：温和歡樂貌。《老子》：「衆人熙熙，如享太牢，如登春臺。」榛榛：草木叢生貌。司馬相如《哀二世賦》：「觀衆樹之塕薆兮，覽竹林之榛榛。」闌：見《釋疾文·序》注〔九〕。

〔三〕「秋也」二句：殷憂：深憂。阮籍《詠懷詩》：「感物懷殷憂，悄悄令人悲。」鮮：少。《詩·大雅·蕩》：「靡不有初，鮮克有終。」

〔四〕紛糾：即糾紛，雜亂，紛擾。司馬相如《子虚賦》：「交錯糾紛，上干青雲。」

〔五〕《論語·陽貨》：「子曰：『予欲無言。』」

〔六〕箕，箕山，潁，潁水。均見卷四《五悲·悲今日》「自高枕箕潁」注。

歌曰：歲去憂來兮東流水，地久天長兮人共死。明鏡羞窺兮向十年〔一〕，駿馬停驅兮幾千里。麟兮鳳兮！自古吞恨無已〔二〕。

注釋

〔一〕向：接近。《後漢書·段熲傳》：「今適朞年，所耗未半，而餘寇殘燼，將向殄滅。」

〔二〕「麟兮」二句：《孔叢子·紀問篇》曰：「叔孫氏之車子鉏商樵於野而獲麟焉，衆莫之識，以爲不祥，棄之五父之衢。冉有告曰：『麕身而肉角，豈天之妖乎？』夫子往觀焉，泣曰：『麟也。麟出而死，吾道窮矣！』乃歌曰：『唐唐虞世兮麟鳳遊，今非其時來何求？麟兮麟兮我心憂。』」

《論語·子罕》：「子曰：『鳳鳥不至，河不出圖，吾已矣夫！』」

命　曰〔一〕

命曰：昊天不傭兮降此鞠凶，昊天不惠兮降此大戾〔二〕。不先不後兮爲瘥爲瘵〔三〕，痛之撫兮孰知其厲〔四〕。木之柔兮緡之絲之，人之温兮黼之藻之〔五〕。自天佑之兮無不利〔六〕，一者之來兮云何二〔七〕？野有鹿兮其角兟兟〔八〕，林有鳥兮其羽習習〔九〕。余獨何爲兮，悲攢欒兮憂戢眘〔一〇〕？南山巃嵸兮樹輪囷，北津清泚兮石磷磷①〔一一〕。天之生我兮，胡寧不辰〔一二〕？少克己而復禮〔一三〕，無終食兮違仁〔一四〕。既好之以正直兮〔一五〕，諒無負於神明〔一六〕；何彼天之不吊兮〔一七〕，哀此命之長勤〔一八〕？百罹兮六極，横集兮我身〔一九〕，長孿圈以偃蹇，永伊鬱以呻嚬〔二〇〕。

校記

①「磷磷」原作「嶙嶙」，據《英華》卷三五五改。

注釋

〔一〕命：祝告鬼神也。《儀禮·少牢饋食禮》曰：「明日朝筮尸，如筮日之禮。命曰：孝孫某，來日丁亥，用薦歲事于皇祖伯某。」下文又曰：「主人再拜稽首，祝告曰：孝孫某，來日丁亥，用薦歲事于皇祖伯某。」兩處合參，知「命」爲「祝告鬼神」之意。

〔二〕「昊天」二句：《詩·小雅·節南山》：「昊天不傭，降此鞠訩。昊天不惠，降此大戾。」毛亨《傳》：「傭，均。鞠，盈。訩，訟也。」鄭玄《箋》：「盈，猶多也。戾，乖也。昊天乎！師氏爲政不均，乃下此多訟之俗；又爲不和順之行，乃下此乖争之化病時。民傚爲之，愬之於天。」凶，通「訩」。

〔三〕《詩·小雅·正月》：「父母生我，胡俾我瘉。不自我先，不自我後。」鄭玄《箋》：「自，從也。天使父母生我，何故不長遂我而使我遭此暴虐之政而病？此何不出我之前，居我之後？窮苦之情，苟欲免身。」瘥，病，小疫。《詩·小雅·節南山》：「天方薦瘥，喪亂弘多。」瘵，病。《詩·大雅·瞻卬》：「邦靡有定，士民其瘵。」

〔四〕厲：猛，烈。見《廣韻》。

〔五〕「木之柔」二句：《詩·大雅·抑》：「荏染柔木，言緡之絲。温温恭人，維德之基。」毛亨《傳》：「緡，被也。温温，寬柔也。」鄭玄《箋》：「柔忍之木荏染然，人則被之弦以爲弓；寬柔之人温温然，則能爲德之基。止言内有其性，乃可以有爲德也。」緡，安裝弓弦。黼藻，黼黻與文彩。揚雄《法言》卷一《學行》：「吾未見好斧藻其德若斧藻其楶者也。」斧藻，同黼藻。此處用如動詞，是「修養」之意。

〔六〕《易·繫辭上》：「《易》曰：自天祐之，吉，無不利。」

〔七〕謂衆生一般降生人世，爲何有吉凶懸絶、通塞各異的兩種命運。

〔八〕《詩·大雅·柔桑》「瞻彼中林，甡甡其鹿。」毛亨《傳》：「甡甡，衆多也。」兟兟，衆多貌，見《玉篇》。故此處可通「甡甡」。

〔九〕習習：頻飛貌。左思《詠史》詩之八：「習習籠中鳥。」

〔一〇〕攢欒、戢孴，語出王延壽《魯靈光殿賦》：「芝栭攢羅以戢孴，枝掌杈枒而斜據。」攢羅，密集貌。羅，羅列也。作「欒」無所取義，而諸本並同，當由作者誤記所致。戢孴，衆多貌。

〔一一〕「南山」二句：巃嵸：山勢險峻貌。司馬相如《上林賦》：「於是乎崇山矗矗，巃嵸崔巍。」輪困：屈曲貌。鄒陽《獄中上梁孝王書》：「蟠木根柢輪困離詭。」清泚：清澈，明净。謝朓《始出尚書省》詩：「邑里向疎蕪，寒流自清泚。」磷磷：水石明浄貌。劉楨《贈從弟》詩之一：「汎汎東流水，磷磷水中石。」

〔一二〕「天之」二句：《詩·小雅·小弁》：「天之生我，我辰安在？」孔穎達《疏》：「人無不瞻仰其父取法則者，無不依怙其母以長大者，今我獨不……得父母之恩也。若此則本天之生我，我所遇值之時安所在乎？豈皆值凶時而生，使我獨遭此也？」又，《詩·大雅·柔桑》：「我生不辰，逢天僤怒。」鄭玄《箋》：「辰，時也。」胡寧，何爲。見裴學海《古書虚字集釋》卷六《寧》。《詩·小雅·四月》：「先祖匪人，胡寧忍予。」

〔一三〕《論語·顏淵》：「顏淵問仁。子曰：『克己復禮爲仁。』」謂約束自身，使言行符合於禮。

〔一四〕《論語·里仁》:「子曰:『……君子無終食之間違仁,造次必於是,顛沛必於是。』」孔穎達《疏》:「君子無終食之間違仁者,言仁不可斯須去身,故君子無食頃違去仁道也。」

〔一五〕《詩·小雅·小明》:「靖共爾位,好是正直。」鄭玄《箋》:「好,猶與也。」好之以正直,本乎此,謂以正直之道助人也。

〔一六〕諒:確實,委實。鄭玄《詩譜序》:「詩之興也,諒不在於上皇之世。」

〔一七〕見卷四《五悲·悲昔遊》「嗟昊天之不弔」注。

〔一八〕屈原《遠遊》:「惟天地之無窮兮,哀人生之長勤。」勤,辛勞。

〔一九〕「百罹」二句:百罹:多種不幸和憂患。《詩·王風·兔爰》:「我生之後,逢此百罹。」毛亨《傳》:「罹,憂。」 六極:六種凶惡的事。《書·洪範》:「六極:一曰凶短折,二曰疾,三曰憂,四曰貧,五曰惡,六曰弱。」 横集:交集。劉向《九歎》:「長嘘吸以於悒兮,涕横集而成行。」

〔二〇〕「長孿圈」二句:孿圈:卷曲不能伸也。同「孿蜷」。 孿,卷曲而不能伸。《史記·蔡澤列傳》:「先生曷鼻,巨肩,……膝孿。」圈,假借爲「蜷」,《廣韻》:「蜷,蟲形詰屈。」 偃蹇:已見《釋疾文序》注〔六〕。 伊鬱:班叔皮《北征賦》:「諒時運之所爲兮,永伊鬱其誰愬。」張銑《注》:「伊鬱,憂怨也。」 嚬呻:淒苦之聲。

天道何從，自古多邛〔一〕，爲臧兮匪祐，匪仁兮覆庸〔二〕。蹻狠戾兮南汜〔三〕，跖叛涣兮東風〔四〕，並强大兮熏赫，咸壽考以從容〔五〕。勛則天兮朱已矣〔六〕，韶盡美矣均忽焉〔七〕；公侯之系兮必復，堯舜之後兮何儚〔八〕？干執諫兮辛載〔九〕，蕃抗議兮靈年〔一〇〕，忠與貞兮何仇〔一一〕？俱不得其死焉。牛一變而爲虎〔一二〕，鱉三化而作鶡〔一三〕。觸民居蝸而争地〔一四〕，龍伯釣鼇而訴天〔一五〕；何變化之殊族①，而大小之相懸。長無述焉，將不死而爲賊〔一六〕；賢哉回也，今不幸而蚤亡〔一七〕。明夷何辜兮羑里〔一八〕？洪範何恃兮佯狂〔一九〕？我視於天兮，亦孔之痒②〔二〇〕。

校記

①「族」《全唐文》卷一六七作「俗」。　②「痒」《全唐文》作「將」。

注釋

〔一〕「天道」二句：謂所謂福善禍淫的「天道」究竟是有是無，何所適從？自古以來，所謂「天道」的舛誤也太多了。在《史記·伯夷列傳》中，司馬遷早已對「天道」表示懷疑。其文曰：「或曰：『天道無親，常與善人。』若伯夷、叔齊，可謂善人者非邪？積仁絜行如此而餓死！且七十子之徒，仲尼獨薦顔淵爲好學。然回也屢空，糟糠不厭，而卒早夭。天之報施善人，其何如哉？盜跖曰殺不辜，……聚黨數千人横行天下，竟以壽終。……余甚惑焉，儻所謂天道，是邪非邪？」邛，病也。此處引伸爲「乖訛」、「舛誤」之意。

〔二〕「爲臧」二句：臧：善。　匪：非。覆庸：庇佑和任用。覆，遮蓋、掩蔽，《詩·大雅·生民》：「誕寘之寒冰，鳥覆翼之。」引伸爲庇佑。庸，用。僞《古文尚書·大禹謨》：「無稽之言勿聽，弗詢之謀勿庸。」

〔三〕《史記·西南夷列傳》：「始楚威王時，使將軍莊蹻將兵循江上，略巴黔中以西。莊蹻者，故楚莊王苗裔也。蹻至滇池，地方三百里，旁平地，肥饒數千里，以兵威定屬楚。欲歸報，會秦擊奪楚巴、黔中郡，道塞不通，因還，以其衆王滇，變服，從其俗，以長之。」《漢書·賈誼傳》「謂隨夷溷兮謂跖蹻廉」，顔師古《注》引李奇曰：「跖，秦大盜也。楚之大盜爲莊蹻。」狠戾，凶狠暴戾。南氾，南方的水濱。莊蹻所王之地在滇池之畔，故云。氾，水邊，通「涘」。

〔四〕《莊子·盜跖》：「柳下惠之弟名曰盜跖。盜跖從卒九千人，橫行天下，侵暴諸侯。穴室樞户，驅人牛馬，取人婦女。」又曰：「盜跖乃方休卒徒大山之陽。」大山即泰山，爲東岳，故曰「東峰」（《全唐文》風作「峰」）。叛涣，跋扈，恣睢。左太沖《魏都賦》：「雲撤叛换，席卷虔劉。」李善《注》：「叛换，猶恣睢也。」叛换，同「叛涣」。

〔五〕「並强大」二句：熏赫：勢焰盛貌。　壽考：年高，長壽。《詩·大雅·棫樸》：「周王壽考。」

〔六〕勛，即帝堯，名放勛。見《史記·五帝本紀》。《論語·泰伯》：「子曰：『大哉，堯之爲君也！巍巍乎！唯天爲大，唯堯則之。』」則天，效法於天。朱，即丹朱，舜子。《史記·五帝本紀》：「堯立七十年得舜，……堯知子丹朱之不肖，不足授天下，於是……卒授舜以天下。」司馬貞《索隱》引皇甫謐云：「堯取散宜氏之女，曰女皇，生丹朱，又有庶子九人，皆不肖也。」

〔七〕韶：傳説爲舜所作樂曲名。《書·益稷》：「簫韶九成，鳳凰來儀。」盡美：《論語·八佾》：「子謂《韶》，『盡美矣，又盡善也。』」均忽焉：謂《韶》雖盡美盡善，而均却忽略之而不經意也，言其不肖也。均，舜之子商均，舜妃女英所生。《史記·五帝本紀》：「（舜）南巡狩，崩於蒼梧之野。……舜子商均亦不肖，舜乃豫薦禹於天。十七年而崩。三年喪畢，禹亦讓舜子。……諸侯歸之，然後禹踐天子位。」

〔八〕「公侯」二句：《左傳·閔公元年》：「公侯之子孫，必復其始。」系，繼承。班固《東都賦》：「系唐統，接漢緒。」此處引伸爲「後裔」之意。僁：罪過。同「愆」。《史記·三王世家·册齊王策》：「厥有僁不臧，乃凶於而國。」《漢書·武五子傳》作「愆」。

〔九〕干，比干，殷紂王之臣。辛，即殷紂王，帝乙之子，名辛。比干諫紂王被殺之事，已見《釋疾文·粤若》注〔三〕。

〔一〇〕陳蕃，字仲舉，汝南平輿人也。太尉李固表薦，徵拜議郎，歷樂安太守、尚書，遷大鴻臚、光禄勛。時封賞踰制，内寵猥盛，蕃疏諫，桓帝頗納其言，爲出宫女五百餘人。延熹八年，乃代楊秉爲太尉。時中官用事，排陷忠良，劉佑、李膺等皆以忤旨抵罪，蕃因朝會，固理膺等，言辭懇切。九年，李膺等以黨事下獄，蕃因上疏極諫，以爲李膺、杜密、范滂等「正身無玷，死心社稷。以忠忤旨，横加考案，或禁固閉隔，或死徙非所。杜塞天下之口，聾盲一世之人，與秦焚書坑儒，何以爲異？」帝諱其言切，託故策免之。及靈帝即位，以蕃爲太傅、録尚書事。大將軍竇武頗借重之，與謀誅宦官侯覽、曹節等。以事泄爲宦官所殺。詳見《後漢書・陳蕃傳》。抗議，直言反對意見。《後漢書・盧植傳》：「（董卓）議欲廢立，羣僚無敢言，植獨抗議不同。」靈，指漢靈帝。

〔一二〕何仇：謂「天道」因何視忠臣貞士爲仇敵。按：仇，《英華》作「復」。復，報答也。謂「天道」給予忠臣貞士何種報答，亦通。

〔一三〕《淮南子・俶真訓》：「昔公牛哀轉病也，七日化爲虎。其兄掩户而入覘之，則虎搏而殺之。是故文章成獸，爪牙移易，志與心變，神與形化。方其爲虎也，不知其嘗爲人也；方其爲人，不知其且爲虎也。」

〔一三〕未聞。

〔一四〕《莊子・則陽》：「有國于蝸之左角者，曰觸氏；有國于蝸之右角者，曰蠻氏。時相與争地而戰，伏屍數萬，逐北旬有五日而後反。」

〔一五〕《列子・湯問》：「渤海之東不知幾億萬里，有大壑焉，實惟無底之谷，其下無底，名曰歸墟。……其中有五山焉：一曰岱輿，二曰員嶠，三曰方壺，四曰瀛洲，五曰蓬萊。……所居之人皆仙聖之種；一日一夕飛相往來者，不可數焉。而五山之根無所連著，常隨潮波上下往還。仙聖毒之，訴之於帝。帝恐流於西極，失羣仙聖之居，乃命禺彊使巨鼇十五舉首而戴之。……而龍伯之國有大人，舉足不盈數步而暨五山之所，一釣而連六鼇，合負而趨歸其國，灼其骨以數焉。於是岱輿、員嶠二山流於北極，沈於大海，仙聖之播遷者巨億計。帝憑怒，侵減龍伯之國使阨，侵小龍伯之民使短。」

〔一六〕「長無述」三句：《論語・憲問》：「原壤夷俟。子曰：『幼而不孫弟，長而無述焉，老而不死，是爲賊。』以杖叩其脛。」

〔一七〕「賢哉」三句：《論語・雍也》：「子曰：『賢哉，回也！一簞食，一瓢飲，在陋巷，人不堪其憂，回也不改其樂。賢哉，回也！』」又曰：「哀公問：『弟子孰爲好學？』孔子對曰：『有顔回者好學，不遷怒，不貳過。不幸短命死矣，今也則亡，未聞好學者也。』」

〔一八〕《易・明夷》：「明夷，利艱貞。象曰：明入地中。明夷，内文明而外柔順，以蒙大難，文王以之。」孔穎達《疏》：「内文明而外柔順，以蒙大難，文王以之者，既釋明夷之義，又須出能用明夷之人。内懷文明之德，撫教六州；外執柔順之能，三分事紂，以此蒙犯大難，自得保全，惟文王能用之，故云文王以之。」因文王能用「明夷」，故即用以代稱文王，亦即西伯。《史記・周本紀》：「公季卒，子昌立，是爲西伯。西伯曰文王，遵后稷、公劉之業，則古公、公季之法，篤仁、敬老、慈少。禮下賢者，日中不暇食以待士，士以此多歸之。……崇侯虎譖西伯於殷紂曰：『西伯積善累德，諸侯皆嚮之，將不利於帝。』帝紂乃囚西伯於羑里。」裴駰《集解》：「《地理志》曰：河内湯陰有羑里城，西伯所拘處。」

〔一九〕《洪範》，《尚書》篇名。舊説爲殷末箕子所作。《書・洪範》：「武王勝殷，殺受，立武庚，以箕子歸，作《洪範》。」孔穎達《疏》：「武王伐殷既勝，……以箕子歸鎬京，訪以天道，箕子爲陳天地之大法，敍述其事，作《洪範》。」因以「洪範」爲箕子之代稱。箕子佯狂，已見《釋疾文・粤若》注〔三〕。恃，倚賴，依靠。

〔二〇〕「我視」二句：謂我仰觀此天，以爲昊天乖訛、舛誤之處甚多。孔，很，甚。《詩・豳風・東山》：「其新孔嘉，其舊如之何？」痒，病也。《詩・小雅・正月》：「哀我小心，癙憂以痒。」毛《傳》：「癙，痒，皆病也。」此處引伸爲毛病、疵病、乖舛之意。

丘與溺兮殊貫〔一〕，單與張兮相詭〔二〕。紛紜總總兮若兹〔三〕，羌未得其玄已〔四〕。盛之孝兮，姚何感而遂開〔五〕？含之恭兮①，昆何嫌兮不起〔六〕？聖人不議，姬旦憤於《鴟鴞》〔七〕；君子無憂，《周南》歌於《芣苡》〔八〕。五鹿云折，退守平陵之田〔九〕；《三都》已成，歸入宜春之里〔一〇〕。乾不穆兮，一爲戌一爲辰〔一一〕；坤不恒兮，三成田三成水〔一二〕。何斯柱之危脆，一夫觸之而云折，東南眇其既傾，西北豁其中裂〔一三〕。有杞者國，竟未掬其烏蟾〔一四〕；有歷其都，奄以成其魚鱉〔一五〕。共何壯兮而損其盈？媧何神歟而補其闕？天且不能自固，地且不能自持，安得而有萬物②？安得而運四時？彼山川與象緯〔一六〕，其孰爲之主司？生也既無其主，死也云其告誰？何必拘拘而踽踽，可浩然而順之③〔一七〕。吾知惡之不能爲惡，故去之曰群生之所蠹〔一八〕；吾知善之不能爲善，故就之曰有生之大路。雖粉骨而糜軀〔一九〕，終不改乎此度〔二〇〕。

校記

①「含」原作「合」，按：此句用顔含事，合爲「含」之形訛，諸本皆誤。今逕改。　②「有」《全唐文》作「育」。　③「可浩然而順之」《全唐文》「可」上有「固」字。

注釋

〔一〕丘，孔丘。溺，桀溺，人名，與孔子同時的隱士，與長沮耦耕於田間。長沮、桀溺以爲當今天下治亂同，皆是無道，與其避人，不若避世，頗不以孔子之周流天下，汲汲用世之行爲然。詳見《論語·微子》。殊貫，道不同。貫，事理，條理。沈約《内典序》：「人天異軌，翾動殊貫。」

〔二〕《莊子·達生》：田開之見周威公。威公曰：「吾聞祝腎學生，吾子與祝腎游，亦何聞焉？」……開之曰：「聞之夫子曰：『善養生者，若牧羊然，視其後者而鞭之。』」威公曰：「何謂也？」田開之曰：「魯有單豹者，巖居而水飲，不與民共利，行年七十而猶有嬰兒之色；不幸遇餓虎，餓虎殺而食之。有張毅者，高門縣薄，無不趨也，行年四十而有内熱之病以死。豹養其内而虎食其外，毅養其外而病攻其内，此二子者，皆不鞭其後者也。」相詭，相反。《吕氏春秋·淫辭》：「言行相詭，不祥莫大焉。」

〔三〕屈原《離騷》：「紛總總其離合兮，班陸離其上下。」王逸《注》：「總總，猶僔僔，聚貌也。」

〔四〕羌：句首語氣辭，《楚辭》多用之。　玄：深奥，神妙。《老子》：「玄之又玄，衆妙之門。」

〔五〕「盛之孝」二句：《太平御覽》卷四一引《祖台志怪》曰：「吴中書郎盛仲至孝。母王氏失明，仲暫行，勑婢食母。婢乃取蠐螬蒸食之，母甚以爲美，不知是何物。兒還，母曰：『汝行後，婢進吾食甚甘，然非魚肉，汝試問之。』既而問婢，婢服曰：『實是蠐螬。』仲抱母痛哭，母目霍然而開。」當爲此二句所本，然盛仲之母姓王，昇之或誤記爲姚氏。

〔六〕《晉書·顔含傳》云：顔含字弘都，琅邪莘人也。少有操行，以孝聞。兄畿，咸寧中得疾，就醫自療，遂死於醫家。家人迎喪，旐每繞樹而不可解，引喪者顛仆，稱畿言曰：「我壽命未死，但服藥太多，傷我五藏耳。今當復活，慎無葬也。」乃引喪還。其婦夢之曰：「吾當復生，可急開棺。」其夕，母及家人又夢之，即欲開棺，而父不聽。含時尚少，乃慨然曰：「非常之事，古則有之，今靈異至此，開棺之痛，孰與不開相負？」父母從之，乃共發棺，果有生驗，然氣息甚微，存亡不分矣。飲哺將護，累月猶不能語。闔家營視，頓廢生業，雖在母妻，不能無倦矣。含乃絶棄人事，躬親侍養，足不出户者十有三年，而畿竟不起。昆，兄也。

〔七〕「聖人」二句：《莊子·齊物論》：「六合之外，聖人存而不論；六合之内，聖人論而不議。」《毛詩·豳風·鴟鴞·序》：「《鴟鴞》，周公救亂也。成王未知周公之志，公乃爲詩以遺王，名之曰《鴟鴞》焉。」孔穎達《疏》：「此《鴟鴞》詩者，周公所以救亂也。毛以爲武王既崩，周公攝政，管蔡流言，以毁周公，又導武庚與淮夷叛而作亂，將危周室，周公東征而滅之，以救周室之亂也。

於是之時，成王仍惑管蔡之言，未知周公之志，疑其將簒，心益不悦，故公乃作詩，言不得不誅管蔡之意，以貽遺成王，名之曰《鴟鴞》。」姬旦，周公也。

〔八〕「君子」二句：《論語·顔淵》：「司馬牛問君子。子曰：『君子不憂不懼。』曰：『不憂不懼，斯謂之君子已乎？』子曰：『内省不疚，夫何憂何懼？』」《毛詩·周南·芣苢·序》：「芣苢，后妃之美也。和平則婦人樂有子矣。」孔穎達《疏》：「若天下亂離，兵役不息，則我躬不閲，於此之時，豈思子也。今天下和平，於是婦人始樂有子矣。」《周南》，《詩經》十五《國風》之一，舊説是周時南國的民歌。一説指用南國樂調寫的歌，不全是民歌。南國泛指洛陽以南直至江漢一帶地區。

〔九〕「五鹿」二句：《漢書·朱雲傳》云：朱雲，字游，魯人也，徙平陵。少時通輕俠，借客報仇，以勇力聞。年四十，乃變節，從博士白子友受《易》，又事前將軍蕭望之受《論語》，皆能傳其業。是時少府五鹿充宗貴幸，爲《梁丘易》。自宣帝時善梁丘氏説，元帝好之，欲考其異同，令充宗與諸《易》家論。充宗乘貴辯口，諸儒莫能與抗，皆稱疾不敢會。有薦雲者，召入，既論難，連拄五鹿君。故諸儒爲之語曰：「五鹿嶽嶽，朱雲折其角。」由是爲博士。先是，瑯邪貢禹爲御史大夫，而華陰守丞嘉上封事，以爲「平陵朱雲，兼資文武，忠正有智略，可使以六百石秩試守御史大夫，以盡其能」。元帝乃下其事問公卿。太子少傅匡衡以爲「嘉從守丞而圖大臣之位，欲以匹夫徒步之人而超九卿之右，非所以重國家而尊社稷也」。其事不行，而嘉竟坐之。按：貢禹爲御史大夫在元帝初元五年（前四四年）六月，十二月丁未卒；尚書令五鹿充宗爲少府，在元帝建昭元年（前三八年）至五年（前三四年）。然則，朱雲「退守平陵之田」在先，辯難《梁丘易》、折服五鹿充宗在後。平陵，漢縣名，屬右扶風。

〔一〇〕「三都」二句：左思，字太沖，齊國臨淄人也。貌寢，口訥，而辭藻壯麗。造《齊都賦》，一年乃成。後欲賦《三都》，會妹芬入宫，移家京師，乃詣著作郎張載訪岷邛之事，遂搆思十年，門庭藩溷皆著筆紙，遇得一句，即便疏之。及賦成，司空張華見而嘆曰：「班張之流也。使讀之者盡而有餘，久而更新。」於是豪貴之家競相傳寫，洛陽爲之紙貴。祕書監賈謐請講《漢書》，謐誅，退居宜春里。見《晉書・文苑・左思傳》。宜春里，晉都洛陽里名。

〔一一〕「乾不穆」二句：謂天不静穆，太歲由東向西十二年運行一周天，每年行經一個星次，某年大歲在戌，某年又在辰矣。乾，天也。《爾雅・釋天》：「太歲在辰曰執徐，……在戌曰閹茂。」戌、辰，皆爲與星次相配的地支名。

〔一二〕「坤不恒」二句：《太平廣記》卷六〇《麻姑》條引《神仙傳》云：「麻姑自説云：『接侍以來，已見東海三爲桑田。向到蓬萊，水又淺於往者會時略半也，豈將復還爲陵陸乎？』」坤，地也。恒，恒常不變也。

〔一三〕「何斯柱」以下四句：《列子・湯問》：「昔者女媧氏練五色石以補其闕，斷鼇之足以立四極。其後共工氏與顓頊争爲帝，怒而觸不周之山，折天柱，絶地維。故天傾西北，日月星辰就焉；地不滿東南，故百川水潦歸焉。」眇，遼遠。已見卷四《五悲·悲窮通》注〔五〕。豁，開朗貌。郭璞《江賦》：「豁若天開。」

〔一四〕「有杞者」二句：《列子·天瑞》：「杞國有人憂天地崩墜，身無所寄，廢寢食者；又有憂彼之所憂者，因往曉之曰：『天，積氣耳，亡處亡氣。若屈伸呼吸，終日在天中行止，奈何憂崩墜乎？』其人曰：『天果積氣，日月星宿，不當墜也？』」掬，雙手捧取。烏蟾，指日月。《淮南子·精神訓》：「日中有踆烏，而月中有蟾蜍。」

〔一五〕「有歷」二句：《藝文類聚》卷九《水部·湖》引《淮南子》曰：「夫歷陽之都，一夕反而爲湖。」歷陽，地名，秦置縣，唐時爲和州，在今安徽和縣境内。奄，忽然。任昉《齊竟陵文宣王行狀》：「天不慭遺，奄見薨落。」

〔一六〕象緯：謂日月五星。《拾遺記》卷二《殷湯》：「至延師精述陰陽，曉明象緯，莫測其爲人。」

〔一七〕「何必」二句：拘拘：拳曲不伸。《莊子·大宗師》：「夫造物者，將以予爲此拘拘也。」跼跼：曲身，彎腰。《詩·小雅·正月》：「謂天蓋高，不敢不局。」《經典釋文》：「局本又作跼。」浩然：正大光明、無憂無懼貌。《孟子·公孫丑上》：「我善養吾浩然之氣。」

〔一八〕蠹：敗壞，損害。《左傳·襄公三十一年》：「其暴露之，則恐燥濕之不時而朽蠹，以重敝邑之罪。」

〔一九〕糜軀：粉身碎骨。曹植《鼙舞歌·聖皇篇》：「思一效筋力，糜軀以報國。」

〔二〇〕《楚辭·離騷》:「不撫壯而棄穢兮,何不改乎此度?」句本此。度,態度。

重曰:予既昧此杳冥兮〔一〕,迷之不知其所屆〔二〕。將寄命於六師,訪真訣乎遐外〔三〕。見流星以爲旗,邀白雲而爲蓋。玉虬紛其旖旎,青鸞儼其容裔〔四〕。霓爲裳兮羽爲旗〔五〕,雷爲車兮電爲旆〔六〕。噂噂兮上馳,遥遥兮横厲〔七〕。忽若夢兮有覺,與巫陽兮相會〔八〕。巫陽爲予兮挈龜,龜告予以雙支〔九〕。朱雀摇而金躍,青龍發而火馳〔一〇〕。虵登栖兮鷄入穴,雲北走兮水西垂〔一一〕。巫陽曰:反兮覆,兆不告〔一二〕,靈蔡誠不能知造化之心數,朽骨焉足以定古今之倚伏〔一三〕。請導列缺之前旌,部豐隆之後轂〔一四〕,披上帝之玄鍵,考中皇之秘籙〔一五〕。

注釋

〔一〕昧:愚昧,不明白。《戰國策·趙策二》:「愚者昧於成事,智者見於未萌。」杳冥:幽暗。《漢書·中山靖王劉勝傳》:「臣聞白日曬光,幽隱皆照,……然雲蒸列布,杳冥晝昬,……何則?物有蔽之也。」此謂天道幽暗難知。

〔二〕語本屈原《九章·涉江》:「入溆浦余儃佪兮,迷不知吾所如。」屆,至,到。僞《古文尚書·大禹謨》:「惟德動天,無遠弗屆。」

〔三〕「將寄命」二句:寄命:使生命有所寄託。《藝文類聚》卷七引杜篤《首陽山賦》:「聞西伯昌之善教，育年艾於胡耇，遂相攜而隨之，冀寄命乎餘壽。」　六師：即六軍。《詩·大雅·常武》：「整我六師，以修我戎。」　真訣：道教稱登真成仙的要訣，道教的精髓。《太玄真人傳》：「茅盈仙去，與家人及親戚辭，歸句曲。二弟聞之，棄官還家。漢元帝永光元年，渡江求足於東山，遂與相見。兄曰：『卿已老矣，欲難可補，縱得真訣，適可成地上主者耳。』」　遐外：遠離中原或中國的異方。劉琨《勸進表》：「臣等各忝守方任，職在遐外，不得陪列闕庭，共觀盛禮。」

〔四〕「玉虬」二句：玉虬：白色而無角的龍。屈原《離騷》：「駟玉虬以乘鷖兮，溘埃風余上征。」　旖旎：盛貌。宋玉《九辯》：「竊悲夫蕙華之曾敷兮，紛旖旎乎都房。」　青鸞：傳説中的神鳥。《拾遺記》卷十《蓬萊山》：「有浮筠之榦，葉青莖紫，子大如珠，有青鸞集其上。」　儼：莊重貌。《詩·陳風·澤陂》：「有美一人，碩大且儼。」　容裔：張平子《東京賦》：「建辰旒之太常，紛焱悠以容裔。」李善《注》：「容裔，高低之貌。」

〔五〕霓爲裳：屈原《九歌·東君》：「青雲衣兮白霓裳。」霓，主虹爲虹，副虹爲霓，霓位於主虹外側。　羽爲旗：宋玉《高唐賦》：「偈兮若駕駟馬建羽旗。」

〔六〕雷爲車：傅玄《雲中白子高行》：「童女掣電策，童男挽雷車。」　電爲旆：陸雲《南征賦》：「伐隱天之雷鼓，振淩霄之電旆。」旆，斾之俗字，旗幟的通稱。《詩·商頌·長發》：「武王載旆，有虔秉鉞。」

〔七〕「噂噂」二句：噂噂：紛紛談論。《易林》卷一《乾》之《困》：「噂噂所言，莫知我垣。」此處狀大隊行進、諸聲並作貌。　横厲：横渡。司馬相如《大人賦》：「互折窈窕以右轉兮，横厲飛泉以正東。」

〔八〕巫陽：古筮師，女巫，名陽。宋玉《招魂》：「帝告巫陽曰：『有人在下，我欲輔之，魂魄離散，汝筮予之。』」王逸《注》：「女曰巫，陽其名也。」

〔九〕「巫陽」二句：挈龜：刻開龜甲，以火灼而卜之。挈，通「契」、「栔」、「鍥」。《漢書·敘傳·幽通賦》：「嬀巢姜於孺筮兮，旦算祀于挈龜。」顔師古《注》：「挈，刻也。《詩·大雅·綿綿》之篇曰『爰挈我龜』，言刻開之，灼而卜之。」　雙支：即雙枝，謂卦象歧出，即兩種卦象背反而並出。

〔一〇〕「朱雀」二句：天官有五宫，地有五方，《洪範》有五行，緯書有五帝，古人因而取以相配，使分别對應，以爲各有所主。如中宫天極星，其神爲黄帝（名含樞紐），主中央，色黄，五行屬土；東宫蒼龍，其神爲蒼帝（名靈威仰），主東方，色青，五行屬木；南宫朱鳥（即朱雀），其神爲赤帝（名赤熛怒），主南方，色赤，五行屬火；西宫白虎，其神爲白帝（名招拒），主西方，色白，五行屬金；北宫玄武，其神爲黑帝（名汁光紀），主北方，色黑，五行屬水。見《書·洪範》、《史記·天官書》、《春秋文耀鉤》等。朱雀爲南宫，五行屬火，青龍爲東宫，五行屬木，今謂「朱雀摇而金躍，青龍發而火馳」，言卦象乖舛、五行悖亂也。

〔一一〕「虵登」二句：虵，同「蛇」。栖，鷄栖，鷄所栖止之處。二句謂蛇本應入穴鷄本應登栖，雲本應南飛水本應東流，而今皆倒反，亦言卦象乖舛也。

〔二〕兆：古代占卜，在龜板或獸骨上鑽刻，再用火灼，看裂紋以定吉凶。預示吉凶的裂紋謂之「兆」。

〔三〕「靈蔡」二句：靈蔡：用以卜事的龜。春秋蔡地出龜，因以蔡爲龜之代稱。《抱朴子·廣譬》：「靈蔡默而吉凶昭晳于無形。」　造化：大自然，天地，以其能創造化育萬物，故曰造化。《莊子·大宗師》：「今一以天地爲大鑪，以造化爲大冶。」　心數：同「心術」，思想和心計。《莊子·天道》：「此五末者，須精神之運，心術之動，然後從之者也。」　倚伏：禍福也。《老子》：「禍兮福所倚，福兮禍所伏。」

〔四〕「請導」二句：列缺：閃電。司馬相如《大人賦》：「貫列缺之倒景兮。」　旃：已見卷一《結客少年場行》注〔六〕。　部：統率。《史記·項羽本紀》：「漢王部五諸侯兵，凡五十六萬人，東伐楚。」　豐隆：雲師。屈原《離騷》：「吾令豐隆乘雲兮，求宓妃之所在。」　轂：車輪中央車軸貫入處的圓木。《老子》：「三十輻共一轂。」此處指代車。

〔五〕「披上帝」二句：披：開啟。《史記·五帝本紀》：「披九山，通九澤。」上帝：天帝，天神。　玄鍵：指揭示宗教精義的關鍵、路徑。　中皇：居五方之中央、地位最尊的天帝。　秘籙：道教罕異珍奇、隱奧神祕的圖籍。

於是排雲旌兮叫諸闕〔一〕，登紫翠兮伏瑤壇〔二〕。靈烏杲其將駕①〔三〕，東皇釐其既觀〔四〕。余敷衽而未決兮，東皇頷而不言〔五〕。玉女申之以瓊蘂，靈妃貺之以琅玕〔六〕。悵容與而不駐，肅雲軿於南軒〔七〕。窈窕徘徊，邈矣悠哉〔八〕！下臨兮星雨，上絶兮氛埃〔九〕。彷徨兮三清之館，縹渺兮八風之臺〔一〇〕。俯觀兮故國，洞峥嶸兮無極〔一一〕，長懷兮故人，涕潺湲兮霑軾〔一二〕。横天苑，歷北辰〔一三〕，經瑶樓兮一息，停余車之轔轔〔一四〕。涉明河之清淺，過織女而問津〔一五〕。

校記

①「杲」原作「果」，據《全唐文》改。

注釋

〔一〕闕：已見卷二《雨雪曲》注〔二〕。

〔二〕紫翠：葛洪《枕中書》：「崑崙玄圃，金爲墉城，四方千里，城上安金臺五所，玉樓十二，瓊華之屋，紫翠丹房，七寶金玉，積之連天。」紫翠，寶石名，即紫翠玉也。　瑤壇：即瑤臺，神話中爲神仙所居處。《拾遺記》卷十《崑崙山》：「崑崙山者……上有九層。第九層山形漸小狹，下有芝田蕙圃，皆數百頃，羣仙種耨焉。傍有瑤臺十二，各廣千步，皆五色玉爲臺基。」

〔三〕靈烏：太陽。庾信《象戲賦》：「陰翻則顧兔先出，陽變則靈烏獨明。」　杲：光明貌。《詩·衛風·伯兮》：「其雨其雨，杲杲出日。」　其：句中助詞，無義。　將駕：謂將駕車運行也。古代神話謂有神名羲和，爲太陽駕車。屈原《離騷》：「吾令羲和弭節兮」，王逸《注》：「羲和，日御也。」

〔四〕謂幸福地見到了東皇。東皇，天神。屈原《九歌》首篇爲《東皇太一》。《史記·封禪書》曰：「天神貴者太一。」司馬貞《索隱》：「宋均云：天一、太一，北極神之别名。」又同書《天官書》云：「中宫天極星，其一明者，太一常居也。」張守節《正義》曰：「泰一，天帝之别名也。劉伯莊云：泰一，天神之最尊貴者也。」據屈原《九歌》，則東皇即太一。而昇之於下文另有造謁太乙、太乙以星盤爲之占命之一段，則似以東皇與太乙爲二。按：神話傳説多有歧異，無庸深究。釐：通「禧」，福也。《漢書·揚雄傳·甘泉賦》：「惟夫所以澄心清魂，儲精垂思，感動天地，逆釐三神者。」顔師古《注》：「釐，讀若禧，禧，福也。」

〔五〕「余敷衽」二句：敷衽：揭開前襟，以示坦率。屈原《離騷》：「跪敷衽以陳辭兮，耿吾既得此中正。」此處單用敷衽，實已包含「陳辭」之意。未決：未得其決也。頷：點頭。《左傳·襄公二十六年》：「逆于門者，頷之而已。」

〔六〕「玉女」二句：玉女：神女。賈誼《惜誓》：「建日月以爲蓋兮，載玉女于後車。」申：重複，一再。《左傳·成公十三年》：「申之以盟誓，重之以婚姻。」瓊蘂：古代傳説中瓊樹的花蘂，似玉屑。張衡《西京賦》：「屑瓊蘂以朝飡，必性命之可度。」靈妃：指仙女宓妃。郭璞《遊仙詩》：「靈妃顧我笑，粲然啟玉齒。」貺：賜與，加惠。《詩·小雅·彤弓》：「我有嘉賓，中心既之。」 琅玕：美石。《書·禹貢》：「黑水西河惟雍州……厥貢球琳琅玕。」

〔七〕「悵容與」二句：容與：遲疑不定貌。同「猶豫」。屈原《九章·思美人》：「固朕形之不服兮，然容與而狐疑。」 肅：導引。《禮記·曲禮上》：「主人肅客而入。」 雲軿：雲車。沈約《赤松澗》詩：「神丹在兹化，雲軿於此陟。」軿，《説文》：「輕車也。」 軒：堂之前沿，外周以欄。左太沖《魏都賦》：「周軒中天，丹墀臨猋。」李善《注》：「軒，長廊之有窗也。」

〔八〕「窈窕」二句：窈窕：深邃貌。郭璞《江賦》：「潛逵傍通，幽岫窈窕。」 徘徊：本往返回旋貌。此處引伸爲「曲折」之意。 邈、悠：並長遠之意。

〔九〕「下臨」二句：星雨：《左傳·莊公七年》：「星隕如雨，與雨偕也。」 氛埃：雲氣與塵土。馬融《廣成頌》：「清氛埃，埽野場。」

〔一〇〕「彷徨」二句：三清：道教所謂三天。《靈寶太乙經》：「四人天外曰三清境，玉清、太清、上清，亦名三天。」 縹緲：高遠隱約貌。木華《海賦》：「羣仙縹眇，餐玉清涯。」縹眇，同「縹緲」。 八風臺：臺名。《漢書·郊祀志》：「莽篡位二年，興神僊事，以方士蘇樂言，起八風臺於宫中。」八風，八方之風。《吕氏春秋·有始》、《淮南子·地形訓》、《説文》等所稱八方之風名目各異，兹從略。

〔一一〕洞：深穴。謂自高空俯視下界，若深穴然。 峥嶸：深邃貌。屈原《遠遊》：「下峥嶸而無地兮，上寥廓而無天。」 無極：無限，無底。

〔二〕潺湲：淚流貌。屈原《九歌・湘夫人》：「横流涕兮潺湲。」　軾：車廂前扶手的横木。《戰國策・秦策一》：「伏軾撙銜，横歷天下。」經傳多作「式」。

〔三〕「横天苑」二句：天苑：星座名。《史記・天官書》：「參爲白虎。……其西有句曲九星，三處羅：一曰天旗，二曰天苑，三曰九游。」張守節《正義》：「天苑十六星，如環狀，在畢南，天子養禽獸所。」　北辰：北極星。《爾雅・釋天》：「北極謂之北辰。」

〔四〕「經瑶樓」二句：瑶樓：即玉樓，傳説爲仙人住處。東方朔《十洲記・崑崙》：「其一角有積金爲天墉，面方千里，城上安金臺五所，玉樓十二所。」　一息：謂暫停一下。《穀梁傳・昭公四年》：「慶封曰：『子一息，我亦且一言。』」　轔轔：車聲。

〔五〕「涉明河」二句：明河：即天河。織女：星名。已見《釋疾文・悲夫》注〔九〕。　津：渡口

巫陽曰：左招摇兮右天駟〔一〕，大乙之居兮無不利①〔二〕。其道也，楓爲天兮棗爲地〔三〕，盍往從之兮導君意〔四〕。大乙方握髯低眉，右手拄頤②〔五〕，或以日臨命，以歲加時，再轉兮再攷，三命兮三推〔六〕。華蓋微明兮，君子居貞之位〔七〕；太陽陰主兮，天人厄運之期〔八〕。若夫一氣鴻蒙，萬化緇蠢〔九〕，此星精與木局〔一〇〕，又何足以知之。

校記

①「居」原作「車」，據《英華》、《全唐文》改。　②「拄」《英華》注「一作揞」。

注釋

〔一〕招摇：星名。在北斗杓端。《禮記·曲禮上》：「招摇在上，急繕其怒。」《經典釋文》：「北斗第七星。」《史記·天官書》：「杓端有兩星：一内爲矛，招摇；一外爲盾，天鋒。」天駟：星宿名，即二十八宿之房宿。《史記·天官書》：「東宫蒼龍，房、心。……房爲府，曰天駟。」

〔二〕太乙之居：《史記·天官書》：「中宫天極星，其一明者，太一常居也。」司馬貞《索隱》：「案：《爾雅》『北極謂之北辰』。又《春秋合誠圖》云『北辰，其星五，在紫微中』。」太乙，即太一，已見上文注。

〔三〕楓天棗地，占卜器具，即星盤，因以楓木爲蓋、棗木爲底盤，故稱。張鷟《龍筋鳳髓判》卷四《太卜袁綱善卜》：「楓天棗地，觀倚伏於無形。」陸佃《埤雅》卷十三《釋木·楓》：「其材可以爲式（星盤）。《兵法》曰：『楓天棗地，置之槽則馬駭，置之轍則車覆』是也。舊説，楓之有癭者，風神居之，……故造式者以爲蓋，又以大霆擊棗木載之，所謂『楓天棗地』，蓋其風雷之靈在焉，故能使馬駭車覆也。」

〔四〕盍：何不。《論語·公冶長》：「顔淵季路侍。子曰：『盍各言爾志。』」

〔五〕頤：腮，下頷。

〔六〕「或以日」以下四句：未詳。疑出命相遁甲之書，待考。

〔七〕華蓋：星名。《晉書·天文志》：「鉤陳口中一星曰天皇大帝，……大帝上九星曰華蓋，所以覆蔽大帝之坐也。」

〔八〕太陽陰主：一陰衆陽，命相書以爲不吉之象。蕭吉《五行大義》卷五：「陰主在戌，陽氣下藏，陰氣自在於上，故曰陰主。」《李虚中命書》卷中：「或有陽守陰多而利，陰逢陽盛而殃。」《注》：「一者衆之歸，故陽多得陰而利，陰卑而陽感，故一陰衆陽必多殃競。」

〔九〕「若夫」二句：一氣：構成天地萬物的基本素質。《莊子·知北遊》：「臭腐復化爲神奇，神奇復化爲臭腐，故曰通天下一氣耳。」《論衡·齊世》：「萬物之生，俱得一氣。」　鴻蒙：宇宙形成前的渾沌狀態。《莊子·在宥》：「雲將東遊，過扶摇之枝，而適遭鴻蒙。」《經典釋文》：「司馬（彪）云：自然元氣也。」　萬化：萬物變化。《莊子·田子方》：「且萬化而未始有極也，夫孰足以患心已。」　緇鼇：即緇黿，黑色也。鼇，通「黿」。此處引伸爲「幽暗」之意。

〔一〇〕星精：星宿之精。庾信《周太子少保步陸碑銘》：「祥符雲氣，慶合星精。」此處即指天極星之精太一神。　木局：即星盤，占卜之器，以木爲之，故云。

巫陽曰：太上有老君焉，其名曰伯陽〔一〕，遊閬風之瓊圃，處倒景之琳堂〔二〕。披拂日月，咀嚼烟霜〔三〕。撫千載兮爲朝爲暮〔四〕，濟萬物兮若存若亡。古之聰明博達而不死者，將與君子造崑崙之大荒。迨而容與，弭節翱翔①〔五〕。俄參元而下降，濟弱水之湯湯〔六〕。瞵軒臺而右轉，對玉檻之鏘鏘〔七〕。

校記

①「弭」原作「珥」，據《英華》改。

注釋

〔一〕「太上」二句：道教附會黄老，故尊奉老子，稱爲太上老君，亦稱混元皇帝太上老君。道經有《太上老君開天經》。伯陽，老子之字，見《神仙傳》。

〔二〕「遊閬風」二句：閬風：山名，相傳爲仙人所居，在崑崙之顛。屈原《離騷》：「朝吾將濟於白水兮，登閬風而緤馬。」東方朔《十洲記》：「（崑崙山）三角，其一角正北，干辰星之輝，名曰閬風巔。」　瓊圃：即玄圃，相傳在崑崙之顛，爲神仙所居。王褒《九懷》：「微觀兮玄圃，覽察兮瑶光。」又見前注所引葛洪《枕中書》。　倒景：即倒影。道家指天上最高的地方。《漢書・郊祀志》「登遐倒景」，顔師古《注》引如淳曰：「在日月之上，反從下照，故其影倒。」　琳堂：即琳宫，仙人所居之所。《初學記》卷二三《道釋部》引《空洞靈章經》：「衆聖集琳宫，金母命清歌。」

〔三〕「披拂」二句：披拂：分披，撥開。謝靈運《石壁精舍還湖中作》：「披拂趨南徑，愉悦偃東扉。」　咀嚼烟霜：即所謂餐霞飲露也。

〔四〕謂其長生久視，千載之於其人，猶如一朝一暮。撫，體恤，撫慰。

〔五〕「迨而」二句：迨：及，趁着。《詩・召南・摽有梅》：「求我庶士，迨其吉兮。」　容與：安逸自得貌。《九歌·湘夫人》：「時不可兮驟得，聊逍遥兮容與。」弭節：駐車。弭，止。節，行車進退之節。又説節訓策，爲馬鞭。屈原《離騷》：「吾令羲和弭節兮，望崦嵫而勿迫。」翱翔：悠閒遊樂貌。《詩·齊風·載驅》：「魯道有蕩，齊子翱翔。」

〔六〕「俄參元」二句：俄：不久，瞬間。參元：同元氣一起。參，並也，兼也。弱水：已見《釋疾文·粤若》注〔七〕。湯湯：大水急流貌。《書·堯典》：「湯湯洪水方割。」

〔七〕「瞵軒臺」二句：瞵：《類篇》：視貌。王褒《九懷》：「流星墜兮成雨，進瞵盼兮上丘墟。」檻：欄杆。鏘鏘：高貌。張衡《思玄賦》：「命王良掌策駟兮，踰高閣之鏘鏘。」

伯陽欣然見余曰：昇之來何遲？何故疲憊之如是？何故枯槁之若茲？吾適以爾小别，今將千二百期〔一〕。昔者爾爲翟，吾固知爾潔〔二〕，潔焉無益；其後爾爲舟，吾欲告爾休，休焉不留。名已登乎仙格，爾身常蹇乎中州〔三〕。噫哉！甚可痛，甚可哭。多智也命之斧斤，多才也身之桎梏〔四〕。爾形骸之在地也，每矍矍然求媒〔五〕；精魂之於天也，又遑遑焉訪卜。何異儀丹鳳於膠柱〔六〕，飼玄魚於森木〔七〕？何晚晤之逶迤，何早計之觳觫〔八〕。嗚呼！何異喪其親也揭竿而求諸海，失其子也擊鼓而訪諸道〔九〕？途之遠矣，曷其云蘇〔一〇〕？與影捕逐，可不謂悲乎？

注釋

〔一〕「吾適」二句：適：纔。《漢書·賈誼傳》：「陛下之臣雖有悍如馮敬者，適啟其口，匕首已陷其匈矣！」以：與也。《儀禮·鄉射禮》：「各以其耦進，反于射位。」期：同「朞」，一周年。《書·堯典》：「朞，三百有六旬有六日，以閏月定四時成歲。」

〔二〕「昔者」二句：翟：長尾的山雉。《書·禹貢》：「羽畎夏翟。」吾固知爾潔：傳説山雉性喜潔，惜其羽毛。《藝文類聚》卷九〇《鳥部上》引《博物志》曰：「翟雉長尾，雨雪惜其尾，栖高樹杪，不敢下食，往往餓死。」

〔三〕「名已登」二句：格：法式，標準。《禮記·緇衣》：「言有物而行有格也。」塞：凝滯，停留。《管子·水地》：「凝蹇而爲人，而九竅五慮出焉。」中州：中國。司馬相如《大人賦》：「世有大人兮，在乎中州。」

〔四〕「多智」二句：多智妨命、多才妨身，《莊子》書中屢見。如《莊子·人閒世》：「德蕩乎名，知出乎争。名也者相軋也，知也者争之器也。二者凶器，非所以盡行也。」又曰：「宋有荆氏者，宜楸柏桑。其拱把而上者，求狙猴之杙者斬之；三圍四圍，求高名之麗者斬之；七圍八圍，貴人富商之家求樿傍者斬之。故未終其天年而中道之夭于斧斤，此材之患也。」又曰：「山木，自寇也；膏火，自煎也。桂可食，故伐之；漆可用，故割之。」同書《德充符》曰：「無趾語老聃曰：『孔丘之于至人，其未邪？彼何賓賓以學子爲？彼且蘄以諔詭幻怪之名聞，不知至人之以是爲已桎梏邪？』」《在宥》又曰：「多知爲敗。」皆是。斤，斧也。桎梏，刑具，即脚鐐手銬。

〔五〕矍矍：急迫，猶汲汲。本目不正貌。《易·震》：「震索索，視矍矍。」引伸爲急迫之意。求媒：屈原忠貞愛國，而遭讒被放，憂愁幽思，乃賦《離騷》，其中有三次求女皆因「理弱而媒拙」終無所遇的情節，此爲「求媒」一語之所本。此處「求媒」乃以男女喻君臣，謂希冀薦拔，因而得以遇合於君上也。

〔六〕儀丹鳳：《書·益稷》：「簫韶九成，鳳皇來儀。」孔穎達《疏》：「簫韶之樂作之九成，以致鳳皇來而有容儀也。」此處儀用如動詞，致之也。膠柱：用膠固定琴瑟之絃柱。《史記·廉頗藺相如列傳》：「趙王因以（趙）括爲將代廉頗。藺相如曰：『王以名使括，若膠柱而鼓瑟耳。括徒能讀父書傳，不知合變也。』」

〔七〕語本《孟子·梁惠王上》：「以若所爲，求若所欲，猶緣木而求魚也。」玄魚，黑色的魚。森木，叢生之木。左思《蜀都賦》：「彈言鳥於森木。」

〔八〕「何晚晤」二句：謂逶迤而來，晤之何晚；觳觫而懼，計之何早。逶迤，曲折貌。《後漢書·邊讓傳·章華賦》：「振華袂以逶迤，若遊龍之登雲。」晤，相遇，見面。觳觫，恐懼貌。《孟子·梁惠王上》：「吾不忍其觳觫，若無罪而就死地。」

〔九〕「何異」二句：《莊子·庚桑楚》：「若規規然若喪父母，揭竿而求諸海也。」揭，高舉。《莊子·天道》：「老聃曰：『……夫子亦放德而行，循道而趨，已至矣！又何偈偈乎揭仁義，若擊鼓而求亡子焉。』」

〔一〇〕謂何時方能覺醒乎？曷，何也。其，句中助詞，無義，云亦同。蘇，覺醒，蘇醒。屈原《九章·橘頌》：「蘇世獨立，横而不流兮。」

夫道之動也玢玢㺹㺹①，静也若喪若失〔一〕。曭兮不以死生爲二②，塊兮若以天地爲一〔二〕。生於萬物之後不爲緩，死於太古之前不爲疾，弊萬類也不謂之凶，利四海也不謂之吉〔三〕。夫如是，則巨浸稽天而不溺〔四〕，鴻災冶地而不然〔五〕，生死不能爲其壽夭，變化適足寄其騰遷〔六〕。化而爲魚也，則躍龍門而横碣石〔七〕；化而爲鳥也，則培羊角而負青天③〔八〕。爲社也，則長無斤斧之患〔九〕；爲瓠也，則泛乎泱漭之川〔一〇〕。物無可而不可，何必守固以拳拳〔一一〕？

校記

①「道」原作「途」，據《英華》、《全唐文》改。②「曭」原作「曭」，據《英華》改。③「培」原作「陪」，據《全唐文》改。

注釋

〔一〕「夫道」二句：玢玢㺹㺹：鳥飛舒緩貌。《莊子·山木》：「東海有鳥焉，其名曰意怠。其爲鳥也，玢玢㺹㺹，而似無能。」其静也若喪若失：《淮南子·原道訓》：「道者一立而萬物生矣。是故一之理施四海，一之解際天地。……澹兮其若深淵，汎兮其若浮雲，若無而有，若亡而存。」

〔二〕「曭兮」二句：莊子認爲事物的性質是相對的，主觀認識能力也是相對的，並把這種相對性加以夸大和絶對化，從而得出事物無差别的結論，認爲生死、壽夭、貴賤、大小、有無、是非並無分别。如《齊物論》云：「物固有所然，物固有所可。無物不然，無物不可。故爲是舉莛與楹，厲與西施，恢恑憰怪，道通爲一。」又曰：「庸詎知吾所謂知之非不知邪？庸詎知吾所謂不知之非知邪？」又曰：「麗之姬，艾封人之子也。晉國之始得之也，涕泣沾襟。及其至于王所，與王同筐床，食芻豢，而後悔其泣也。予惡乎知夫死者不悔其始之蘄生乎？」《德充符》又云：「自其異者視之，肝膽楚越也；自其同者視之，萬物皆一也。」曭，日不明也。《楚辭·遠遊》：「時曖曃其曭莽兮。」此處爲「渾沌」、「不分明」之意。　以天地爲一：莊子哲學認爲天地萬物，追溯其本原，皆由「無」發展而來。因此，天與地同爲一體。《莊子·齊物論》：「天地與我並生，而萬物與我爲一。」塊兮，猶塊然，獨立貌。

〔三〕「生於」以下四句：語本《莊子·大宗師》：「吾師乎！吾師乎！𩐈萬物而不爲義，澤及萬世而不爲仁，長于上古而不爲老，覆載天地、刻雕衆形而不爲巧。」所謂「吾師」，即指天道。昇之四句本此而小有變化。疾，急促。弊，損害。

〔四〕《莊子·逍遥遊》：「藐姑射之山，有神人居焉。……之人也，物莫之傷，大浸稽天而不溺，大旱金石流、土山焦而不熱。」巨浸，大水所淹。稽，至也。

〔五〕鴻災：自然發生的大火災。《左傳·宣公十六年》：「凡火，人火曰火，天火曰災。」　冶：熔鍊金屬。　然：通「燃」。

〔六〕「生死」二句：《莊子·大宗師》：「古之真人，不知説生，不知惡死。其出不訢，其入不距。翛然而往，翛然而來而已矣。」不知悦生，不知惡死，故云「生死不能爲其壽夭」。　騰遷：騰躍與遷徙。

〔七〕「化而爲」二句：《後漢書·李膺傳》「士有被其容接者，名爲登龍門。」李賢《注》引《辛氏三秦記》曰：「河津一名龍門，水險不通，魚鼈之屬莫能上，江海大魚薄集龍門下數千，不得上，上則爲龍也。」宋玉《對楚王問》：「鯤魚，朝發崑崙之墟，暴鬐于碣石，暮宿于孟諸。」碣石，古山名，在河北昌黎縣西北。

〔八〕「化而爲」二句：《莊子·逍遥遊》：「北冥有魚，其名爲鯤。鯤之大不知其幾千里也。化而爲鳥，其名爲鵬。……背若太山，翼若垂天之雲，摶扶摇羊角而上者九萬里，絶雲氣，負青天，然後圖南，且適南冥也。」《經典釋文》：「司馬（彪）云：風曲上行如羊角。」培，憑也。《莊子·逍遥遊》：「故九萬里則風斯在下矣，而後乃今培風。」羊角，龍卷風也。

〔九〕「爲社」二句：《莊子·人閒世》：「匠石之齊，至于曲轅，見櫟社樹。其大蔽數千牛，絜之百圍，其高臨山十仞而後有枝，其可以爲舟者旁十數。觀者如市，匠伯不顧，遂行不輟。弟子厭觀之，走及匠石，曰：『自吾執斧斤以隨夫子，未嘗見材如此其美也。先生不肯視，行不輟，何邪？』曰：『已矣，勿言之矣！散木也。以爲舟則沉，以爲棺椁則速腐，以爲器則速毁，以爲門户則液樠，以爲柱則蠹，是不材之木也。無所可用，故能若是之壽。』」社，被拜爲土地神的樹。

〔一〇〕「爲瓠」二句：《莊子·逍遥遊》：「惠子謂莊子曰：『魏王貽我大瓠之種，我樹之成而實五石。以盛水漿，其堅不能自舉也。剖之以爲瓢，則瓠落無所容。非不呺然大也，吾爲其無用而掊之。』莊子曰：『夫子固拙于用大矣。……今子有五石之瓠，何不慮以爲大樽而浮乎江湖，而憂其瓠落無所容？』」瓠，大葫蘆。泱漭，廣大貌。司馬相如《上林賦》：「徑乎桂林之中，過乎泱漭之野。」

〔一一〕「物無可」二句：《莊子·齊物論》：「可乎可，不可乎不可。道行之而成，物謂之而然。惡乎然？然于然。惡乎不然？不然于不然。物固有所然，物固有所可。無物不然，無物不可。」物無可而不可，句本此。意謂事物之性質原没有定準，無所謂彼此、是非、可不可。守固：信守一定的原則。《國語·周語上》：「守固不偷，節度不攜。」拳拳：懇切、忠謹貌。《禮記·中庸》：「回之爲人也，擇乎中庸，得一善，則拳拳服膺而弗失之矣。」

余於是乎嗒然而喪其偶，倏爾而失其知〔一〕。思故池之渌水①〔二〕，憶中園之桂枝。栩栩然若有得，茫茫然若有亡〔三〕。嘆彷彿兮覺悟，魂已歸乎北鄉〔四〕。其往也人皆爲之避席，其返也鳥不爲之亂行〔五〕。

校記

①「淥」原作「緑」，據《英華》改。

注釋

〔一〕「余於是」二句：《莊子·齊物論》：「南郭子綦隱機而坐，仰天而嘘，荅焉似喪其耦。」成玄英《疏》：「荅焉，解釋貌。耦，匹也，謂身與神爲匹，物與我爲耦也。子綦凭几坐忘，凝神遐想。……離形去智，荅焉墜體，身心俱遺，物我兼忘，故若喪其匹耦也。」《經典釋文》：「荅焉，本又作嗒，同。」 倏爾，忽然也。《魏書·崔挺傳》：「别卿已來，倏焉二載。」

〔二〕淥：清澈。張衡《東京賦》：「於東則洪池清籞，淥水澹澹。」

〔三〕「栩栩」二句：栩栩然：歡暢貌。《莊子·齊物論》：「昔者莊周夢爲蝴蝶，栩栩然蝴蝶也。」茫茫然：即茫然，失意貌。《列子·仲尼》：「子貢茫然自失，歸家淫思七日。」

〔四〕北鄉：猶言歸宿、家鄉。昇之故鄉在北方（幽州），故曰「北鄉」。

〔五〕「其往」二句：《列子·黄帝》：「楊朱南之沛，至梁而遇老子。老子曰：『而睢睢，而盱盱，而誰與居？大白若辱，盛德若不足。』楊朱蹵然變容曰：『敬聞命矣。』其往也，舍迎將家，公執席，妻執巾櫛，舍者避席，煬者避竈。其反也，舍者與之争席矣。」盧重玄《解》：「夫真隱之者，無矜夸之聲，無可貴之容。故楊子之往也，人迎送之；及聞善而改，居者與之争席矣。」《列子·黄帝篇》又曰：「海上之人有好漚鳥者，每旦之海上，從漚鳥游，漚鳥之至者百住而不止。」張湛

《注》：「心和而形順者，物所不惡。」《黄帝篇》又曰：「其父曰：『吾聞漚鳥皆從汝游，汝取來，吾玩之。』明日之海上，漚鳥舞而不下也。」「鳥不爲之亂行」，暗用是典，言無機心也。

歌曰：茨山有薇兮，潁水有漪〔一〕。夷爲柏兮秋有實，叔爲柳兮春雨飛〔二〕。倏爾而笑，汎滄浪兮不歸〔三〕。

注釋

〔一〕「茨山」二句：茨山：即具茨山。《舊唐書·盧照鄰傳》謂「後疾轉篤，徙居陽翟之具茨山」即此。《新唐書·地理志》二，河南道許州潁川郡：「陽翟，本畿，初隸嵩州，貞觀元年來屬，龍朔二年隸洛州，會昌三年復來屬。有具茨山。」按，在今河南禹州市北。薇：菜名，即巢菜，又名野豌豆，蔓生，莖葉似小豆，可生食或作羹。《詩·召南·草蟲》：「陟彼南山，言采其薇。」殷末周初，高士伯夷、叔齊義不食周粟，隱于首陽山，采薇而食。見《史記·伯夷列傳》。潁水：水名，見卷五《釋疾文·悲夫》注〔一六〕。漪：微波。

〔二〕「夷爲」二句：夷：伯夷。叔：叔齊。並見卷四《五悲·悲才難》注〔二〇〕。柏有實：《藝文類聚》卷八八《木部》引《列仙傳》云：「赤松子好食柏實，齒落更生。」

〔三〕滄浪：水之青色。陸機《塘上行》：「發藻玉臺下，垂影滄浪泉。」

盧照鄰集校注卷六

序

駙馬都尉喬君集序[一]

昔文王既没，道不在於兹乎[二]？尼父克生[三]，禮盡歸於是矣。其後荀卿、孟子，服儒者之褒衣[四]；屈平、宋玉，弄詞人之柔翰[五]。禮樂之道，已顛墜於斯文[六]；《雅》、《頌》之風，猶綿聯於季葉[七]。痛乎王澤既竭，諸侯爲麋鹿之場[八]；帝圖伊梗，天下作豺狼之國[九]。秦人一滅舊章，大愚黔首[一〇]，羣書赴火，化崑岳之高煙[一一]；儒士投坑，變蓬萊之巨壑[一二]。樂沈於海，河間王初睠睠於古篇[一三]；禮適諸夷①，叔孫通乃區區於綿蕝[一四]。安國討論科斗，五典叶從[一五]；史遷祖述獲麟，八書爰創[一六]。衣冠禮樂，重聞三代之風[一七]；玉帛謳歌，無墜六經之業[一八]。爵其興詠，大雅於是爲羣[一九]。

校記

①「適」《全唐文》卷一六六作「失」。

注釋

〔一〕駙馬都尉喬君：即喬師望。《新唐書·諸帝公主傳》：「高祖十九女。廬陵公主，下嫁喬師望，爲同州刺史。」《舊唐書·文苑傳》中：「喬知之，同州馮翊人也。父師望，尚高祖女廬陵公主，拜駙馬都尉，官至同州刺史。」按：喬師望，貞觀二年爲遊擊將軍，嘗奉使薛延陀册拜夷男爲真珠毗伽可汗，見《舊唐書·北狄列傳》（《新唐書》作貞觀三年）；貞觀二十年正月，在夏州都督任，與薛延陀戰，敗之，見《新唐書·太宗紀》；顯慶三年七月，在益州都督府長史任，見《唐會要》卷六二《御史台·出使》，同年十月，調爲凉州刺史，見《全唐文》卷一四唐高宗文；上元二年爲華州刺史，見《全唐文》卷一八七喬師望小傳。本篇疑作於顯慶二—三年奉使益州時。

〔二〕「昔文王」三句：《論語·子罕》：「子畏於匡，曰：『文王既没，文不在兹乎？天之將喪斯文也，後死者不得與於斯文也；天之未喪斯文也，匡人其如予何？』」

〔三〕尼父：即孔子。見卷一《秋霖賦》注〔一〕。

〔四〕「其後」二句：荀卿：戰國趙人，名况，學者尊之，稱爲荀卿。年五十始遊學於齊，三爲稷下祭酒，因遭讒而去齊適楚。春申君以爲蘭陵令，後即家於蘭陵，著書數万言。今傳《荀子》三十二篇。其學以孔子爲宗，主人性皆惡，須以禮義矯正，與孟子性善之説相反。其門人最著者有韓非、李斯。《史記》有傳。　孟子，名軻，字子輿，戰國鄒人，春秋魯公族孟氏之後，受業於子思的門徒。游説於齊、梁之間，未見用，退而與其門徒公孫丑、萬章等著書立説，繼承孔子的學說，兼言仁和義，提出「仁政」口號，主張性善説，强調養心、存心等内心修養工夫。《史記》有傳。　褒衣：寬大之衣，古代儒生的服式。《淮南子・氾論訓》：「古者有鍪而綣領而王天下者矣，……豈必褒衣博帶、句襟委章甫哉？」

〔五〕柔翰：毛筆。左太沖《詠史詩》之一：「弱冠弄柔翰」，李善《注》：王粲《車渠椀賦》曰：援柔翰以作賦。

〔六〕「禮樂」二句：《史記・禮書》一：「周衰，禮廢樂壞，大小相踰，管仲之家，兼備三歸。」

〔七〕綿聯：延續。　季葉：末世，衰世。《古文苑》卷十五揚雄《司空箴》：「昔在季葉，班禄遺賢。」

〔八〕二句謂周天子的恩澤已枯竭，山東諸侯並爲秦所吞滅。班固《西都賦・序》：「成、康没而頌聲寢，王澤竭而詩不作。」諸侯爲麋鹿之場，言亡國也。語本《漢書・伍被傳》：「久之，淮南王陰有邪謀，被數微諫。後王坐東宫，召被欲與計事，呼之曰：『將軍上。』被曰：『王安得亡國之言乎？昔子胥諫吴王，吴王不用，乃曰「臣今見麋鹿游姑蘇之臺也。」今臣亦將見宫中生荆棘，露霑衣也。』」

〔九〕「帝圖」二句：帝圖伊梗：謂帝王之業（仁政、王道）被梗阻。帝圖，猶帝業。顔延之《三月三日曲水詩序》：「有宋函夏，帝圖弘遠。」伊，句中助詞，無實義。梗，阻塞。《梁書・高帝紀》：「元惡未黜，天邑猶梗。」　天下作豺狼之國：謂秦併天下也。《史記・屈原列傳》：「夫秦，虎狼之國也。」

〔一〇〕「秦人」二句：賈誼《過秦論》：「及至秦王，續六世之餘烈，振長策而御宇内，吞二周而亡諸侯。……於是廢先王之道，焚百家之言，以愚黔首。」滅舊章，即所謂「廢先王之道」也。黔首，庶民，平民。《禮記・祭義》：「明命鬼神，以爲黔首則。」鄭玄《注》：「黔首，謂民也。」

〔一一〕「羣書」二句：《史記・秦始皇本紀》：丞相李斯曰：「……古者天下散亂，莫之能一，是以諸侯並作，語皆道古以害今，飾虚言以亂實，人善其所私學，以非上之所建立。……臣請史官非秦紀皆燒之。非博士官所職，天下敢有藏《詩》、《書》、百家語者，悉詣守、尉雜燒之。……令下三十日不燒，黥爲城旦。所不去者，醫藥卜筮種樹之書。……」制曰：「可。」崑岳，即崑崙山。因僞《古文尚書・胤征》有「火炎崑岡，玉石俱焚」之語，故曰「化崑岳之高煙」。

〔一二〕「儒士」二句：《史記・秦始皇本紀》曰：始皇帝三十五年，方士盧生爲始皇求芝奇藥仙未有驗，畏法亡去，始皇聞之大怒，「於是使御史悉案問諸生，諸生傳相告引，乃自除犯禁者四百六十餘人，皆阬之咸陽，使天下知之，以懲後」。蓬萊，傳説爲渤海中仙山名，見《史記・封禪書》。此處泛指山。

〔一三〕「樂沈」二句：《論語・微子》：「大師摯適齊，亞飯干適楚，三飯繚適蔡，四飯缺適秦，鼓方叔入於河，播鼗武入於漢，少師陽、擊磬襄入於海。」《集解》引孔（安國）曰：「魯哀公時，禮壞樂崩，人皆去。」《漢書・景十三王傳》：「河間獻王德以孝景前二年立，修學好古，實事求是。從民得善書，必爲好寫與之，留其真，加金帛賜以招之。由是四方道術之人不遠千里。或有先祖舊書，多奉以奏獻王者，故得書多，與漢朝等。……獻王所得書皆古文先秦舊書，《周官》、《尚書》、《禮》、《禮記》、《孟子》、《老子》之屬，皆經傳説記，七十子之徒所論。」睠睠，反顧貌。睠，同「眷」。《詩·小雅·小明》：「念彼共人，睠睠懷顧。」

〔一四〕「禮適」二句：禮適諸夷：《史記·禮書》：「仲尼没後，受業之徒沈湮而不舉，或適齊楚，或入河海，豈不痛哉！」楚，春秋戰國時被中原諸侯視爲蠻夷之國，海島或海濱時亦爲夷族所居，故曰「禮適諸夷」。《史記·叔孫通列傳》：漢五年，已并天下，諸侯共尊漢王爲皇帝於定陶，叔孫通就其儀號。高帝悉去秦苛儀法，爲簡易，羣臣飲酒争功，醉或妄呼，拔劍擊柱，高帝患之。叔孫通知上益厭之也，説上曰：「夫儒者難與進取，可與守成。臣願徵魯諸生，與臣弟子共起朝儀。」上曰：「可試爲之，令易知，度吾所能行爲之。」遂與所徵三十人西，及上左右爲學者與其弟子百餘人爲緜蕞野外，習之月餘。《集解》引如淳曰：「置設緜索，爲習肄處。蕞，謂以茅翦樹地爲纂位。《春秋傳》曰『置茅蕝』也。」《索隱》：「賈逵云：束茅以表位爲蕝。」蕞，通「蕝」。綿蕝，叔孫通制訂並演習漢儀時用來畫地定位的繩索和標示位置的束茅。

〔一五〕「安國」二句：僞《〈尚書〉孔安國〈傳〉序》：「至魯共王好治宫室，壞孔子舊宅，以廣其居，於壁中得先人所藏古文虞夏商周之書，及傳、《論語》、《孝經》，皆科斗文字。王……乃不壞宅，悉以書還孔氏。科斗書廢已久，時人無能知者，以所聞伏生之書，考論文義，定其可知者爲隸古定，更以竹簡寫之。增多伏生二十五篇。伏生又以《舜典》合於《堯典》，《益稷》合於《皋陶謨》，《盤庚》三篇合爲一，《康王之誥》合於《顧命》，復出此篇，并序，凡五十九篇，爲四十六卷。其餘錯亂摩滅，弗可復知。悉上送官，藏之書府，以待能者。」又曰：「伏犧、神農、黄帝之書，謂之《三墳》，言大道也；少昊、顓頊、高辛、唐、虞之書，謂之《五典》，言常道也。」科斗，我國古代文字之一種，以頭粗尾細如科斗而名。叶從，謂整齊有序也。叶，「協」的古文，和，合。《後漢書·律曆志》中：「遂覲東后，叶時月正日。」

〔一六〕《史記·太史公自序》：「於是卒述陶唐以來，至于麟止，自黄帝始。」《索隱》引服虔曰：「武帝至雍獲白麟，而鑄金作麟足形，故云『麟止』。遷作《史記》止於此，猶《春秋》終于獲麟然也。」祖述，師法前人，加以陳説。《禮記·中庸》：「仲尼祖述堯舜，憲章文武。」《漢書·司馬遷傳·報任安書》：「僕竊不遜，近自託於無能之辭，網羅天下放失舊聞，……上計軒轅，下至于兹，爲十表，本紀十二，書八章，世家三十，列傳七十，凡百三十篇。」案：書八章，爲《禮書》、《樂書》、《律書》、《曆書》、《天官書》、《封禪書》、《河渠書》、《平準書》。爰，於是，乃。《詩·小雅·斯干》：「爰居爰處，爰笑爰語。」

〔一七〕三代：謂夏、商、周。《荀子·王制》：「道不過三代，法不貳後王。」

〔一八〕六經：謂《詩》、《書》、《禮》、《樂》、《易》、《春秋》。見《莊子·天運》。

〔一九〕「欝其」二句：欝：茂盛貌。《詩·秦風·晨風》：「鴥彼晨風，鬱彼北林。」欝，同「鬱」。班孟堅《西都賦》：「大雅宏達，於兹爲羣。」李善《注》：「大雅，謂有大雅之才者。詩有《大雅》，故以立稱焉。」大雅，《詩經》的組成部分，有《大雅》、《小雅》。雅爲周王畿内樂調。《大雅》多西周初年作品，舊訓雅爲正，或指與「夷俗邪音」不同的正聲，見《荀子·王制》。《詩·周南·關雎·序》説指王政的所由廢興，而王政有大小，故有《大雅》和《小雅》的區别。後世多兼採二説，以反映封建王朝的重大措施或事件的詩歌爲《大雅》，並以此爲正聲。

自此迄今，年逾千祀〔一〕，聖門論賦①，相如爲入室之雄〔二〕；闕里裁詩，公幹即升堂之客〔三〕。陸平原龍驚學海，浮天泉以安流〔四〕；鮑參軍鶴翥文場，代黃金之平埒〔五〕。臨曲臺之上路〔六〕，面通衢之小苑。蓮紅水碧，堪釣叟之淹留；桂白山青，宜王孫之攀折〔七〕。香車貴士，不掩龍關〔八〕；縫掖書生，時通驛騎〔九〕。坐蘭徑，敞松扉，北牖動而清風來，南軒幽而白雲起。欣然命駕，弔曲江之隑洲②〔一〇〕；興盡而歸〔一一〕，聆伊川之笙吹〔一二〕。三朝慶謁〔一三〕，趨劍履於南宮〔一四〕；五日歸休，聞歌鐘於北里〔一五〕。雍容車騎，屢動雕章〔一六〕；嘯傲煙霞，仍涵寶思③〔一七〕。奢不敗德，笑金谷之羅紈〔一八〕；儉不邀名，悲蘭陵之芻布〔一九〕。榮期三樂，君寔四之〔二〇〕；平子四愁〔二一〕，我無一矣。君教訓子弟，不讀非聖之書〔二二〕；撫愛家僮，常恐名奴之辱〔二三〕。婚嫁已畢，欲就金丹〔二四〕；輪蓋非榮，猶思道術〔二五〕。明霞曉挹，終登不死之庭〔二六〕；甘露秋團，儻踐無生之岸〔二七〕。凡所著述，多以適意爲宗；雅愛清靈④〔二八〕，不以繁詞爲貴。足以傳諸好事，貽厥孫謀〔二九〕，故撰而存之，凡爲若干卷云爾。

校記

①「聖」《英華》卷七〇〇作「孔」。②「洲」原作「淵」，據《英華》改。③「涵」《全唐文》作「含」。④「靈」《全唐文》作「虚」。

注釋

〔一〕「自此」二句：按：西漢始建於公元前二〇六年，至唐高宗永淳二年（六八三），尚不足九百年。此云「千祀」，約數也。祀，年也。僞《古文尚書·伊訓》孔安國《傳》：「祀，年也。夏曰歲，商曰祀，周曰年，唐虞曰載。」

〔二〕「聖門」二句：揚雄《法言·吾子》：「詩人之賦麗以則，辭人之賦麗以淫。如孔氏之門用賦也，則賈誼升堂，相如入室矣。」

〔三〕「闕里」三句：鍾嶸《詩品》卷上：「故孔氏之門如用詩，則公幹升堂，思王入室，景陽、潘、陸，自可坐於廊廡之間矣。」闕里，地名。相傳爲孔子授徒之所，在洙泗之間。孔子時無闕里之名，其名始見於《漢書·梅福傳》，至後漢始盛稱孔子故里爲闕里。參閲清閻若璩《四書釋地·闕里》、桂馥《晚學集》卷一《闕里考》。《後漢書·明帝紀》「祠東海恭王陵。還，幸孔子宅」，李賢《注》：「孔子宅在今兖州曲阜縣故魯城中歸德門内闕里之中，背洙面泗，矍相圃之東北也。」

裁，量度，評估。公幹，建安七子之一劉楨，字公幹，東平人。事迹見《三國志·魏書·王粲傳》。

〔四〕「陸平原」二句：陸平原：即陸機，西晉文學家，嘗官平原内史，故稱。見《晉書·陸機傳》。龍驚：猶龍飛、龍騰。學海：《拾遺記》卷六：「何休木訥多智，《三墳》、《五典》，陰陽算術，河洛讖緯，及遠年古諺，歷代圖籍，莫不咸誦也。……京師謂康成爲『經神』，何休爲『學海』。」陸機《文賦》：「傾羣言之瀝液，漱六藝之芳潤。浮天淵以安流，濯下泉而潛浸。」天泉，即天淵，因避高祖諱而改，謂天河之深淵也。

〔五〕「鮑參軍」二句：鮑參軍：即鮑照，南朝劉宋時詩人。宋臨海王子頊爲荆州，照爲其前軍參軍，故稱鮑參軍。見《南史·臨川烈武王道規傳》附《鮑照傳》。翥：飛翔。文場：《文心雕龍·總術》：「文場筆苑，有術有門。」黄金之埒：以錢舖成的界溝。《世説新語·汰侈》：「(王)濟好馬射，買地作埒，編錢匝地竟埒，時人號曰金溝。」《注》：「溝，一作埒。」

〔六〕《漢書·枚乘傳》：「游曲臺，臨上路，不如朝夕之池。」曲臺，秦宫名。《漢書·鄒陽傳·上吴王書》：「臣聞秦倚曲臺之宫。」顔師古《注》：「應劭云：『始皇帝所治處也，若漢家未央宫。』」又，漢未央宫有曲臺殿，見同書《枚乘傳》顔師古《注》。上路，宫禁中的道路。

〔七〕「桂白」二句：見卷五《釋疾文·序》「未攀偃蹇桂」注。

〔八〕「香車」二句：香車：香木所制之車。見卷二《長安古意》注〔三〕。龍關：即龍門。見卷四

《五悲·悲昔遊》「曝骸委骨龍門側」注。

〔九〕「縫掖」二句：縫掖：寬袖單衣。古代儒生所服，因亦作儒生的代稱。同「逢掖」。《後漢書·王符傳》：「徒見二千石，不如一縫掖。」時通驛騎：《史記·汲鄭列傳》：「鄭當時者，字莊，陳人也。……孝景時，爲太子舍人。每五日洗沐，常置驛馬長安諸郊，存諸故人，請謝賓客，夜以繼日，至其明旦，常恐不徧。」句暗用此。驛騎，驛站用來接送過往者的馬匹。

〔一〇〕「欣然」二句：命駕：命令御者駕駛車馬。《左傳·哀公十一年》：「退，命駕而行。」《史記·司馬相如列傳·哀二世賦》：「臨曲江之隑州兮，望南山之參差。」弔，謂弔古也，憑弔古迹，感懷舊事。曲江，即曲江池，在今西安市東南。秦爲宜春苑，漢爲樂遊原，有河水水流曲折，故稱曲江。司馬相如賦所謂「曲江」，即其地。隋文帝更名芙蓉園。唐復名曲江，爲遊賞勝地。參閲《太平寰宇記》卷二五《雍州長安縣·曲江池》。隑，曲岸。洲，同州，水中高地。

〔一一〕《世説新語·任誕》：「王子猷居山陰，夜大雪，眠覺，開室，命酌酒。四望皎然，因起彷徨，詠左思《招隱詩》。忽憶戴安道，時戴在剡，即便夜乘小船就之。經宿方至，造門不前而返。人問其故。王曰：『吾本乘興而行，興盡而返，何必見戴？』」

〔一二〕《列仙傳》：「王子喬者，周靈王太子也。好吹笙作鳳凰鳴，遊伊洛之間。道士浮丘公，接以上嵩山。」伊川，即伊河，源出河南盧氏縣東南，東北流經嵩縣、伊川、洛陽，至偃師入洛河。

〔一三〕三朝：謂高祖、太宗、高宗三朝也。慶謁：謂參加朝廷慶典、進宫拜謁天子。

〔一四〕劍履：即劍履上殿，帝王賜給親信大臣的一種特殊待遇，受賜者可以佩劍穿履朝見皇帝。《史記·蕭相國世家》：「於是乃令蕭何第一，賜帶劍履上殿。」　南宫：漢宫名。《史記·高祖本紀》：「高祖置酒雒陽南宫。」

〔一五〕「五日」二句：五日歸休：《初學記》卷二〇：「休假，亦曰休沐，漢律：吏五日得一下沐，言休息以洗沐也……書記所稱曰歸休。」《漢書·孔光傳》：「沐日歸休，兄弟妻子燕語，終不及朝省政事。」　歌鐘：即編鐘，銅制樂器，用來配合歌曲，故名。《左傳·襄公十一年》：「鄭人賂晉侯，……歌鐘二肆。」　北里：泛指長安城北的街巷。

〔一六〕雍容車騎：《史記·司馬相如傳》：「相如之臨邛，從車騎，雍容閒雅，甚都。」雍容，謂容儀温文。　屢動雕章：謂每每創作華美的辭章。《晉書·音樂志》：「聲歌雖有損益，愛翫在乎雕章。」

〔一七〕「嘯傲」二句：嘯傲：歌詠自得，形容放曠不受拘束。郭璞《遊仙詩》：「嘯傲遺世羅，縱情在獨往。」　寶思：值得珍愛的創作沖動、創作靈感。沈約《高松賦》：「擢柔情於蕙圃，涌寶思於珠泉。」

〔一八〕「奢不敗」二句：《世説新語·汰侈》劉孝標《注》引《續文章志》曰：「(石)崇資産累巨萬金，宅室輿馬，僭擬王者。庖膳必窮水陸之珍。後房百數，皆曳紈綉，珥金翠，而絲竹之藝，盡一世之選。築榭開沼，殫極人巧。與貴戚羊琇、王愷之徒，競相高以侈靡，而崇爲居最之首，琇等每愧羡，以爲不及也。」金谷，石崇别墅所在的金谷澗，見卷一《病梨樹賦》注〔三〕。

〔一九〕「儉不邀」二句：《梁書·武帝紀》曰：「高祖武皇帝諱衍，……南蘭陵中都里人，漢相國何之後也。……勤於政務，孜孜無怠。……日止一食，膳無鮮腴，惟豆羹糲食而已。……身衣布衣，木緜皂帳，一冠三載，一被二年。常克儉於身，凡皆此類。」芻，喂牲口的草，此處指粗劣的食物。

〔二〇〕「榮期」二句：《列子·天瑞》：孔子遊於太山，見榮啟期行乎郕之野，鹿裘帶索，鼓琴而歌。孔子問曰：「先生所以樂，何也？」對曰：「吾樂甚多。天生萬物，唯人爲貴，而吾得爲人，是一樂也。男女之别，男尊女卑，故以男爲貴，吾既得爲男矣，是二樂也。人生有不見日月、不免襁褓者，吾既已行年九十矣，是三樂也。貧者，士之常也；死者，人之終也。處常得終，當何憂哉！」寔，通「實」。

〔二一〕平子，張衡字。張衡有《四愁詩》，見《文選》，故云。

〔二二〕《漢書·揚雄傳》：「非聖哲之書不好也。」又，《後漢書·周燮傳》：「不讀非聖之書，不脩賀問之好。」

〔二三〕「撫愛」二句：《後漢書·劉寬傳》：「（寬）嘗坐客，遣蒼頭市酒，迂久，大醉而還。客不堪之，罵曰：『畜産。』寬須臾遣人視奴，疑必自殺。顧左右曰：『此人也，罵言畜産，辱孰甚焉！故吾懼其死也。』……其性度如此。海内稱爲長者。」

〔二四〕「婚嫁」二句：《後漢書·逸民傳》：「向長字子平，河内朝歌人也。隱居不仕，性尚中和，好通《老》、《易》。……建武中，男女娶嫁既畢，勑斷家事勿相關，當如我死也。於是遂肆意，與同好北海禽慶俱遊五嶽名山，竟不知所終。」就金丹，謂成就羽化飛昇、長生久視之願也。金丹，古代方士煉金石爲藥，謂服之可以長生，是謂金丹。見《抱朴子·金丹》。

〔二五〕「輪蓋」二句：輪蓋：車蓋，借指作官或作官之人。劉峻《廣絶交論》：「故輪蓋所游，必非夷惠之室；苞苴所入，實行張霍之家。」　道樹：菩提樹，本名畢鉢羅樹。佛於此樹下悟道，故稱道樹。《大方等大集經》卷十：「具足智慧壞魔衆，憐愍衆生趣道樹。」

〔二六〕「明霞」二句：挹：舀，酌取也。《詩·小雅·大東》：「維北有斗，不可以挹酒漿。」挹明霞，謂酌取明霞而餐也。傳説仙人餐霞爲食。《漢書·司馬相如傳·大人賦》：「呼吸沆瀣兮餐朝霞。」　不死之庭：謂仙界也。

〔二七〕「甘露」二句：甘露：即甘露飯，佛如來的齋飯。《維摩詰所説經》下《香積佛品》：「仁者可食如來甘露味飯。」團：動詞，揉合，聚集。崔寔《四民月令》：「齊人呼寒食爲冷節，以麵爲蒸餅樣，團棗附之，名曰棗糕。」　儻：或者。《史記·伯夷列傳》：「儻所謂天道，是邪？非邪？」無生之岸：指佛教所謂「涅槃」，即脱離塵世的苦海，達到的彼岸世界。無生，佛教名詞。佛教謂萬物的實體無生無滅。

〔二八〕雅：平素。《史記·蒙恬列傳》：「（趙）高雅得幸於胡亥，欲立之。」　清靈：清虚，沖淡、簡約。

《淮南子·主術訓》：「故有道之主，滅想去意，清虚以待不伐之言，不奪之事。」

〔二九〕《詩·大雅·文王有聲》：「詒厥孫謀，以燕翼子。」鄭玄《箋》：「詒，猶傳也。孫，順也。……故傳其所以順天下之謀，以安其敬事之子孫。」詒，同「貽」。

南陽公集序〔一〕

昔者龍蹲東魯〔二〕，陳禮樂而救蒼生；虎據西秦，焚《詩》《書》以愚黔首〔三〕。通其變，參天二地謂之神〔四〕；合其機，一陰一陽謂之聖〔五〕。是以楚、漢方鬬，蕭、曹、絳、灌負長劍於此時〔六〕；袁、曹已平，徐、陳、應、劉弄柔翰於當代〔七〕。聖人方士之行〔八〕，亦各異時而並宜；謳歌玉帛之書，何必同條而共貫〔九〕。文質再而復，殷周之損益足徵〔一〇〕；驪翰三而始①，虞夏之興亡可及〔一一〕。美哉焕乎〔一二〕！斯文之功大矣。

校記

①「始」《全唐文》卷一六六作「改」。

注釋

〔一〕南陽公，即來濟。《舊唐書·來濟傳》：來濟，揚州江都人，隋左翊衛大將軍榮國公護子也。濟幼逢家難，流離艱險，而篤志好學，有文詞。舉進士。貞觀中，累轉通事舍人，俄除考功員外郎。十八年，初置太子司議郎，妙選人望，遂以濟爲之，仍兼崇賢館直學士。尋遷中書舍人，與令狐德棻等撰《晉書》。永徽二年，拜中書侍郎，兼弘文館學士，監修國史。四年，同中書門下三品。五年，加銀青光禄大夫，以修國史功封南陽縣男。六年，遷中書令、檢校吏部尚書。以諫立武昭儀爲宸妃故，爲武氏所惡。顯慶二年，許敬宗迎武氏之意，奏濟與褚遂良朋黨構扇，左授台州刺史。五年，徙庭州刺史。龍朔二年，突厥入寇，濟總兵拒之，戰没於陣。時年五十三。有文集三十卷。即昇之所爲作序者。序文當作於調露二年前後已卧疾於東龍門山之時。

〔二〕龍蹲：謂孔子也。《春秋演孔圖》云：「孔子坐如蹲龍，立如牽牛。」

〔三〕「虎據」二句：虎：謂秦始皇也。《史記·秦始皇本紀》：（尉）繚曰：「秦王爲人，蜂準，長目，鷙鳥膺，豺聲，少恩而虎狼心。」「焚詩書」句：見《駙馬都尉喬君集序》注〔一二〕。

〔四〕《易·説卦》：「昔者聖人之作《易》也，幽贊於神明而生蓍。參天兩地而倚數，觀變於陰陽而立卦。」孔穎達《疏》：「倚，立也。既用蓍求卦，其揲蓍所得，取奇數於天，取耦數於地，而立七八九六之數。故曰參天兩地而倚數也。」言用蓍得數，布以爲卦，可以預知吉凶，應人如響，亦不知所以然而然，故曰「神」。

〔五〕《易·繫辭上》：「一陰一陽之謂道。」言天地之間，雖只有陰陽兩氣，但萬物以之生成，千變萬化，不可紀極，故曰「聖」。

〔六〕「是以」二句：項羽既滅暴秦，乃封沛公劉邦爲漢王，都南鄭，自封爲西楚霸王，都彭城。漢元年，漢王引兵還定三秦，東向與羽爭天下，相持數年，終滅項羽。史稱楚漢戰爭。蕭、曹、絳、灌：即蕭何、曹參、周勃、灌嬰，皆輔佐劉邦平定天下的開國功臣，其事迹分别見於《史記·蕭相國世家》、《曹相國世家》、《絳侯周勃世家》及《樊酈滕灌列傳》。

〔七〕「袁曹」二句：袁、曹已平：謂袁紹與曹操之間的戰争已經平息。東漢末年，渤海太守袁紹以討伐董卓爲名，擁兵得衆，數年之間，奄有冀、青、幽、并四州之地，帶甲數十萬。時曹操迎漢獻帝都許，挾天子以令諸侯。紹以天子之立非己意，且每得詔書，患有不便於己，於是簡精兵，傳檄天下，與曹操戰於官渡，紹軍大敗。建安七年，紹病卒。其子譚、尚、熙等復相繼敗亡。建安十二年，河北悉平。事見《三國志·魏書·武帝紀》及《袁紹傳》、《後漢書·袁紹傳》等。「徐陳」句：《三國志·魏書·王粲傳》：「始，文帝爲五官將，及平原侯植皆好文學。粲與北海徐幹字偉長、廣陵陳琳字孔璋、陳留阮瑀字元瑜、汝南應瑒字德璉、東平劉楨字公幹並見友善。」案：曹丕于建安十六年爲五官中郎將、副丞相，時河北已平定數年，故云「袁曹已平」。柔翰，毛筆。

〔八〕方士：方術之士，指古代求仙、煉丹，自謂能長生不死的人。《史記·秦始皇本紀》：「悉召文學方術士甚衆，欲以興太平，方士欲練以求奇藥。」

〔九〕同條共貫：事理相通、脈絡連貫。《漢書·董仲舒傳》：「帝王之道，豈不同條共貫歟？」

〔一〇〕「文質」二句：再而復：謂一變再變，復歸於古也。《論語·爲政》：子張問：「十世可知也？」子曰：「殷因於夏禮，所損益，可知也；周因於殷禮，所損益，可知也。其或繼周者，雖百世，可知也。」

〔二二〕「驪翰」二句：謂每個朝代都有自己所崇尚的顏色，朝代一再更迭，所崇尚的顏色也隨之更换，於是就會回到起始的朝代所崇尚的顏色上去。從所尚服色的改變上，即可以知道虞和夏的興亡。《禮記·檀弓上》：「夏后氏尚黑，大事斂用昏，戎事乘驪，牲用玄；殷人尚白，大事斂用日中，戎事乘翰，牲用白。」鄭玄《注》：「馬黑色曰驪。」又曰：「翰，白色馬也。」

〔二三〕《禮記·檀弓下》：「美哉輪焉，美哉奂焉。」鄭玄《注》：「奂，言衆多。」《經典釋文》：「奂，音涣，本亦作焕。」

自獲麟絶筆，一千三四百年〔一〕。游、夏之門，時有荀卿、孟子〔二〕；屈、宋之後，直至賈誼、相如〔三〕。兩班叙事，得丘明之風骨〔四〕；二陸裁詩，含公幹之奇偉〔五〕。鄴中新體，共許音韻天成〔六〕；江左諸人，咸好瓌姿豔發〔七〕。精博爽麗，顔延之急病於江、鮑之間〔八〕；疏散風流，謝宣城緩步於向、劉之上〔九〕。北方重濁，獨盧黄門往往高飛〔一〇〕；南國輕清，惟庾中丞時時不墜〔一一〕。

注釋

〔一〕「自獲麟」二句：孔子獲麟絶筆，在魯哀公十四年，當公元前四八一年，至作者作此序之時（約高宗調露二年，六八〇年），不足一千二百年。而此云「一千三四百年」者，估算之誤也。獲麟絶筆，謂孔子作《春秋》，止於獲麟之年也。《春秋·哀公十四年》：「春，西狩獲麟。」杜預《春秋左傳序》：「麟鳳五靈，王者之嘉瑞也。今麟出非其時，虚其應而失其歸，此聖人所以爲感也。絶筆於獲麟之一句者，所感而起，固所以爲終也。」

〔二〕「游夏」二句：游夏：孔子弟子言偃，吴人，字子游；卜商字子夏，衛人，並以「文學」見稱。《論語·先進》：「文學：子游，子夏。」荀卿、孟子：已見《駙馬都尉喬君集序》注〔四〕。

〔三〕賈誼：《史記·屈原賈生列傳》云：賈生名誼，雒陽人也。年十八，以能誦《詩》屬書聞於郡中。文帝召爲博士，器之，超遷，一歲中至太中大夫。賈生以爲漢興至孝文二十餘年，天下和洽，而固當改正朔，易服色，法制度，定官名，興禮樂，乃悉草具其事儀法。諸律令所更定，及列侯悉就國，其説皆自賈生發之。於是天子議以爲賈生任公卿之位，絳、灌、東陽侯、馮敬之屬盡害之，乃短之於帝，帝於是亦疏之，乃以賈生爲長沙王太傅。渡湘水，乃爲賦以弔屈原。在長沙三年，又作《鵩鳥賦》以自傷悼。後爲梁懷王太傅，居數年，懷王墮馬而死，誼自傷爲傅無狀，哭泣歲餘，亦死。年三十三。　相如：《史記·司馬相如傳》：司馬相如，字長卿，蜀郡成都人。以貲爲郎，事孝景帝，爲武騎常侍，非其好也。梁孝王好文學辭賦，因病免，客游梁，作《子虚賦》。數歲，梁孝王薨，相如歸。武帝時，以獻《上林賦》爲郎，數歲，拜爲中郎將，奉使略定西南夷邛、筰、冉駹、斯榆之屬。歸拜孝文園令。所著辭賦，尚有《大人賦》、《諫獵賦》等。

〔四〕「兩班」二句：兩班：謂班彪、班固父子，著有《漢書》。《後漢書·班彪傳》云：「彪既才高而好述作，遂專心史籍之間。武帝時，司馬遷著《史記》，自太初以後，闕而不録，後好事者頗或綴集時事，然多鄙俗，不足以踵繼其書。彪乃繼採前史遺事，傍貫異聞，作後傳數十篇。」同書《班固傳》又云：固以彪所續前史未詳，乃潛精研思，欲就其業。固以爲漢紹堯運，以建帝業，至於六世，史臣乃追述功德，私作本紀，編于百王之末，廁於秦項之列，太初以後，闕而不録。故探撰前記，綴集所聞，以爲《漢書》。丘明：即左丘明，舊説以《春秋左氏傳》、《國語》爲左丘明所作。《史記·十二諸侯年表序》：「是以孔子明王道，于七十餘君莫能用，故西觀周室，論史記舊聞，興於魯而次《春秋》。……七十子之徒，口受其傳指。爲有所刺譏褒諱挹損之文辭，不可以書見也，魯君子左丘明，懼弟子人人異端，各安其意，失其真，故因孔子史記，具論其語，成《左氏春秋》。」司馬遷《報任安書》：「左丘失明，厥有《國語》。」風骨：作品的風神骨髓。《文心雕龍·風骨》：「若豐藻克贍，風骨不飛，則振采失鮮，負聲無力。」

〔五〕「二陸」二句：二陸：西晉陸機、陸雲兄弟，並爲著名詩人、文章家。《晉書·陸雲傳》：雲字士龍，六歲能屬文。……少與兄機齊名，雖文章不及機，而持論過之，號曰「二陸」。裁：裁製，創作。公幹奇偉：公幹，建安作家劉楨字公幹。《文心雕龍·體性》：「公幹氣褊，故言壯而情駭。」鍾嶸《詩品》：「魏文學劉楨。其源出於古詩，仗氣愛奇，動多振絶，真骨凌霜，高風跨俗。」

〔六〕「鄴中」二句：鄴中新體：即建安詩文之體。鄴，地名，春秋齊邑，桓公於此作鄴城，戰國時曾爲魏都，漢置縣，屬魏郡。漢末袁紹爲冀州牧，鎮鄴。紹敗亡，又以封曹操，爲魏公（後爲魏王）曹操都城。故城在今河北臨漳縣北。建安七子中除孔融外，都曾追隨曹氏父子於此。音韻天成：謂音韻之美，自然而成，不假人工。《宋書·謝靈運傳》：「至於高言妙句，音韻天成。」

〔七〕「江左」二句：江左諸人：指東晉、宋、齊、梁、陳諸朝作家，如顔延之、謝靈運、鮑照、謝脁、江淹等人，而以顔、謝爲首。江左，指長江下游以東地區，即今江蘇省一帶。《宋書·顔延之傳》：「延之文章之美，冠絶當時，與謝靈運俱以詞采齊名，江左稱顔謝焉。」瓌姿豔發：姿致豔麗。曹植《洛神賦》：「瓌姿豔逸，儀静體閑。」《北齊書·邢邵傳》：「與濟陰温子昇爲文士之冠。……鉅鹿魏收雖天才豔發，而年事在二人之後，故子昇死後，方稱邢魏焉。」

〔八〕「精博」二句：爽麗：明快而美麗。「顔延之」句：鍾嶸《詩品》卷中：「宋光禄大夫顔延之：其源出於陸機。尚巧似。體裁綺密，……又喜用古事，彌見拘束，……湯惠休曰：『謝詩如芙蓉出水，顔如錯彩鏤金。』顔終身病之。」又，《南史·顔延之傳》：「延之嘗問鮑照己與靈運優劣，照曰：『謝五言如初發芙蓉，自然可愛；君詩若鋪錦列繡，亦雕繢滿眼。』」是則湯、鮑於顔延之皆有不滿之詞，故顔引以爲憾，句似當作「急病於湯、鮑之間」。若江淹，則與顔延之無干涉，且亦不當列於鮑照之前。況《詩品》卷下又云：「惠休淫靡，情過其才。世遂匹之鮑照，恐商周矣。」可見湯惠休能文，當時即有湯、鮑並列之論矣。顔延之，字延年，琅邪臨沂人。仕於宋，歷官中書侍郎、永嘉太守、國子祭酒、光禄大夫等職。詩文與謝靈運齊名，時稱「顔謝」。《宋書》有傳。江淹，字文通，濟陽考城人。起家南徐州從事，宋建平王景素鎮京口，淹爲鎮軍參軍。南齊時，拜中書侍郎，兼尚書左丞，累遷秘書監，梁天監初，爲散騎常侍、金紫光禄大夫等職。《南史》有傳。鮑，鮑照，已見前篇注〔五〕。

〔九〕「疏散」二句：疏散：瀟灑，任意，無拘束，猶「疏放」。風流：英俊，傑出。《世説新語·賞譽》：「范豫章（寧）謂王荆州（忱）：『卿風流儁望，真後來之秀。』」謝宣城：即謝朓，字玄暉，陳郡陽夏人，少好學，有美名，文章清麗。爲齊隨王子隆鎮西功曹，轉文學。歷中書郎、宣城太守、尚書吏部郎等職。《南齊書》、《南史》並有傳。向劉：指向秀、劉伶。向秀，字子期，河内懷人。清悟有遠識，雅好莊老之學，嘗爲《莊子注》。與嵇康、吕安友善。康既被誅，秀被徵入洛爲散騎常侍等職。《晉書》有傳。劉伶，字伯倫，沛國人。放情肆志，常以細宇宙齊萬物爲心。澹默少言，不妄交游，與阮籍、嵇康相遇，欣然神解，携手入林。常乘鹿車，携酒，使人荷鍤而隨之，謂曰：「死便埋我。」其遺形骸如此。嘗著《酒德頌》。《晉書》有傳。

〔一〇〕「北方」二句：北方重濁：魏徵《隋書·文學傳·序》：「然彼此好尚，互有異同。江左宫商發越，貴於清綺；河朔詞義貞剛，重乎氣質。氣質則理勝其詞，清綺則文過其意。……此其南北詞人得失之大較也。」盧黄門：即盧思道，字子行，范陽涿人。年十六，中山劉松爲人作碑銘，以示思道，思道讀之，多所不解。乃感激讀書，師事河間邢子才。又就魏收借異書，數年間，才學兼著。解褐司空行參軍，歷太子舍人、給事黄門侍郎。周武帝平齊，授儀同三司，追赴長安。工五言詩，曾作《聽鳴蟬篇》，庾信深嘆美之。入隋，爲散騎侍郎。有集二十卷。見《北史·盧思道傳》。

〔一二〕庾中丞：即庾信，字子山，南陽新野人。幼而俊邁，聰敏絶倫，博覽羣書，尤善《春秋左氏傳》。父肩吾，爲梁太子中庶子，掌管記。東海徐摛爲右衛率，摛子陵及信並爲抄撰學士。父子在東宫，出入禁闥，恩禮莫與比隆。既文並綺豔，故世號爲「徐庾體」焉。當時後進，競相模範，每有新作，都下莫不傳誦。累遷通直散騎常侍。侯景作亂，信奔於江陵。梁元帝承制，除御史中丞。及即位，轉右衛將軍。聘於西魏，屬大軍南討，遂留長安。江陵平，累遷儀同三司。北周時，歷弘農郡守、驃騎大將軍、洛州刺史等職。隋開皇元年卒。有集二十卷。

嗟乎！古今文士①，遞相毁譽〔一〕，至有操我戈矛，啟其墨守〔二〕。《三都》既麗，徵夏熟於上林〔三〕；《九辯》已高，責春歌於下里〔四〕。踳駁之論〔五〕，紛然遂多。近日劉勰《文心》，鍾嶸《詩評》，異議鋒起②〔六〕，高談不息。人慚西氏，空論拾翠之容〔七〕；質謝南金，徒辯荆蓬之妙〔八〕。拔十得五，雖曰肩隨〔九〕；聞一知二，猶爲臆説〔一〇〕。僉曰未可③，人稱屢中〔一一〕；化魯成魚，曷云其遠〔一二〕？非夫妙諧鐘律，體會風騷〔一三〕，筆有餘妍④，思無停趣〔一四〕；作龜作鏡，聽歌曲而知亡〔一五〕，爲龍爲光，觀禮容而識大〔一六〕。

校記

①「文」原作「之」，據《英華》卷七〇〇改。 ②「鋒」原作「蜂」，據《英華》改。 ③「僉」原作「俞」，據《全唐文》改。 ④「姸」原作「研」，據《英華》、《全唐文》改。

注釋

〔一〕「古今」二句：魏文帝《典論·論文》：「文人相輕，自古而然。傅毅之於班固，伯仲之閒耳。而固小之，與弟超書曰：『武仲以能屬文，爲蘭臺令史，下筆不能自休。』夫人善於自見，而文非一體，鮮能備善，是以各以所長，相輕所短。里語曰：『家有弊帚，享之千金。』斯不自見之患也。」

〔二〕「至有」二句：《後漢書·鄭玄傳》：「玄自游學，十餘年乃歸鄉里。……時任城何休好公羊學，遂著《公羊墨守》、《左氏膏肓》、《穀梁廢疾》；玄乃發墨守，鍼膏肓，起廢疾。休見而歎曰：『康成入吾室，操吾矛，以伐我乎！』」李賢《注》：「言公羊義理深遠，不可駮難，如墨翟之守城也。」

〔三〕「三都」二句：左太沖《三都賦·序》：「蓋詩有六義焉，其二曰賦。揚雄曰：『詩人之賦麗以則。』班固曰：『賦者，古詩之流也。』先王采焉，以觀土風。見『綠竹猗猗』，則知衛地淇澳之產；見『在其版屋』，則知秦野西戎之宅，故能居然而辨八方。然相如賦《上林》，而引『盧橘夏熟』；揚雄賦《甘泉》而陳『玉樹青葱』……假稱珍怪，以爲潤色，若斯之類，匪啻于茲。考之果木，則生非其壤；校之神物，則出非其所。於辭則易爲藻飾，於義則虛而無徵。」

〔四〕「九辯」二句：王逸《楚辭章句》：「《九辯》者，楚大夫宋玉之所作也。……宋玉，屈原弟子，閔惜其師忠而放逐，故作《九辯》以述其志也。」宋玉《對楚王問》：「客有歌於郢中者，其始曰《下里巴人》，國中屬而和者數千人；其爲《陽阿薤露》，國中屬而和者數百人；其爲《陽春白雪》，國中屬而和者，不過數十人。……是其曲彌高，其和彌寡。」春歌，即《陽春白雪》；下里，即《下里巴人》，並古代歌曲名。此處將「下里」作地名用，以與「上林」對偶。

〔五〕踳駮：雜亂。左思《魏都賦》：「非醇粹之方壯，謀踳駮於王義。」

〔六〕「近日」以下三句：劉勰：字彦和，東莞莒人。早孤，篤志好學。家貧，不婚娶，依沙門僧佑，與之居處；積十餘年，遂博通經論。天監初，起家奉朝請，中軍臨川王宏引兼記室，歷仁威南康王記室，兼東宫通事舍人，遷步兵校尉，兼舍人如故。昭明太子深愛接之。撰《文心雕龍》五十篇。變服出家卒。鍾嶸：字仲偉，潁川長社人。父蹈，齊中軍參軍。嶸與兄岏、弟嶼並好學，有思理。建武初爲南康王侍郎，永元末，除司徒行參軍。入梁，衡陽王元簡出守會稽，引爲寧朔記室，遷晉安王記室。嶸嘗求譽於沈約，約拒之。及約卒，嶸品古今詩爲評，於沈約頗有微詞，蓋追宿憾也。頃之，卒官。見《南史·鍾嶸傳》。鋒起：齊起，勢猛而難拒。《荀子·王制》：「姦言並至，嘗試之説鋒起。」

〔七〕「人虮」二句：西氏：即西施，又稱西子，古代美女。《管子·小稱》、《孟子·離婁》、《莊子·齊物論》《天運》、《荀子·正論》等書中屢見。拾翠：曹植《洛神賦》：「爾迺衆靈雜遝，命儔嘯侶，……或采明珠，或拾翠羽。」謂衆神女拾取翠鳥羽毛也。

〔八〕「質謝」二句：謝：遜讓，不如。　南金：南方所産之金。《詩·魯頌·泮水》：「元龜象齒，大賂南金。」晉張華用以比喻南方優秀傑出的人才，以薛兼、紀瞻、閔鴻、顧榮、賀循等五人南金，見《晉書·薛兼傳》。　荆蓬：荆，灌木名，種類甚多，如牡荆、紫荆等皆簡稱荆。蓬，草名，蓬蒿。

〔九〕「拔十」二句：《三國志·蜀書·龐統傳》：每所稱述，多過其才。時人怪而問之，統答曰：「欲興風俗，長道業，不美其譚，即聲名不足企慕，爲善者少矣。今拔十失五，猶得其半，而可以崇邁世教，使有志者自勵，不亦可乎？」　肩隨：《禮記·曲禮》上：「年長以倍，則父事之；十年以長，則兄事之；五年以長，則肩隨之。」孔穎達《疏》：「五年以長則肩隨之者，謂並行而差退之。」

〔一〇〕「聞一」二句：《論語·公冶長》：子謂子貢曰：「女與回也孰愈？」對曰：「賜也何敢望回？回也聞一以知十，賜也聞一以知二。」　臆説：想當然、無根據之言論。裴駰《史記集解·序》：「未詳則闕，弗敢臆説。」

〔一一〕「僉曰」二句：僉曰：皆曰。《書·舜典》：「僉曰：『伯禹作司空。』」　屢中：屢次皆能中的。《漢書·李尋傳》：「上雖不從尋言，然采其語，每有非常，輒問尋。尋對屢中，遷黄門侍郎。」

〔一二〕「化魯」二句：謂文學批評方面的妄論臆説，使妍媸淆亂，是非顛倒，哪裏是遥遠的事情呢？《抱朴子·遐覽》：故諺曰：「書三寫，魚成魯，虛成虎。」曷，何也。

〔一三〕「非夫」二句：妙諧鐘律：指詩賦之妙，符合平仄押韻方面的規定，富於音樂性。諧，和合，協調。鐘律，猶律吕，樂律也。律，本爲所以定音的竹管。蔡邕《月令章句》：「截竹爲管謂之律。」後世律管改爲銅製。又，古人也用鐘定音，故稱鐘律。《史記·律書》云：「鐘律調自上古。」　會：《集韻》：「合也。」　風騷：《詩經》和《楚辭》的並稱。《宋書·謝靈運傳》：「是以一世之士，各相慕習，原其飈流所始，莫不同祖風騷」。

〔一四〕「筆有」二句：謂文辭有説不盡的美好，内容有含咀無窮的趣味。語本鮑照《舞鶴賦》：「態有遺妍，貌無停趣。」

〔一五〕「作龜」二句：龜鏡：龜可卜吉凶，鏡能别美惡，故用以比喻借鑑。《北史·長孫道生傳》附長孫紹遠《遺表》：「此數事者，照爛典章。揚搉而言，足爲龜鏡。」《左傳·襄公二十九年》：吴公子札來聘，請觀於周樂。使工爲之歌《周南》、《召南》。曰：「美哉！始基之矣！猶未也，然勤而不怨矣。」……爲之歌《鄭》。曰：「美哉！其細已甚，民弗堪也。是其先亡乎？」又，《禮記·樂記》云：「凡音者，生人心者也。情動於中，故形於聲，聲成文，謂之音。是故治世之音安以樂，其政和；亂世之音怨以怒，其政乖；亡國之音哀以思，其民困。……是故審聲以知音，審音以知樂，審樂以知政，而治道備矣。」

〔一六〕「爲龍」二句：爲龍爲光：《詩·小雅·蓼蕭》：「既見君子，爲龍爲光。」鄭玄《箋》：「爲寵爲光，言天子恩澤光耀被及己也。」孔穎達《疏》：「言遠國之君蒙王恩澤，今皆來朝，既得見君子之王者，爲君所寵遇，爲君所光榮，得其恩意。」　禮容：禮節法度。《史記·孔子世家》：「孔子爲兒嬉戲，常陳俎豆，設禮容。」

齊魯一變之道〔一一〕，唐虞百代之文〔一二〕，懸日月於胸懷，挫風雲於毫翰〔一三〕。含今古之制〔一四〕，扣宫徵之聲〔一五〕。細則出入無間，粗則彌綸區宇〔一六〕。逶迤綽約，如玉女之千嬌〔一七〕；突兀峥嶸，似靈龜之孤朴〔一八〕。乘槎上漢，誰問坳堂之淺深①〔一九〕；荷戟入秦，寧議長安之遠近〔二〇〕。是非未定，曹子建皓首爲期〔二一〕；離合俱傷，陸平叔終身流恨〔二二〕。超然若此，適可操刀〔二三〕；自兹已降，徒勞舉斧。八病爰起②，沈隱侯永作拘囚〔二四〕；四聲未分，梁武帝長爲聾俗〔二五〕。後生莫曉，更恨文律煩苛〔二六〕；知音者稀，常恐詞林交喪〔二七〕。《雅》《頌》不作，則後死者焉得而聞乎〔二八〕？

校記

①「堂」原作「塘」，據《全唐文》、《莊子·逍遥遊》改。　②「起」原作「超」，據《英華》、《全唐文》改。

注釋

〔一一〕《論語·雍也》：「子曰：『齊一變，至於魯。魯一變，至於道。』」何晏《集解》引包咸曰：「言齊魯有太公、周公之餘化，太公大賢，周公聖人，今其政教雖衰，若有明君興之，齊可使如魯，魯可使如大道行之時。」齊魯一變之道，指孔子所理想的以齊魯政教爲基礎加以變化而達成的「道」。此道，即以孔子爲代表的儒家理想的政治制度和倫理道德。

〔二〕唐虞百代：由堯舜以來的所有朝代。

〔三〕「懸日月」二句：語本陸機《文賦》：「籠天地於形内，挫萬物於筆端。」挫，捉，提起。《老子》：「或挫或隳。」《經典釋文》：「挫，作卧反，搦也。」毫翰，毛筆。《南史·王弘之傳》：「弘之元嘉四年卒，顔延之欲爲作誄，書與其子曇生曰：『君家高世之善，有識歸重，豫染毫翰，所應載述。』」

〔四〕今古之制：謂古往今來的一切優秀作品。

〔五〕扣：敲擊。此處引伸爲琢磨。　宫徵：古樂五聲音階的階名爲宫、商、角、徵、羽，宫與徵是其中之二。此處借指文章的聲律。嵇康《琴賦》：「及其初調，則角羽俱起，宫徵相證，參發並趣，上下累應。」

〔六〕「細則」二句：出入無間：《淮南子·原道訓》：「天下之至柔，馳騁天下之至堅，出於無有，入於無間。」無間，指至微處。　彌綸：包羅，統括。《易·繫辭》上：「易與天地準，故能彌綸天地之道。」孔穎達《疏》：「彌謂彌縫補合，綸謂經綸牽引。」王引之《經義述聞》卷二謂綸爲「論」之通假，訓知；彌綸即遍知之意。　區宇：疆土境域。班固《西都賦》：「區宇若兹，不可殫論。」

〔七〕「逶迤」二句：逶迤：曲折宛轉貌。邊讓《章華賦》：「振華袂以逶迤，若遊龍之登雲。」綽約：柔美貌。傅毅《舞賦》：「綽約閑靡，機迅體輕。」　玉女：已見卷五《釋疾文・命曰》注〔六〕。　千嬌：狀女性恣態的美。徐陵《雜曲》：「緑黛紅顔兩相發，千嬌百態情無歇。」

〔八〕「突兀」二句：突兀：高貌。曹毗《涉江賦》：「狂飆蕭瑟以洞駭，洪濤突兀而横峙。」　峥嶸：高峻貌。左思《蜀都賦》：「閌閬閬其寥廓兮，似紫宫之峥嶸。」　靈龜：龜的一種。《爾雅・釋魚》：「一曰神龜，二曰靈龜。」郭璞《注》：「涪陵郡出大龜，甲可以卜，緣中文似蝳蝐，俗呼爲靈龜，即今觜蠵龜。」　孤朴：特立而質樸厚重。朴，質樸，厚重。《老子》：「敦兮其若樸。」河上公本作「朴」。

〔九〕「乘槎」二句：乘槎上漢：已見卷四《五悲・悲昔遊》注〔一六〕。　「誰問」句：《莊子・逍遥遊》：「且夫水之積也不厚，則其負大舟也無力。覆杯水于坳堂之上，則芥爲之舟，置杯焉則膠，水淺而舟大也。」坳堂，堂上凹處。

〔一〇〕《晉書・明帝紀》：明皇帝幼而聰哲，爲元帝所寵異。年數歲，嘗坐置膝前，屬長安使來，因問帝曰：「汝謂日與長安孰遠？」對曰：「長安近。不聞人從日邊來，居然可知也。」元帝異之。明日，宴羣僚，又問之。對曰：「日近。」元帝失色曰：「何乃異間者之言乎？」對曰：「舉目則見日，不見長安。」

〔一一〕「是非」二句：是非未定：司馬遷《報任安書》：「要之，死日然後是非乃定。」　曹植（字子建）

《與楊德祖書》：「吾雖薄德，位爲蕃侯，猶庶幾勠力上國，流惠下民，建永世之業，流金石之功，豈徒以翰墨爲勳績，辭賦爲君子哉！若吾志未果，吾道不行，則將來采庶官之實録，辯時俗之得失，定仁義之衷，成一家之言。雖未能藏之于名山，將以傳之於同好。非要之皓首，豈今日之論乎？」

〔三〕「離合」二句：陸機《文賦》：「或仰偪於先條，或俯侵於後章，或辭害而理比，或言順而義妨；離之則雙美，合之則兩傷。……患挈缾之屢空，病昌言之難屬。故踸踔於短垣，放庸音以足曲，恒遺恨以終篇，豈懷盈而自足？」二句本此。陸平叔，當爲陸平原，名機，字士衡，西晉文學家。以嘗任平原内史之職，故稱陸平原。《晉書》有傳。

〔三〕適：纔也。操刀：與下句「舉斧」，並喻指作文也。

〔四〕「八病」二句：八病：指詩歌聲律上的八種毛病。沈約在《宋書·謝靈運傳論》中，主張詩文要講求音律，「欲使宮羽相變，低昂互節，若前有浮聲，則後須切響。一簡之内，音韻盡殊；兩句之中，輕重悉異。妙達此旨，始可言文。」《南史·陸厥傳》亦云：「永明時盛爲文章，吴興沈約、陳郡謝朓、琅琊王融以氣類相推轂。汝南周顒善識聲韻；約等文皆用宫商，將平上去入四聲，以此製韻，有平頭、上尾、蜂腰、鶴膝，五字之中，音韻悉異，兩句之内，角徵不同，不可增減，世呼爲『永明體』。」與此種聲律理論不合者，謂之「病」「犯」。然當時尚無「八病」之稱。至王通《中説》始有其目。日本學者遍照金剛《文鏡秘府論》論聲病至詳，所列八病爲：一、平頭，二、上尾，三、蜂腰，四、鶴膝，五、大韻，六、小韻，七、傍紐，八、正紐。其辨析舉例，兹從略。爰：乃，於是。已見前。沈隱侯：即沈約，字休文，吴興武康人。幼孤貧，篤志好學，遂博通羣籍，能屬文。起家奉朝請，蔡興宗引爲安西外兵參軍兼記室。蕭齊時，歷太子家令、著作郎、黄門侍郎等職。梁代齊，爲尚書僕射、封建昌縣侯。天監中官尚書令、太子少傅、左光禄大夫、侍中等職。卒于官，謚曰「隱」。著有《晉書》、《宋書》、《齊紀》及《四聲譜》等。永作拘囚：謂沈約、謝朓諸人所倡聲律之説，應用於詩文，形成許多煩細的戒律，使作家們畏忌「病」「犯」，左右規避，猶如被拘禁於牢籠的囚徒一般。

〔一五〕「四聲」二句：《梁書·沈約傳》云：「（約）又撰《四聲譜》，以爲在昔詞人，累千載而不寤，而獨得胸衿，窮其妙旨，自謂入神之作。高祖（即梁武帝）雅不好焉。帝問周捨曰：『何謂四聲？』捨曰：『天子聖哲是也。』然帝竟不遵用。」

〔一六〕沈約、王融倡「永明體」，興聲病之説，當時即有反對者。如鍾嶸《詩品序》：「齊有王元長者，嘗謂余曰：『宫商與二儀俱生，自古詞人不知之。……』王元長創其首，謝朓、沈約揚其波。三賢或貴公子孫，幼有文辯，於是士流景慕，務爲精密，襞積細微，專相凌架。故使文多拘忌，傷其真美。」文律，詩文寫作在形式上所應遵守的規則。《晉書·文苑傳》：「言泉會於九流，文律諧於六變。」

〔一七〕「知音」二句：知音者稀：《文心雕龍·知音》：「知音其難哉！音實難知，知實難逢，逢其知音，千載其一乎！」詞林：猶「文苑」，文學的園地。　交喪：意謂或過分追求聲律，回忌「病」「犯」，像沈約那樣「永作拘囚」；或者完全無視、輕視聲律的存在，連四聲也不分，像梁武帝那樣「長爲聾俗」，都是不正確的。兩方面都喪失（違離）了真理，所以叫「交喪」。

〔一八〕《論語·子罕》：子畏於匡，曰：「文王既没，文不在兹乎？天之將喪斯文也，後死者不得與於斯文也。」句本乎此。

貞觀年中，太宗外厭兵革，垂衣裳於萬國〔一〕，舞干戚於兩階〔二〕，留思政塗〔三〕，内興文事。虞、李、岑、許之儔以文章進〔四〕，王、魏、來、褚之輩以材術顯〔五〕。咸能起自布衣，蔚爲卿相〔六〕，雍容侍從，朝夕獻納〔七〕。我之得人，於斯爲盛〔八〕。虞博通萬句，對問不休〔九〕；李長於五言，下筆無滯〔一〇〕。岑君論詰亹亹〔一一〕，聽者忘疲。許生章奏翩翩〔一二〕，談之未易。王侍中政事精密，明達舊章〔一三〕；魏太師直氣鯁詞，兼包古義①〔一四〕。褚河南風標特峻，早鏘聲於册府〔一五〕。變風變雅〔一六〕，立體不拘於一塗；既博既精，爲學遍遊於百氏〔一七〕。

校記

①「兼包古義」　《全唐文》於此句下有「來」字，下注云「闕十二字」。按上文云「虞、李、岑、許之儔以文章進，王、魏、來、褚之輩以材術顯」，此爲總提，以下爲分述。分述中有「虞」之「博通萬句」、「李」之「長於五言」、「岑」之「論詰亹亹」……「魏」之「直氣鯁詞」、「褚」之「風標特峻」，八人中獨缺「來」

氏。來，即來濟，《舊唐書》本傳稱其「篤志好學，有文詞」，太宗時任中書舍人，此後又歷中書侍郎、中書令，預修《晉書》，可知亦當時一大學者、大作家。則「來」下所缺十二字，必爲稱述來濟之詞，恰與「褚河南風標特峻，早鏘聲於册府」相對應。

注釋

〔一〕「太宗」二句：兵革：戰爭。《史記・秦楚之際月表》：「秦既稱帝，患兵革不休，以有諸侯也，於是無尺土之封。」垂衣裳：《易・繫辭》下：「黄帝堯舜垂衣裳而天下治，蓋取諸乾坤。」謂衣寬大之衣，狀無所事事之貌。後遂用作稱頌帝王無爲而治之語。

〔二〕僞《古文尚書・大禹謨》：「舞干羽于兩階。七旬，有苗格。」僞孔《傳》：「干，楯，羽，翳也，皆舞者所執，修闡文教，舞文舞于賓主階間，抑武事。……討而不服，不討自來，明御之者必有道。」戚，斧也。

〔三〕政塗：爲政之道。《梁書・武帝紀》：「思弘政塗，莫知津濟。」

〔四〕虞：虞世南，字伯施，越州餘姚人。性沈静寡欲，與兄世基同受學于吴顧野王餘十年，精思不懈，至累旬日不盥櫛，文章婉縟。仕陳爲建安王法曹參軍。陳滅，與世基入隋，俱有重名，時人方之二陸。大業中，累至秘書郎。及至隋滅，爲竇建德所得，署爲黄門侍郎。秦王滅建德，引爲府參軍，轉記室，遷太子中舍人。及即位，拜員外散騎侍郎，弘文館學士。遷秘書監，封永興縣子。太宗每稱其德行、忠直、博學、文詞、書翰爲五絶。有集三十卷。兩《唐書》有傳。

李：李百藥，字重規，定州安平人。隋内史令德林子也。七歲能屬文。開皇初，授太子通事舍人，兼東宫學士。十九年，襲父爵安平公。煬帝奪其爵，爲桂州司馬，旋解職。大業九年，充戍會稽，尋授建安郡丞。至烏程，江都難作，百藥轉側亂中，先後爲沈法興、李子通、杜伏威所得，署以官職。貞觀元年，拜中書舍人，歷禮部侍郎、太子右庶子、散騎常侍、宗正卿。久之，固乞致仕。帝嘗與偕賦《帝京篇》，歎其工，手詔曰：「卿何身老而才之壯，齒宿而意之新乎？」年八十四卒。有集三十卷。兩《唐書》有傳。岑：岑文本，字景仁，鄧州棘陽人。性沉敏，有姿儀，善文辭。蕭銑召爲中書侍郎。河間王孝恭平荆州，署爲别駕。貞觀元年，除秘書郎，擢中書舍人，遷侍郎，專典機要。貞觀十年，與令狐德棻撰《周史》成，封江陵縣子。十七年加銀青光禄大夫，俄遷中書令。從征遼東，於途疾終。有集六十卷。兩《唐書》有傳。許：許敬宗，字延族，杭州新城人。父善心，仕隋爲給事中。敬宗幼善屬文，大業中舉秀才中第，調淮陽書佐，俄直謁者臺，奏通事舍人事。善心爲宇文化及所殺，敬宗去依李密爲記室。武德中召補秦府學士。貞觀中，累除著作郎、中書舍人、給事中，兼脩國史，遷太子右庶子。高麗之役，岑文本卒，帝驛召敬宗，以本官檢校中書侍郎。高宗時歷官禮部尚書、侍中、中書令、太子少師。咸亨三年卒。有文集八十卷。兩《唐書》有傳。

〔五〕王：王珪，字叔介，太原祁人也。開皇末爲奉禮郎。季叔頍坐漢王諒反事被誅，珪當從坐，遂亡命于南山，積十餘歲。高祖入關，引爲世子府諮議參軍。及東宫建，除太子中舍人。後以連其陰謀事，流巂州。建成誅後，召拜諫議大夫，遷黄門侍郎，兼太子右庶子。歷侍中、同州刺史、禮部尚書、魏王師。貞觀十三年卒。兩《唐書》有傳。　魏：魏徵，字玄成，鉅鹿曲城人。少孤貧，落拓有大志，不事生業，出家爲道士。好讀書，多所通涉。李密反隋，召署書記。及密敗，隨密來降，久不見知，自請安輯山東。至黎陽，以書説徐世勣歸國。俄而爲竇建德所得，署爲起居舍人。竇就擒，徵西入關，隱太子引爲洗馬。太子敗，太宗引爲詹事主簿。及踐祚，擢拜諫議大夫。遷秘書監，預朝政。七年，代王珪爲侍中。十六年，拜太子太師。二十年薨。兩《唐書》有傳。　來：來濟，已見注〔一〕。　褚：褚亮，字希明，杭州錢塘人。幼聰敏，好學善屬文。仕陳爲尚書殿中郎。入隋爲東宫學士。大業中，坐與楊玄感有舊，自太常博士左遷西海郡司户。薛舉用爲黄門侍郎。太宗征舉，聞亮名，授秦王文學。又學杜如晦等十八人爲文學館學士。太宗在東宫，除太子舍人。貞觀元年，爲弘文館學士。九年，進授員外散騎常侍，封陽翟縣男。兩《唐書》有傳。　材術：才能和學術。

〔六〕蔚：文采華美。《漢書·敍傳》：「多識博物，有可觀采，蔚爲辭宗，賦頌之首。」

〔七〕獻納：建言以供採納。班固《西都賦·序》：「朝夕論思，日月獻納。」

〔八〕「我之」二句：語本《漢書·公孫弘卜式兒寬傳》：「漢之得人，於兹爲盛。」

〔九〕「虞博通」二句：《舊唐書·虞世南傳》：「太宗重其博識，每機務之隙，引之談論，共觀經史。世南雖容貌懦慄，若不勝衣，而志性抗烈，每論及古先帝王得失，必存規諷，多所補益。」

〔一〇〕「李長於」二句：《舊唐書·李百藥傳》：「（百藥）藻思沈鬱，尤長于五言詩，雖樵童牧豎，並皆吟諷。」無滯，言其才思敏捷、興會酣暢，故筆不停書也。

〔一一〕亹亹：指詩文言談有吸引力，動聽。鍾嶸《詩品》卷上：「晉黄門郎張協：詞旨葱蒨，音韻鏗鏘，使人味之，亹亹不倦。」

〔一二〕翩翩：本爲鳥飛輕疾貌，後用來狀文辭的美好。曹丕《與吴質書》：「元瑜書記翩翩，致足樂也。」

〔一三〕「王侍中」二句：王侍中：王珪，曾任侍中。侍中，爲門下省長官。　舊章：舊時的典章制度。《詩·大雅·假樂》：「不愆不忘，率由舊章。」

〔一四〕「魏太師」二句：魏太師：即魏徵，曾官太子太師。太子太師，爲東宫官，從一品，掌輔導皇太子。見《新唐書·百官志》。　直氣鯁詞：《舊唐書·魏徵傳》：「太宗新即位，勵精政道，數引徵入卧内，訪以得失。徵雅有經國之才，性又抗直，無所屈撓，太宗與之言，未嘗不欣然納受。」又曰：「徵狀貌不逾中人，而素有膽智，每犯顔進諫，雖逢王赫斯怒，神色不移。」　兼包古義：謂其言論，皆合于往古貞士直臣之義。

〔一五〕「褚河南」二句：褚河南：即褚亮，其先陽翟人，貞觀中嘗封陽翟縣男，陽翟屬洛州，洛州，西漢及隋爲河南郡，故稱「褚河南」。　風標：風采，標格。《世説新語·賞譽》「戴若思之巖巖」劉峻《注》引虞預《晉書》：「戴儼字若思，廣陵人，……有風標鋒穎。」　特峻：獨立而高峻。

鏘聲：猶揚聲，蜚聲。　冊府：藏書之地。《晉書·葛洪傳論》：「紬奇冊府，總百代之遺編。」

〔一六〕變風：舊説《詩》者指《詩經》中自《邶風》至《豳風》一百三十五篇爲變風，以别于《周南》《召南》自《關雎》至《騶虞》二十五篇之正風。《詩·國風·關雎·序》：「至于王道衰，禮義廢，政教失，國異政，家殊俗，而變風、變雅作矣。」　變雅：《詩》之大小雅皆有正變。《小雅》自《六月》至《何草不黄》五十八篇，爲變《小雅》；《大雅》自《民勞》至《召旻》十三篇，爲變《大雅》，總稱變雅。鄭玄《詩譜序》：「後王稍更陵遲，懿王始受譖亨齊哀公，夷身失禮之後，邶不尊賢。自是而下，厲也，幽也，政教尤衰，周室大壞。《十月之交》、《民勞》、《板》、《蕩》，勃爾俱作，衆國紛然，刺怨相尋。五霸之末，上無天子，下無方伯，……紀綱絶矣。故孔子録懿王、夷王時詩，訖於陳靈公淫亂之事，謂之變風、變雅。」

〔一七〕百氏：即諸子百家。《漢書·敍傳》：「凡漢書，敍帝皇，……緯六經，綴道綱，總百氏，贊篇章。」

自豸冠指佞〔一〕，雞樹登賢〔二〕，内掌機密，外脩國史〔三〕。晨趨有暇，持綵筆於瑶軒〔四〕；夕拜多閑，弄雕章於琴席〔五〕。含毫顧盼〔六〕，漢家之城闕風煙；逸韻縱横〔七〕，秦地之林泉魚鳥。黄山羽獵，幾奏瓊篇〔八〕；汾水樓船，參聞寶思〔九〕。南津弔屈，去逐蒼梧之雲〔一〇〕；西路悲昂，來挽葱巖之雪〔一一〕。江湖廊廟，造次不忒其儀〔一二〕；沙塞朝廷，顛沛必歸於漢〔一三〕。

是使名流俱至，兔翰闐門〔一四〕；愛客相尋，雞談滿席〔一五〕。嚶嚶好鳥，花欲白兮柳將菲①〔一六〕；瀲瀲遊魚②，蓮將紅兮蘋可望③〔一七〕。緑樽恒湛，齋閣臨霞〔一八〕；綺札逾新〔一九〕，園亭坐月。凡所著述，千有餘篇，今之刊寫，成三十卷。

校記

①「菲」，《英華》作「飛」。　②「瀲瀲」原作「瀲瀲」，據《英華》、《全唐文》改。　③「將」《英華》、《全唐文》作「欲」。

注釋

〔一〕豸冠：即獬豸冠，古代執法官吏所戴之冠。《後漢書·輿服志》：「法冠，一曰柱後，……或謂之獬豸冠。獬豸神羊，能别曲直，楚王嘗獲之，故以爲冠。」《唐會要》卷六一《御史台·彈劾》：「舊制，凡事非大夫、中丞所劾，而合彈奏者，則具其事爲狀，大夫、中丞押奏。大事則豸冠、朱衣、纁裳、白紗中單以彈之，小事常服而已。」據此，則來濟似曾任御史臺之職，兩《唐書》本傳未載，蓋從略也。　指佞：指斥佞臣。佞，奸巧諂諛。

〔二〕謂中書省登用賢才（指來濟）。　雞樹，中書省官署之代稱。三國魏時，中書監劉放與中書令孫資相善，二人久任機要，夏侯獻及曹肇心内不平，見殿中有雞棲樹，相謂曰：「此亦久矣，其能復幾？」見《三國志·魏書·劉放傳》《注》。《北史·崔鄜傳》附崔頤《答豫章王書》：「雞樹騰聲，鵷池播美。」按，來濟嘗歷官中書舍人、中書侍郎、中書令，並爲中書省清要之職，故有此句。

〔三〕「内掌」二句：内掌機密：中書監、令得典朝廷機要，權任極重。自魏晉以來即已如此，其設置沿革，具見《晉書·職官志》。《三國志·魏書·劉放傳》云：「魏國既建，（劉放）與太原孫資俱爲祕書郎。……文帝即位，放、資轉爲左右丞。……黄初初，改祕書爲中書，以放爲監，資爲令，各加給事中……遂掌機密。」脩國史：見前注。

〔四〕瑶軒：有窗的長廊。瑶，藻飾之詞。

〔五〕雕章：見《駙馬都尉喬君集序》注〔一六〕。

〔六〕顧盼：已見卷五《釋疾文·粤若》注〔二六〕。

〔七〕逸韻，高情遠韻。何承天《朱路篇》：「逸韻騰天路，頹響結城阿。」

〔八〕「黄山」二句：黄山：山名，在陝西興平市北，也名黄麓山。張衡《西京賦》：「繞黄山而款牛首」，即指此。羽獵：帝王狩獵，士卒負羽箭隨從，因名羽獵。宋玉《高唐賦》：「傳言羽獵，銜枚無聲。」瓊篇：喻美好的詩文。

〔九〕「汾水」二句：汾水樓船：舊題班固《漢武故事》：帝行幸河東，祠后土，顧視帝京，忻然中流，與羣臣飲讌，自作《秋風詞》云：「秋風起兮白雲飛，草木黄落兮雁南歸。蘭有秀兮菊有芳，懷佳人兮不能忘。汎樓船兮濟汾河，横中流兮揚素波，簫鼓鳴兮發棹歌。」參聞寶思：謂（隨從皇帝出巡）得以預聞天子的歌詠。寶思，已見《駙馬都尉喬君集序》注〔一七〕。

〔一〇〕「南津」二句：《史記·屈原賈生列傳》：「於是天子議以爲賈生任公卿之位。絳、灌、東陽侯馮敬之屬盡害之，乃短賈生曰：『雒陽之人，年少初學，專欲擅權，紛亂諸事。』於是天子後亦疏之，不用其議。乃以賈生爲長沙王太傅。賈生既辭往行，聞長沙卑濕，自以壽不得長，又以適（謫）去，意不自得。及渡湘水，爲賦以弔屈原。」按，來濟嘗以諫立武昭儀爲宸妃爲武氏所惡，顯慶二年許敬宗因而譏之，遂左授台州刺史。台州在南方，故云「去逐蒼梧之雲」；被讒遭貶，事同賈生，故用「南津弔屈」之典。蒼梧，山名，又名九疑。地在今湖南寧遠縣境。

〔二〕「西路」二句：高昂，字敖曹，渤海蓨人。東魏天平初任侍中、司空。其人馬矟絶世，膽力過人，爲東魏名將。元象元年，與西魏大將宇文泰戰，昂心輕敵，建旗蓋以陵陣，西人盡鋭攻之，一軍皆没。昂輕騎奔河陽，太守高永洛閉門不受，遂遇難。神武聞之，如喪肝膽。事見《北史·高允傳》附《高昂傳》。《舊唐書·來濟傳》稱，濟顯慶五年自台州徙刺庭州。龍朔二年，突厥入寇，濟總兵拒之，謂其衆曰：「吾嘗絓刑網，蒙赦性命，當以身塞責，特報國恩。」遂不釋甲胄赴賊，没於陣。其事有類於高昂，故用是典。葱巖，即葱嶺。古代對今帕米爾高原和崑崙山、天山西段統名爲葱嶺。來濟殉國之庭州，治所在今新疆烏魯木齊市東北之吉木薩爾縣附近。故曰「來挽葱巖之雪」。

〔三〕「江湖」二句：廊廟：朝庭。《孫子兵法·九地》：「厲於廊廟之上，以誅其事。」造次：倉卒，急遽。《論語·里仁》：「君子無終食之間違仁，造次必於是，顛沛必於是。」忒：變更，差錯。《易·豫》：「天地以順動，故日月不過，而四時不忒。」

〔一三〕顛沛：傾覆，仆倒。《詩·大雅·蕩》：「顛沛之揭，枝葉未有害，本實先撥。」毛亨《傳》：「顛，仆；沛，拔也。」言樹連根拔起而倒仆。因用以形容人事困頓、社會動亂。

〔一四〕兔翰：即毛筆。兔，兔毛，制作毛筆的材料；翰，羽毛，古代嘗用作書寫之工具。此處作爲文人墨客之代稱。

〔一五〕「愛客」二句：愛客：可愛的賓客。曹植《公讌詩》：「公子敬愛客，終夜不知疲。」雞談：《藝文類聚》卷九一《鳥部》引《幽明録》：「晉兖州刺史沛國宋處宗嘗買得一長鳴雞，愛養甚至，恒籠著窗間，雞遂作人語，與處宗談論極有言智，終日不輟。」

〔一六〕「嚶嚶」二句：嚶嚶：鳥鳴聲。花：指楊花，即柳絮。

〔一七〕「瀲瀲」二句：瀲瀲：魚遊水貌。潘岳《秋興賦》：「翫游儵之瀲瀲。」蘋：水草，生淺水中，葉有長柄，柄端四片小葉成田字形，夏秋開小白花。見《本草綱目》卷一九《草》八《蘋》。

〔一八〕「緑樽」二句：緑樽：酒樽。沈休文《和謝宣城詩》：「賓至下塵榻，夏來命緑樽。」湛：澄清。謝混《遊西池詩》：「景昃鳴禽集，水木湛清華。」齋：屋舍。多指書房、學舍。《世説新語·言語》：「（孫綽）齋前種一株松，恒乎自壅治之。」

〔一九〕綺札：辭藻華美的詩文。札，古時書寫用的小木簡。《史記·司馬相如傳》：「上許，令尚書給筆札。」此處借代文章。

余早遊西鎬①，及周史之闕文〔一〕；晚卧東山〔二〕，憶漢庭之遺事。平津侯之賓館，馬廐蕭條〔三〕；李司隸之仙舟，龍門荒毁〔四〕。交交黄鳥〔五〕，集於栩兮集於桑〔六〕；營營蒼蠅，止於藩兮止於棘〔七〕。九原可作〔八〕，松有隧兮兔有埏〔九〕；三湘不追〔一〇〕，川無梁兮鳥無徑。輟斤之慟，何獨莊周〔一一〕？聞笛而悲，寧惟向秀〔一二〕？徒勤觀海，未知渤澥之倪〔一三〕；永好談天〔一四〕，莫究氤氲之數〔一五〕。遂抽短翰〔一六〕，爲之序云。

校記

①「余」字原無，據《英華》卷七〇補。

注釋

〔一〕「余早遊」二句：西鎬：即西周之鎬京，在今西安市西南，灃水東岸。周武王既滅商，自酆徙都於此，謂之宗周，又稱西都。《詩·大雅·文王有聲》：「考卜維王，宅是鎬京。」「及周史」句：《論語·衛靈公》：「子曰：『吾猶及史之闕文也。』」何晏《集解》引包咸曰：「古之良史，於書字有疑則闕之，以待知者。」

〔二〕謝安曾「高卧東山」，朝廷屢徵不出，見《晉書·謝安傳》。句用此典。而昇之所謂「卧」，實是卧病，所謂「東山」，當即登封縣境之東東門山。

〔三〕「平津」二句：公孫弘，菑川薛人也。武帝時對策第一，拜爲博士，歷官内史、御史大夫。元朔中，代薛澤爲相，封爲平津侯。於是起客館，開東閣以延賢人，與參謀議。弘身食一肉，脱粟飯，故人賓客仰衣食，奉禄皆以給之，家無所餘。凡爲丞相御史六歲，年八十，終丞相位。其後李蔡、嚴青翟、趙周、石慶、公孫賀、劉屈氂繼踵爲丞相。自蔡至慶，丞相府客館丘虚而已，至賀、屈氂時壞以爲馬廄、車庫、奴婢室矣。見《漢書·公孫弘傳》。此句以公孫弘比來濟，言其邸宅蕭條。

〔四〕「李司隸」二句：《後漢書·郭泰傳》云：「郭泰，字林宗，太原介休人。……就成皋屈伯彦學，三年業畢，博通墳籍，善談論，美音制，乃遊於洛陽。始見河南尹李膺，膺大奇之，遂相友善，於是名震京師。後歸鄉里，衣冠諸儒送至河上，車數千兩。林宗唯與李膺同舟而濟，衆賓望之，以爲神仙焉。」李司隸，即李膺，字元禮，潁川襄城人。桓帝時官河南尹，遷司隸校尉。司隸校尉，官名，漢武帝征和四年初置，持節，從中都官徒千二百人，捕巫蠱，督大姦猾。後罷其兵，察三輔、三河、弘農。見《漢書·百官公卿表》。後漢因之。龍門：已見卷四《五悲·悲昔遊》注〔一〕。

〔五〕《詩·秦風·黄鳥》：「交交黄鳥，止于棘。誰從穆公，子車奄息。維此奄息，百夫之特。……彼蒼者天，殲我良人，如可贖兮，人百其身。」孔穎達《疏》：「文（公）六年《左傳》云：秦伯任好卒，以子車氏之三子奄息、仲行、鍼虎爲殉，皆秦之良也。國人哀之，爲之賦《黄鳥》。」句用此，哀來濟之不幸死難焉。

〔六〕《詩·唐風·鴇羽》：「肅肅鴇羽，集于苞栩。」又云：「肅肅鴇行，集于苞桑。」毛亨《傳》：「栩，杼也。」（案：即柞樹。）鄭玄《箋》：「興者，喻君子當居安平之處，今下從征役，其爲危苦，如鴇之樹止然。」句用此，哀來濟不能安處朝端，弘揚聲教，而竄逐遐荒，下從征役，蒙矢石，捍寇難，良可惜可痛也。

〔七〕「營營」二句：《詩·小雅·青蠅》：「營營青蠅，止于樊。豈弟君子，無信讒言。營營青蠅，止于棘。讒人罔極，交亂四國。」毛亨《傳》：「興也。營營，往來貌。樊，藩也。」鄭玄《箋》：「興者，蠅之爲蟲，汙白使黑，汙黑使白，喻佞人變亂善惡也。」來濟之出貶，乃佞人許敬宗讒之使然，故用《小雅·青蠅》之典。

〔八〕《禮記·檀弓》下：「趙文子與叔譽觀乎九原，曰：『死者如可作也，吾誰與歸？』」作，起也。九原，山名，在山西新絳縣北，晉卿大夫之墓地在此，後世因稱墓地爲九原。

〔九〕隧埏：即埏隧，墓道。《後漢書·陳蕃傳》：「民有趙宣，葬親而不閉埏隧。」

〔一〇〕謂來濟遭讒被貶，已經長逝不返；生者無由追攀，只有徒然企慕懷念而已。三湘，所指古代説法紛紜，此不具引，要之泛指今洞庭湖南北、湘江流域一帶。屈原曾流放于此。來濟之遭遇有類于屈原，故云「三湘不追」。

〔一一〕「輟斤」二句：《莊子·徐無鬼》：莊子送葬，過惠子之墓，顧謂從者曰：「郢人堊慢其鼻端若蠅翼，使匠石斲之。匠石運斤成風，聽而斲之，盡堊而鼻不傷。郢人立不失容。宋元君聞之，召匠石曰：『嘗試爲寡人爲之。』匠石曰：『臣則嘗能斲之。雖然，臣之質死久矣！』自夫子之死也，吾無以爲質矣，吾無與言之矣！」輟斤，放下斧子。

〔一二〕「聞笛」二句：《文選・向子期・思舊賦・序》：「余與嵇康、吕安，居止接近。其人並有不羈之才，然嵇志遠而疏，吕心曠而放。其後各以事見法。嵇博綜技藝，於絲竹特妙。臨當就命，顧視日影，索琴而彈之。余逝將西邁，經其舊廬，于時日薄虞淵，寒冰凄然，鄰人有吹笛者，發聲寥亮。追思曩昔遊宴之好，感音而歎，故作賦云。」向秀，字子期。已見本篇前注。寧，猶「豈」也。《左傳・成公二年》：「寧不亦淫從其欲以怒叔父？」

〔一三〕渤：渤海，我國内海名，亦作「勃海」。《史記・高帝紀》：「夫齊，……北有勃海之利。」瀚：瀚海，即北海，在蒙古高原東北。一説指今内蒙古之呼倫湖、貝爾湖。《史記・匈奴傳》：「驃騎封於狼居胥山，禪姑衍，臨瀚海而還。」裴駰《集解》引如淳曰：「瀚海，北海名。」倪：分也，際也。《莊子・齊物論》：「何謂和之以天倪。」郭象《注》：「天倪者，自然之分也。」

〔一四〕談天：《史記・孟子荀卿列傳》：「騶衍之術迂大而閎辯……故齊人頌曰：『談天衍，……』」裴駰《集解》引劉向《别録》曰：「騶衍之所言五德終始，天地廣大，盡言天事，故曰『談天』。」

〔一五〕氤氲：指天地陰陽之氣的聚合。也作「絪緼」、「烟煴」。《易・繫辭》下：「天地絪緼，萬物化醇。」數：規律，法則。《韓非子・孤憤》：「夫以疏遠與近愛信爭，其數不勝也。」

〔一六〕翰：毛筆。前已屢見。

樂府雜詩序〔一〕

聞夫歌以詠言〔二〕，庭堅有歌虞之曲〔三〕；頌以紀德〔四〕，奚斯有頌魯之篇〔五〕。四始六義〔六〕，存亡播矣。八音九闋，哀樂生焉〔七〕。是以叔譽聞詩，驗同盟之成敗〔八〕；延陵聽樂，知列國之典彝①〔九〕。王澤竭而頌聲寢〔一〇〕，伯功衰而詩道缺〔一一〕。秦皇滅學〔一二〕，星琯千年〔一三〕；漢武崇文〔一四〕，市朝八變〔一五〕。通儒作相，徵博士於諸侯〔一六〕；中使驅車，訪遺編於四海〔一七〕。發詔東觀，縫掖成陰〔一八〕；獻書南宫，丹鉛踵武〔一九〕。王風國詠，共驪翰而升沈〔二〇〕；里頌途歌，隨質文而沿革〔二一〕。以少卿長别，起高唱於河梁〔二二〕；平子多愁，寄遥情於壠坂〔二三〕。南浦動關山之役，作者悲離〔二四〕；東京興黨錮之誅，詞人哀怨〔二五〕。

校記

①「彝」原作「彛」，據《全唐文》卷一六六改。

注釋

〔一〕《樂府雜詩》二卷，中山郎餘令所編，内收侍御史賈言忠以下朝野諸文士以歌詠九成宫爲内容的唱和詩一百零一首。照鄰此序約作於高宗咸亨五年（八月改爲上元），時在長安。

〔二〕《書・舜典》：「詩言志，歌永言。」孔《傳》：「謂詩言志以導之，歌詠其義以長其言。」永，《漢書·藝文志》引作「詠」。

〔三〕班固《西都賦·序》：「皋陶歌虞。」《左傳·文公十八年》：「昔高陽氏有才子八人，……庭堅、仲容、叔達。」杜預《注》：「庭堅，皋陶字。」

〔四〕《詩·序》：「頌者，美盛德之形容，以其成功告於神明也。」

〔五〕班固《西都賦·序》：「奚斯頌魯。」《文選》李善《注》曰：「《韓詩·魯頌》曰：新廟奕奕，奚斯所作。薛君曰：奚斯，魯公子也。言其新廟奕奕然盛，是詩，公子奚斯所作也。」

〔六〕四始：《詩·序》：「風、小雅、大雅、頌，是謂四始，詩之至也。」鄭玄《箋》：「始者王道興衰之所由。」　六義：已見卷四《五悲·悲人生》注〔五〕。

〔七〕「八音」二句：八音：《周禮·春官·大師》：「皆播之以八音，金石土革絲木匏竹。」八音，謂古代的八類樂器：金爲鐘，石爲磬，琴瑟爲絲，簫管爲竹，笙竽爲匏，壎爲土，鼓爲革，柷敔爲木。　九闋：猶「九成」也。《禮記·文王世子》鄭玄《注》曰：「闋，成也。」《書·益稷》：「簫韶九成。」　哀樂生：《禮記·樂記》：「樂者，音之所由生也，其本在人心之感於物也。是故其哀心感者，其聲噍以殺；其樂心感者，其聲嘽以緩。」

〔八〕「是以」二句：《左傳·襄公二十七年》：「楚薳罷如晉涖盟，晉侯享之，將出，賦《既醉》。叔向曰：『薳氏之有後於楚國也，宜哉！承君命，不忘敏，子蕩將知政矣。敏以事君，必能養民，政其焉往？』」《禮記·檀弓》下：「趙文子與叔譽觀乎九原。」鄭玄《注》：「叔譽，叔向也，晉羊舌大夫之孫名肹。」

〔九〕「延陵」三句：《左傳·襄公二十九年》：吴公子札來聘，請觀於周樂。使工爲之歌《周南》、《召南》，曰：「美哉！始基之矣。猶未也，然勤而不怨矣。」爲之歌《邶》、《鄘》、《衛》，曰：「美哉淵乎！憂而不困者也。吾聞康叔、武公之德如是，是其《衛風》乎！」爲之歌《王》，曰：「美哉！思而不懼，其周之東乎！」爲之歌《鄭》，曰：「美哉！其細已甚，民弗堪也。是其先亡乎！」爲之歌《齊》，曰：「美哉，泱泱乎！大風也哉！表東海者，其大公乎！國未可量也。」爲之歌《豳》，曰：「美哉，蕩乎！樂而不淫，其周公之東乎！」爲之歌《秦》，曰：「此之謂夏聲。夫能夏則大，大之至也，其周之舊乎！」……爲之歌《陳》，曰：「國無主，其能久乎！」自《鄶》以下無譏焉。延陵，即季札，吴王壽夢第四子，賢，王欲立之，季札讓不可，封於延陵，故號曰延陵季子。見《史記·吴太伯世家》。典彝，猶「典常」，常法，常規。《易·繫辭》下：「初率其辭而揆其方，既有典常，苟非其人，道不虚行。」彝，常道，常法。《詩·大雅·烝民》：「民之秉彝，好是懿德。」

〔一〇〕班固《西都賦·序》：「昔成康没而頌聲寢，王澤竭而詩不作。」

〔一一〕謂春秋時，五霸尚以宗周尊王號召天下，周道猶未至極衰。五霸之後，周室愈衰，詩遂亡。伯，通「霸」。

〔一二〕謂焚書坑儒也，已見本卷《駙馬都尉喬君集序》注〔一〇〕。

〔一三〕星琯：歷紀。徐陵《與王僧辯書》：「自東都紹漢，南亳興殷，修好徵兵，彌留星琯。」

〔一四〕《史記·儒林列傳序》：「及今上即位，趙綰、王臧之屬明儒學，而上亦鄉之。於是招方正賢良文學之士。及竇太后崩，武安侯田蚡爲丞相，黜黄老刑名百家之言，延文學儒者數百人，而公孫宏以《春秋》，白衣爲天子三公，天下之學士靡鄉風矣。」

〔一五〕陸機《門有車馬客行》：「朝士忽遷易。」八變，謂漢、魏、晉、宋、齊、梁、陳、隋也。

〔一六〕「通儒」二句：通儒作相：漢代丞相多以儒生爲之，如：公孫弘明《春秋》；韋賢兼通《禮》、《尚書》，以《詩》教授，號稱鄒魯大儒；蔡義能爲《韓詩》；丙吉「學《詩》、《禮》，皆通大義」；匡衡「説詩，解人頤」；翟方進「經學明習」，等等，俱見《漢書》。「徵博士」句：《史記·儒林列傳》：「王臧爲郎中令，趙綰爲御史大夫，請立明堂，乃言師申公。於是天子使使，束帛加璧，安車駟馬，迎申公。」《漢書·武帝紀》：「建元元年，議立明堂，遣使者安車蒲輪，束帛加璧，徵申公。」《楚元王傳》：「文帝時，申公爲博士。」

〔一七〕「中使」二句：《漢書·藝文志》：「漢興，改秦之敗，大收篇籍，廣開獻書之路。迄孝武世，書缺簡脱，禮壞樂崩，聖上喟然嘆而稱曰：『朕甚閔焉！』於是建藏書之策，置寫書之官，下及諸子傳説，皆充秘府。至成帝世，以書頗散亡，使謁者陳農求遺書於天下。」中使，帝王宫庭中派出的使者，多由宦官充任。《宋書·袁粲傳》：「中使相望，粲終不受。」

〔一八〕「發詔」二句：發詔東觀：《後漢書·安帝紀》下：永初四年二月，「詔謁者劉珍及五經博士，校定東觀五經、諸子、傳記、百家藝術，整齊脱誤，是正文字。」李賢注引《洛陽宫殿名》曰：「南宫有東觀。」　縫掖：已見《駙馬都尉喬君集序》注〔九〕。

〔一九〕「獻書」二句：南宫：見《駙馬都尉喬君集序》注〔一四〕。　丹鉛踵武：謂修習經書、傳承儒術的人比肩繼踵。《後漢書·儒林列傳》：「四方學士，莫不抱負墳策，雲會京師。范升、陳元、鄭興、杜林、衛宏、劉昆、桓榮之徒，繼踵而集。」丹鉛，丹砂與鉛粉，古人用以校勘文字。踵武，接迹，追隨，譬喻繼承前人的事業。屈原《離騷》：「忽奔走以先後兮，及前王之踵武。」

〔二〇〕「王風」二句：謂王朝及諸國之風詠，隨國家之興亡而升沈（盛衰）。王風，《詩·國風》有《王風》，《左傳·襄公二十九年》杜預《注》云：「《王》，《黍離》也。幽王遇西戎之禍，平王東遷，王政不行于天下，風俗下與諸侯同，故不爲《雅》。」然此處之「王風」但謂王朝之風詠耳，非取不能復雅之義也。驪翰，見本卷《南陽公集序》注〔二二〕。

〔二一〕「里頌」二句：里頌途歌：鄉里、道路上傳唱的歌曲。顔延之《三月三日曲水詩序》：「塗歌邑頌，以望屬車之塵者久矣。」《宋書·謝莊傳》：「里頌塗歌，室家相慶。」　質文沿革：《文心雕龍·時序》：「時運交移，質文代變。」又云：「質文沿時，崇替在選。」

〔二二〕「以少卿」二句：李少卿《與蘇武詩》三首之一云：「良時不再至，離别在須臾。」又云：「長當從此别，且復立斯須。」其三云：「携手上河梁，遊子暮何之？」《漢書·李廣蘇建傳》云：李陵字少卿，將步兵五千人出居延，至浚稽山，與單于相直，騎可三萬，圍陵軍。漢軍南行，未至鞮汗山一日，五十萬矢皆盡，士卒多死，遂降。又云：蘇武字子卿。天漢元年使匈奴，單于欲降之，徙武北海上無人處，使牧羝。昭帝即位，數年，匈奴與漢和親，漢求武等，於是李陵置酒賀武曰：異域之人，壹别長絶，因與武決。鍾嶸《詩品》卷上曰：「逮漢李陵，始著五言之目。」蕭統《文選序》曰：「降將著『河梁』之篇。」皆以『河梁』詩爲陵作。至《文心雕龍·明詩》始以陵作爲疑。昇之此處仍從舊説。

〔三三〕「平子」二句：張平子《四愁詩·序》曰：「張衡不樂久處機密，陽嘉中，出爲河閒相。時天下漸弊，鬱鬱不得志，爲《四愁詩》，依屈原以美人爲君子，以珍寶爲仁義，以水深雪雰爲小人，思以道術相報，貽於時君，而懼讒邪不得以通。」《四愁詩》其三云：「我所思兮在漢陽，欲往從之隴阪長。」壠，通「隴」。坂，同「阪」。

〔三四〕「南浦」二句：近人高步瀛注云：《九歌·河伯》曰：「送美人兮南浦。」案此當指《漢横吹曲》隴頭、出關、入關、出塞、入塞等作。言南浦者，特借喻送别耳。（見《唐宋文舉要》乙編卷一盧昇之《樂府雜詩序》注）

〔三五〕「東京」二句：東京興黨錮之誅：已見卷五《釋疾文·粤若》「八子狼狽兮爲醢爲菹」句注。東京，東漢都洛陽，時人稱爲東京，而稱漢故都長安爲西京。後也稱東漢爲東京。《晉書·儒林傳序》：「逮于孝武，崇尚文儒。爰及東京，斯風不墜。」詞人哀怨：趙壹，字元叔，漢陽西縣人。靈帝時，宦官熾盛，近習扇結，大興黨人之獄，誅殺忠直。壹乃作《刺世疾邪賦》，以舒其怨憤。其辭云：「于兹迄今，情僞萬方。佞諂日熾，剛克消亡。舐痔結駟，正色徒行。……偃蹇反俗，立致咎殃。」又云：「原斯瘼之攸興，實執政之匪賢。女謁掩其視聽兮，近習秉其威權。」見《後漢書·文苑列傳·趙壹傳》。

其後鼓吹樂府〔一〕，新聲起於鄴中〔二〕；山水風雲，逸韻生於江左〔三〕，言古興者，多以西漢爲宗，議今文者，或用東朝爲美。落梅芳樹，共體千篇〔四〕；隴水巫山，殊名一意〔五〕。亦猶負日於珍狐之下〔六〕，沈螢於燭龍之前〔七〕。辛勤逐影〔八〕，更似悲狂，罕見鑿空〔九〕，曾未先覺〔一〇〕。潘、陸、顔、謝，蹈迷津而不歸〔一一〕；任、沈、江、劉，來亂轍而彌遠〔一二〕。其有發揮新題①，孤飛百代之前；開鑿古人，獨步九流之上〔一三〕。自我作古〔一四〕，粤在兹乎！

校記

①「題」《全唐文》作「體」。

注釋

〔一〕鼓吹：樂名。主要樂器有鼓鉦簫笳，出自北方民族，本爲軍中之樂。漢有《朱鷺》等十八曲，列於殿庭，宴羣臣及上食用之。崔豹《古今注》卷中《音樂》：「漢樂有黄門鼓吹，天子所以宴樂羣臣也。」

〔二〕謂曹操父子造作樂府新辭也。《文心雕龍·樂府》曰：「魏之三祖，氣爽才麗，宰割辭調，音靡節平，觀其北上衆引，秋風列篇，或述酣宴，或傷羈戍，志不出於淫蕩，辭不離於哀思，雖三調之正聲，實韶夏之鄭曲也。」《詩品序》曰：「及建安曹公父子，篤好斯文，平原兄弟，鬱爲文棟。劉楨、王粲爲其羽翼，次有攀龍託鳳，自致於屬車者，蓋將百計。彬彬之盛，大備於時矣。」新聲，音聲曲度異于周秦的新製之曲。《漢書·李延年傳》：「是時上方興天地諸祠，欲造樂，令司馬相如等作爲詩頌。延年輒承意弦歌所造詩，爲新聲變曲。」鄭，已見前篇注〔六〕。

〔三〕「山水」二句：《文心雕龍·明詩》曰：「江左篇製，溺乎玄風；宋初文詠，體有因革。莊老告退，而山水方滋。」逸韻、江左，並見《南陽公集序》注〔七〕。

〔四〕「落梅」二句：落梅：即《梅花落》，樂府古題，屬《横吹曲》，見《樂府詩集》卷二一所引《樂府解題》。《樂府詩集》卷二四《横吹曲辭·梅花落》載鮑照、吴均、陳後主、徐陵、蘇子卿、張正見、江總等作。芳樹：樂府古題，屬《鼓吹曲》，爲漢鼓吹鐃歌十八曲之一。見《樂府詩集》卷一六所引《古今樂録》。《樂府詩集》卷一七《鼓吹曲辭·芳樹》載謝朓、王融、梁武帝、梁元帝、費昶、沈約、丘遲、李爽、顧野王、張正見等作。

〔五〕「隴水」二句：隴水：即《隴頭水》，又名《隴頭吟》，樂府古題。《樂府古題要解》卷上：《横吹曲》有《隴頭吟》（注曰：一曰《隴頭水》。）《樂府詩集》卷二一《横吹曲辭·隴頭水》載梁元帝、劉孝威、車敫、陳後主、徐陵、顧野王、謝燮、張正見、江總等作。巫山：即《巫山高》，樂府古題，屬《鼓吹曲》，爲漢鼓吹鐃歌十八曲之一，見《樂府詩集》卷一六所引《古今樂録》。《樂府詩集》卷一七《鼓吹曲辭·巫山高》載虞羲、王融、劉繪、梁元帝、范雲、費昶、王泰、陳後主、蕭詮等作。　殊名一意：謂衆作題目雖殊而作意則同。

〔六〕《列子·楊朱》曰：「昔者宋國有田夫，常衣緼黂，僅以過冬。暨春東作，自曝於日，不知天下之有廣厦隩室，綿纊狐貉。顧謂其妻曰：『負日之暄，人莫知者，以獻吾君，將有重賞。』」珍狐，謂狐裘也。

〔七〕燭龍：神名。《山海經·大荒北經》：「西北海之外，赤水之北，有章尾山，有神人面蛇身而赤，直目正乘，其瞑乃晦，其視乃明，……是燭九陰，是謂燭龍。」又，屈原《天問》：「日安不到？燭龍何照？」

〔八〕《列子·湯問》：「夸父不量力，欲追日影，逐之於隅谷之際。渴欲得飲，赴飲河渭。河渭不足，將走北飲大澤。未至，道渴而死。棄其杖，尸膏肉所浸，生鄧林。」事又見《山海經·海外北經》、《淮南子·地形訓》。而唯《列子》與「逐影」字面相合。高步瀛先生引《莊子·漁父》「人有畏影惡迹而去之走者，舉足愈數而迹愈多」爲注，然此爲「逃影」，非「逐影」也，似誤。

〔九〕鑿空：開通道路。此處指文學上的創新。《史記·張騫傳》：「於是西北國始通于漢矣，然騫鑿空。」裴駰《集解》引蘇林曰：「鑿，開；空，通也。」《漢書》顏師古《注》云：「空，孔也，猶言始鑿其孔穴也。」

〔一〇〕《宋書·謝靈運傳論》：「張、蔡、曹、王，曾無先覺。」

〔一二〕「潘陸」二句：潘：潘岳字安仁，滎陽中牟人。少以才穎見稱鄉邑，號爲奇童，謂終、賈之儔也。早辟司空太尉府，舉秀才。岳才名冠世，爲衆所疾，遂栖遲十年，出爲河陽令。歷懷令、尚書度支郎、廷尉評、長安令、著作郎、散騎侍郎等職。岳辭藻絶麗，尤善爲哀誄之文。見《晉書·潘岳傳》。陸：陸機，已見卷六《駙馬都尉喬君集序》注〔四〕。顔：顔延之，已見卷六《南陽公集序》注〔八〕。謝：謝靈運，陳郡陽夏人。祖玄，晉車騎將軍。靈運少好學，博覽羣書，文章之美，江左莫逮。襲封康樂公，世稱謝康樂。爲琅邪王大司馬行參軍，累遷秘書丞，坐事免。宋武帝在長安，靈運爲世子中軍諮議、黄門侍郎。宋受命，降爵爲侯，又爲太子左衛率。少帝即位，出爲永嘉太守，遊遨無度，郡政無所關心。文帝即位，徵爲秘書監，遷侍中。既自以名輩，應參時政，而朝廷唯以文義處之，意甚不平，多稱疾不朝直，出郭游行，或經旬不歸，遂被劾免官。復起爲臨川内史，在郡游放，不異永嘉，爲有司所糾。司徒遣使收之，靈運遂興兵叛逸，有異志，棄市。見《宋書·謝靈運傳》。迷津，猶迷途。

〔一三〕「任沈」二句：任：任昉，字彦升，樂安博昌人。幼而神悟，八歲能屬文。舉兗州秀才，拜太學博士。丹陽尹王儉引爲主簿，復爲竟陵王記室參軍，丁憂去官，服闋，齊明帝除爲太子步兵校尉，掌東宫書記。梁武帝剋建鄴，以爲驃騎記室。梁受命，歷給事黄門侍郎、義興太守、祕書監、新安太守卒。昉長爲筆，與沈約齊名，時人云「任筆沈詩」。見《南史·任昉傳》。沈：沈約，已見卷六《南陽公集序》注〔一四〕。江：江淹，已見《南陽公集序》注〔八〕。劉：劉孝綽，字孝綽，彭城安上里人。幼聰敏，七歲能屬文，號曰神童。梁天監初，起家著作佐郎，遷兼尚書水部郎。後爲太子僕，掌東宮管記，爲昭明太子所重。遷廷尉卿，被劾免官。起爲湘東王諮議參軍，遷黄門侍郎、尚書吏部郎，後爲秘書監卒。辭藻華美，爲時所重，每一篇成，好事者咸誦傳寫，流聞河朔，亭苑柱壁莫不題之。文集數十萬言，行於時。其三弟孝儀、六弟孝威，並工屬文。見《南史·劉孝綽傳》。亂轍：本謂戰敗倉皇逃遁，因而車迹混亂，語本《左傳·隱公元年》。陸機《辨亡論》：「周瑜驅我偏師，黜之赤壁，喪旗亂轍，僅而獲免。」此處引伸爲「歧途」之意。

〔三〕九流：戰國時的九個學術流派。《漢書·藝文志》有儒家者流，道家者流，陰陽家者流，法家者流，名家者流，墨家者流，縱横家者流，雜家者流，農家者流，小説家者流，曰諸子十家，其可觀者，九家而已。《漢書·叙傳》：「劉向司籍，九流以别。」

〔四〕自我作古：謂不拘泥於前例，由我創始。《國語·魯語》上：哀姜至，公使大夫宗婦覿，用幣。宗人夏父展曰：「非故也。」公曰：「君作故。」張衡《西京賦》：「自君作故。」故，典故，成例。亦作「自我作古」。

樂府者，侍御史賈君之所作也〔一〕。君升堂入室〔二〕，踐龜字以長驅〔三〕；藏翼蓄鱗〔四〕，展龍圖以高視〔五〕。林宗一見，許以王佐之才〔六〕；士季相看，知有公卿之量〔七〕。南國蛟龍太行垂之燿，下觸詞鋒〔八〕；東家科斗之書，來游筆海〔九〕。朝陽弄翮〔一〇〕，即踐中京〔一一〕；耳，先鳴上路〔一二〕。當赤縣之樞鑰〔一三〕，作高臺之羽儀〔一四〕。動息無格於温仁①〔一五〕，顛沛安由乎正義〔一六〕。玉堦覆奏，謹依汲直之聞〔一七〕；銅術埋輪，先定雍門之罪〔一八〕。霜臺有暇，文律動於京師〔一九〕；繡服無私，錦字飛於天下〔二〇〕。

校記

①「格」《全唐文》作「隔」。

注釋

〔一〕侍御史賈君：賈言忠也。賈言忠爲高宗朝著名的御史，其事迹附見兩《唐書·賈曾傳》，而以《新唐書》爲詳。《新唐書·賈曾傳》：「賈曾，河南洛陽人。父言忠，貌魁梧，事母以孝聞，補萬年主簿。護役蓬萊宫，或短其苛，高宗廷詰，辯列詳諦，帝異之，擢監察御史。方事遼東，奉使稟軍餉，還，奏上山川道里，并陳高麗可破狀。……帝然所許，衆亦以爲知言。累轉吏部員外郎。李敬玄兼尚書，言忠尚氣，及主選，不能下，貶邵州司馬。失武懿宗意，下獄幾死，左除建州司户參軍，卒。」侍御史，官名，屬御史臺。《新唐書·百官志》：「御史臺。……侍御史六人，從六品下。掌糾舉百寮及入閣承詔，知推、彈、雜事。」

〔二〕《論語·先進》：「子曰：『由也升堂矣，未入於室也。』」《法言·吾子》：「如孔氏之門用賦也，則賈誼升堂，相如入室矣。」

〔三〕踐龜字：與下句之「展龍圖」同意，都是「乘帝王受命之時機」的意思。龜字，即雒書，龍圖，即河圖，舊説以爲帝王聖者受命之瑞。《藝文類聚》卷九八《祥瑞部》引《尚書・中候》曰：「河龍圖出，雒龜書威，赤文像字，以授軒轅。」

〔四〕以鯤、鵬爲喻，言其養精蓄鋭，待時至然後飛騰也。成公綏《慰志賦》：「惟潛龍之勿用，戢鱗翼而匿景。」

〔五〕龍圖：已見注〔三〕。　高視：遠望。曹植《與楊德祖書》：「德璉發迹於北魏，足下高視於上京。」

〔六〕「林宗」二句：《後漢書・王允傳》：允字子師，太原祁人也。同郡郭林宗嘗見允而奇之，曰：「王生一日千里，王佐才也。」遂與定交。

〔七〕「士季」二句：《世説新語・賞譽》上：王濬沖、裴叔則二人，總角詣鍾士季。須臾去後，客問鍾曰：「向二童何如？」鍾曰：「裴楷清通，王戎簡要。後二十年，此二賢當爲吏部尚書，冀爾時天下無滯才。」鍾會字士季，潁川長社人。見《三國志・魏書・鍾會傳》。

〔八〕「南國」二句：謂其詞鋒銛利，有如龍泉、太阿也。《晉書・張華傳》曰：吴之未滅也，斗牛間常有紫氣。吴平之後，紫氣愈明。華聞雷焕妙達緯象，乃要焕宿，登樓仰觀。焕曰：寶劍之精，上徹於天耳。在豫章豐城。華即補焕爲豐城令，焕握獄屋基，得一石函，中有雙劍，並刻題：一曰龍泉，一曰太阿。其夕斗牛間氣不復見焉。焕遣使送一劍與華，留一自佩。華誅，失劍所在。煥卒，子華持劍行經延平津，劍忽於腰間躍出墮水，使人没水取之，不見劍，但見兩龍各長數丈，蟠縈有文章，於是失劍。「南國蛟龍之燿」，用此事。詞鋒，謂文章議論，鋭不可當，猶如鋒刃。徐陵《與楊僕射書》：「足下素挺詞鋒，兼長理窟。」

〔九〕「東家」二句：謂賈言忠筆下能作古文奇字。東家科斗之書，謂孔子宅壁中書也。《晉書·衛恒傳》：「恒善草隸書，爲《四體書勢》曰：……漢武時，魯恭王壞孔子宅，得《尚書》、《春秋》、《論語》、《孝經》。時人以不復知有古文，謂之科斗書。」《顔氏家訓·慕賢》：「魯人以孔子爲東家丘。」科斗，已見卷六《駙馬都尉喬君集序》注〔一五〕。筆海，《論衡·亂龍》：「劉子駿漢朝智囊，筆墨淵海。」

〔一〇〕《詩·大雅·卷阿》：「鳳皇鳴矣，于彼高岡。梧桐生矣，于彼朝陽。」《世説新語·賞譽》：「張華見褚陶，語陸平原曰：『君兄弟龍躍雲津，顧彦先鳳鳴朝陽。謂東南之寶已盡，不意復見褚生。』」

〔一一〕中京：南朝稱洛陽爲中京。《南齊書·明帝紀》：「昔中京淪覆，鼎玉東遷。」此處泛指京城。

〔一二〕「太行」二句：《戰國策·楚策四》：汗明見春申君。……汗明曰：「君亦聞驥乎？夫驥之齒至矣，服鹽車而上太行。蹄申膝折，尾湛胕潰，漉汁灑地，白汗交流，中阪遷延，負轅不能上。伯樂遭之，下車攀而哭之，解紵衣以冪之。驥於是俛而噴，仰而鳴，聲達於天，若出金石聲者，何也？彼見伯樂之知己也。」賈誼《弔屈原賦》：「驥垂兩耳，服鹽車兮。」上路，見卷六《駙馬都尉喬君集序》注〔六〕。

〔一三〕赤縣：中國的别稱，也稱爲「赤縣神州」或「神州」。《史記·孟子荀卿列傳》曰：騶衍云「中國名曰赤縣神州。赤縣神州内自有九州，禹之序九州是也，不得爲州數。」樞鑰：户樞和鎖鑰。比喻國家政權的要害部門。

〔一四〕《易·漸》：「上九，鴻漸于陸，其羽可用爲儀，吉。」朱熹《注》：「儀，羽旄旌纛之飾也。……其羽毛可用以爲儀飾。」後亦以羽儀爲表率。高臺，指御史臺。唐中央政府中掌管監察糾彈百官的機構。

〔一五〕格：拒也。《荀子·議兵》：「服者不禽，格者不舍。」温仁：温和、仁愛。《漢書·河間王傳》：「王身端行治，温仁恭儉。」

〔一六〕謂從正義之路而行，安得而有顛沛之慮乎？顛沛，已見卷六《南陽公集序》注〔一三〕。安，疑問代詞，哪里。由，自，從。

〔一七〕「玉墀」二句：覆奏：詳審事情，重行上奏。《舊唐書·太宗紀》貞觀五年：「初令天下決死刑必三覆奏，在京諸司五覆奏。」汲直：即汲黯，字長孺，濮陽人。景帝時，爲太子洗馬。武帝時爲謁者、中大夫、東海太守，累遷主爵都尉，列於九卿。爲人性倨，面折，不能容人之過，士亦以此不附焉。然好學，游俠，任氣節，内行脩絜，好直諫，數犯主之顔色，亦以數直諫，不得久居位。事迹見《史記·汲鄭列傳》。汲黯鯁直，故有「汲直」之稱。《漢書·賈捐之傳》云：「（楊興)爲長安令,吏民敬鄉,道路皆稱能。觀其下筆屬文,則董仲舒;……置之争臣,則汲直。」

〔一八〕「銅術」二句:《後漢書·張綱傳》云:漢安元年,選遣八使徇行風俗,皆耆儒知名,多歷顯位,唯綱年少,官次最微。餘人受命之部,而綱獨埋其車輪於洛陽都亭,曰:「豺狼當路,安問狐狸!」遂奏曰:「大將軍冀,河南尹不疑,……不能敷揚五教,翼讚日月,而專爲封豕長蛇,肆其貪叨,甘心好貨,縱恣無底,多樹諂諛,以害忠良。誠天威所不赦,大辟所宜加也。謹條其無君之心十五事,斯皆臣子所切齒者也。」書御,京師震竦。銅術,即銅街。《太平御覽》卷一九五《居處部》二三引華延儁《洛陽記》曰:「兩銅駝街在宫之南街,東西相對。高九尺,漢時所謂銅駝街。」《説文》:「術,邑中道也。」雍門,春秋齊都臨淄西門名。《左傳·襄公十八年》:「十二月戊戌,及秦周,伐雍門之萩。」杜預《注》:「雍門,齊城門。」《戰國策·齊策一》及《淮南子·覽冥訓》高誘《注》並謂齊西門名。此處泛指都城之門。「雍門之罪」,謂天子闕下權豪勢要作姦犯科者之罪也。

〔一九〕「霜臺」二句:霜臺:指御史臺。《通典·職官門六》:「御史臺御史爲風霜之任,彈糾不法,百僚震恐,官之雄俊,莫之比焉。」文律:已見卷六《南陽公集序》注〔一六〕。

〔二〇〕「繡服」二句:繡服:《漢書·百官公卿表》曰:「侍御史有繡衣直指,出討姦猾,治大獄,武帝所制,不常置。」顔師古《注》:「衣以繡者:尊寵之也。」因用爲御史的代稱。錦字:《晉書·列女傳》云:竇滔妻蘇氏,名蕙字若蘭,滔苻堅時秦州刺史,被徙流沙,蘇氏思之,織錦爲迴文旋圖詩以贈滔，凡八百四十字。案此處係借用，指辭藻華美的詩文。

九成宮者，信天子之殊庭①〔一〕，群仙之一都也。五城既遠，得崑閬於神京〔二〕；三山已沈，見蓬萊於古輔〔三〕。紫樓金閣，雕石壁而鏤羣峰；碧甃銅池，俯銀津而横衆壑〔四〕。離宫地險，丹碉四周〔五〕；徼道天迴，翠屏千仞〔六〕。衛尉寢蒙茸之署，將軍無刁斗之警〔七〕。中巖罷燠，飛霜爲之夏凝〔八〕；大谷生寒，層淮以之秋沍〔九〕。天子萬乘，驅鳳輦於西郊〔一〇〕；羣公百僚，扈龍軒而北輔〔一一〕。春秋絡繹，冠蓋滿於青山〔一二〕；寒暑推移，旌節喧於黄道〔一三〕。夕宿鷄神之野，朝登鳳女之臺〔一四〕。青鳥時飛，白雲無極〔一五〕。千年啓聖，邈同汾水之陽〔一六〕；七日期仙，頗類緱山之曲〔一七〕。經過者徒知其美，揄揚者未歌其事〔一八〕。恭聞首唱，遂屬洛陽之才〔一九〕；俯視前脩，將麗長安之道②〔二〇〕。

校記

①「信」字原無，據《英華》卷七一五、《全唐文》補。　②「道」原作「首」，據《全唐文》改。

注釋

〔一〕「九成宫」二句：九成宫：即萬年宫，見卷三《贈許左丞從駕萬年宫》注〔一〕。殊庭：《漢書·郊祀志》：「上親禪高里，祠后土，臨勃海，將以望祀蓬萊之屬，幾至殊庭焉。」顔師古

《注》：「殊庭，蓬萊中仙人庭也。」

〔二〕「五城」二句：五城：傳説神仙居住之地。《史記·孝武本紀》：「方士有言『黄帝時爲五城十二樓，以候神人於執期，命曰迎年。』」　崑閬：崑崙閬風，仙人所居，已見卷五《釋疾文·命曰》注〔二〕。　神京：即帝都。謝莊《世祖孝武皇帝歌》：「刷定四海，肇構神京。」

〔三〕「三山」二句：三山：《史記·秦始皇本紀》：「齊人徐市等上書，言海中有三神山，名曰蓬萊、方丈、瀛洲，仙人居之。」　古輔：九成宫所在之麟遊，屬岐州（鳳翔府），始皇併天下，屬内史，高帝更名中地郡，景帝更名主爵都尉，武帝太初元年更名右扶風，所以扶助京師行風化也，與京兆尹、左馮翊謂之三輔，理皆在長安城中。見《元和郡縣圖志》卷二《關内道·鳳翔府》。以古時屬三輔，故曰「古輔」。高步瀛先生以爲「古輔誤」，臆改爲「右輔」，非是。

〔四〕「碧甃」二句：碧甃：碧玉爲飾的井。甃，井壁。《莊子·秋水》：「入休乎缺甃之崖。」此處代指井。　銅池：檐下承接雨水之器，宫中以銅爲之，曰銅池。《漢書·宣帝紀》神爵元年詔：「金芝九莖産于函德殿銅池中。」顔師古《注》引如淳曰：「銅池，承霤也。」　俯銀津：俯視銀河，誇張九成宫之高也。銀津，猶銀河。

〔五〕磵：水澗。《古詩十九首》之三：「磊磊磵中石。」

〔六〕「徼道」二句：徼道：巡行警戒的道路。班固《西都賦》：「徼道綺錯。」　天迴：若在半天空迴繞。亦誇張宫之所在山勢之高也。　翠屏：緑色的屏障，比喻山也。

〔七〕「衛尉」二句：衛尉：官名，秦置，漢因之，掌宫門警衛，爲九卿之一。景帝時改稱中大夫令，旋復舊名。見《漢書·百官公卿表》。蒙茸之署：官署中人有狐裘禦寒，故稱。蒙茸，猶蓬鬆。《詩·邶風·旄丘》：「狐裘蒙戎，匪車不東。」又作「龙茸」。《左傳·僖公五年》：「狐裘龙茸，一國三公。」《史記·晉世家》作「蒙茸」。此處即以代指狐裘。「將軍」句：《史記·李將軍列傳》：「（李）廣行無部伍行陣，就善水草屯舍止，人人自便，不擊刁斗以自衛。」《集解》引孟康云：「以銅作鐎器，受一斗，晝炊飯食，夜擊持行，名曰刁斗。」

〔八〕「中巖」二句：曹植《七啓》：「清空則中夏含霜。」句本此。燠，熱也。

〔九〕層淮：文義難通，「淮」字疑有誤。高步瀛先生改爲「層厓」，近是。沍：凍結。《莊子·齊物論》：「河漢沍而不能寒。」

〔一〇〕「天子」二句：萬乘：即天子。《孟子·梁惠王》上：「萬乘之國，弑其君者，必千乘之家。」趙岐《注》：「萬乘，謂天子也。」鳳輦：帝王之車。《宋史·輿服志》：「鳳輦，赤質，頂輪下有二柱，緋羅輪衣，絡帶、門簾皆繡雲鳳。頂有金鳳一，兩壁刻畫龜文、金鳳翅」隋煬帝《步虚詞》曰：「翠霞乘鳳輦。」

〔一一〕扈：隨從，侍從。司馬相如《上林賦》：「孫叔奉轡，衛公驂乘，扈從横行，出乎四校之中。」龍軒：天子之車。輈上雕鏤龍文，車廂中左繪青龍，右繪白虎，建旂，旂十有二旒，皆畫升龍，故曰「龍軒」。見《舊唐書·輿服志》。嵇康《酒會詩》：「將御椒房，吐薰龍軒。」北輔：指九成宫所在之岐州麟遊縣，其地在長安西北，古屬三輔，故曰「北輔」。

〔一二〕「春秋」二句：絡繹：接連不斷。《古詩爲焦仲卿妻作》：「交語速裝束，絡繹如浮雲。」冠蓋：冠，禮帽。蓋，車蓋。官吏的服飾和車乘，借指官吏。《史記·魏公子列傳》：「平原君使者，冠蓋相屬於魏。」

〔一三〕旌節：古代使者所持之節。節，以竹爲之，以旄牛尾作飾，使者持以示信也。《周禮·地官·掌節》：「道路用旌節。」黄道：古人視覺中太陽在一年里運行的軌道，即地球公轉軌道平面交于天球之大圓。《漢書·天文志》：「日有中道，中道者黄道，一曰光道。」古人以日喻天子，因而亦稱車駕所至之處爲黄道。

〔一四〕「夕宿」二句：鷄神之野：指唐岐州陳倉縣境。《史記·封禪書》：「作鄜畤後九年，文公獲若石云，于陳倉北阪城祠之。其神或歲不至，或歲數來，來也常以夜，光輝若流星，從東南來集于祠城，則若雄鷄，其聲殷云，野鷄夜雊，以一牢祠，命曰陳寶。」張守節《正義》引《括地志》云：「寶鷄神祠在漢陳倉縣故城中，今陳蒼縣東，石鷄在陳倉山上。」　鳳女之臺：《水經注》卷一八《渭水》：「雍有五畤祠，以上祠祀五帝。……又有鳳臺鳳女祠。秦穆公時，有簫史者，善吹簫，能致白鵠孔雀，穆公女弄玉好之，公爲作鳳臺以居之，積數十年，一旦隨鳳去，云雍宫世有簫管之聲焉，今臺傾祠毁，不復然矣。」按：在今鳳翔縣境。

〔一五〕「青鳥」二句：青鳥：神話中鳥名。《山海經·海内北經》：「蛇巫之山，……一曰龜山。西王母梯几而戴勝杖，其南有三青鳥，爲西王母取食。在昆侖虚北。」又見同書《西次三經》及《大荒西經》。「白雲」句：《穆天子傳》卷三曰：「西王母爲天子謡曰：白雲在天，山陵自出。」

〔一六〕「千年」二句：啓聖：開示聖明。任昉《齊禪梁詔》：「馭物資賢，登庸啓聖。」「邈同」句：《莊子·逍遥遊》：「堯治天下之民，平海内之政，往見四子藐姑射之山，汾水之陽，窅然喪其天下焉。」

〔一七〕「七日」二句：已見卷二《行路難》「白鶴山頭我應去」注。

〔一八〕揄揚：宣揚。班固《西都賦序》：「雍容揄揚，著於後嗣。」

〔一九〕洛陽之才：指賈誼，借以比擬賈言忠。潘岳《西征賦》：「賈生洛陽之才子。」

〔二〇〕「俯視」二句：前脩：前賢。屈原《離騷》：「謇吾法夫前脩兮，非世俗之所服。」麗：使增麗，使增輝。

平恩公當朝舊相，一顧增榮〔一〕。親行翰墨之林〔二〕，先標唱和之雅①。於是懷文之士，莫不嚮風靡然〔三〕。動麟閣之雕章，發鴻都之寶思〔四〕。雲飛綺札，代郡接於蒼梧〔五〕；泉湧華篇，岷波連於碣石〔六〕。萬殊斯應〔七〕，千里不違〔八〕。同晨風之歍北林〔九〕，似秋水之歸東壑。洋洋盈耳，豈徒懸魯之音〔一〇〕；郁郁文哉，非復從周之説〔一一〕。故可論諸典故，被以笙鏞〔一二〕。

校記

①「先」原作「光」，據《全唐文》改。　「雅」《英華》作「道」。

注釋

〔一〕「平恩公」二句：平恩公：謂許圉師也。《舊唐書·許紹傳》曰：紹本高陽人也。（《新唐書·許紹傳》謂「安州安陸人」）少子圉師，有器幹，博涉藝文，舉進士。顯慶二年，累遷黄門侍郎、同中書門下三品，兼修國史。三年，以修實録功封平恩縣男。四遷，龍朔中爲左相，俄以子因獵射殺人，隱而不奏，左遷虔州刺史，尋轉相州刺史。上元中，再遷户部尚書。儀鳳四年卒。（《新唐書·宰相表》列圉師同中書門下三品在顯慶四年，爲左相在龍朔元年，微不同。）按：此序約作於咸亨五年，時許圉師在尚書左丞任（見卷三《贈許左丞從駕萬年宫》注〔一〕），爲中書門下三品及左相並在咸亨以前，故稱「舊相」。又，許圉師特封平恩縣男，不聞進爵爲公，則此處稱「公」，乃尊稱而非其爵也。　一顧：《戰國策·燕策二》：蘇代爲燕説齊，未見齊王，先説淳于髡曰：「人有賣駿馬者，比三旦立市，人莫之知。往見伯樂曰：『臣有駿馬，欲賣之，比三旦立於市，人莫與言，願子還而視之，去而顧之，臣請獻一朝之賈。』伯樂乃還而視之，去而顧之，一旦而馬價十倍。……」

〔二〕翰墨：筆墨。張衡《歸田賦》：「揮翰墨以奮藻，陳三王之軌模。」借指詩文書畫之類。

〔三〕嚮：通「向」。《史記·滑稽列傳》：「西門豹簪筆磬折，嚮河立待良久。」　靡然：隨風倒伏貌。《史記・儒林列傳》：「天下之學士，靡然鄉風矣。」

〔四〕「動麟閣」二句：麟閣：漢宫殿名，即麒麟閣。《漢書・蘇武傳》：「甘露三年，單于始入朝。上思股肱之美，乃圖畫其人於麒麟閣，法其形貌，署其官爵姓名。」《三輔黄圖》卷六引《漢宫殿疏》云：「天禄麒麟閣，蕭何造，以藏秘書處賢才也。」　雕章：已見卷六《駙馬都尉喬君集序》注〔二六〕。　鴻都：東漢宫門名，其内置學及書庫。《後漢書・靈帝紀》：光和元年二月，「始置鴻都門學生」。又同書《儒林列傳序》：「及董卓移都之際，吏民擾亂，自辟雍、東觀、蘭臺、石室、宣明、鴻都諸藏典策文章，競共剖散。」　竇思：已見卷六《駙馬都尉喬君集序》注〔一七〕。

〔五〕「雲飛」二句：綺札：已見卷六《南陽公集序》注〔一九〕。　代郡：《漢書・地理志》：「代郡，秦置。有五原關、常山關。屬幽州。」轄境相當於今河北省淶源、蔚縣、陽原、懷安以及山西省天鎮、陽高、渾源、廣靈、靈丘等地。郡治代縣，在今河北省蔚縣東北。　蒼梧：《漢書・地理志》曰：「蒼梧郡，武帝元鼎六年開。……屬交州。」轄境相當於今廣西賀縣、鐘山、富川、荔浦、金秀、平南、藤縣、岑溪以及廣東信宜、羅定、雲浮、肇慶、德慶、郁南等縣市。郡治廣信，在今廣西梧州市。

〔六〕岷波：岷山所出的大江之波。古代以岷山爲大江（長江）正源。《漢書・地理志》曰：「蜀郡……湔氐道，《禹貢》㟭山在西徼外，江水所出，東南至江都入海，過郡七，行二千六百六十里。」　碣石：已見卷二《明月引》注〔七〕。

〔七〕萬殊：萬般不同，多式多樣。《淮南子·本經訓》：「陰陽者承天地之和，形萬殊之體，含氣化物，以成埒類。」此處指應和賈侍御詩篇的作者甚多。

〔八〕《易·繫辭》上曰：「出其言善，則千里之外應之。」

〔九〕《詩·秦風·晨風》：「鴥彼晨風，鬱彼北林。」毛亨《傳》：「鴥，疾飛貌。晨風，鸇也。……北林，林名也。」

〔一〇〕「洋洋」二句：《論語·泰伯》：「子曰：『師摯之始，《關雎》之亂，洋洋乎盈耳哉！』」何晏《集解》：「鄭（玄）曰：師摯，魯太師之名。始，猶首也。周道衰微，鄭、衛之音作，正樂廢而失節，魯太師摯識《關雎》之聲，而首理其亂，有洋洋盈耳，聽而美之。」懸，懸掛鐘磬等樂器的架。馬融《長笛賦》：「磬襄弛懸。」

〔一一〕「郁郁」二句：《論語·八佾》：「子曰：『周監于二代，郁郁乎文哉！吾從周。』」

〔一二〕「故可」二句：論諸典故：謂可以列於朝廷典制。典故：常例、典制和掌故。《後漢書·東平憲王蒼傳》：「每賜讌見，輒興席改容，中宮親拜，事過典故。」被以笙鏞：謂配以音樂、播之管弦也。《書·益稷》：「笙鏞以間，鳥獸蹌蹌。」鏞，大鐘。

爰有中山郎餘令①〔一〕，雅好著書，時稱博物。探亡篇於古壁〔二〕，徵逸簡於道人〔三〕。撰而集之，命余爲序。時褫巾三蜀，歸臥一丘〔四〕。散髮書林，狂歌學市〔五〕。雖江湖廓朗②，賓廡蕭條〔六〕，綺季留侯，神交髣髴〔七〕。遂復驅傴幽憂之疾，經緯朝廷之言〔八〕。凡一百一篇，分爲上下兩卷。俾夫舞雩周道〔九〕，知《小雅》之歡娱〔一〇〕；擊壤堯年〔一一〕，識太平之歌詠云爾〔一二〕。

校記

①「餘」原作「徐」，按：唐有郎餘令，與王勃同時，中山人，見《英華》卷七〇八王勃《宇文德陽宅秋夜山亭宴序》，兩《唐書·儒學傳》有傳，稱定州新樂人。定州古稱中山，知即其人。今據改。②「廓朗」原作「廊廟」，據《英華》改。

注釋

〔一〕《舊唐書·儒學傳》下：郎餘令，定州新樂人。祖楚之，武德初爲大理卿。父知運，貝州刺史。兄餘慶，高宗時萬年縣令，理有威名，後卒于交州都督。郎餘令少以博學知名，舉進士，初授霍王元軌府參軍，轉幽州録事參軍。孝敬在東宫，餘令撰《孝子後傳》以獻，累轉著作佐郎，卒。

〔二〕《元和郡縣圖志》卷一八《河北道》三：定州，「戰國時爲中山國」。

〔三〕《漢書·景十三王傳·魯恭王傳》：魯恭王餘好治宫室，壞孔子舊宅，以廣宫，於其壁中得古文經傳。

〔三〕《梁書·蕭琛傳》：「始琛在宣城，有北僧南度，惟賫一葫蘆，中有《漢書·序傳》。僧曰：『三輔舊老相傳，以爲班固真本。』琛固求得之。」道人，六朝時僧人的别稱。《世説新語·言語》：

竺法蘭在簡文坐，劉尹問：「道人何以在朱門？」答曰：「君自見朱門，貧道如游蓬户。」逸簡，散失的篇籍。

〔四〕「時褫巾」二句：褫巾：解巾、釋巾，出仕也。《晉書·華譚傳》：「華生毓德，褫巾應命。」三蜀：指益州。《水經注》卷三三《江水》：「益州，舊以蜀郡、廣漢、犍爲（爲）三蜀。」歸卧一丘：《漢書·敍傳》：「漁釣於一壑，則萬物不奸其志；栖遲於一丘，則天下不易其樂。」

〔五〕「散髮」二句：書林、學市：喻指典籍、學術也。揚雄《長楊賦》曰：「并包書林。」《漢書·王莽傳》：「莽奏起明堂、辟雍、靈臺，爲學者築舍萬區，作市、常滿倉，制度甚盛。」庾信《預麟趾殿校書和劉儀同》詩：「璧池寒水落，學市舊槐疏。」

〔六〕「雖江湖」二句：廓朗：空曠、明朗。　賓廡：客舍。

〔七〕「綺季」二句：《史記·留侯世家》云：吕后使建成侯吕澤劫留侯曰：「今上欲易太子，君安得高枕而卧乎？」留侯曰：「此難以口舌争也。顧上有不能致者，天下有四人。今公誠能無愛金玉璧帛，令太子爲書，卑辭安車，因使辯士固請，宜來。上知此四人賢，則一助也。」於是吕后令吕澤使人奉太子書，卑辭厚禮，迎此四人。四人至，客建成侯所。及燕，置酒，太子侍。四人從太子，年皆八十有餘，鬚眉皓白，衣冠甚偉。上怪之，問曰：「彼何爲者？」四人前對，各言名姓曰：東園公，角里先生，綺里季，夏黄公。神交，精神相通、以道義相交而推心置腹的友誼。《三國志·吴書·諸葛謹傳》裴松之《注》引《江表傳》孫權《報陸遜書》：「孤與子瑜可謂神交，非外言所問也。」按：昇之此處以尚未見面而仰慕其人，引以爲友爲神交。

〔八〕「遂驅」二句：驅偪：驅使和侵迫。偪，同「逼」。宋武帝《與韓延之書》：「吾受命西討，止其父子而已。彼土僑舊，爲所驅逼，一無所問。」此處是「克制」之意。幽憂之疾：已見卷一《病梨樹賦》注〔一七〕。經緯：規畫，組織。《左傳·昭公二十九年》：「夫晉國將守唐叔之所受法度，以經緯其民。」此處是「構思」、「縷述」之意。

〔九〕俾：使。《書·大禹謨》：「俾予從欲以治。」舞雩：古代求雨祭天，設壇命女巫爲舞，故謂「舞雩」。《周禮·春官·司巫》：「若國大旱，則帥巫而舞雩。」鄭玄《注》：「雩，旱祭也。」周道：周王朝的治國之道。《荀子·解蔽》：「一家得周道，舉而用之，不蔽于成積也。」此處猶如說「聖代」。

〔一〇〕《小雅》：《詩經》的組成部分之一。大部分是西周後期及東周初期貴族宴會的樂歌，小部分是指斥時政過失或抒發怨憤的民間歌謡。《小雅·甫田》有「琴瑟擊鼓，以御田祖，以祈甘雨」的話，與「雩祭」有關，故云「舞雩周道，知《小雅》之歡娱」。此處以《小雅》比擬《樂府雜詩》。

〔一一〕《藝文類聚》卷一一《帝王部》引《帝王世紀》曰：「帝堯陶唐氏……天下大和，百姓無事，有五十老人，擊壤於道。觀者歎曰：『大哉！帝之德也。』老人曰：『吾日出而作，日入而息，鑿井而飲，耕田而食，帝何力於我哉！』」

〔一二〕《春秋公羊傳·宣公十五年》：「什一行而頌聲作矣。」何休《解詁》曰：「頌聲者，太平歌頌之聲。」此云「太平之歌詠」，是擬《樂府雜詩》於《詩》之《周頌》、《商頌》也。

宴梓州南亭詩序〔一〕

梓州城池亭者，長史張公聽訟之别所也〔二〕。徒觀其巖嶂重複，川流灌注〔三〕，雲窗綺閣，負繡堞之逶迤〔四〕；澗户山樓，帶金隍之繚繞〔五〕，信巴蜀之奇制也。時鳳扆多閑〔六〕，上得和平之政；鯷瀛有截〔七〕，下無交争之人〔八〕。以公寄切上僚，故久無州將〔九〕。連四千石之重任〔一〇〕，總十萬井之雄班〔一一〕；職逾劇而道彌高〔一二〕，位逾崇而德彌廣。市獄無事，時狎鳥於城隅〔一三〕；邦國不空〔一四〕，且觀魚於濠上〔一五〕。賓階月上，横聯蜷之桂枝〔一六〕；野院風歸，動葳蕤之萱草〔一七〕。

注釋

〔一〕約爲咸亨元年秋作。時新都尉秩滿，遂辭官，放曠詩酒，婆娑蜀中。梓州，州名。《新唐書·地理志》：劍南道梓州，領縣九：郪、射洪、通泉、玄武、鹽亭、飛烏、永泰、銅山、涪城。州治郪縣，即今四川三台縣。

〔二〕長史張公：名字里貫不詳。長史，州行政長官刺史的屬員，爲刺史的佐貳之官。《新唐書·百官志》：州有長史一人，從五品上。又曰：「武德元年，改太守曰刺史，加使持節，丞曰别駕。十年，改雍州别駕曰長史。高宗即位，改别駕皆爲長史。上元二年，諸州復置别駕，以諸王子爲之。」聽訟：聽理訴訟。《論語·顔淵》：「聽訟，吾猶人也，必也使無訟乎。」

〔三〕「徒觀」二句：梓州治所郪縣西、北兩面環山，東、南兩面臨江，東門靠近涪江，南門靠近中江（又名大郪江），故云。《元和郡縣圖志》卷三三《劍南道》下《梓州》：「州城，宋元嘉中築，左帶涪水，右挾中江，居水陸之衝要。」又云：郪縣，「牛頭山，一名華林山，在縣西南二里。四面危絶。涪江水，經縣東，去縣四里。」

〔四〕「雲窗」二句：雲窗：吞吐雲霧之窗。綺閣：雕繪華麗的樓閣。梁元帝《玄覽賦》：「雕甍綺閣，吁可畏其欲落。」繡堞：城上如齒狀的矮牆。繡，藻飾之詞。逶迤：彎曲而延續不斷貌，也作「逶移」、「逶地」、「逶蛇」、「委移」。《淮南子·泰族訓》：「河以逶蛇故能遠，山以陵遲故能高。」

〔五〕「澗户」二句：澗户：已見卷三《羈卧山中》注〔五〕。金隍：即隍，無水的城壕。金，藻飾之詞。梁簡文帝《從頓暫還城》詩：「征艫艤湯塹，歸騎息金隍。」

〔六〕鳳扆：扆，屏風。《周禮·天官·掌次》「設皇邸」鄭玄《注》：「鄭司農（衆）云：皇，羽覆上；邸，後版也。玄謂：後版屏風與染羽，象鳳凰羽色以爲之。」因以「鳳扆」指代帝座。徐陵《勸進梁元帝表》：「揚龍旂以饗帝，御鳳扆以承天。」

〔七〕鯷瀛有截：謂天下歸向，海外賓服，教化所行，截然整齊。鯷瀛，即「鯷海」。鯷海，東鯷人所在的海外之國。瀛，大海。《史記·孟子荀卿傳》：「如此者九，乃有大瀛海環其外。」謝脁《永明樂》之五：「化洽鯷海君，恩變龍庭長。」　有截：《詩·商頌·長發》：「相土烈烈，海外有截。」鄭玄《箋》云：「相土居夏后之世，……其威武之盛烈烈然，四海之外率服，截爾整齊。」

〔八〕交争：互相争論、争鬭。《史記·老子韓非列傳》：「交争而不罪。」

〔九〕「以公」二句：寄切：朝廷委任的職責重要。切，要也。　上僚：上佐，地位最高的僚佐。州將：州（郡）長官刺史（太守）之别稱，以其兼管一州（郡）軍事也。徐陵《在北齊與宗室書》：「邦君佇德，寧無掛榻之思；州將欽風，應有題車之命。」

〔一〇〕《漢書·百官公卿表》上曰：「郡守，秦官，掌治其郡，秩二千石。……郡尉，秦官，掌佐守典武職甲卒，秩比二千石。」唐之刺史相當於漢之郡守，而梓州久無刺史，張某以長史而行刺史之職權，猶如漢之郡尉而兼行郡守之職權，兩職之秩級相加，爲四千石，故云「連四千石之重任」。

〔一一〕總：總領。　十萬井：誇張梓州聚落之多、户口之盛。井，相傳古制八家共一井（水井），後引申爲鄉里、人口聚居地。　雄班：（梓州的）才能傑出的羣官。

〔一二〕劇：艱難繁重。《後漢書·列女傳·曹世叔妻傳》《女誡》：「執務私事，不辭劇易。」

〔一三〕狎：親近，親密。《左傳·襄公六年》：「宋華弱與樂轡少相狎，長相優，又相謗也。」

〔一四〕不空：謂國庫與私室皆殷實富有。

〔一五〕《莊子·秋水》曰：「莊子與惠子游于濠梁之上。莊子曰：鯈魚出游從容，是魚之樂也。」惠子曰：「子非魚，安知魚之樂？」莊子曰：「子非我，安知我不知魚之樂？」

〔一六〕「賓階」二句：賓階：西階。古時賓主相見，賓自西階上，故稱。《書·顧命》：「大輅在賓階面。」　聯蜷：同「連蜷」，見卷五《釋疾文·序》「連蜷」注。　桂：此暗用月中有桂樹之典。

〔一七〕葳蕤：同「猥綏」，見卷一《雙槿樹賦》「猥綏」注。　萱草：又名鹿葱、忘憂、宜男、金針花。《詩·衛風·伯兮》：「焉得諼草？言樹之背。」《經典釋文》：「諼，本又作萱。」

則有明珠愛客〔一〕，置芳酒於十旬〔二〕；羽服神交，契仙游於五日〔三〕。圓潭寫鏡〔四〕，光浮落日之津；雜樹開帷，彩綴飛煙之路。藤蘿杳藹〔五〕，掛疎陰以送秋；鳧雁參差，結流音而將夕。百年之歡不再〔六〕，千里之會何常？下客悽惶，暫停歸轡〔七〕；高人賞翫，豈輟斯文。咸請賦詩，六韻成章云爾①。

校記

①「六韻成章云爾」《全唐文》作「以紀盛集」。

注釋

〔一〕《史記·春申君列傳》：「春申君客三千餘人，其上客皆躡珠履以見趙使，趙使大慙。」愛客，已見同卷《南陽公集序》注〔五〕。

〔二〕十旬：即旬休。唐制，官吏十天休假一日，曰旬休。《唐會要》卷八二《休假》：「每至旬假，許不視事，以與百僚休沐。」

〔三〕「羽服」二句：羽服：以鳥羽編織的衣服，神仙、道士所著也。沈約《郊居賦》：「振羽服於清都。」神交：已見同卷《樂府雜詩序》〔七〕。契：投合，融洽。曹植《玄暢賦》：「上同契於稷禼。」五日：已見同卷《駙馬都尉喬君集序》注〔一五〕。

〔四〕寫：描摹。《史記·秦始皇本紀》：「秦每破諸侯，寫放其宫室，作之咸陽北阪上。」

〔五〕蘿：已見卷四《五悲·悲昔遊》注〔二〕。杳藹：見卷五《釋疾文·悲夫》「杳兮靄」注。

〔六〕《後漢書·馮衍傳·顯志賦》：「念人生之不再兮，悲六親之日遠。」

〔七〕歸轡：猶「歸馬」。轡，馬繮。

宴鳳泉石翁神祠詩序〔一〕

夫圯上黄公，靈期已遠〔二〕；湘中玄乙〔三〕，化迹難徵〔四〕。況乎神理翛然〔五〕，近帶青溪之路；瓌姿可望①〔六〕，俯控丹巖之下。予以歸骸空谷，言隔市朝，濯髮長川，載罹寒暑〔七〕。心灰兩寂，長無具爾之歡〔八〕；形木雙枯，將有終焉之志〔九〕。不悟喬鷽始囀〔一〇〕，喈喈於鶴鴿〔一一〕；野蕚初開，韡韡於棠棣〔一二〕。命壺觴而引宴，即沐新蘭〔一三〕；尋碉户以安歌〔一四〕，仍攀野桂〔一五〕。萋萋春草，王孫游兮不歸〔一六〕；秩秩斯干〔一七〕，幽人去而忘返〔一八〕。鼓我舞我〔一九〕，修袖滿於中巖〔二〇〕；神之聽之〔二一〕，多祐興於觸石②〔二二〕。爰有嘉命〔二三〕，咸遺賦詩，請題四韻，列之如右。

校記

①「姿」原作「資」，據《全唐文》卷一六六改。②「祐」《全唐文》作「祜」。按：祐，指神明的佑助，與宴會所在之鳳泉石翁神祠切合，較長，作「祐」是。

注釋

〔一〕鳳泉：唐縣名。《舊唐書・地理志》云：隋扶風郡，武德元年，改爲岐州，領雍、陳倉、郿、虢、岐山、鳳泉等六縣。又割雍等三縣，置圍川縣。貞觀八年，改圍川爲扶風縣，省虢縣及鳳泉。又，同書《王方翼傳》云：「方翼父仁表，貞觀中爲岐州刺史。仁表卒，妻李氏爲主所斥，居於鳳泉別業。」《新唐書・地理志》云：鳳翔府扶風郡，本岐州。縣九，郿縣，義寧二年置郿城郡，又析置鳳泉縣。貞觀八年省鳳泉。有太白山，有鳳泉湯。據此，則唐鳳泉縣即在郿縣境。昇之此文約作於上元二年（六七五）以後卧疾太白山中時。其時丁父憂服喪已期滿，故得預宴。石翁神祠，當在鳳泉湯溪水之畔，所祠石翁神，系何神祇，待考。

〔二〕「夫圯」二句：《史記・留侯世家》曰：張良嘗步游下邳圯上，有一老父，衣褐，至良所，直墮其履圯下，顧謂良曰：「孺子，下取履！」良鄂然，欲毆之，爲其老，彊忍之，下取履。父曰：「履我！」良業爲取履，因長跪履之。父以足受，笑而去。去里所，復還，曰：「孺子可教矣。後五日平明，與我會此。」至期，良往會，父出一編書，曰：「讀此則爲王者師矣。後十年興。十三年孺子見我濟北，穀城山下黄石即我矣。」遂去，無他言，不復見。旦日視其書，乃《太公兵法》也。

後十三年，良從高帝過濟北，果見穀城山下黄石，取而葆祠之。留侯死，并葬黄石。每上冢伏臘，祠黄石。裴駰《集解》引徐廣曰：「圯，橋也，東楚謂之圯，音怡。」靈期，謂神明顯靈之時。

〔三〕「湘中」二句：《初學記》卷二《天部》下引庾仲雍《湘州記》：「零陵山有石燕，遇風雨即飛，止還爲石。」玄乙，即玄鳦，燕子，其羽黑色，故名。《詩・商頌・玄鳥》：「天命玄鳥，降而生商。」毛《傳》：「玄鳥，鳦也。」

〔四〕徵：證明，證驗。《論語・八佾》：「夏禮，吾能言之，杞，不足徵也。」

〔五〕神理：猶神明。王融《曲水詩序》：「設神理以景俗，敷文化以柔遠。」巋然：屹立貌。王延壽《魯靈光殿賦》：「自西京未央建章之殿，皆見隳壞，而靈光巋然獨存。」

〔六〕瓌姿：美好的姿態。宋玉《神女賦》：「瓌姿瑋態。」

〔七〕「予以」以下四句：歸骸：抽身返回。言：動詞詞頭，無義。《詩・周南・葛覃》：「言告師氏，言告言歸。」載：動詞詞頭，無義。《詩・鄘風・載馳》：「載馳載驅，歸唁衛侯。」罹：遭遇。《書・洪範》：「不協于極，不罹于咎，皇則受之。」

〔八〕「心灰」二句：心灰：《莊子・齊物論》：南郭子綦隱機而坐，仰天而噓，荅焉似喪其耦。顏成子游立侍乎前，曰：「何居乎？形固可使如槁木，而心固可使如死灰乎？」具爾：《詩・大雅・行葦》：「戚戚兄弟，莫遠具爾。」具，同「俱」。爾，通「邇」，親近之意。因上句有「兄弟」二字，故後來就用「具邇」作爲兄弟的代稱。陸士衡《歎逝賦》：「痛靈根之夙隕，怨具爾之多喪。」李善《注》：「具爾，兄弟也。」

〔九〕「形木」二句：形木：形如槁木，出《莊子·齊物論》，已見前條注。終焉之志：《晉書·江逌傳》：「逌屏居臨海，絶棄人事，翦茅結宇，耽翫載籍，有終焉之志。」

〔一〇〕喬鸎：語本《詩·小雅·伐木》：「伐木丁丁，鳥鳴嚶嚶。出自幽谷，遷於喬木。」「嚶」爲鳥鳴聲。自唐以來，詩文中常以嚶鳴出谷遷飛喬木之鳥爲黄鶯，故此處有「喬鸎（同鶯）」之稱。

〔一一〕謂向鶺鴒而鳴也。喈喈，象聲詞，禽鳥鳴聲。《詩·周南·葛覃》：「黄鳥于飛，……其鳴喈喈。」鶺鴒，鳥名。《詩·小雅·常棣》曰：「脊令在原，兄弟急難。」《羣書治要》本作「鶺鴒」。大如鷃雀，巢於沙上，常於水邊覓食。後世本於《詩經》之語，遂用以喻指兄弟。昇之此句暗寓思念兄弟之意。下句之「棠棣」亦然。

〔一二〕「野萼」二句：《詩·小雅·常棣》：「常棣之華，鄂不韡韡。」毛《傳》：「興也。常棣，棣也。鄂，猶鄂鄂然，言外發也。韡韡，光明也。」鄭《箋》：「承華者曰鄂。不，當作拊，拊，鄂足也。鄂足得華之光明，則韡韡然盛。興者，喻弟以敬事兄，兄以榮覆弟，恩義之顯亦韡韡然。」常棣，木名，即郁李。

〔一三〕「命壺」二句：引宴：開宴。屈原《九歌·雲中君》：「浴蘭湯兮沐芳。」

〔一四〕磵户：前已屢見。安歌：屈原《九歌·國殤》：「疏緩節兮安歌。」

〔一五〕淮南小山《招隱士》：「桂樹叢生兮山之幽，……攀援桂枝兮聊淹留。」

〔一六〕淮南小山《招隱士》：「王孫遊兮不歸，春草生兮萋萋。」

〔一七〕《詩·小雅·斯干》：「秩秩斯干，幽幽南山。」毛《傳》：「秩秩，流行也。干，澗也。」

〔一八〕幽人：隱士。《易·履》：「履道坦坦，幽人貞吉。」

〔一九〕《詩·小雅·伐木》：「有酒湑我，無酒酤我，坎坎鼓我，蹲蹲舞我。」

〔二〇〕修袖：長袖。　中巖：半山。

〔二一〕《詩·小雅·伐木》：「神之聽之，終和且平。」鄭玄《箋》：「此言心誠求之，神若聽之，使得如志，則友終相與和而齊功也。」

〔二二〕祐：神明的佑助。《易·大有》：「自天祐之，吉，無不利。」　興於觸石：猶言興於雲中。《春秋公羊傳·僖公三十一年》：「觸石而出，膚寸而合，不崇朝而遍雨天下者，唯泰山耳。」觸石，雲之代稱也。

〔二三〕嘉命：對他人請求的敬稱。《儀禮·士昏禮》：「納徵曰：吾子有嘉命，貺室某也。」

七日綿州泛舟詩序〔一〕

諸公迹寓市朝，心游江海①，訪奇交於千里，惜良辰於寸陰〔二〕。常恐辜負琴書，荒涼山水；於是脱屣人事，鳴棹川隅〔三〕，言追挂犢之才，用卜牽牛之賞〔四〕。邊生經笥〔五〕，送炎氣以濯纓〔六〕；郝氏書囊，臨秋光而曝背〔七〕。似遇緱山之客〔八〕，還疑星漢之游〔九〕。顧駐景於高天〔一〇〕，想乘霓於縮地〔一一〕。繁絲亂響，涼酎時斟〔一二〕。戲翔羽於平沙，釣潛鱗於曲浦。乘流則逝〔一三〕，不覺忘歸。咸可賦詩，探韻成作。

校記

①「海」原作「湖」，據《英華》卷七一五、《全唐文》卷一六六改。

注釋

〔一〕咸亨元年（六七〇）七月七日作。綿州，《新唐書·地理志》云：綿州巴西郡，上。本金山郡，天寶元年更名。領縣八：巴西、昌明、魏城、羅江、神泉、鹽泉、龍安、西昌。州治巴西，在今四川綿陽市境。《元和郡縣圖志》卷三三《劍南道》下《綿州》：巴西縣，涪江水，經縣西，去縣五十步。羅江水，經縣西，去縣三十二里。此云泛舟，蓋於縣西涪江水焉。

〔二〕《淮南子·原道訓》：「故聖人不貴尺之璧，而重寸之陰，時難得而易守也。」

〔三〕脱屣：脱去鞋子。比喻小事一樁，不足介意。《漢書·郊祀志》上：「嗟乎！誠得如黄帝，吾視去妻子如脱屣耳！」

〔四〕「言追」二句：挂犢之才：《藝文類聚》卷四《歲時部》引《竹林七賢論》曰：「阮咸，字仲容，籍兄子也。諸阮前世皆儒學，内足於財，唯籍一生尚道棄事，好酒而貧。舊俗：七月七日，法當曬衣。諸阮庭中爛然，莫非綈錦。咸時總角，乃竪長竿，摽大布犢鼻於庭中，曰：『未能免俗，聊復爾爾。』」犢鼻，即犢鼻褌，短褲，或謂圍裙。《史記·司馬相如傳》：「相如身自著犢鼻褌，與保庸雜作。」　牽牛之賞：七月七日，傳説織女渡河會牽牛（見《藝文類聚》卷四《歲時部》所引《續齊諧記》），此日泛舟遊賞，故云「牽牛之賞」。

〔五〕《後漢書·邊韶傳》云：韶字孝先，陳留浚儀人。以文章知名，教授數百人。韶口辯，曾晝日假卧，弟子私謿之曰：「邊孝先，腹便便。嬾讀書，但欲眠。」韶潛聞之，應時對曰：「邊爲姓，孝爲字。腹便便，五經笥。但欲眠，思經事。」笥，盛衣物或飯食的方形盛器，以萑葦或竹爲之。

〔六〕濯纓：屈原《漁父》：「滄浪之水清兮，可以濯吾纓。」纓，結冠的帶子。

〔七〕「郝氏」二句：《世説新語·排調》：「郝隆七月七日出日中仰卧。人問其故？答曰：『我曬書。』」按：《藝文類聚》卷四《歲時部》引崔寔《四民月令》云：「七月七日，曝經書。」又邊孝先自謂大腹爲五經之笥，故郝隆有此舉。

〔八〕已見卷二《行路難》「白鶴山頭」句注。

〔九〕暗用海畔人乘槎上天河事，已見卷四《五悲·悲昔遊》注〔一六〕。

〔一〇〕駐景：即駐日，使太陽停駐於天空。用魯陽揮戈駐日之事，已見卷五《釋疾文·悲夫》注〔四〕。

〔一一〕乘霓：乘騎虹霓。　縮地：葛洪《神仙傳》卷五《壺公》：「（費長）房有神術，能縮地脈，千里存在，目前宛然，放之復舒如舊也。」

〔一二〕酎：醇酒，亦稱雙套酒。《禮記·月令》孟夏之月：「是月也，天子飲酎，用禮樂。」鄭玄《注》：「酎之言醇也，謂重釀之酒也。」

〔一三〕賈誼《鵩鳥賦》：「乘流則逝，得坎則止。」乘流，順流。逝，去，往。

楊明府過訪詩序〔一〕

夫清風動駕，謁阮籍於山陽〔二〕；素雪乘舟，訪戴逵於江路〔三〕。猶名高好事，迹標良史〔四〕。未有鶯臨綺月，筵開許、郭之談〔五〕；花聚繁星，門枉荀、陳之馭〔六〕。泛烟光於紫瀲，翻露色於丹滋〔七〕。亭皋一望，平蕪千里〔八〕。萋萋芳草，童兒牧馬之場；亹亹晴川〔九〕，野老休牛之墖。釣臺隱隱，先生之桑梓可知〔一〇〕；茨嶺巖巖〔一一〕，隱士之風流尚在。豈使臨邛樽酒〔一二〕，歌賦無聲；彭澤琴書〔一三〕，田園寢詠〔一四〕。

注釋

〔一〕唐人稱縣令曰明府。楊明府，名字里貫不詳。此文約寫作於永淳元年（六八二）前後，時在陽翟之具茨山。

〔二〕阮籍：字嗣宗，陳留尉氏人，魏丞相掾阮瑀之子，「竹林七賢」之一。高貴鄉公即位，封關内侯，除散騎常侍，後爲步兵校尉。生于魏晉易代之際，名士少有全者，因不與世事，酣飲以避禍。能屬文，有《詠懷》詩八十餘篇，爲世所重。魏景元四年卒。有《阮步兵集》。詳見《晉書・阮籍傳》。　山陽：縣名，戰國魏地，漢置縣，屬河内郡。故城在今河南修武縣西北。按，阮籍與嵇康、山濤、劉伶、阮咸、向秀、王戎等七人常集于河内山陽之竹林，號稱「竹林七賢」，故云「謁阮籍於山陽」。

〔三〕「素雪」二句：已見卷六《駙馬都尉喬君集序》「興盡而歸」注。

〔四〕良史：優秀的史官，記事信而有徵，不虚美、不隱惡者。《左傳·宣公二年》：「董狐，古之良史也，書法不隱。」

〔五〕「未有」二句：綺月：陽春三月，景物明麗，有如雕繪，故曰綺月。許、郭：指後漢名士許劭、郭泰，性明知人，好獎拔士人，皆如所鑒。《後漢書·許劭傳》云：許劭，字子將，汝南平輿人也。少峻名節，好人倫，多所賞識，若樊子昭、和陽士者，並顯名於世。故天下言拔士者，咸稱「許、郭」。

〔六〕「花聚」二句：《世説新語·德行》：「陳太丘詣荀朗陵」劉孝標《注》引檀道鸞《續晉陽秋》曰：「陳仲弓從諸子姪造荀父子，于時德星聚，太史奏：『五百里賢人聚。』」《後漢書·荀淑傳》：「荀淑字季和，潁川潁陰人。……安帝時，徵拜郎中，後再遷當塗長。去職還鄉里。當世名賢李固、李膺等皆師宗之。」又，《陳寔傳》曰：「陳寔字仲弓，潁川許人也。……司空黄瓊辟選理劇，補聞喜長，旬月，以期喪去官。復再遷除太丘長。修德清静，百姓以安。」按，荀淑、陳寔並曾爲縣令，故以擬楊明府。枉馭，猶枉駕，屈駕，稱人走訪的敬辭。

〔七〕「泛烟」二句：紫瀲：水波的瀲灩。紫，藻飾之詞，此處指水的藍色。丹滋：紅花的潤澤。楊素《贈薛播州》詩之十三：「山河散瓊蘂，庭樹下丹滋。」

〔八〕「亭皋」二句：亭皋：水濱的平地。司馬相如《上林賦》：「亭皋千里，靡不被築。」平蕪：雜草繁茂的原野。

〔九〕亹亹：原指詩文有吸引力、動聽，如鍾嶸《詩品》卷上：「晉黄門郎張協：詞旨葱蒨，……使人味之亹亹不倦。」此處指春日晴川景物美好悦目之狀。

〔一〇〕「釣臺」二句：釣臺：漢嚴子陵垂釣處。《元和郡縣圖志》卷二五《江南道》一睦州：桐廬縣，「嚴子陵釣臺，在縣西三十里，浙江北岸也」。先生：指嚴子陵。《後漢書·嚴光傳》云：光字子陵，一名遵，會稽餘姚人。少有高名，與光武同遊學。及光武即位，乃變姓名，隱身不見。帝思其賢，乃令以物色訪之。至，除爲諫議大夫，不屈，遂耕於富春山。後人名其釣處爲嚴陵瀨焉。桑梓：《詩·小雅·小弁》：「惟桑與梓，必恭敬止。」桑與梓爲古代宅旁常植之木，東漢以來遂用爲故里之代稱。張衡《南都賦》：「永世克孝，懷桑梓焉。」

〔一一〕茨嶺：即「茨山」，具茨山，已見卷五《釋疾文·命曰》「茨山有薇」句注。巖巖：高峻貌。《詩·魯頌·閟宫》：「泰山巖巖，魯邦所詹。」

〔一二〕臨邛：漢縣名，屬蜀郡。此處指臨邛令王吉，王吉與司馬相如相善，相如游梁歸，家貧無以自業，吉邀而客待之。見《史記·司馬相如傳》。此以擬楊明府。

〔一三〕陶淵明嘗爲彭澤縣令。其爲人，「好讀書，不求甚解」，又「不解音聲，而蓄素琴一張，無弦，每有酒適，輒撫弄以寄其意」。見《宋書·陶潛傳》。

〔一四〕陶淵明棄官還里，躬耕自資，爲詩多詠田園生活之閒適自得。寢，止息也。《漢書·刑法志》：「三代之盛，至於刑措兵寢者，其本末有序，帝王之極功也。」

對問

對蜀父老問〔一〕

龍集荒落〔二〕，律紀蕤賓〔三〕，余自酆鎬，歸於五津〔四〕，從王事也。丁丑，届於昇僊橋，止送客亭①，即相如所謂不乘高車駟馬不出汝下者也〔五〕。遇蜀父老，皤然龐眉華髮者休於斯〔六〕，謂予曰：「子非衣冕之族歟〔七〕？文章之徒歟？飾仁義以干時乎〔八〕？懷詩書以邀名乎〔九〕？吾聞諸夫子曰：『邦有道，貧且賤焉，恥也。』〔一〇〕當今萬方日朗，九有風靡〔一一〕，主上垂衣裳正南面而已矣〔一二〕，庸非有道乎〔一三〕？而子爵不登上造，位不至中涓，藜羹不厭，裋褐不全②〔一四〕，庸非貧賤乎？吾視子形容顦顇，顔色疲怠，心若涉六經，眼若營四海〔一五〕，何其無恥也！何其不一干聖主，効智出奇〔一六〕，何栖栖默默，自苦若斯？吾聞克爲卿，失則烹〔一七〕，何故區區冗冗〔一八〕，無所成名〔一九〕？」

校記

①「止」《英華》卷三五二、《全唐文》卷一六七作「上」。②「裋」原作「短」，據《英華》、《全唐文》改。

注釋

〔一〕對問：古代文體之一種。《文選》有宋玉《對楚王問》。總章二年（六六九）蜀中作。

〔二〕謂太歲在巳也。龍，歲星。《左傳·襄公二十八年》「蛇乘龍」杜預《注》：「龍，歲星。歲星，木也，木爲青龍。」集，次也。荒落，即大荒落，太歲年名，太歲運行到十二辰中「巳」的方位，該年太歲年名爲「大荒落」。《爾雅·釋天》：「（太歲）在巳曰大荒落。」按：用太歲紀年法，須歲陰（太歲）歲陽（閼逢、旃蒙等十個名稱）相配，始能紀年；又，太歲紀年法由於後來並不能反映實際天象，故漢初即已開始用干支紀年，太歲紀年法廢棄已久。故此句實際只等于説本年紀年的干支中地支爲巳。昇之在世之年，干支中含「巳」的年份有：乙巳（貞觀十九年）、丁巳（顯慶二年）、己巳（總章二年）、辛巳（開耀元年），乙巳年，昇之甫十一歲，不得有入蜀之行；丁巳年，昇之在鄧王府供職，嘗奉王命入蜀，然其時未在蜀爲官，與《對蜀父老問》中所謂「歸於五津」者不合，知别是一次；辛巳年，昇之已風疾綿劇，可能已入陽翟之具茨山，亦不得尚能跋涉蜀道、奔波王事。由此可知，「龍集荒落」只能是指總章二年己巳。

〔三〕《禮記·月令》：「仲夏之月，……律中蕤賓。」

〔四〕「余自」二句：酆鎬：西周舊都，也作豐鎬。豐京爲周文王所建，在陝西長安豐水西；鎬京爲周武王所建，在豐水東。見《史記·周本紀》、《漢書·郊祀志》下。此處借指唐都長安。五津：地名，指四川灌縣至犍爲之岷江五渡口：白華津、萬里津、江首津、涉頭津、江南津。見常璩《華陽國志·蜀志》。此處用作蜀地之代稱。

〔五〕「丁丑」以下四句：丁丑：據《資治通鑑·唐紀》，高宗總章二年四月己酉朔，則五月戊寅朔，然則五月無丁丑，六月亦無丁丑，七月丁丑朔，是五月出發，七月初一日始至成都也。届：至，到。《書·大禹謨》：「無遠弗届。」昇僊橋、送客亭：在成都北。橋相傳爲秦蜀郡太守李冰所建。常璩《華陽國志·蜀志·蜀郡州治》曰：「城北十里有昇僊橋，有送客觀。司馬相如初入長安，題市門曰：不乘高車駟馬，不過汝下也。」

〔六〕皤然：髮白貌。《南史·范縝傳》：「年二十九，髮白皤然，乃作《白髮詠》以自嗟。」龐眉：亦作「厖眉」，眉花白也。王子淵《四子講德論》：「厖眉耇考之老」，李善《注》：「厖，雜也。謂眉有白黑雜色。」華髮：老人的花白頭髮。《墨子·修身》：「華髮隳顛而猶弗舍者，其唯聖人乎！」

〔七〕衣冕：即衣冠。指士大夫階層。《西京雜記》卷二：「故新豐多無賴，無衣冠子弟故也。」

〔八〕干時：求合于時。干，求取。《管子·小匡》：「寡人欲修政，以干時于天下。」

〔九〕《淮南子·俶真訓》：「於是博學以疑聖，……緣飾詩書，以買名義於天下。」邀，求也。劉峻《廣絶交論》：「冀宵燭之末光，邀潤屋之微澤。」

〔一〇〕「邦有道」三句：語出《論語·泰伯》。

〔一一〕九有：九州。《詩·商頌·玄鳥》：「方命厥後，奄有九有。」　風靡：隨風而從。《後漢書·馮異傳·遺李軼書》：「方今英俊雲集，百姓風靡。」

〔一二〕垂衣裳：已見卷六《南陽公集序》注〔一〕。　正南面：古時以坐北朝南爲尊位，故天子、諸侯見羣臣，或卿大夫見僚屬，皆南面而坐。《易·説卦》：「聖人南面而聽天下。」

〔一三〕庸：豈，難道。《左傳·宣公十二年》：「其君能下人，必能信用民矣，庸可幾乎？」

〔一四〕「而子」以下四句：上造：爵位名。秦制定爵位二十級，漢承秦制，第二級爲上造。《漢書·百官公卿表》上：「爵：一級曰公士，二上造……十九關内侯，二十徹侯，皆秦制，以賞功勞。」中涓：秦漢時皇帝親近的侍從官。《漢書·高惠后文功臣表》「平陽懿侯曹參，以中涓從起沛」顔師古《注》：「中涓，親近之臣，若謁者、舍人之類也。涓，潔也，主居中掃潔也。」　藜羹：已見卷四《五悲·悲今日》注〔三〕。　厭：通「饜」，飽也。　裋褐不全：《漢書·貢禹傳》：「妻子穅豆不贍，裋褐不完。」顔師古《注》：「裋者，謂僮豎所著布長襦也。褐，毛布之衣也。」

〔一五〕「心若」三句：六經：已見卷六《駙馬都尉喬君集序》注〔一八〕。　營：謀求。《漢書·翟方進傳》：「方進奏咸與逢信邪枉貪汙，營私多欲。」

〔一六〕「何其不」二句：干：追求。《論語·爲政》：「子張學干禄。」引伸爲向統治者獻策以追求禄位。《史記·淮陰侯列傳》：「數以策干項羽。」　出奇：獻出不平凡的計謀。揚雄《解嘲》：「陳平出奇。」

〔一七〕「吾聞」二句：《漢書·主父偃傳》：「大丈夫生不五鼎食，死則五鼎烹耳。」昇之語本此。謂能够成功則爲公卿（爲公卿則列鼎而食矣），失敗則爲人所烹耳。克，能也。

〔一八〕區區：愚。猶「慤慤」。《古詩爲焦仲卿妻》：「阿母謂府吏，何乃太區區！」　冗冗：衆人，俗衆。《廣弘明集》卷一五王僧孺《懺悔禮佛文》：「豈有度元元於苦海，拔冗冗於畏塗。」此處引伸爲「庸庸碌碌」。

〔一九〕揚雄《解嘲》：「客曰：然則靡《玄》無所成名乎？」此處是「無成就」、「無聲名」之意。

余笑而應之曰：井魚不可以語於海者，拘於墟也；夏蟲不可以語於冰者，篤於時也〔一〕。蓋聞智者不背時而徼幸，明者不違道以干非〔二〕。是以聖賢馳鶩，莫救三家之徹〔三〕；匹夫高抗，不屈萬乘之威〔四〕。道在則簞瓢匪陋〔五〕，義存則珪組斯違〔六〕。或立談以邀鼎食〔七〕，或白首而甘布衣。或委輅而仕，屬論都之會〔八〕；或射鉤以相，遇匡霸之機〔九〕。亦有朝爲伊、周，暮爲桀、跖〔一〇〕。當其時也，襲珩珮之鏘鏘〔一一〕；失其時也，委溝渠而喀喀〔一二〕。故使龍丘先生羞聞擁篲〔一三〕，鴈門太守不如縫掖〔一四〕。孟軻偃蹇，爲王者師〔一五〕；范睢匍匐，爲諸侯客〔一六〕。富貴者君子之餘事〔一七〕，仁義者賢達之常迹。來不可違，類鴻鴈之隨陽〔一八〕；去不可留，同白駒之過隙〔一九〕。行蘇、張之辯於嬀、燧之年〔二〇〕，則迂矣；用韓、彭之術於堯、舜之朝，則舛矣〔二一〕；守夷、齊之節於湯、武之時〔二二〕，則孤矣；抱申、商之法於成、康之日〔二三〕，則愚矣①。彼一時也，此一時也〔二四〕，易時而處，失其所矣〔二五〕。

校記

①「愚」　《英華》作「過」。

注釋

〔一〕「井魚」以下四句：《莊子・秋水》：「北海若曰：井蛙不可以語於海者，拘於虚也；夏蟲不可以語於冰者，篤於時也。」虚，同墟，指蛙所生活的地方。篤，真誠，專注。《論語・泰伯》：「君子篤於親，則民興於仁。」引伸爲拘守，局限。

〔二〕「蓋聞」二句：徼幸：同僥倖，求利不止，意外獲得成功或免於不幸。《左傳・哀公十六年》：「以險徼幸者，其求無厭。」　干非：招來非議、責難。

〔三〕「是以」二句：馳鶩：奔走。屈原《離騷》：「忽馳鶩以追逐兮，非余心之所急。」　三家之徹：《論語・八佾》曰：「三家者以《雍》徹。子曰：『相維辟公，天子穆穆，奚取於三家之堂？』」三家，指魯國當政的三卿。徹，撤除祭品。

〔四〕「匹夫」二句：指嚴光不應漢光武徵聘之事，已見卷六《楊明府過訪詩序》「釣臺隱隱」句注。高抗，剛强不屈。《後漢書・梁鴻傳》：「鴻友人高恢，……亦高抗，終身不仕。」

〔五〕《論語·雍也》：子曰：「賢哉，回也！一簞食，一瓢飲，在陋巷，人不堪其憂，回也不改其樂。賢哉，回也！」

〔六〕暗用魯仲連却秦不受賞之事，已見卷五《釋疾文·粤若》「蹈滄海而辭組」注。魯仲連既却秦存趙，于是平原君欲封魯連，魯連辭讓者三，終不肯受。平原君復置酒，以千金爲魯連壽，魯連笑曰：「所貴於天下之士者，爲人排患釋難解紛亂而取也。即有取者，是商賈之事也，而連不忍爲也。」遂辭去，終身不復見。事見《史記·魯仲連列傳》。左思《詠史》曰：「吾慕魯仲連，談笑却秦軍，……功成不受賞，高節卓不羣。臨組不肯緤，對珪不肯分。」珪，帝王諸侯所執長形玉版，上圓或尖，下方，用作符信。《左傳·昭公五年》：「朝聘有珪。」組，絲條，所以繫印與玉佩者。《説文》：「組，綬屬也。」違，規避也。

〔七〕揚雄《解嘲》：「或七十説而不遇，或立談而封侯。」《文選》李善《注》云：「《史記》曰：虞卿説趙孝成王，再見，爲趙上卿，故號爲虞卿。」

〔八〕「或委輅」二句：《史記·劉敬列傳》云：劉敬，齊人也，本姓婁。漢五年，戍隴西，過洛陽，高帝在焉。婁敬脱輓輅，衣羊裘，見齊人虞將軍曰：「臣願見上言便事。」上召入，婁敬乃爲陳説利害，極言西都關中之便。帝問羣臣：羣臣皆山東人，争言都周。上疑未能決。詢之留侯，留侯明言入關便，即日車駕西都關中。於是，上曰：「本言都秦地者婁敬，婁者乃劉也。」賜姓劉氏，拜爲郎中，號爲奉春君。司馬貞《索隱》：「輓者，牽也。音晚。輅者，鹿車前横木，二人前輓，一人後推之。」屬，副詞，適值，恰好。《左傳·成二年》：「下臣不幸，屬當戎行。」

〔九〕「或射鈎」二句：管仲夷吾者，潁上人也。少時常與鮑叔牙游，鮑叔知其賢。齊襄公十二年冬十二月，大夫連稱、管至父因公孫無知作亂，弒襄公，無知自立爲齊君。明年春，雍林人襲殺無知，議立君。時襄公弟公子糾在魯，其母魯女也，管仲、召忽傅之；公子小白在莒，其母衛女也，鮑叔傅之。小白自少好善大夫高傒。于是高氏、國氏先陰召小白於莒。魯聞無知死，亦發兵送公子糾，而使管仲別將兵遮莒道，射中小白帶鉤。小白佯死，管仲使人馳報魯，魯送糾者行益遲，六日至齊，則小白已入，高傒立之，是爲桓公。桓公既立，乃發兵距魯，秋，敗魯於乾時。于是遺魯書，使殺糾而遣送召忽、管仲於齊，欲報射鉤之仇也。鮑叔牙諫曰：「君將治齊，則高傒與叔牙足矣。君且欲霸王，非管夷吾不可。夷吾所居國國重，不可失也。」於是桓公從之，終用管仲爲大夫，任政於齊。齊桓公稱霸，九合諸侯，一匡天下，管仲之謀也。事見《史記·齊太公世家》及《管晏列傳》。

〔一〇〕「朝爲」二句：語本揚雄《解嘲》：「旦握權則爲卿相，夕失勢則爲匹夫。」又，班固《答賓戲》：「朝爲榮華，夕爲顦顇。」伊、周，伊尹與周公。伊尹，商湯之臣，名摯，本湯妻陪嫁的奴隸，後佐湯伐夏桀，被尊爲阿衡。湯死後，太甲破壞商湯法制，伊尹乃放太甲於桐宫，三年後迎之復位。事見《史記·殷本紀》。周公，周文王子，武王弟，名旦，輔助武王滅紂，封於魯。武王崩，成王幼，周公攝政，管、蔡、武庚作亂，周公東征，平之。七年，建成周、雒邑。相傳周代禮樂制度並爲周公所制訂。見《史記·周本紀》及《魯周公世家》。桀，夏代最後一個君主，爲暴君之典型，與商紂並稱。《史記·夏本紀》：「帝發崩，子帝履癸立，是爲桀。」跖，人名，即盜跖，已見卷五《釋疾文·命曰》注〔四〕。

〔一二〕襲：穿衣。《禮記·内則》：「寒不敢襲，癢不敢搔。」引伸爲佩戴。 珩：佩玉名。 珮：玉佩。 鏘鏘：玉佩聲。

〔一三〕揚雄《解嘲》：「當塗者升青雲，失路者委溝渠。」喀喀，嘔吐聲。《列子·説符》：「兩手據地而歐之，不出，喀喀然遂伏而死。」

〔一三〕《後漢書·任延傳》：「吴有龍丘萇者隱居太末，志不降辱。……掾史白請召之，延曰：『龍丘先生躬德履義，有原憲、伯夷之節。都尉埽灑其門，猶懼辱焉，召之不可。』」擁篲，執帚掃除以迎待賓客也。《史記·高祖本紀》：「太公擁篲，迎門卻行。」

〔一四〕《後漢書·鄭玄傳》：「時大將軍袁紹總兵冀州，遣使要玄，大會賓客，玄最後至，乃延升上坐。身長八尺，飲酒一斛，秀眉明目，容儀温偉。……時汝南應劭亦歸於紹，因自贊曰：『故太山太守應中遠，北面稱弟子何如？』玄笑曰：『仲尼之門考以四科，回、賜之徒不稱官閥。』劭有慚色。」是太山太守自愧弗如也，曰「鴈門」者，爲與「龍丘」相對仗也。 縫掖，指儒生，已屢見前。

〔一五〕「孟軻」二句：揚雄《解嘲》：「孟軻雖連蹇，猶爲萬乘師。」爲二句所本。偃蹇，傲慢倔强。《左傳·哀公六年》：「彼皆偃蹇，將棄子之命。」按：孟軻嘗以其學説于齊宣王、梁惠王、滕文公，齊宣王等並尊事之，若弟子之問師，故云。

〔一六〕「范睢」二句：范睢，魏人也。先事魏中大夫須賈，從賈使于齊。齊襄王聞睢辯口，乃使人賜睢金十斤及牛酒，睢辭謝不敢受。須賈知之，以爲睢持魏國陰事告齊，既歸，心怒睢，以告魏相齊。魏齊大怒，使舍人笞擊睢，折脅摺齒。睢佯死，遂亡命入秦，易姓名爲張禄。時宣太后與其弟穰侯、華陽君等專權擅勢，私家之富，重於王室。范睢乃説秦昭王，廢太后，逐穰侯、華陽君於關外。秦王於是拜范睢爲相，封爲應侯。事見《史記·范睢列傳》。按，《史記》言秦謁者王稽載范睢入秦，路遇穰侯，睢恐，匿于車中，初無匍匐入橐之説。揚雄《解嘲》云：「范睢，魏之亡命也。……翕肩蹈背，扶服入橐。」扶服，即匍匐，是爲昇之所本。

〔一七〕餘事：末事，閑事。何休《公羊傳序》：「此世之餘事。」

〔一八〕《書·禹貢》：「陽鳥攸居」孔《傳》：「隨陽之鳥，鴻鴈之屬。」

〔一九〕《莊子·知北遊》：「人生天地之間，若白駒之過隙，忽然而已。」

〔二〇〕蘇、張：蘇秦、張儀，戰國時縱横家，長于辯説。蘇秦以合縱之策説山東六國，併力以敵秦，蘇秦爲縱約長，佩六國相印。張儀以連衡之策説六國，使解散縱約，西向而事秦，秦惠王時爲秦相。事迹分别見《史記·蘇秦列傳》及《張儀列傳》。　媧、燧：女媧氏與燧人氏。女媧氏，神話傳説中古帝名，或謂伏羲之妹，或謂伏羲之婦。嘗鍊五色石以補天，斷鼇足以立四極。事迹見《淮南子·覽冥訓》、《太平御覽》卷七八《女媧氏》、《通志》卷一《三皇紀》引《春秋世譜》。燧人氏，神話傳説中古帝名。傳説其發明鑽木取火，使民熟食。《韓非子·五蠹》：「民食果蓏蚌蛤，腥臊惡臭而傷害腹胃，民多疾病。有聖人作，鑽燧取火以化腥臊，而民説之，使王天下，號之曰燧人氏。」

〔二一〕「用韓」二句：韓、彭：韓信、彭越。韓信，淮陰人。初爲項羽郎中，數以策干羽，羽不用，乃亡歸漢王，拜爲上將。遂佐漢王還定三秦，平齊、趙，滅項羽，功勛甚著。初封楚王，後降爲淮陰侯，以謀反被誅。事見《史記·淮陰侯列傳》。彭越，昌邑人，常漁鉅野澤中，爲羣盜。陳涉舉義旗，越亦聚衆居鉅野。後歸漢，拜爲魏王豹相國，略定梁地。項羽已死，封爲梁王。後以謀反被誅。詳見《史記·魏豹彭越列傳》。　舛：謬誤，錯亂。《梁書·陶弘景傳》：「言無煩舛，有亦輒覺。」

〔二二〕夷、齊：伯夷、叔齊，已見卷四《五悲·悲才難》注〔三〇〕。　湯、武：商之君主湯和周之君主武王，湯革夏之命，周武王革商之命，二人並以下犯上，以有道伐無道。其事迹分別見《史記·殷本紀》及《周本紀》。

〔二三〕申、商：申不害與商鞅。申不害，戰國時鄭國京人。韓昭侯用爲相，内修政教，外應諸侯，十五年中，國治兵强。申子之學，本於黄老而主刑名，著書二篇，號曰《申子》。事迹見《史記·老子韓非列傳》。商鞅，戰國衛人，姓公孫，名鞅，以封於商，也稱商鞅。仕魏，爲魏相公叔痤家臣。痤死，入秦，歷任左庶長、大良造。相秦十九年，輔助秦孝公變法，廢井田，開阡陌，獎勵耕戰，使秦富强。孝公死，被誣陷謀反，車裂死。見《史記·商君列傳》。成、康：周成王、周康王，西周賢明的君主。《史記·周本紀》曰：「故成、康之際，天下安寧，刑錯四十餘年不用。」按：揚雄《解嘲》云：「故有造蕭何之律於唐虞之世，則悖矣；有作叔孫通儀於夏殷之時，則惑矣；有建婁敬之策於成周之世，則乖矣；有談范蔡之説於金張許史之間，則狂矣。」昇之「行蘇、張之辯」以下數句本乎此。

〔二四〕「彼一時」二句：《孟子·公孫丑》下：「（孟子）曰：『彼一時，此一時也。』」

〔二五〕「易時」二句：揚雄《解嘲》：「彼我易時，未知何如。」

大唐之有天下也，出入三代〔一〕，五十餘載〔二〕。月竁來庭〔三〕，風丘欵塞〔四〕，華旌已偃①〔五〕，羽檄已平〔六〕；雖有廉、白之將，孫、吴之兵〔七〕，百勝無遺策〔八〕，千里不留行〔九〕，無所用也。社首既禪，介丘既封〔一〇〕，創明堂，立辟雍〔一一〕；雖有闕里之聖，淹中之儒〔一二〕，叔孫通之蕝〔一三〕，公玉帶之圖〔一四〕，將焉設也？《咸》、《英》並作，《韶》、《武》畢用〔一五〕，奏之方澤而地祇登，昇之圓丘而天神降〔一六〕；雖有伶倫、伯夔、延陵、子期〔一七〕，操雅曲則風雲動，激悽音則草木悲，又何施也？畫衣莫犯〔一八〕，囹圄不修〔一九〕；雖有咎繇、仲甫之器，釋之、定國之儔〔二〇〕，金科在握，丹筆如流〔二一〕，非急務也。人歸東户，家沐南薫〔二二〕，山澤無蹊隧〔二三〕，雞犬不相聞〔二四〕；雖有文翁、黄霸之述職，子游、子賤之絃歌〔二五〕，政成禮讓〔二六〕，俗被雍和〔二七〕，固無取也。干戈已戢，禮樂已興，刑罰已措，梁父已昇〔二八〕，公卿常伯〔二九〕，庶政其凝〔三〇〕；雖有鴻才大略，麗句豐詞②，發言盈乎百代〔三一〕，濡翰周乎四時〔三二〕，略無益於今日，而適足以怫之〔三三〕。是故天子恭己，羣臣演成〔三四〕，攘袂而陵稷、卨，撫掌而笑阿衡〔三五〕，無爲而萬物皆遂〔三六〕，不言而品彙咸亨〔三七〕。莫不稱贊鴻烈，揄揚頌聲〔三八〕。言殊者招累，行危者相傾〔三九〕；効智者輟談於草澤，出奇者裹足於山楹〔四〇〕。許由去而堯仁不少③，善卷逃而舜德不輕〔四一〕。

校記

①「華旌」《英華》作「金革」。②「句」原注云「一作藻」，《英華》有注同。③「堯仁」原作「堯臣」，據《英華》改。

注釋

〔一〕謂與三代同風也。三代，夏、商、周也。

〔二〕唐王朝始建于高祖武德元年（六一八年），至高宗總章二年（六六九年），凡五十二年。

〔三〕顏延之《宋郊祀歌》之一：「月竁來賓，日際奉土。」月竁，即月窟。古以月之歸宿在西方，因以借指極西之地。來庭，朝見天子。《詩·大雅·常武》：「徐方來庭。」

〔四〕謂東方極遠之國亦來歸附也。風丘，即風山。《博物志》卷八曰：「風山之首，方高三百里，風穴如電突，深三十里，春風自此而出也。」因借指極東之地。欵，俗款字。款塞，叩塞門，指通好或内附。《史記·太史公自序》:「海外殊俗,重譯款塞。」

〔五〕旍:旗的通稱。屈原《九歌·國殤》:「旍蔽日兮敵若雲。」偃:向后倒。此指置而不用。

〔六〕羽檄:即羽書,傳遞緊急信息、插有鳥羽的特快書信。《史記·韓信盧綰列傳》:「吾以羽檄徵天下兵,未有至者。」

〔七〕「雖有」二句:廉:廉頗,戰國時趙國良將,《史記》有傳。白:白起,郿人,戰國時秦國良將,《史記》有傳。孫:孫武、孫臏。武,春秋齊人,事吴王闔廬,軍事家,著《孫子兵法》十三篇,《史記》有傳。臏,孫武後裔,戰國時軍事家,事齊威王,爲軍師,著有《孫臏兵法》,久佚,近年出土。《史記》有傳。吴:吴起,戰國時衛人,軍事家,事魏文侯、魏武侯。《史記》有傳。

〔八〕遺策:失算。《吕氏春秋·貴當》:「荆有善相人者,所言無遺策。」

〔九〕《莊子·説劍》:「臣之劍,十步一人,千里不留行。」留行,進行中受阻滯或停止不前。

〔一〇〕「社首」二句:社首:山名。在山東泰安縣西南,上有壇,爲古代帝王封禪之所。《史記·封禪書》:「周成王封泰山,禪社首。」禪:及下句之「封」,已見卷三《登封大酺歌》注〔三〕。介丘:大山,即泰山。《漢書·司馬相如傳》:「蓋周躍魚隕杭,休之以燎。微夫斯之爲符也,以登介丘,不亦恧乎!」顔師古《注》引服虔曰:「介,大也。丘,山也。言周以白魚爲瑞,登太山封禪,不亦慙乎!」

〔一一〕「創明堂」二句:明堂:已見卷三《中和樂九章·歌明堂》注〔一〕。辟雍:周王朝爲貴族子弟所設的大學。取四周有水、形如璧環爲名。《禮記·王制》：「大學在郊，天子曰辟雍，諸侯曰頖宫。」

〔一二〕「雖有」二句：闕里：已見卷六《駙馬都尉喬君集序》注〔三〕。淹中：已見卷二《文翁講堂》詩注〔二〕。

〔一三〕已見卷六《駙馬都尉喬君集序》注。

〔一四〕《史記·封禪書》：「初，天子封泰山，泰山東北阯古時有明堂處，處險不敞。上欲治明堂奉高旁，未曉其制度。濟南人公玉帶上黄帝時《明堂圖》。」

〔一五〕「咸英」二句：《咸》：《咸池》。相傳爲堯樂，一説黄帝之樂，堯增修沿用。《周禮·春官·大司樂》：「舞《咸池》以祭地示。」《英》：《六英》，相傳爲舜樂。《吕氏春秋·仲夏紀·古樂》：「帝舜乃令質修《九招》、《六列》、《六英》以明帝德。」《韶》：傳説舜所作樂名。《書·益稷》：「簫韶九成，鳳凰來儀。」《武》：樂名。頌周武克殷之樂。《論語·八佾》：「謂《武》，『盡美矣，未盡善也。』」

〔一六〕「奏之」二句：方澤：夏至日祭地之處。掘地爲方池，貯水以祭，故稱方澤。《廣雅·釋天》：「圓丘大壇祭天也，方澤大折祭地也。」地祇：地神。《史記·司馬相如傳》：「故聖王弗替，而修禮地祇，謁款天神。」圓丘：已見卷三《中和樂九章·歌南郊》注〔三〕。

〔一七〕伶倫：傳説爲黄帝時的樂官。《吕氏春秋·仲夏紀·古樂》：「昔黄帝令伶倫作爲律。」高誘

《注》：「伶倫，黃帝臣。」伯夔：即夔，相傳爲虞舜時的樂官。《書·舜典》：「帝曰：『夔，命汝典樂，教胄子。』」延陵：已見卷六《樂府雜詩序》注〔九〕。子期：鍾子期，春秋楚人，精於音律。伯牙鼓琴，志在高山流水，子期聽而知之。子期死，伯牙謂世無知音者，乃絶絃破琴，終身不復鼓琴。事見《淮南子·脩務訓》、《風俗通義·聲音》。

〔一八〕王元長《永明九年策秀才文》：「永念畫冠，緬追刑厝。」李善《注》引《墨子》曰：「畫衣冠，異章服，謂之戮，上世用戮，而民不犯。」

〔一九〕囹圄：牢獄。《韓非子·三守》：「至於守司囹圄，禁制刑罰，人臣擅之，此謂刑劫。」

〔二〇〕「雖有」二句：咎繇：「即皋陶，相傳爲舜臣，掌刑獄之事。」《書·舜典》：帝曰：「皋陶，蠻夷猾夏，寇賊奸宄，汝作士，五刑有服。」仲甫：即仲山甫，周樊侯，魯獻公次子，宣王時爲卿士。《詩·大雅·烝民》曰：「保兹天子，生仲山甫。」全詩皆頌揚仲山甫之功德：外則總領諸侯，內則輔養君德，入則典司政本，出則經營四方，「夙夜匪懈，以事一人」。釋之：張釋之，字季，南陽堵陽人。文帝時爲謁者僕射，屢遷廷尉，執法持平不阿。《史記》有傳。定國：于定國，字曼倩，東海郯人。初爲獄吏、郡決曹，遷御史中丞。宣帝時超遷爲廷尉，執法持平，務在哀鰥寡，朝廷稱之。甘露中，代黃霸爲相，封西平侯。《漢書》有傳。

〔二一〕「金科」二句：金科：完美重要的法令。揚雄《劇秦美新》：「金科玉條。」丹筆：書寫罪人名册所用的紅筆。《初學記》卷二〇《政理部·刑罰》引謝承《後漢書》曰：「盛吉爲廷尉。每至冬節，罪囚當斷，妻夜執燭，吉持丹筆，夫妻相對，垂泣決罪。」

〔二一〕「人歸」二句：東户：傳説中的古太平盛世。《困學紀聞》卷一〇引《子思子》曰：「東户季子之時，道上雁行而不拾遺，餘糧棲諸畝首。」陶淵明《戊申歲六月中遇火》：「仰想東户時，餘糧宿中田。」　南薰：即南風。《史記·樂書》：「昔者舜作五弦之琴，以歌《南風》。」裴駰《集解》引王肅曰：「《南風》，育養民之詩也。其辭曰：『南風之薰兮，可以解吾民之愠兮。』」

〔二三〕《莊子·馬蹄》：「故至德之世，其行填填，其視顛顛。當是時也，山無蹊隧，澤無舟梁。」蹊，小徑。隧，隧道。

〔二四〕《老子》：「小國寡民，使有什伯之器而不用，使民重死而不遠徙。雖有舟輿，無所乘之。雖有甲兵，無所陳之。使人復結繩而用之，甘其食，美其服，安其居，樂其俗，鄰國相望，雞犬之聲相聞，民至老死不相往來。」

〔二五〕「雖有」二句：文翁：廬江舒人。漢景帝末，爲蜀郡守，見俗僻陋有蠻夷風，欲誘進之，文翁乃選郡縣小吏開敏有材者，遣詣京師受業博士，學成還歸，用爲右職，又修起學宫於成都市中，入學者免除繇役，學業優者補郡縣吏，蜀地由是大化。見《漢書·循吏傳》。　黄霸：字次公，淮陽陽夏人。漢宣帝時爲潁川太守，外寬内明，得吏民心，郡内户口歲增，治爲天下第一。璽書褒美，徵爲太傅，五鳳中，拜丞相，封建成侯。見《漢書·循吏傳》。　述職：諸侯向天子陳述職守。《孟子·梁惠王》下：「諸侯朝於天子曰述職。述職者，述所守也。」　子游：孔子弟子言偃，字子游，吴人。《論語·雍也》：「子游爲武城宰。」又，《陽貨》曰：子之武城，聞弦歌之聲。夫子莞爾而笑，曰：「割鷄焉用牛刀？」子游對曰：「昔者偃也聞諸夫子曰：『君子學道則愛人，小人學道則易使也』。」子曰：「二三子！偃之言是也。前言戲之耳。」子賤：孔子弟子宓不齊，字子賤。《吕氏春秋·察賢》：「宓子賤治單父，彈鳴琴，身不下堂，而單父治。」

〔二六〕《漢書·循吏傳·黄霸傳》曰：「天子以霸治行終長者，下詔稱揚曰：『潁川太守霸，宣布詔令，百姓鄉化，孝子弟弟貞婦順孫日以衆多，田者讓畔，道不拾遺，養視鰥寡，贍助貧窮，獄或八年亡重罪囚，……可謂賢人君子矣。』」

〔二七〕謂雍和之風普及於民。雍和，融洽，和睦。《後漢書·馬皇后紀》：「常與帝旦夕言道政事，……雍和終日。」

〔二八〕「干戈」以下四句：戢：收藏。《詩·周頌·時邁》：「載戢干戈。」刑罰已措：《史記·周本紀》：「故成、康之際，天下安寧，刑錯四十餘年不用。」錯，通「措」，置而不用。梁父已昇：已見卷三《登封大酺歌》「明君封禪日重光」句注。

〔二九〕常伯：周官名，以從諸伯中選拔而名。《書·立政》：「王左右常伯、常任。」秦漢稱侍中，職掌侍從皇帝左右，應對顧問，地位漸形貴重，略同宰相。《漢書·谷永傳》：「戴金貂之飾、執常伯之職者，皆使學先王之道，知君臣之義。」

〔三〇〕《書·臯陶謨》：「庶績其凝。」孔《傳》：「凝，成也。……衆功皆成。」

〔三一〕盈：充滿。盈乎百代，猶言包羅百代。

〔三二〕濡翰：以筆蘸墨，指寫作。濡，浸漬。翰，筆也。劉楨《贈五官中郎將》詩：「終夜不遑寐，敍意於濡翰。」周于四時：謂四季勤苦不輟也。

〔三三〕適：正好，恰巧。　佛之：使之鬱滯不快。《漢書・鄒陽傳》：「如此，則太后佛郁泣血，無所發怒，切齒側目於貴臣矣！」佛，鬱也。

〔三四〕「是故」二句：恭己：恭敬己身也。《論語・衛靈公》：子曰：「無爲而治者，其舜也與？……恭己正南面而已矣。」演成：推衍而成。班固《西都賦》：「奉春建策，留侯演成。」

〔三五〕「攘袂」二句：攘袂：揎袖捋臂，奮起之狀。《漢書・鄒陽傳》：「能歷西山，徑長樂，……攘袂而正義者，獨大王耳。」　陵：通「凌」，侵侮。　稷：后稷，周的始祖，名棄，爲虞舜農官，教民稼穡，封於邰，號后稷，别姓姬氏。見《詩・大雅・生民》及《史記・周本紀》。　卨：即契，殷的始祖，虞舜時佐禹治水有功，命爲司徒，封於商，賜姓子氏。見《史記・殷本紀》。　阿衡：即伊尹，見本篇「朝爲伊周」注。

〔三六〕《老子》：「聖人處無爲之事，行不言之教。萬物作焉而不爲始，生而不有，爲而不恃，功成而弗居。」《莊子・天地》：「古之畜天下者，无欲而天下足，无爲而萬物化，淵静而百姓定。」遂，成也。

〔三七〕《老子》：「聖人……行不言之教。」《論語・陽貨》：子曰：「天何言哉！四時行焉，百物生焉，天何言哉！」《易·坤》：「含弘光大，品物咸亨。」品彙，事物之品種類别。咸亨，皆得亨通。

〔三八〕「莫不」二句：鴻烈：巨大的功業。《漢書·揚雄傳》：「不足以揚鴻烈而章緝熙。」揄揚：已見卷六《樂府雜詩序》注〔一八〕。

〔三九〕行危：行爲正直。《論語·憲問》：「邦有道，危言危行。」

〔四〇〕出奇：已見本篇上文。裹足：纏裹其足。引申爲止步不前。李斯《諫逐客書》：「使諸侯之士……裹足不入秦。」山楹：猶山居。楹，廳堂的前柱。

〔四一〕「許由」二句：許由：傳説爲古代高士，隱於箕山。箕山在今河南登封縣南。司馬遷曾登箕山，上有許由冢（《史記·伯夷列傳》）許由其人，始見於《莊子》。《逍遥遊》曰：「堯讓天下於許由，……許由曰：『子治天下，天下既已治也。而我猶代子，吾將爲名乎？……歸休乎君，予無所用天下爲！』」又見於《徐无鬼》、《外物》等篇。「善卷」句：《莊子·讓王》曰：舜以天下讓善卷，善卷曰：「余立于宇宙之中，冬日衣皮毛，夏日衣葛絺。春耕種，形足以勞動；秋收斂，身足以休食。日出而作，日入而息，逍遥于天地之間，而心意自得。吾何以天下爲哉！悲夫，子之不知余也。」遂不受。于是去而入深山，莫知其處。

夫周冕雖華，猨猴不之好也〔一〕；夏屋雖崇〔二〕，騏驥不之處也。載騕以車馬，不如放之於藪穴也；樂鶢以鐘鼓，不如栖之以深林也〔三〕。此數物者，豈惡榮而好辱哉？蓋不失其天真也〔四〕。若余者，十五而志於學〔五〕，四十而無聞焉〔六〕。詠羲、農之化，翫姬、孔之篇〔七〕。周遊幾萬里①，馳騁數十年。時復陵霞汎月，搦札彈弦〔八〕，隨時上下，與俗推遷。門有張公之霧〔九〕，突無墨子之烟〔一〇〕。雖吾道之窮矣〔一一〕，夫何妨乎浩然〔一二〕。今將授子以《中和之樂》〔一三〕，申子以封禪之篇〔一四〕，終眇慙乎措地，竊所慕於談天②〔一五〕。

校記

①「萬」　《英華》作「千」。　②「於」　《全唐文》作「乎」。

注釋

〔一〕《論語·衛靈公》：「服周之冕。」《莊子·天運》：「今取猨狙而衣以周公之服，彼必齕嚙挽裂，盡去而後慊。」

〔二〕夏屋：大屋。宋玉《大招》：「夏屋廣大，沙堂秀只。」

〔三〕「載鼷」以下四句：《莊子·達生》：「今休，款啟寡聞之民也，吾告以至人之德，譬之若載鼷以車馬，樂鷃以鐘鼓也。」鼷，鼠名，一種小鼠。藪，水淺草茂的澤地。鷃，鳥名。

〔四〕天真：《莊子·漁父》：「禮者，世俗之所爲也。真者，所以受於天也，自然不可易也。故聖人法天貴真，不拘於俗。」後即以未受禮俗影響的本性爲天真。《晉書·阮籍傳·論》：「餐和履順，以保天真。」

〔五〕《論語·爲政》：子曰：「吾十有五而志于學。」

〔六〕《論語·子罕》：子曰：「……四十、五十而無聞焉，斯亦不足畏也已。」

〔七〕「詠羲、農」二句：羲：伏羲氏，古代傳説中古帝名，即太昊，風姓。相傳他始畫八卦，教民捕魚畜牧，以充庖厨。《易·繫辭》下：「古者包犧氏之王天下也。仰則觀象於天，俯則觀法於地，觀鳥獸之文，與地之宜，近取諸身，遠取諸物，於是始作八卦，以通神明之德，以類萬物之情。作結繩而爲罔罟，以佃以漁。」包犧氏，即伏羲氏。　農：神農氏。傳説古帝名。古史又稱炎帝、烈山氏。相傳始教民爲耒、耜以興農業，嘗百草爲醫藥以治疾病。《易·繫辭》下：「包犧氏没，神農氏作，斲木爲耜，揉木爲耒。耒耨之利，以教天下。」　姬：指周公旦，已見卷五《釋疾文·命曰》注〔七〕。　孔：指孔子。

〔八〕「時復」二句：陵霞：即凌霞，跨越雲霞，極言其高。陶淵明《讀〈山海經〉》十三首之二：「玉臺陵霞秀。」　汎月：月下汎舟。　搦札：搦，握持。札，古時書寫用的小木簡。搦札，指寫作。王僧孺《詹事徐府君集序》：「搦札含毫，必弘靡麗。」

〔九〕《後漢書·張霸傳》附張楷傳：「（楷）性好道術，能作五里霧。」

〔一〇〕《淮南子·脩務訓》：「墨子無黔突，孔子無暖席。」突，烟囱。

〔一一〕《春秋公羊傳·哀公十四年》：「西狩獲麟。孔子曰：『吾道窮矣。』」

〔一二〕浩然：正大剛直之氣曰「浩然之氣」，省稱曰「浩然」。《孟子·公孫丑》上：「我善養吾浩然之氣。」《抱朴子·論仙》：「英儒偉器，養其浩然者，猶不樂見淺薄之人，風塵之徒。」

〔一三〕中和之樂：昪之所創制的郊祀歌辭，即《中和樂九章》，見卷三。

〔一四〕申：重復，一再。《左傳·成公十三年》：「申之以盟誓，重之以婚姻。」封禪之篇：昪之集中今存《登封大酺歌》四首，爲詠高宗封禪之作，不知是否。封禪，已見卷三《登封大酺歌》注〔二〕。

〔一五〕「終眇慙」二句：意謂，棄置於下地，終慚愧其眇小，而談論於高天，則私心之所慕。案，《中和之樂》，「封禪之篇」，皆關係帝國朝廷郊廟之祭、封禪大典的鴻製，理應由公卿宰執大臣爲之；昪之卑栖一尉，僻在三蜀，不揣微渺，撰而獻之，譬猶置身於下地，而竊談於高天，故有斯二句。眇，細小，低微。《莊子·德充符》：「眇乎小哉！」措，置而不用。談天，已見卷六《南陽公集序》注〔一四〕。

於是蜀父老再拜而謝曰：「鄙夫瞽陋〔一〕，長自愚惑〔二〕，習俗遐陬〔三〕，不遊上國〔四〕。聞王人之休旨①〔五〕，聽皇猷之允塞〔六〕，亦猶獻雉而遇司南〔七〕，銜龍而光有北〔八〕。請終餘論，永告邛僰〔九〕。」

校記

①「旨」原作「音」，據《英華》、《全唐文》改。

注釋

〔一〕瞽：目盲。此處是愚昧、不明事理之意。

〔二〕愚惑：愚昧昏亂。

〔三〕謂習慣於遐陬之俗。遐陬，邊遠偏僻之地。謝靈運《撰征賦·序》：「内匡寰表，外清遐陬。」

〔四〕上國：已見卷三《綿州官池贈别》注〔三〕。

〔五〕王人：天子下士有功者之美稱。《左傳·莊公十六年》：「春王正月，王人子突救衛。」杜預《注》：「王人，王之微官也。雖官卑而見授以大事，故稱人而又稱字。」休：美好。

〔六〕《詩·大雅·常武》：「王猷允塞，徐方既來。」孔穎達《疏》：「毛以爲……王之謀慮信而誠實，……故兵未陳而徐方既已自來。」猷，謀。允，信。塞，充滿，充實。

〔七〕《古今注》曰：越裳氏重譯來貢，迷其歸路，周公錫以軿車五乘，皆爲司南之制，使載之以南，朞年而至其國。案，司南，指南針、羅盤一類指示方向的器具。

〔八〕《洞冥記》云：東方朔曰：「臣遊北極，至種火之山，日月所不照，有青龍銜燭火以照山之四極。」銜龍，即銜燭火之龍。有北，即北方，有是詞頭。

〔九〕邛僰：漢代西南少數民族國名：邛都、僰國。《漢書·食貨志》：「漢通西南夷，散幣于邛、僰以輯之。」邛都，在今四川西昌東南。僰，在今四川以宜賓爲中心的川南和滇東一帶。

盧照鄰集校注卷七

書

與在朝諸賢書〔一〕

昔張子房處太傅之尊，自疏■於南山隱①〔二〕；公孫弘居丞相之位，亦伏地於東方生〔三〕。伯喈已亡，孔文舉將老兵而造膝〔四〕；方回尚在，王羲之就傖奴而共談②〔五〕。良史書之，高賢不以爲累。自古朝野，曷常以人廢言〔六〕。況下官抱疹東山〔七〕，不干時事，借人唱和，何損于朋黨〔八〕？延州、子期〔九〕，聞音竊抃〔一〇〕，猶冀身膏丹壑，脱寶劍於山阿〔一一〕；骨掩黄塵，罷瑶琴於天下〔一二〕。則捐金抵玉於山谷者③〔一三〕，非太平之美事乎？幽憂子白〔一四〕。

校記

①「自疏■於南山隱」原作「自疏於南山隱」，據《英華》卷六九一補墨丁。②「傖」原作「倉」，據《〈文苑英華〉辨證》卷十改。③「則捐金抵玉於山谷者」原作「捐金抵於山谷者」，據《全唐文》卷一六六改。

注釋

〔一〕《書》曰「下官抱疹東山」，則「學道于東龍門山精舍」時之作也。時當調露元年（六七九）左右也。

〔二〕「昔張子房」二句：謂張良貴爲太傅，知有「四皓」之賢，而未嘗與之通聲氣也。張子房，即張良，已見卷六《樂府雜詩序》「綺季留侯」注。按《史記·留侯世家》云，張良曾爲太子少傅，此云「處太傅之尊」，係昇之誤記也。南山隱，即「四皓」，亦見《樂府雜詩序》「綺季留侯」句注。《史記·留侯世家》、《漢書·張良傳》初不言四人隱居何山，至揚雄《解嘲》有「藺生收功於章臺，四皓采榮於南山」之語，皇甫謐《高士傳》更謂四皓避秦皇之虐政，「乃共入商雒，隱地肺山以待天下定。及秦敗，漢高聞而徵之，不至，深自匿終南山，不能屈已」，後遂有「南山隱」、「南山（或商山）四皓」之目。

〔三〕「公孫」二句：謂公孫弘爲相，矜持自尊，於東方朔，未肯禮下之。公孫弘，已見卷六《南陽公集序》「平津侯之賓館」句注。伏地於東方生，即使東方生伏於地也。東方生，即東方朔，字曼倩，平原厭次人。武帝時待詔金馬門，官至太中大夫。善屬文，以詼諧、滑稽、俳辭得親近，著有《答客難》、《非有先生論》、《七諫》等。見《漢書·東方朔傳》。

〔四〕「伯喈」二句：《後漢書·孔融傳》云：「（融）性寬容少忌，好士，喜誘益後進。及退閑職，賓客日盈其門。……與蔡邕素善，邕卒後，有虎賁士貌類於邕，融每酒酣，引與同坐，曰：『雖無老成人，且有典刑。』」伯喈，蔡邕的字。邕，陳留圉人。少博學，師事太傅胡廣，好辭章、數術、天文，妙操音律。初爲司徒橋玄所辟，出補河平長，召拜郎中，校書東觀，遷議郎。光和初，以上書觸犯宦官，髡鉗徙朔方，旋亡命吴會，積十二年。董卓辟署祭酒，遷尚書、左中郎將。及卓被誅，邕以同惡見收，死獄中。見《後漢書·蔡邕傳》。孔文舉，即孔融，字文舉，魯國人，孔子裔孫，幼有異才，性好學，博學多該覽。初辟司徒楊賜府，又辟司空掾，遷虎賁中郎將。以忤董卓旨，出爲北海相。及獻帝都許，徵爲將作大匠，遷少府。時見曹操雄詐漸著，知其終圖漢室，數不能堪，故發辭偏宕，多所侮慢嘲戲，操患之，遂令路粹枉狀奏融大逆不道，下獄棄市。見《後漢書·孔融傳》。造膝，至於膝下，謂親近。《三國志·魏書·高堂隆傳》上疏：「今陛下所與共坐廊廟治天下者，……皆腹心造膝，宜在無諱。」

〔五〕「方回」二句：《晉書·劉惔傳》：「（惔）性簡貴，與王羲之雅相友善。郗愔有傖奴善知文章，羲之愛之，每稱奴於惔。惔曰：『何如方回邪？』羲之曰：『小人耳，何比郗公！』惔曰：『若不如方回，故常奴耳。』」方回，郗愔的字。愔，高平金鄉人，仕東晉，歷驃騎何充、征北將軍褚裒長史，臨海太守，徐、兖二州刺史，會稽内史等職。《晉書》有傳。王羲之，琅琊臨沂人，字逸少，司徒王導從子。官至右軍將軍、會稽内史。少從叔父廙，後又從衛夫人學書，備精諸體，博採衆長，自成一家，世稱「書聖」。《晉書》有傳。傖，粗野、鄙陋。王褒《青須髯奴辭》：「傖囁穰擩，與塵爲侶。」

〔六〕曷：何。《書·盤庚》中：「曷虐朕民？」常：通「嘗」。《荀子·天論》：「風雨之不時，怪星之黨見，是無世而不常有之。」

〔七〕下官：官吏自稱的謙詞。《世説新語·棲逸》：戴安道既厲操東山，而其兄欲建式遏之功。謝太傅曰：「卿兄弟志業，何其太殊？」戴曰：「下官『不堪其憂』，家弟『不改其樂』。」疹：通「疢」，病也。《國語·越語》上：「令孤子、寡婦、疾疹貧病者，納宦其子。」東山：東晉時，謝安早年嘗高卧東山，隱居不仕。見《晉書·謝安傳》。後遂以東山指隱居之所。此處東山，當即指《與洛陽名流朝士乞藥直書》中「幽憂子學道」之「東龍門山」也。

〔八〕謂何至於被視爲朋黨而招來損害。

〔九〕延州：即季札，季札號曰「延陵季子」，見《史記·吳太伯世家》，又號曰「延州來季子」，見《左傳·襄公三十一年》及《昭公二十七年》，杜預《注》曰：季子本封延陵，後復封州來，故曰「延州來」。季札，已見卷六《樂府雜詩序》「延陵聽樂」句注。子期：即鍾子期，已見卷六《對蜀父老問》注〔一七〕。

〔一〇〕抃：鼓掌，表示歡欣。《吕氏春秋·古樂》：「帝嚳乃令人抃。」

〔一一〕「猶冀」二句：身膏丹壑：謂死去填溝壑也。「脱寶劍」句：《史記·吳太伯世家》曰：季札之初使，北過徐君。徐君好季札劍，口弗敢言。季札心知之，爲使上國，未獻。還至徐，徐君已死，於是乃解其寶劍，繫之徐君冢樹而去。從者曰：「徐君已死，尚誰予乎？」季子曰：「不然。

始吾心已許之，豈以死倍吾心哉！」山阿，山坡。

〔二〕「骨掩」二句：用鍾子期死，伯牙終身不復鼓琴事，已見卷六《對蜀父老問》注〔一七〕。

〔三〕捐金抵玉：語本《抱朴子·安貧》：「上智不貴難得之財，故唐虞捐金而抵璧。」捐，捨棄。抵，擲也。捐金抵玉，此處指在朝諸賢向隱居山中的昇之投贈詩篇，與之唱和。金、玉，所以比喻諸賢作品之華美珍貴也。

〔四〕幽憂子：作者給自己取的别號。白：稟告，陳述。

與洛陽名流朝士乞藥直書〔一〕

幽憂子學道于東龍門山精舍〔二〕，布衣藜羹〔三〕，堅卧於一巖之曲。客有過而哀之者，青囊中出金花子丹方相遺之〔四〕，服之病愈。視其方，丹砂二斤〔五〕，穀楮子則山中可有〔六〕，丹砂則渺然難致。昔在關西太白山下，一隱士多玄明膏〔七〕，中有丹砂八兩，予時居貧〔八〕，不得好上砂，但取馬牙顔色微光淨者充用〔九〕。自爾丁府君憂〔一〇〕，每一號哭，涕泗中皆藥氣流出〔一一〕，三四年羸卧苦嗽〔一二〕，幾至于不免。復偶於他方中見一説云，丹砂之不精者，服之令人多嗽。訪知一處有此物甚佳，而必須錢二千文，則三十二兩當取六十四千也。空山卧疾，家業先貧，老母年尊，兄弟禄薄〔一三〕，若待家辦，則委骨於巉嵓之峰矣〔一四〕。意者欲以開歲五月穀子熟時〔一五〕，試合此藥；非天下名流貴族、王公卿士，以仁惻之心達枯骨朽株者①，孰能濟之哉！今力疾賦詩一篇〔一六〕，遍呈當代博雅君子。雖文不動俗，事或傷心。儻遇晏嬰脱左驂而見贖，如逢孔子分秉粟以相憂，則越石、原憲不辛苦於當年矣〔一七〕。唯當坐禪念室〔一八〕，以答深仁。若諸君子家有好妙砂，能以見及，最爲第一；無者各乞一二兩藥直〔一九〕，是庶幾也〔二〇〕。

校記

①「以」原作「於」，據《全唐文》卷一六六改。

注釋

〔一〕調露二年（六八〇）前後作。乞，向人求討。《左傳·僖公十三年》：「冬，晉薦饑，使乞糴於秦。」直，通「值」。藥直，購買藥物所需的費用。

〔二〕學道：學習道教、行鍊丹服食之事。東龍門山：山名，在河南登封市。清洪亮吉《登封縣志》卷六曰：「太室北爲講山。……講山東爲東龍門山。……舊志在岳廟東北三十里，見雜道書。唐盧照鄰疾甚，客東龍門醫藥。」精舍：道士、僧人修鍊居住之所。《三國志·吴書·孫策傳》「策陰欲襲許，迎漢帝」裴松之《注》引《江表傳》云：「時有道士瑯玡于吉，先寓居東方，往來吴會，立精舍，燒香讀道書，制作符書以治病。」又《世説新語·棲逸》云：「康僧淵在豫章，去郭數十里，立精舍。」

〔三〕藜羹：已見卷四《五悲·悲今日》注〔三〕。

〔四〕青囊：《晉書·郭璞傳》：「（璞）好古文奇志，妙於陰陽算曆。有郭公者，客居河東，精於卜筮，璞從之受業。公以《青囊中書》九卷與之，由是遂洞五行、天文、卜筮之術……雖京房、管輅不能過也。」丹方：道家鍊合丹藥的配方。沈約《華山館爲國家營功德》詩：「丹方緘洞府，河清時一傳。」遺：給予。

〔五〕丹砂：即硃砂，一種可製紅顔料的礦石，爲道家鍊製金丹的主要材料。

〔六〕穀楮子：《漢書·郊祀志》下：「后稷配食官稷，稷種穀樹。」顔師古《注》：「穀樹，楮樹也。」穀，木名，又名楮，葉似桑，皮可製紙。《詩·小雅·鶴鳴》：「爰有樹檀，其下維穀。」三國吴陸璣《毛詩草木鳥獸蟲魚疏》：「穀，幽州人謂之穀桑，或曰楮桑，荆揚交廣謂之穀。」

〔七〕「昔在」二句：太白山：山名，在陝西周至縣南，爲秦嶺主峰，海拔三七六七米。盧照鄰約在高宗上元二年前後隱居於此。

〔八〕居貧：生活貧困。《晉書·阮修傳》：「修居貧，年四十餘未有室。」玄明膏：丹藥名。

〔九〕馬牙：即「馬牙硝」。《本草綱目》卷十一《石·朴硝》：「此物見水即消，又能消化諸物，故謂之消。……煎鍊入盆，凝結在下粗朴者爲朴消，在上有芒者爲芒消，有牙者爲馬牙消。」

〔一〇〕爾：彼時，那時。丁府君憂：丁父憂，遭父喪。遭父母之喪曰丁憂。《晉書·袁悦之傳》：「始爲謝玄參軍，……丁憂去職。」府君，唐以後對男性死者的通稱（亦有頌德碑稱男性生者爲府君之例）。如張説《贈丹州刺史先府君神道碑》：「府君諱騭，……范陽方城人也。」此稱其亡父爲府君；陳子昂《袁州參軍李府君妻張氏墓誌銘》：「府君不造，……早世而殞。」此稱張氏亡夫爲府君；張説《邠王府張史陰府君碑》：「府君之喪，……晝哭成疾。」此稱其妹夫爲府君也，皆可證。按，昇之遭父喪，約在咸亨末或上元初年。

〔一一〕涕泗：眼泪和鼻涕。《詩·陳風·澤陂》：「寤寐無爲，涕泗滂沱。」

〔一二〕羸卧：已見卷二《失羣鴈·序》注〔七〕。　苦嗽：苦於咳嗽。

〔一三〕盧照鄰兄名光乘，字杲之，弟名不詳，字昂之，俱已入仕，時供職於京兆府或東都屬縣（畿縣），即《寄裴舍人諸公遺衣藥直書》所謂「薄遊近縣」，當爲簿尉一類卑職，故云「禄薄」。

〔一四〕巉嵓：山險峻貌。嵓，同巖。宋玉《高唐賦》：「登巉巖而下望兮，臨大阺之稸水。」

〔一五〕意者：私下打算，私意以爲。揚雄《解嘲》：「意者玄得無尚白乎？」開歲：歲首。馮衍《顯志賦》：「開歲發春兮，百卉含英。」此處爲「來歲」「明年」之意。　㲄子：即「㲄楮子」。

〔一六〕力疾：勉强支撑病體。《三國志·魏書·曹爽傳》：「臣輒力疾，將兵屯洛水浮橋。」　賦詩一篇：按，昇之力疾所賦此詩，内容當亦自陳羸疾委頓之苦、乞諸公援手拯濟之意，與此書一致，然今本集中無之，當已久佚。

〔一七〕「儻遇」以下三句：晏嬰脱左驂：劉向《新序·節士》上：晏子之晉，見被裘負芻息于途者，以爲君子也。使人問焉，曰：「曷爲而至此？」對曰：「齊人，累之，吾名曰越石甫。」晏子曰：

「嘻！」遽解左驂以贖之，載而與歸，……遂以爲上客。左驂，車轅左邊的馬。孔子分秉粟：《論語·雍也》曰：原思爲之宰，與之粟九百，辭。子曰：「毋！以與爾鄰里鄉黨乎！」秉，古代量名，十六斛。《論語·雍也》：「子華使於齊，……冉子與之粟五秉。」原憲：孔子弟子，字子思，故又稱原思。宋人，少孔子三十六歲。曾爲孔子家臣。孔子卒，隱居衛。見《史記·仲尼弟子列傳》。

〔一八〕坐禪：佛教徒修行的功課，每天在一定時間静坐，排除一切雜念，使心神恬静自在，曰坐禪。《魏書·釋老志》：「（惠始）坐禪於白渠北。」念室：獄之别名。《初學記》卷二〇《政理部·獄》引《博物志》曰：「夏曰念室。」此以喻指山中養疾之所。

〔一九〕乞：給與。《漢書·朱買臣傳》：「妻自經死，買臣乞其夫錢，令葬。」

〔二〇〕庶幾：表示希望之辭，猶「所幸」、「所願」。《孟子·梁惠王》下：「王庶幾改之，予日望之。」

仲尼曰：「有能一日用其力於仁者乎？未有力不足者〔一〕。」又曰：「君子無終食之間違仁〔二〕，在坐則參於前，在輿則倚於衡〔三〕。」古人心可見矣。又曰：「仁遠乎哉？我欲仁，斯仁至矣〔四〕。」言能苟行之，仁道不遠也。朝英貴士〔五〕，博濟而好仁者〔六〕，何必相識？故知與不知，咸送詩告。請無案劍〔七〕，同掩體骸云爾〔八〕。

注釋

〔一〕「有能」二句：《論語·里仁》曰：子曰：「……有能一日用其力於仁矣乎？我未見力不足者。」

〔二〕《論語·里仁》：子曰：「……君子無終食之間違仁。」

〔三〕「在坐」二句：《論語·衛靈公》曰：「子張問行。子曰：『言忠信，行篤敬，雖蠻貊之邦，行矣。言不忠信，行不篤敬，雖州里，行乎哉？立則見其參於前也，在輿則見其倚於衡，夫然後行。』子張書諸紳。」參，參加。輿，車箱，也泛指車。衡，車轅前端的横木。

〔四〕「仁遠」以下三句：孔子語，見《論語·述而》。

〔五〕朝英：朝廷的英傑。

〔六〕博濟：普遍地救助羣生。《三國志·魏書·高堂隆傳》：「始自三皇，爰及唐虞，咸以博濟加於天下。」

〔七〕《漢書·鄒陽傳》獄中上梁孝王書：「明月之珠，夜光之璧，以暗投人于道路，人莫不按劍相眄者，何則？無因而至前也。」

〔八〕謂自己已不能久於人世，諸君之周濟藥直，聊同於掩埋逝者而已。

寄裴舍人諸公遺衣藥直書①〔一〕

山僕至自都②，太子舍人裴瑾之、太子舍人韋方賢③、左史范履冰、水部員外郎獨孤思莊、少府丞舍人内供奉閻知微、符璽郎喬偘〔二〕，並有書問余疾，兼致束帛之禮〔三〕，以供東山衣藥之費。嗟乎！代與道交喪，其來尚矣〔四〕。殷揚州與外甥韓康伯别，慨然而詠「富貴他人合，貧賤親戚離」，因泣下交頤，不能自已〔五〕。余以其爲人也，名過其實〔六〕。然窮達之際，則西狩獲麟，所不能免〔七〕，斯亦古君子之大悲也；自鄶而下，曷足譏焉〔八〕。余家咸亨中良賤百口〔九〕，自丁家難，私門弟妹凋喪，七八年間貨用都盡〔一〇〕。余不幸遇斯疾，母兄哀憐，破産以供醫藥。屬多穀不登，家道屢困〔一一〕，兄弟薄遊近縣〔一二〕，創巨未平，雖每分多見憂〔一三〕，然亦莫能取給〔一四〕。海内相識，亦時致湯藥，恩亦多矣。晚更篤信佛法〔一五〕，於山間營建④〔一六〕，所費尤廣。本欲息貪寡欲，緣此更使貪心萌生，每得一物，輒歡喜更恨不足。嗚呼！道惡在而奔競之若兹〔一七〕！雖觀苦空無常〔一八〕，而此業已就〔一九〕，不可中廢，祈獲福澤⑤，思與士君子共之。

校記

①「寄裴舍人諸公遺衣藥直書」《英華》卷六八四作「寄裴舍人遺衣藥直書」。②「山僕」原作「山信」，《英華》下注云「一作僕」，《全唐文》卷一六六作「山僕」，今據改。③「韋方賢」《新唐書》卷二〇一《文藝傳上·盧照鄰傳》作「韋方質」。④「於山間營建」原作「於山下間營建」，據《全唐文》删「下」字。⑤「祈獲福澤」《英華》作「祈獲福慶」，「祈」字下注云「一作所」。

注釋

〔一〕與前篇爲同時而先後之作。裴舍人，即《書》中之「太子舍人裴瑾之」，詳後。

〔二〕太子舍人：東宮官名。《新唐書·百官志》東宮官：太子舍人四人，正六品上，掌行令、表啓。裴瑾之：見《新唐書·宰相世系表》一南來吴裴房，仕至倉部郎中，爲開元中太子賓客裴漼之父，絳州聞喜人。（兩《唐書·裴漼傳》則並云漼父名琰之，歷官同州司户參軍，永年令，累遷倉部郎中，與《表》不同，未知孰是。）　韋方賢：無考。《新唐書》作「韋方質」，疑是。韋方質，雍州萬年人。祖雲起，益州行臺兵部尚書。父師實，垂拱初官至太子少詹事。方質，則天初鸞臺侍郎、地官尚書、同鳳閣鸞臺平章事。見兩《唐書·韋雲起傳》。其在高宗朝歷官無考。　左史：官名。《新唐書·百官志》門下省：起居郎二人，從六品上，掌録天子起居法度。天子御正殿，則郎居左，舍人居右，有命，俯陛以聽，退而書之，季終以授史官。龍朔二年曰左史。范履冰：《舊唐書·文苑傳中·范履冰傳》云，范履冰，懷州河内人，自周王府户曹召入禁中，凡二十餘年。垂拱中，歷鸞臺、天官二侍郎。尋遷春官尚書、同鳳閣鸞臺平章事，兼修國史。載初元年，坐嘗舉犯逆者被殺。又，同書《元萬頃傳》云，時天后諷高宗廣召文詞之士入禁中修撰，萬頃與左史范履冰、苗神客，右史周思茂、胡楚賓咸預其選，前後撰《列女傳》、《臣軌》、《百僚新誡》、《樂書》等凡千餘卷。　水部員外郎：尚書省官名。《新唐書·百官志》尚書省工部，「水部郎中、員外郎，各一人，掌津濟、船艫、渠梁、堤堰、溝洫、漁捕、運漕、碾磑之事」。　獨孤思莊：河南洛陽人。父元愷，官至給事中。思莊，官桃林縣令，調露元、二年間入朝爲水部員外郎，見歐陽修《集古録目》卷二《唐獨孤府君頌德碑》；則天時遷魏州刺史，見《舊唐書·狄仁傑傳》；又歷右金吾大將軍，見《新唐書·宰相世系表》。少府丞舍人内供奉：《新唐書·百官志》少府：「監一人，從三品。……掌百工技巧之政。總中尚、左尚、右尚、織染、掌冶五署及諸冶、鑄錢、互市等監。供天子器御、后妃服飾及郊廟圭玉、百官儀物。……丞六人，從六品下。掌判監事。給五署所須金石、齒革、羽毛、竹木，所入之物，各以名數州土爲籍。」少府丞舍人内供奉，指以少府丞充任通事舍人或起居舍人在皇帝左右供職。《百官志》又云：中書省，「起居舍人二人，從六品上。掌脩記言之史，録制誥德音，如紀事之制，季終以授國史。……通事舍人十六人，從六品上。掌朝見引納、殿庭通奏。」閻知微：雍州萬年人。祖立德，工部尚書。父玄邃，司農少卿。知微，聖曆初，歷位右豹韜衛將軍。奉命使突厥默啜，叛國求榮，被誅。兩《唐書》有傳。符璽郎：官名，屬門下省。《新唐書·百官志》門下省：「符寶郎四人，從六品上。掌天子八寶及國之符節。」又曰：「武后延載元年，改符璽郎曰符寶郎。」喬偘：同州馮翊人。父師望，尚高祖女廬陵公主，拜駙馬都尉，官至同州刺史；兄知之、弟備，並有文名。偘，開元初爲兗州都督。見《舊唐書·文苑傳》。偘高宗朝歷官，史不載。

〔三〕束帛：古代聘問的禮物，也用作婚喪及朋友相饋贈的禮品。帛五匹爲束。《易·賁》：「束帛戔戔。」

〔四〕「代與道」二句：《莊子·繕性》：「由是觀之，世喪道矣，道喪世矣，世與道交相喪也。」成玄英《疏》：「喪，廢也。由是事迹而觀察之，故知時世澆浮，廢棄無爲之道，亦由無爲之道，廢變淳和之世。是知世之與道交相喪之也。」郭慶藩《集釋》：「案江文通《雜體詩》《注》引司馬（彪）云：世皆異端喪道，道不好世，故曰喪耳。」代，即世也，避太宗諱故用代。尚：久遠。《吕氏春秋·古樂》：「故樂之所由來者尚矣。」

〔五〕「殷揚州」以下四句：《世説新語·黜免》「殷中軍廢後」條劉峻《注》引《續晉陽秋》曰：「（殷）浩雖廢黜，夷神委命，雅詠不輟，雖家人不見其有流放之戚。外生韓伯始隨至徙所，周年還都，浩素愛之，送至水側，乃詠曹顔遠詩曰：『富貴它人合，貧賤親戚離』，因泣下。」殷揚州，即殷浩，字深源，陳郡長平人。晉穆帝永和二年任建武將軍、揚州刺史。後率師北伐，敗績，廢爲庶人。見《晉書·殷浩傳》。韓康伯，即韓伯，潁川長社人，殷浩外甥。歷官豫章太守、丹楊尹、領軍將軍等職。《晉書》有傳。曹顔遠，即曹攄，字顔遠，譙國人，初補臨淄令，轉洛陽令，齊王冏輔政，攄與左思俱爲記室。惠帝末，起爲襄城太守，永嘉二年爲征南司馬，討流人王逌，敗死。《晉書》有傳。「富貴他人合，貧賤親戚離」，見其《感舊》詩。

〔六〕「余以」二句：《晉書·殷浩傳·論》曰：「殷浩清徽雅量，衆議攸歸，高秩厚禮，不行而至。……及其入處國鈞，未有嘉謀善政；出總戎律，唯聞蹙國喪師。是知風流異貞固之才，談論非奇正之要。」

〔七〕「然窮達」以下三句：謂雖聖人亦不能免「道窮」之嘆、傷麟之泣。窮達，此處是偏義複詞，單取「窮」之義。西狩獲麟，《春秋公羊傳·哀公十四年》云：「十有四年，春，西狩獲麟。……麟者，仁獸也。有王者則至，無王者則不至。有以告者，曰：『有麕而角者。』孔子曰：『孰爲來哉！孰爲來哉！』反袂拭面，涕沾袍。顔淵死，子曰：『噫，天喪予！』子路死，子曰：『噫，天祝予！』西狩獲麟，孔子曰：『吾道窮矣！』」參卷六《南陽公集序》「自獲麟絶筆」句注。

〔八〕「自鄶」二句：意謂孔丘聖人，猶不免有「道窮」之嘆、傷麟之泣，何况凡庸之輩如殷浩者，又何足以譏評。「自鄶以下無譏焉」，語出《左傳·襄公二十九年》季札觀樂一節，本謂季札觀周樂，於諸國之風並有評論，而於《鄶風》以下則不復譏論之。孔穎達《春秋左傳正義》曰：「鄶者，古高辛氏火正祝融之虚也。國在《禹貢》豫州外方之北，滎波之南，居溱洧之間，於漢則河南郡密縣竟内有其都也。祝融之後分爲八姓，唯有妘姓爲鄶國者處祝融之故地焉。鄶是小國，《世本》無其號謚，不知其君何所名也。……鄶、曹二國皆國小政狹，季子不復譏之，以其微細故也。」季札觀樂，已見卷六《樂府雜詩序》「延陵聽樂」句注。後世用「自鄶以下」表示卑微凡庸，不值得一談之意。

〔九〕咸亨：高宗年號，凡五年，自六七〇年庚午至六七四年甲戌。咸亨五年八月改元上元元年。

〔一〇〕「自丁」以下三句：丁家難：即丁憂，丁艱此處指遭父喪。丁，當也。《詩·大雅·雲漢》：「寧丁我躬。」案此云「咸亨中良賤百口，自丁家難，……七八年間貨用都盡」，而《書》作於調露二年（六八〇）前後。上溯七年爲咸亨四年（六七三），連同調露二年一并計算爲八年，則是昇之咸亨四年喪父也。弟妹凋喪：《五悲·悲才難》曰：「余之昆兮曰杲之，余之季兮曰昂之」，獨不言另一弟，即排行第三者，可知「叔」約在父喪之後早逝。此一弟一妹，名字不詳。

〔二〕「屬多穀」二句：屬：適值。　多穀不登：《春秋穀梁傳·襄公二十四年》：「大饑。五穀不升爲大饑。一穀不升謂之嗛，二穀不升謂之饑，三穀不升謂之饉，四穀不升謂之康，五穀不升謂之大侵。」登，即升，成也。《孟子·滕文公》上：「五穀不登。」案《新唐書·五行志》云：「儀鳳四年春，東都饑。調露元年秋，關中饑。永隆元年冬，東都饑。」又云：「永隆元年九月，河南、河北大水，溺死者甚衆。」《舊唐書·高宗紀》下云：儀鳳四年（六月改元調露元年）二月「乙丑，東都饑，官出糙米以救饑人」。又云：永隆元年「九月，河南、河北諸州大水，遣使賑卹，溺死者官給棺櫝，其家賜物七段」。可知調露元年、二年連年饑荒，與昇之此書所述「多穀不登」符合。　家道：家計。陸機《百年歌》：「子孫昌盛家道豐。」

〔三〕兄弟：指兄光乘，字杲之，弟某，字昂之。薄遊近縣：蓋指二人仕于京兆府或東都屬縣。以前書有「兄弟祿薄」之語，可知二人已經入仕。薄，詞頭，無義。《詩·小雅·六月》：「薄伐玁狁。」

〔三〕「創巨」二句：創巨：創傷大，此指喪父之痛。《荀子·禮論》曰：「三年之喪何也？曰：稱情而立文。……創巨者其日久，痛甚者其愈遲。三年之喪，稱情而立文，所以爲至痛極也。」分多見憂：出於兄弟情誼，多蒙憂念。分，情誼，情分。曹植《贈白馬王彪》：「恩愛苟不虧，在遠分日親。」

〔一四〕取給：取其物以供需用。《史記·貨殖列傳》：「不窺市井，不行異邑，坐而待收，身有處士之義，而取給焉。」

〔一五〕篤：真誠，純一。《論語·泰伯》：「君子篤於親。」

〔一六〕當指布施錢財與寺院，供寺院營造佛像、浮屠，僧舍之類。

〔一七〕道惡在：即道惡乎在，在哪裏。《莊子·齊物論》曰：「道惡乎隱而有真僞？」奔競：奔走競争。干寶《晉紀·總論》：「悠悠風塵，皆奔競之士。」

〔一八〕苦空：佛家語。佛教認爲世俗間一切皆苦皆空，因名苦空。《俱舍論》卷二六：「苦聖諦有四相：一非常，二苦，三空，四非我……違聖心，故苦；於此無我，故空。」無常：佛教謂世間一切事物不能久住，都處於生滅成壞之中，故稱無常。《涅槃經》卷一《壽命品》：「是身無常，念念不住，猶如電光暴水幻炎。」

〔一九〕此業：指信奉佛教、捐財營造以做功德之事。　就：趨向，接近。《易·乾·文言》：「火就燥。」這裏是「從事」之意。

讚

相樂夫人檀龕讚并序①〔一〕

相樂夫人韋氏者，益州都督長史胡公之繼親也〔二〕。夫人寓跡蘭閨〔三〕，栖情香岫〔四〕。琢磨六行，與三明而並驅〔五〕；馳騖四禪，將十訓而齊駕〔六〕。粵以乾封紀歲〔七〕，流火司辰〔八〕，敬造靈龕，奉圖真相〔九〕。青蓮皓月，争華蚊睫之端〔一〇〕；寶樹天花②，競爽鴻毛之際〔一一〕。納須彌於纖芥〔一二〕，嘗謂徒言；置由旬於方丈〔一三〕，今過其實。重宣此義，敢爲讚云：

校記

①「相樂夫人檀龕讚」《英華》卷七八一、《全唐文》卷一六六題下皆有「并序」二字，今據補。

②「天花」原作「天倡」，據《全唐文》改。

注釋

〔一〕乾封元年秋七月作，時在益州新都尉任。相樂夫人，益州長史胡樹禮之後母。胡樹禮，兩《唐書》無傳，事迹無考，其後母所以號相樂夫人之故，未詳。檀龕，以紫檀木製成的佛龕。

〔二〕益州都督長史：《元和郡縣圖志》卷三一《劍南道》上云：「成都府，益州，大都督府。……武德元年改爲益州總管府，三年置西（南）行臺。龍朔三年，復爲大都督府。」《新唐書·百官志》云：「大都督、大都護，皆親王遥領……大都督府之政，以長史主之。」又云：「大都督府，都督一人，從二品；長史一人，從三品。」　繼親：繼母。蔡邕《胡公碑》：「繼親在堂，朝夕定省，不違子道。」

〔三〕蘭閨：閨房的美稱。《後漢書·后妃傳·贊》曰：「班政蘭閨。」

〔四〕香岫：即香山，或香醉山，見於佛書。《俱舍論》卷十一曰：「大雪山北，有香醉山，雪北香南，有大池水，出四大河。」

〔五〕「琢磨」二句：六行：佛教稱六度之行。度，意即度過生死海。《金剛三昧經》云：「大力菩薩言：云何六行？願爲説之。佛言：一者十信行，二者十住行，三者十行行，四者十迴向行，五者十地行，六者等覺行。」　三明：《維摩詰所説經·方便品》曰：「佛身者，即法身也。從六通生，從三明生。」僧肇《注》曰：「天眼、宿命智、漏盡通，爲三明也。」

〔六〕「馳騖」二句：四禪：即四禪天。佛教有三界諸天之説，三界指欲界、色界、無色界。色界諸天又分爲四禪。《法苑珠林》卷二曰：「第一欲界十天者，一名千手天，……十名他化自在天；第二色界有十八天者，初禪有三天，一名梵衆天，二名梵輔天，三名大梵天，二禪之中有三天，一名少光天，二名無量光天，三名光音天，第三禪中亦有三天，一名少淨天，二名無量淨天，三名遍浄天，第四禪中獨有九天，一名福生天，二名福慶天，三名廣果天，四名無想天，五名無煩天，六名無熱天，七名善現天，八名善見天，九名色究竟天；第三無色界中有四天，一名空處天，……四名非想非非想處天。」　十訓：近人高步瀛曰（《唐宋文舉要》乙編卷一）：十訓未詳，當即十誡。《魏書·釋老志》曰：「其爲沙門，初修十誡。」又或即十諦。《法集經》曰：「所謂世諦、第一義諦、相諦、差别諦、觀諦、事諦、盡無生智諦、入道智諦、集如來智諦，是名十諦。」

〔七〕粤：句首語氣詞，無實義。　以：於。　乾封：唐高宗年號，自六六六年丙寅至六六八年戊辰，凡二年餘。

〔八〕流火司辰：即夏曆七月。《詩·豳風·七月》：「七月流火。」

〔九〕「敬造」二句：靈龕：盛佛像或神主的小閣。　奉圖真相：敬畫佛像。　真相，佛教語，猶實相，本相。《洛陽伽藍記》卷一《城内》：「修梵寺有金剛，鳩鴿不入，鳥雀不棲。菩提達磨云：『得其真相也。』」

〔一〇〕「青蓮」二句：謂佛像之眼目與面龐都畫得極妙，争勝於毫釐之間。《法華經·妙音品》曰：「目如廣大青蓮華葉。」《大般若經》曰：「世尊面輪，其猶滿月。」争華，争榮，争光。　蚊睫，極言其細微。

〔一一〕「寶樹」二句：寶樹：佛教語，指西天浄土的草木。《妙法蓮華經》卷五《如來壽量品》：「寶樹多花菓，衆生所遊樂。」　天花：佛教傳説，佛祖説法，感動天神，諸天雨各色香花，於虚空中繽紛亂墜。《心地觀經》卷一《序品偈》："六欲諸天來供養，天華亂墜徧虚空。"競爽：争勝，争榮。《左傳·昭公三年》："二惠競爽猶可。"

〔二〕《維摩詰經·不思議品》曰："諸佛菩薩，有解脱名不可思議，若菩薩住是解脱者，以須彌之高廣，内芥子中，無所增減，須彌山王本相如故，而四天王忉利諸天，不覺不知己之所入；唯應度者，乃見須彌入芥子中，是名住不思議解脱法門。"須彌，佛教傳説山名。《北齊書·樊遜傳》曰："法王自在，變化無窮，置世界於微塵，納須彌於黍米。"

〔三〕《維摩詰經·不思議品》曰："文殊師利言，東方度三十六恒河沙國，有世界名須彌相，其佛號須彌燈王，今現在，彼佛身八萬四千由旬，其師子座高八萬四千由旬，嚴飾第一。於是長者維摩詰現神通力，即時彼佛遣三萬二千師子座，高廣嚴浄，來入維摩詰室，諸菩薩大弟子釋梵四天王等昔所未見，其室廣博，悉皆包容三萬二千師子之座，無所妨礙。"由旬，古代印度計長度的單位。軍行一日的行程，或言四十里，或言三十里，或言十六里。又有八十里、六十里、四十里之説。見《翻譯名義集·數量篇》。方丈，一丈見方。《孟子·盡心》下："食前方丈。"

猗歟寶相①〔一〕，顯允神工〔二〕。規模鹿苑〔三〕，圖寫龍宫〔四〕。分身諦聽〔五〕，列坐談空〔六〕。羣天颯纚〔七〕，衆寶玲瓏〔八〕。雕窗引月，鏤網摇風〔九〕。一窺妙境，高謝塵蒙〔一〇〕。

校記

①「寶」原作「寔」，據《全唐文》改。

注釋

〔一〕猗歟：嘆美之詞。《詩·周頌·潛》：「猗歟漆沮，潛有多魚。」

〔二〕顯允：《詩·小雅·湛露》曰：「顯允君子，莫不令德。」顯，明也。允，信也。顯允，明白信實也。　神工：神明所爲。曹植《寶刀賦》：「攄神功而造象。」工，通「功」。

〔三〕規模：摹畫也。　鹿苑：即鹿野苑，釋迦牟尼始説法之所。《四十二章經》曰：「世尊成道已，於鹿野苑中，轉四諦法輪，度憍陳如等五人，而證道果。」

〔四〕龍宫：神話中龍王的宫殿。其説始於佛經。《海龍王經·請佛品》曰：「海龍王詣靈鷲山，聞佛説法，信心歡喜，欲請佛至大海龍宫供養，佛許之，龍王即入大海，化作大殿，無量珠寶，種種莊嚴，佛入龍宫，爲説大法。」

〔五〕《法苑珠林》卷一一曰：「依菩薩處胎經云：爾時世尊示現奇特異像，變一切菩薩，盡作佛身，光相具足，皆異口同音説法，互相敬奉，各坐七寶極妙高座。」諦聽，認真聽取，細細聽。《楞嚴經》卷二：「汝應諦聽，今當示汝。」

〔六〕空：佛教名詞。指事物的虚幻不實。謂一切現象都是因緣和合而成，刹那生滅，没有質的規定性和獨立實體，假而不實，故曰「空」。《維摩詰經》：「諸法究竟無所有，是空義。」孔稚珪《北山移文》：「談空空於釋部，覈玄玄於道流。」

〔七〕謂諸天之神皆降，長袖飄拂。羣天，猶諸天，佛書言三界凡三十二天，見本篇「馳騖四禪」句注。

颯纚，長袖飄拂貌。班孟堅《西都賦》：「紅羅颯纚」，薛綜《注》：「舞人特作長袖，颯纚，長貌也。」

〔八〕《釋迦譜》卷八曰：「龍王出七寶臺，奉上如來，佛言不須此臺，汝但以羅刹石窟施我，諸天聞已，各脱寶衣，以掃佛窟，佛獨入石室，自敷坐具，令此石窟，暫爲七寶。」又曰：「佛踊身入石，猶如明鏡，諸天百千供養佛影。」玲瓏：玉聲。班固《東都賦》曰：「和鑾玲瓏。」

〔九〕鏤網：謂佛龕的門扉上，鏤爲方格，使如羅網之狀。宋玉《招魂》云：「網户朱綴，刻方連些。」朱熹《注》云：「網户者，以木爲門扉，而刻爲方目，使如羅網之狀，即漢所謂罘罳，而程泰之以爲今之亮隔，其説是也。」

〔一〇〕高謝：遠離。塵蒙：世俗的利害、得失的障蔽、牽累。庾肩吾《詠同泰寺浮圖》詩：「方應捧馬出，永得離塵蒙。」

益州長史胡樹禮爲亡女造畫讚〔一〕

夫鎔金湜妙，徒罄中人之産〔二〕；架寶崇奢，未階大乘之化〔三〕。豈若圖徽紈素①〔四〕，卷舒方丈之筵〔五〕；表裏丹青〔六〕，藻繪多林之色〔七〕。獨爲先覺，其在兹乎？益州長史公，道洽中孚〔八〕，履黄裳以貞吉〔九〕；寄隆分陜〔一〇〕，苴白茅而涉川②〔一一〕。猶爲黿組相輝〔一二〕，不離泡幻之域〔一三〕；熊車結轍〔一四〕，尚迷苦愛之津〔一五〕。爰捨浄財〔一六〕，幸求多福，爲亡女宇文氏敬造像等〔一七〕。徵奇綃於水府〔一八〕，採妙色於霞莊〔一九〕。月面澄華，疑金雲之夜敞〔二〇〕；蓮毫吐照，狀珠浦之晨開〔二一〕。花寶參差，眺鶴林其非遠〔二二〕；仙雲肸蠁，登鷲巖其可望③〔二三〕。窮形盡相〔二四〕，陋燕壁之含丹〔二五〕；寫妙分容，嗤吴屏之墜筆〔二六〕。式揚顯福〔二七〕，俾讚幽魂〔二八〕。其詞曰：

校記

①「圖」原作「圓」，據《英華》卷七八四、《全唐文》卷一六六改。　②「涉川」《英華》於「川」下注云「一作利涉」。　③「巖」《全唐文》作「嶺」。

注釋

〔一〕與前篇爲同時所作。造畫，疑爲「造畫像」之誤。題下當亦有「並序」二字，爲後世所删。

〔二〕「夫鎔金」二句：鎔金：指鑄造金銀佛像。罄：器中空，引申爲竭盡。中人之産：中等人家一户的家産，約十金。《史記·文帝紀》：「嘗欲作露臺，召匠計之，直百金。上曰：『百金，中民十家之産，……何以臺爲！』」

〔三〕「架寶」二句：架寶：聚寶，積財。張融《海賦》：「至其積珍全遠，架寶諭深，瓊池玉壑，珠岫珂岑」。　階：臺階，階梯。此處引申爲「登」、「達到」。　大乘：一世紀左右形成的佛教派别，亦名大乘佛教。大是對小而言，乘指運載工具。謂能運載無量衆生，從生死之此岸，到達菩提涅槃之彼岸，成就佛果，故自稱「大乘」。而將主張自我解脱的教派，貶稱爲「小乘」。《法華經・譬喻品》：「若有衆生，從佛世尊聞法信受，勤修精進，求一切智，佛智、自然智、无師智、如來知見，力无所畏，愍念安樂无量衆生，利益天人，度脱一切，是名大乘。」

〔四〕謂在紈素上畫上圖徽。徽，標誌，旗幟上的標誌。《禮記・大傳》：「改正朔，……殊徽號。」紈素，精緻潔白的細絹。

〔五〕方丈之筵：講經説法的坐席，即法筵。方丈，佛寺長老及住持説法之處。《法苑珠林》卷三八：「以笏量基止，有十笏，故號方丈之室也」

〔六〕謂用丹青（繪畫顔料）塗飾表裏。

〔七〕藻繪：文采。《抱朴子・廣譬》：「泥龍雖藻繪炳蔚，而不堪慶雲之招。」此處是「描繪」、「圖寫」之意。　多林：多羅樹林。多羅，梵語，樹名，即貝多樹，其葉可供書寫，稱貝葉。玄奘《大唐西域記》卷十一《恭建那補羅國》：「城北不遠有多羅樹林，周三十餘里，其葉長廣，其色光潤，諸國書寫，莫不採用。」

〔八〕《易・中孚》：「中孚，豚魚吉」。孔穎達《疏》：「中孚，卦名也。信發於中，謂之中孚。」洽，協也，合也。

〔九〕履：踐也。　黄裳：已見卷三《中和樂九章・歌儲宮》注〔三〕。　貞吉：貞，正也。《易・坤》：「西南得朋，東北喪朋，安貞吉。」

〔一〇〕謂朝廷寄托甚重，地位有如周、召。《史記・燕召公世家》：「召公奭與周同姓，姓姬氏。周武王之滅紂，封召公於北燕。其在成王時，召公爲三公：自陝以西，召公主之；自陝以東，周公主之。」隆，重。陝，地名，即今河南陝州。

〔一一〕苴白茅：已見卷三《中和樂九章·歌諸王》「苴以茅社」句注。唐之大都督府長史地位相當於古之諸侯，故云。涉川：一本或作「利涉」，亦可通。《易·中孚》曰：「中孚，豚魚吉。利涉大川，利貞。」孔穎達《疏》：「……信發於中，謂之中孚。魚者蟲之幽隱，豚者，獸之微賤。人主内有誠信，則雖幽隱之物，信皆及矣，莫不得所而獲吉，故曰『豚魚吉』也。……微隱獲吉，顯者可知。既有誠信，光被萬物，萬物得宜，以斯涉難，何往不通，故曰『利涉大川』。」

〔一二〕龜組：金印與組綬。漢代守相二千石以上官印印紐皆刻爲龜形，故用龜作爲官印的代稱。組，組綬，所以佩印的絲帶。孔稚珪《爲王敬則讓司空表》：「龜組之華，則縱横吐耀。」

〔一三〕《金剛經》：「一切有爲法，如夢幻泡影。」泡幻，泡影、夢幻。

〔一四〕熊車：配有熊軾（車前横軾作伏熊之形）的車。漢制，公、列侯用之。《後漢書·輿服志》曰：「公、列侯，安車朱班輪，倚鹿較，伏熊軾。」結轍：車迹相交。

〔一五〕謂沉溺於苦海、愛河之中，尚未找到脱離的津渡。苦，苦海，佛教比喻世俗，謂人間煩惱，苦深如海。《楞嚴經》卷四：「引諸沉冥，出於苦海。」愛，指愛河，佛教以情欲爲害，如河水之可以溺人，因稱愛河。《楞嚴經》卷四：「愛河乾枯，令汝解脱。」

〔一六〕浄財：佛教稱捐贈給寺院、佛徒的錢物爲浄財。

〔一七〕亡女宇文氏：指亡女夫家姓宇文。　造像：雕塑佛像，其事始於北魏，訖於唐中葉，所造者以釋迦、彌陀、彌勒、觀音、勢至爲多。其初不過刻石，或刻山崖，或刻碑石，或造石窟，或造佛龕；其後或施以金塗彩繪。造像者，自稱佛弟子、正信佛弟子、清信女、優婆塞等。出資造像者，稱像主、副像主等。見《釋氏要覽》中《三寶造像》、《金石萃編》卷三九《北朝造像諸碑總論》。案此文曰「圖徽紈素」、「徽奇綃」云云，當是畫佛像於絹帛之上也。

〔一八〕謂從鮫人處求得鮫綃。曹植《七啓》：「然後采菱華，……戲鮫人。」張華《博物志》：「南海水有鮫人，水居如魚，不廢織績，其眼能泣珠。」左太沖《吴都賦》「泉室潛織而卷綃」晉劉逵《注》：「俗傳鮫人從水中出，曾寄寓人家，積日賣綃。」綃，生絲織成的薄紗、薄絹。水府，水神管轄的區域。木華《海賦》：「爾其水府之内，極深之庭，則有崇島巨鼇，峌峴孤亭。」

〔一九〕霞莊：已見卷一《馴鳶賦》注〔一一〕。

〔二〇〕「月面」二句：月面：已見卷七《相樂夫人檀龕讚》「青蓮皓月」句注。　澄華：清朗明净，放射光華。　金雲：即雲，金，藻飾之詞。

〔二一〕「蓮毫」二句：蓮：即青蓮，已見卷七《相樂夫人檀龕讚》注〔一〇〕。　毫：特指眉中長毛。劉潛《雍州金像寺無量壽佛像碑》：「毫散珠輝，脣開果色。」《法華經》：「爾時，佛放眉間白毫相光，照東方萬八千世界，靡不周徧。」　珠浦：已見卷三《酬張少府柬之》注〔四〕。

〔二三〕鶴林：佛家語。佛入滅之處。佛於娑羅雙樹間入滅時，樹一時開花，林色變白，如鶴之羣栖。

《藝文類聚》卷七七王融《法門頌啓》曰：「鹿苑金輪，弘汲引以濟俗；鶴林雙樹，顯究竟以開珉。」《摩訶止觀》卷一上曰：「大覺世尊積劫行滿，涉六年以伏見，舉一指而降魔，始鹿苑、中鷲頭、後鶴林。」

〔三三〕「仙雲」二句：肸蠁：散布，彌漫。指聲響或氣體的傳播。司馬相如《上林賦》：「衆香發越，肸蠁布寫。」　鷲巖：即靈鷲山，在中印度。梵語耆闍崛山。爲佛説法之地。山頂似鷲，又鷲羣常居集山頂，王舍城人因名之曰鷲頭山。又王舍城南屍陀林中多死人，諸鷲常來食之，還集山頭，時人名爲鷲頭山。《廣弘明集》卷一五蕭綱《上菩提樹頌啓》：「弘龍窟之威，紹鷲山之法。」參閲《大智度論》卷三、《翻譯名義集》卷三《衆山》。

〔三四〕陸機《文賦》：「雖離方而遯圓，期窮形而盡相。」

〔三五〕《太平廣記》卷二一〇《畫》一「烈裔」條引《拾遺記》云：「秦有烈裔者，騫霄國人。秦皇帝時，本國進之。口含丹墨，噀壁以成龍獸。以指歷（地），如繩界之；轉手方圓，皆如規度。方寸内有五岳四瀆，列國備焉。善畫龍鳳，軒軒然唯恐飛去。」（今本《拾遺記》卷四，《太平御覽》卷七五二、八九一所述「烈裔」之事文字與此迥異，並無「噀壁」之事）據此，則「燕壁」當爲「秦壁」之誤。或昇之記憶之訛也。

〔三六〕《三國志·吴書·趙達傳》裴松之《注》引《吴録》曰：「曹不興善畫，（孫）權使畫屏風，誤落筆點素，因就以作蠅。既進御，權以爲生蠅，舉手彈之。」

〔二七〕式：詞頭，無實義。《詩·大雅·蕩》：「式號式呼，俾晝作夜。」

〔二八〕俾：使也。

正教東漸，遺像西至〔一〕。化格三天〔二〕，功超十地〔三〕。偉歟大士，弘兹遠致〔四〕。追慟幽途〔五〕，載營檀施〔六〕。皎潔霜紈，照影丹素〔七〕。果發金口〔八〕，蓮生玉步〔九〕。地寶天花〔一〇〕，星羅雲布。慧炬長設〔一一〕，迷津永渡〔一二〕。

注釋

〔一〕「正教」二句：正教：指佛教。正，對「邪門外道」而言。東漸：由西方（印度）進入東方（中國）。《書·禹貢》：「東漸于海。」孔《傳》：「漸，入也。」西至：自西方而至。

〔二〕格：感通。古代，帝王自稱受命於天，凡所作爲，感通於天，謂之「格天」。僞《古文尚書·説命》下：「格於皇天。」三天：佛教稱欲界、色界、無色界爲三天。宋之問《登禪定寺閣》：「梵宇出三天，登臨望八川。」

〔三〕十地：佛教稱菩薩修行漸近於佛的十種境界。名目爲：歡喜地、離垢地、發光地、焰慧地、難勝地、觀前地、遠行地、不動地、善慧地、法雲地。見《十地經》、《大品金光明經》等。

〔四〕「偉歟」二句：大士：德行高尚的人。孔子與子貢、顔淵等遊戎山，弟子各言其志。顔淵謂願得明王聖主爲之相，以致治。孔子曰：「大士哉！」此處稱益州長史胡樹禮。弘：擴大。

遠致：悠遠不盡的情思。《晉書·孫綽傳》：「高情遠致，弟子早已伏膺。」

〔五〕追念亡女，極其悲痛。慟：極其悲痛。《論語·先進》：「顏淵死，子哭之慟。」幽途，猶泉路，指死者。張纘《南征賦》：「鑒幽途于忠武，馳四馬之高軒」。

〔六〕載：詞頭，前已屢見。營：經營，謀畫。檀施：布施。梵語檀那與漢語布施的合稱。楊炯《後周明威將軍梁公神道碑》：「月抽官俸，日減私財，並入薰脩，咸資檀施。」

〔七〕「皎潔」二句：霜紈：潔白如霜雪的細絹。照影：圖寫佛像。影，像，圖像。《南史·梁長沙宣武王懿傳》附蕭猷：「與楚王廟神交飲，至一斛，每酹祀，盡歡極醉，神影亦有酒色，所禱必從。」

〔八〕《藝文類聚》卷七六引劉潛《雍州金像寺無量壽佛像銘》：「毫散珠輝，脣開果色。」金口，指佛口，喻佛語珍貴如金。《廣弘明集》卷二二隋煬帝《寶臺經藏願文》：「前佛後佛，諒同金口。」

〔九〕南齊東昏侯鑿金爲蓮花，以貼地，令潘妃行其上，曰：「步步生蓮花。」見《南史·齊本紀·廢帝東昏侯紀》。後世因以「蓮步」稱美人的脚步。此處稱佛的脚步。

〔一〇〕地寶：地上的各色珍寶。天花：已見卷七《相樂夫人檀龕讚》注〔二〕。

〔一一〕慧炬：比喻佛法喚醒世人，猶如火炬照徹黑夜，故名「慧炬」。蕭子良《與南郡太守劉景蕤書》：「逝將燭昏霾於慧炬，拯淪溺於法橋。」

〔一二〕迷津：佛教指迷妄的境界。敬播《大唐西域記序》：「廓羣疑於性海，啟妙覺於迷津。」

碑

益州至真觀主黎君碑[一]

若夫三清上列[二]，瑶闕控日月之圖[三]；八洞深居[四]，貝闕吐山河之鎮[五]。雖復扶桑大帝[六]，傳赤字於東華[七]；安寶神君，受青符於南極[八]。猶未能發揮不宰[九]，復歸無物之功[一〇]；開鑿妙門[一一]，言謝有爲之業[一二]。其馮馮翼翼[一三]，百姓存焉而不知[一四]；杳杳冥冥[一五]，萬族死之而無慍[一六]。獨爲衆化之宗者，其惟元始天尊乎[一七]！

注釋

〔一〕咸亨二年春夏在益州作。至真觀，道教廟宇名，在益州成都縣。觀主，主持道觀事務、領袖一觀道流的道士。

〔二〕三清：道家認爲人天兩界之外，別有三清：玉清、太清、上清，是神仙居住的仙境。《靈寶太乙經》曰：「四人天外曰三清境，玉清、太清、上清，亦名三天。」

〔三〕謂日月並爲天神所創造。瑶闕，玉飾的宫門。《枕中書》曰：「元始天王，在天中心之上，名曰玉京山，山中宫殿，並金玉飾之」。《雲笈七籤·開闢劫運部》曰：「太初之時，老子從虚空而下，爲太初之師，口吐開天經一部四十八萬卷，一卷有四十八萬字，一字辟方一百里，以教太初，太初得此開天之經，清濁已分，清氣上昇爲天，濁氣下沈爲地，三綱既分，從此始有天地，猶未有日月，天欲化物，無方可適，便乃置生日月在其中，下照闇冥。」

〔四〕八洞：指神仙所居的洞天福地。陶弘景《真誥》：「大天之内，有地中之洞天三十六所。其第八是句曲山之洞，周圍一百五十里，名曰金壇華陽之天。」王績《遊北山賦》：「遊八洞之金室，坐三清之玉宫。」

〔五〕謂五嶽四瀆亦爲神仙所創造。《雲笈七籤·開闢劫運部》曰：「混沌之時，始有山川，老君下爲師，教示混沌，以治天下。混沌號生二子，大者胡臣，小者胡靈，胡臣死爲山嶽，胡靈死爲水神，因即名爲五嶽四瀆。」貝闕，以貝裝飾的宫門前的望樓。《九歌·河伯》：「紫貝闕兮珠宫。」

〔六〕扶桑大帝：道教神名。《枕中書》曰：「扶桑大帝東王公，號曰元陽父。」又曰：「扶桑大帝住在碧海之中，宅地四面，並方三萬里，上有太真宫碧玉城萬里，多生林木，……名爲扶桑。」

〔七〕《黄庭内景經》務成子《注·敍》曰：「扶桑大帝君命暘谷神王傳魏夫人《黄庭内景》者，一名太上琴心，又一名大帝金書，一名東華玉篇。」《注》曰：「扶桑大帝宫中盡誦此經，以金簡刻書之，故曰金書，東華者，方諸宫名也。」

〔八〕「安寶」二句：《雲笈七籤》卷一百一《青靈始老君紀》，《洞玄本行經》曰：「東方安寶華林青靈始老帝君者，往在白氣御運於金劫之中，暫生鬱悦金映雲臺那林之天，西婁無量玉國浩明玄嶽，厥名元慶，仙道垂成，中值火劫改運，又受氣寄胎於洪氏，轉爲女子，朱靈元年歲在丙午，誕於丹童龍羅衛天洞明玉國丹霍之阿，改姓洪，諱那臺，年十四，敬好道法，南極上靈紫虚元君託作傭人，下世教化，授那臺靈寶赤書南方真文一篇，於是那臺勵志殊勤，願得轉身爲男，便從牆上，投身擲空，命赴滄海極淵之中，紛然無落，即爲水帝神王以五色飛龍捧接女身，俄頃之間，已於懸中，得化形爲男子，乘龍策虚，飛至道前，於是元始即命仙都，錫加帝號。」青符，與上句之「赤字」，並指道教經典，青與赤，皆藻飾之詞，不必落實。

〔九〕《老子》：「生而不有，爲而不恃，長而不宰，是謂玄德。」《莊子·達生》：「長而不宰。」郭《注》：「任其自長耳，非宰而長之。」

〔一〇〕《老子》曰：「視之不見名曰夷，聽之不聞名曰希，摶之不得名曰微，此三者不可致詰，故混而爲一。其上不皦，其下不昧，繩繩不可名，復歸於無物。」

〔一一〕《老子》：「玄之又玄，衆妙之門。」

〔一二〕謂辭却「有爲」而至於「無爲」。《老子》曰：「道常無爲，而無不爲。」又曰：「損之又損，以至於無爲，無爲而無不爲。」

〔一三〕馮馮翼翼：無形之貌。《淮南子·天地訓》：「天地未形，馮馮翼翼，洞洞灟灟，故曰大昭。」高誘《注》：「馮翼，洞灟，無形之貌。」

〔一四〕《易·繫辭》上曰：「百姓日用而不知。」

〔一五〕杳杳冥冥：深遠暗昧。《老子》曰：「道之爲物，惟恍惟惚。……窈兮冥兮，其中有精。」王弼《注》：「窈冥，深遠之歎，深遠不可得而見然。」杳冥，即「窈冥」。《莊子·在宥》：「至道之精，窈窈冥冥。」

〔一六〕《莊子·大宗師》曰：「夫大塊載我以形，勞我以生，佚我以老，息我以死，故善吾生者，乃所以善吾死也。」慍，怒也。

〔一七〕元始天尊：道教供奉的最高天神。《初學記》卷二三《道釋部》引《太玄真一本際經》曰：「無宗無上，而獨能爲萬物之始，故名元始，運道一切爲極尊，而常處二清，出諸天上，故稱天尊。」

暨乎蹩躠爲仁，踶跂爲義①〔一〕，鴻臚傳小儒之具〔二〕，緘縢爲大盜之術〔三〕。堯、禹生而天下火馳〔四〕，姬、孔出而羣方鼎沸〔五〕。則有氤氲祖帝〔六〕，發皓鬢於東周〔七〕；兆朕皇輿〔八〕，飛紫雲於西道〔九〕。鳳文開景，返徐甲之營魂〔一〇〕；龍光照天，杜宣尼之神氣〔一一〕。得一吹萬〔一二〕，有大造於蒼生〔一三〕；把十蹈五〔一四〕，樹靈基於寶祚〔一五〕。能使秦皇東指②，見赤烏而長懷〔一六〕；漢帝北遊，望青烟而下拜〔一七〕。於是靈山水府，俱爲鍊玉之場〔一八〕；甲第離宮，多入空歌之地〔一九〕。青牛道士〔二〇〕，按錦節於中都〔二一〕；白鹿仙人〔二二〕，列瑶壇於八表〔二三〕。乃劍門西拒，邛關南望〔二四〕，星橋對斗，像牛漢之秋横〔二五〕；月硤縈城，疑兔輪之曉落〔二六〕。武騎遷昇之路〔二七〕，冠蓋雲飛〔二八〕；文翁講肆之堂〔二九〕，英靈霧聚。巖開菌桂〔三〇〕，蘊金碧之祥光〔二一〕，硐吐天桃，積神仙之粹氣〔二二〕。

校記

①「蹩躠爲仁踶跂爲義」原作「蹩蹩爲仁跂跋爲義」，今據《莊子·馬蹄》逕改。②「秦皇」原作「始皇」，據《英華》卷八四九、《全唐文》卷一六七改。

注釋

〔一〕「暨乎」二句：《莊子·馬蹄》曰：「蹩躠爲仁，踶跂爲義，而天下始疑矣。」《經典釋文》曰：「李云：蹩躠踶跂，皆用心爲仁義之貌。」

〔二〕鴻臚，官名。《漢書·百官公卿表》上：「典客，秦官，掌諸歸義蠻夷……武帝太初元年更名大鴻臚。」顔師古《注》引應劭曰：「郊廟行禮讚九賓，鴻聲臚傳之也。」此處用其本字義訓，即大聲臚傳也。臚，傳言也。《國語·晉語》六：「風聽臚言於市。」韋昭《注》：「風，采也。臚，傳也。」《莊子·外物》云：儒以《詩》、《禮》發冢。大儒臚傳曰：「東方作矣，事之何若？」小儒曰：「未解裙襦，口中有珠。《詩》固有之曰：『青青之麥，生於陵陂。生不布施，死何含珠爲？』」接其鬢，壓其顪，儒以金椎控其頤，徐别其頰，無傷口中珠。

〔三〕《莊子·胠篋》：「將爲胠篋、探囊、發匱之盜而爲守備，則必攝緘縢，固扃鐍，此世俗之所謂知也。然而巨盜至，則負匱、揭篋、擔囊而趨，唯恐緘縢、扃鐍之不固也。然則鄉之所謂知者，不乃爲大盜積者也？」成玄英《疏》：「緘，結；縢，繩也。」

〔四〕《莊子・天地》曰：「堯問於許由曰：『齧缺可以配天乎？吾藉王倪以要之。』」許由曰：「殆哉圾乎天下！……與之配天乎？彼且乘人而無天，方且本身而異形，方且尊知而火馳。」成玄英《疏》：「夫不能忘智以任物，而尊知以御世，遂將循迹，捨己效人，馳驟奔逐，其速如火矣。」

〔五〕姬孔：周公、孔子。　羣方：萬方。《後漢書・逸民傳・論》：「羣方咸遂，志士懷仁。」

〔六〕指老子，相傳爲「三氣」所化而生，元氣之祖，高宗乾封元年二月，又追號爲太上玄元皇帝，故云「氤氳祖帝」。《雲笈七籤》卷一百二《混元皇帝聖紀》曰：「太上老君者，混元皇帝也。乃生於無始，起於無因，爲萬道之先，元氣之祖也。」又曰：「玄妙玉女生後八十一萬億八十一萬歲，三氣混沌，凝結變化，五色玄黄，大如彈丸，入玄妙口中，玄妙因吞之，八十一年，乃從左腋而生，生而白首，故號爲老子。老子者，老君也。此即道之身也，元氣之祖宗，天地之根本也。」氤氳，已見卷一《贈李榮道士》注〔一五〕。

〔七〕《神仙傳》卷一曰：「老子者，名重耳，字伯陽，楚國苦縣曲仁里人也。……生而白首，故謂之老子。」老子與孔子同時，故云「發皓鬢於東周」。

〔八〕謂老子的誕生成爲李氏將統治天下的預兆。兆朕，兆，龜甲坼裂的紋，卜者可據以判斷吉凶；朕，船的縫隙，借用爲預見事機的微小迹象。《淮南子・俶真訓》：「欲與物接而未成兆朕。」皇輿，國君所乘之車。借喻爲國君、朝廷。屈原《離騷》：「豈余身之憚殃兮，恐皇輿之敗績。」

〔九〕《史記・老子韓非列傳》曰：「老子……居周久之，見周之衰，迺遂去。至關，關令尹喜曰：『子將隱矣，彊爲我著書。』於是老子迺著書上下篇，言道德之意五千餘言而去，莫知其所終。」裴駰《集解》引《列仙傳》曰：「老子西遊，喜先見其氣，知真人當過，候物色而迹之，果得老子。」司馬貞《索隱》引《列仙傳》曰：「老子西遊，關令尹喜望見有紫氣浮關，而老子果乘青牛而過也。」

〔一〇〕「鳳交」二句：《太平廣記》卷一「老子」條引《神仙傳》曰：「老子有客徐甲，少賃於老子，約日雇百錢，計欠甲七百二十萬錢。甲見老子出關遊行，速索償不可得。乃倩人作辭，詣關令，以言老子。而爲作辭者，亦不知甲已隨老子二百餘年矣。唯計甲所應得直之多，許以女嫁甲。甲見女美，尤喜，遂通辭於尹。喜得辭大驚，乃見老子。老子問甲曰：『汝久應死，吾昔賃汝，爲官卑家貧，無有使役，故以太玄清生符與汝，所以至今日。汝何以言吾？吾語汝到安息國，固當以黄金計直還汝，汝何以不能忍？』乃使甲張口向地，其太玄真符立出於地，丹書文字如新，甲成一聚枯骨矣。喜知老子神人，能復使甲生，乃爲甲叩頭請命，乞爲老子出錢還之。老子復以太玄符投之，甲立更生，喜即以錢二百萬與甲，遣之而去，並執弟子之禮。」鳳交，當爲「鳳文」之訛。謂老子爲人中之鳳，五色炳焕，而爲文章。開景，放射光彩也。營魂，即魂魄。《老子》曰：「載營魄抱一，能無離乎？」河上公《注》曰：「營魄，魂魄也。」

〔一一〕「龍光」二句：《史記・老子韓非列傳》曰：「孔子適周，將問禮於老子。老子曰：『子所言者，其人與骨皆已朽矣，獨其言在耳。且君子得其時則駕，不得其時則蓬累而行。吾聞之，良賈深藏若虛，君子盛德容貌若愚。去子之驕氣與多欲，態色與淫志，是皆無益於子之身。吾所以告子，若是而已。』孔子去，謂弟子曰：『鳥，吾知其能飛；魚，吾知其能游；獸，吾知其能走。走者可以爲罔，游者可以爲綸，飛者可以爲矰。至於龍，吾不能知其乘風雲而上天。吾今日見老子，其猶龍邪！』」宣尼，即孔丘。

〔一二〕得一：即得道。《老子》曰：「昔之得一者，天得一以清，地得一以寧，神得一以靈，谷得一以盈，萬物得一以生，侯王得一以爲天下正。」吹萬：《莊子·齊物論》曰：「子游曰：『地籟則衆竅是已，人籟則比竹是已，敢問天籟？』子綦曰：『夫吹萬不同，而使其自已也，咸其自取，怒者其誰邪？』」《莊子集釋》卷一下郭慶藩案：「謝靈運《九日從宋公戲馬臺集送孔令》詩（李善）《注》引司馬云：『吹萬，言天氣吹煦，生養萬物，形氣不同。』」

〔一三〕大造：大功，大成就。《左傳·成公十三年》：「秦師克還無害，則是我有大造於西也。」

〔一四〕《史記·老子韓非列傳》張守節《正義》引《朱韜玉札》及《神仙傳》云：「老子，楚國苦縣瀨鄉曲仁里人。……足蹈二五，手把十文。」

〔一五〕謂老子奠定了李唐王朝的基業。靈基，神異不凡的基業。郭璞《皇孫生請布澤疏》：「今皇孫載育，天固靈基。」寶祚，帝座。沈約《宋書·恩倖傳·論》：「寶祚夙傾，實由於此。」

〔一六〕「能使」二句：《列仙傳》卷上曰：「安期先生者，瑯琊阜鄉人也。賣藥於東海邊，時人皆言千歲翁。秦始皇東遊，請見與語，三日三夜，賜金璧度數千萬，出於阜鄉亭，皆置去，留書以赤玉舄一緉爲報。」

〔一七〕「漢帝」二句：《史記·封禪書》曰：「上遂郊雍，至隴西，西登崆峒，幸甘泉，令祠官寬舒等具太一祠壇，天子始郊拜太一。」按古時祭天（郊祀）有焚柴之儀，故曰「望青烟而下拜」。

〔一八〕「於是」二句：水府：已見卷七《益州長史胡樹禮爲亡女造畫讚》注〔一八〕。 鍊玉：道家有鍊玉服食之事。鮑照《從庾中郎遊園山石室》詩：「至哉鍊玉人，處此長自畢。」

〔一九〕空歌：疑是道士醮祭時望空而唱祝頌之歌。昇之《贈李榮道士》云：「空歌迴易分。」

〔二〇〕《神仙傳》卷一〇曰：「封衡，字君達，隴西人也。遇魯女生，授還丹訣及五嶽真形圖，遂周遊天下，故山官水神，潛相迎伺，常駕一青牛，人莫知其名，因號青牛道士。」

〔二一〕錦節：已見卷二《贈李榮道士》詩注〔二〕。 中都：京城内，都内。《史記·平準書》：「漕轉山東粟，已給中都官。」

〔二二〕道家傳説神仙多駕白鹿。《太平廣記》卷四引《神仙傳》云：「衛叔卿者，中山人也。服雲母得仙。……乘雲車，駕白鹿。」

〔二三〕瑶壇：指道教祭祀的壇場。《後漢書·方術傳·序》：「神經怪牒，……封縢於瑶壇之上者，靡得而窺也。」 八表：八方之外，指極遠的地方。魏明帝《苦寒行》：「遺化布四海，八表以肅清。」

〔二四〕「乃劍門」二句：劍門：已見卷一《贈益府羣官》注〔三〕。 邛關：即邛崍關，隋置，在今四川滎經縣西邛崍山西麓。見《嘉慶一統志》卷四〇二《雅州府》。

〔二五〕「星橋」二句：星橋：城都有七橋，上應七星，故稱。《華陽國志・蜀志》曰：「郡治少城西南兩江有七橋。……長老傳言李冰造七橋，上應七星。」　牛漢：即銀河，以牽牛星在河漢之側故云。

〔二六〕「月硤」二句：月硤：即明月硤。在重慶市巴南境。《太平寰宇記》卷一三六《渝州・巴縣》曰：明月峽在縣東北八十里。李膺《益州記》云：廣陽州東七里水南有遮要三槌石，石東二里至明月峽，峽首南岸壁高四十丈，其壁有圓孔形若滿月，因以爲名。　縈：繞。　兔輪：月輪。以古代神話傳説月中有白兔搗藥。傅玄《擬天問》曰：「月中何有？白兔搗藥。」

〔二七〕指司馬相如嘗經由此處，後來果然得以遷昇的成都街衢。司馬相如，蜀郡成都人，嘗「以貲爲郎，事孝景帝，爲武騎常侍」，見《史記・司馬相如傳》。相如初入長安，嘗題成都市門曰：「不乘赤車駟馬，不過汝下也。」見《華陽國志・蜀志》。

〔二八〕冠蓋：已見卷六《樂府雜詩序》注〔三〕。

〔二九〕文翁：見卷二《文翁講堂》注〔一〕。

〔三〇〕左思《蜀都賦》曰：「菌桂臨崖。」菌桂：即木桂，又名肉桂，梫桂。

〔三一〕金碧：即金馬碧鷄。已見卷二《大劍送别劉右史》注〔二〕。

〔三二〕「礀吐」二句：《列仙傳》卷上曰：「葛由者，羌人也，周成王時，好刻木羊賣之，一旦乘羊而入西蜀，蜀中王侯貴人追之上綏山，綏山多桃（二字據《搜神記》卷一增），在峨眉山西南，高無極也。隨之者不復還，皆得僊道。故里諺曰：得綏山一桃，雖不能僊，亦足以豪。山下立祠數十處云。」天桃，美而盛的桃樹。《詩·周南·桃夭》：「桃之夭夭。」謝莊《懷園引》曰：「夭桃晨暮發。」

至真觀者，隋開皇二年之所立也〔一〕。尋屬煬帝驕淫〔二〕，蜀王奢僭〔三〕，冕旒多事〔四〕，有懟七聖之遊〔五〕；几杖不朝〔六〕，未遑八仙之術〔七〕。紫臺初構，霜露霑衣〔八〕；碧洞新開，蓬萊變海〔九〕。仙居制度，與雲雷而共屯〔一〇〕；象帝威儀，將市朝而猶梗〔一一〕。

注釋

〔一〕開皇：隋文帝年號，自五八一至六〇〇年，凡二十年。

〔二〕《隋書·煬帝紀》曰：「煬皇帝諱廣，一名英，高祖第二子也。自高祖大漸，暨諒闇之中，烝淫無度。山陵始就，即事巡遊。以天下承平日久，士馬全盛，慨然慕秦皇漢武之事，乃盛治宫室，窮極侈靡，六軍不息，百役繁興，東西游幸，靡有定居。天下土崩，至於就擒，而猶未之寤也。」

〔三〕《隋書·文四子傳》曰：「庶人秀，高祖第四子。開皇元年，立爲越王，未幾徙封於蜀，拜柱國，益州刺史，總管二十四州諸軍事。二年，進位上柱國，歲餘而罷。十二年，又爲内史令，右領軍大將軍，尋復出鎮於蜀。秀漸奢侈，違犯制度，車馬被服，擬於天子，及太子勇以讒毁廢，晉王廣爲太子，秀意甚不平，皇太子陰令楊素譖之。仁壽二年，徵還京師，付執法者，下詔數其罪。煬帝即位，禁錮如初。」僭，超越身分，自比於居上位者，冒用在上者的職權行事。《春秋公羊傳·昭公二十五年》：「諸侯僭於天子。」

〔四〕謂煬帝興土木、修宫室、築長城、開運河、造龍舟、通馳道、巡幸天下、用兵高麗等。冕旒，皇帝禮冠，借爲皇帝的代稱。北魏《元襲墓誌》曰：「冕旒矜悼，寵錫有加。」

〔五〕謂煬帝未有求仙訪道之舉也。《莊子·徐無鬼》曰：「黄帝將見大隗乎具茨之山，方明爲御，昌寓驂乘，張若、謵朋前馬，昆閽、滑稽後車，至於襄城之野，七聖皆迷，無所問塗。」

〔六〕古時皇帝給予年老的諸侯、大臣的優待之禮。《漢書·淮南王傳》曰：「元朔二年，上賜淮南王几杖，不朝。」几杖，几案與手杖，以供老年人平時憑倚、行路扶持之用。

〔七〕謂蜀王秀在蜀，雖有淮南王之尊，而未遑留意於神仙道化之術。《太平廣記》卷八「劉安」條引《神仙傳》云：「漢淮南王安者，漢高帝之孫也。其父厲王長，得罪徙蜀，道死。文帝哀之，而裂其地，盡以封長子，故安得封淮南王。時諸王子貴侈，莫不以聲色游獵犬馬爲事，唯安獨折節下士，篤好儒學，兼占候方術。養士數千人，皆天下俊士。……乃天下道書及方術之士，不遠千里，卑辭重幣請致之。於是乃有八公詣門，皆須眉皓白。門吏先密以白王，王使閽人自以意難問之曰：『我王上欲求延年長生不老之道，中欲得博物精義入妙之大儒，下欲得勇敢武力扛鼎暴虎横行之壯士。今先生年已耆矣，似無駐衰之術，又無賁育之氣，豈能究於三墳、五典、八索、九丘，鉤深致遠，窮理盡性乎？三者既乏，餘不敢通。』八公笑曰：『……薄吾老，今則少矣。』言未竟，八公皆變爲童子，年可十四五，……王聞之，足不履，跣而迎，……執弟子之禮，……八童子乃復爲老人，告王曰：『餘雖復淺識，備爲先學。聞王好士，故來相從，未審王意有何所欲。吾一人能坐致風雨，立起雲霧，畫地爲江河，撮土爲山嶽。一人能崩高山，塞深泉，收束虎豹，召致蛟龍，使役鬼神。一人能分形易貌，坐存立亡，隱蔽六軍，白日爲暝。一人能乘雲步虛，越海淩波，出入無間，呼吸千里。一人能入火不灼，入水不濡，刃射不中，冬凍不寒，夏曝不汗。一人能千變萬化，恣意所爲，禽獸草木，萬物立成，移山駐流，行宫易室。一人能煎泥成金，凝鉛爲銀，水錬八石，飛騰流珠，乘雲駕龍，浮于太清之上。在王所欲。』安乃日夕朝拜，供進酒脯，各試其向所言，千變萬化，種種異術，無有不效。」

〔八〕「紫臺」二句：謂楊秀立國未久，旋即覆滅。紫臺，猶紫宫也。江淹《恨賦》：「紫臺稍遠，關山無極。」此處指蜀王秀的宫殿。《漢書·伍被傳》云：伍被，楚人也，爲淮南中郎。淮南王陰有邪謀，被數微諫。後王坐東宫，召被欲與計事，呼之曰：「將軍上。」被曰：「王安得亡國之言乎？昔子胥諫吴王，吴王不用，迺曰：『臣今見麋鹿遊姑蘇之臺也。』今臣亦將見宫中生荆棘，露沾衣也！」

〔九〕「碧洞」二句：謂至真觀創立未久，即遇隋末大亂。碧洞，道家洞天，此指至真觀。蓬萊變海，即「滄海桑田」，喻世界之大變動，此指隋末天下大亂。「蓬萊變海」，已見卷五《釋疾文·命曰》「三成田三成水」注。

〔一〇〕「仙居」二句：仙居制度：指至真觀的建築、設施。與雲雷而共屯：謂至真觀經歷了天下動亂的艱難時世。《易・屯》：「象曰：剛柔始交而難生。……象曰：雲雷屯。」孔穎達《疏》：「屯，難也，剛柔始交而難生，初相逢遇，故云屯難也。……雷雨之動，亦陰陽始交也。」

〔一一〕「象帝」二句：謂至真觀所供奉的道教尊神之威儀不行。象帝，即天帝。《老子》：「吾不知誰之子，象帝之先。」將，同，與。梗，阻塞。梁武帝《移京邑檄》曰：「天邑猶梗。」

皇家纂戎牝谷①〔一〕，乘大道而驅除〔二〕；盤根瀨鄉〔三〕，擁真人之閥閱〔四〕。高祖以汾陽如雪〔五〕，當金闕之上仙〔六〕；太宗以峒山順風〔七〕，屬瑶京之下視〔八〕。武皇帝凝旒紫閣，懸鏡丹臺〔九〕，運璇極而正乾坤〔一〇〕，坐闓陽而調風雨〔一一〕。變銅渾於九洛〔一二〕，鱗羽登歌〔一三〕；鳴玉鑾於四清〔一四〕，烟霞變色。焚符破璽〔一五〕，更聞繩燧之初〔一六〕；剖斗折衡〔一七〕，重覩人倫之制。銀書紀岱〔一八〕，登日觀以論功〔一九〕；玉牒封梁，下雲丘而校美〔二〇〕。千齡胎化，申以駕羽之期〔二一〕；萬歲巖音②，獻以華封之壽〔二二〕。畊田鑿井者不知自然，鼓腹擊壤者不知帝力〔二三〕。嗚呼！豈非道風幽贊之效與〔二四〕？乃廻輿詔蹕，親幸譙谷③〔二五〕，奉策老君爲太上皇帝，仍令天下諸州各置觀一所〔二六〕。於是碧樓三襲〔二七〕，上接虹蜺；絳闕九成〔二八〕，下交星雨。乘雲御氣〔二九〕，日夕於關山；薦璧投金〔三〇〕，歲時於岳瀆〔三一〕。

校記

①「纂」《全唐文》作「纘」。　②「音」原作「耆」，據《全唐文》改。　③「谷」原作「若」，據《全唐文》改。

注釋

〔一〕謂李唐皇室繼承並光大了始祖老子的「道」。纂戎，《詩·大雅·韓奕》曰：「纘戎祖考。」毛《傳》：「戎，大。」孔《疏》：「汝當紹繼光大其祖考之舊職。」纂，繼承，通「纘」。牝谷，《老子》云：「谷神不死，是謂玄牝。」牝，雌性，谷，養也，牝谷，即衍生萬物的本原，有似微妙的母體，亦即「道」。故後世稱老子的道爲「牝谷」。

〔二〕驅除：驅逐、掃除（禍亂）。《史記·秦楚之際月表》：「向秦之禁，適足以資賢者爲驅除難耳。」

〔三〕謂李唐宗室的根在瀨鄉。《史記·老子韓非列傳》曰：「老子者，楚苦縣厲鄉曲仁里人也。」張守節《正義》曰：「厲音賴，《晉太康地記》云：苦縣城東有瀨鄉祠，老子所生地也。」《元和郡縣圖志》卷七《河南道·宋州》：「真源縣，……本楚之苦縣……（晉）成帝更名谷陽。……理苦城，屬亳州。乾封元年，高宗幸瀨鄉，以玄元皇帝生於此縣，遂改爲真源縣。」

〔四〕真人：仙人。《莊子·刻意》：「能體純素，謂之真人。」此處指老子李耳。　閼閱：《漢書·車千秋傳》曰：「千秋無伐閲功勞。」顔師古《注》曰：「伐，積功也；閲，經歷也。」也以指世家門第。案：李唐建國後，爲鞏固其統治的需要，多次編造政治神話，尊道教始祖老子爲「聖祖」，自稱爲老君子孫。《唐會要》卷一五曰：「武德三年五月，晉州人吉善行於羊角山見一老叟，乘白馬朱鬣，儀容甚偉，曰：『爲吾語唐天子，吾，汝祖也。今年平賊後，子孫享國千歲。』高祖異之，乃立廟於其地。」故云「擁真人之閥閲」。

〔五〕謂高祖崇信道教，曾會神仙。《莊子·逍遥遊》云：「藐姑射之山，有神人居焉。肌膚若冰雪，淖約若處子，不食五穀，吸風飲露，乘雲氣，御飛龍，而遊乎四海之外。……堯治天下之民，平海内之政，往見四子藐姑射之山，汾水之陽，窅然喪其天下焉。」

〔六〕金闕：老子稱號。《神仙傳》卷一曰：「老子或云下三皇時，爲金闕帝君。」上仙：道教所謂九仙之一。《雲笈七籤》卷三《道教本始部》曰：「太清境有九仙，一上仙，二高仙，三大仙，四玄仙，五天仙，六真仙，七神仙，八靈仙，九至仙。」

〔七〕謂太宗亦崇奉道教，曾遇神仙。《莊子·在宥》曰：「黄帝立爲天子十九年，令行天下。聞廣成子在于空同之山，故往見之。曰：『我聞吾子達于至道，敢問至道之精。』……黄帝退，捐天下，築特室，席白茅，閒居三月，復往邀之。廣成子南首而卧，黄帝順下風膝行而進。」空同，山名，或作「崆峒」。

〔八〕屬：值，遇。瑶京：即玉京，道教所謂神仙之都。《枕中書》曰：「玄都玉京，……在大羅天之上。」

〔九〕「武皇帝」二句：武皇帝：武，當爲「我」之形誤。諸本皆誤。我皇帝，指高宗李治。凝旒：帝王端坐。旒，帝王冕冠前後懸垂的玉串，端坐則静止不動。許敬宗《奉和詠雨應詔》：「崇朝方浹宇，宸盼俯凝旒。」紫閣：與下文「丹臺」，並泛指宫禁中之建築。懸鏡：比喻人之明察不惑。梁簡文帝《謝敕賚中庸講疏啓》：「未有懸鏡獨曉，仰均神鑒。」

〔一〇〕璇極：北斗第二星叫「天璇」，星圖上的紫微垣有北辰，即北極星座，均在北天極的中心，所以用來象徵皇帝的宫禁、政權的中樞。《太平御覽》卷五《天部》五引《春秋運斗樞》曰：「北斗第一天樞，第二璇，……第六闓陽，第七摇光。」《晉書·天文志》：「北極五星，鈎陳六星，皆在紫宫中。北極，北辰最尊者也。」《宋書·東平王子嗣傳》：「故東平冲王休倩託荄璿極，岐嶷夙表。」

〔一一〕闓陽：北斗第六星，已見注〔一〇〕。

〔一二〕銅渾：即渾天儀，古代觀測天體的儀器，以銅鑄成。《書·舜典》孔穎達《疏》引蔡邕《天文志》云：「言天體者有三家，一曰周髀，二曰宣夜，三曰渾天。宣夜絶無師説，周髀術數具在，考驗天象，多所違失，故史官不用。唯渾天者，近得其情，今史官所用候臺銅儀，則其法也。」案，改銅渾事，太宗時有之。《舊唐書·天文志》曰：「貞觀初，直太史李淳風言靈臺候儀，是後魏遺範，法制疏略，難爲占步。太宗因令淳風改造渾儀，鑄銅爲之。至七年造成，太宗令置於凝暉閣，以用測候，既在宫中，尋而失其所在。」《新書》、《唐會要》與《舊志》略同，據此文，或高宗時復有修銅渾之事，特史不具耳。又，《舊唐書·高宗紀》曰：麟德二年「五月辛卯，以秘閣郎中李淳風造曆成，名《麟德歷》，頒之。」改銅渾，或即指此改曆之事也。九洛：即洛水，借指唐之東都洛陽。武則天《高宗哀册文》曰：「背九洛而移馭，僸八川而從蹕。」李嶠《詠洛》詩曰：「九洛韶光媚，三川物候新。」

〔一三〕鱗羽：指龍、鳳。《大戴禮記·易本命》曰：「有羽之蟲三百六十，而鳳皇爲之長；有鱗之蟲三百六十，而蛟龍爲之長。」登歌：升堂奏歌。《周禮·春官·大師》：「大祭祀，帥瞽登歌。」

〔一四〕玉鑾：鑾鈴，象鸞鳥之聲，故名。經傳多作「鸞」。屈原《離騷》：「鳴玉鸞之啾啾。」四清：高步瀛引《真靈位業圖》曰：「玉清宫有下元宫高清四元君，疑指此。」

〔一五〕《莊子·胠篋》曰：「焚符破璽，而民朴鄙。」

〔一六〕繩燧：燧人氏之世，結繩而治之時。《易·繫辭》下：「上古結繩而治。」燧人氏，已見卷六《對蜀父老問》注〔三〇〕。

〔一七〕《莊子·胠篋》曰：「掊斗折衡，而民不争。」

〔一八〕謂立碑刻石於泰山，以紀盛德。《史記·秦始皇本紀》載，秦始皇二十八年，嘗東行郡縣，上泰山，立石刻辭，以紀秦德。銀書，指碑銘文字。陸倕《新漏刻銘》曰：「寧可使多謝曾水，有陋昆吾，金字不傳，銀書未勒者哉！」岱，泰山。《書·禹貢》曰：「海、岱惟青州。」

〔一九〕日觀：已見卷三《登封大酺歌四首》注〔一〕。

〔二〇〕「玉牒」二句：玉牒：古帝王封禪所用的文書。《史記·封禪書》曰：「天子至梁父，……封太山下東方，如郊祠太一之禮，封廣丈二尺，高九尺，其下則有玉牒書，書秘。」封梁：封，封禪，梁，梁父山，並已見卷三《登封大酺歌四首》注〔二〕。雲丘：有雲的山丘，即指梁父山。校美：與前代帝王比較功德之盛美。按：「玉牒封梁，下雲丘而校美」二句，乃寫唐高宗封禪之事，已見卷三《登封大酺歌四首》注〔二〕。

〔二一〕「千齡」二句：大意謂仙鶴已預告皇帝以控鶴成仙之期。千齡胎化，指仙鶴。鮑明遠《舞鶴賦》「偉胎化之仙禽」李善《注》引《相鶴經》曰：「鶴，陽鳥也。……千六百年，形定而色白。……雄雌相見，目睛不轉，孕，千六百年，飲而不食。……蓋羽族之宗長，仙人之騏驥也。」駕羽，即跨鶴成仙也。

〔二二〕「萬歲」二句：萬歲巖音：即「山稱萬歲」也，已見卷三《中和樂九章·歌登封》注〔一〇〕。華封之壽：《莊子·天地》曰：堯觀乎華，華封人曰：「嘻，聖人！請祝聖人，使聖人壽。」

〔二三〕「畊田」二句：已見卷六《樂府雜詩序》「擊壤堯年」注。鼓腹，見《莊子·馬蹄》：「夫赫胥氏之時，民居不知所爲，行不知所之，含哺而熙，鼓腹而遊。」

〔二四〕幽贊：《易·説卦》曰：「昔者聖人之作《易》也，幽贊於神明而生蓍。」孔穎達《疏》：「幽者隱而難見，……贊者佐而助成。」

〔二五〕「乃迴」二句：迴輿：車駕返回。指乾封元年二月己未，高宗自泰山封禪後迴鑾，次亳州。見《舊唐書·高宗紀》。詔蹕：下詔駐蹕。蹕，古代帝王出行時，禁止行人以清道。《周禮·天官·閽人》：「蹕宫門、廟門。」鄭玄《注》：「蹕，止行者。」後因稱帝王出行中途暫駐曰駐蹕。譙谷：亳州谷陽縣。《元和郡縣圖志》卷七《河南道·亳州》曰：「亳州，譙郡。……春秋時爲陳國之焦邑，……漢爲譙縣，……黄初元年，以先人舊郡，又立爲譙國，……周武帝改爲亳州，……武德四年討平王世充，復爲亳州。」又曰：「真源縣，本楚之苦縣，春秋時屬陳，後爲楚所併。……（晉）成帝更名谷陽。」

〔二六〕「奉策」二句：《舊唐書·高宗紀》下：乾封元年正月丁丑，敕「天下諸州置觀、寺一所。丙戌，發自泰山。……二月己未，次亳州，幸老君廟，追號曰太上玄元皇帝，創造祠堂，其廟置令、丞各一員。改谷陽縣爲真源縣」。

〔二七〕襲：重也。《爾雅·釋山》：「山三襲，陟。」郭璞《注》：「襲亦重。」

〔二八〕絳：紅色。闕：前已屢見。九成：九層。《馬季長·長笛賦》曰：「託九成之孤岑兮」，李善《注》引郭璞曰：「成，亦重也。」

〔二九〕《莊子·逍遥遊》曰：「乘雲氣。」又曰：「御六氣之辯。」

〔三〇〕薦璧：古代祭天地鬼神的儀式之一，即進獻珪璧等珍寶。《後漢書·祭祀志》上李賢《注》引《漢祀令》曰：「天子行有所之，出河，沈用白馬珪璧各一，衣以繒緹五尺，祠用脯二束，酒六升，鹽一升。」投金：未聞。當亦是祭祀儀式。

〔三二〕謂五岳四瀆之地，皆立有玄元廟，歲時致祭也。

此觀地當樞要，任切會昌〔一〕。南隣覆錦之城，西逼吞珠之界〔二〕。使星連注，皇華結轍〔三〕。既而緑地榛蕪，朱宫板蕩〔四〕。非夫位膺金策，名載瓊軒〔五〕，爲紫帝之羣賓，列黄庭之上格〔六〕，孰能棟梁平圃①，丹雘長樓，大開流電之庭，廣制明霞之宇〔七〕？

校記

①「孰能棟梁平圃」原作「孰能居此棟梁平圃」，據《英華》注一本無「居此」二字，删。

注釋

〔一〕「此觀」二句：樞要：關鍵所在的要害部位。《後漢書・韋彪傳》：「天下樞要，在于尚書。」此處指交通要衝。　切：貼近，密合。《荀子・勸學》曰：「詩書故而不切。」　會昌：左太冲《蜀都賦》「天帝運期而會昌」李善《注》：「《河圖括地象》曰：『岷山之精，上爲井絡，帝以會昌，神以建福。』……昌，慶也，言天帝於此會慶建福也。」

〔二〕「南鄰」二句：覆錦之城：即成都，成都別稱錦城、錦官城，見卷二《文翁講堂》詩「錦里」注。　吞珠之界：指唐之茂州。《三國志・蜀書・秦宓傳》：「宓曰：『禹生石紐，今之汶山郡是也。』」裴松之《注》引《帝王世紀》曰：「鯀納有莘氏女曰志，是爲修己，上山行，見流星貫昴，夢接意感，又吞神珠，臆圮胸坼，而生禹於石紐。』」《史記·夏本紀》張守節《正義》引《括地志》曰：「茂州汶川縣，石紐山在縣西七十三里。」

〔三〕「使星」二句：使星：朝廷的使者。《後漢書·李郃傳》云：「（郃）善河洛風星，縣召署幕門候吏。和帝即位，分遣使者，皆微服單行，各至州縣，觀採風謡。使者二人，當到益部，投郃候舍。時夏夕露坐，郃因仰觀問曰：『二君發京師時，寧知朝廷遣二使耶？』二人問何以知之，郃指星示云：『有二使星，向益州分野，故知之耳。』」注：集向。《戰國策·秦策四》：「夫以王壤土之博，人徒之衆，兵革之强，一舉事而注地於楚，……是王失計也。」皇華：《詩·小雅·皇皇者華·序》：「皇皇者華，君遣使臣也，送之以禮樂，言遠而有光華也。」後因稱朝廷的使者爲「皇華」或「使華」。謝靈運《撰征賦序》：「皇華愧于先雅，靡鹽頳於征人。」結轍：車迹相交。《漢書·文帝紀》：「冠蓋相望，結轍于道。」

〔四〕「既而」二句：榛蕪：荒蕪。梁武帝《守護晉宋齊諸陵詔》：「時事浸遠，宿草榛蕪。」板蕩：已見卷四《五悲·悲才難》注〔二〕。

〔五〕「非夫」二句：膺金策：得到金簡策。《太平御覽》卷六七二《道部》一四引《茅盈傳》曰：「盈命飆車，與二弟詣青州，請書名金簡。」又引《紫書金根經》曰：「凡學者勤尚苦志，則玉皇三元，東華太上，當遣真人，授其真經，後聖衆莫不先奏金簡于東華，投玉札于上清，然後得授大洞真經。」《雲笈七籤》卷九《三洞經教部釋洞真中黄老君八道祕言經》：「赤松子曰：此經或名八道金策。」瓊軒：猶玉宮，指仙界。沈炯《林屋館記》：「瓊軒雲構。」

〔六〕「爲紫帝」二句：紫帝：即紫皇，道家傳説的神仙。《太平御覽》卷六五九《道部》引《祕要經》云：「太清九宮，皆有僚屬，其最高者稱天皇、紫皇、玉皇。」黄庭：《黄庭經》曰：「上有黄庭，下有關元。」《雲笈七籤》卷一一《太上黄庭外景經序》曰：「故黄者二儀之正色，庭者四方之中庭，近取諸身則脾土爲主，遠取諸象而天理自會。」

〔七〕「孰能」以下四句：棟梁：用如動詞，架構棟梁，興建道宫。平圃：指仙境。《山海經・西山經》曰：「槐江之山，實惟帝之平圃。」郭璞《注》曰：「即玄圃也。」玄圃、閬風，神仙所居也。丹雘：丹，硃沙，雘，赤石脂之類，可作顔料。丹雘，此處用如動詞，用顔料塗飾的意思。流電之庭、明霞之宇：並指仙境，借喻至真觀也。《神異經》曰：「東荒山中有大石室，東王公居焉，恒與一玉女投壺，每投千二百矯，矯出而脱誤不接者，天爲之笑。」張華《注》曰：「言笑者，天口流火炤灼，今天上不雨而有電光，是天笑也。」《十洲記》曰：「崑崙又有墉城金臺玉樓，碧玉之堂，瓊華之室，紫翠丹房，雲錦燭日，朱霞九光，西王母之所治也。」

觀主三洞法師，姓黎諱某，廣漢雒人也〔一〕。金天命秩，即有天地之官〔二〕；火正分司，實掌羲和之任〔三〕。夏殷之際，代爲伯相〔四〕，或食邑於魯〔五〕，或書社於衛〔六〕。故魯之黎城，衛之黎陽〔七〕，即其地也。魏晉之交，或立功於吴，剖符於蜀〔八〕。在吴者，其後封於壽春，黎將故城有黎氏之墓，石文石闕之字在焉〔九〕。在蜀，苻堅時秦爲蜀郡太守，北齊時練山爲益州刺史〔一〇〕，故子孫因家於蜀。法師，練山之六代孫也。祖宗，父泉，並爲州郡都主簿平正之職〔一一〕。任文公之好智①，固讓朝恩〔一二〕；秦子整之多才，終從郡辟〔一三〕。禮儀體制，鄉校取式於公曹〔一四〕；獄訟章程，府主責成於平正〔一五〕。時無留事，復聞坐嘯之談〔一六〕；野有讓畊〔一七〕，重聽行歌之樂。

校記

①「任」下原衍「蜀」字，删。

注釋

〔一〕「觀主」以下三句：三洞：道教名詞，爲道教經書分類的名稱，三洞指洞真部、洞神部、洞玄部。《雲笈七籤》卷六《三洞經教部》引《道門大論》曰：「三洞者，洞言通也，通玄達妙，其統有三，故云三洞。第一洞真，第二洞玄，第三洞神，乃三景之玄旨，八會之靈章，鳳篆龍書，金編玉字，修服者因兹入悟，研習者得以還原。」　法師：《唐六典》卷四曰：「道士修行有三號，一曰法師，二曰威儀師，三曰律師。」　廣漢雒人：《元和郡縣圖志》卷三一《劍南道·漢州》曰：「秦爲蜀郡地，漢分蜀郡爲廣漢郡，今州即廣漢郡之雒縣也。隋開皇三年罷郡，縣屬益州。皇朝初因之，至垂拱二年於雒縣分置漢州。」可知昇之作此文時，雒縣尚屬益州也。按，在今四川廣漢縣境。

〔二〕「金天」二句：《國語·楚語》下曰：「觀射父曰：少皞之衰也，九黎亂德，顓頊受之，乃命南正重司天以屬神，火正黎司地以屬民，使復舊常，無相侵瀆。其後三苗復九黎之德，堯復育重黎之後，不忘舊者，使復典之，以至于夏商，故重黎氏世叙天地。」《史記·太史公自序》曰：「昔在顓頊，命南正重以司天，北正黎以司地，唐、虞之際，紹重黎之後，使復典之，至于夏、商，故重黎氏世叙天地。」《左傳·昭公二十九年》曰：「蔡墨曰：本正曰句芒，火正曰祝融，少皞氏有四叔，曰重、曰該、曰脩、曰熙，使重爲句芒，顓頊氏有子曰犂，爲祝融。」《藝文類聚》卷一一《帝王部》引《帝王世紀》曰：「少皞帝名摯，……號金天氏。」案重黎分司天地，在顓頊之世，《左傳》所言祝融之犂即黎，亦顓頊氏之子，與少皞氏四叔之重無關，此云「金天命秩」，似小誤。秩，官吏的職位或品級。《左傳·文公六年》：「委之常秩。」

〔三〕「火正」二句：火正，古掌火之官，爲五行官之一。已見前注所引《左傳》。分司：分掌。羲和：羲與和，二人名，重、黎之後。堯時掌天地之官。《史記·五帝本紀》曰：「（帝堯）乃命羲、和，敬順昊天，數法日月星辰，敬授民時。」裴駰《集解》引孔安國曰：「重、黎之後，羲氏、和氏世掌天地之官。」

〔四〕「夏殷」二句：《史記·楚世家》曰：「楚之先祖出自帝顓頊高陽。高陽者，黄帝之孫，昌意之子也。高陽生稱，稱生卷章，卷章生重黎。重黎爲帝嚳高辛居火正，甚有功，能光融天下，帝嚳命曰祝融。共工氏作亂，帝嚳使重黎誅之而不盡。帝乃以庚寅日誅重黎，而以其弟吴回爲重黎後，復居火正，爲祝融。吴回生陸終，陸終生子六人，……其長一曰昆吾；二曰參胡；三曰彭祖；……昆吾氏，夏之時嘗爲侯伯，……彭祖氏，殷之時嘗爲侯伯。」代，世也。伯，方伯，諸侯爲一方之長者。相，傳相，國君輔弼之臣。

〔五〕即下文所謂「魯之黎城」，昇之以爲黎侯封邑。食邑，卿大夫采邑、世襲領地。收其賦税而食，故名食邑。《史記·樊噲傳》：「賜食邑杜之樊鄉。」

〔六〕謂寄寓於衛也。《史記·孔子世家》「（楚）昭王將以書社地七百里封孔子」司馬貞《索隱》曰：「古者二十五家爲里，里則各立社，則書社者，書其社之人名於籍。蓋以七百里書社之人封孔子也。」

〔七〕「故魯」二句：《元和郡縣圖志》卷一〇《河南道六·鄆州》：「鄆城縣，……黎丘，在縣西四十五里。春秋時黎侯寓於衛，因以爲名。黎之臣子諷其君歸國，作詩曰『胡爲乎泥中』，蓋惡其卑溼也。」按《詩·邶風·式微·序》曰：「《式微》，黎侯寓於衛，其臣勸以歸也。」毛《傳》云：「寓，寄。黎侯爲狄人所逐，棄其國而寄於衛，衛處之以二邑，因安之，可以歸而不歸，故其臣勸之。」《經典釋文》曰：「黎，力兮反，國名。杜預云，在上黨壺關縣。」《左傳·宣公十五年》曰：「潞子嬰兒之夫人，晉景公之姊也。酆舒爲政而殺之，又傷潞子之目。晉侯將伐之。諸大夫皆曰：『不可。……』伯宗曰：『必伐之。狄有五罪，……棄仲章而奪黎氏地，三也。……』晉侯從之。六月癸卯，晉荀林父敗赤狄于曲梁，滅潞，……立黎侯而還。」今人楊伯峻先生《注》曰：

「黎」,《說文》作𨞚,本殷商古國,《尚書》之《西伯勘黎》,即此。《吕氏春秋·慎大覽》云,武王命封帝堯之後於黎,亦即此。據清《嘉慶一統志》,黎國本在今山西省長治縣西南三十里黎侯嶺下,其後晉立黎侯,或徙於今黎城縣地。」《元和郡縣圖志》卷一五《河東縣四·潞州》云:「黎城縣,古黎國,《春秋》曰『晉荀林父滅潞,立黎侯而還』,今縣東十八里黎侯城是也。漢爲潞縣之地……隋開皇十八年改刈陵爲黎城縣。」據此則魯境無黎城,黎侯之封邑在晉,此云「食邑於魯」、「魯之黎城」,並誤。「魯」或爲「晉」之形訛。　衛之黎陽:《水經注·淇水》曰:「淇水又南歷坊堰舊淇水南,東流逕黎陽縣界,南入河。」《元和郡縣圖志》卷一六《河北道一·衛州》:「黎陽縣,古黎侯國,漢以爲黎陽縣,在黎陽山北,屬魏郡。」按故城在今河南浚縣東北。

〔八〕「魏晉」以下三句:《三國志·吴書·丁奉傳》曰:「太平二年,魏大將軍諸葛誕據壽春來降,魏人圍之。遣朱異、唐咨往救,復使(丁)奉與黎斐解圍。奉爲先登,屯於黎漿,力戰有功,拜左將軍。」所謂「立功於吴」者,於史僅見此「黎斐」,未知是否。「剖符於蜀」,謂任太守於蜀,未詳。按此下叙黎氏先世伐閲,蓋據黎氏家牒,多不足深信。

〔九〕「在吴」以下四句:在吴者,其後封於壽春,事亦無考。壽春:地名,戰國時楚邑,楚考烈王遷都于此,命曰郢。秦置縣,爲九江郡所治。漢高帝更名淮南國,武帝復爲九江郡。隋置壽州,唐因之。即今安徽壽縣地。見《通典·州郡門十一》。黎將:地名,當即黎漿,已見前條注所引《三國志·吴書·丁奉傳》。清《嘉慶一統志》曰:「鳳陽府:古黎漿亭,在壽州東南。」石闕：墓門立雙石柱曰石闕。

〔一〇〕「在蜀」以下三句：苻堅，晉時前秦君主，字永固，一字文玉。秦苻健稱帝，子苻生嗣位，凶暴，堅爲苻洪孫，遂殺生自立，先後滅前燕，取仇池，奪晉漢中，取成都；克前涼，定代地。信任王猛，有滅晉統一域內之志。攻晉，戰於淝水，大敗而還，後爲姚萇所殺。見《晉書·苻堅載記》。黎秦（或奉）、黎練：事並不詳。北齊益州刺史：按北齊無益州，疑爲北周之訛。

〔一一〕州郡都：似當作「州都」，「郡」字疑衍。沈休文《恩倖傳論》：「漢末喪亂，魏武始基，軍中倉卒，權立九品，蓋以論人才優劣，……州都郡正，以才品人。」李善《注》引《傅子》曰：「魏司空陳羣，始立九品之制，郡置中正，平人才之高下，各爲輩目，州置州都，而揔其義。」主簿：官名，漢以後中央各機構及地方郡、縣官府並設有主簿，負責文書簿籍，掌管印鑑，爲掾史之首。見《通典》卷三三《職官典》一四《總論州佐》。平正：疑當作「中正」。中正，官名。三國魏置，負責考察本州本郡人才品德，分成九等，作爲選任官吏的依據。《通典》卷三二《職官典》一四《總論州佐》曰：「中正，陳勝爲楚王，以朱房爲中正，而不言職事。兩漢無聞。魏司空陳羣以天臺選用，不盡人才，擇州之才優有昭鑒者，除爲中正，自拔人才，銓定九品，州郡皆置。吴有大公平，亦其任也。晉宣帝加置大中正，故有大小中正。其用人甚重，齊梁亦重焉。」

〔一二〕「任文公」二句：《後漢書·方術傳》上曰：「任文公，巴郡閬中人也。……以占術馳名，辟司空掾。平帝即位，稱疾歸家。王莽篡後，文公推數，知當大亂，……遂奔子公山，十餘年不被兵革。公孫述時，蜀武擔石折。文公曰：『噫！西州智士死，我乃當之。』自是常會聚子孫，設酒食。後三月果卒。故益部爲之語曰：『任文公，智無雙。』」

〔一三〕「秦子整」二句：《三國志·蜀書·秦宓傳》曰：「秦宓字子勑，廣漢緜竹人也。少有才學，州郡辟命，輒稱疾不往。……先主既定益州，廣漢太守夏侯纂請宓爲師友祭酒，領五官掾。……益州辟宓爲從事祭酒。……建興二年，丞相亮領益州牧，選宓迎爲別駕，尋拜左中郎將、長水校尉。」按「勑」字亦作「敕」，與「整」字形近。王勃《益州德陽縣善寂寺碑》曰「秦子整之談天」，亦用秦宓事，疑唐本《三國志》「子敕」作「子整」。

〔一四〕鄉校：鄉學。《左傳·襄公三十一年》：「鄭人遊於鄉校，以論執政。」公曹：州郡掾屬，有功曹、户曹、兵曹、法曹、士曹等參軍事，見《唐六典》卷三〇，揔稱曰公曹。

〔一五〕府主：佐吏、幕僚對所屬長官的尊稱。潘岳《閑居賦序》：「府主誅，除名爲民。」平正：公平、正直。《漢書·鼂錯傳》曰：「立法若此，可謂平正之吏矣。」

〔一六〕「時無」二句：無留事：無稽留、遲滯之事。《史記·田敬仲世家》：「官無留事。」坐嘯：《後漢書·黨錮列傳》曰：「汝南太守宗資任功曹范滂，南陽太守成瑨亦功曹岑晊，二郡又爲謡曰：『汝南太守范孟博，南陽宗資主畫諾；南陽太守岑公孝，弘農成瑨但坐嘯。』」

〔一七〕《史記·建元以來諸侯年表》曰：「黄霸爲潁川太守，善化，男女異路，耕者讓畔。」

玄珠結慶，剖江漢之圓流〔一〕；紫胞貽祉，動岷精之垂曜〔二〕。豫章七歲〔三〕，非復常材；朝陽五色，豈云凡鳥〔四〕？初登小學，笑孔、墨之神勞〔五〕；一見玄書，以彭、聃爲己任〔六〕。玉笈雲囊之術，龍緘鳳蘊之圖〔七〕，莫不吞楚夢於胸中〔八〕，指魯城於掌上〔九〕。臨長水而飲犢，不就堯徵〔一〇〕；卧巨澤而牧羊，徒勞漢使〔一一〕。冥丘聳駕，左肘符觀化之辰〔一二〕；諄蟚停裝，横目傳栖真之地〔一三〕。

注釋

〔一〕「玄珠」二句：蚌蛤生珠，所以喻賢父母之生育貴子。《史記・龜策列傳》曰：「明月之珠，出于江海，藏于蚌中。」《管子・揆度篇》：「南貴江漢之珠。」顔延年《贈王太常詩》李善《注》引《尸子》曰：「凡水其方折者有玉，其圓折者有珠。」

〔二〕「紫胞」二句：紫胞：《南史・梁元帝紀》曰：「初武帝夢眇目僧執香爐，稱託生天宫，天監七年八月丁巳，生帝，舉室中非常香，有紫胞之異。」貽祉：贈與福祉。岷精：岷山之精，在天爲二十八宿之一的井宿。已見本篇「任切會昌」句注。垂曜：日月星辰放射光輝。

〔三〕「豫章」二句：《史記・司馬相如傳》裴駰《集解》引郭璞曰：「豫章，大木也，生七年乃可知也。」張守節《正義》引温活人曰：「豫今之枕木也，章今之樟木也，二木生至七年，枕樟乃可分别。」

〔四〕「朝陽」二句：朝陽五色，謂鳳皇也。《詩・大雅・卷阿》曰：「鳳皇鳴矣，于彼高岡。梧桐生矣，于彼朝陽。」《説文》曰：「鳳，神鳥也。……五色備舉。」凡鳥：《世説新語·簡傲》曰：「嵇康與吕安善，每一相思，千里命駕。安後來，值康不在，喜出户延之，不入。題門上作『鳳』字而去。喜不覺，猶以爲欣，故作。『鳳』字，凡鳥也。」劉峻《注》引《説文》曰：「鳳，神鳥也。從鳥，凡聲。」

〔五〕「初登」二句：小學：周以後各代設立的官學。《漢書·藝文志》曰：「古者八歲入小學，故《周官》保氏掌養國子，教之六書。」孔、墨神勞：《史記·太史公自序·論六家要指》云：「夫儒者以《六藝》爲法。……累世不能通其學，當年不能究其禮，故曰『博而寡要，勞而少功』。……墨者亦尚堯舜道。……夫世異時移，事業不必同，故曰『儉而難遵』。」又曰：「神大用則竭，形大勞則敝。」《淮南子·脩務訓》曰：「墨子無黔突，孔子無煖席。」

〔六〕「一見」二句：玄書：《老子》謂大道「玄之又玄」，後世因稱道家經典曰玄書、玄經。《梁書·庾承先傳》：「玄經釋典，靡不該悉。」彭、聃：彭祖與老聃。彭祖，傳説爲顓頊帝玄孫陸終氏第三子，姓籛名鏗，堯封之於彭城，因其道可祖，故謂之彭祖。鏗在商爲守藏史，在周爲柱下史。年八百歲。見舊題劉向《列仙傳》上、葛洪《神仙傳》卷一、干寶《搜神記》卷一。老聃即老子，李耳。前已屢見。

〔七〕「玉笈」二句：玉笈雲囊、龍緘鳳藴，謂道教秘籍、神仙符籙之類。《太平廣記》卷三引《漢武内傳》曰：「上元夫人即命侍女紀離容，徑到扶廣山，敕青真小童，出六甲左右靈飛致神之方十二事。……須臾侍女還，捧五色玉笈，鳳文之蘊，以出六甲之文。」《太平御覽》卷六七六《道部》一八引《三天正法》曰：「三天九微玄都太真靈籙者，祕在太上靈都之宫，封以紫蕊玉笈，盛以雲錦之囊。」又引《黄籙簡文經》曰：「投金龍一枚，丹書玉札，青絲纏之。」緘，封閉。蘊，收藏。

〔八〕司馬相如《子虚賦》曰：「吞若雲夢者八九於其胸中，曾不蔕芥。」楚夢，楚地之雲夢澤。雲夢，已見卷一《雙槿樹賦》注〔三〕。

〔九〕《十六國春秋・南燕録》曰：「劉裕過大峴，舉手指天，喜形於色，曰：『虜已入吾掌中，勝可必矣！』」《嘉慶一統志》曰：「山東沂州府：春秋魯大峴山，在沂水縣東北二十五里，東莞故城、今沂水縣治，晉屬東莞郡，後屬慕容燕亦曰團城。」

〔一〇〕「臨長水」二句：皇甫謐《高士傳》卷上曰：「堯讓天下於許由，由於是遁，耕於中岳潁水之陽，箕山之下。堯又召爲九州長，由不欲聞之，洗耳於潁水濱。時其友巢父牽犢欲飲之，見由洗耳，問其故。對曰：『堯欲召我爲九州長，惡聞其聲，是故洗耳。』巢父曰：『子若處高岸深谷，人道不通，誰能見子？子故浮游，欲聞求其名譽，污吾犢口。』牽犢上流飲之。」

〔一一〕「卧巨澤」二句：《後漢書・逸民列傳》曰：「嚴光字子陵，一名遵，會稽餘姚人也。少有高名，與光武同遊學。及光武即位，乃變名姓，隱身不見。帝思其賢，乃令以物色訪之。後齊國上言：有一男子，披羊裘釣澤中。帝疑其光，乃備安車玄纁，遣使聘之，三反而後至。……除爲諫議大夫，不屈，乃耕於富春山，……年八十，終於家。」又，《儒林列傳》曰：「孫期字仲彧，濟陰成武人也。……家貧，事母至孝，牧豕於大澤中，以奉養焉。……郡舉方正，遣吏齎羊酒請期，期驅豕入草不顧。」此二事較合，唯嚴光有漢使之召而非牧羊，孫期亦牧豕而非牧羊耳。

〔二三〕「冥丘」二句：《莊子·至樂》曰：「支離叔與滑介叔觀於冥伯之丘，崑崙之虚，黄帝之所休，俄而柳生其左肘，其意蹶蹶然惡之。支離叔曰：『子惡之乎？』滑介叔曰：『亡，予何惡？生者，假借也，假之而生，生者塵垢也。死生爲晝夜，且吾與子觀化而化及我，我又何惡焉！』」聳駕，駕車出遊。觀化，觀察萬物的變化。

〔二三〕「諄氊」二句：《莊子·天地》曰：「諄芒將東之大壑，適遇苑風于東海之濱。苑風曰：『子將奚之？』曰：『將之大壑。』曰：『奚爲焉？』曰：『夫大壑之爲物也，注焉而不滿，酌焉而不竭。吾將游焉。』苑風曰：『夫子無意於横目之民乎？願聞聖治。』」停裝，卸下負載，息肩休息。横目，即横目之民，指人類。栖真，道家以性命之根本爲真，棲真謂保其根本，養其元神。陶弘景《真誥》卷二《運象》二：「宗道者貴無邪，棲真者安恬愉。」

貞觀之末〔一〕，有昭慶大法師，魁岸堂堂，威儀肅肅〔二〕。裂圓冠而焚俗製，横大帳而抗山谷①〔三〕。聲若坻頽，辯均濤發〔四〕。仲尼河目〔五〕，飛電驚人〔六〕；子貢斗脣〔七〕，連環動坐〔八〕。昂昂不雜，如獨鶴之映羣雞〔九〕；矯矯無雙，狀真龍之對芻狗〔一〇〕。于時三蜀耆老，咸相謂曰：「興大道者，其在兹乎？」初襲羽裙〔一一〕，且莅真陽小觀；纔麾玉柄〔一二〕，已馳天下大名。尋而廣漢士人固請法師爲靈集觀主，去長桑之故苑〔一三〕，臨隱弅之新丘〔一四〕。經之營之〔一五〕，既雕既琢②〔一六〕。銀臺中天而孤出〔一七〕，珠樹匝地而叢生〔一八〕。同赤城之建標，有黄房之貞構〔一九〕。觀中先有天尊真人石像，大小萬餘區，年代寖深，儀範凋缺〔二〇〕。沈沈寶座，積萬古之塵埃；邈邈瓊顔，被千齡之苔蘚。法師睹斯而流涕曰：「不圖先聖尊容，零落至此！」乃重趼即路③，無胈永哀〔二一〕，櫛沐幾於四時，栖遑周於百舍〔二二〕。誓將崇輯事畢〔二三〕，然後寢食爲期。鄉曲争持錢帛，競施珍寶，費餘巨萬〔二四〕，役不崇朝〔二五〕。還開紫翠之容，更表圓明之色〔二六〕。

校記

①「帳」《英華》作「陂」，注「一作帳」。　②「琢」《英華》、《全唐文》並作「斲」。　③「趼」原作「胈」，據《全唐文》改。

注釋

〔一〕貞觀：唐太宗年號，自六二七年丁亥至六四九年己酉，凡二十三年。

〔二〕「有昭慶」以下三句：昭慶大法師：黎觀主之師。　魁岸：體貌雄偉。《漢書·江充傳》：「充爲人魁岸。」　堂堂：形容容儀莊嚴大方。《論語·子張》：「堂堂乎張也！難與並爲仁矣。」威儀：莊嚴的容貌舉止。《左傳·襄公三十一年》曰：「有威而可畏，謂之威；有儀而可象，謂之儀。」　肅肅：嚴正。《詩·小雅·黍苗》：「肅肅謝功，召伯營之。」

〔三〕「裂圓冠」二句：圓冠：儒冠。《莊子・田子方》曰：「儒者冠圜冠者知天時，履句屨者知地形。」《經典釋文》曰：「圜音圓。」　抗：謂抗迹也。抗迹，特立獨行也。

〔四〕「聲若」二句：揚雄《解嘲》曰：「響若坻隤。」《漢書・揚雄傳》「坻」作「阺」，皆當作「氏」。《説文》曰：「巴蜀名山岸脅之堆旁箸欲落墮者曰氏，氏崩聲聞數百里。……揚雄賦『響若氏隤』。」班固《答賓戲》曰：「馳辯如波濤。」

〔五〕《孔子家語・困誓》曰：「孔子適鄭，與弟子相失，獨立東郭門外。或人謂子貢曰：『東門外有一人焉，……河目隆顙。』」河目，言深且廣也。

〔六〕《世説新語・容止》曰：「裴令公目：『王安豐眼爛爛如巖下電。』」案此句以上皆喻昭慶大法師也。

〔七〕任彦昇《王文憲集序》「山庭異表」李善《注》引《論語摘輔像》曰：「子貢山庭斗繞口。」（《太平御覽》卷三六七《人事部》所引作「斗星繞口」）子貢，孔子弟子端木賜，字子貢。案此以下喻黎法師也。

〔八〕連環：《淮南子・俶真訓》曰：「智終天地，明照日月，辯解連環，澤潤玉石。」故此處以「連環」作爲「雄辯」的代稱。

〔九〕「昂昂」二句：《世説新語・容止》曰：「有人語王戎曰：『嵇延祖卓卓如野鶴之在鷄羣。』」卓卓，《晉書・嵇紹傳》作「昂昂」。

〔一〇〕「矯矯」二句：矯矯：健舉貌。夏侯湛《東方朔畫贊》：「矯矯先生。」 芻狗：結草爲狗，供祭祀之用，祭後棄去。《老子》曰：「天地不仁，以萬物爲芻狗。」

〔一一〕《太平御覽》卷六七五《道部》一七引《三元布經》曰：「太素三元君，服九色龍錦羽裙。」襲，穿衣，加衣。

〔一二〕麾：通「揮」。 玉柄：指「麈尾」。古以駝鹿尾爲拂塵，裝以玉柄，魏晉時名士清談，每執以揮動，以爲談助。道士僧人説法亦效之，稱爲「揮麈」、「揮玉柄」。《世説新語・容止》曰：「（王夷甫）妙於談玄，恒捉白玉柄麈尾。」

〔一三〕長桑：地名，見於道書。《雲笈七籤》卷一百二《赤明天地記》引《洞玄本行經》曰：「昔禪黎世界隊王有女字絓音，生乃不言，王怪之，乃棄女於南浮長桑之阿，空山之中。」此係借用，「長桑故苑」，猶言桑梓故地，指最初出家入道之「真陽小觀」。

〔一四〕《莊子・知北遊》曰：「知北遊于玄水之上，登隱弅之丘。」《經典釋文》引李云：「隱出弅起，丘貌。」

〔一五〕《詩・大雅・靈臺》曰：「經始靈臺，經之營之。」

〔一六〕《莊子・山木》曰：「既雕既琢，復歸於朴。」

〔一七〕張衡《思玄賦》曰：「聘王母於銀臺兮，羞玉芝以療飢。」自注：「銀臺，王母所居。」《列子・周穆王》曰：「周穆王時，西極之國，有化人來，化人以爲王之宫室卑陋而不可處，穆王乃爲之改築，五府爲虛，而臺始成，其高千仞，臨終南之上，號曰中天之臺。」

〔一八〕珠樹：道家傳説生於仙界的一種寶樹，樹上可以結珠。《淮南子·地形》曰：「掘崑崙墟以下地，中有增城九重，……上有木禾，其修五尋，珠樹、玉樹、琁樹在其西。」

〔一九〕「同赤城」二句：赤城建標：孫興公《遊天台山賦》「赤城霞起而建標」李善《注》曰：「建標，立物以爲之表識也。」赤城，山名，在今浙江天台縣北，以土皆赤色，狀似雲霞，望之如雉堞，故名。右有玉京洞，道書稱爲第六洞天也。見薛應旂《浙江通志》。　黄房：《太平御覽》卷六七四《道部》一六引《上清經》曰：「有黄房之室，一名玉容之堂，真晨道君居其中。」

〔二〇〕「年代」二句：寖：逐漸。《漢書·禮樂志》曰：「恩愛寖薄。」　儀範：儀表風度。《晉書·謝安傳》曰：「安處家常以儀範訓子弟。」

〔二一〕「乃重趼」二句：《莊子·天道》曰：「百舍重趼而不敢息。」重趼，足上磨起多層硬繭。《莊子·天下》曰：「（禹）腓無胈，脛無毛。」無胈，人脚腿上没有細毛。

〔二二〕「櫛沐」二句：櫛沐：即櫛風沐雨，以風梳髮，以雨洗頭，喻不避風雨，奔波勞苦。《莊子·天下》曰：「（禹）沐甚雨，櫛疾風。」　棲遑：已見卷一《秋霖賦》注〔五〕。　百舍：謂止宿百次，即長途跋涉之意。語出《莊子·天道》。前注已引。

〔二三〕崇輯：崇，修飾。《國語·周語》中：「容貌有崇。」韋昭《注》：「崇，飾也。」輯，整修。《漢書·朱雲傳》曰：「雲攀檻，檻折，……及後當治檻，上曰：『勿易，因而輯之，以旌直臣。』」

〔二四〕巨萬：猶萬萬，形容數目之大。《史記·司馬相如傳》：「費以巨萬計。」

〔二五〕崇朝：即終朝，從天亮到早飯之間，言時間短促。《詩·衛風·河廣》曰：「誰謂宋遠，曾不崇朝。」

〔二六〕「還開」二句：紫翠：已見卷五《釋疾文·命曰》注〔二〕。圓明：原指天道。《大戴禮記·曾子·天圓》曰：「天道曰圓，地道曰方，方曰幽而圓曰明。」此處借指天尊、真人等神仙。

行益州刺史駙馬都尉喬君〔一〕，主壻懿親，勳門盛族〔二〕，任高方面〔三〕，寄切西南。法師道叶半千〔四〕，神凝正一〔五〕。而至真福地，荒涼日久。不有上德〔六〕，其誰振之？又表請師爲至真觀主。法師升堂慷慨，吐納玄科〔七〕，攝齊嘹喨①〔八〕，分明紫訣〔九〕。詞峰雲鬱，觸劍石以飛揚〔一〇〕；義壑泉奔，横玉輪而浩蕩〔一一〕。入其門者，披煙霧於九天〔一二〕；聞其音者，聽《咸》《韶》於三月〔一三〕。由是户外之履，魚貫江水〔一四〕；堂下之賓，鴈行關塞〔一五〕。黄老之學〔一六〕，復於今矣。

校記

①「攝齊嘹喨」原作「攝齋寥亮」，據《全唐文》改。

注釋

〔一〕即喬師望，已見卷六《駙馬都尉喬君集序》注〔一〕。行，職事品階低，而散位位品階高，稱爲

「行」某某官。見《舊唐書·職官志》一。益州刺史，似應作「益州長史」。《舊唐書·地理志》云，成都府，隋蜀郡，武德元年改爲益州，置總管府，三年，罷總管，置西南道行臺。九年，罷行臺，置都督府。龍朔二年，升爲大都督府。按都督府都督例由親王遥領，而軍政事務由長史主之。喬師望任益州都督府長史在顯慶三年七月，見《唐會要》卷二八《御史臺·奉使》。此云「刺史」，得無以長史職任略相當於刺史之故乎？

〔二〕「主壻」二句：懿親：至親。《左傳·僖公二十四年》曰：「不廢懿親。」　勳門：功臣之門。《南史·文學傳》曰：「卿以一世勳門，而傲天下國士。」

〔三〕方面：指一方的軍政事務。《後漢書·竇融傳》云：「久專方面，懼不自安。」

〔四〕叶：「協」的古文，和，合。　半千，即五百。《孟子》有五百年出一大賢的説法，故云。《孟子·公孫丑》下云：孟子去齊，充虞路問曰：「夫子若不豫色然。……」曰：「彼一時，此一時也。五百年必有王者興，其間必有名世者。……夫天未欲平治天下也，如欲平治天下，當今之世，舍我其誰也？吾何爲不豫哉？」

〔五〕神凝：精神專注，寧静。《莊子·逍遥遊》曰：「藐姑射之山，有神人居焉。……其神凝。」　正一：指道教教理概念。「一」爲萬物之本，「正一」即永恒不變之意。《南史·顧歡傳·夷夏論》曰：「道稱正一，一歸無死。」

〔六〕上德：最高的德。《老子》云：「上德不德，是以有德。」

〔七〕吐納：談吐，議論。《梁書・蕭子顯傳》曰：「高祖雅愛子顯才，又嘉其容止吐納。」玄科：道教。《雲笈七籤》卷八〇《符圖部》曰：「天尊告太上道君曰：當依玄科七寶鎮靈黄金爲壇，授子神真之道。」

〔八〕攝齊：提起衣裳的下襬。《論語・鄉黨》：「攝齊升堂，鞠躬如也。」嘹喨：聲音高而響亮。劉孝綽《三日侍華光殿曲水宴》詩：「妍歌已嘹亮。」

〔九〕紫訣：道家登真成仙的要訣。《太平廣記》卷三引《漢武内傳》云：「上元夫人語帝曰：『阿母今以瓊笈妙韞，……賜汝八會之書，……而無五帝六甲左右靈飛之符，……丑辰未戌地真素訣，長生紫書。』」

〔一〇〕「詞峰」二句：雲鬱：雲積而盛。司馬相如《長門賦》曰：「浮雲鬱而四塞兮。」劍：指劍閣，已見卷一《贈益府羣官》「單棲劍門上」注。

〔一一〕玉輪：即玉輪坂。《水經注・江水》：「江水又逕汶江道，汶出徼外岷山西玉輪坂下而南行。」

〔一二〕《世説新語・賞譽》曰：「衛伯玉爲尚書令，見樂廣與中朝名士談議，奇之曰：『自昔諸人没已來，常恐微言將絶。今乃復聞斯言於君矣！』命子弟造之曰：『此人，人之水鏡也，見之若披雲霧覩青天。』」

〔一三〕《論語・述而》曰：「子在齊聞《韶》，三月不知肉味。」《周禮・春官・大司樂》曰：「以樂舞教國子，舞《雲門》、《大卷》、《大咸》《大磬》……」鄭玄《注》云：「《大咸》，《咸池》，堯樂也。……

《大磬》，舜樂也。」案磬，同「韶」。

〔一四〕「由是」二句：户外之履：指求道者。《莊子·列禦寇》曰：「列禦寇之齊，中道而反，遇伯昏瞀人。……伯昏瞀人曰：『善哉觀乎！汝處已，人將保女矣！』無幾何而往，則户外之屨滿矣。」魚貫：指連續而進，如魚羣相接。《三國志·魏書·鄧艾傳》：「將士皆攀木緣崖，魚貫而進。」

〔一五〕「堂下」二句：《禮記·月令》曰：「季秋之月，……鴻鴈來賓。」雁行，謂相次而行，如羣雁飛行之有行列。《詩·鄭風·大叔于田》：「兩驂雁行。」

〔一六〕黄老之學：黄老學派的學術。黄老學派爲戰國至西漢時期道家流派之一。此派尊傳説中的黄帝和老子爲創始人。至道教建立後，亦尊黄帝、老子爲始祖。故此處黄老之學，實指道教教理、神仙方術之類，而並非戰國時興起、西漢初盛行的主張守道任法、無爲而治的政治哲學。《史記·老子韓非列傳》曰：「申子之學本于黄老而主刑名。」

則有王孫之黨，都公之倫〔一〕，名亞春、陵〔二〕，氣高韓、魏。鷫裘玉劍，散圓庭以陸離〔三〕；驪子銀鞍，委山衢而沛艾〔四〕。法師以兹衆施，即於天宫後起大講堂，并造長廊二十餘丈。琳堂鬱其特起〔五〕，星闈忽以環周〔六〕。仰窗寮以嶙峋〔七〕，下峥嶸以廣朗〔八〕。陰娥假道，窺玉女於南軒〔九〕；陽烏廻轡，炤青禽於北閣〔一〇〕。又於觀内鑄銅鐘一口，重七十斤，立石壇三級，週迴一百步。懸黍璣於碧落〔一二〕，明月流光；建瓊乳於玄都〔一三〕，飛霜蓄韵〔一三〕。壇開錦砌，類江浦之澄霞〔一四〕；庭列瑶階，疑崑丘之積雪。每至三辰法會，八景真遊〔一五〕，霓裳蕩耀魄之華〔一六〕，羽蓋轉風雲之路。通天亘景〔一七〕，兼造化之全模〔一八〕；帶烏銜虹，連飛動之奇勢。可謂德光而功濟，道勝而名揚者也。

注釋

〔一〕「則有」二句：左太沖《蜀都賦》「王孫之屬，郤公之倫」劉淵林《注》云：「王孫，卓王孫也。《貨殖傳》曰：卓王孫田宅射獵之樂，擬於人君。郤公，豪俠也。揚雄《蜀都賦》曰：若其漁弋郤公之徒，相與如乎巨野。」皆蜀地人，故昇之此文用之，「郤」字傳寫誤爲「都」耳。

〔二〕班固《西都賦》曰：「鄉曲豪舉，遊俠之雄，節慕原、嘗，名亞春、陵。」春，春申君，楚人，姓黄名歇。陵，信陵君，魏安釐王異母弟，名無忌。此二人與趙之平原君趙勝，齊之孟嘗君田文，並好養士，喜賓客，招致諸侯亡命及任俠之徒至數千人，輔國持權，威震鄰國。其事迹見《史記·春申君列傳》及《魏公子列傳》。

〔三〕「鷫裘」二句：鷫裘：鷫鸘羽毛所製之裘。舊題劉歆《西京雜記》卷二云：「司馬相如初與卓文君還成都，居貧愁懣，以所著鷫鸘裘就市人陽昌貰酒與文君爲歡。」　玉劍：即玉具劍，劍口和把手部分用玉製成的劍。《説苑·善説篇》：「襄成君始封之日，衣翠衣，帶玉劍。」　陸離：參差錯綜貌。屈原《離騷》：「斑陸離其上下。」又形容光彩斑爛絢麗。《淮南子·本經》：「芙蓉芰荷，五采争勝，流漫陸離。」此二義均可通。

〔四〕「驥子」二句：驥子：良馬。左太沖《蜀都賦》「並乘驥子」，李善《注》引《桓譚新論》曰：「善相馬者曰薛公，得馬惡貌而正走，名驥子。」　山衢：觀中四達之處。道觀猶如蓬萊仙山，故云「山衢」。　沛艾：即駊騀，馬摇頭也。《漢書·司馬相如傳·大人賦》「沛艾赳螑，仡以佁儗兮」，顔師古《注》引張揖曰：「沛艾，駊騀也。」《説文》曰：「駊騀，馬摇頭也。」

〔五〕琳堂：即琳宫、琳宇，仙人所居，用作道觀的美稱。《初學記》卷二三《道釋部》引《空洞靈章經》曰：「衆聖集琳宫。」　鬱其特起：雄偉地獨立而起。班固《西都賦》曰：「神明鬱其特起。」

〔六〕謂宫殿如羣星環衛。班固《西都賦》曰：「焕若列宿，紫宫是環。」星闈，如星的宫殿。闈，寢宫兩邊的小門，此借指宫殿。

〔七〕窅窱：同窈窕，深邃貌。張衡《西京賦》：「望窅窱以徑廷。」　嶙峋：矗立高聳貌。揚雄《甘泉賦》：「岭巆嶙峋，洞亡厓兮。」

〔八〕峥嶸：深遠貌。《漢書·司馬相如·大人賦》：「下峥嶸而無地兮。」

〔九〕「陰娥」二句：陰娥：月中姮娥，月爲陰精，故曰「陰娥」。《淮南子·覽冥》：「羿請不死之藥於西王母，恒娥竊以奔月。」　假道：左思《蜀都賦》曰：「羲和假道於峻歧，陽烏迴翼乎高標。」　窺玉女：王文考《魯靈光殿賦》「玉女闚窗而下視」，李善《注》引李尤《函谷關銘》曰：「玉女流眄而下視。」　軒：長廊之有窗也。已見卷五《釋疾文·命曰》注〔七〕。

〔一〇〕「陽烏」二句：陽烏：日之代稱，以神話云日中有三足烏也。左太沖《蜀都賦》李善《注》引《春秋元命包》曰：「陽成於三，故日中有三足烏，烏者陽精。」　迴轡：指迴車，掉轉車頭。神話云太陽駕車運行，羲和爲之御。　炤：同「照」。《國語·晉語》曰：「明耀以炤之。」　青禽：即青鳥，傳説爲神仙之使者。《漢書·司馬相如傳·大人賦》：「亦幸有三足烏爲之使。」顔師古《注》引張揖曰：「三足烏，三足青鳥也。」

〔一一〕《度人妙經》卷上曰：「元始懸一寶珠，大如黍米，在空玄之中。」璣，《説文》曰：「珠不圓者。」　碧落：天空。《度人妙經》卷上曰：「昔於始青天中，碧落高歌。」上陽子《注》曰：「始青天乃東方第一天，有碧霞徧滿，是云碧落。」

〔一二〕乳：指鍾乳，古鐘面隆起的飾物。在鐘帶間，其狀如乳，故名。《周禮·考工記·鳧氏》「鐘帶謂之篆，篆間謂之枚」鄭玄《注》引鄭司農曰：「枚，鐘乳也。」　玄都：神仙所居之處，玄都玉京七寶山，在大羅之上。上中下三宫，盤古真人、元始天王、太上真人等所治。見葛洪《枕中書》。

〔一三〕《山海經·中山經》曰：「豐山有九鐘焉，是知霜鳴。」

〔一四〕謝朓《晚登三山還望京邑》詩：「餘霞散成綺，澄江静如練。」

〔一五〕「每至」二句：三辰：《左傳·桓公二年》：「三辰旂旗，昭其明也。」杜預《注》：「三辰，日月星也。」法會：佛教指説法及舉行供佛、布施等宗教儀式的集會。《法華經·隨喜功德品》：「若人於法會，得聞是經典。」此處指道教的集會。　八景：《雲笈七籤》卷七《三洞經教部》曰：「三元既立，五行咸具，三五和合，謂之八景。」《真靈位業圖》曰：「上清有八景城。」　真遊：《莊子·天運》曰：「古之至人，假道於仁，託宿於義，以遊逍遥之墟，食於苟簡之田，立於不貸之圃。……古者謂是采真之遊。」

〔一六〕霓裳：屈原《九歌·東君》：「青雲衣兮白霓裳。」　耀魄：《周禮·春官·大宗伯》「以禋祀祀昊天上帝，以實柴祀日月星辰」賈公彦《疏》引《春秋文耀鉤》云：「中宫大帝，其北極星下一明者，爲太一之先，合元氣以斗布，常是天皇大帝之號也。」又引鄭玄《注》云：「天皇北辰耀魄寶，又云昊天上帝，又名太一帝君（二字原作常居，阮元校曰一作帝君），以其尊大，故有數名也。」據此，則「耀魄」是昊天上帝之别名也。

〔一七〕通天：《黄庭經》曰：「靈臺通天臨中野。」　亘景：接日，與日相連。景，日光。班固《東都賦·寶鼎詩》：「吐金景兮歊浮雲。」

〔一八〕全模：完整的模型。左思《魏都賦》曰：「授全模於梓匠。」

前長史范陽公〔一〕，一代羽儀，門傾四海〔二〕；前長史譙國公〔三〕，兩朝肺腑，威動百城。並屈銀黄，俱伸玄素〔四〕。法師雍容坐鎮，嘯傲行藏〔五〕，雖郭先生之禮峻晉侯〔六〕，蒙莊子之身輕梁相〔七〕，不能尚也。若夫言出於口，龍驤所不能追〔八〕；行成於心，王公所不能及。

悲懷徇物〔九〕，風雨晦而逾勤；苦節横秋〔一〇〕，冰霜急而逾固〔一一〕。户居環堵〔一二〕，而歲計有餘〔一三〕；道周稊稗〔一四〕，而日用無竭。又於學射靈山別立仙居一所，即至真之珠庭也〔一五〕。栽松蒔柏，與月樹而交輪〔一六〕；刻桷雕甍，共星樓而接翼〔一七〕。蒼郊却倚，猶太行之北登〔一八〕；錦肆前通，似灞陵之南望〔一九〕。華表千年之鶴〔二〇〕，未見成都；津亭八月之龍〔二一〕，時歸鄉里。

注釋

〔一〕《舊唐書·盧承慶傳》曰：「盧承慶，幽州范陽人。……父赤松，……武德中，累轉率更令，封范陽郡公。……承慶美風儀，博學有才幹，少襲父爵。……永徽初，爲褚遂良所構，出爲益州大都督府長史。」

〔二〕「一代」二句：羽儀：已見卷六《樂府雜詩序》注〔二四〕。傾：向往，欽佩。《漢書·司馬相如傳》：「一坐盡傾。」此處用作使動。

〔三〕《舊唐書·宗室列傳·河間王孝恭傳》：「子崇義嗣，降爵爲譙國公，歷蒲同二州刺史、益州大都督長史，甚有威名。」

〔四〕「並屈」二句：謂皆不以顯貴而驕矜，而能屈尊蒞觀崇奉道教。銀黄，金印、銀印。《漢書·酷吏傳·楊僕傳》武帝責楊僕敕書曰：「因用歸家，懷銀黄，垂三組，夸鄉里，是三過也。」顔師古《注》：「銀，銀印也。黄，金印也。」玄素，指道教。《老子》曰：「玄之又玄，衆妙之門。」《列子·天瑞》曰：「太素者，質之始也。」

〔五〕「法師」二句：雍容：前已屢見。　坐鎮：安坐而起鎮定作用。任昉《爲蕭揚州薦士表》曰：「王暕坐鎮雅俗，弘益已多。」　嘯傲：歌詠自得，形容放曠不受拘束。郭璞《遊仙詩》：「嘯傲遺世羅，縱情在獨往。」　行藏：《論語·述而》曰：「子謂顔淵曰：『用之則行，舍之則藏，唯吾與爾有是夫！』」謂出仕即行其所學之道，否則退隱藏道以待時機，後因以「行藏」指出處或行止。此處即「行止」之謂。

〔六〕《太平御覽》卷三七二《人事部》一三引《韓子》曰：「晉平公與唐彦坐而出，叔向入，公曳一足。叔向問之，曰：『吾侍唐子，腓痛足痺而不敢申。』叔向不悦，公曰：『子欲貴，吾爵子，欲富，吾禄子，夫唐先生，無欲也，非正坐，吾無以養之。』」「禮峻晉侯」之典故當即此，然則「郭先生」疑是「唐先生」之誤也。

〔七〕《莊子·秋水》曰：「惠子相梁，莊子往見之。或謂惠子曰：『莊子來，欲代子相。』於是惠子恐，搜於國中三日三夜。莊子往見之，曰：『南方有鳥，其名爲鵷鶵，子知之乎？夫鵷雛發於南海而飛於北海，非梧桐不止，非練實不食，非醴泉不飲。於是鴟得腐鼠，鵷鶵過之，仰而視之，曰：「嚇！」今子欲以子之梁國而嚇我邪？』」莊周，蒙人，故稱蒙莊子。

〔八〕「若夫」二句：《論語·顔淵》曰：「子貢曰：『惜乎，夫子之説君子也！駟不及舌。』」何晏《集解》引鄭《注》曰：「過言一出，駟馬追之不及。」本謂出言失誤，難以追悔。此處謂黎尊師道行高，信徒多，一言出口，迅即遠播。

〔九〕悲懷：悲天憫人之懷。　徇物：爲救助衆生的目的而獻身。徇，爲達到某種目的而獻身。司馬遷《報任安書》：「常思奮不顧身以徇國家之急。」

〔一〇〕苦節：堅苦卓絶，守志不渝。《宋書·夷蠻傳·慧琳均善論》：「苦節以要厲精之譽，護法以展陵競之情。」

〔一一〕「冰霜急」，與上句之「風雨晦」云云，脱化自劉峻《廣絶交論》：「風雨急而不輟其音，霜雪零而不渝其色。」

〔一二〕《莊子·讓王》：「原憲居魯，環堵之室，茨以生草，蓬户不完。」環堵，即四面土墻。

〔一三〕《莊子·庚桑楚》曰：「今吾日計之而不足，歲計之而有餘。」謂一年之生活所需滿足而有餘。

〔一四〕謂「道」無所不在。《莊子·知北遊》：「東郭子問于莊子曰：『所謂道，惡乎在？』……（莊子）曰：『在稊稗。』」稊稗，兩種似禾的雜草。

〔一五〕「又於」二句：學射山：《太平寰宇記》曰：劍南西道益州華陽縣，學射山一名斛石山，在縣北十五里。《嘉慶一統志》：四川成都府：學射山在成都縣北十八里，蜀漢後主嘗習射於此，因名。　珠庭：下文别有珠庭，似不當相複，疑此當作「殊庭」。殊庭，仙界也，已見《樂府雜詩序》注〔一一〕。

〔一六〕「栽松」二句：蒔：移植，栽種。左思《魏都賦》曰：「陸蒔稷黍。」　月樹：即月中桂樹。《初學記》卷一《天部》引虞喜《安天論》曰：「俗傳月中仙人桂樹。」　輪：指月輪，滿月。

〔一七〕「刻桷」二句：刻桷：雕刻的方形的椽子。宋玉《招魂》：「仰觀刻桷，畫龍蛇些。」　雕甍：刻有花紋的屋脊。庾信《登州中新閣》詩：「雕甍鵬翅張。」　星樓：即落星樓。《太平寰宇記》江南東道昇州上元縣：引《南徐州記》曰：「臨沂縣前有落星山，吴大帝時，山西江上，置三層高樓，以此爲名。」則落星樓遠在昇州，與成都不相及，此蓋借用。　翼：屋檐兩端上翹的部分，有似鳥翼，故名，今通稱飛檐。班固《西都賦》：「列棼橑以布翼。」

〔一八〕「蒼郊」二句：蒼郊：緑色的郊野。謝朓《夏始和劉孱陵》詩：「威仰弛蒼郊。」　卻：倒退，後退。　太行北登：魏武帝《苦寒行》：「北上太行山。」太行，山名，綿延於今秦、晉、豫三省省界的大山脈。

〔一九〕「錦肆」二句：錦肆：即錦里，已見卷二《十五夜觀燈》注〔二〕。　灞陵南望：王粲《七哀》詩：「南登灞陵岸，迴首望長安。」灞陵，漢文帝陵，在今西安市東郊。

〔二〇〕《搜神後記》曰：丁令威本遼東人，學道於靈虚山，後化鶴歸遼，集城門華表柱，時有少年舉弓欲射之，鶴乃飛，徘徊空中而言曰：「有鳥有鳥丁令威，去家千歲今始歸。城郭如故人民非，何不學仙冢纍纍？」遂高上沖天。

〔二一〕《列仙傳》卷上曰：騎龍鳴（《太平御覽·鱗介部》一所引鳴作「鴻」）者，渾亭人也。年二十，於池中求得龍子，狀如守宫者十餘頭，養食結草廬而守之，龍長大，稍稍去，後五十餘年，水壞其廬而去，一旦騎龍來渾亭下，語云：「我馮伯昌孫也，此間人不去五百里，必當死。」信者皆去，不信者以爲妖，至八月，果水至，死者萬計。案渾亭，此文作「津亭」，未知孰是。

法師出家入道，三十餘年，弟子所得襯施〔一〕，不可稱量，盡入修營，咸供衆用。見諸疾苦，便開五色之囊〔二〕；遇彼饑寒，輒有千金之費。巾拂之外，餘無所留。凡所經過，洪濟多矣〔三〕。法師又於咸亨二年正月十八日，寢疾之際〔四〕，聞空中有聲曰：「天上今欲相煩爲玉京觀主〔五〕。」法師辭以至真功德未就，固請不行①。少選之間〔六〕，所疾便愈。左右侍者，無不同聞。自是遠近道俗，咸共驚嗟，曰：「天上知余不肖，將棄余矣。」

校記

①「不行」《英華》、《全唐文》作「不得行」。

注釋

〔一〕襯施：布施。《洛陽伽藍記》卷三《城南》曰：「大統寺在景明寺西，……常有中黄門一人，監護僧舍，襯施供具，諸寺莫及焉。」

〔二〕五色囊：《續齊諧記》曰：「弘農鄧紹嘗以八月旦入華山採藥，見一童子，執五綵囊，承柏葉上露。」

〔三〕洪濟：即弘濟，廣泛救助，使得解脱危難。《書·顧命》曰：「用敬保元子釗，弘濟于艱難。」《後漢書·郎顗傳》：「率土之人，豈無貞賢，未聞朝廷有所賞拔，非所以求善贊務，弘濟元元。」

〔四〕寢疾：卧病。《春秋穀梁傳·莊公三十二年》：「寢疾居正寢。」

〔五〕玉京：道家所謂仙界。《魏書·釋老志》曰：「道家之原，出於老子，其自言也，先天地生，以資萬類，上處玉京，爲神王之宗，下在紫微，爲飛仙之主。」

〔六〕少選：《吕氏春秋·音初》曰：「少選發而視之。」高誘《注》：「少選，須臾。」

上座監齋某等〔一〕，並迴流左映①，策地景於丹田〔二〕；浩氣中升，養天倪於紫室〔三〕。雖復同班玉籍〔四〕，並列仙宫，每屈宗師之道〔五〕，仍修弟子之敬。亦猶披衣、齧缺〔六〕，同德而相尊；雲將、鴻濛〔七〕，比肩而相下。大弟子並仙庭十哲〔八〕，道家童師〔九〕。閉門鍊火，陪嘯父之高烟〔一〇〕；卜肆驅筠，記壺公之遠御〔一一〕。咸用輯瓊臺之墜典〔一二〕，正鶱樹之頹風〔一三〕。散在人閒，敷揚道教。可謂庚桑畏壘，致大壤以匡時〔一四〕；范相鴟夷，行計然而濟俗〔一五〕。僉曰〔一六〕：吾師也，鳌萬物而不以爲義，利萬代而不以爲仁〔一七〕。逍遥乎有無之表，彷徨乎塵垢之外〔一八〕。東郭順子，無擇存而不論〔一九〕；伯昏瞀人，禦寇論而不議〔二〇〕。豈使爲山九仞〔二一〕，道不列於珠庭〔二二〕；築館三休，功未書於瑶版〔二三〕。下官迷方看博〔二四〕，邀赤斧於禺山〔二五〕；失路乘槎，問君平於蜀郡〔二六〕。汾陽處子，目擊而言忘〔二七〕；漢陰丈人，德全而機謝〔二八〕。是用搜奇井絡，題片石於靈丘〔二九〕；觀藝協晨，見乘雲之飛將〔三〇〕。蒼蒼中野，同銷地媼之魂〔三一〕；眇眇太初②，獨昧天師之化〔三二〕。其詞曰：

校記

①「並迴流左映」原作「並流廻左映」，據《全唐文》改。　②「眇眇」原作「耿耿」，據《英華》《全唐文》改。

注釋

〔一〕上座、監齋：唐代道觀中職位名稱。《唐六典》卷四《尚書禮部·祠部郎中》曰：「每觀，觀主一人，上座一人，監齋一人，共綱統衆事。」

〔二〕「並迴流」二句：迴流：以水爲喻，迴流，言其深也。　地景：未詳。　丹田：道家稱人身臍下三寸爲丹田。《雲笈七籤》卷一二引《黄庭外景經》曰：「丹田之中精氣微。」《抱朴子·地真》分丹田爲三：在臍下者爲下丹田，在心下者爲中丹田，在兩眉間者爲上丹田。

〔三〕天倪：《莊子·齊物論》曰「和之以天倪」，郭象《注》：「天倪者，自然之分也。」　紫室：仙居也。《黄庭内景經》曰：「二十四真出自然，高拱無爲魂魄安，清静神見與我言，安在紫房幃幙間，立坐室外三五玄，燒香接手玉華前，共入太室璇璣門。」務成子《注》曰：「《洞房經》云：天有太室玉房雲庭中央，黄老君之所居也，玉房一名紫房，一名絳宫，通名明堂。」

〔四〕玉籍：仙籍。《太平御覽》卷六六一《道部》四引《後聖列記》曰：「若斗中有玄玉籙籍者，皆爲上仙。」

〔五〕屈：折服，制服。　宗師：舊稱受人尊崇、堪爲師表的人。《漢書·藝文志》：「儒家者流，……宗師仲尼。」此指觀主。

〔六〕披衣、齧缺：《莊子》書中假設的人名。《齊物論》曰：「齧缺問乎王倪曰，子知物之所同是乎？」《應帝王》曰：「齧缺問於王倪，四問而四不知，齧缺因躍而大喜，行以告蒲衣子。」《經典釋文》曰：「蒲衣子，崔云即被衣，王倪之師也。」《天地》曰：「許由之師曰齧缺，齧缺之師曰王倪，王倪之師曰被衣。」《知北遊》曰：「齧缺問道乎被衣。」披，通「被」。

〔七〕雲將、鴻蒙：亦《莊子》書中假設人名。《在宥》曰：「雲將東遊，過扶摇之枝，而適遭鴻蒙。」

〔八〕《論語·先進》曰：「德行：顏淵、閔子騫、冉伯牛、仲弓，言語：宰我、子貢，政事：冉有、季路，文學：子遊、子夏。」後人遂以此十人爲孔門十哲。《舊唐書·禮儀志》四國子司業李元瓘上書：「先聖孔宣父廟，……十哲弟子，雖復列像廟堂，不預享祀。」此處借用「十哲」字面，以指觀主的高足弟子。

〔九〕童師：童子而爲人師者。《莊子·徐無鬼》曰：「黄帝將見大隗乎具茨之山，……適遇牧馬童子，問塗焉。曰：『若知具茨之山乎？』曰：『然。』『若知大隗之所存乎？』曰：『然。』黄帝曰：『異哉，小童！非徒知具茨之山，又知大隗之所存。請問爲天下。』……黄帝再拜稽首，稱天師而退。」

〔一〇〕「閉門」二句：《列仙傳》卷上曰：「嘯父者，冀州人，梁母得其作火法，臨上三亮山，與梁母别，列數十火而昇天。」煉火，效嘯父而煉，冀得其作火之法也。

〔一一〕「卜肆」二句：《後漢書・方術傳》曰：「費長房者，汝南人也。曾爲市掾。市中有老翁賣藥，懸一壺於肆頭，及市罷，輒跳入壺中，市人莫之見，唯長房於樓上覩之，異焉，因往再拜奉酒脯。翁知長房之意其神也，……乃就樓上候長房曰：『我神仙之人，以過見責，今事畢當去，子寧能相隨乎？』……長房遂欲求道，而顧家人爲憂，翁乃斷一青竹，度與長房身齊，使懸之舍後。家人見之，即長房形也，以爲縊死，遂殯葬之。……於是遂隨從入深山，踐荆棘於羣虎之中，留使獨處，長房不恐。……復使食糞，……長房意惡之。翁曰：『子幾得道，恨於此不成，如何！』長房辭歸，翁與一竹杖，曰：『騎此任所至，則自至矣。』」肆，店舖。以嚴君平嘗賣卜於成都，爲切合其地，故稱「卜肆」。筠，竹的别稱。遠御，猶遠遊。壺公能御竹杖而遠遊，故云。

〔一二〕咸用：皆宜。用，宜也。裴學海《古書虚字集釋》卷二云：「『容』，猶『應』也，『宜』也，字或作『庸』，字又或作『用』。」《易・遯》「勿用有攸往」，「勿用」，猶言「不宜」。　瓊臺：《太平御覽》卷六七四《道部》一六引《列仙傳》曰：「太空瓊臺，太平道君處之。」　墜典：失墜（散佚）的典籍。

〔一三〕謂匡救道教之衰而振起之。　騫樹，《雲笈七籤》卷三《道教本始部》曰：「太清境有九仙，一上仙，二高仙，三大仙，四玄仙，五天仙，六真仙，七神仙，八靈仙，九至仙，最上一天名曰大羅，在玄都玉京之上，紫微金闕，七寶騫樹，麒麟師子，化生其中。」又，卷八引《高上太素君》曰：「月中樹名騫樹，一名藥王，凡有八樹，在月中也。」

〔一四〕「可謂」二句：《莊子·庚桑楚》曰：「老聃之役有庚桑楚者，偏得老聃之道，以北居畏壘之山。其臣之畫然知者去之，其妾之挈然仁者遠之。擁腫之與居，鞅掌之爲使。居三年，畏壘大壤。」《經典釋文》曰：「庚桑楚，司馬云：楚名，庚桑姓也，太史公書作亢桑。畏，本或作猥。壘，崔本作纍，李云：猥壘，山名也，或云在魯，或云在梁州。壤，……本又作穰，……《廣雅》云：豐也。」

〔一五〕「范相」二句：《史記·貨殖列傳》曰：「范蠡既雪會稽之恥，乃喟然而嘆曰：『計然之策七，越用其五而得意，既已施於國，吾欲用之家。』乃乘扁舟浮於江湖，變名易姓，適齊爲鴟夷子皮，之陶爲朱公。……乃治產積居，……十九年之中三致千金，再分散與貧交疏昆弟。此所謂富好行其德者也。」裴駰《集解》引《范子》曰：「計然者，葵丘濮上人，姓辛氏，字文子，其先晉國亡公子也。嘗南游於越，范蠡師事之。」

〔一六〕僉：皆，衆。《書·舜典》：「僉曰：『伯禹作司空。』」

〔一七〕「吾師」以下三句：《莊子·大宗師》：許由曰：「……吾師乎！吾師乎！韲萬物而不爲義，澤及萬世而不爲仁。」成玄英《疏》：「吾師乎者，至道也。……韲，碎也。至如素秋霜降，碎落萬物，豈有情斷割而爲義哉？青春和氣，生育萬物，豈有情恩愛而爲仁哉？蓋不然而然也。」

〔一八〕「逍遥」二句：《莊子·大宗師》曰：「孔子曰：『彼游方之外者也，而丘游方之内者也。……彼以生爲附贅懸疣，以死爲決疣潰癰……芒然彷徨乎塵垢之外，逍遥乎無爲之業，彼又惡能憒憒然爲世俗之禮，以觀衆人之耳目哉！』」

〔一九〕「東郭」二句：《莊子·田子方》曰：「田子方侍坐于魏文侯，數稱谿工。文侯曰：『谿工，子之師邪？』子方曰：『非也，無擇之里人也。稱道數當，故無擇稱之。』文侯曰：『然則子無師邪？』子方曰：『有。』曰：『子之師誰邪？』子方曰：『東郭順子。』文侯曰：『然則夫子何故未嘗稱之？』子方曰：『其爲人也真。人貌而天虚，緣而葆真，清而容物，……無擇何足以稱之！』」《經典釋文》：「田子方，李云魏文侯師也，名無擇。」《莊子·齊物論》曰：「六合之外，聖人存而不論；六合之内，聖人論而不議。」

〔二〇〕「伯昏」二句：《莊子·列禦寇》曰：「列禦寇之齊，中道而反，遇伯昏瞀人。伯昏瞀人曰：『奚方而反？』曰：『吾驚焉。』曰：『惡乎驚？』曰：『吾嘗食于十漿而五漿先饋。』伯昏瞀人曰：『若是則汝何爲驚已？』曰：『夫内誠不解，形諜成先，以外鎮人心，使人輕乎貴老，而韲其所患。夫漿人特爲食羹之貨，無多餘之贏，其爲利也薄，其爲權也輕，而猶若是，而况于萬乘之主乎！……彼將任我以事，而效我以功，吾是以驚。』伯昏瞀人曰：『善哉，觀乎！女處已，人將保汝矣！』無幾何而往，則户外之屨滿矣。伯昏瞀人北面而立，敦杖蹙之乎頤，立有間，不言而出。賓者以告列子，列子提屨，跣而走，暨乎門，曰：『先生既來，曾不發藥乎？』曰：『已矣，吾固告汝曰：人將保汝。果保汝矣！非能使人保汝，而汝不能使人無保汝也。』」案，禦寇，即列禦寇，春秋時鄭國思想家，其言其事屢見於先秦典籍，如《莊子》、《尸子》、《韓非子》、《吕氏春秋》、《戰國策》等。上引《莊子》謂列禦寇嘗向伯昏瞀人請藥石之言，故昇之以伯昏瞀人比喻觀主黎尊師，而以列禦寇比喻觀主的徒弟。

〔二一〕僞《古文尚書·旅獒》：「爲山九仞，功虧一簣。」

〔二二〕珠庭：天宫，仙界。盧思道《升天行》曰：「珠庭謁老君。」

〔二三〕「築館」二句：三休：休息三次始能登上，形容建築物之高。賈誼《新書》卷七《退讓》曰：「翟王使使之楚，楚王欲夸之，故饗客於章華之臺上，上者三休而乃至其上。」　瑶版：即玉版，仙家的圖籍。宇文逌《庾子山集序》：「名山海上金縢玉版之書。」

〔二四〕迷方：迷失方向。鮑照《擬古詩》：「南國有儒生，迷方獨淪誤。」　看博：劉敬叔《異苑》卷五曰：昔有人乘馬山行，遥望岫里，有二老翁相對樗蒱，遂下馬造焉，以策注地而觀之，自謂俄頃，視其馬鞭，漼然已爛，顧瞻其馬，鞍骸枯朽，還至家，無復親屬，一慟而絶。

〔二五〕赤斧：《列仙傳》卷下曰：赤斧者，巴戎人也，爲碧鷄主簿，能作鴻鍊丹，與消石，服之三十年，反如童子，毛髮生皆赤。　禺山：已見卷二《大劍送别劉右史》詩注〔二〕。

〔二六〕「失路」二句：已見卷四《五悲·悲昔遊》注〔一六〕。

〔二七〕「汾陽」二句：汾陽處子：已見本篇「高祖以汾陽如雪」句注。　目擊：猶目睹。《莊子·田子方》曰：「温伯雪子適齊，舍于魯。……仲尼見之而不言。子路曰：『吾子欲見温伯雪子久矣，見之而不言，何邪？』仲尼曰：『若夫人者，目擊而道存矣，亦不可以容聲矣！』」言忘：《莊子·外物》曰：「言者所以在意，得意而忘言。」

〔二八〕「漢陰」三句：《莊子·天地》曰：「子貢南遊於楚，反於晉，過漢陰，見一丈人方將爲圃畦，鑿隧而入井，抱甕而出灌，……子貢曰：『有械於此，一日浸百畦，用力甚寡而見功多，夫子不欲乎？』爲圃者仰而視之曰：『奈何？』曰：『鑿木爲機，後重前輕，……其名爲槔。』爲圃者忿然作色而笑曰：『吾聞之吾師，有機械者必有機事，有機事者必有機心。機心存於胸中，則純白不備；純白不備，則神生不定；神生不定者，道之所不載也。吾非不知，羞而不爲也。』」

〔二九〕「是用」三句：井絡：即井宿，又稱東井，或天井，二十八宿之一。蜀地爲井宿之分野，故用以代指蜀地。《三國志·蜀書·秦宓傳》「蜀有汶阜之山，江出其腹，帝以會昌，神以建福」裴松之《注》引《河圖括地象》曰：「岷山之地，上爲東井絡。」題片石：指撰寫碑文。靈丘：猶仙山，指至真觀。嵇康《贈秀才入軍》詩曰：「遠登靈丘。」

〔三〇〕「觀藝」二句：協晨：道觀名。《初學記》卷二三《道釋部》引《太上決疑經》曰：「元始天尊在協晨靈觀。」飛將：即飛仙。《太平御覽》卷六六二《道部》四引《天仙品》：「飛行雲中，神化輕舉，以爲天仙，亦云飛仙。」

〔三一〕銷魂：謂爲情所感，若魂魄離散。江淹《別賦》曰：「黯然銷魂者，唯別而已矣。」地媪：地神，地母。《漢書·禮樂志·郊祀歌》「后土富媪」注引張晏曰：「媪，老母稱也，坤爲母，故稱媪。」

〔三〕「眇眇」二句：眇眇：遼遠。屈原《九章·悲回風》：「登石巒以遠望兮，路眇眇之默默。」太初：古代指天地未分以前的元氣。《列子·天瑞》曰：「太初者，氣之始也。」天師：已見本篇「道家童師」句注。又《魏書·釋老志》曰：寇謙之守志嵩岳，精專不懈，以神瑞二年十月乙卯，忽遇大神，乘雲駕龍，導從百靈，仙人玉女，左右侍衛，集止山頂，稱太上老君，謂謙之曰：往辛亥年，嵩岳鎮靈集仙官主表天曹，稱自天師張陵去世已來，地上曠誠修善之人，無所師授。嵩岳道士上谷寇謙之，立身直理，行合自然，才任規範，首處師位，吾故來觀汝，授汝天師之位。案此處喻指黎尊師。

象帝之先，其誰之子〔一〕？徒觀其妙，莫究其始〔二〕。果而勿伐，爲而不恃〔三〕。强爲之名，謂之道紀〔四〕。其一

注釋

〔一〕「象帝」二句：已見本篇「象帝威儀」句注。

〔二〕「徒觀」二句：《老子》曰：「常無欲以觀其妙。」王弼《注》曰：「妙者，微之極也，萬物始於微而後成，始於無而後生，故常無欲空虚，可以觀其始物之妙。」《老子》又曰：「迎之不見其首，隨之不見其後，執古之道，以御今之有，能知古始，是謂道紀。」

〔三〕「果而」二句：果而勿伐：《老子》曰：「果而勿伐。」河上公《注》曰：「當果敢推讓，勿伐取其美也。」爲而不恃：《老子》曰：「爲而不恃。」王弼《注》曰：「智慧自備，爲則僞也。」

〔四〕「强爲」二句：《老子》曰：「有物混成，先天地生，吾不知其名，字之曰道，强爲之名曰大。」

太朴云季〔一〕，孝慈已彰〔二〕。邈邈帝祖〔三〕，繩繩帝鄉〔四〕。曰神曰聖，爲龍爲光〔五〕。千年受籙，萬古稱王〔六〕。其二

注釋

〔一〕太朴：嵇康《難自然好學論》曰：「洪荒之世，太朴未虧。」太朴，指遠古時代最原始、最樸素的狀態。季，末也。

〔二〕《老子》曰：「六親不和有孝慈。」

〔三〕《雲笈七籤》卷三《道教本始部·靈寶紀略述》曰：「過去有劫，名曰龍漢，爰生聖人，號曰梵氣天尊，出世以靈寶教化，度人無量，其法光顯大千之界，龍漢一運，經九萬九千九百九十九劫，氣運終極，天淪地崩，四海冥合，乾坤破壞，無復光明，經一億劫，天地乃開，劫名赤明，有大聖出世，號曰元始天尊，……赤明經二劫，天地又壞，無復光明，具更五劫，天地乃開。太上大道君，以開皇元年，託胎於西方緑那玉國，……三千七百年，降誕於其國鬱察山浮羅之嶽，丹玄之阿，名曰器度，字上開元，及其長，乃啟悟道真，期心高道，坐枯桑之下，精思百日，而元始天尊

下降，授君靈寶大乘之法，十部妙經，元始乃與道君遊履十方，宣布法緣，既畢，然後以法委付道君，則賜太上之號，道君即爲廣宣經籙，傳乎萬世。」

〔四〕繩繩：《老子》曰：「繩繩不可名，復歸於無物。」《經典釋文》曰：「繩繩，梁帝云無涯際之貌。」帝鄉：仙界。《莊子·天地》曰：「乘彼白雲，至於帝鄉。」

〔五〕《詩·小雅·蓼蕭》曰：「既見君子，爲龍爲光。」毛亨《傳》：「龍，寵也。」孔穎達《疏》曰：「言遠國之君，蒙王恩澤，今皆來朝，既得見君子之王者，爲君所寵遇，爲君所光榮。」

〔六〕《雲笈七籤》卷三《道教本使部·天尊老君名號歷劫經略》曰：「盤古以道治世，萬九千九百九十九載，白日昇仙，上崑崙，登太清天中，授號曰元始天王。」

於鑠帝唐〔一〕，丕承天秩〔二〕。道風吹萬〔三〕，玄猷配一〔四〕。五載乘雲〔五〕，三山禮日〔六〕。薦璧延士，投金訪術〔七〕。其三

注釋

〔一〕於鑠：《詩·周頌·酌》：「於鑠王師。」毛《傳》：「鑠，美。」《經典釋文》曰：「於音烏。」

〔二〕丕承：大承。《書·君奭》曰：「丕承無疆之恤。」天秩：天安排貴賤有序的爵命。《書·皋陶謨》曰：「天秩有禮。」孔《傳》：「天次秩有禮。」孔《疏》：「天又次叙爵命，使有禮法。」

〔三〕吹萬：已見本篇「得一吹萬」句注。

〔四〕玄猷：道教的奥旨。猷，謀畫。《詩·小雅·采芑》「克壯其猶」，本又作「猷」。　一：即「道」，萬物的普遍本質。《老子》曰：「萬物得一以生。」

〔五〕《漢書·異姓諸侯王表》曰：「漢亡尺土之階，繇一劍之任，五載而成帝業。」乘雲，猶言龍飛，喻皇帝的興起也。

〔六〕三山：三神山，蓬萊、方丈、瀛洲，傳説在渤海中。見《史記·封禪書》。　禮日：祭祀日神。《史記·封禪書》曰：「天子始郊拜太一，朝朝日，夕夕月，則揖。」

〔七〕「薦璧」二句：薦璧：進奉璧玉，以爲延聘人才的禮品。《漢書·儒林列傳》曰：「於是上使使束帛加璧，安車以蒲裹輪，駕駟迎申公。」　投金：猶捐金，耗費金錢在所不惜。

地分輿井〔一〕，城連劍闕〔二〕。錦瀨開霞〔三〕，嵋峰吐月〔四〕。白雲舒卷，青山廻没〔五〕。菌閣香飛，桃源花發〔六〕。其四

注釋

〔一〕《漢書·地理志》曰：「秦地於天官，東井輿鬼之分野也。西南有巴、蜀、廣漢、犍爲、武都，又西南有牂柯、越嶲、益州，皆宜屬焉。」輿，輿鬼，即鬼宿。井，井宿，亦曰東井。並爲二十八宿之宿名。

〔二〕劍闕：即劍門關，已見卷一《贈益府羣官》「單棲劍門上」句注。

〔三〕錦瀨：即錦江，已見卷二《文翁講堂》「錦里」注。

〔四〕嵋峰：峨嵋山，在今四川峨眉山市西南。

〔五〕廻没：廻互，出没。

〔六〕「菌閣」二句：菌、桃，已見本篇「巖開菌桂」、「礀吐夭桃」句注。

紫宸高映〔一〕，丹宫洞開〔二〕。巖舒金碧〔三〕，池起樓臺〔四〕。鶴飛龍度，鸞歌鳳廻。星雨交接，風煙去來。其五

注釋

〔一〕紫宸：《太平御覽》卷六七四《道部》一六引《太一洞真經》曰：「有太極紫房宫，天帝寶神所處也。」

〔二〕丹宫：《太平御覽》卷六七四《道部》一六引《上清經》曰：「上清南極長生司命君，藏瑶臺丹靈宫。」

〔三〕《文選·陸士衡·演連珠》「金碧之巖，必辱鳳舉之使」劉孝標《注》：「《漢書》曰，或言益州有金馬碧鷄之神，可醮祭而致，於是遣諫大夫王褒使持節而求之。」金碧，已見卷二《大劍送别劉右史》注〔二〕。

〔四〕《史記·封禪書》曰：「於是作建章宫，……其北治大池，漸臺高二十餘丈，命曰太液池，……乃

立神明臺、井幹樓，度五十丈，輦道相屬焉。」

寶龜涵影〔一〕，玉顔乃睠〔二〕。神劍九光〔三〕，華冠萬變〔四〕。日軒朝敞，雲歌夕轉。紫樹瓊鐘，玄壇竹院。其六

注釋

〔一〕未詳。高步瀛先生注引《雲笈七籤》卷一八《三洞經教部》所引《老子中經》上曰：「胃爲太倉，三皇五帝之厨府也。……又爲大海，中有神龜。」及同書卷一九所引《老子中經》：「常以六甲之日，平旦時拊心祝曰：蒼林玄龜，流水如河，炎火周身，安能知他，道來歸己，道來歸己。」似亦未合。

〔二〕玉顔：似指道教尊神元始天尊之類。　乃睠：《詩·大雅·皇矣》：「乃眷西顧。」眷，顧，回視。《經典釋文》曰：「眷，本又作睠。」

〔三〕《太平御覽》卷六七五《道部》一七引《龜山元録》曰：「元始皇上丈人，帶九天仙鍊之劍。」九光，九天之光。

〔四〕《太平御覽》卷六七五《道部》一七引《上清經》曰：「玉真九天丈人，建飛精百變之冠。」

偉與上士，昭哉至人〔一〕。笙簧道德，粉澤人倫〔二〕。汾陽處子〔三〕，箕山外臣〔四〕。遂荒白

屋〔五〕，奄有玄津〔六〕。其七

注釋

〔一〕「偉與」二句：上士：高明之士。《老子》曰：「上士聞道，勤而行之。」昭哉：明哉。《詩·大雅·下武》曰：「昭哉嗣服。」至人：道德修養達到最高境界的人。《莊子·逍遥遊》曰：「至人無己。」

〔二〕「笙簧」二句：謂以道德爲笙簧，以人倫爲粉澤也。《抱朴子·安貧》曰：「夫士以講肄爲鐘鼓，百家爲笙簧，使味道者以辭飽，酣德者以義醒。」《太平御覽》《禮儀部》二引《六韜》曰：太公對文王曰：禮者治之粉澤也。

〔三〕已見本篇「高祖以汾陽如雪」句注。

〔四〕指許由，已見卷四《五悲·悲今日》「自高枕箕潁」句注。

〔五〕遂荒：《詩·魯頌·閟宫》曰：「奄有龜蒙，遂荒大東。」毛《傳》：「荒，有也。」白屋：平民所居，不用采飾，故稱白屋。《漢書·吾丘壽王傳》：「三公有司，或由窮巷，起白屋，裂地而封。」顔《注》：「白屋，以白茅覆屋也。」

〔六〕奄：覆蓋，包括。《詩·周頌·執競》：「自彼成康，奄有四方。」玄津：王簡棲《頭陀寺碑文》「玄津重柵」李善《注》引僧叡師《十二法門序》曰：「濟溺喪於玄津。」此猶言若海、迷津，所以喻人生之諸般苦惱。昇之借用喻指道家。

玉扃將墜，金階無主〔一〕。草滋紅壁，苔凝繡柱。式佇賢才，崇其彠矩〔二〕。福庭霞焕，仙徒霧聚。其八

注釋

〔一〕「玉扃」二句：謂至真觀無人主持也。扃，自外關閉門户用的門栓。《禮記·曲禮》上：「入户奉扃。」

〔二〕彠矩：同矩彠。屈平《離騷經》：「曰勉升降以上下兮，求矩彠之所同。」王逸《注》：「矩，法也。彠，度也。」

縹緲四真，雍容十哲〔一〕。俱升紫宇，並邀清節〔二〕。松子排煙〔三〕，焦君臥雪〔四〕。辨雲懸寓〔五〕，神遊朗徹〔六〕。其九

注釋

〔一〕「縹緲」二句：四真：與「十哲」喻指上座、監齋及大弟子等。四真，《雲笈七籤》卷四《道教經法傳授部·上清經述》曰：「任城魏華存，字賢安，乃魏陽元之女也。季冬之月，夜半清朗，忽聞室中有鐘鼓之響，笳簫之聲，須臾有虎輦玉輿，隱輪之車，並頓駕來降夫人之静室，凡四真人，其一自曰我太極真人安度明也，其一人曰我東華大神方諸青童君也，其一人曰我榑桑碧流暘谷神王景林真人也，其一人曰我清虚真人小有仙人王子登也。」十哲，已見本篇「大弟子並仙

庭十哲」句注。

〔二〕「俱升」二句：紫宇：猶紫府、紫房，道家稱仙人居所。《抱朴子·袪惑》：「及到天上，先過紫府。」　邀：求也。

〔三〕《列仙傳》卷上曰：「赤松子者，神農時雨師也，能入火自燒。」

〔四〕《高士傳》卷下曰：焦先，字孝然，世不知其所出也。嘗結草爲廬於河之湄，獨止其中，後野火燒其廬，先因露寢，遭冬雪大至，先袒卧不移，人以爲死，就視如故。

〔五〕辨雲：高步瀛先生曰：辨辨同字。《考工記》《釋文》曰：「辨，具也。」《小爾雅·廣言》曰：「辨，使也。」案使雲猶言御風耳。　縣寓：即縣宇，縣，縣之後起字，寓，宇之籀文。縣宇，猶宇内，寰宇。江淹《爲蕭驃騎上頓表》曰：「草昧縣寓，昭晰區宙。」

〔六〕神遊：精神或夢魂往遊。《列子·周穆王》曰：「化人曰：吾與王神遊也，形奚動哉？」

玉壘庭紳①，珠鄉勝踐〔一〕。鐘鼎紛藹，江山悠緬〔二〕。薛縣池平〔三〕，萊州水淺〔四〕。懸日月於鼇極〔五〕，播天人於鳳櫞〔六〕。其十

校記

①「紳」原作「坤」，據《全唐文》改。

注釋

〔一〕「玉壘」二句：自謂因仕宦而入蜀，因得踐至真觀之勝地。玉壘，山名。左太沖《蜀都賦》「包玉壘而爲宇」劉淵林《注》曰：「玉壘山在成都西北。」《元和郡縣圖志》卷三一《劍南道·成都府》曰：「導江縣，……玉壘山，在縣西北二十九里。」此處因用來指代蜀地。庭紳：即朝紳，奉朝命而搢紳（仕宦）也。珠鄉：猶珠庭，已見本篇上文注。

〔二〕「鐘鼎」二句：紛藹：繁多也。陸機《文賦》曰：「雖紛藹於此世，嗟不盈於予掬。」悠緬：悠遠、綿邈。支道林《詠懷》詩：「悠緬歎時往。」

〔三〕《藝文類聚》卷四四《樂部》四引《説苑》曰：「雍門周以琴見孟嘗君。孟嘗君曰：『先生鼓琴，亦能令文悲乎？』周曰：『臣獨焉能令足下悲哉？所能令悲者，先貴而後賤，先富而後貧，……然臣所爲足下悲者一也，千秋萬世之後，宗廟必不血食，高臺既已壞，曲池既已漸，墳墓既已下，嬰兒豎子樵採者，蹢躅其足而歌其上曰：夫以孟嘗君尊貴，乃若是乎？』」《史記·孟嘗君列傳》曰：「孟嘗君名文，姓田氏。文之父曰靖郭君田嬰。……田嬰相齊十一年，宣王卒，湣王即位。即位三年，而封田嬰於薛。」張守節《正義》曰：「薛故城在今徐州滕縣南四十四里也。」

〔四〕萊州：《元和郡縣圖志》卷一一《河南道》七《萊州》曰：「掖縣，……海，在縣北五十二里。」水淺：用麻姑語，已見卷五《釋疾文·命曰》「三成田三成水」句注。

〔五〕鼇極：鼇足做成的天柱。《淮南子·覽冥訓》曰：「往古之時四極廢，九州裂，……於是女媧鍊五色石以補蒼天，斷鼇足以立四極。」高誘《注》：「鼇，大龜，天廢頓，以鼇足柱之。」

〔六〕天人：指有道的人，此處指黎尊師。《莊子・天下》曰：「不離於宗，謂之天人。」　鳳椽：椽，諸本皆同，疑爲「瑑」之形誤。《周禮・考工記・玉人》「瑑圭璋八寸」鄭玄《注》：「瑑，文飾也。」鳳瑑，指道教經典。《雲笈七籤》卷七《三洞經教部》曰：「紫鳳赤書經云：此經舊文，藏在太上六合紫房之内，有六頭師子巨獸夾牆，玉童玉女侍衛，鳳文。」

補遺

七日登樂遊故墓〔一〕

四序周緹籥〔二〕，三正紀璿耀〔三〕。緑野變初黄，暘山開曉眺〔四〕。中天擢露掌〔五〕，匝地分星徼〔六〕。漢寢睠遺靈〔七〕，秦江想餘弔〔八〕。蟻泛青田酌〔九〕，鶯歌紫芝調〔一〇〕。柳色摇歲華〔一一〕，冰文蕩春照〔一二〕。遠迹謝群動〔一三〕，高情符衆妙。蘭遊澹未歸〔一四〕，傾光下巖窔〔一五〕。

注釋

〔一〕本集無此。《全唐詩》卷四一有之，因補於此。詩寫於長安，作年不可考。七日，即正月七日，又名人日。《藝文類聚》卷四《歲時部》中引《荆楚歲時記》曰：「正月七日爲人日。」樂遊，即樂遊原，樂遊苑，在長安城南，唐時爲可以登高望遠的遊覽區。《三輔黄圖》卷四：「樂游苑，在杜陵西北，宣帝神爵三年春起。」宋敏求《長安志》云：「朱雀街第四街南昇平坊東北隅，漢樂游廟，漢宣帝所立，因樂游苑爲名，在高原上，餘址尚存。其地居京城之最高，四望寬敞，京城之内，俯視諸掌。」

〔二〕謂春夏秋冬四季周而復始，緹室中太簇之律管飛灰，表明春回大地。緹籥，緹室中用來候氣的律管。《後漢書·律曆志》上：「候氣之法，爲室三重，户閉，塗釁必周，密布緹縵。室中以木爲案，每律各一，内庫外高，從其方位，加律其上，以葭莩灰抑其内端，案曆而候之。氣至者灰動。」

〔三〕謂斗柄指東，標誌正月已到。璿耀，璿璣玉衡（北斗七星）之光耀。《史記·天官書》曰：「北斗七星，所謂『璿璣玉衡，以齊七政』。」北斗七星之第五、第六、第七星組成爲斗柄，古人據初昏時斗柄所指的方向決定季節：斗柄指東，天下皆春；斗柄指南，天下皆夏。三正，夏、殷、周三代各以不同的月份爲歲首，夏建寅，以農曆正月爲一年之始，殷建丑，以農曆十二月爲正月，周建子，以農曆十一月爲正月，謂之「三正」。《書·甘誓》陸德明《釋文》引馬融云：「建子、建丑、建寅，三正也。」

〔四〕暘山：猶暘谷，傳説爲日所出處。《書·堯典》：「分命羲仲宅嵎夷，曰暘谷」。孔《傳》：「日出于谷而天下明，故稱暘谷。」古時以日喻天子，天子所駐蹕之處，亦可稱爲暘谷，故此處之「暘山」可指首都長安。

〔五〕「中天」句：擢：拔擢，此處引申爲「聳立」之意。露掌：承露盤、仙人掌之類，已見卷一《病梨樹賦》「狀金莖之的的」句注。

〔六〕「匝地」句：匝地：遍地。星徼：多如繁星的游徼。《漢書·黄霸傳》：「始霸少爲陽夏游徼」顔師古《注》：「游徼，主徼巡盜賊者也。」

〔七〕「漢寢」句：寢：古帝王陵墓上的正殿，是祭祀的處所。睠：反顧。同「眷」。《詩·小雅·

大東》：「睠言顧之，潸焉出涕。」此處是「懷念」之意。　遺靈：古人的魂靈。

〔八〕句謂面臨曲江，不禁想起司馬相如曾在此憑弔秦二世胡亥。秦江，即曲江，秦爲宜春苑，漢爲樂遊原，有河水水流曲折，故稱曲江。司馬相如《哀二世文》曰：「臨曲江之隑州兮，望南山之參差。」即其地。江，秦時即有，故曰「秦江」。餘弔，古人之憑弔。

〔九〕「蟻泛」句：蟻泛：指酒。張平子《南都賦》：「醪敷徑寸，浮蟻若萍」，李善《注》引《釋名》曰：「酒有汎齊，浮蟻在上，泛泛然，如萍之多者。」庾信《正旦蒙趙王賚酒》詩曰：「流星向椀落，浮蟻對春開。」　青田：酒名，即青田酒。崔豹《古今注》卷下《草木》六：「烏孫國有青田核，莫測其樹實之形。至中國者，但得其核耳。得清水，則有酒味出，如醇美好酒。核大如六升瓠，空之以盛水，俄而成酒。劉章得兩核，集賓客設之，常供二十人之飲。一核盡，一核所盛已復中飲。飲盡，隨更注水。隨盡隨盛，久置則苦不可飲。名曰青田酒。」

〔一〇〕紫芝調：即紫芝曲，指《採芝操》及《四皓歌》，古歌名，傳説爲秦末商山四皓以世亂退隱而作。《樂府詩集》卷五八《琴曲歌辭》載《採芝操》，其詞曰：「皓天嗟嗟，深谷逶迤。……巖居穴處，以爲幄茵。曄曄紫芝，可以療飢。唐虞往矣，吾當安歸？」同卷《四皓歌》曰：「漠漠商洛，深谷威夷。曄曄紫芝，可以療飢。……駟馬高蓋，其憂甚大。富貴而畏人，不如貧賤而輕世。」以歌詞中皆有「曄曄紫芝，可以療飢」之句，故唐人稱作「紫芝調」、「紫芝曲」或「紫芝謡」等。

〔一一〕歲華：猶言歲時。謝朓《休沐重還道中》詩：「歲華春有酒，初服偃郊扉。」

〔二〕謂春日之陽光使冰消融也。

〔三〕「遠迹」句：謝：告别，告辭。此處是「離開」之意。　群動：各種動物。陶淵明《飲酒》之七：「日入群動息，歸鳥趨林鳴。」此處似指世俗的各種活動，求名求利的喧囂擾攘。

〔四〕「蘭遊」句：蘭遊：與知心朋友同遊。《易·繫辭》上：「二人同心，其利斷金；同心之言，其臭如蘭。」故稱知心朋友爲「蘭交」，與知心朋友同遊曰「蘭遊」。　澹：恬静，安定。《老子》：「澹兮其若海，飂兮若無止。」

〔五〕傾光：斜光，夕陽之光。

斷　句〔一〕

城狐尾獨束，山鬼面參覃。

注釋

〔一〕見僧皎然《詩式》。

鄭太子碑銘〔一〕

若夫蒼精授邑〔二〕，載杓西鄰之際〔三〕；赤烏告祥〔四〕，方崇北面之尊〔五〕。海内奔波，三分與二分交競〔六〕；寰中同會，七百與八百相符〔七〕。故能安地軸之傾輪，補乾絃之落紊〔八〕。

如砥平道〔九〕，諸侯遵卜洛之郊〔一〇〕；似石磐基，宗子紹維城之固〔一一〕。大矣哉，周之有天下也！年將慶遠〔一二〕，葉帶枝繁，鄭國桓公，宣王母弟〔一三〕。水雙河濟〔一四〕，洩雲雨以開封〔一五〕；皋二成平〔一六〕，連古今而錫類〔一七〕。犬牙晉楚〔一八〕，鼎定齊秦〔一九〕。時遇鬥蛇之餘〔二〇〕，乍進牽羊之弊〔二一〕。雖地承負黍，國祚彌而無窮〔二二〕；天錫香蘭〔二三〕，家風邵爲逾遠。

注釋

〔一〕本篇《幽憂子集》未收，獨載於《全唐文》卷一六七，未知所據，姑附編於此。鄭太子，據本文所云，名壽，爲「康公之子，桓公之二十代孫也」。按《史記·鄭世家》曰：「（繻公）二十七年，子陽之黨共弑繻公駘而立幽公弟乙爲君，是爲鄭君。」裴駰《集解》引徐廣曰：「一本云『立幽公弟乙陽爲君，是爲康公』。」據《史記·鄭世家》，鄭莊公爲桓公之一代孫，傳至幽公爲第十三代孫，康公爲幽公之弟，太子壽既爲康公之子，則當爲桓公第十四代孫，此不合者一也。文中又云：「因以運逢陽城，敗我鄭次，辛亥之歲，崩山蕩岸，餒鋭氣於韓兵；降志辱身，歃盟符於晉血。」據《史記·鄭世家》云：「鄭君乙立二年，鄭負黍反，復歸韓。十一年，韓伐鄭，取陽城。」《六國年表》云：韓文侯二年（當周安王十七年，前三八五年），「伐鄭，取陽城」。然周安王十七年干支爲丙申，而非辛亥，此不合者二也。又，戰國秦漢間書，未聞有言太子壽之事者，而此文乃并其人世系、行事、封爵、享年、葬地一一言之鑿鑿，實難徵信。殆道士鄭大量欲自高門第而僞造譜牒之一派胡言歟？碑文言「遷葬」之事在總章元年五月，碑文或當作於此後不久。

〔二〕蒼精：天帝、天神。天之色蒼蒼，故曰「蒼天」、「蒼穹」、「蒼玄」；精，言其有靈應、能洞察一切，故稱。邢邵《文宣帝哀策文》曰：「是應玄德，實啓蒼精。」授邑：授土地、邑落與周之先祖。

〔三〕載杓西鄰：爲西方人民所仰以爲標杓。載，詞頭，無實義。杓，標準，此處用如動詞。《莊子·庚桑楚》：「我其杓之人邪？」郭象《注》：「不欲爲物標杓。」《史記·周本紀》曰：「公劉雖在戎狄之間，復脩后稷之業，務耕種，行地宜，……民賴其慶。百姓懷之，多徙而保歸焉。……古公亶父復脩后稷、公劉之業，積德行義，國人皆戴之。薰育戎狄攻之，……乃與私屬遂去豳，度漆、沮，踰梁山，止於岐下。豳人舉國扶老攜弱，盡復歸古公於岐下。及他旁國聞古公仁，亦多歸之。」

〔四〕《史記·周本紀》曰：「太姜生少子季歷，季歷娶太任，皆賢婦人，生昌，有聖瑞。」張守節《正義》云：「《尚書帝命驗》云：『季秋之月甲子，赤爵銜丹書入于酆，止于昌户。……』此蓋聖瑞。」

〔五〕謂姬昌（西伯）此時尚北面尊崇殷商，爲紂之臣。

〔六〕「海内」二句：《史記·殷本紀》曰：「帝紂資辨捷疾，聞見甚敏；材力過人，手格猛獸；知足以距諫，言足以飾非。……好酒淫樂，嬖於婦人。……諸侯多叛紂而往歸西伯。西伯滋大，紂由是稍失權重。」《論語·泰伯》：「孔子曰：『……三分天下有其二，以服事殷。周之德，其可謂至德也已矣。』」三分，指殷。二分，指周。

〔七〕「寰中」二句：《史記·周本紀》曰：「九年，武王上祭于畢，東觀兵，至于盟津。爲文王木主，載以車，中軍。武王自稱太子發，言奉文王以伐，不敢自專。……是時，諸侯不期而會盟津者八百諸侯。」《左傳·宣公三年》曰：「楚子伐陸渾之戎，遂至于雒，觀兵于周疆，定王使王孫滿勞楚子。楚子問鼎之大小輕重焉。對曰：『在德不在鼎。……德之休明，雖小，重也。其姦回昏亂，雖大，輕也。天祚明德，有所底止。成王定鼎于郟鄏，卜世三十，卜年七百，天所命也。周德雖衰，天命未改。鼎之輕重，未可問也。』」

〔八〕「故能」二句：地軸：古代傳説大地有軸。《初學記》卷五引張華《博物志》云：「地有三千六百軸，互相牽制。」乾絃：猶天維。乾爲天，絃、維皆可繫物。天維，神話傳説中繫縛天地的大繩。宋玉《大言賦》：「壯士欻兮絶天維。」落紊：失落、紊亂。

〔九〕《詩·小雅·大東》曰：「周道如砥，其直如矢。」

〔一〇〕卜洛：《書·洛誥》曰：「我乃卜澗水東，瀍水西，惟洛食。」孔《傳》：「又卜澗瀍之間，南近洛，吉。今河南城也。卜必先墨畫龜，然後灼之，兆順，食墨。」謝瞻《經張子房廟》詩：「卜洛易隆替，興亂罔不亡。」

〔一一〕《詩·大雅·板》：「懷德維寧，宗子維城。」鄭玄《箋》曰：「和女德，無行酷虐之政，以安女國，以是爲宗子之城，使免於難。……宗子，謂王之適子。」適，通「嫡」。維，句中助詞，無實義。

紹，繼承。

〔一二〕將：與，共。庾信《春賦》：「眉將柳而争緑，面共桃而競紅。」慶：幸福。《易·坤》：「積善之家，必有餘慶。」

〔一三〕「鄭國」二句：《史記·鄭世家》：「鄭桓公友者，周厲王少子而宣王庶弟也。宣王立二十二年，友初封於鄭。」

〔一四〕《史記·鄭世家》曰：「友初封於鄭。封三十三歲，百姓皆便愛之。幽王以爲司徒。和集周民，周民皆悦。河雒之閒，人便思之。爲司徒一歲，幽王以褒后故，王室治多邪，諸侯或畔之。於是桓公問太史伯曰：『王室多故，予安所逃死乎？』太史伯對曰：『獨雒之東土，河濟之南可居。』公曰：『何以？』對曰：『地近虢、鄶，虢、鄶之君貪而好利，百姓不附。今公爲司徒，民皆愛公。公誠請居之，虢、鄶之君見公方用事，輕分公地。公誠居之，虢、鄶之民皆公之民也。』……於是卒言王，東徙其民雒東，而虢、鄶果獻十邑，竟國之。」河、濟，黄河與濟水。濟水，古與江、河、淮並稱四瀆，源出河南濟源市王屋山，其故道本過黄河而南，東流至山東，與黄河並行入海，後下游爲黄河所奪，惟河北發源處尚存。見《水經注》卷七《濟水》。

〔一五〕洩雲雨：流洩雨水，雲所以成雨，故連類而及。開封：謂桓公友開拓封疆。

〔一六〕即地有二皋，曰成皋、平皋。平皋，水邊平地。《史記·司馬相如·哀二世文》：「注平皋之廣衍。」此處指河、濟岸邊平地。成皋，地名，在今河南滎陽汜水鎮西，初爲虢國之邑，後屬鄭，名虎牢，又曰制，後改曰成皋。見《後漢書·郡國志》一《河南尹·成睪》李賢《注》及《元和郡縣志》卷五《河南府》。

〔一七〕錫類：以善施及衆人。《詩·大雅·既醉》：「孝子不匱，永錫爾類。」毛《傳》：「匱，竭。類，善。」孔《疏》：「既有孝子之行，又不有竭極之時，能以孝道轉相教化，則天長賜汝王以善道矣。」

〔一八〕謂介于晉楚之間，界綫曲折，參差如犬牙之狀。《漢書·景十三王傳》：「諸侯王自以骨肉至親，先帝所以廣封連城，犬牙相錯者，爲盤石宗也。」

〔一九〕謂建國於齊、秦之間。鼎定，即定鼎。傳説禹鑄九鼎以象九州，歷商至周，爲傳國重器，置於國都，後因稱定都或建立王朝爲定鼎。《左傳·宣公三年》曰：「成王定鼎於郟鄏。」

〔二〇〕《左傳·莊公十四年》曰：「鄭厲公自櫟侵鄭，及大陵，獲傅瑕。傅瑕曰：『苟舍我，吾請納君。』與之盟而赦之。六月甲子，傅瑕殺鄭子及其二弟，而納厲公。初，内蛇與外蛇鬥於鄭南門中，内蛇死。六年而厲公入。」

〔二一〕《左傳·宣公十二年》曰：「春，楚子圍鄭。……三月，克之，入自皇門，至于逵路。鄭伯肉袒牽羊以逆，曰：『孤不天，不能事君，使君懷怒，以及弊邑，孤之罪也。敢不唯命是聽。其俘諸江南，以實海濱，亦唯命。其翦以賜諸侯，使臣妾之，亦唯命。若惠顧前好，徼福于厲、宣、桓、武，不泯其社稷，使改事君，夷於九縣，君之惠也，孤之愿也，非所敢望也。敢布腹心，君實圖之。』

左右曰：『不可許也，得國無赦。』王曰：『其君能下人，必能信用其民矣，庸可幾乎？』退三十里，而許之平。」

〔二〕「雖地承」二句：負黍：地名，故周邑，後爲鄭所奪，在今河南登封市南。《左傳·定公六年》曰：「周儋翩率王子朝之徒，因鄭人將以作亂于周，鄭於是乎伐馮、滑、胥靡、負黍、狐人、闕外。」杜預《注》：「陽城縣西南有負黍亭。」　祚：福，賜福。《左傳·宣公三年》：「天祚明德，有所底止。」　彌：久遠。《逸周書·謚法》曰：「彌，久也。」《史記·荆軻傳》曰：「太傅之計，曠日彌久。」

〔三〕《左傳·宣公三年》曰：「鄭文公有賤妾曰燕姞，夢天使與己蘭，曰：『余爲伯儵，余，而祖也，以是爲而子，以蘭有國香，人服媚之如是。』既而文公見之，與之蘭而御之，辭曰：『妾不才，幸而有子，將不信，敢徵蘭乎？』公曰：『諾。』生穆公，名之曰蘭。」錫，賜也。《書·堯典》：「師錫帝曰：有鰥在下。」孔《傳》：「錫，與也。」

太子壽者，康公之子，桓公之二十代孫也。聰明神智，暉映當時。涯涘清深〔一〕，指鱉川而激量〔二〕；珪璋特達〔三〕，與龍輅而齊光〔四〕。因以運逢陽城，敗我鄭次〔五〕，辛亥之歲〔六〕，崩山蕩岸，餒鋭氣於韓兵；降志辱身〔七〕，欽盟符於晉血〔八〕。邑封千户，官具百僚，今之壽城，斯其地也〔九〕。享年七十八，薨於晉，葬於天陵南〔一〇〕。靈原超忽，永深埋玉之悲〔一一〕；

荒隴淒其，誰識生金之字〔一三〕。

注釋

〔一〕涯涘：河川湖沼之邊際，後用以喻指人之氣概風度，深博宏大。謝朓《拜中軍記室辭隨王牋》：「榮立府庭，恩加顔色，沐髮晞陽，未測涯涘。」

〔二〕鰲川：魚鰲生長的江河。激量：阻遏之而與之較量。激，阻遏水勢。《孟子·告子》上：「今夫水，……激而行之，可使在山。」

〔三〕珪璋：朝會所執的玉器，因用以比喻美德。《世説新語·言語》：「丞相因覺，謂顧曰：『此子珪璋特達，機警有鋒。』」特達：獨出於衆，特殊。王褒《四子講德論》：「洛夫特達而相知者，千載一遇也。」

〔四〕龍輅：天子之車。張平子《東京賦》曰：「龍輅充庭，雲旗拂霓。」薛綜《注》：「馬八尺曰龍，輅，天子之車也，故曰龍輅。」

〔五〕「因以」二句：《史記·鄭世家》曰：「鄭君乙……十一年，韓伐鄭，取陽城。」陽城，地名，周爲潁邑，戰國初屬鄭，名陽城，其地在今河南登封市東南。見《讀史方輿紀要》卷四八《河南府》。鄭次，即鄭地。次，泛指所在之處。《國語·魯語》上：「五刑三次。」韋昭《注》：「次，處也。」

〔六〕據《史記·六國年表》，韓伐鄭取陽城，在周安王十七年，歲在丙申。又，韓哀侯二年滅鄭，在周烈王元年，歲在丙午。此云辛亥，於史不合，未知所本。

〔七〕《論語·微子》曰：「不降其志，不辱其身，伯夷叔齊歟？」

〔八〕謂與韓歃血而盟也。歃血，古時會盟，雙方口含牲畜之血或以血塗口旁，表示信誓，稱爲歃血。《春秋穀梁傳·莊公二十七年》：「衣裳之會十有一，未嘗有歃血之盟也。」晉，此處指韓。韓國之先，本爲晉六卿之一，魏武侯、韓哀侯、趙敬侯滅晉而三分其地，乃有魏、韓、趙三國，故此處謂韓爲晉。下文「薨於晉」，用法同此。

〔九〕「邑封」以下四句：此四句，并下文「享年七十八，薨於晉，葬於天陵南」云云，并不詳所本。據本文所言，蓋謂太子壽爲康公之子，韓伐鄭取陽城，鄭與韓結盟，太子壽乃出質於韓；至鄭爲韓所滅，壽遂被封於壽城，終於韓，葬於天陵山之南。壽城，不詳所指。按唐河南府有壽安縣，東北至府七十六里，本漢宜陽縣地，戰國時屬韓，疑即所謂「今之壽城」也。

〔一〇〕天陵：山名。《元和郡縣圖志》卷五《河南府》：鞏縣，「天陵山，在縣東南六十里」。

〔一一〕「靈原」二句：超忽：曠遠貌。王屮《頭陀寺碑文》曰：「東望平皋，千里超忽。」埋玉：《世説新語·傷逝》曰：「庾文康（亮）亡，何揚州（充）臨葬，云：『埋玉樹著土中，使人情何能已已！』」

〔一二〕生金：王隱《晉書》曰：「永嘉初，陳國項縣賈逵石碑中生金。」《晉書·五行志》上曰：「永嘉元年，項縣有魏豫州刺史賈逵石碑，生金可採。」

玉京觀道士鄭大量家長鄭君〔一〕，則合宗並太子之後，勝業孤揚〔二〕，清暉競遠，逍遥林外，放曠煙霞，凝皓素於黄庭〔三〕，養神氣於玄宇〔四〕。以爲霓旌揚漢，猶尋朽骨之靈〔五〕；鶴駕停空，尚謁先人之墓〔六〕。於是芟荒薙蔓〔七〕，徙植延陰〔八〕，豐碑下鹿盧〔九〕，高墳疏馬鬣〔一〇〕，得青烏之舊地，臨絳邑之新田〔一一〕。於是大唐總章元年歲次戊辰五月甲申之一日也。爾其表裏山河，極目原野，九京以送其往〔一二〕，二水以流其惡〔一三〕。山巖霜雪，邀處子以同嬉〔一四〕；奮岊衣冠〔一五〕，侣羣仙而共遠。窺晉臣於泉路，依希夏日之光〔一六〕；思漢帝於雲衢，髣髴《秋風》之詠〔一七〕。雖復相望絶代，固可氣類同年〔一八〕。豈使素烈景風，清猷澹味〔一九〕，金石之美，堙滅而無聞乎〔二〇〕？故式紹前範〔二一〕，傳之永代，將日月以居諸〔二二〕，邈宇宙而長久。詞曰：

注釋

〔一〕玉京觀：道觀名，未詳所在。　鄭大量：事迹未詳。據本文言該鄭爲「太子壽」遷葬于「絳邑之新田」，又銘曰：「東西橘徙，人物絳鄉」，「披榛卜葬，分晉獻絳」，則鄭大量籍貫當爲絳州。　家長：一家之長。《墨子·天志》上：「惡有處家而得罪於家長，而可爲也？」

〔二〕勝業：優越美好的事業。徐陵《讓左僕射初表》：「臣弘正國老儒宗，情尚虚簡，玄風勝業，獨王當年。」此處指求仙學道之事。

〔三〕皓素：潔白、樸素。孔融《衛尉張儉碑銘》：「皓素其質，允迪忠貞。」　黄庭：道家以人之腦中、心中、脾中，或自然界之天中、人中、地中爲黄庭。《雲笈七籤》卷一一《上清黄庭内景經·釋題》曰：「黄者中央之色也。外指事即天中、人中、地中；内指事即腦中、心中、脾中，故曰黄庭。」

〔四〕玄宇：即玄宫，道觀。

〔五〕「霓旌」二句：謂仙人飛昇於河漢，猶不忘其先人。霓旌揚漢，典出《楚辭》。《離騷》曰：「揚雲霓之晻藹兮，鳴玉鸞之啾啾。朝發軔於天津兮，夕余至乎西極。」朱熹《集注》：「天津，析木之津，謂箕斗之間漢津也。」霓旌，以虹霓爲旌旗。

〔六〕「鶴駕」二句：《太平廣記》卷一三《蘇仙公》條引《神仙傳》云：「蘇仙公者，桂陽人也。漢文帝時得道。……乃跪白母曰：『某受命當仙，被召有期，儀衛已至，當違色養，即便拜辭。』……言畢即出門，踟躕顧望，聳身入雲，紫雲捧足，羣鶴翱翔，遂昇雲漢而去。……母年百餘歲，一日無疾而終，鄉人共葬之，如世人之禮。葬後，忽見州東北牛脾山，紫雲蓋上，有號哭之聲，咸知蘇君之神也。郡守鄉人，皆就山弔慰，但聞哭聲，不見其形。」

〔七〕芟：除草。《詩·周頌·載芟》：「載芟載柞。」毛《傳》：「除草曰芟。」　薙：除草。《禮記·月令》：「燒薙行水，利以殺草。」鄭玄《注》：「薙，謂迫地芟草也。」

〔八〕徙植：移栽松柏之屬。　延陰：引來陰凉。謝靈運《山居賦》曰：「旦延陰而物清，夕棲芬而氣敷。」

〔九〕豐碑：古代下棺之具，斫大木爲之，立於槨前後四角，碑端穿孔納索，附以鹿盧，引棺徐下於壙穴。天子六繂（即索）四碑，謂之豐碑。《禮記·檀弓》下：「公室視豐碑。」鹿盧：滑輪，一種起重裝置。《禮記·檀弓》下鄭玄《注》：「穿中於間爲鹿盧，下棺以繂繞。」

〔一〇〕馬鬣：即馬鬣封，墳墓上封土的一種形狀。《禮記·檀弓》上：「吾見封之若堂者矣，……見若斧者矣，從若斧者焉，馬鬣封之謂也。」

〔一一〕「得青烏」二句：青烏之舊地：謂歷來爲堪輿家看中的風水好的葬地。青烏，即青烏子，漢人，善數術。《藝文類聚》卷七《山部》引《相冢書》曰：「《青烏子》稱：山望之如却月形，或如覆舟，葬之出富貴。山望之如鷄栖，葬之滅門。山有重疊，望之如鼓吹樓，葬之連州二千石。」《廣韵》卷一五《青》引《風俗通》曰：「青烏氏。漢有青烏子，善數術。」（今本《風俗通》無此條。）

絳邑之新田：晉之先唐叔（武王之子叔虞）始封於唐，其子燮父改唐爲晉，即今之太原市。四世至成侯，南徙曲沃，今山西聞喜縣東。又五世至穆侯，復遷於絳，絳即翼，今山西翼城縣東南。魯成公六年，晉景公遷都新田，此後命新田爲絳，即今山西侯馬市，而以舊都爲故絳。見《左傳·隱公五年》「曲沃莊伯以鄭人、邢人伐翼」楊伯峻先生《注》。據此，則新田即絳邑。

〔一二〕九京：即「九原」。《國語·晉語》八曰：「趙文子與叔向游於九京。」韋昭《注》：「京當爲原。」《禮記·檀弓》下：「是全要領以從先大夫於九京也。」鄭玄《注》：「晉卿大夫之墓地在九原，京蓋字之誤，當爲原。」按當在今山西新絳縣。

〔一三〕《左傳·成公六年》曰：「晉人謀去故絳，諸大夫皆曰：『必居郇、瑕氏之地，……不可失也。』……公立於寢庭，謂獻子曰：『何如？』對曰：『不可。郇、瑕氏土薄水淺，其惡易覯。易覯則民愁，民愁則墊隘，於是乎有沈溺重膇之疾。不如新田。土厚水深，居之不疾，有汾、澮以流其惡，且民從教，十世之利也。……』公説，從之。夏四月丁丑，晉遷于新田。」二水流惡，出於此。按汾水流經新田西北，澮水流經新田，惡，謂污穢骯髒之物。

〔一四〕「山巖」二句：謂太子壽遷葬新田，其地距臨汾爲近，故可邀藐姑射山的神仙一同嬉戲。藐姑射山有神人肌膚如冰雪，出《莊子·逍遥遊》，前已屢見。山在臨汾，見《隋書·地理志》。

〔一五〕未詳。昷，字書未見，疑誤。

〔一六〕「窺晉臣」二句：謂太子壽之靈在九泉之下當可窺見晉大夫趙盾。夏日，指晉大夫趙盾。《左傳·文公七年》曰：酆舒問於賈季曰：「趙衰、趙盾孰賢？」對曰：「趙衰，冬日之日也；趙盾，夏日之日也。」杜預《注》：「冬日可愛，夏日可畏。」《元和郡縣圖志》卷一二河東道一：「絳州。……太平縣，南至州五十里。……晉公孫杵臼、程嬰墓，並在縣南二十一里趙盾墓塋中。」按唐之太平縣，在今山西新絳縣北。

〔一七〕「思漢帝」二句：《漢武帝故事》云：「帝行幸河東，祠后土，顧視帝京，欣然中流，與羣臣飲宴，上歡甚，乃自作《秋風辭》。」雲衢，猶雲路。

〔一八〕「雖復」二句：絶代：久遠的年代。《爾雅》郭璞《序》：「總絶代之離詞，辨同實而殊號者也。」孔穎達《疏》曰：「……則各從其類也。」氣類：生物之同類者。《易·乾》：「同聲相應，同氣相求。」《疏》曰：「言天地之間，共相感應，各從其氣類。」此處指鬼物之同類者。

〔一九〕「豈使」二句：素烈：樸素的芳香。烈，濃烈的香氣。司馬相如《子虚賦》：「吐芳揚烈，鬱鬱菲菲。」景風：夏至後暖和的風。《淮南子·天文》曰：「清明風至四十五日，景風至。」清猷：高潔不俗的謀畫。猷，謀畫。僞《古文尚書·君陳》：「爾有嘉謀嘉猷，則入告爾后于内。」

〔二〇〕《史記·伯夷列傳》曰：「巖穴之士，趣舍有時若此，類名堙滅而不稱，悲夫！」堙滅，埋没。

〔二一〕式：詞頭，無實義。《詩·大雅·蕩》：「式號式呼。」

〔二二〕《詩·邶風·日月》：「日居月諸，照臨下土。」居、諸，並語氣詞。日居月諸，後世用以指歲月的流逝。

周封懿族〔一〕，鄭國開疆。始連高華，終帶崇芒〔二〕。東西橘徙〔三〕，人物絳鄉〔四〕。蕭條河曲，凭榦滎陽①〔五〕。

校記

①「榦」原作「幹」；「滎」原作「榮」。蓋此句與上句「蕭條河曲」對偶成文，因形似而誤。今並據文義逕改。

注釋

〔一〕懿族：猶懿親，皇室宗親。《三國志·魏書·陳思王植傳·求存問親戚表》：「昔周公弔管蔡之不咸，廣封懿親，以藩屏王室。」此處指鄭桓公友。

〔二〕「始連」二句：謂鄭初封於華山之下的鄭邑（今渭南市華州區），後東徙新鄭（今河南新鄭市），其地西接芒山（即北邙山，在今河南洛陽市以北，綿亘至鞏義市）。

〔三〕橘徙：即遷徙，以屈原《九章·橘頌》頌橘曰：「受命不遷，生南國兮。深固難徙，更壹志兮。」故稱遷徙曰「橘徙」。

〔四〕謂鄭國公室之後裔以國爲氏，乃爲鄭氏，鄭氏之一枝居於絳邑（唐之絳州），也産生有傑出的人物，道士鄭大量即是。

〔五〕「蕭條」二句：謂絳州鄭氏較爲蕭條，地望不顯赫，不如滎陽鄭氏才是鄭氏的主幹，可以凭借的高門大族。河曲，河水曲折流經的地區，如河套地區，黄河曲折而流，所經今寧夏、内蒙、晉西北一帶，唐人即稱之爲「河曲」。《新唐書·突厥傳》上：「初，突厥内屬者分處豐、勝、靈、夏、朔、代間，謂之河曲六州降人。」例此，則晉西南一帶，唐之絳州、蒲州亦可以「河曲」稱之。此處「河曲」即指絳州。滎陽，唐鄭州屬縣，在今河南滎陽市。滎陽鄭氏爲閥閲世家，唐高宗爲抑制世族，下詔禁止隴西李寶、太原王瓊等七姓十家自爲婚姻，其中即有滎陽鄭温，見《新唐書·高儉傳》。

戎馬生郊〔一〕，兵車亂轍。衆雄相競，郡公未絶〔二〕。烟塵四起，縱横四結〔三〕。園寢成泣，偪陽成血〔四〕。

注釋

〔一〕《老子》曰：「天下無道，戎馬生于郊。」

〔二〕「衆雄」二句：謂進入戰國時期，羣雄争奪，鄭國之公室尚未斷絶。郡公，爵名。晉始定郡公制度，如小國王，謂之開國郡公。見《晉書·職官志》。鄭君爲周之伯爵，裂土建國，如小國王，故云。

〔三〕謂戰國羣雄，或用蘇秦之謀結爲合縱，聯合抗秦；或用張儀之謀，結爲連横，與秦親善。

〔四〕「園寢」二句：謂戰國時羣雄兼併，列强争奪，小國弱宗，宗廟毁，社稷亡。園寢，建在帝王墓地的廟。《後漢書·祭祀志》下：「古不墓祭。漢諸陵皆有園寢，承秦所爲也。」偪陽，春秋國名，妘姓。《左傳·襄公十年》曰：「五月庚寅，荀偃、士匄帥卒攻偪陽，親受矢石，甲午，滅之。」地在今江蘇邳州市西北。

家聲已潰〔一〕，出質而來〔二〕。西光未謝〔三〕，東府行開〔四〕。鄉關寂寞，城邑徘徊。三鄉二鄙〔五〕，風月池臺。

注釋

〔一〕家聲：家族的名聲。司馬遷《報任安書》：「李陵既生降，隤其家聲。」

〔二〕出質：出到他國做爲人質。《左傳·宣公十二年》：「楚子圍鄭，……三月，克之。……鄭伯肉袒牽羊以逆，……退三十里而許之平。潘尪入盟，子良出質。」此處謂鄭太子壽出到韓國爲質。

〔三〕韓在鄭之西，太子壽入質韓，故云。

〔四〕太子壽自東方來，在韓之日，嘗「邑封千户，官具百僚」，故云「東府」開。

〔五〕指其封邑（所謂壽城）内之區域。鄉，行政區劃單位。周制，萬二千五百家爲鄉。見《周禮·地官·大司徒》「五州爲鄉」鄭玄《注》。鄙，古代行政區劃單位。周制，五百家爲鄙。《周禮·地官·遂人》：「五家爲鄰，五鄰爲里，四里爲酇，五酇爲鄙。」

廣陽已失〔一〕，年其不朽。魄散東山，魂歸北邠〔二〕。披榛卜葬，分晉獻絳〔三〕。露泫仍泣〔四〕，雲屯即愁〔五〕。

注釋

〔一〕此以燕國之滅喻指鄭國之亡也。《史記·燕世家》曰：「燕見秦且滅六國，秦兵臨易水，禍且至燕。太子丹陰養壯士二十人，使荆軻獻督亢地圖於秦，因襲刺秦王。」司馬貞《索隱》曰：「徐廣云：『涿有督亢亭。』《地理志》屬廣陽。然督亢之田在燕東，甚良沃，欲獻秦，故畫其圖而獻焉。」按，廣陽，郡名，漢初爲燕國，元鳳元年改爲廣陽郡，本始元年改爲廣陽國，治薊縣，即今北京市大興區。廣陽，戰國時燕之腹地，廣陽已失，謂燕國滅亡也。

〔二〕「魄散」二句：謂太子壽卒，復葬於原屬鄭國的疆土上。北郱，即郱，春秋鄭邑，其地在今河南郟縣。按據上文，太子壽葬於鞏義之天陵山南，故此處之「郱」僅用來借指鄭地。

〔三〕謂道士鄭大量在春秋晉國的絳邑（即新田）劃分出一塊土地，獻給太子壽，作爲他的新塋。

〔四〕露珠下滴，猶如哭泣。謝靈運《從斤竹澗越嶺溪行》詩：「花上露猶泫。」

〔五〕雲屯：雲聚。

川源遽徙〔一〕，居處不留。原既號靈，城猶名壽。摧殘剪樹，零落爲邱。碑失黄礱〔二〕，銘摧白楸〔三〕。

注釋

〔一〕遽：急速，疾。《國語·晉語》四曰：「謁者以告，公遽見之。」

〔二〕黄礱：經過打磨而製成的黄色的石碑。礱，磨物。《國語·晉語》八曰：「趙文子爲室，斲其椽而礱之。」

〔三〕謂棺槨及銘旌皆已毀壞。白楸，指棺槨。《藝文類聚》卷四〇《禮部》下引盛弘之《荆州記》曰：「冠軍縣東，有魏征南軍司張詹墓，刻其碑背曰：『白楸之棺，易朽之裳。銅鐵不入，瓦器不藏。嗟矣後人，幸勿我傷！』至元嘉六年，民饑，始被發，金銀朱漆之器，雕刻爛然。」楸，木名。銘，先秦時未有墓誌銘，此處銘指銘旌，靈柩前的旗幡，又謂之銘。用絳帛粉書。品官則借銜題寫曰某官某公之柩；士稱顯考顯妣；另紙書題者姓名，粘於旌下。平民之喪，不用銘旌。大斂後，以竹杠懸之依靈右。葬時去杠及題者姓名，以旌加於柩上。《周禮·春官·司常》：「大喪，共銘旌。」參見清吴榮光《吾學録》初編卷一六《品官喪》一。

猗歟積善〔一〕，克昌後孕〔二〕。丹竈九飛〔三〕，清溪千仞〔四〕。眷兹幽隴〔五〕，清風丕振〔六〕。勒石揚聲，聞之陳信〔七〕。

注釋

〔一〕猗歟：嘆美之詞。《詩·周頌·潛》曰：「猗與漆沮，潛有多魚。」積善：長爲善行。《易·坤·文言》曰：「積善之家，必有餘慶。」

〔二〕謂其後世能够興旺昌盛。《詩·周頌·雝》曰：「克昌厥後。」

〔三〕丹竈：道士鍊丹之竈。九飛：庾信《謹贈司寇淮南公》詩：「絆驥還千里，垂鵬更九飛。」語本《莊子·逍遥遊》：「鵬之背不知其幾千里也。怒而飛，其翼若垂天之雲。」又云：「摶扶摇而上者九萬里。」

〔四〕郭璞《遊仙詩》：「青溪千餘仞，中有一道士。」

〔五〕眷：顧念。幽隴：深深的墳墓。指太子壽之遺塚。隴，通「壟」，土丘，墳丘。

〔六〕丕：大。僞《古文尚書·大禹謨》曰：「嘉乃丕績。」

〔七〕陳信：所陳述之言辭誠實不虛。《左傳·襄公二十七年》曰：「子木問於趙孟曰：『范武子之德何如？』對曰：『夫子之家事治，言於晉國無隱情，其祝史陳信於鬼神無愧辭。』」

左右原野，表裏山河。析城王屋，汾川帝歌〔一〕。新城樹少，故絳人多〔二〕。悠悠萬代，見此如何。

注釋

〔一〕「析城」二句：承上「表裏山河」句，謂太子壽遷葬之新田，外有析城、王屋之山，内有汾水之河。《元和郡縣圖志》卷五河南道河南府王屋縣：「王屋山，在縣北十五里。周迴一百三十里，高三十里。《禹貢》『底柱、析城，至于王屋』，是也。析城山，在縣西北六十里。峰四面其形如城，有南門焉，故曰析城。」汾川帝歌，已見本文「思漢帝於雲衢」二句注。

〔二〕「新城」二句：新城：即指新絳，與故絳並已見本文「臨絳邑之新田」句注。

附録

一、傳記、遺事

《舊唐書·盧照鄰傳》

盧照鄰字昇之，幽州范陽人也。年十餘歲，就曹憲、王義方授《蒼》、《雅》及經史，博學善屬文。初授鄧王府典籤，王甚愛重之，曾謂羣官曰：「此即寡人相如也。」後拜新都尉，因染風疾去官，處太白山中，以服餌爲事。後疾轉篤，徙居陽翟之具茨山，著《釋疾文》、《五悲》等誦，頗有騷人之風，甚爲文士所重。照鄰既沉痼攣廢，不堪其苦，嘗與親屬執别，遂自投潁水而死，時年四十。文集二十卷。兄光乘，亦知名，長壽中爲隴州刺史。（卷一九〇上《文苑傳》上）

《新唐書·盧照鄰傳》

照鄰字昇之，范陽人。十歲從曹憲、王義方授《蒼》、《雅》。調鄧王府典籤，王愛重，謂人曰：「此吾之相如。」調新都尉，病去官，居太白山，得方士玄明膏餌，會父喪，號嘔，丹輒出，由是疾益甚。客東龍門山，布衣藜羹，裴瑾之、韋方質、范履冰等時時供衣藥。疾甚，足攣，一手又廢，乃去具茨山下，買園數十畝，疏潁水周舍，復豫爲墓，偃卧其中。照鄰自以當高宗時尚吏，己獨儒；武后尚法，己獨黄老；后封嵩山，屢聘賢士，己已廢。著《五悲文》以自明。病既久，與親屬訣，自沈潁水。（卷二〇一《文藝傳》上）

《朝野僉載》張鷟

盧照鄰字昇之，范陽人。弱冠拜鄧王府典籤，王府書記，一以委之。王有書十二車，照鄰總披覽，略能記憶。後爲益州新都縣尉，秩滿婆娑於蜀中，放曠詩酒，故世稱「王、楊、盧、駱」。照鄰聞之，曰：「喜居王後，恥在駱前。」時楊之爲文，好以古人姓名連用，如「張平子之略談，陸士衡之所記」，「潘安仁宜其陋矣，仲長統何足知之」，號爲「點鬼簿」。駱賓王文好以數對，如「秦地重關一百二，漢家離宫三十六」，時人號爲「算博士」。如盧生之文，時人莫能評其得失矣。惜哉，不幸有冉畊之疾，著《幽憂子》以釋憤焉。文集二十卷。

（卷六）

《譚賓録》胡璩

唐鄧王元裕，高祖第十八子也，好學，善談名理。與典籤盧照鄰爲布衣之交，常稱曰：「寡人之相如也。」照鄰范陽人，爲新都尉。因染惡疾，居於陽翟之具茨山，著《釋疾文》及《五悲》，雅有騷人之風。竟自沈於潁水而死。照鄰寓居於京城鄱陽公主之廢府。顯慶三年，詔徵太白山隱士孫思邈，亦居此府。思邈華原人，年九十餘，而視聽不衰。照鄰自傷年纔强仕，沈疾困憊，乃作《蒺藜樹賦》（逸按：當作《病梨樹賦》，原文誤），以傷其禀受之不同，詞甚美麗。

思邈既有推步導養之術，照鄰與當時知名之士宋令文、孟詵，皆執師資之禮。嘗問思邈曰：「名醫愈疾，其道何也？」思邈曰：「吾聞善言天者，必質於人；善言人者，必本於天。故天有四時五形，日月相推，寒暑迭代。其轉運也，和而爲雨，怒而爲風，散而爲露，亂而爲霧，凝而爲霜雪，張而爲虹霓，此天之常數也。人有四肢五臟，一覺一寐，呼吸吐納，精氣往來，流而爲榮衛，彰而爲氣色，發而爲音聲，此亦人之常數也。陽用其精，陰用其形，天人之所同也。及其失也，蒸則爲熱，否則生寒，結而爲瘤贅，隔而爲癰疽，奔而爲喘乏，竭而爲焦枯。診發乎面，變動乎形。推此以及天地，亦如之。故五緯盈縮，星辰錯行，日月薄蝕，彗孛流飛，此天地之危診也；寒暑不時，此天地之蒸否也；石立土踊，此天地之瘤贅也；山崩地陷，此天地之癰疽也；奔風暴雨，此天地之喘乏也；雨澤不降，川澤涸竭，此天地之焦枯也。良醫導之以藥石，救之以針灸，聖人和之以至德，輔之以人事，故體有可消之疾，天有可消之災，通乎數也。」照鄰曰：「人事如何？」思邈曰：「膽欲大而心欲小，智欲圓而行欲方。」照鄰曰：「何謂也？」思邈曰：「心爲五臟之君，君以恭順爲主，故心欲小。膽爲五臟之將，將以果決爲務，故膽欲大。智者動象天，故欲圓。仁者静象地，故欲方。詩曰：『如臨深淵，如履薄冰』，爲小心也。『赳赳武夫，公侯干城』，爲大膽也。《傳》曰：『不爲利回，不爲義疚』，仁之方也。《易》曰：『見幾而作，不俟終日』，智之圓也。」照鄰又問：「養性之道，其要何也？」思邈曰：「天道有盈缺，人事多屯厄。苟不自慎而能濟於厄者，未之有也。故養性之士，先知自慎。自慎者，恒以憂畏爲本。《經》曰：『人不畏威，天威至矣。』憂畏者，死生之門，存亡之由，禍福之本，吉凶之源。……故養性者，失其憂畏則心亂而不理，形躁而不寧，神散而氣越，志蕩而意昏，應生者死，應存者亡，應成者敗，應吉者凶。夫憂畏者，其猶水火不可暫忘也。人無憂畏，子弟爲勍敵，妻妾爲寇仇。是故太上畏道，其次畏天，其次畏物，其次畏人，其次畏身。……知此則人事畢矣。」思邈尋授承務郎，直尚藥局，以永淳初卒。遺令薄葬。……撰《千金方》三十卷行於

代。（《太平廣記》卷二一八《醫》一「孫思邈」條引）

《舊唐書・楊炯傳》

炯與王勃、盧照鄰、駱賓王以文詞齊名，海内稱爲王、楊、盧、駱，亦號爲「四傑」。炯聞之，謂人曰：「吾愧在盧前，恥居王後。」當時議者，亦以爲然。（卷一九〇上《文苑傳》上）

二、盧照鄰年譜

盧照鄰，字昇之。亦嘗一度使用子昇其名，照鄰其字。（説詳拙著《關於盧照鄰生平的若干問題》，載《西北大學學報》一九八八年第二期，兹不贅。）

幽州范陽人。

《朝野僉載》卷六：「盧照鄰，范陽人。」《舊唐書》本傳：「幽州范陽人也。」《新唐書》本傳同。按此説與盧氏本人屢次自敍皆相合。其《贈益府羣官》云：「一鳥自北燕，飛來向西蜀。」《送幽州陳參軍赴任寄呈鄉曲父老》又云：「薊北三千里，關西二十年。馮唐猶在漢，樂毅不歸燕。……郭隗池臺處，昭王樽酒前。故人當已老，舊壑幾成田。……送君之舊國，揮淚獨潸然。」《五悲・悲昔遊》復云：「自言少年遊宦，來從北燕。……暫辭薊北千萬里，少別昭丘三十年。」皆可證幽州范陽爲盧照鄰籍貫。

遠祖爲東漢盧植，靈帝時官尚書；西晉盧諶，爲并州刺史劉琨從事中郎。自謂系諶之七世孫。

《釋疾文·粵若》云：「尚書抗節兮，屬炎靈之道喪；中郎含章兮，遇金行之綱頽。……暨中朝之顛覆，家不墜乎良箕。……彌九葉而逮余兮，代增麗以光熙。」尚書即盧植，《後漢書》有傳；中郎即盧諶，《晉書》有傳。「彌九葉而逮余」，言盧諶而後，至「余」身凡九世也，以是知照鄰系諶之七世孫也。

父某，似一命未沾，約卒于上元初。

《寄裴舍人諸公遺衣藥直書》云：「余家咸亨中良賤百口，自丁家難，私門弟妹凋喪，七、八年間貨用都盡。余不幸遇斯疾，母兄哀憐，破産以供醫藥。」「丁家難」後，母尚在世，知爲丁父憂也。《與洛陽名流朝士乞藥直書》又云：「昔在關西太白山下，一隱士多玄明膏，中有丹砂八兩，予時居貧，不得好上砂，但取馬牙顔色微光浄者充用。自爾丁府君憂，每一號哭，涕泗中皆藥氣流出。」按：盧照鄰咸亨四年七、八月間尚在長安，卧病於光德坊，作《病梨樹賦》。十月，許圉師扈從高宗自九成宫返京，照鄰復有《贈許左丞從駕萬年宫》詩，其入太白山調疾定在此後。翌年八月改元上元，則其父卒于咸亨末或上元初無疑矣。

范陽盧氏爲北魏、北齊以來之世家望族。後雖累葉衰微，子孫猶恃其舊地，好自矜夸。照鄰於《釋疾文·粵若》中亦頗有炫耀之意。然於其父之仕履，曾無一字及之，是以推知乃父蓋一命未沾也。

兄字杲之，當即《舊唐書》本傳中之光乘。

《詩·衛風·伯兮》曰：「其雨其雨，杲杲出日。」杲杲，日光明貌。《説文》：「杲，明也，從日在木上。」光乘，字杲之，名字取義恰相應，應即同一人。

弟某，字昂之，并博學能文。

《五悲·悲才難》曰：「余之昆兮曰杲之，余之季兮曰昂之。杲也杲杲兮如三足之烏，昂也昂昂焉如千里之駒。杲之爲人也，風流儒雅，爲一代之和玉；昂之爲人也，文章卓犖，爲四海之隨珠。……生於戰國，則管樂之器；長於闕里，則游夏之徒。」

調露中已入仕，爲畿縣掾，永淳元年前後，杲之爲京兆乾封縣掾，昂之以事謫武陵。

《與洛陽名流朝士乞藥直書》及《寄裴舍人諸公遺衣藥直書》，並調露二年前後所寫（理由見拙文《關於盧照鄰生平的若干問題》）。前書云：「老母年尊，兄弟禄薄。」後書云：「兄弟薄遊近縣。」可見二人並已入仕，供職之地當在京兆府或河南府屬縣，即畿縣，故云「薄遊近縣」。初入仕途的士人照例只能做丞、尉一類佐貳之官，且大約作于數年後之永淳元年左右的《五悲·悲才難》（繫年理由，亦見拙著《關於盧照鄰生平的若干問題》），更明確言，此一兄一弟，「以方圓異用，遭遇殊時，故才高而位下，咸默默以遲遲。青青子衿兮時向晚，黄黄我綬兮鬢如絲。昆兮何責？坐乾封兮老矣；季兮何負？横武陵而棄之」。「青青子衿」，乃借詩三百成句言杲之、昂之之服色也，以縣掾不過八品、九品，而八品、九品服用青也。（見《新唐書·百官志》及《車服志》）「黄黄我綬」，亦指杲之、昂之所任丞、尉之職。《漢書·朱博傳》曰：「博使從事明敕告吏民，欲言縣丞、尉者，刺史不察黄綬，各自詣郡。」顔師古《注》曰：「丞尉職卑，皆黄綬也。」「黄黄我綬兮鬢如絲」，「我」字雖是自稱，然照鄰以咸亨元年新都尉秩滿，至永淳初，已羸卧病榻，沈廢多年，惡疾嬰身，一己之仕宦窮通已非所縈懷，故此「我」字乃爲其兄弟代言者也。由此可見此一兄一弟初皆爲畿縣掾，永淳元年前後，兄杲之爲京兆府乾封縣掾，弟昂之則由「近縣」左遷爲朗州武陵縣掾，《五悲·悲才難》於「横武陵而棄之」之下，有「舉天下兮稱屈」之語，尤爲顯證。

杲之即光乘，長壽中累遷隴州刺史。

見《舊唐書》本傳。

母某氏，調露中尚健在。

據《與洛陽名流朝士乞藥直書》及《寄裴舍人諸公遺衣藥直書》。

唐太宗貞觀九年乙未（公元六三五年）

盧照鄰約生於本年。

《病梨樹賦序》曰：「癸酉之歲，余卧病於長安光德坊之官舍。父老云是鄱陽公主之邑司，昔公主未嫁而卒，故其邑廢。時有處士孫君思邈居之。……自云開皇辛丑（原作「酉」，誤，據《全唐文》校改）歲生，今年九十二矣。……然猶視聽不衰，神形甚茂，可謂聰明博達不死者矣。余年垂强仕,則有幽憂之疾,椿菌之性,何其遼哉!」《禮記·曲禮》曰:「四十曰强而仕。」癸酉爲高宗咸亨四年(六七三),照鄰自稱本年「年垂强仕」,即接近四十歲,姑定爲三十九歲,逆推即得貞觀九年爲照鄰出生之年。其《對蜀父老問》作於總章二年己巳(六六九),文中云:「若余者,十五而志于學,四十而無聞焉。」「四十而無聞」語本《論語·子罕》,原句爲「四十五十而無聞焉」,照鄰節縮,單取「四十」,亦可窺見消息。蓋據上述生年推算,至總章二年,照鄰爲三十五歲,約舉成數,可用「四十而無聞」之典,亦相合。

四年前,高祖第十七子元裕始封爲鄶王。

《舊唐書·高祖二十二子傳》:「鄧王元裕,高祖第十七子也。貞觀五年,封鄶王。」

本年,元裕當不小於十六歲。

按:史不載元裕生於何年。《舊唐書·高祖二十二子傳》曰:「舒王元名,高祖第十八子也。年十歲時,高祖在大安宫,太宗晨夕使尚宫起居送珍饌,元名保傅等謂元名曰:『尚宫品秩高者,見宜拜之。』元名曰:『此我二哥家婢也,何用拜爲?』太宗聞而壯之,曰:『此真我弟也。』貞觀五年,封譙王。」同書《太宗紀》云,貞觀三年「夏四月辛巳,太上皇徙居大安宫」。據此,則知貞觀三年元名十歲,推知元名生於武德三年(六二〇)。元裕既爲高祖第十七子,生年自不得後於元名。以是知元裕本年不小于十六歲也。

貞觀十一年丁酉(公元六三七年)

盧照鄰三歲。

正月，元裕徙封爲鄧王。

《舊唐書・太宗紀》：「（貞觀）十一年春正月丁亥朔，徙鄶王元裕爲鄧王。」《全唐文》卷四太宗皇帝《授鄶王元裕等官制》：「……鄶王元裕，譙王元名，並器懷韶令，業尚明敏。……元裕可使持節鄧州諸軍事、鄧州刺史，改封鄧王。」

貞觀二十年乙巳（公元六四六年）

盧照鄰十二歲。約於今年離幽州南下尋師，至揚州江都，就大學者曹憲學習《蒼》、《雅》及經史。

《舊唐書》本傳云：「年十餘歲，就曹憲、王義方授《蒼》、《雅》及經史。」《新唐書》本傳云：「十歲從曹憲、王義方授《蒼》、《雅》。」曹憲，《舊唐書》卷一八九《儒學傳》上有傳。其略云：憲，揚州江都人，仕隋爲祕書學士，每聚徒教授，諸生數百人。「憲又精諸家文字之書，自漢代杜林、衛宏之後，古文泯絶，由憲此學復興。……憲又訓注張揖所撰《博雅》，分爲十卷，煬帝令藏于祕閣。貞觀中，揚州長史李襲譽表薦之，太宗徵爲弘文館學士，以年老不仕，乃遣使就家拜朝散大夫，學者榮之」。憲又撰《文選音義》，「江、淮間爲《文選》學者，本之於憲」。《新唐書》卷一九八《儒學傳》上略同。然則曹憲貞觀中未嘗離揚州江都，照鄰從其受學，必當遠遊至淮南始有可能。《五悲・悲昔遊》曰：「忽憶揚州揚子津，……茱萸灣兮楊柳春。」《江南通志》云：「茱萸灣在江都東北二十里。」可證照鄰早年確曾遠遊揚州。又，《釋疾文·粵若》自敍其幼年學習經歷云：「余幼服此殊惠兮，遂閱禮而聞《詩》。於是裹糧尋師，褰裳訪古。……入陳適衛，百舍不厭其栖遑；累繭重胝，千里不辭於勞苦。」尤爲照鄰幼年嘗遠遊尋師之顯證。《舊唐書》本傳謂從曹憲受業在「十餘歲」時，《新唐書》本傳則云「十歲」，疑是臆改以求「文省于舊」。姑繫於本年。

本年三月，刑部尚書張亮謀反，誅。王義方坐與張亮交通，貶爲儋州吉安丞。

《舊唐書·太宗紀》：貞觀二十年三月「己丑，刑部尚書、鄖國公張亮謀反，誅」。同書《忠義傳》上《王義方傳》云：王義方，泗州漣水人也。少孤貧，事母甚謹，博通五經。初舉明經，授晉王府參軍，直弘文館，轉太子校書。「無何，坐與刑部尚書張亮交通，貶爲儋州吉安丞」。《新唐書·王義方傳》略同。

貞觀二十三年己酉（公元六四九年）

盧照鄰十五歲。

王義方改授洹水丞。盧照鄰至早在今年自揚州江都北上洹水，從王義方受業。

《舊唐書·忠義傳上·王義方傳》：「貞觀二十三年，改授洹水丞。」同書《地理志》云，河北道相州有洹水縣。

唐高宗永徽三年壬子（公元六五二年）

盧照鄰十八歲。

當於本年前後入長安，出入王侯公卿之門。

張鷟《朝野僉載》卷六：「盧照鄰，……弱冠拜鄧王府典籤，王府書記，一以委之。」則鄧王之知聞照鄰之聲名，必在其「弱冠」之前無疑。照鄰在《釋疾文·粤若》中回憶其早年閱歷云：「既而屠龍適就，刻鵠初成，下筆則煙飛雲動，落紙則鸞迴鳳驚。通李膺而竊價，造張華而假成。郭林宗聞而心服，王夷甫見而神傾。……及觀國之光，利用賓王，謁龍旂於武帳，揮鳳藻於文昌。」唐時文士，業精藝成，率多入京，交游名公巨卿，藉其揄揚，以求登科第、入仕途。盧照鄰之「通李膺而竊價，造張華而假成」，即李白之「遍干諸侯，歷抵卿相」，杜甫之「曳裾王門」也。

謁來濟，爲來濟所容接、延譽，遂結忘年之契。

照鄰與來濟交游之事，見拙文《關於盧照鄰生平的若干問題》第二節，兹不贅。

初識鄧王，王愛重其才，與之訂交。

《舊唐書·高祖二十二子傳》：「鄧王元裕……好學，善談名理，與典籤盧照鄰爲布衣之交。」

永徽四年癸丑（公元六五三年）

盧照鄰十九歲。

在長安，出入鄧王元裕、宰相來濟府邸，遍遊畿輔一帶名勝。

《五悲·悲昔遊》云：「長安綺城十二重，金作鳳凰銅作龍。蕩蕩千門如錦繡，巖巖雙闕似芙蓉。題字於扶風之柱，繫馬於驪山之松。灞池則金人列岸，太華則玉女臨峰。平明共戲東陵陌，薄暮遥聞北闕鐘。」

永徽五年甲寅(公元六五四年)

盧照鄰二十歲。

入鄧王府爲典籤。鄧王時任壽州刺史。

張鷟《朝野僉載》卷六:「盧照鄰……弱冠拜鄧王府典籤。」《大唐六典》卷三〇:親王府「典籤二人,從八品下」。又云:「典籤,掌宣傳教令事。」《舊唐書·高祖二十二子傳》:「鄧王元裕……(貞觀)十一年,改封鄧王……歷鄧、梁、黄三州刺史。高宗時,又歷壽、襄二州刺史、兖州都督。」史不載鄧王何年爲壽州刺史。今按:清王昶《金石萃編》卷五〇有唐高宗御製《萬年宫銘》,「大唐永徽五年歲次甲寅五月景午朔十五日庚申建」。碑陰題名,有宰相、親王以下多人,内有「使持節壽州諸軍事壽州刺史臣上柱國鄧王臣元裕」,可證本年鄧王刺壽州。據《舊唐書·高宗紀》,本年三月戊午,高宗幸萬年宫,九月丁酉,至自萬年宫。蓋鄧王本年自壽州來朝,至夏猶未歸州也。

永徽六年乙卯(公元六五五年)

盧照鄰二十一歲。隨鄧王在壽州。

照鄰《五悲·悲昔遊》曰:「自言少年遊宦,來從北燕。淮南芳桂之嶺,峴北明珠之川。東魯則過仲尼之故宅,西蜀則耕武侯之薄田。」史稱鄧王高宗時歷任壽州、襄州刺史及兖州都督,「淮南」、「峴北」、「東魯」適與鄧王任官之地切合。是照鄰嘗隨鄧王在壽州、襄州、兗州之顯證。

顯慶二年丁巳（公元六五七年）

盧照鄰二十三歲。

奉鄧王命，出使益州。

照鄰「三度入蜀始末」，拙文《關於盧照鄰生平的若干問題》考證已詳，此處及下文有關照鄰入蜀之事，並只録結論，理由從略。

詩《文翁講堂》、《相如琴臺》、《石鏡寺》等當作於本年。

顯慶三年戊午（公元六五八年）

盧照鄰二十四歲。

春，在益州。益州長史喬師望編其文集成，囑照鄰爲之序。

《新唐書·諸帝公主傳》：「廬陵公主，下嫁喬師望，爲同州刺史。」《唐會要》卷六二《御史臺下·出使》云：「顯慶三年七月，監察御史胡元範使越巂，至益州，駙馬都尉喬師望爲長史，出迎之。」照鄰有《駙馬都尉喬君集序》當作於此時。

暮春，經鍾陽驛歸長安。

照鄰有《奉使益州至長安發鍾陽驛》詩云：「躋險方未夷，乘春聊騁望。落花赴丹谷，奔流下青嶂。」知歸時在暮春也。《讀史方輿紀要》：四川成都府綿州，鍾陽鎮，在州東北。

時，妻室新喪。

《奉使益州至長安發鍾陽驛》尾聯云：「誰念復芻狗，山河獨偏喪。」偏喪，即「寡」也，無夫無妻通可謂之。《左傳・襄公二十七年》：「齊崔杼生成及彊而寡，娶東郭姜，生明。」杜預《注》曰：「偏喪曰寡。」陶淵明《怨詩楚調示龐主簿鄧治中》曰：「弱冠逢世阻，始室喪其偏。」謂三十歲妻即喪亡也。可證照鄰之妻當即死於此次奉使入蜀期間。

旋赴襄州。

照鄰自蜀歸長安鄧王邸，不久當即赴襄州，以鄧王改官故也。《全唐文》卷一四高宗皇帝《册鄧王元裕襄州刺史文》：「維顯慶三年歲次戊午正月甲申朔二十八日辛亥，皇帝若曰：……壽州刺史上柱國鄧王元裕……爲使持節襄州諸軍事襄州刺史，王及勳官如故。」

當於今年或略晚時，初識張柬之於襄陽。

張柬之，唐史上之聞人，武后時歷監察御史、鳳閣舍人、荆州長史、秋官侍郎、鳳閣鸞臺平章事等職。以誅張易之兄弟、佐中宗復辟有功，神龍中擢拜天官尚書、鳳閣鸞臺三品，封漢陽郡王。兩《唐書》有傳。張柬之早年與照鄰有交往。照鄰《酬張少府柬之》詩云：「昔余與夫子，相遇漢川陰。珠浦龍猶卧，檀溪馬正沈。」張柬之，襄州襄陽人。襄陽在漢水之南，故曰「漢川陰」。「龍猶卧」，「馬正沈」，用襄陽當地的歷史掌故，謂張柬之其時尚未入仕，猶區區一布衣也。

今年二月，蘇定方攻破西突厥沙鉢羅可汗賀魯及咥運、闕啜。甲寅，西域平，以其地置濛池、崑陵二都護府。復於龜兹國置安西都護府。六月，程名振攻高麗。

以上并見《舊唐書·高宗紀》上。

顯慶四年己未（公元六五九年）

盧照鄰二十五歲。

隨鄧王在襄州。奉命出使磧西，以故未成行。

照鄰有《西使兼送孟學士南遊》詩云：「地道巴陵北，天山弱水東。相看萬餘里，共倚（《全唐詩》注「一作以」）一征蓬。」是詩所寫送別之地殊不易確定，然似以長安之可能性爲大，因長安爲絲綢之路之起點，孟學士蓋亦自京師南行也。觀此詩，可知照鄰有遠赴磧西之使命。唐人稱伊州（今新疆哈密）、西州（今新疆吐魯番東南達克阿奴斯城）以北一帶山脈爲天山，乃照鄰此行目的地。孟學士，當即孟利貞。《舊唐書》卷一九〇《文苑傳》上有傳云：「孟利貞者，華州華陰人也。……初爲太子司議郎，中宗（誤，應爲孝敬皇帝）在東宮，深懼之。……受詔與少師許敬宗、崇賢館學士郭瑜、顧胤、董思恭等撰《瑶山玉彩》五百卷，龍朔二年奏上之。」按：《瑶山玉彩》之開始編撰，在龍朔元年（見《舊唐書·高宗中宗諸子傳·孝敬皇帝弘傳》），又，郭瑜，顯慶元年已爲太子洗馬（見《舊唐書》卷一九一《方伎傳·僧玄奘傳》），顧胤，永徽中已爲起居郎（見《舊唐書》卷七三《顧胤傳》），據以上諸項推之，孟利貞顯慶中已在朝固無可疑。《新唐書·百官志》敍東宫官云：「貞觀十三年置崇賢館。顯慶元年，置學生二十人。上元二年，避太子名，改曰崇文館。有學士、直學士及讎校，皆無常員。」《大唐六典》卷八曰：門下省：「弘文館學士，無員數。……故事，五品以上，稱爲學士；六品以下，爲直學士，……並無員數，皆以他官兼之。」按：崇賢館之設官蓋仿弘文館，可知顯慶中孟利貞系以太子司議郎兼崇賢館直學士。詩題稱「學士」，是一般場合無需詳爲分別之故也。

照鄰之奉使磧西，僅見於此詩，晚年憶舊之作以及同時人之詩文並無隻字提及。此行使命云何、經行何地，均無從知之。頗疑初有此命，旋復追改，卒未成行也。確切時間不易考定，唯據孟利貞事蹟，可大致斷爲顯慶間，姑繫於本年。

顯慶五年庚申（公元六六〇年）

盧照鄰二十六歲，爲鄧王府屬在襄州。

本年八月庚辰，蘇定方等討平百濟，面縛其王扶餘義慈，以其地分置熊津等五都督府。

見《舊唐書·高宗紀》上。

龍朔元年辛酉（公元六六一年）

盧照鄰二十七歲。

本年夏五月丙申，命契苾何力爲遼東道大總管，蘇定方爲平壤道大總管，任雅相爲浿江道大總管，以伐高麗。

見《舊唐書·高宗紀》上。

照鄰爲鄧王府屬，隨鄧王在襄州。

照鄰《釋疾文·粤若》云：「是時也，天子按劍，方有事於八荒。駕風輪而梁弱水，飛日馭而苑扶桑。戈船萬計兮連屬，鐵騎千羣兮啟行。文臣鼠竄，猛士鷹揚。故吾甘棲棲以赴蜀，分默默以從梁。」此文乃照鄰晚歲自敍其宦途淹滯者也。所謂「梁弱水」，指顯慶二、三年，蘇定方討破西突厥事；「苑扶桑」，指顯慶四、五年，蘇定方討平百濟及今年伐高麗之事。「吾甘棲棲以赴蜀」，指顯慶二、三年奉使益州；「默默以從梁」，用司馬相如從梁孝王遊的典故，喻指自己追隨鄧王元裕，爲鄧王府屬之事。可知此時，照鄰依舊爲鄧王府屬也。

麟德元年甲子（公元六六四年）

盧照鄰三十歲。

鄧王元裕至遲今年改官兗州都督，照鄰隨王在兗州。

《舊唐書·高祖二十二子傳》敍鄧王元裕在高宗朝仕履曰：「又歷壽、襄二州刺史、兗州都督。」可知鄧王仕終兗州都督。顧不知鄧王何年由襄州刺史遷兗州都督耳。然鄧王卒於麟德二年七月，則至遲當在今年改官也。

麟德二年乙丑（公元六六五年）

盧照鄰三十一歲。

秋七月，鄧王元裕薨，照鄰當於今年秋後離開鄧王府，改授益州新都縣尉，赴蜀。

《舊唐書·高宗紀》上：「（麟德二年）秋七月，鄧王元裕薨。」

《舊唐書》本傳：「初授鄧王府典籤，……後拜新都尉。」

乾封元年丙寅（公元六六六年）

盧照鄰三十二歲。

在益州新都尉任上。正月初二，高宗登泰山行封禪之禮。初五，改麟德三年爲乾封元年，大赦天下，賜酺七日。照鄰《登封大酺歌》四首當作於今年正月。

《舊唐書·高宗紀》下：「麟德三年春正月戊辰朔，車駕至泰山頓。……己巳，帝升山行封禪之禮。……壬申，……改麟德三年爲乾封元年，……大赦天下，賜酺七日。」

《中和樂九章》亦當作於此時。

按：照鄰有《中和樂九章》，首章即《歌登封第一》，末章云：「若有人兮天一方，……心思荃兮路阻長。」可知寫於高宗封禪之後，作尉遐方之時也。

七月，爲益州大都督府長史胡樹禮作《相樂夫人檀龕讚》。

《相樂夫人檀龕讚》云：「相樂夫人韋氏者，益州都督長史胡公之繼親也。……粵以乾封紀歲，流火司辰，敬造靈龕，奉圖真相。」

《益州長史胡樹禮爲亡女造畫讚》亦當爲此時所作。

乾封二年丁卯（公元六六七年）

盧照鄰三十三歲。

在益州新都縣。張柬之時任青城縣尉，爲詩贈照鄰，照鄰有詩酬之。

《舊唐書·張柬之傳》云：「進士擢第，累補青城丞。」《新唐書》同。然此説實本於晚唐人吕道生《定命録》。《太平廣記》卷二二二「張柬之」條引《定命録》曰：「張柬之任青城縣丞，已六十三矣。」吕道生，唐文宗大和中人（見《新唐書·藝文志》三），去高宗之世已遠，所述實有錯誤。按：盧照鄰有《酬張少府柬之》詩。據詩題，張柬之官任縣尉，而非縣丞。（柬之其時年歲亦不至于已邁花甲，不過較照鄰年長八、九歲而已，姑置不論。）詩云：「昔余與夫子，相遇漢川陰。珠浦龍猶卧，檀溪馬正沈。……十年睽賞慰，萬里隔招尋。毫翰風期阻，荆衡雲路深。鵬飛俱望昔，蠖屈共悲今。誰謂青衣道，還嘆白頭吟。地接神仙祠，江連雲雨岑。飛泉如散玉，落日似懸金。……」「十年睽賞慰」，謂相别之久，自顯慶三年（六五八）在襄州相識，至今年爲十年。「鵬飛」句謂彼此昔日俱懷壯志，「蠖屈」句嘆二人今日皆卑栖一尉。「青衣道」，指代蜀地，以蜀中（嘉州）有青衣水之故也。青城縣，青城山在其西北三十二里，爲道教名山，「《仙經》云此是第五洞天」（《元和郡縣圖志》卷三一，下同），故云「地接神仙祠」；「大江，經縣北，去縣二里」，遥通巫山巫峽，故云「江連雲雨岑」也。

總章元年戊辰（公元六六八年）

盧照鄰三十四歲。

在益州新都縣。冬，因公務奉命暫赴長安。

所持理由亦見拙文《關於盧照鄰生平的若干問題》第五節，兹從略。

經劍閣，遇右史劉某入蜀，有詩别之。

照鄰有《大劍送别劉右史》詩。《舊唐書·職官志》云，龍朔二年二月七日，改起居郎爲左史，起居舍人爲右史，咸亨元年十二月復舊名。詩云：「相逢屬晚歲，相送動征鞍。地咽綿川冷，雲凝劍閣寒。」知爲冬日征途中所作。

經分水嶺，有《早度分水嶺》詩。

《元和郡縣圖志》卷三九曰：秦州清水縣，小隴山，一名隴坻，又名分水嶺。隴坂九迴，不知高幾里。隴上有水，東西分流，因號驛爲分水驛。其《早度分水嶺》詩云：「丁年遊蜀道，斑鬢向長安。……馬蹄穿欲盡，貂裘敝轉寒。層冰横九折，積石凌七盤。……隴頭聞戍鼓，嶺外咽飛湍。瑟瑟松風急，蒼蒼山月圓。傳語後來者，斯路誠獨難。」知過分水嶺在冬日早晨也。

歲暮，已在長安。

照鄰有《首春貽京邑文士》詩云：「寂寂罷將迎，門無車馬聲。横琴答山水，披卷閱公卿。忽聞歲云晏，倚杖出簾楹。寒辭楊柳陌，春滿鳳凰城。梅花扶院吐，蘭葉繞階生。……」言久離京師，忽然而歸，故連日賓朋來訪，忙于送迎。至歲晏始安静，乃倚杖出門，忽見梅蘭發生，冬去春來。知爲此次暫歸長安時所作。

總章二年己巳（公元六六九年）

盧照鄰三十五歲。

正、二月，在長安。

春晚，自長安還歸益州。有《還赴蜀中貽示京邑遊好》詩。

照鄰《還赴蜀中貽示京邑遊好》詩云：「簾宿花初滿，章臺柳向飛。如何正此日，還望昔多違。悵别風期阻，將乖雲會稀。……」知於春晚動身還蜀也。又，照鄰《晚渡渭橋寄示京邑遊好》詩，亦此時歸蜀首途時所作，詩云：「我行背城闕，驅馬獨悠悠。」又云：「草變黄山曲，花飛清渭流。……一赴清泥道，空思玄灞遊。」亦可證。

以路途躭延之故，五月，始抵成都。作《對蜀父老問》。

《對蜀父老問》曰：「龍集荒落，律紀蕤賓，余自酆鎬，歸於五津，從王事也。丁丑，届於昇僊橋，止送客亭。」依太歲紀年法，太歲年名「大荒落」與十二辰的「巳」相對應，可推知「龍集荒落」即總章二年己巳。《禮記·月令》云，「仲夏之月，律中蕤賓」。以是知今年五月，照鄰自長安返抵成都也。唯今年五月戊寅朔，則五月無丁丑，當是傳刻有誤。

約在今年秋後，忽遇横事下獄。《贈李榮道士》、《獄中學騷體》並作於獄中。時爲羣小所使，將致之深議。未幾，賴友人救護得免。事平，作《窮魚賦》。

照鄰《窮魚賦序》云：「余曾有橫事被拘，爲羣小所使，將致之深議，友人救護得免。」賦云：「有一巨鱗，東海波臣，洗静月浦，涵丹錦津。」按：成都有汶江，一名流江，又名錦江，或濯錦江，「錦津」切合其地，是照鄰下獄時在蜀中，此其一證。照鄰又有《贈李榮道士》詩：「錦節銜天使，瓊山駕羽君。投金翠山曲，奠璧清江濆。……敷誠歸上帝，應詔佐明君。獨有南冠客，耿耿泣離羣。」曰「南冠」，知爲獄中所作。李榮，高宗時道士，其時似奉皇帝使命爲祠禱之事，正在蜀中。駱賓王有《代女道士王靈妃贈道士李榮》詩（見陳熙晉《駱臨海集箋注》卷四），中云：「不能京兆畫蛾眉，翻向成都騁騶引」，知其時李榮在蜀，王靈妃居長安。詩又云：「箇時空牀難獨守，此日離别那可久？梅花如雪柳如絲，年去年來不自持。」知李榮在蜀已歷數載矣。由此觀之，則駱詩雖寫於咸亨三年駱賓王在蜀之時（據陳熙晉所考），然此前數年李榮在蜀固無可疑。此照鄰在蜀入獄之又一證也。照鄰《獄中學騷體》云：「夫何秋夜之無情兮，皎晶悠悠而太長。」知下獄時在秋季。

咸亨元年庚午（公元六七〇年）

盧照鄰三十六歲。

春，所任新都尉秩滿，遂辭官，放曠詩酒，婆娑蜀中。

張鷟《朝野僉載》卷六：「盧照鄰，……後爲益州新都縣尉，秩滿，婆娑於蜀中，放曠詩酒。」兩《唐書》本傳以爲照鄰因染風疾去官，非。蓋照鄰存世在蜀詩文，並無隻言片語涉及疾病，最早言及身患疾病者，乃《病梨樹賦》，時已在罷去新都尉多年以後之咸亨四年矣。

照鄰有《于時春也慨然有江湖之思寄贈柳九隴》詩，自謂其時「無人且無事，獨酌還獨眠」，又云：「自哀還自樂，歸藪復歸田。」可知時當春季，照鄰已不在新都尉之任矣。

有詩寄贈益州九隴縣令柳太易。夏，遊九隴。

詩題已見上文。柳九隴，即九隴縣（當時屬益州）令柳太易，河東人。《全唐文》卷一七七王勃《春思賦序》曰：「咸亨二年，余春秋二十有二，旅寓巴蜀。……九隴縣令河東柳太易，英達君子也，僕從遊焉。」同書卷一八三王勃《益州夫子廟碑》則云「縣令柳公諱明，字太易，河東人也」，則柳九隴，名明，字太易。咸亨二年春，在九隴縣令任，此前一年，固亦可能在任矣。

照鄰有《九隴津集》詩云：「落落樹陰紫，澄澄水華碧。復有翻飛禽，徘徊疑曳舄。」知本年夏，照鄰有九隴之行。

遊導江縣，觀昌化山佛寺。

照鄰有《遊昌化山精舍》詩。《元和郡縣圖志》卷三一：彭州導江縣，「昌化山，在縣北九里」。

按：導江，當時屬益州。

初秋，遊綿州。七月七日，泛舟水上，有《七日綿州泛舟詩序》。

其文曰：「邊生經笥，送炎氣以濯纓；郝氏書囊，臨秋光而曝背。」典故皆切合七月七日，知此日照鄰在綿州。

又遊閬州晉安縣。

照鄰有《宿晉安亭》詩。《新唐書·地理志》：山南西道閬州，屬縣有晉安。亭，謂客館也。詩云：「舊石開紅蘚，新荷覆緑池。」亦早秋時景物，故繫於此。

遂至梓州，有《宴梓州南亭詩序》及《宴梓州南亭得池字》詩。

《序》曰：「藤蘿杳靄，挂疏陰以送秋；鳧雁參差，結流音而將夕。」詩云：「長薄秋烟起，飛梁古蔓垂。」皆爲秋景，知爲同時之作。《舊唐書·地理志》：劍南道梓州郪縣，梓州所治。

季秋，至玄武。九月九日，偕王勃、邵大震登高賦詩。

照鄰有《宿玄武二首》，第二首有「累宿恩方重，窮秋嘆不深」之句，可知照鄰在玄武嘗盤桓多日。照鄰又有《九月九日登玄武山旅眺》詩，王勃、邵大震並有同題之作。邵大震，里貫事蹟不詳。王勃，總章二年五月自長安赴蜀（《全唐文》卷一八〇王勃《入蜀紀行詩序》），至咸亨二年六月猶在蜀（見同書同卷王勃《梓潼南江泛舟序》），故得於今年與照鄰相遇於東川。《元和郡縣圖志》卷三三：劍南道梓州玄武縣，「玄武山，在縣東二里」。

在蜀盤桓一歲，倦遊思歸。歲暮，爲詩贈益府羣官，頗抒羈旅之思，求助行李之資。

照鄰《贈益府羣官》詩云：「一鳥自北燕，飛來向西蜀，單栖劍門上，獨舞岷山足。……常思稻粱遇，願栖梧桐樹。智者不我邀，愚夫余不顧。所以成獨立，耿耿歲云暮。」又云：「日夕苦風霜，思歸赴洛陽。羽翮毛衣短，關山道路長。……誰能借風便，一舉凌蒼蒼？」玩此數句，知照鄰其時歸思甚切，而似苦於資費短缺，故求助於益府羣官。詩曰「思歸赴洛陽」，駱賓王他日作《豔情代郭氏贈盧照鄰》亦曰：「妾向雙流窺石鏡，君住三川守玉人」，「還雁應過洛水壖」，「洛陽桃李應芳春」，可見照鄰「咸亨中良賤百口」（《寄裴舍人諸公遺衣藥直書》）之家至晚在今年以前已定居洛陽矣。

咸亨二年辛未（公元六七〇年）

盧照鄰三十七歲。

正月，在成都，作《益州至真觀主黎君碑》。

《碑》文謂至真觀主黎尊師卒於咸亨二年正月十八日，碑文當作於此後不久。

秋末，離蜀北歸。有《還京贈别》詩及《至陳倉曉晴望京邑》詩。

《還京贈别》詩云：「風月清江夜，山水白雲朝。萬里同爲客，三秋契不凋。戲凫分斷岸，歸騎别高標。一去仙橋道，還望錦城遥。」此乃季秋時節在益州告别朋友將歸洛陽（顯慶二年已改爲東都，故亦可稱爲「京」）之作也。「三秋」時節，草木開始凋落，而真正的友誼却「不凋」，因對待而言之。按：照鄰嘗幾度出入蜀地，一爲顯慶二年奉使入蜀，明年北歸，歸時在暮春；二爲總章元年在新都尉任上以公務暫赴長安，出發時在冬季，且彼時亦不得目爲「還京」，不得用「歸騎」「一去」等字樣。以秋季出發北歸，非此次莫屬。

照鄰此行爲久别歸家，由西南邊隅回到京洛繁華帝王之州，且從此結束羈旅宦遊生涯，故心情至爲怡悦。其《陳倉曉晴望京邑》詩曰：「今朝好風色，延瞰極天莊。」陳倉，岐州屬縣。

在蜀期間，嘗與一郭氏女同居。離蜀前，郭氏已懷孕。照鄰誡之佇候，謂將迎娶爲繼室。照鄰去蜀後，郭氏産一子，未幾而殤。至咸亨四年春，迎娶之事猶未果。

按：關於盧照鄰在蜀期間與市井女子郭氏相好同居之事，並不見於載籍，完全根據駱賓王一詩：《豔情代郭氏贈盧照鄰》。（見陳熙晉《駱臨海集箋注》卷四）其詩甚長，今擇其要以述之。詩云：「歸雲已落涪江外，還雁應過洛水瀍。」謂今日分别，照鄰在洛陽，郭氏在蜀也。「緑珠猶得石崇憐，飛燕曾經漢皇寵」，謂昔日相愛也。「離前吉夢成蘭兆」，謂别離之前，郭氏已孕一子也。「别日分明相約束，已取宜家成誡勗」，言分别之日，照鄰有約，誡其佇候，將迎娶爲妻也。「當時擬弄掌中珠，豈謂先摧庭際玉」，言别後産子，原期珍愛而養育之，不料竟忽然夭殤也。「誰分迢迢經兩歲，誰能脉脉待三秋」，言别離已經兩載，而迎娶之諾卒未踐也。按：照鄰於今秋去蜀，則是遲至咸亨四年，猶未行迎娶郭氏之事也。照鄰於顯慶三年二十四歲時喪妻，不聞有再娶之事。駱賓王此詩實爲有關盧照鄰在蜀期間婚姻狀況的唯一可靠資料。唐人承南北朝餘風，婚姻極重門第，不肯草率低就。未得門當户對之佳偶以前，往往先納妾，而後娶妻。此郭氏，殆照鄰在蜀時所納之妾乎？

咸亨三年壬申（公元六七二年）

盧照鄰三十八歲。

正月，在洛陽家中閑居。有《元日述懷》詩。

詩云：「筮仕無中秩，歸耕有外臣。人歌小歲酒，花舞大唐春。草色迷三徑，風光動四鄰。願得長如此，年年物候新。」曰「歸耕」，曰「三徑」，又曰「願得長如此」，顯爲返歸故里、隱居桑梓（此處皆指照鄰在洛陽的家園）以後之愉快愜意心情。元日，即歲首，正月初一。當爲今年在洛陽所作。

咸亨四年癸酉（公元六七三年）

盧照鄰三十九歲。

正、二月，尚在洛陽。駱賓王在蜀，爲《豔情代郭氏贈盧照鄰》詩以寄贈之。

詩云：「銅駝路上柳千條，金谷園中花幾色。柳葉園花處處新，洛陽桃李應芳春。」知駱賓王寫此詩時爲春季。詩又云：「誰分迢迢經兩歲」，照鄰咸亨二年秋去蜀，至今年爲「經兩歲」，則駱賓王此詩蓋咸亨四年春所寫，時照鄰猶在洛陽也。

約在二、三月，自洛陽入長安，與處士、大醫學家、大學者孫思邈同寓長安光德坊原鄱陽公主之邑司。

照鄰《病梨樹賦序》曰：「癸酉之歲，余卧病於長安光德坊之官舍。父老云是鄱陽公主之邑司，昔公主未嫁而卒，故其邑廢。時有處士孫君思邈居之。」孫思邈，京兆華原人。通百家説，善言老莊。獨孤信異之曰：「聖童也，顧器大難爲用爾！」及長，居太白山。隋文帝輔政，以國子博士召，不拜。顯慶中復召見，拜諫議大夫，固辭。上元元年，稱疾還山。永淳初卒，年百餘歲。孫思邈於陰陽推步醫藥無不善。嘗自注《老子》、《莊子》，撰《千金方》，行於世。《舊唐書・方伎傳》、《新唐書・隱逸傳》有傳。光德坊，唐長安街坊名，在城内西偏，西爲西市，南爲延康坊，東爲通義坊，北爲延壽坊。見徐松《唐兩京城坊考》。據《新唐書・諸帝公主傳》及其他唐代史乘，高宗三女，内無鄱陽公主之稱，當是幼年夭亡，故史官不載。邑司，官署名。《大唐六典》卷二九曰：「公主邑司，令一人，從七品下；丞一人，從八品下，……各掌主家財貨出入、田園徵封之事。」

時初染風疾。思邈既有推步導養醫藥之術，照鄰與當時知名之士宋令文、孟詵，皆執師資之禮。嘗從思邈請教名醫愈疾之道。

胡璩《譚賓録》曰：「思邈既有推步導養之術，照鄰與當時知名之士宋令文、孟詵，皆執師資之禮。嘗問邈曰：『名醫愈疾，其道何也？』」

又，前引《病梨樹賦序》自謂今年「卧病於長安光德坊之官舍」，又曰：「余年垂强仕，則有幽憂之疾。」賦作於今年七、八月間，然則，照鄰初染風疾必在此前無疑。查照鄰在蜀諸作，並無隻字涉及疾病，則其初染風疾最早當在去年（咸亨三年），至遲在今年春天，可以確認矣。

時猶出入秘書省，從諸文士遊。夏，秘書少監崔行功撰《雙槿樹賦》成，照鄰以同題之賦賡和。

照鄰《雙槿樹賦》題下注曰：「同崔少監作」。《雙槿樹賦序》云：「日昨於著作局，見諸著作競寫《雙槿樹賦》。……若布衣藜杖，巖棲藿食，居周室而非史，處漢代而無田，學涉蕪淺，文多謦陋，宜其屏竄，用其静默。……雖云聖朝多士，而公實居之，草澤有人，亦國家之美事。」可知爲辭官以後在長安所作。《新唐書・百官志》：祕書省，「監一人，從三品；少監二人，從四品上。……監掌經籍圖書之事，領著作局，少監爲之貳。」又曰：「著作局：郎二人，從五品上，著作佐郎二人，從六品上。……著作郎掌撰碑誌、祝文、祭文，與佐郎分判局事。」崔少監，即崔行功，《舊唐書・文苑傳》有傳。其略云：崔行功，恒州井陘人。少好學，中書侍郎唐儉愛其才，以女妻之。儉前後征討，所有文表，皆行功之文。高宗時，歷官吏部郎中、通事舍人、司文郎中，遷蘭臺侍郎。咸亨中，官名復舊，改爲秘書少監。上元元年卒官。有集六十卷。據此可知，崔行功今年恰任秘書少監。木槿，落葉灌木，夏秋開花。則崔行功賦及照鄰和作固可能寫於夏日也。

時雖賦閑，然不甘隱淪，猶冀當權者汲引，以再次入仕。

照鄰《雙槿樹賦》先寫秘書省署階前雙槿之得地逢時，次敍崔少監原作中的「積薪先後」之悲，最後即自比于「巖幽弱篠，澗底枯松，徒冒霜而停雪，空集鳳而吟龍」，自嘆不得「奉仙闈之廣價，連筆匠之爲容」。結尾云：「聊寄詞於庭樹，倘有感於平津。」照鄰希冀重入仕途的心情於此可見。

夏四月丙子，高宗幸九成宫，孫思邈被徵詣行在。照鄰風疾動，獨卧病邑司之官舍，綿歷百日。病勢好轉，作《病梨樹賦》以自傷。

《病梨樹賦序》曰：「癸酉之歲，余卧疾於長安光德坊之官舍。……時有處士孫君思邈居之。……于時天子避暑甘泉，邈亦徵詣行在，余獨病卧兹邑，闃寂無人，伏枕十旬，閉門三月。」按《舊唐書·高宗紀》：咸亨四年「夏四月丙子，幸九成宫」，冬十月「庚子，還京師。乙巳，至自九成宫」。所謂「天子避暑甘泉」者指此。

十月，有詩贈尚書左丞許圉師。

照鄰有《贈許左丞從駕萬年宫》詩。許左丞，即尚書左丞許圉師。許圉師，安州安陸人。安陸郡公紹之少子。舉進士，顯慶二年，累遷黄門侍郎、同中書門下三品，兼修國史。四遷，龍朔中爲左相。俄以子自然因獵射殺人，隱而不奏，左遷虔州刺史，尋轉相州刺史。上元中，再遷户部尚書。儀鳳四年卒。《舊唐書》卷五九、《新唐書》卷九〇有傳。按：史不載許圉師何年由相州内召爲尚書左丞，然《舊唐書·高宗紀》下云：上元二年八月庚子，「左丞許圉師爲户部尚書」。則許圉師固可能於咸亨四年已在尚書左丞之任矣。萬年宫，即九成宫。詩云：「聞道上之回，詔蹕下蓬萊。」又云：「朝参五城柳，夕宴柏梁杯。」知爲許圉師扈駕自九成宫還京以後，照鄰賦此以贈也。

咸亨五年甲戌（公元六七四年，夏曆八月改元上元元年）

盧照鄰四十歲。

寓居長安。

中山郎餘令約於此時編集侍御史賈言忠以下諸在朝文士歌詠九成宫之《樂府雜詩》二卷成，照鄰扶病爲之序。

照鄰《樂府雜詩序》曰：「樂府者，侍御史賈君之所作也。」侍御史賈君，當即賈言忠。賈言忠爲高宗朝著名的賈姓御史。其事蹟附見兩《唐書·賈曾傳》，而以《新唐書》爲詳。《新唐書·賈曾傳》曰：「賈曾，河南洛陽人。父言忠，貌魁梧，事母以孝聞，補萬年主簿。護役蓬萊宫，或短其苛，高宗廷詰，辯列詳諦，帝異之，擢監察御史。方事遼東，奉使稟軍餉，還，奏上山川道里，兼陳高麗可破狀。帝問：『諸將材否？』對曰：『李勣舊臣，陛下所自悉。龐同善雖非鬬將，而持軍嚴。薛仁貴票勇冠軍，高偘忠果而謀，契苾何力性沉毅，雖忌前，有統御才。然夙夜小心，忘身憂國，莫逮於勣者。』帝然所許，衆亦以爲知言。」《樂府雜詩序》稱贊侍御史賈君曰：「玉階覆奏，謹依汲直之聞」，即指賈言忠奉使遼東歸來，陛見高宗，論諸將優劣之事。又曰：「恭聞首唱，遂屬洛陽之才」，亦與賈言忠之占籍相符。《資治通鑑·唐紀十七》繫賈言忠奉使自遼東還於總章元年，敍賈言忠當時官銜爲侍御史，似小誤。案：《唐會要》卷二八云：「總章二年九月，車駕自九成宫還京，仍西狩校習，自麟遊西北遶岐、梁，歷普潤，至雍爲兩圍。殿中侍御史杜易簡、賈言忠監圍。」據《新書·百官志》，侍御史六人，從六品下階；殿中侍御史九人，從七品下階；監察御史十五人，正八品下階。賈言忠，總章二年九月尚任殿中侍御史，則此前焉得爲侍御史，當依《新書》作監察御史爲正。蓋賈言忠以監察御史奉使遼東稱職，歸朝敷奏明敏，得擢爲殿中侍御史，後又依次遷官侍御史也。《新書·賈曾傳》承上文敍賈言忠仕履曰：「累轉吏部員外郎。李敬玄兼尚書，言忠尚氣，及主選，不能下，貶邵州司馬。」李敬玄，上元二年八月庚子，由吏部侍郎遷吏部尚書（見《舊書·高宗紀》下）然則賈言忠由御史台官員改任吏部員外郎，必在上元二年八月以前不久。照鄰之文猶稱「侍御史賈君」，可見此文乃上元二年八月以前賈言忠未轉吏部員外郎時所作也。《樂府雜詩序》又曰：「時褫巾三蜀，歸卧一丘。散髮書林，狂歌學市。雖江湖廓朗，賓廡蕭條；綺季留侯，神交仿佛。遂復驅傴幽憂之疾，經緯朝廷之言。凡一百一篇，分爲上下兩卷。」研究者見「褫巾三蜀」一句，或以爲此文寫於蜀中，實則不然。「褫巾」，即「解巾」，解去幅巾，以服冠冕，亦即仕宦之意。然「褫巾三蜀，歸卧一丘」中，上句爲賓，下句爲主，二句實際只是自三蜀辭官歸隱故山之意。故下文云，自己與賈言忠、許圉師等人「神交」已久，「仿佛」「綺季」之與「留侯」；是以樂于爲《樂府雜詩》作序。

約在今年丁父憂。照鄰自長安返東都，安葬其父。

照鄰《寄裴舍人諸公遺衣藥直書》曰：「余家咸亨中良賤百口，自丁家難，私門弟妹凋喪，七八年間貨用都盡。余不幸遇斯疾，母兄哀憐，破産以供醫藥。」可見「丁家難」是盧照鄰家業盛衰變化之一大轉捩點。其時間當在咸亨之末或上元之初。其《與洛陽名流朝士乞藥直書》又云「自爾丁府君憂」。前文云「丁家難」，後文曰「丁府君憂」；「丁家難」後，唯有「母兄哀憐」，顯見爲遭父喪也。故繫其遭父喪於今年。

上元二年乙亥（公元六七五年）

盧照鄰四十一歲。

其父既葬，服喪中，乃入太白山，服餌丹砂，一以學道，一以調疾。

照鄰《與洛陽名流朝士乞藥直書》云：「昔在關西太白山下，一隱士多玄明膏，中有丹砂八兩，予時居貧，不得好上砂，但取馬牙顔色微光浄者充用。自爾丁府君憂，每一號哭，涕泗中皆藥氣流出，三四年羸卧苦嗽，幾至於不免。」可知照鄰在太白山下「服餌」「玄明膏」時，已經「丁府君憂」，在居喪之中。《舊唐書》本傳云：「處太白山中，以服餌爲事。」「玄明膏」，藥名，未知配方如何，然據照鄰之文，知主要成分爲丹砂。而服餌丹砂等金石藥品，爲道教修養之法的一種，以是知照鄰此時開始學道矣。《元和郡縣圖志》卷二《關内道》二：鳳翔府（岐州）郿縣，「太白山，在縣東南五十里」。

《羈卧山中》詩當作於此時。

詩云：「卧壑迷時代，行歌任死生。」又云：「度谿猶憶處，尋洞不知名。紫書常日閲，丹藥幾年成？扣鐘鳴天鼓，燒香厭地精。倘遇浮丘鶴，飄飖凌太清。」猶能「度谿」「尋洞」，知病尚未至廢頓，若《五悲》、《釋疾文》等之所云也；由「紫書」、「丹藥」、「扣鐘」、「浮丘」等語，見其時方學道，亦非若居東龍門山時之崇信釋教也，是以知爲此時所作。

儀鳳二年丁丑（公元六七七）

盧照鄰四十三歲。

春，在太白山中，服喪期滿，預鳳泉石翁神祠之宴，有《宴鳳泉石翁神祠詩序》。

照鄰《宴鳳泉石翁神祠詩序》曰：「予以歸骸空谷，言隔市朝，濯髮長川，載罹寒暑。」又曰：「不悟喬鸎始囀，喈喈於鶺鴒；野萼初開，韡韡於棠棣。」又曰：「命壺觴而引宴，……鼓我舞我，修袖滿於中巖。」可知其時在照鄰辭官歸隱以後，節令爲春天，宴會上有酒肴，有伎樂。鳳泉，在郿縣。《舊唐書·地理志》云：隋扶風郡，武德元年，改爲岐州，領雍、陳倉、郿、虢、岐山、鳳泉等六縣。貞觀八年，省虢及鳳泉。《新唐書·地理志》云：鳳翔府扶風郡，本岐州。縣九，郿縣，義寧二年置郿城郡，又析置鳳泉縣。貞觀八年省鳳泉。有太白山，有鳳泉湯。據此，則唐鳳泉縣即在郿縣境。石翁神，不知系何神祇，祠之所在亦未詳，然要之在郿縣。其時照鄰居太白山中，服喪之期已滿，故得預宴。玩「鶺鴒」「棠棣」之語，則預宴者之中，當尚有照鄰之兄弟。古代喪禮規定，子爲父服斬衰，居喪期爲三年，實爲二十五個月。照鄰丁父憂在上元元年（六七四），則至遲於今年春天服喪期滿。

儀鳳三年戊寅（公元六七八年）

盧照鄰四十四歲。

至遲在今年離太白山，東歸洛陽。

照鄰《與洛陽名流朝士乞藥直書》自謂往昔在關西太白山中「羸臥三四年」。照鄰初入太白山在上元二年（六七五），計至今年爲四年。今年以後，照鄰行踪即絶不涉及三輔之地，而概以洛陽爲中心矣。因此可認定，照鄰至遲於今年離開太白山，東歸洛陽。

調露元年己卯（公元六七九年）

盧照鄰四十五歲。

隱居東龍門山中，學道、調疾。自號「幽憂子」。

照鄰《與洛陽名流朝士乞藥直書》曰：「幽憂子學道于東龍門山精舍，布衣藜羹，堅卧於一巖之曲。」是書作于調露二年前後（説詳後），則今年照鄰固可能已入居東龍門山矣。東龍門山，在今河南登封市。清洪亮吉纂修的《登封縣志》卷六云：「太室北爲講山。……講山東爲東龍門山。……舊志在岳廟東北三十里，見雜道書。唐盧照鄰疾甚，客東龍門醫藥。」東龍門山，照鄰入居之當時屬陽城縣，武則天時始改爲登封也。見兩《唐書·地理志》。

時猶與東都在朝諸文士唱和。

照鄰《與在朝諸賢書》曰：「……況下官抱疹東山，不干時事，借人唱和，何損于朋黨？延州、子期，聞音竊抃，猶冀身膏丹壑，脱寶劍於山阿；骨掩黄塵，罷瑶琴於天下，則（集無此字，據《全唐文》補）捐金抵玉（集無「玉」字，據《全唐文》補）於山谷者，非太平之美事乎？」可資證明。《舊唐書·高宗紀》下：儀鳳四年正月「己酉，幸東都」（本年六月辛亥，改元調露），調露二年冬十月「己酉，自東都還京」。以是知在朝諸賢今明兩年在東都也。

《南陽公集序》當作於此時。

《南陽公集序》之末段云：「余早遊西鎬，及周史之闕文；晚卧東山，憶漢庭之舊事。」按：照鄰《與在朝諸賢書》稱東龍門山爲「東山」，時「抱疹」「堅臥於一巖之曲」，因據「晚臥東山」四字，可知《南陽公集序》爲此時所作。南陽公，即來濟，龍朔二年在庭州刺史任上迎擊突厥，戰死於陣。至此時文集始編定，以照鄰與來公有忘年之契，故編事囑請爲序也。

調露二年庚辰（公元六八〇年，夏曆八月改元永隆元年）

盧照鄰四十六歲。

居東龍門山，布衣藜羹，臥於巖曲。時風疾綿劇，母兄哀憐，破産以供醫藥。屬多穀不登，家道屢困，衣藥之費莫能取給，因力疾賦詩一篇，作書一封，遍呈洛陽名流朝士，乞求救助。太子舍人裴謹之、太子舍人韋方賢、左史范履冰、水部員外郎獨孤思莊、少府丞舍人内供奉閻知微、符璽郎喬偘等，並寄書問疾，兼遺藥直。

照鄰有《與洛陽名流朝士乞藥直書》及《寄裴舍人諸公遺衣藥直書》，二書爲同時而先後之作。前書云：「幽憂子學道於東龍門山精舍，布衣藜羹，堅臥於一巖之曲。客有過而哀之者，青囊中出金花子丹方相遺之，服之病愈。視其方，丹砂二斤，……而必須錢二千文，則三十二兩當取六十四千也。空山卧疾，家業先貧，老母年尊，兄弟禄薄，若待家辦，則委骨於巉嵒之峰矣。……今力疾賦詩一篇，遍呈當代博雅君子。雖文不動俗，事或傷心，儻遇晏嬰脱左驂而見贖，如逢孔子分秉粟以相憂，則越石、原憲，不辛苦於當年矣。……若諸君子家有好妙砂，能以見及，最爲第一；無者各乞一二兩藥直，是庶幾也。」後書云：「山僕（集作「信」，《全唐文》作「僕」）至自都，太子舍人裴瑾之、太子舍人韋方賢、左史范履冰、水部員外郎獨孤思莊、少府丞舍人内供奉閻知微、符璽郎喬侶，並有書問余疾，兼致束帛之禮，以供東山衣藥之費。……余家咸亨中良賤百口，自丁家難，私門弟妹凋喪，七八年間貨用都盡。余不幸遇斯疾，母兄哀憐，破産以供醫藥。屬多穀不登，家道屢困，兄弟薄遊近縣，創巨未平，雖每分多見憂，然亦莫能取給。」二書之寫作時間當在今年。根據是：

查歐陽棐《集古録目》卷二曰：「唐獨孤府君頌德碑，硤石尉孟（下缺一字，原注）休撰，桃林主簿盧元珪書。碑缺府君名，其字曰思，思下又缺一字，河南洛陽人，給事中元愷之子，爲陝州桃林令，入爲水部員外郎，桃林人立此碑以頌德。據《唐書·表》，元愷二子，曰思莊、思行，此不知其誰也。碑以調露二年立。」今與照鄰《寄裴舍人諸公遺衣藥直書》合參，可知碑所頌之人即獨孤思莊無疑。由此碑可以推論：一、以常情推求，桃林人爲獨孤思莊立碑頌德，或許其確有德政，旨在頌揚，或者其並無德政，意圖諂諛，要之上距獨孤思莊入朝爲郎之日當不至甚遠，則獨孤思莊始爲水部員外郎之時間應不早于調露元年；二、碑以調露二年立，則獨孤思莊始任水部員外郎之時間，肯定不遲於調露二年八月。由此可見，照鄰乞求藥直二書至早不得早于調露元年，而極有可能作於今年也。

永淳元年壬午（公元六八二年）

盧照鄰四十八歲。

約在今年前後隱居卧病於陽翟之具茨山。時風疾益篤，手足聯踡，宛轉匡牀，婆娑小室。作《五悲》及《釋疾文》以自傷。

照鄰《釋疾文序》曰：「余羸卧不起，行已十年，宛轉匡牀，婆娑小室。未攀偃蹇桂，一臂連踡；不學邯鄲步，兩足匍匐。寸步千里，咫尺山河。」《釋疾文·命曰》又云：「茨山有薇兮，潁水有漪。」茨山，即具茨山，在洛州陽翟縣。《新唐書·地理志》：許州潁川郡，縣九。陽翟，本畿。初隸嵩州，貞觀元年來屬，龍朔二年隸洛州，會昌三年復來屬。有具茨山。可知照鄰作《釋疾文》時已入居具茨山。由詩人創作《病梨樹賦》最早謂自己有「幽憂之疾」、「伏枕十旬」的咸亨四年，計至今年爲十年，可見永淳元年前後，照鄰已卜居陽翟之具茨山矣。

《新唐書》本傳云：「疾甚，足攣，一手又廢，乃去具茨山下，買園數十畝，疏潁水周舍，復豫爲墓，偃卧其中。」

照鄰既沈痼攣廢，不堪其苦，乃與親屬訣，自沈潁水而卒。卒年無確考，享年在四十七、八歲以上。

《舊唐書》本傳：「照鄰既沈痼攣廢，不堪其苦，嘗與親屬執别，遂自投潁水而死。」《新唐書》本傳：「病既久，與親屬訣，自沈潁水。」按：照鄰之卒年無可確考。然上文既已證得乞求藥直二書作於調露二年，則照鄰之卒，不得早于調露二年（六八〇）無疑。徙居具茨山，作《釋疾文》、《五悲》猶在此後，則推測其死年在永淳元年（六八二）前後，縱有未合，亦當去事實不遠矣。自貞觀九年（六三五）至今年，照鄰享壽四十八年。則《舊書》謂詩人投水死時年四十，《新書》謂詩人卒于武后臨朝封嵩岳以後（本傳云：「照鄰自以……武后尚法，己獨黄老；后封嵩山，屢聘賢士，己已廢，著《五悲文》以自明。病既久，與親屬訣，自沈潁水」云），皆係妄説，不足爲據。

文集二十卷。傳世者已非原本。

《朝野僉載》卷六云：「著《幽憂子》以釋憤焉，文集二十卷。」《舊唐書》本傳云：「文集二十卷。」《新唐書·藝文志》四云：「《盧照鄰集》二十卷，又《幽憂子》三卷。」知北宋中期，照鄰文集尚保存完好。顧不知三卷本之《幽憂子》所收爲何。《崇文總目》卷五别集類著録有《盧照鄰集》十卷，《幽憂子》三卷。知在二十卷本之外，另有一種十卷本，非佚存其半也。至南宋時，十卷本興而二十卷本廢矣，故《郡齋讀書志》、《直齋書録解題》皆作十卷。至元、明時，二十卷本、十卷本及三卷本《幽憂子》概已無存。明張遜業輯《唐十二家詩》，有嘉靖三十一年江都黄埻東壁圖書府刊本，其中收《盧照鄰集》二卷。楊一統輯《唐十二名家詩》，有萬曆十二年刊本，輯《盧照鄰集》一卷。許自昌輯《前唐十二家詩》，有萬曆三十一年霏玉軒刊本，收《盧照鄰集》二卷。以上皆有詩無文。至張燮輯《初唐四子集》，明崇禎十三年刊本，中收《幽憂子集》七卷，實爲今日所見最早之詩文合集本。商務印書館《四部叢刊》初編《幽憂子集》即據此本影印。丁丙《善本書室藏書志》卷二四云：「宋刻有二卷本，載賦詩及五悲，惟無樂府九章與騷序對問書讚碑十七篇。此七卷本，乃後人摭拾而成，然夙稱舊帙也。」張燮之後，復有項家達輯《初唐四傑集·盧昇之集》七卷（乾隆四十一年星渚項氏刊本)、《四庫全書》著録《盧昇之集》七卷,並與張燮本同。

三、諸家評論

楊炯曰:龍朔初載,文場變體,争構纖微,競爲雕刻。糅之金玉龍鳳,亂之朱紫青黄,影帶以狥其功,假對以稱其美,骨氣都盡,剛健不聞。思革其弊,用光志業。薛令公朝右文宗,託末契而推一變;盧照鄰人間才傑,覽清規而輟九攻。(《王勃集序》)

杜甫曰:楊王盧駱當時體,輕薄爲文哂未休。爾曹身與名俱滅,不廢江河萬古流。(《戲爲六絶句》之二)

又曰:縱使盧王操翰墨,劣於漢魏近風騷。龍文虎脊皆君馭,歷塊過都見爾曹。(同上之三)

又曰:舉天悲富駱,近代惜盧王。似爾官仍貴,前賢命可傷。(《寄彭州高三十五使君適虢州岑二十七長史參三十韻》)

皎然曰:跌宕格二品:越俗,其道如黄鶴臨風,……駭俗,其道如楚有接輿,魯有原壤。外示驚俗之貌,内藏達人之度。郭景純《游仙詩》:「姮娥揚妙音,洪厓頷其頤。」……盧照鄰《勞作詩》:「城狐尾獨束,山鬼面參覃。」(《詩式》)

葛立方曰：李太白杜子美詩皆掣鯨手也。余觀太白《古風》、子美《偶題》之篇，然後知二子之源流遠矣。李云：「《大雅》久不作，吾衰竟誰陳！《王風》委蔓草，戰國多荆榛。」則知李之所得在《雅》。杜云：「文章千古事，得失寸心知。騷人嗟不見，漢選盛于斯。」則知杜之所得在《騷》。然李不取建安七子，而杜獨取垂拱四傑何邪？南皮之韻，固不足取，而王楊盧駱亦詩人之小巧者爾。至有「不廢江河萬古流」之句，褒之豈不太甚乎？（《韻語陽秋》卷三）

又曰：漢成帝時，張禹用事，朱雲對上曰：「臣願賜尚方斬馬劍，斷佞臣一人，以厲其餘。」上問誰也，對曰：「安昌侯張禹。」上大怒曰：「居下訕上，罪死不赦。」御史將雲下，雲攀殿檻折曰：「臣願從龍逄比干遊於地下。」如雲者可謂忠直有餘矣！後世思其人而不可得，則作爲韻語，以聲其美。……武后時，傅游藝用事，故盧照鄰詩云：「昔有平陵男，姓朱名阿游。願得斬馬劍，先斷佞臣頭。」（同上，卷七）

嚴羽曰：詩體，以時而論，則有：建安體，黄初體，正始體，……以人而論，則有：蘇李體，曹劉體，……王楊盧駱體。（《滄浪詩話》）

劉克莊曰：杜子美笑王楊盧駱文體輕薄，然盧《病梨賦》未易貶駁。駱檄武氏多警策語。王《邊上有懷》云：「城荒猶築怨，碣毁尚銘功。」楊挽詩云：「青烏新兆去，白馬故人

來。」亦佳句也。（《後村詩話》續集卷二）

楊慎曰：無名氏水調歌：「千年一遇聖明朝，願對君王舞細腰。乍可當熊任生死，誰能伴鳳上雲霄。」此詩借宮詞以諷。盧照鄰詩：「得成比目何辭死，願作鴛鴦不羨仙。」……妙得此意。（《升庵詩話》卷一一）

又曰：近覽《廬山舊志》，見唐人劉元濟《經廬嶽迴望江州想洛陽有作》云：「龜山帝始營，龍門禹初鑿。出入經變化，府仰憑寥廓。未若兹山功，連延並巫霍。……長望恨南溟，居然翳東郭。」此詩綺繪焕發，比興温然，雖王楊盧駱，未能先也。（《升庵詩話》卷一二）

王世貞曰：盧駱王楊，號稱四傑。詞旨華靡，固沿陳隋之遺，骨氣翩翩，意象老境，超然勝之。五言遂爲律家正始。内子安稍近樂府，楊盧尚宗漢魏，賓王長歌雖極浮靡，亦有微瑕，而綴錦貫珠，滔滔洪遠，故是千秋絶藝。（《藝苑巵言》卷四）

又曰：盧照鄰語如「衰鬢似秋天」，駱賓王語如「候月恒持滿，尋源屢鑿空」，絶似老杜。（同上）

又曰：七言歌行長篇須讓盧駱，怪俗極於《月蝕》，卑冗極於《津陽》，俱不足法也。（同上）

謝榛曰：吴筠曰：「才勝商山四，文高竹林七。」駱賓王曰：「冰泮有銜蘆。」盧照鄰

曰：「幽谷有綿蠻。」……此皆歇後，何鄭五之多邪？（《四溟詩話》卷一）

胡應麟曰：四傑，梁、陳也；子昂，阮也；高、岑，沈、鮑也；曲江、鹿門、右丞、常尉、昌齡、光羲、宗元、應物，陶也。惟杜陵《出塞》樂府有漢、魏風，而唐人本色時露。（《詩藪》内編卷二）

又曰：仲默謂：「唐初四子，雖去古甚遠，其音節往往可歌。子美詞雖沉著，而調失流轉，實詩歌之變體也。」（同上，内編卷三）

又曰：李杜歌行，擴漢、魏而大之，而古質不及；盧、駱歌行，衍齊、梁而暢之，而富麗有餘。（同上，内編卷三）

又曰：照鄰《古意》，賓王《帝京》，詞藻富者故當易至，然須尋其本色乃佳。（同上）

又曰：歌行兆自《大風》、《垓下》，《四愁》、《燕歌》而後，六代寥寥。至唐大暢，王、楊四子，婉轉流麗；李、杜二家，逸宕縱横。（同上）

又曰：唐七言歌行，垂拱四子，詞極藻豔，然未脱梁、陳也。（同上）

又曰：五言律體，兆自梁、陳。唐初四子，靡縟相矜，時或拗澀，未堪正始。（同上，内編卷四）

又曰：唐人句律有全類六朝者，太宗：「露凝千片玉，菊散一叢金。」……盧照鄰：

「隴雲朝結陣，江月夜臨空。」（同上）

又曰：盧、駱五言，骨幹有餘，風致殊乏。至於排律，時自錚錚。（同上）

又曰：「山河扶繡户，日月近雕梁。碧瓦初寒外，金莖一氣旁」，高華秀傑，楊、盧下風。（同上）

又曰：凡排律起句，極宜冠裳雄渾，不得作小家語。唐人可法者，盧照鄰：「地道巴陵北，天山弱水東。」駱賓王：「二庭歸望斷，萬里客心愁。」……此類最爲得體。（同上）

又曰：晉稱袁、伏，宏以爲恥。魏稱邢、魏，收殊不平。伏誠非袁比，魏於邢，魯、衛之政耳。惟楊盈川云：「吾愧在盧前，恥居王後。」此語絶無謂。而後人不加考核，至今狐疑。《滕王閣序》神俊無前，六代體裁幾於一變。即畫棟珠簾四韻，亦唐人短歌之絶。五言諸律，靡不精工。楊《渾天》模倣《三都》，盧《五悲》趨步《九辯》。近體氣骨有餘，風華未極。賓王武氏一檄，足爲文人吐氣。諸排律沈雄富麗，沈、宋前鞭。以吾評王爲最，駱次之，楊、盧次之。（同上，内編卷五）

又曰：王、楊、盧、駱以詞勝，沈、宋、陳、杜以格勝，高、岑、王、孟以韻勝。詞勝而後有格，格勝而後有韻，自然之理也。（同上，外編卷四）

又曰：《正聲》不取四傑，余初不能無疑。盡取四家讀之，乃悟廷禮鑒裁之妙。蓋王、楊近體，未脱梁、陳；盧駱長歌，有傷大雅。律之正始，俱未當行。惟照鄰、賓王二排律合作，則《正聲》亟收之。至李、杜二集，以前諸公未有敢措手者，而廷禮去取精覈，特愜人心。真藝苑功人，詞壇偉識也。（同上）

又曰：唐初王、楊、盧、駱、李百藥、虞世南、陳子昂、宋之問、蘇頲、李嶠、二張輩，俱詩文並鳴，不以一長見也。（同上）

胡震亨曰：王子安雖不廢藻飾，如璞含珠媚，自然發其彩光。盈川視王微加澄汰，清骨明姿，居然大雅。范陽較楊微豐，喜其領韻疏拔，時有一往任筆不拘整對之意。義烏富有才情，兼深組織，正以太整且豐之故，得擅長什之譽，將無風骨有可窺乎！當年四子先後品序，就文筆通論，要亦其詩之定評也歟！（《唐音癸籤》卷五）

沈德潛曰：長律所尚，在氣局嚴整，屬對工切，段落分明，而其要在開闔相生，不露鋪叙轉折過接之迹，使語排而忘其爲排，斯能事矣。唐初應制贈送諸篇，王、楊、盧、駱，陳、杜、沈、宋、燕、許、曲江，並皆佳妙。（《説詩晬語》）

又（評《長安古意》）曰：長安大道，豪貴驕奢，狹邪豔冶，無所不有。自嬖寵而俠客，而金吾，而權臣，皆向娼家游宿，自謂可永保富貴矣。然轉瞬滄桑，徒存墟墓，不如讀書自守者之爲得也。借言子雲，聊以自況云爾。（《唐詩别裁集》卷五）

又（評《春晚山莊率題》）曰：清穩詩自開後人風氣。（同上，卷九）

又（評《西使兼送孟學士南遊》）曰：前人但賞其起語雄渾，須看一氣承接，不平實，不板滯。後太白每有此種格法。（同上，卷一七）

又（評《曲池荷》）曰：言外有抱才不遇，早年零落之感。（同上，卷一九）

李重華曰：七古自晉世樂府以後，成於鮑參軍，盛於李、杜，暢於韓、蘇，凡此俱屬正峰。唐初王、楊、盧、駱體，爲元、白所宗，可間一爲之，不得專意取法，恐落卑靡一派。何仲默《明月篇序》，未可奉爲確論。（《貞一齋詩説》）

施補華曰：王、楊、盧、駱四家體，詞意婉麗，音節鏗鏘，然猶沿六朝遺派，蒼深渾厚之氣，固未有也。何景明欲以此種易李、杜，宜不免漁洋刀圭誤人之誚矣。（《峴傭説詩》）

毛先舒曰：七言歌行，雖主氣勢，然須間出秀語，不得全豪；叙述情事，勿太明直，當使參差，更附景物，乃佳耳。唐代盧、駱組壯，沈、宋軒華，高、岑豪激而近質，李、杜紆佚而好變，元、白迤邐而詳盡，温、李朦朧而綺密。（《詩辯坻》卷三）

又曰：初唐如《帝京》、《疇昔》、《長安》、《汾陰》等作，非鉅匠不辦。非徒博麗，即氣概充碩，無紀渻之養者，一望却走。唐人無賦，此調可以上敵班、張。蓋風神流動，詞旨宕逸，即文章屬第二義。（同上，卷四）

賀裳曰：盧之音節頗類于楊，《長安古意》一篇，則楊所無。寫豪獰之態，如「意氣由來排灌夫」，尚不足奇；「專權判不容蕭相」，雖蕭無此事，儼然如見霍氏凌蔑車千秋，趙廣漢突入丞相府召其夫人跪庭下。至摹寫游冶，「北堂夜夜人如月，南陌朝朝騎似雲」，亦爲酷肖。自寄託曰：「寂寂寥寥揚子居，年年歲歲一床書。獨有南山桂花發，飛來飛去襲人裾。」不惟視《帝京篇》結語蘊藉，即高達夫「有才不肯學干謁」，亦遜其温柔敦厚也。但《行路難》塵言滚滚，何以至是！少陵曰：「王楊盧駱當時體，輕薄爲文哂未休。」若如此篇，亦不得專咎人輕薄。（《載酒園詩話又編》）

吴喬曰：盧照鄰《咏史》詩似子美。（《圍爐詩話》卷二）

牟願相曰：初唐王、楊、盧、駱四子詩如沉沉夥涉，篝火狐鳴。（《小澥草堂雜論詩》）

又曰：初唐王、楊四子，創開草昧，頗類項王。至陳子昂之古，張九齡之秀，宋之問之健，乃足貴耳。（同上）

李調元曰：唐王、楊、盧、駱四傑，渾厚樸茂，猶是開國風氣。自吾蜀陳子昂，始以大雅之音，振起一代，渢渢乎清廟明堂之什矣。（《雨村詩話》卷下）

管世銘曰：盧照鄰《長安古意》，駱賓王《帝京篇》，劉希夷《代悲白頭翁》，張若虚《春江花月夜》，何嘗非一時傑作，然奏十篇以上，得不厭而思去乎？非開、寶諸公，豈識七言

中有如許境界？何大復未之思也。（《讀雪山房唐詩序例》）

劉熙載曰：唐初四子源出子山。觀少陵《戲爲六絶句》專論四子，而第一首起句便云「庾信文章老更成」，有意無意之間，驪珠已得。（《藝概》卷二《詩概》）

又曰：唐初四子沿陳、隋之舊，故雖才力迥絶，不免致人異議。陳射洪、張曲江獨能超出一格，爲李、杜開先。人文所肇，豈天運使然耶？（同上）

後記

——爲雲逸君《盧照鄰集校注》出版而作

中華書局文編室來信，説雲逸君的《盧照鄰集校注》將要出版，要我把這個消息通知其夫人及諸師友，並要我寫幾句話作該書的後記，算是對讀者有個交代。我、雲逸夫人及諸師友，獲知這個消息真是百感交集。一方面我們要感謝編輯同志對作者、對學術的極端認真和負責，因爲我知道《盧照鄰集》的注本國内至少已出過兩種，在出版古籍如此艱難的情況下，再出一種《盧照鄰集》的校注本已不是簡單的撞車；一方面我們爲雲逸君感到欣慰，他爲之焚膏繼晷，兀兀窮年的勞作終于得以問世，他爲唐代文學研究所建樹的又一個業績將得到學界同仁的評判和肯定，九泉之下的他當會含笑瞑目了罷。但當我鋪紙執筆、按編輯的要求寫幾句話向讀者作一「交代」時，又不覺長太息而感慨繫之。「交代」云者，告天下以始終也。近年讀過不少故世學者遺著出版時，他的學生、朋友或子弟爲該書所寫的後記，多數情況下，這位學者總是有名於當時，桃李天下，著作等身，爲了昭告後人、紀念故者，學生、朋友或子弟遂收拾其散亂遺文、講稿，彙爲一集，予以出版，並撰後記，述其淵源，有始有終，是謂之「交代」。然而雲逸君的情況並非如此。他從事唐代文學的研究尚未足十年，從他的第一部著述《王昌齡詩注》出版到現在的《盧照鄰集校注》，中間也僅八年，其始也何遲，其終也何早，説到「交代」，未免太倉促了些。所以，説到雲逸君的始終，我總要想起唐人的兩句詩，一句是老杜的「出師未捷身先死」，一句是小李的「忍剪凌雲一寸心」。這兩句詩，現在大家都念得很熟了，或者竟也看得很淡了罷？

雲逸君辭世時得年五十。半百之數，古人謂之「中壽」，今人僅謂之中年，談不到壽。以《莊子》齊物之論觀之，一個人牽延永壽，或倉促短命，本算不得什麽，所以我的終始之悲，也僅是空言而已，就此打住。此下則歸於正題。

我與雲逸君初識在一九七八年秋。其時我結束了十餘年秦嶺山區小縣中學教師的生涯，再赴我的母校——西北大學讀研究生。雲逸君與我同年、同門，傅庚生、安旗先生是我們的導師。他的經歷也與我大體相同，他是在他的家鄉——陝西漢中的鄉鎮中學教了十餘年的書。不同的是他原就讀於陝西師大中文系。那一届古典文學三個方向的研究生同窗共八人，雲逸君是其中最佼佼者。復試時，他對杜詩牽連不斷的記誦使傅庚生先生頷首不已，不輕易許人的劉持生先生贊他「辯才無礙」、「英氣勃然」。他的這種優勢一直保持到研究生畢業。如同他入學答辯擅場一樣，畢業答辯他也是最出色的一位，嚴厲而近於挑剔的主答辯吴世昌先生，對雲逸君的關於王昌齡的論文和《王昌齡詩注》稿，似乎格外地多一些青睞。

我們這一代人弄古典文學，最苦的是學無根植。幼年時不具最基本的記誦的訓練，中學直到大學，差不多都在階級鬥争的運動浪潮中度過。然而，出身農家並無所謂家學淵源的雲逸君的記誦能力確實令人吃驚。舉兩個例子。研究生畢業前，王利器先生來系上講學，講學之餘，約我們閑聊，談到了南北朝的文筆之争，談到了駢文。王先生談興大發，隨口背誦孔稚珪《北山移文》。在座能承王先生口吻逐段背誦者，唯雲逸君。一九八八年，當時我們早已畢業留校，我與雲逸君同赴太原參加中國唐代文學學會的年會，車過風陵渡，窗外是一片陌生的晉南田舍風光，雲逸君隨口吟出一首清人的詩，與我們當時由秦入晉的感受非常貼切，頗令我自愧於自己的孤陋。治古典文學者必不可缺的幾種基本功夫，如校勘、版本、訓詁、目録以及音韻之學，我是在研究生畢業後實踐中才慢慢地有所積累和體會，而雲逸君似乎早就具備，他的畢業作業《王昌齡詩注》就是證明。這部書稿不久得以在上海古籍出版社出版，從時間上説，他是我們同年中最早出版著述的一人。

雲逸君又是多才藝者。能詩、能詞，且能寫頗有樣式的駢文。爲他的喜歡掉書袋和駢四儷六,我常笑稱他愛發「酸」。我手頭有他兩首寄内詩,一首寫於一九七二年,題作《送别詩寄内》:「汽笛一聲如龍吼,旅人尋座滿車走,一雙情懷似中酒。聲已咽,腸欲斷,欲道珍重難開口。車未動,人已瘦,泪眼模糊仍揮手。可堪青春能幾時,年年頻折陌上柳。」當時的雲逸在漢中教書,他的妻子却在西安,寒暑假得以再聚,宜有此詩。一首寫於一九九〇年五月,他已罹不治之症,題作《雙雁詩贈内》:「年年比翼到衡陽,共越雲天萬里長。糊口稻粱寧易得?驚心矰繳固難防。蒹葭斷續黄昏雨,瀚海闌干紫塞霜。猶幸時危免煢獨,勸君回首莫悲傷。」平心而論,像雲逸君這樣既具樸學之功、復有辭章之美的中年學人,實不多見。

雲逸君於唐代文學,先治王昌齡,有《王昌齡詩注》及數篇論文。基於對杜詩的深厚功底,也有數篇關於杜詩的論文。此後則置盛唐不顧,專力於初唐,並尤注力於初唐盧照鄰集的校注。盧集校注一畢,又開始《張曲江集》的校注,未半,因病而止是役,遂成遺恨。我理解他的研究計劃,是要從初唐開始,再盛唐,再中晚,有一個相當龐大的規劃。天若能假雲逸君以有年,他的建樹將是多多的。

一九九〇年三月,雲逸君正在上課,匆匆告我説他將去醫院查病。又數日,囑我代他上課,云醫生要留院詳查,不久即獲知他患膀胱癌的消息。其間經兩次手術,然終於回天乏力，至年底，病骨支離，形神俱銷。春節過後，眼見大勢已去，醫生且云癌症有擴散迹象。在此期間，每隔一二日，我必去病榻前看視，但見他雖然病體纏綿，却清眸炯炯，意似有未盡者。我知道他心之所牽，在《盧照鄰集》的能否出版，《張曲江集》未了的工程，還有就是已經宣布但遲遲未見動静的學校的職稱評定。但直到他彌留，終未有一語及之，蓋希冀生命尚能延續、不願以「後事」相託也。唯有一次，向我太息，曰：「深悔此生讀書，不如且去耕田！」一九九一年三月十三日，雲逸君終於撒手人寰。追悼會之際，我有一組七絶哭他，其中一首説到此事，曰：「世業耕耘貧苦家，偏教宋玉擅才華。一領青衫終身誤，何如插稻績桑麻。」雲逸君其實是很瀟灑的人，好酒、嗜棋，淡泊於名利。記得一九八五年陝西省「九三」學社嘗欲他作副秘書長，有司似也已同意。平日相與者都勸他去，謂副秘書長已相當某級别，待遇、工資俱可提高數級云。然而他終不肯去，勉强答應兼職可以，專職則謝不能。終於未能就職。云：但與陝南教書相比，如今已强多多。我意他最終的願望仍在學術，爲了學術可以棄富貴名利如敝屣。雲逸故去後，有謂雲逸以職稱久未能解決抑郁而致病；我始疑之，終信之。人生多麽矛盾。試想區區一副教授何能與副秘書長相比？

早年讀冰心一篇關於某男人的文章，略謂某男子四十擇偶而不成，死後，故舊議立碑，僅書「某某，四十未婚」幾個酸痛的字。我最後要告訴讀者的是：《盧照鄰集》校注者李雲逸君故世前仍爲一介講師。其酸痛程度當不亞於那位四十未婚的男子罷！

閻琦　一九九二年暮秋於西北大學新村寓所